LE SIÈCLE DES CHIMÈRES

* *

Les Loups de Berlin

Paru dans Le Livre de Poche :

LE SIÈCLE DES CHIMÈRES

1. Les Ogres du Gange

2. Les Loups de Berlin

3. Les Anges de Palerme

PHILIPPE CAVALIER

Le Siècle des chimères

**

Les Loups de Berlin

ÉDITIONS ANNE CARRIÈRE

ISBN : 978-2-253-11623-3 – 1re publication LGF

« Heureux qui connaît la cause secrète des choses. »

VIRGILE.

Prologue

Ceux qui maniaient avec adresse le fouet ou le couteau étaient les plus nombreux. Des cochers de fiacre aux épaules durcies à force de tirer toute la journée sur les rênes, ou encore des bouchers et des bourreliers dont les phalanges s'étaient épaissies à force de se crisper sur le manche de leur lame. Venaient ensuite des portefaix de la gare et des docks : des hommes immenses qui savaient se battre à mains nues et dont le corps, habitué au knout des contremaîtres, pouvait endurer les coups les plus violents. Il y avait aussi des errants, des va-nu-pieds qui, un jour, avaient hâtivement jeté un sac sur l'épaule et traîné leur carcasse efflanquée sur les routes des provinces alentour. Des journaliers de Moldavie, d'anciens pêcheurs de la mer d'Azov, des commis de Tcherkassy qui avaient cru qu'au tournant du nouveau siècle la puissante Odessa leur serait clémente, comme elle l'avait été pour tous ces frères polonais venus y prospérer cinquante ans plus tôt, juste après la guerre de Crimée.

Mais cette époque facile était révolue, et les miséreux n'avaient pas trouvé de travail ici plus qu'ailleurs. Dans les chemins creux ou les sentiers balafrant les tourbières, ils avaient ramassé des morceaux de brique, de vieux clous de charpente rouillés ou des éclats de verre qu'ils avaient entourés de chiffons. Ces armes dérisoires, ils les tiraient de sous leurs loques pour tenir à distance les koulaks qui leur jetaient des pierres ou voulaient les rosser quand, en quête de pain, ils s'approchaient des fermes et des villages.

Les derniers – une poignée – étaient aussi les plus jeunes, presque des enfants. Aucun n'avait plus de vingt ans. Vêtus de longs manteaux gris, portant casquettes fourrées et gants de laine, ils étaient chaussés de bottines de vrai cuir dont les talons, protégés par des fers, n'étaient presque pas usés. Ces garçons étaient les seuls qui savaient vraiment lire et écrire. Compter aussi. Et même mieux encore, puisqu'ils pouvaient également peser, doser et mesurer ! C'étaient des étudiants de l'Académie des sciences, et ils ne cachaient ni canif ni trique plombée dans leurs besaces. Leur arme, c'était la connaissance des matières et des mélanges, cristallisations et distillations, saturations et sublimations… Chaque fois qu'ils quittaient les larges rues des vieux quartiers pour longer la côte en périssoire et accoster dans l'île du grand delta, ils apportaient un peu de potasse ou de soufre volé à grands risques dans les réserves du laboratoire de la faculté.

Ruben Hezner était le meilleur à ce jeu. Dix-sept ans, maigre comme un chat de gouttière, yeux noirs, chevelure folle, il était le plus inventif et le plus doué des apprentis chimistes. Le plus dévoué à la cause, aussi… Sous son contrôle sévère, ses condisciples opéraient les mixtions, les réductions et les décoctions des composants. Mais c'était lui seul qui procédait à l'assemblage des engins de mort. Les entrailles gavées d'éclats de métal coupants et leur corps d'acier boulonné soigneusement enveloppé d'une épaisse toile goudronnée, ses bombes artisanales étaient dissimulées sous le plancher d'une grande ruine que le vent de l'estuaire maculait d'une boue verte aux relents de pestilence. Peu à peu – trop lentement de l'avis des garçons –, un petit arsenal se constituait ainsi. À Odessa, personne ne savait que ces manœuvres, artisans, vagabonds et écoliers se réunissaient là, profitant du double couvert des joncs et de la brume qui baignait en permanence l'île Borodine. Personne, hormis quelques notables de la communauté qui leur versaient parfois une poignée de roubles ou leur prêtaient des barques pour se rendre dans leur repaire.

Longtemps, on avait palabré avant de savoir où se réunir et s'entraîner. Jusqu'au jour où il était apparu évident que l'une des îles désertes de l'embouchure du Dniestr serait facile à défendre, facile à fuir aussi, en cas de menace… Z'ev avait trouvé l'idée bonne. Z'ev, c'était le meneur. Un grand type de vingt-quatre ou vingt-cinq ans, à la fois étudiant en droit et journaliste, aux mâchoires carrées et aux sourcils toujours froncés. C'était de l'engagement de Z'ev que tout était vraiment parti. De la peur qui avait un jour grandi en lui jusqu'à l'étouffer, peur qu'un pogrom comme celui qui venait de se dérouler à Kirichev ne se produise en ville. Peur qu'à nouveau rien ne soit fait pour empêcher les humiliations, les coups, les pillages et les meurtres… Peur, surtout, que jamais ses semblables n'aient le courage de relever la tête et de faire front ensemble, comme un troupeau de bêtes arc-boutées pour mieux repousser les loups. Z'ev était resté ainsi, tremblant et fiévreux, jusqu'au jour où il avait découvert les poèmes de Bialik, un simple instituteur d'Odessa, dont les phrases avaient allumé en lui un incendie, une révolte, et surtout ranimé l'orgueil d'appartenir à ce peuple exilé qui errait sur les routes depuis cent générations.

— Ceux qui pensent que la *Haskala* est la solution pour mettre fin à nos tourments sont dans l'erreur, Z'ev, lui avait dit un jour le poète, alors que tous deux s'étaient assis sur un banc du parc Tamozhennaya face à la mer. Ce n'est pas oublier notre histoire, renier notre passé et notre identité pour essayer de nous assimiler pleinement aux Européens qui nous sauvera. Bien au contraire. Nous sommes différents. Il faut l'accepter et en tirer les conséquences... Moi, j'écris pour la révolte et la fierté. Toi, tu dois mettre mes paroles en actes. Bientôt, ensemble, nous ferons quitter ce pays à nos frères, et nous partirons la tête haute. Comme des hommes libres, pas comme des domestiques indélicats chassés par leur maître. C'est la seule condition pour que nous choisissions nous-mêmes la destination de notre voyage : *Alya !* Le retour à Sion pour tous les Juifs !

La ferveur prophétique de Bialik avait balayé les craintes de Z'ev. En quelques semaines à peine, le journaliste avait rassemblé autour de lui les premiers compagnons. Ce furent d'abord Ruben Hezner et les gamins de l'école de chimie, puis les hercules des docks, les bouchers du ghetto et les errants des chemins creux... Tous convaincus d'appartenir à un même peuple, tous fatigués de toujours devoir baisser les yeux, maintenant fiers d'appartenir à la nouvelle milice clandestine de la communauté juive d'Odessa... Mais il leur fallait encore être prudents. Ne pas se dévoiler avant d'être suffisamment nombreux, armés comme de véritables militaires et correctement préparés. Aussi vaste qu'un champ de manœuvres, modelée de dunes, de ravines et d'arbres tors, et surtout perpétuellement noyée dans les brumes du fleuve, c'est à cela que servait l'île Borodine : à former des hommes capables de réagir vite, de manière ordonnée, en troupes efficaces et disciplinées. Z'ev y désignait les chefs de quartier et y exerçait les veilleurs de rue. Les mendiants étaient entraînés à tout observer et à tout rapporter des bruissements de la ville, tandis que les durs à cuire amélioraient leur puissance de frappe en tapant sur des sacs de sable avec leurs bâtons et leurs fouets, ou en plantant leurs lames dans des bottes de paille dressées en forme d'homme. Malgré toute l'énergie qu'ils déployaient, le dévouement qu'ils montraient et malgré même les bombes de Hezner, Z'ev savait que ces malheureux ne résisteraient pas longtemps si des événements de grande ampleur survenaient. Du massacre de Kirichev, il avait entendu des récits épouvantés, qui disaient bien que quelque chose de nouveau se levait dans l'empire, peut-être même dans toute l'Europe. Kirichev n'avait pas été une simple bousculade de rabbis comme cela se produisait parfois lorsque le petit peuple russe vidait veulement sa colère sur plus faible que lui. Non, Kirichev avait été un massacre systématique, organisé… Depuis longtemps on savait que l'Okhrana, la police secrète du tsar, était menée en sous-main par des aristocrates dont la haine pour les Juifs était proportionnelle à leurs lignes de débit aux comptes des grands banquiers ashkénazes de Saint-Pétersbourg, de Kiev ou de Moscou… Dans la population, les rumeurs montaient. Des brochures aux écrits vénéneux circulaient chez les bourgeois racontant comment les Juifs se réunissaient dans les cimetières pour y déterrer des cadavres chrétiens et y pratiquer la magie du Diable, ou comment les chefs occultes des fils de Sion ourdissaient d'un continent à l'autre la perte du monde blanc… Tout cela était autant de nuages menaçants qui s'élevaient à l'horizon et assuraient que les temps allaient changer. Que les Juifs, définitivement, allaient devoir de gré ou de force trouver une terre où ils seraient chez eux pour toujours et d'où personne n'oserait les chasser. Mais pour que cet espoir se lève, il fallait montrer les crocs. Montrer que l'époque était révolue où l'on était prêt à recevoir la mort sans réagir… Et ce n'étaient pas quelques couteaux ou quelques engins explosifs fabriqués par des jeunes gens qui pourraient prouver la nouvelle force des fils d'Abraham. Il fallait davantage. Il fallait des fusils, Z'ev le savait… Alors, avec Ruben Hezner pour seul compagnon, il était parti sans dire à personne où les menait leur voyage. À leur retour, les deux hommes avaient les traits creusés, et leurs pupilles brillaient comme à l'issue d'un long jeûne, mais leur visage ne portait plus les rides d'angoisse qui d'ordinaire barraient leur front. Z'ev et Ruben avaient trouvé de vraies armes…

Premier tombeau des chimères

Agatha Jérusalem

— David Tewp ? Colonel David Norman Tewp, du MI6, dites-vous ? Non, on ne m'a aucunement averti de votre arrivée. Rien n'est prévu pour vous. Vous comprendrez qu'avec la situation impossible que nous avons ici, je n'aie pas le temps de vous prendre en charge. Il va falloir vous débrouiller seul. Navré, mon vieux !

Dans son joli costume de toile couleur crème taillé sur mesure à Savile Row, Lucas Vincent Hartford, attaché consulaire britannique de première classe à Jérusalem, semblait se soucier comme d'une guigne du respect dû aux grades militaires. Jeune gandin satisfait, un peu précieux, un peu béjaune, il ne pouvait s'empêcher de détailler avec une curiosité presque offensante la silhouette de celui qui avait pris place face à lui, sur le siège visiteur de son bureau aux murs tendus d'un chintz délicatement poché de roses épanouies et de palmes sinoples.

Contrastant avec son interlocuteur comme la nuit diffère du jour, il était vrai que le colonel Tewp n'avait rien d'un homme ordinaire. Sa voix sourde, presque cassée, trahissait la longue habitude de secrets murmurés et ses manières, pourtant retenues, disaient à qui savait regarder une grande violence intérieure, un bouillonnement dont on ne pouvait deviner la cause mais qui, à tout instant, paraissait prêt à déborder. Ce n'était pourtant pas ce timbre bas et cette gestuelle excessivement maîtrisée qui captaient l'attention de Hartford, non, quelque chose d'autre caractérisait Tewp. Quelque chose de trop visible même : une pièce de cuir qu'il portait fixée sur son nez pour dissimuler une mutilation qui, découverte, aurait certainement été horrible à voir. Et de cette pièce de cuir, l'attaché consulaire ne pouvait détacher les yeux, se demandant à quoi pouvait bien ressembler le colonel lorsqu'il se retrouvait seul et retirait son masque sans plus craindre le regard d'autrui. Supportait-il sa propre image dans le miroir ? Avait-il une femme courageuse qui l'aidait à endurer cette douleur, ou bien était-il laissé à lui-même, comme l'absence d'alliance à son doigt le laissait supposer ? Où puisait-il la simple force de vivre ? Quelle était sa ruse pour dominer son sort ? Que pouvait-on trouver qui puisse jamais compenser la perte d'un visage ? Des mutilés de guerre, l'attaché Hartford en avait déjà vu quelques-uns, des pauvres bougres de soldats à qui l'on avait coupé la jambe ou qui n'avaient plus au bout des bras que des crochets de fer pour remplacer leurs mains perdues. Mais c'était la première fois qu'il voyait de près une *gueule cassée*, un homme touché non dans ses membres, mais en pleine face. Cela l'impressionnait, le fascinait et l'effrayait tout à la fois. À la vue de ce terrible spectacle, Hartford ne pouvait s'empêcher de bénir les relations qui lui avaient permis de passer loin du front toutes ces années de conflit avec l'Allemagne, ces mêmes relations qui s'étaient de nouveau manifestées en sa faveur pour lui faire quitter d'ici à quelques jours cette maudite ville de Jérusalem, où l'agitation anti-anglaise atteignait maintenant des proportions extravagantes…

Croisant les jambes et gardant un mutisme quasi hautain, David Tewp n'avait pas répondu à la dernière phrase du fonctionnaire, se contentant de plonger ses yeux brun clair droit dans ceux de Hartford. Figé sur son siège, le colonel ne donnait aucun signe de résignation et il semblait vain d'espérer qu'il quittât de lui-même le bureau consulaire sur la fin de non-recevoir qu'on venait pourtant de lui signifier. Un silence gênant s'installa entre les deux hommes pendant une bonne minute au cours de laquelle le jeune dandy, le front soudain humide de sueur, essaya de décourager son visiteur en faisant mine de reprendre son travail interrompu, mais il sentit vite que le militaire n'était pas homme à se laisser éconduire par un stratagème aussi discourtois.

— Hum… colonel, dit enfin le fonctionnaire après avoir tamponné ses tempes avec un joli mouchoir de soie, je crois que je vais tout de même pouvoir arranger vos affaires. Momentanément, du moins… Vous allez vous rendre de ma part à l'hôtel King David, là où l'état-major a établi ses quartiers. Vous y demanderez un certain capitaine O'Reilly, du 1er bataillon royal des fusiliers irlandais. Il est ici depuis un bout de temps et n'est pas trop regardant sur les exigences de procédure. Il saura vous piloter beaucoup mieux que moi… Voilà… Malheureusement, c'est la seule aide que je sois en mesure de vous fournir. J'en suis navré, croyez-le bien, mais je suis moi-même sur le départ. Je rentre à Londres à la fin de la semaine. Mes pouvoirs sont d'ores et déjà limités ici…

Ne sachant comment terminer sa phrase, Hartford partit d'un rire grotesque qui tentait d'être chaleureux, mais l'homme du MI6 n'esquissa pas un sourire en retour. Sans un mot de remerciement, presque sans un regard, le colonel se leva et quitta le bureau du fonctionnaire sans même juger bon de lui serrer la main, laissant l'attaché à demi levé de son siège, interdit et surtout terriblement froissé.

« Ce Tewp est un sale type ! Aussi laid qu'arrogant ! » pensa Hartford en choisissant les qualificatifs contraires à ceux qu'il aurait employés pour se définir lui-même. « Puisse une bombe lui sauter au visage dans la rue et finir le travail ! »

*

Au mois de Sivan 5706 du calendrier hébraïque, Jérusalem s'enfonçait dans l'un des étés les plus mouvementés de sa très longue histoire. Treize mois après la fin de la Seconde Guerre mondiale en Europe, la Palestine tout entière était devenue l'épicentre d'une immigration de masse des rescapés du génocide qui, en quelques années seulement, avait exterminé un tiers de la population juive. Sous administration britannique depuis l'effondrement de l'Empire ottoman, les anciens territoires des royaumes de Juda et de Galilée n'étaient pas une colonie anglaise comme les autres. Cela, le colonel Tewp l'avait senti avant même d'atteindre le port d'Haïfa. Dès son entrée en rade, le navire sur lequel il avait pris place à Marseille avait été arraisonné par des vedettes de la Royal Navy et fouillé par une soixantaine de Tommies en armes qui, pendant presque quatre heures, avaient passé le bateau au peigne fin, vérifiant les identités et pointant scrupuleusement la liste des passagers.

— Ce n'est qu'un premier contrôle pour déblayer le terrain, lui avait dit un des lieutenants qui menaient la troupe en lui rendant ses papiers. Les véritables formalités seront opérées à terre. Elles prendront beaucoup plus de temps. Enfin, pas pour vous, naturellement, mon colonel. Seulement pour les civils…

Et Dieu savait que les civils ne manquaient pas, sur ce vieux paquebot de croisière reconverti tant bien que mal afin de transporter des réfugiés en partance pour une terre qu'ils ne connaissaient pas mais qui remplissait tous leurs rêves ! De la première à la troisième classe, les cabines étaient bondées, remplies parfois de deux fois plus d'occupants qu'elles ne pouvaient théoriquement en contenir. Des civils, il y en avait encore installés dans les travées et sur les ponts intermédiaires. On disait même qu'une famille entière campait dans la cabine de pilotage et refusait d'en sortir, contraignant le commandant et ses officiers à enjamber père, mère et enfants pour accéder aux instruments de navigation et lire les cartes ! Tewp, lui, avait eu la faveur de se voir attribuer un espace pour lui seul. Sa carrée n'était pas bien grande mais suffisait amplement à son besoin de solitude. Ce confort n'avait pas été obtenu par égard pour son grade, mais parce que quelqu'un avait glissé une belle enveloppe de deux cents livres sterling dans la poche du chef de bord.

Comme le lui avait annoncé le lieutenant, les formalités de son débarquement furent une simple question de minutes. Tewp avait pris pied sur la passerelle avant tout le monde. Son uniforme et ses galons auraient à eux seuls suffi à lui tailler un chemin dans la foule, mais c'était devant son visage que les gens s'effaçaient spontanément, soudain saisis par une angoisse sourde dont ils n'auraient pu eux-mêmes expliquer l'origine. Un vide s'était créé autour de lui sur le pont. Et c'était impressionnant de voir cette assistance compacte, pressée d'accoster enfin en Terre promise pour y débuter une vie nouvelle, laisser passer dans un silence de mort l'officier anglais au nez de cuir…

Sur le quai, les soldats étaient nerveux. Ils portaient leur fusil à la main et non à la bretelle. Au bout de la jetée, un bâtiment noirci était partiellement recouvert d'une grande bâche goudronnée.

— Le bureau de l'immigration a été soufflé par une explosion il y a cinq jours, mon colonel, expliqua un planton quand Tewp monta dans la voiture qui le mènerait à Jérusalem par la route du sud. Neuf morts parmi les nôtres, une quinzaine d'Arabes et même deux Juifs… ça recommence comme quand Stern était encore vivant. Pire, même ! Tout ça va mal se terminer. Pas vrai, mon colonel ?

Mais Tewp ne daigna pas répondre au chauffeur tant son esprit était ailleurs, bien loin des problèmes politiques de la Palestine et de la Transjordanie. Des guerres civiles larvées, des situations pré-insurrectionnelles, il en avait déjà traversé. Cela ne lui faisait pas peur. Sa carrière avait débuté ainsi. Exactement dix années auparavant, fin 1936, à Calcutta, alors que les nationalistes hindous s'imaginaient pouvoir s'allier aux Allemands pour extraire la perle des Indes du trésor impérial anglais. Mais cette folie avait échoué dans le sang. Les Tigres de l'Armée de l'Inde libre avaient trouvé la mort sur les champs de bataille d'Europe en portant l'uniforme *feldgrau* de la Wehrmacht, tandis que Chandra Bose, leur chef, disparaissait pour toujours en plein ciel, quelque part au-dessus du territoire immense de l'URSS… De la pathétique épopée de ces hommes il ne restait maintenant plus grand-chose, sinon peut-être le souvenir que pouvait en garder David Tewp. David Tewp, colonel des services de renseignements britanniques qui conservait plus d'un secret d'État dans les replis de sa mémoire…

*

L'hôtel King David était un imposant bâtiment rococo ocre blond dominant la vieille ville, situé à quelques centaines de mètres à peine du mur des Lamentations et du mont du Temple. Une de ses ailes accueillait les bureaux du secrétariat du gouvernement, une autre le quartier général du commandement militaire, tandis que le reste poursuivait comme si de rien n'était sa vie de palace, un des plus vastes et des plus luxueux de tout le Moyen-Orient. Tewp ne fut pas long à trouver le capitaine O'Reilly.

Celui-ci, un homme d'une quarantaine d'années, plus vieux de cinq ou six ans seulement que le colonel, semblait mêler avec bonheur un détachement joyeux à une conscience du devoir jamais prise en défaut. Si un sourire constant flottait sur ses lèvres, ce n'était pas par ironie, mais plutôt le signe d'un fatalisme né de l'expérience et d'un optimisme naturel à toute épreuve. Tewp, d'emblée, se sentit à l'aise avec cet homme qui en avait trop vu au fil de sa carrière pour se formaliser d'une prothèse de cuir mangeant le visage d'un soldat. Cette blessure prouvait au contraire à Morgan O'Reilly que Tewp avait mérité ses galons au front en s'exposant comme un simple *private*, ce qui n'était pas le cas de tous les officiers qu'il avait croisés ces dernières années. Leur première conversation fut brève et directe, ni l'un ni l'autre ne ressentant le besoin de s'attarder à de faux-semblants.

— Capitaine O'Reilly, dit Tewp, comme les deux hommes s'étaient assis à l'écart dans un coin du lobby de l'hôtel, je ne vais pas vous faire perdre votre temps en inventant de fausses raisons que votre instinct vous fera découvrir en quelques jours, si ce n'est en quelques heures… Bien que vous m'ayez été recommandé par un haut fonctionnaire dont l'allure et les manières m'ont été déplaisantes au premier regard, je choisis de placer ma confiance en vous, un homme des fusiliers irlandais, plutôt qu'en mes collègues du MI6 présents à Jérusalem, car la raison de ma venue en Palestine n'a aucun rapport avec les événements politiques qui se déroulent ici…

L'introduction était franche, presque brutale. Elle ne perturba pourtant pas O'Reilly, dont le corps charpenté mais un peu épais, lourd, ne broncha pas d'un millimètre. Après un silence, le colonel poursuivit.

— Je suis simplement à la recherche d'un homme, un Juif, dont je sais qu'il a quitté l'Europe fin 45 pour venir s'installer ici. Pensez-vous pouvoir m'aider, capitaine ?

O'Reilly haussa les sourcils et tendit sa main vers la table basse pour saisir la casquette qu'il y avait posée. Il la fit tourner un instant sur son index tandis qu'il réfléchissait sans émettre d'autre son qu'un léger sifflement entre les dents.

— Avec tout le respect que je vous dois, mon colonel, retrouver un Juif aujourd'hui dans Jérusalem n'est pas la tâche la plus facile qui soit, dit-il enfin. Il en arrive tous les jours par cargo, bien que nous les filtrions autant que nous le pouvons. Quand ils ne peuvent débarquer à Haïfa, ils arrivent par le Liban ou même par l'Égypte. C'est un flot continu depuis douze mois… Vous connaissez les problèmes que cela génère ici, évidemment ?

Tewp se contenta d'un hochement de tête pour signifier qu'il était au courant de la situation de la Palestine depuis la fin de la Première Guerre mondiale. Chassés par les Arabes, auxquels les Britanniques avaient fait miroiter une complète indépendance, les Ottomans avaient laissé derrière eux un territoire presque vide, que le secrétaire d'État aux Affaires étrangères, l'imprudent lord Arthur Balfour, avait maladroitement destiné à l'établissement d'un foyer national juif. Or, pour dépeuplée qu'elle fût, la Palestine était tout de même loin d'être un désert. Des gens vivaient là, des populations qui n'entendaient pas se laisser déposséder de leurs villes et de leurs champs par des colons juifs arrivés en masse... Des affrontements sanglants avaient eu lieu dès les années 1920 entre la communauté nouvelle venue et les autochtones. Des affrontements qui s'étaient un peu calmés au cours de la Seconde Guerre mondiale mais qui avaient repris avec une violence accrue depuis la fin des persécutions nazies et l'exode massif des Juifs en Terre promise...

— Nous autres, Britanniques, sommes placés entre le marteau et l'enclume, expliqua O'Reilly. Deux instruments que nous avons forgés de nos propres mains, si je puis dire. D'un côté, les Palestiniens ne nous font plus confiance depuis longtemps et nous accusent de donner leurs terres en compensation des crimes commis en Europe. De l'autre, les Juifs se considèrent déjà chez eux ici et nous traitent comme une puissance occupante. Non seulement ils attaquent les Arabes pour les chasser de Palestine, mais ils nous attaquent, nous, parce qu'ils pensent que nous sommes leurs ennemis... Les patrouilles sont harcelées, vous savez. Des dépôts d'armes sont attaqués. Il y a eu des morts chez les nôtres. La Palestine et la Transjordanie sont devenues un vrai chaudron de sorcière... Le type que vous recherchez... Je suppose qu'il a des choses à se reprocher ? C'est un clandestin, évidemment…

— Je n'en suis pas absolument certain, mais c'est plus que vraisemblable, avait lâché Tewp dans un soupir résigné. Je sais que ce ne sera pas facile de mettre la main sur lui dans une ville où la population nous est hostile et où chaque visage est peut-être celui d'un saboteur…

— Son nom, mon colonel ? Vous avez au moins son nom, tout de même ?

— Hezner… L'homme que je cherche s'appelle Ruben Hezner. C'est son vrai nom. Il a une soixantaine d'années. C'est un ashkénaze originaire d'Odessa. Je n'ai malheureusement de lui qu'un seul et unique portrait.

De son portefeuille Tewp tira un petit rectangle de carton brillant qu'il tendit à O'Reilly. La photo n'était pas très bonne et les couleurs, déjà passées, étaient fades. Cela n'empêchait pas de distinguer les traits d'un petit homme à la belle barbe noire, bien taillée, vêtu d'un élégant costume sombre, souriant, nonchalamment assis dans un salon d'apparat au mur duquel était pendu un portrait de grand format…

O'Reilly eut un hoquet de surprise. Sa casquette tomba sur le sol sans qu'il prît la peine de la ramasser.

— C'est… ?

— Oui, capitaine. Ruben Hezner est assis sous le portrait d'Adolf Hitler et n'en semble aucunement mal à l'aise ! Ce cliché a été pris à Berlin, en 1943, dans les bureaux d'un des instituts de la SS. Je le tiens d'un homme qui a très bien connu Hezner à cette époque. Je comprends votre trouble. C'est une longue histoire. Je promets de vous la raconter un jour. Quand j'aurai débusqué mon homme…

*

Morgan O'Reilly était un garçon simple. Même s'il n'appartenait pas à son régiment, le colonel Tewp restait un supérieur, et son devoir était de lui prêter assistance s'il le demandait. Pendant quelques jours, O'Reilly s'acharna donc à tenter de trouver trace de Ruben Hezner dans les papiers de l'office des douanes, mais il ne fit que perdre son temps. Aucun Hezner n'avait été recensé en tant qu'immigrant en Palestine au cours des dix-huit derniers mois. Continuer à chercher trace de cet homme dans les listes officielles était de toute évidence inutile.

— J'ai à la fois une bonne et une mauvaise nouvelle pour vous, mon colonel, dit le capitaine comme il retrouvait Tewp dans sa chambre du King David Hotel au quatrième soir de leur collaboration. En premier lieu, et comme les jours précédents, je n'ai rien dégoté sur Hezner. Pas l'ombre d'une fiche. S'il est ici, c'est un clandestin. Ensuite – ça, c'est la bonne nouvelle –, je ne vais plus être en mesure de me charger de votre affaire !

Le sourire qu'affichait O'Reilly rendit Tewp un instant perplexe. Il chercha à objecter quelque chose mais déjà le capitaine s'expliquait.

— Lord Cunningham, notre haut-commissaire en Palestine, a décidé de lancer une vaste opération de nettoyage en réponse à une attaque d'un dépôt de la RAF, à Haïfa, qui a fait plusieurs morts parmi nos gars. À 4 heures demain matin, l'opération Agatha va être lancée. La ville entière sera bouclée. Tous les régiments seront mobilisés, les paras, les fusiliers, tout le monde… Moi y compris, bien sûr… D'après ce que je sais, la situation d'urgence durera au moins dix jours ! Impossible de circuler sans autorisation. Des milliers d'arrestations sont prévues. Tout caché qu'il soit, Hezner ne pourra pas passer au travers des mailles du filet ! Cunningham fait le travail pour nous. Il ne vous restera plus qu'à cueillir votre type dans le camp de prisonniers où il sera interné ! Excellent, n'est-ce pas ? s'exclama le capitaine en tapant férocement du poing dans la paume de sa main.

En retour, Tewp eut une grimace navrée que le capitaine ne comprit pas. Ajustant le nœud de sa cravate, l'homme du MI6 quitta son fauteuil et alla ouvrir la fenêtre en grand pour profiter de l'air du soir qui montait en vagues fraîches des collines alentour. Au-dehors, brillantes comme des feux de glace, les étoiles dessinaient des figures dans le ciel. Tewp se pencha au balcon de sa chambre et regarda un instant les premiers couples qui s'attablaient pour dîner sur la terrasse du Regence, le restaurant de l'hôtel, au bord de l'immense piscine aux miroitements de jade. Les femmes étaient belles, vêtues de longues robes de tissus légers, et les hommes, portant frac et pantalon rayé, ressemblaient tous à Fred Astaire. La ville était en guerre, le pays était en guerre… mais qui parmi ces gens voulait l'admettre ?

— Mon colonel ? hésita O'Reilly. C'est une bonne nouvelle que cette opération Agatha, n'est-ce pas ?

— La pire de toutes, O'Reilly. La pire de toutes…

*

À l'aube du 28 juin 1946, des centaines de camions et de véhicules militaires pénétrèrent dans Jérusalem pour déverser dans les rues dix-sept mille Tommies galvanisés par le discours de fer que venait de leur tenir lord Cunningham. Bien décidés à débarrasser une fois pour toutes la ville des insurgés qui leur menaient la vie dure depuis des mois, ceux-ci débutèrent une gigantesque et méthodique opération de police qui allait durer des jours et placer la vieille ville sous loi martiale. Les premières cibles visées par les Anglais furent les bureaux des Agences juives, qui furent consciencieusement fouillés puis fermés les uns après les autres, même si ces dernières n'entretenaient aucun lien direct avec l'Irgoun, la cellule terroriste qui coordonnait les attentats menés contre les forces britanniques. Comme l'avait annoncé O'Reilly, il y eut des arrestations en masse et des interrogatoires poussés pour tenter d'extirper des noms, des adresses, des localisations de caches d'armes. Tant que dura l'opération Agatha, la ville fut cernée de barricades interdisant à toutes personnes d'y entrer comme d'en sortir. La population ne se risquait plus au-dehors que quelques heures par jour afin d'assurer son ravitaillement en eau et en nourriture. Les magasins d'approvisionnement ne relevaient plus qu'à peine leur rideau de fer, tandis que les administrations et les compagnies privées avaient complètement verrouillé leur porte.

Au King David Hotel, Tewp rongeait son frein. De sa chambre du cinquième étage, il voyait monter la poussière soulevée par les roues des automitrailleuses Staghounds qui passaient à pleine vitesse, toutes écoutilles fermées, dans les rues en contrebas. Le soir, au bord de la piscine, les chandelles restaient éteintes et les tables demeuraient vides. Recluses dans leur villa des beaux quartiers, les jolies femmes ne venaient plus se montrer sur la terrasse… Au troisième jour du blocus, le capitaine O'Reilly revint de son propre chef rendre visite au colonel du MI6. Son uniforme était froissé et ses bottines couvertes de poussière. Un léger voile gris sur ses joues montrait qu'il n'avait pas eu le temps de se raser depuis la veille.

— Je n'ai pas de nouvelles de votre Hezner, mon colonel, mais je ne vous ai pas oublié, dit l'Irlandais comme pour s'excuser d'avoir été enrôlé dans les grandes manœuvres décidées par lord Cunningham. J'ai quelques heures de quartier libre, alors je suis passé vous voir…

— J'apprécie votre geste. Comment se déroulent les opérations en ville ? Cela donne les résultats escomptés ? demanda Tewp, plus par politesse que par intérêt sincère.

— Hum…, fit O'Reilly avec un large sourire. C'est à voir… Nous trouvons des armes en quantité. Et pas seulement des fusils ou des bombes artisanales, notez bien… L'Irgoun est une véritable armée clandestine. Avec des mortiers, des mitrailleuses… On a même trouvé un char léger caché dans un garage, dans une maison face à un poste de police ! Les types avaient essayé de le camoufler en tracteur avec des tôles peintes ! Vous imaginez ça ? Il faut qu'ils soient sacrément gonflés, tout de même !

L'anecdote arracha un sourire attristé à Tewp.

— Ces gens sont animés de la naïve énergie que leur donne la certitude de se battre pour une cause supérieure, voilà tout… commenta-t-il en s'approchant de la fenêtre et en jetant un coup d'œil dans les jardins. Dites-moi, capitaine, je vous devine affamé. Accepteriez-vous une invitation à dîner ? Au restaurant de l'hôtel, bien sûr. Je suis certain qu'ils pourront nous servir quelque chose de plus appétissant qu'au mess…

O'Reilly n'était pas le genre d'homme à faire des manières devant la perspective d'un bon repas. Aussi incongrue que lui semblât la proposition de Tewp, il l'accepta avec joie.

Les deux hommes descendirent jusqu'à la salle de restaurant, l'un impeccablement sanglé dans un uniforme propre, l'autre crasseux, malodorant et les ongles noircis par deux jours sans sommeil passés à fouiller les caves et les arrière-cours de la vieille ville. Il n'y avait presque personne dans la vaste salle à manger du King David, et la moitié de la pièce d'apparat était même plongée dans l'obscurité. Deux ou trois couples, mal à l'aise, tassés sur leurs chaises comme des chiots apeurés par l'orage, se forçaient héroïquement à picorer saumon ou poularde de la pointe de leurs couverts en vermeil. Leurs conversations, sans rires, sans sourires même, étaient tenues à voix basse, comme un soir de deuil. Les quelques ventilateurs qui restaient en action avaient peine à brasser l'air. La touffeur de l'endroit indisposa le colonel, qui exigea du chef de rang qu'une table soit dressée au bord de la piscine, là où, quelques jours plus tôt, s'agitaient dans l'insouciance les personnes les plus en vue de la bonne société anglo-palestinienne.

Bien qu'épuisé, le capitaine O'Reilly jouissait manifestement de l'instant. Un peu grisé par la fatigue, étourdi par le décor et détendu par cette pause inattendue, il se mit vite à parler fort, racontant sa vie entre deux bouchées, épiçant le récit de ses états de service d'un brin d'exagération tandis que Tewp le resservait souvent en vin de Chiraz. Les petits mensonges puérils dont le capitaine se rendait coupable amusaient le colonel bien plus qu'ils ne l'irritaient. De quelques années plus jeune que l'officier des fusiliers royaux irlandais, Tewp avait pourtant compris depuis longtemps que la plupart des hommes souffrent d'un besoin de reconnaissance qui dévore même les meilleurs d'entre eux et peut les pousser au mal sans qu'ils s'en rendent compte toujours. O'Reilly, se demandait Tewp tandis qu'il négligeait son propre repas pour mieux observer son invité, O'Reilly, tout brave et bon qu'il fût, aurait-il pu lui aussi se laisser aller à la trahison, à l'infamie, s'il y avait trouvé son avantage ? Malheureusement, Tewp pressentait que oui… Depuis dix ans qu'il avait revêtu pour la première fois l'uniforme, depuis dix ans qu'il avait suivi les conseils de Leslie Colrow, le professeur de droit qui par ses intrigues avait favorisé son entrée au MI6, Tewp n'avait cessé de rencontrer des hommes avides. Avides de pouvoir. Avides de richesses. Avides de puissance. Des hommes qui n'agissaient que par dépravation, lâcheté ou intérêt. Chaque fois qu'il fermait les yeux, il se souvenait des visages, des silhouettes rencontrées au cours de toutes ces années aux Indes et en Europe orientale, partout où le destin l'avait conduit. Combien d'amis véritables pouvait-il compter parmi tous ceux dont il avait un jour croisé la route ? Il y avait eu Garance de Réault, la Française, et Nicol aussi, le capitaine médecin de Calcutta… Et puis Habid Swamy, bien sûr, le petit caporal hindou qui avait accepté de tout quitter pour mourir dans les plaines glacées à mille lieues de son pays et de son épouse… Et encore Grigor Ténidzé, l'ancien commissaire politique géorgien qui avait pris des risques fous pour sauver des enfants qui lui étaient parfaitement étrangers… Une femme et trois hommes seulement. Quatre âmes désintéressées, isolées parmi des centaines d'autres qui n'avaient su faire preuve que d'égoïsme, de violence ou de cupidité… Car Tewp l'avait compris depuis longtemps, l'âme humaine n'est qu'océan de vilenie et sa couleur est le noir. Noir comme l'envie, noir comme la peur, noir comme le crime…

Lui-même n'échappait pas à cette térébrante obscurité. Tewp était un criminel… Il avait tué. Malgré lui. Autrefois… Mais il savait qu'il pourrait tuer à nouveau. Et, pire encore, puisque son existence entière n'était depuis longtemps qu'un immense et irréfragable désir de meurtre. Éteindre à jamais le souffle vital de deux êtres qu'il avait croisés un jour, presque dix ans auparavant sur les bords du Gange. Tuer Dalibor et Laüme Galjero, les assassins d'enfants de Calcutta… Voilà ce à quoi il consacrait sa vie désormais. Voilà quelle était la mission qu'il avait juré d'accomplir. Longtemps pisteur isolé, il ne menait plus cette traque en solitaire. Des alliés inattendus étaient venus le rejoindre. Ce furent tout d'abord lord et lady Bentham, en deuil de leur fils Patrick et de leur fille Sybil, adolescents rêveurs, fragiles, séduits puis sacrifiés par les Galjero au cours d'une nuit pendant laquelle le frère et la sœur s'étaient offerts en oblation à leurs suborneurs. Puis était apparu Thörun Gärensen, géant blond et allure innée de junker, qui avait sauvé la vie de Tewp alors que celui-ci luttait à mort contre Ostara Keller, la disciple du couple Galjero… Enfin était venu vers lui le sénateur américain Lewis Monti, un homme dur, d'une probité plus que douteuse, mais redoutablement influent et qui poursuivait lui aussi les Roumains d'une haine inextinguible. De caractères aussi différents qu'il était possible de l'imaginer, éloignés les uns des autres par les années autant que par l'éducation ou la culture, tous ces gens avaient pourtant scellé une alliance muette pour retrouver et châtier les Galjero. Loups ivres de vengeance accourus de tous les points cardinaux, ils s'étaient instinctivement trouvés pour traquer en meute les deux créatures qui avaient à jamais bouleversé leur vie…

— Colonel Tewp ? Vous êtes bien le colonel Tewp, monsieur ?

Paupières closes, perdu dans ses sombres pensées, Tewp n'avait pas prêté attention au groom en spencer blanc qui s'était avancé vers lui. Le calot rond aux armes de l'établissement tenu sur sa tête par un large bandeau élastique, l'employé serrait sur sa poitrine une ardoise où le nom de l'Anglais s'étalait en lettres de craie.

— Il y a un appel de l'étranger pour vous, monsieur. Vous pouvez le prendre dans une des cabines de la réception, si vous le souhaitez.

Marmonnant pour la forme une vague excuse, Tewp quitta la table sans regrets. Appliqué à mastiquer avec lenteur un énorme morceau de bœuf aux herbes, O'Reilly avait depuis longtemps le regard d'un homme assommé par trop de bon vin…

Nathan Katz

De sa vie, Morgan O'Reilly n'avait ressenti une impression aussi désagréable que le jour funeste où, bambin, il avait innocemment remonté la source d'une parade de bulles de savon jusqu'à se hisser, à la seule force de ses bras potelés, par-dessus la rambarde de la lessiveuse. Dégringolé la tête la première dans l'eau grise, l'Irlandais avait gardé pendant des années le souvenir abrasif des liquides détergents qui s'étaient alors déversés à une vitesse niagaresque dans tous ses conduits naturels. Le rappel de cette aventure – qui allait le marquer à jamais d'une méfiance compulsive envers tout produit peu ou prou saponifère – fut la première pensée consciente qui éclata dans son cerveau engourdi par le chiraz lorsque son nez et sa gorge reçurent à froid une pleine goulée de l'eau chlorée de la piscine du King David Hotel. Nageur passable malgré ses antécédents d'hydrophobe, O'Reilly n'eut pas grand mal à coordonner ses mouvements pour se propulser en quelques brasses jusqu'à l'échelle, où la main de David Tewp se saisit de la sienne et le tira vigoureusement hors de l'onde. Piteux et dégoulinant, le capitaine n'était pas encore dégrisé. Crachant, toussant, soufflant, il avait bien compris qu'il devait son infortune à l'austère colonel au nez de cuir. Un long filet de morve coulant de son nez, l'Irlandais fit mine de fouiller ses poches pour chercher un mouchoir. Compatissant, Tewp lui tendit le sien.

— Navré de vous avoir mis dans cet état, capitaine. C'est entièrement ma faute. Je n'aurais pas dû faire boire un homme aussi épuisé que vous. Mais les événements se précipitent. J'ai besoin de vous. De votre lucidité immédiate. Vous ne m'en voulez pas trop, j'espère ?

Le ton était sincèrement désolé, Tewp ne feignait pas la gêne. La manière avait été rude, certes, pensait O'Reilly. Mais ce colonel hors norme n'était pas déplaisant. L'officier des fusiliers royaux préféra prendre sa mésaventure avec le sourire.

— Je reconnais que j'avais besoin d'un bon bain, mon colonel. Mais si vous me l'aviez demandé gentiment, j'aurais préféré prendre une douche dans mes quartiers. Sans mes vêtements !

— Mais je vous l'ai demandé gentiment ! répliqua Tewp en s'autorisant à lui tapoter familièrement l'épaule en signe de réconfort. Je vous assure, capitaine. Mais vous manifestiez infiniment plus d'intérêt pour votre verre que pour ce que j'avais à vous dire ! Comme je n'ai malheureusement pas de temps à perdre, j'ai opté pour la solution radicale. Sans rancune ?

— Sans rancune, mon colonel. La méthode est oubliée. Alors, de quoi s'agit-il ?

— D'un contact, ici, à Jérusalem… Un nom, que l'on vient de me communiquer et qui pourrait être le fil direct menant à Hezner. Vous êtes depuis longtemps ici, m'a dit le secrétaire Hartford. Parlez-moi d'un certain Zino Saporta…

Mieux que l'eau froide de la piscine, le nom prononcé par Tewp dégrisa brutalement O'Reilly.

— Zino Saporta est le dernier des sujets de conversation qu'on osera aborder avec vous à Jérusalem, mon colonel, remarqua O'Reilly en retirant sa vareuse de combat pour l'essorer sur les tomettes rouges de la terrasse. Parlez tant que vous voulez des factions les plus jusqu'au-boutistes de l'Irgoun, du gang Stern, des tireurs isolés qui font des cartons sur les civils arabes. Parlez même des tirs de mortier des colons sur les marchés autochtones, mais gardez-vous bien de mentionner Zino Saporta… C'est trop gros. Même lord Cunningham ne peut rien faire. Alors, de simples soldats comme nous, vous pensez bien…

Tewp enfonça ses ongles dans ses paumes. Il aurait voulu laisser libre cours à l'impatience, à la colère même qu'il sentait monter en lui, mais il se maîtrisa et se contenta de respirer profondément pour faire baisser le rythme de ses battements cardiaques. D'une voix sourde, il essaya de convaincre O'Reilly de lui épargner toute mise en garde fumeuse.

— Je suis ici dans une position difficile, capitaine. J'ai pour mission de retrouver Hezner. Vite. Malgré cette opération Agatha qui complique tout. Malgré l'absence d'aide officielle, étant donné les circonstances… Si vous m'aidez efficacement, il y aura des avantages pour vous. Considérables, peut-être. Vous pensez bien que je ne recherche pas cet homme dans mon seul intérêt personnel. J'ai des appuis. Sérieux. Puissants. Ils pourront faire quelque chose pour vous si je le leur demande. Alors épargnez-moi vos effarouchements et allez droit au but.

O'Reilly ne savait plus quoi penser. Les yeux rivés sur la pointe de ses bottes, il ressemblait à un écolier grondé par son maître. Depuis le début de leur rencontre, il avait bien compris que cet étrange colonel évoluait aux marges de la légitimité militaire. Qu'il appartienne vraiment à la Firme, le service d'espionnage de la Couronne, il n'en doutait pas un instant, même s'il trouvait curieux que Tewp ait toujours refusé de contacter ses collègues directs, nombreux pourtant, en poste à Jérusalem. Qu'il l'ait choisi, lui, un obscur capitaine d'infanterie pour l'épauler n'était pas normal. À supposer que sa quête n'eût aucun rapport avec la guerre acharnée que se livraient ici Juifs et Arabes, Tewp avait à l'évidence de très nombreuses choses à cacher. Pourtant, comment refuser de lui parler ?

— Saporta, lâcha enfin le capitaine avec une réticence évidente, est une des têtes de la mafia casher en Palestine. Il peut vous procurer tout ce que vous voulez : la panoplie habituelle du commerce des filles, du jeu et de l'alcool… Ou n'importe quoi qui puisse vous intéresser. Mais ce n'est pas ça qui le rend intouchable.

— Alors quoi ?

— Ce type est le correspondant direct de Mickey Cohen, le second de Bugsy Siegel, chef des « familles » juives de Californie. De là, je crois qu'on ricoche directement vers les services de renseignements américains… Mais c'est tout ce que je sais. Je suppose que vous pourriez en apprendre beaucoup plus par vous-même en vous tournant vers votre MI6.

— Les trafics de cet homme et ses contacts étrangers ne sont pas mon affaire. Je ne suis pas là pour le démasquer. Faites-moi rencontrer Saporta, O'Reilly. Par n'importe quel moyen…

*

Tewp attendit patiemment deux journées entières sans sortir de sa chambre que le capitaine refît son apparition. Au-dehors, l'opération de nettoyage menée par l'armée britannique se durcissait après les multiples représailles que l'Irgoun avait lancées contre les soldats du roi George VI. Près du Saint Sépulcre, des tireurs embusqués avaient pris une patrouille en tir croisé et abattu quatre *privates*. Porte de Damas, c'était un bâton de dynamite qui avait été jeté sous un camion des transmissions et qui avait déchiqueté tout l'équipage. Un peu en dehors de la ville, sur la route de Tel-Aviv, un poste de contrôle avait essuyé une attaque en règle à la mitrailleuse lourde et à la grenade. Neuf soldats y avaient laissé la vie. Une situation insurrectionnelle s'installait dans toutes les villes de Palestine et l'Angleterre, seule, incomprise, décriée à l'étranger par une presse qui n'hésitait pas à comparer le soulèvement des colons à la révolte du ghetto de Varsovie, ne savait plus que faire. Aux Nations unies, fraîchement nées des cendres de la défunte Société des Nations d'avant-guerre, les diplomates du Foreign Office s'ingéniaient à placer la région sous contrôle international, mais les Américains, en sous-main, retardaient la prise d'une décision propre à évacuer de la zone une puissance dont ils avaient tout intérêt à miner l'influence. Plus longtemps la Grande-Bretagne serait l'otage de ses contradictions dans le guêpier palestinien, plus vite s'achèverait son rêve d'Empire. Un rêve que beaucoup, outre-Atlantique, voulaient depuis longtemps reprendre à leur compte…

Tewp écoutait, sur un gros poste d'acajou, le bulletin d'information local de la BBC quand O'Reilly frappa à la porte. De sa voix pincée, le speaker égrenait la liste des attaques qui venaient d'avoir lieu. De nouveaux morts, britanniques tout autant qu'arabes ou juifs, venaient s'ajouter à la liste déjà longue des victimes.

— Après deux mille ans, Balfour a encouragé les Hébreux à revenir occuper leur point de départ, dit l'Irlandais d'un ton fataliste. Maintenant qu'ils sont là, ils veulent le pouvoir. Logique… Il ne faut pas s'en étonner. Ce n'est rien d'autre que la pente naturelle de l'Histoire.

— Je ne m'en étonne pas, capitaine. Même si je doute que l'Histoire s'incline selon une pente naturelle, comme vous dites. Quoi qu'il en soit, ce n'est pas mon problème de l'heure, repartit Tewp, impatient.

— Je ne sais pas encore si on peut appeler ça une bonne nouvelle, mon colonel, mais c'est au moins un coup de chance ! Je ne me suis pas trompé lorsque je vous ai dit qu'Agatha allait nous ramener du poisson dans ses filets. J'ai visité la prison centrale ce matin. En graissant une ou deux pattes, j'ai obtenu la liste des prisonniers. Il y a une petite frappe des bas quartiers qui a été prise avec un Colt 45 glissé dans son pantalon. Je le connais. C'est Nathan Katz. Il s'occupe d'un des tripots clandestins de Saporta. Un coup de bâton, une petite carotte, un autre coup de bâton, et je parie qu'il vous arrangera une entrevue avec son patron. Alors ? Qu'en dites-vous ?

— J'en dis que vous allez immédiatement m'emmener voir cet homme, capitaine. J'ai été enfermé dans cette chambre bien trop longtemps !

Cantonné au King David depuis son arrivée, Tewp n'avait encore presque rien vu de la ville, rien goûté d'elle. Installé à l'arrière de la Buick qui le conduisait vers le centre pénitentiaire, il voulut baisser la vitre pour respirer les parfums de la Judée, savoir s'ils ressemblaient aux odeurs qu'il avait si longtemps respirées aux Indes. Poussiéreuses, vides, les rues ne lui lancèrent au visage que des miasmes qui l'indisposèrent et rendirent sa respiration difficile. Ses yeux s'embuèrent. La migraine enserra son crâne. Des larmes coulèrent sur ses joues. Jetant un coup d'œil dans le rétroviseur, O'Reilly s'en aperçut. Il voulut parler mais la phrase mourut sur ses lèvres.

— Ne vous souciez pas de moi, capitaine, tenta de le rassurer le colonel. Ma blessure me rend parfois la vie difficile, mais ce n'est qu'une indisposition passagère. J'ai commis une sottise en baissant cette vitre, c'est tout.

O'Reilly ne répondit pas. Son intuition lui avait soufflé depuis longtemps que Tewp refusait qu'on le plaignît. Dans son for intérieur, il ne pouvait cependant s'empêcher d'éprouver une immense pitié pour cet homme défiguré et, pour la première fois, il pensa qu'il aurait aimé le connaître avant qu'il ne fût atrocement mutilé. Passant sa gêne et sa rage sur l'embrayage de la voiture, le capitaine pressa la pédale d'accélération et profita de l'absence de circulation pour rouler à pleine vitesse jusqu'à destination.

*

Resté en retrait alors que Tewp menait les palabres avec l'administration, O'Reilly ne sut jamais quel argument le colonel avait fait valoir pour obtenir une entrevue privée avec le détenu Nathan Katz. Néanmoins, le capitaine et le colonel se retrouvèrent bien vite dans une pièce nue aux murs gris et à l'unique fenêtre grillagée. Une ampoule brillait faiblement au plafond du parloir, dont le mobilier se résumait à une table de bois raboteuse et trois chaises au paillage éclaté. L'officier irlandais eut le temps de fumer une cigarette avant que deux policiers militaires ne fassent leur entrée, serrant un petit homme vêtu d'une informe liquette blanche souillée, d'un pantalon de laine sans ceinture et marchant pieds nus dans des sandales de cuir aux lanières sur le point de se rompre. Ses mains étaient entravées par des menottes qu'un des policiers fit mine de déverrouiller avant que Tewp ne retînt son geste.

— Nous ne sommes pas les avocats de M. Katz. C'est un prisonnier. Il le reste.

— À vos ordres, *sir* ! dit le soldat en se raidissant. Nous attendrons la fin de l'interrogatoire dans le corridor. Vous pourrez nous appeler dès que vous en aurez terminé avec le prévenu.

Katz leva un regard effrayé vers le masque de cuir de Tewp tandis que sortaient les *Red Caps*. Placé dans un coin d'ombre, loin de la source de lumière tombant du plafond, la silhouette du colonel anglais se devinait bien plus qu'elle ne se voyait. Immobile et muet, ce dernier n'en paraissait que plus menaçant à Katz, que sa taille et son gabarit, nettement en dessous de la moyenne, faisaient presque ressembler à un enfant.

— Je suis un citoyen légalement déclaré, commença-t-il à se justifier d'une voix mal assurée. Ma famille et moi sommes arrivés ici en 1937, de Sofia, en Bulgarie. Déjà depuis 1937, je vous dis. Bien connus sur la place… Je suis honorable… Je ne sais pas pourquoi je suis ici… Erreur ! Erreur !

Tewp ne bougea pas, se contentant de plonger ses yeux dans ceux de Katz tandis qu'O'Reilly s'approchait du bonhomme par-derrière pour le prendre soudain par les aisselles et le soulever de terre tel un hercule. Battant l'air de ses jambes, les pupilles dilatées par la peur, Nathan Katz se mit à hurler des appels en yiddish…

— Personne ne viendra pour toi, Katz, dit O'Reilly d'une voix dure. Ne nous fais pas perdre notre temps à jouer les imbéciles. Je sais que tu m'as reconnu. Moi aussi, je traîne à Jérusalem depuis longtemps. Assez longtemps pour savoir qui tu es, ce que tu fais et pour qui tu travailles. Alors, écoute gentiment ce que le colonel va te dire, ou bien je n'aurai aucun scrupule à éclater ton crâne d'œuf sur le coin de la table ! Le seul ennui que ça me causera sera de devoir laver ma chemise. On se comprend ?

Le discours de l'Irlandais calma tout net Nathan Katz, qui cessa de geindre et de s'agiter. Avant de s'avancer vers la fripouille toujours à trois pieds au-dessus du sol, Tewp ne put s'empêcher de penser qu'en tout homme, décidément, sommeille un tortionnaire habile… Sans que personne lui eût appris son rôle, O'Reilly avait trouvé d'instinct le ton et la manière pour s'imposer à Katz.

— Je suis le colonel David Norman Tewp, dit lentement l'officier en prenant garde désormais à placer ses traits sous la lumière. Je suppose que vous n'allez pas éprouver trop de difficultés à vous souvenir de moi, maintenant que nous nous sommes rencontrés. N'est-ce pas, monsieur Katz ?

L'ashkénaze hocha la tête en signe d'approbation.

— Bien. Sachez d'abord que vos petits trafics ne nous intéressent en rien et que nous sommes prêts à vous laisser mener votre vie comme vous l'entendez…

Katz eut un soupir de soulagement qu'il ne chercha pas à cacher.

— Monsieur Katz, poursuivit tranquillement Tewp, nous allons vous faire sortir de cette prison. Aujourd'hui même. Dans une heure à peine… À condition que vous accédiez à notre demande, naturellement…

— Quelle demande, officier ? s'étrangla Katz, qui sentait la sueur ruisseler sur ses côtes et ses reins.

— Je veux rencontrer votre employeur, Zino Saporta. Vite. Au cours des prochaines vingt-quatre heures. Faute de quoi, notre accord sera annulé. Avec toutes les conséquences que vous imaginez. Plus, bien sûr, toutes celles que vous n'imaginez pas ! Souvenez-vous que vous avez une femme et un grand fils de dix-sept ans… Mes renseignements sont exacts, n'est-ce pas ?

À fleur de gorge, la pomme d'Adam de Katz montait et descendait tel un ludion dans son bocal. Déglutissant avec peine, il se remit à couiner d'incompréhensibles phrases en hébreu ; cela agaça tellement O'Reilly qu'il commença à le secouer de gauche à droite comme le balancier d'une horloge, lançant les jambes de la demi-portion presque à l'horizontale. Les cris grimpèrent aussitôt en flèche dans l'échelle des aigus, avant de se briser au sommet des possibilités vocales du petit homme. Le capitaine remit Katz droit, tendu comme un fil à plomb au-dessus du plancher, face à Tewp, que la crise et son remède n'avaient pas fait ciller.

— Katz, je veux tirer un simple renseignement de Saporta. Je n'en ai ni après ses activités illégales, ni après les liens qu'il entretient avec les Américains. Son nom m'a été donné par un contact de Mickey Cohen. Dites à Zino Saporta que je viens de la part du sénateur Lewis Monti…

O'Reilly ne put s'empêcher de lâcher un juron, mais Tewp le fusilla du regard et lui donna l'ordre de reposer Katz sur le sol de béton.

— Si vous me faites sortir d'ici, je peux transmettre le message, admit finalement Nathan Katz après un court silence d'intense réflexion.

Une tempête venait de se lever sous la calotte crânienne du gérant de tripot sans envergure. Quelque part dans une région encore indéfinie de son cortex, il commençait à réaliser que les deux Anglais venaient de lui mettre en main une carte intéressante à jouer pour progresser dans l'organigramme extrêmement compliqué et verrouillé de la *famille* Saporta.

— Puisque vous voici rendu à la raison, je vous garantis que vous aurez regagné vos foyers dans moins d'une heure, monsieur Katz, assura Tewp en ouvrant grande la porte du parloir et en demandant aux gardes de délivrer le prisonnier de ses bracelets de fer.

— Alors comme ça, vous avez dans vos relations Mickey Cohen et un sénateur américain, mon colonel ? Vous auriez pu me le dire et vous servir de ces contacts-là un peu plus tôt, non ? gronda O'Reilly dès qu'il se fut remis au volant de la Buick pour quitter la prison.

— Les choses ne vont pas toujours comme on le veut, capitaine O'Reilly. Je connais un peu le sénateur Monti, c'est vrai. Cohen, c'est autre chose. Je n'en avais jamais entendu parler avant ces jours derniers. Les événements ont leur rythme propre, il faut croire… Les êtres et les choses se révèlent en leur temps. Seulement en leur temps…

O'Reilly poussa un gros soupir et ôta sa casquette pour se gratter rageusement la tête. Coupés ras, ses cheveux n'étaient qu'un duvet blond-roux qui ne parvenait pas à voiler la peau blanchâtre de son crâne.

— Avec tout le respect que je vous dois, mon colonel, gardez donc vos grandes phrases ! Moi, à partir de maintenant, je prends le parti de me contenter de joies simples.

— De joies simples ? Lesquelles, par exemple ?

— Eh bien, celle d'avoir fini la séance d'interrogatoire. De loin, Katz avait l'air d'un sac d'os, mais je vous fiche mon billet qu'il pesait sacrément lourd !

Je commençais à fatiguer, moi, à le balancer comme un encensoir !

Tewp et O'Reilly se séparèrent ce soir-là dans le hall du King David, le capitaine s'engouffrant dans le couloir menant à l'aile occupée par l'état-major et Tewp prenant l'ascenseur pour rejoindre sa chambre au cinquième étage. Lorsqu'il fut seul, le colonel se dévêtit, voila soigneusement tous les miroirs de la salle de bains à l'aide de serviettes tendues, puis il délaça sa prothèse, la désinfecta à l'alcool et la rangea dans un étui de laque. Il se fit ensuite couler un bain très chaud où, toutes lumières éteintes et n'écoutant plus que le silence feutré du palace, il s'endormit doucement.

*

Successeur de lord Gort, lord Cunningham ne souffrait, au contraire de son prédécesseur, d'aucun scrupule quant à l'emploi de la manière forte. Aux soubresauts de l'Irgoun – qui réagissait avec l'énergie du désespoir aux coups que l'opération Agatha lui portait –, le haut-commissaire répondit par un nouvel envoi de troupes et des mesures encore plus sévères de fouilles et de rafles. Trois bâtiments de guerre bloquèrent le port d'Haïfa, tandis que d'autres mouillaient à quelques encablures des côtes de Tel-Aviv, de manière à mettre Jérusalem à portée de tir de leurs batteries lourdes. Poussée par ce second souffle, l'armée britannique parvint à mettre fin en quelques jours aux activités des derniers combattants juifs qui voulaient encore en découdre. Peu à peu, la situation se normalisa. Les barrages furent levés, les patrouilles se firent moins nombreuses et la vie put reprendre un cours plus pacifique. Bien entendu, les deux semaines de loi martiale n'avaient en rien résolu la question de l'établissement du foyer national juif en Palestine, mais la plaie purulente du terrorisme de l'Irgoun avait, croyait-on, été cautérisée. Un peu avant la mi-juillet 1946, la ville sacrée des Juifs, des Chrétiens et des Musulmans retrouva le rythme d'une métropole provinciale.

De ce qui avait été convenu entre Nathan Katz et le colonel David Tewp, rien n'avait été oublié. Par un intermédiaire, le petit malfrat avait assuré l'Anglais que Saporta se trouvait pour affaires à Beyrouth lorsque, au soir du 28 juin, la fermeture des frontières avait été décrétée, mais il savait de source sûre que le mafieux rentrerait à Jérusalem sitôt que la libre circulation des personnes serait rétablie. Ce n'était plus qu'une question de jours… Rien ne poussait Tewp à croire Katz. Il choisit pourtant de lui faire confiance, et les faits lui donnèrent raison. Le 15 juillet, le truand se présenta tôt dans la matinée à la réception du King David et demanda à voir le colonel.

— Connaissez-vous bien Jérusalem, monsieur ? demanda Katz, tout enjoué.

— Peu et mal. Pourquoi cette question ?

— Parce que je suis chargé par qui vous savez de vous faire faire du tourisme ! Prenez de bonnes chaussures car nous allons beaucoup marcher aujourd'hui…

Tewp fit signe qu'il était d'ores et déjà prêt à accompagner Katz là où celui-ci aurait la fantaisie ou l'ordre de l'emmener. À pied, les deux hommes quittèrent les abords de l'hôtel pour s'enfoncer au cœur de la ville. Katz, nonchalant, les mains dans les poches de son épais veston, marquait le pas. Tewp le surveillait du coin de l'œil. La grosse bosse d'un Colt 45 déformait ostensiblement le creux des reins du truand. Pendant trente minutes environ, ils allèrent en silence, se rapprochant du mont du Temple où se distinguait, tel un phare mat, la coupole de cuivre verdi du Dôme du Rocher. Jérusalem n'était pas une ville comme les autres, Tewp le savait pertinemment. C'était un lieu unique au monde, un endroit où chaque pierre racontait l'histoire des trois monothéismes. Une ville qui aurait dû constituer un havre de paix pour tous les hommes prêtant leur foi au Dieu unique, mais qui n'avait été, au fil des millénaires, qu'un lieu de déchirements et de haines incessants.

— Aimez-vous cette ville, monsieur l'Anglais ? Correspond-elle à l'image que vous vous en faisiez avant de débarquer en Palestine ? s'enquit soudain Nathan Katz comme ils débouchaient sur une placette ombragée où coulait l'eau d'une fontaine.

— Je ne m'en étais pas fait d'idée préconçue, monsieur Katz. C'est une ville magnifique… Certainement. Mais mon commentaire s'arrête là.

Cette réponse morose déclencha chez le guide un mauvais rire.

— Impossible de ne pas avoir d'idée toute faite sur Jérusalem si l'on est un tant soit peu chrétien. Vous l'êtes, n'est-ce pas ?

Tewp resta muet. Non qu'il refusât de satisfaire la curiosité de Katz, mais il ne sentait pas naître en lui de réponse sincère. Chrétien, il l'avait certainement été, par convention plus que par conviction, autrefois. Avant les Indes. Maintenant, il préférait écarter de ses pensées toute référence à la religion.

— Venez ! Arrêtons-nous un instant sous ces amandiers, voulez-vous ? Là où se trouve ce petit café. À cette heure, il n'y aura personne pour nous déranger…

Nathan Katz passa devant l'officier, tira une chaise de fer et s'installa, croisant les bras sur le plateau d'une table marquetée à l'orientale. Conscient d'être un jouet à la merci du petit homme, Tewp s'assit lui aussi sans manifester de mauvaise humeur. D'une porte basse ouverte dans la façade de la maison, un homme vêtu d'un turban et d'un sarouel sortit et vint leur demander en arabe ce qu'ils voulaient boire. Katz lui répondit dans la même langue, qu'il semblait parler sans effort.

— Je sais ce que vous pensez, colonel. Vous trouvez étrange que moi, Juif européen installé ici depuis dix ans seulement, un colon donc, j'ose me promener tranquillement dans les quartiers musulmans de cette ville. Vous ne comprenez pas davantage que j'en parle la langue et que j'y sois reçu sans hostilité.

— C'est vrai. Cela me surprend. Je pensais que les Arabes et les Juifs restaient dans leurs districts réservés et dégainaient leurs couteaux si, par malheur, ils se croisaient.

Pour la première fois, Nathan Katz tordit ses lèvres en un sourire presque amical. Tewp observa qu'il lui manquait une canine.

— Nous avons dépassé le stade des armes blanches, officier. Vous avez pu constater par vous-même au cours des semaines passées que nous autres, Sémites, sommes des êtres modernes : nous savons nous entre-tuer avec les meilleures productions de l'armement industriel… Plaisanterie de mauvais goût mise à part, ne nous prenez pas pour des idiots, ni les Juifs, ni les Arabes de Palestine. Les massacres sont le fait d'une minorité, chez eux comme chez nous. D'hommes chauffés à blanc. La plupart des colons et des autochtones seraient prêts à s'entendre, je crois, comme savent le faire les gens simples que ne pollue pas un excès de politique. Je fais partie de ces gens simples. Tout comme ce serveur de café… Il le sait. Mieux : il le sent. C'est pour cela qu'il me laisse en paix.

— Mais vous n'êtes pas un artisan ordinaire, Katz ! Vous n'êtes pas professeur ou infirmier. Vous êtes un truand ! Vous portez une arme. Les gens simples dont vous parlez n'en ont pas l'habitude…

— Vous vous trompez, colonel. Vous êtes un homme plein d'a priori, comme la majorité des Européens. Je suis un bandit, c'est vrai. Un petit malfrat qui profite de la situation troublée pour se faire de l'argent facile en tenant un tripot minable où viennent jouer leur paye de la semaine les gens tranquilles de mon quartier. Mais c'est la vie ! Vous n'y pouvez rien. Je fais partie de l'univers des petites gens. J'incarne leur ombre nécessaire. C'est une petite ombre, une ombre à peine menaçante, qui leur ressemble. Pas une ombre folle désireuse de bouleverser l'ordre des choses. Les truands existeront toujours parce qu'ils sont moins dangereux que les idéalistes. Ils ne veulent pas changer le monde. Ils veulent juste en profiter !

Katz révélait une personnalité qui surprenait Tewp. Gigotante au bout des bras du capitaine O'Reilly, la créature de Saporta lui était apparue comme un être faible, sans caractère et certainement sans culture. Mais ici, attablé sur cette place tranquille, Katz faisait preuve d'une réflexion dont l'Anglais l'avait jugé totalement incapable de prime abord.

— Et les gens de l'Irgoun ? À quoi se résume votre opinion sur eux ? se risqua à demander l'homme du MI6 tandis que le serveur leur apportait sur un plateau de cuivre martelé deux verres de thé parfumé aux graines de cardamome.

— L'Irgoun ? Ces hommes ont des appuis énormes. Ce sont des purs manipulés par des gens qui tirent les ficelles dans l'ombre et croient pouvoir en disposer une fois la tâche accomplie. Pourtant, ce sont eux qui vont finalement gagner. Ils font le sale travail aujourd'hui, mais dans dix ans, tout cela sera oublié. Leur guerre se sera terminée en victoire. Un nouvel État va naître ici très bientôt, monsieur. Un État juif. Libre. Le premier depuis dix-neuf siècles. Les terroristes de l'Irgoun l'auront nourri de leur sang. Ils en deviendront des acteurs politiques de premier plan. Aujourd'hui traités comme des meurtriers, demain reçus comme des chefs d'État dans vos ambassades… Je vous le prédis.

Tewp prit le verre de thé et le porta à ses lèvres pour le vider lentement, à petites gorgées. Devant lui, des silhouettes de plus en plus nombreuses passaient : des Palestiniennes revenant du marché, des hommes en costume occidental dont on ne pouvait dire la nationalité ni ce qui les occupait vraiment, des enfants qui se couraient après et même un touriste qui se promenait avec un appareil photographique en bandoulière.

— Et Saporta ? Quel est son rôle dans cette guerre ?

— Saporta joue sur tous les tableaux. Depuis longtemps. Quoi qu'il arrive, il sera un de ceux qui gagneront le plus au bout du compte. C'est un homme très intelligent, vous verrez, beaucoup plus intelligent que moi. C'est tout dire !

Katz se leva, fit tomber quelques piécettes sur la table et indiqua de la main la direction à suivre. Tewp le suivit sans mot dire, les yeux baissés tant le soleil devenait cru.

— Venez, dit Katz, je vous emmène au mur des Lamentations. Même un goy comme vous a le droit de voir ça au moins une fois dans sa vie.

Les deux hommes s'avancèrent par les ruelles serrées jusqu'au pied du mont du Temple, se faufilant entre les étals du souk, poussant les poules qui picoraient les graines sauvages germées entre les joints des pavés, Katz criant sur les gamins arabes qui tentaient de s'accrocher à l'uniforme de Tewp pour mendier un peu d'argent… Ils arrivèrent sur l'esplanade qui s'étendait devant le mur des Lamentations. Des hommes chapeautés, vêtus de redingotes noires et portant des papillotes de longs cheveux, balançaient leur torse en saccades rapides devant les énormes moellons craquelés. Des soldats britanniques, en short, chaussettes hautes et casque lourd, s'efforçaient de patrouiller en silence sans leur prêter attention. Les regards furtifs que ces garçons venus du Nord ne pouvaient s'empêcher de jeter à ces silhouettes d'un autre âge étaient remplis d'incompréhension. Katz chercha l'ombre de la dernière maison avant l'esplanade et s'adossa au mur, un pied relevé sous sa cuisse.

— Savez-vous en quoi la religion des Juifs est différente de toute autre, colonel Tewp ? En quoi elle est la matrice de tout ?

— Eh bien, je dirais… parce que c'est le premier monothéisme de grande échelle, certainement. Yahvé, votre Dieu, est premier. C'est lui qui a créé l'Univers par sa seule volonté et sans matière préexistante. C'est lui qui a créé l'homme et lui a donné pour mission de dominer la terre. Yahvé est le Dieu de l'Histoire. C'est en cela qu'il diffère radicalement des anciennes divinités païennes qui n'étaient que des dieux de fonctions spécifiques, tournées vers le quotidien et la perpétuation d'un équilibre. Yahvé est le Dieu d'un programme, d'un plan à mettre en œuvre…

Katz émit un sifflement d'admiration.

— Vous m'impressionnez beaucoup, monsieur le militaire. Les goys sont loin d'être aussi brillants, d'ordinaire. Je parie que vous avez fait le séminaire avant de vous engager dans l'armée. C'est ça ?

— Non. J'ai seulement beaucoup lu, pendant une partie de ma vie.

— Nous avons donc un point commun. Moi aussi, j'ai beaucoup lu. Et beaucoup vu, aussi… Je suis un homme pieux, vous savez. Presque aussi pieux que ces religieux qui viennent se dandiner tous les jours auprès des derniers vestiges de notre Temple… Oh oui, je sais, cela peut vous faire rire, mais c'est la vérité. Quand on est né juif, monsieur, on sait qu'on appartient à une nation de prêtres. Le Peuple élu qui a fait entrer l'humanité entière dans l'Histoire…

— Pour l'heure, je ne m'intéresse pas à l'Histoire, Katz. Seulement à Saporta. Quand vais-je enfin le rencontrer ?

— Patience, mon ami. Nous sommes à l'œuvre. Pourquoi croyez-vous que je vous promène en ville, depuis ce matin ?… Vous ne répondez pas ? Je vous promène parce que Saporta veut vous voir, vous observer avant de décider si vous valez la peine qu'il vous consacre du temps. Je lui ai parlé de vous, un officier britannique qui a le pouvoir de faire sortir n'importe qui de prison en moins d'une heure. Un homme étrange. Un homme plein de pouvoirs. Saporta est intéressé. Saporta est intrigué… Il se méfie de vous, aussi. Il veut d'abord vous goûter de loin.

— De loin ? Vous voulez dire qu'il nous observe en ce moment même ?

— De derrière une fenêtre, peut-être. Je n'en sais rien. Peut-être était-il assis dans une voiture arrêtée. Peut-être le croiserons-nous plus tard, lorsque nous continuerons à marcher. Peut-être attendait-il dans l'arrière-salle du café sur la place aux amandiers…

Je l'ignore. Moi, j'ai un itinéraire à suivre et un horaire à respecter puisque je ne suis qu'un exécutant.

Il tendit son poignet pour jeter un coup d'œil à sa montre.

— D'ailleurs, nous sommes un peu en retard ! Venez, quittons le Temple…

Évitant toujours d'emprunter les rues modernes, celles que les Anglais avaient goudronnées, éclairées et rénovées à grands coups de pelleteuses mécaniques, Katz conduisit Tewp dans l'ancien quartier des savonneries, près du mur d'enceinte méridionale. Autrefois l'une des grandes spécialités de la ville sous administration ottomane, la confection du savon n'était maintenant plus assurée que par quelques artisans isolés. Alep, sa rivale syrienne, s'était mécanisée plus vite et avait ruiné en une génération les grandes fabriques, dont il ne restait désormais que les bâtiments vides et les bassins asséchés. Le long d'une friche qui s'allongeait entre deux constructions abandonnées, Katz s'arrêta soudain.

— Il y a quelque chose d'intéressant, ici, dit-il en pointant le doigt vers un parapet de briques jaunes dressé au milieu du terrain vague.

Les deux hommes s'approchèrent, leurs pas soulevant autour d'eux une poussière cendreuse, puis Katz écarta les herbes cassantes qui poussaient, hirsutes, devant le muret.

— Regardez, Tewp. Vous voyez ces marques brunes sur la pierre ? Vous savez ce que c'est ?

Le colonel fit « non » de la tête.

— C'est le sang d'Abel trahi par son frère. Là, il y a un peu plus de quatre ans, en février 1942, des membres du groupe Stern et des Bne ha Biryonim, des partisans de la lutte à mort contre les Anglais, ont été exécutés par la Haganah, une sorte d'armée parallèle juive collaboratrice des occupants, tolérée par les Britanniques depuis le début de leur mandat. Les patriotes sont morts en brandissant le Livre des Sicaires, un manuel de terrorisme écrit par un des leurs, Abba Hahimer, et dédié à Charlotte Corday, la meurtrière de Marat, et à cette Fanny Kaplan qui avait tiré sur Lénine en 1918…

— Pourquoi me racontez-vous cela, Katz ? demanda Tewp.

— Pour que vous compreniez que notre Dieu, le Dieu de l'Histoire, est un Dieu compliqué, cruel. Il aime les paradoxes, les retournements de situation, les secrets… Il aime aussi parfois que ses enfants préférés se déchirent… Mais comment lui en vouloir, car qui sommes-nous pour le juger ?

*

Tewp avait suivi Katz docilement jusqu'au moment où, vers le milieu de l'après-midi, le truand les avait fait revenir devant le porche du King David Hotel.

— Voilà, je vous quitte ici, mon colonel. Vous n'avez rien remarqué, mais je sais que Saporta vous a vu. Il va prendre sa décision d'ici à demain. S'il consent à vous rencontrer, je vous ferai connaître les modalités de l'entretien. Surtout, ne quittez pas l'hôtel avant que je sois revenu vers vous…

Encore une fois, Tewp n'avait qu'à se résigner. Il laissa partir son contact sans chercher à le suivre ni le menacer. Il savait que le temps devait maintenant œuvrer et que le fil que lui avait tendu le sénateur Lewis Monti depuis l'autre côté de l'Atlantique était mince et fragile. La moindre impatience aurait pu le rompre. Tewp refusait d'en prendre le risque. Fourbu par sa journée de marche, la langue gonflée par la chaleur de l'été palestinien, il poussa la porte du bar et prit place dans un profond fauteuil. À cette heure, la pièce était peu fréquentée. Un garçon essuyait mollement des verres derrière le comptoir, écoutant le bulletin d'informations officiel que diffusait une grosse radio posée derrière lui sur une étagère. D'où il se trouvait, Tewp percevait mal le murmure diffus du speaker mais il en distinguait malgré tout le ton exagérément dramatique, presque bouleversé. Il vit que le barman cessait soudain de s'activer pour mieux coller son oreille au pavillon de l'appareil. Quand le bulletin fut achevé et remplacé par une mélodie quelconque, le serveur vint prendre la commande.

— Que se passe-t-il ? s'enquit Tewp. Des mauvaises nouvelles ?

— Deux sergents britanniques ont été enlevés ce matin par l'Irgoun, monsieur. Les terroristes menacent de les tuer si les prisonniers faits au cours d'Agatha ne sont pas relâchés immédiatement. C'est terrible, vous ne trouvez pas ?

Tewp acquiesça d'un signe de tête résigné, but son verre puis, sans s'attarder, prit l'ascenseur jusqu'au cinquième étage. Quand il tourna la clé dans la serrure, il fut à peine surpris de ne pas sentir le panneton mordre correctement dans la gorge. Déverrouillée, la porte de sa chambre s'ouvrit presque d'elle-même avec un grincement sinistre. Tewp s'avança en se préparant au spectacle qu'il allait trouver dans la pièce. Il ne prit même pas la précaution de dégainer le vieux Webley qui pendait à sa hanche, le lourd revolver de fonction qu'il avait reçu dix ans plus tôt des mains d'un sergent armurier du MI6. C'était inutile, pour l'heure, personne n'en voulait encore à sa vie. En son absence, ses affaires avaient subi une fouille en règle. Comment on s'était introduit dans ses appartements n'était pas la question. Crocheter la serrure d'une chambre d'hôtel, il était bien placé pour le savoir, est à la portée du premier venu. Lui-même l'avait fait dès son arrivée aux Indes, alors qu'il avait pour mission de surveiller l'agent spécial du SD Ostara Keller. Le vrai problème, ce n'était pas « comment ? » mais « qui ? ». Le commanditaire derrière les exécutants… Zino Saporta s'imposait à l'évidence comme le premier suspect. Le mafieux n'ignorait pas que Tewp était sorti une bonne partie de la journée. Prudent par profession autant que par nature, il n'avait sans doute eu aucun scrupule à ordonner un coup de sonde approfondi chez l'homme au nez de cuir. Tewp ne prit pas le temps de vérifier si l'on avait trouvé et volé la grosse somme d'argent liquide – livres sterling, dollars américains et francs français – qu'il transportait dans le double fond d'une sacoche de cuir. Ni à regarder si certains dossiers avaient disparu. Non. Ce qui lui importait avant tout était le contenu d'une petite boîte rectangulaire, en bois dur, qu'il avait pris le temps de dissimuler en descellant un carreau de faïence de la salle de bains et en creusant au couteau une niche dans la brique. Fébrilement, le rythme cardiaque accéléré par l'angoisse, l'Anglais enjamba les piles de vêtements dispersés et entra dans le cabinet de toilette. Brisées sur le carrelage, des bouteilles de produit de rasage répandaient une odeur laiteuse, écœurante, et rendaient le sol glissant. Tewp s'approcha du mur et gratta le faux joint qu'il avait fabriqué avec de la pâte dentifrice. Le carreau se délogea. Derrière, le coffret était toujours là. Avec un soupir de soulagement mais la main tremblante, Tewp le tira à lui et l'ouvrit. À l'intérieur, sagement couchées dans leur nid de serge noire, reposaient cinq fioles de verre et une longue seringue médicale… Tandis qu'il refermait soigneusement la cache, le téléphone de la chambre sonna. Vibrant dans le combiné, il reconnut la voix de Nathan Katz.

— Les choses vont plus vite que prévu, mon colonel. Et elles vont bien pour vous. M. Saporta vous fait savoir qu'il vous attend ce soir au café ad-Dihwân. À minuit. Soyez précis parce que vous n'aurez pas de seconde chance…

Café ad-Dihwân, minuit

Le capitaine O'Reilly s'entêtait à refuser d'accompagner David Tewp jusqu'aux abords du café ad-Dihwân.

— Avec tout le respect que je vous dois, je commence à en avoir ma claque de vos petites histoires, mon colonel ! C'est vrai que j'aime bien naviguer de temps à autre en eau trouble, mais là, ça va trop loin pour moi ! Vous vouliez que je vous trouve Hezner ? Je me suis fait ouvrir en douce les fichiers de l'Office de l'immigration. Vous vouliez que je vous fasse rencontrer Saporta ? Je vous ai secoué Katz pour qu'il vous aide. Et qu'est-ce que tout ça m'a rapporté pour le moment, hein ? Rien ! Rien, malgré vos belles promesses. Alors maintenant, sacrifier une soirée de libre pour vous servir de nounou dans un bouge, je dis non, non et non !

Tapant du poing sur la table pour appuyer ses paroles, O'Reilly faisait comprendre qu'il comptait mettre un terme dès ce soir à la parenthèse David Norman Tewp.

— Et puis, je n'ai pas la tête à ça ! poursuivit-il. Vous avez entendu les informations ? Vous êtes au courant pour les sergents Paice et Martin retenus en otages ? Je les connais, figurez-vous ! Ce ne sont pas des anonymes pour moi, pas des noms sans visage, comme pour vous. On allait parfois en virée ensemble dépenser notre solde chez les filles ou boire un peu d'arak dans les bars… Ce sont de braves types. Ils vont se faire égorger par ces salauds d'assassins ! Demain, ce sera peut-être mon tour. Ou le vôtre ! Surtout si vous avez la bêtise d'aller vous jeter dans la gueule du loup !

Considérant l'état de nerfs dans lequel était plongé l'Irlandais, Tewp jugea bon de ne pas insister. Avec un petit sourire compréhensif, il tapa sur l'épaule d'O'Reilly avant de lui tendre une enveloppe qu'il venait de sortir de sa poche intérieure.

— En compensation de votre temps et de vos efforts, capitaine. Je vous remercie de tout cœur de votre aide. Sans vous, je serais resté sur le bord du chemin…

O'Reilly fut cueilli à froid. Il fourra l'enveloppe dans sa chemise sans rien dire mais ses joues s'empourprèrent et il se mit à se dandiner sur place comme un enfant gêné.

— C'est pas raisonnable, ce que vous faites, mon colonel. Saporta possède une très sale réputation. Si vous dites un mot qui ne lui plaît pas, attendez-vous à perdre quelque chose de bien plus précieux que votre nez ! Oh ! Nom de Dieu !

Le capitaine se mit la main sur la bouche, conscient d'avoir proféré une énormité. Mais Tewp n'en fut pas choqué. Au contraire. Il savait parfaitement quels sentiments sa difformité faisait naître chez les gens : curiosité, dégoût, moquerie, fascination morbide… Il avait déjà lu tout cela des centaines de fois dans les regards croisés au hasard des rues de toutes les villes qu'il avait traversées depuis sa blessure. Proférée sans méchanceté, la remarque d'O'Reilly ne signifiait rien.

— Ne vous mordez pas les lèvres, capitaine. Je sais ce que vous avez voulu dire… Ne vous sentez pas obligé à cause de ça de revenir sur votre décision. Je rencontrerai Saporta seul. Quoi qu'il arrive, ce sera mieux...

Seul, donc, Tewp quitta le King David vers onze heures du soir, prit un taxi et se fit déposer à une centaine de yards du café ad-Dihwân. Le chauffeur, un Arabe d'une quarantaine d'années, lui expliqua dans un mauvais anglais que, même gratifié d'un gros bakchich, il ne s'arrêterait pas plus près de l'établissement. Sur un papier jauni, il traça vaguement au crayon de bois le plan du quartier et y dessina des flèches pour que Tewp ne se perdît pas. Puis il laissa l'Anglais descendre et repartit en marche arrière à pleine vitesse, klaxonnant en continu pour chasser les passants qui marchaient sur la chaussée. Quand la voiture eut disparu de son champ de vision, l'agent du MI6 se retrouva le seul Occidental au milieu d'une foule de colons noctambules. Assis à prendre le frais sur le pas de leur porte, des vieillards étaient en pleine discussion avec leurs voisins d'en face et devaient crier pour s'entendre d'un trottoir à l'autre. Filant entre les jambes des ancêtres, des gamins se couraient après en brandissant des fusils en bois, tandis que leurs mères, des femmes austères en blouse noire, les surveillaient du coin de l'œil tout en s'occupant à des travaux d'aiguille ou d'épluchage de légumes. L'absence d'hommes dans la force de l'âge fut la première chose qui frappa Tewp. La seconde fut que tous les habitants du quartier, sans exception, ne le regardaient pas. On aurait dit qu'il était transparent à leurs yeux et cela, quand il fut sûr que personne ne s'intéressait à lui, emplit son être d'une joie simple et vraie, une joie qui lui avait été retirée le jour où les médecins de l'hôpital militaire lui avaient avoué leur impuissance à reconstruire son visage. Le choc était si grand que le sang lui monta à la tête et qu'un vertige le prit. Que ces gens, ces civils, le dédaignent et l'ignorent délibérément sous le prétexte qu'il portait un uniforme anglais lui paraissait évident. Mais que ce dédain, au lieu de le mortifier, lui apporte au contraire une bouffée de liberté et de bien-être était totalement inattendu.

Il patienta un instant, immobile, que l'équilibre lui revienne, puis par jeu, par plaisir surtout, il prit une allure lente, profitant pleinement de chacun de ses pas, goûtant à la bienheureuse sensation d'un anonymat que lui rendaient miraculeusement les drames politiques déchirant la Palestine. S'assurant qu'il était sur la bonne voie à l'aide du plan hâtivement dessiné par le chauffeur de taxi, David Tewp parvint aux abords du café ad-Dihwân neuf minutes avant minuit. Un néon jaune grésillait au-dessus de l'entrée de ce qui semblait être une sorte de bouge de quartier. Les cheveux bouclés mais la peau très claire, deux jeunes Juifs en pleines palabres fumaient sur le trottoir. Dès qu'ils remarquèrent la silhouette du colonel qui s'approchait, ils écrasèrent leur mégot et se tournèrent vers lui.

Tewp s'avança avec la tranquillité de l'homme qui se sait attendu. Les cerbères ne prirent même pas la peine de vérifier son identité. Le plus grand frappa un coup sec au portail, au centre duquel s'ouvrit une lucarne. Deux phrases échangées en hébreu suffirent pour que l'antre se déverrouillât et révélât, entre ses murs tendus de velours rouge sang, un escalier droit qui s'enfonçait dans le sol. Tewp descendit sans se retourner, passant sans le voir près du personnage qui lui avait ouvert la porte. Accrochées en guirlandes, de rares loupiotes grossièrement barbouillées de vernis carmin dispensaient une lumière trouble, à peine suffisante pour deviner les marches. Au fur et à mesure de la descente s'accentuaient des sons mêlés de conversations, de rires et de musique d'instruments à cordes. Derrière un épais rideau noir qu'il écarta, Tewp pénétra dans une salle voûtée, à l'atmosphère chargée d'odeurs de tabac, de parfums lourds et d'aigres relents de sueur. Évoluant dans une semi-obscurité, des formes humaines bougeaient lentement tout près de lui mais ses yeux, pas encore habitués au peu de lumière, avaient peine à distinguer leurs traits. Il s'avança. La cave était profondément enterrée, une dizaine de yards au-dessous du sol, peut-être, et son plafond bas était soutenu par de minces colonnes de pierre liserées de carreaux de faïence ancienne. Tremblotantes dans l'air poisseux, les flammes orangées de quelques rares bougies disposées sur les tables donnaient tout l'éclairage. L'endroit était un curieux mélange de café oriental traditionnel et de club de métropole occidentale. Du Sud, les guéridons octogonaux, les alcôves surchargées de coussins, les narghilés et les aiguières de cuivre alignés sur les étagères de bois, les sons grêles d'une *rebaba* pincée par un musicien invisible… De l'Occident, les hommes et les femmes aux vêtements modernes et bien coupés, le grand zinc appuyé au fond de la pièce… Tewp remarqua un banc vide sur lequel il s'assit. Un homme bien mis, plutôt jeune et coiffé de cheveux savamment ondulés, vint le rejoindre.

— Vous êtes en avance de quelques minutes, murmura l'inconnu dans un anglais dépourvu d'accent. Ce n'est pas très bon. M. Saporta apprécie l'exactitude… Je suis un de ses secrétaires. Mon nom est Dov Chevat.

Chevat tendit la main à Tewp, qui hésita avant de la serrer. La poignée de main se fit sans chaleur. Chevat avait des yeux noirs bordés de longs cils épais. À ses poignets brillaient des boutons de manchette clinquants et une grosse perle blanche était plantée dans son nœud de cravate. Tewp lui donnait au jugé une trentaine d'années tout au plus. Le jeune homme sortit un étui à cigarettes de sa poche et le présenta à Tewp, qui déclina l'offre d'un geste. Tout en frottant du pouce la molette de son briquet, le secrétaire se releva et fit signe au colonel de patienter quelques secondes. Il se dirigea vers le bar d'où il revint avec deux verres d'alcool.

— Buvez, dit-il. M. Saporta va arriver. Il n'apprécierait pas que je ne vous aie rien offert…

Tewp n'avait jamais aimé l'alcool. Il n'en buvait que très peu. Autant par goût que par méfiance, il ne toucha pas à son scotch. Chevat, lui, but le sien d'un trait tandis qu'une ombre massive s'approchait d'eux. Le secrétaire reposa son verre, se leva et alla chercher un fauteuil pour l'offrir à son patron.

— M. Zino Saporta, crut-il bon de préciser à Tewp comme celui-ci faisait l'effort de se lever pour saluer le maître des lieux.

— Je suis ravi de vous rencontrer, colonel, commença Saporta. Vous connaissez la formule : les amis des amis de mes amis sont mes amis…

Tewp étira ses lèvres en un vague sourire et croisa les bras sur sa poitrine. D'instinct, il n'aimait pas se trouver assis dans ce café ad-Dihwân aux allures de crypte. D'instinct, il méprisait Dov Chevat et, d'instinct encore, il détestait déjà Saporta, cet homme enflé, chaussé de mocassins jaunes, boudiné dans un costume d'un bleu trop clair, fumant un énorme cigare qui répandait autour de lui des vapeurs de caoutchouc brûlé.

— Alors, expliquez-moi un peu quel est celui de vos désirs que je peux combler, monsieur l'officier de l'armée britannique.

— Je suis à la recherche d'un homme, expliqua Tewp. Un homme dont je sais qu'il se trouve à Jérusalem. C'est un clandestin. Enfin… au regard de l'administration britannique, naturellement. Son nom est Ruben Hezner. Si vous m'aidez à le trouver, je crois que le sénateur Monti exprimera sa satisfaction à Mickey Cohen, qui lui-même vous en sera infiniment reconnaissant… C'est une chaîne d'intérêts qui peut profiter à tous.

— Monti ? Luigi « Lewis » Monti ? C'est bien de lui que vous parlez ?

Tewp acquiesça.

— Alors vous connaissez cette vieille fripouille ! Quelle carrière il a faite, cet homme, n'est-ce pas ? De *Hell's Kitchen* au Sénat ! En passant par une cellule d'Alcatraz par-dessus le marché ! Ça n'est pas donné à tout le monde de débuter sa carrière dans le pire quartier de New York et de finir politicard influent dans les salons de la haute société à Washington. Surtout pour un petit pouilleux de Sicilien catholique ! C'est donc pour lui que vous travaillez ?

— Je travaille *avec* le sénateur Monti. Non *pour* lui. Disons que nous partageons un but commun.

— Un but commun qui passe par Ruben Hezner. C'est ça ?

— C'est ça.

— Intéressant. Et même, vous commencez à me passionner littéralement, colonel ! Vous savez, j'ai tout de suite compris que vous n'étiez pas un Brit' comme les autres. Vous n'êtes pas ici pour empêcher la naissance de notre futur Eretz Israël ?

— Ce n'est pas mon objectif.

— C'est bien ce que je pensais, dit Saporta en souriant largement et en montrant pour la première fois de vilaines dents, jaunies par le tabac. Vous portez l'uniforme d'un officier supérieur mais ce n'est pas ce que vous êtes en réalité… Vous êtes un indépendant. Un marginal. Un mercenaire, peut-être… Je suis certain que vous n'êtes aucunement mandaté par l'armée anglaise pour enquêter… Un agent officiel du MI6 n'agirait pas comme vous le faites…

— Trouver Hezner, c'est une chose qui vous est possible ou non ?

Saporta partit d'un gros rire et se rejeta en arrière, faisant grincer les barreaux de son fauteuil.

— *An alter bakanter*, Ruben Hezner ! C'est une vieille connaissance ! Je l'ai déjà rencontré. Comme j'ai déjà rencontré au moins une fois tout le monde ici, à Jérusalem. Pas un colon officiel, pas un immigrant clandestin à qui je ne serre la main un jour ou l'autre ! Je suis dans cette ville chez moi, Tewp. Je laisse entrer qui je veux et rien ne se fait sans que je le permette. Même l'Irgoun, même les anciens de Stern me mangent dans la main. Tant que je vivrai, ce sera comme ça ! *Farshtaist*, Tewp ? Tu comprends ?

Dans son coin, Dov Chevat se tortilla, agaça une seconde sa perle de cravate du bout du doigt et se racla la gorge avant d'intervenir :

— Nous pouvons entrer en contact avec l'homme que vous cherchez. C'est possible, même si ça peut prendre un peu de temps. Nous ne surveillons pas tout le monde. Et puis, Hezner est un homme qui occupe une position très particulière. Il n'obéit pas toujours aux ordres, c'est une mauvaise tête. Nous pouvons lui transmettre votre désir de le rencontrer. Pas vous assurer qu'il acceptera.

— Chevat est de bon conseil, admit Saporta. Hezner n'est pas un *shlub*, un idiot qu'on peut manipuler comme on veut ! Et je ne l'ai pas vu depuis un moment.

Mettre la main dessus est possible, mais je ne l'amènerai pas de force en votre présence. L'amadouer prendra peut-être un peu de temps. Si vous me disiez pourquoi vous le recherchez, cela me motiverait certainement et donnerait du poids à mes arguments…

— C'est une motivation dont vous saurez vous passer, j'en suis sûr, répondit l'Anglais d'un ton où perçait l'exaspération.

Dov Chevat roula de gros yeux.

— On ne parle pas comme ça à M. Saporta ! Surtout pas un goy !

— Laisse, Dov ! Disons que, ce soir, ça n'a pas d'importance, temporisa le mafieux en posant doucement sa main sur celle de son secrétaire. Ne vous formalisez pas de l'irritation de notre ami, colonel. *Goy* n'est pas tout à fait un mot grossier.

Il y eut quelques secondes de lourd silence entre les trois hommes, avant que Saporta choisît de redevenir enjoué.

— Mais au fait, colonel, avez-vous apprécié le petit tour en ville que ce rat puant de Nathan Katz vous a fait faire ? Vous ne connaissiez pas Jérusalem, je crois. Vous a-t-il au moins raconté son histoire ?

— Nous en avons un peu parlé, bien sûr. Mais rien de précis.

— C'est un tort, remarqua Saporta tandis que Dov recomposait sa tenue avant de commander de nouvelles boissons. J'aime l'Histoire, colonel. N'est-ce pas ce bon vieux Nietzsche qui a écrit que l'avenir appartenait aux hommes de longue mémoire ? C'est une phrase très juste. Très lucide. Il a dû en avoir la révélation avant de devenir si fou qu'il en embrassait les chevaux dans les rues de Turin ! Que connaissez-vous donc de l'histoire du peuple juif, colonel ? Percevez-vous qui nous sommes ? Nous n'avons pas toujours été des errants, vous savez… Nous, nous ne l'avons pas oublié. Et c'est bien pour cela que nous revenons aujourd'hui sur la terre de nos prophètes et de nos rois.

— Je ne suis pas là pour assister à un cours, Saporta. Navré…

— Dommage, Tewp, vous manquez une belle occasion de vous cultiver. Je suis un expert. Je collectionne les objets d'art… Comme Alexandre le Grand, j'ai une passion pour les antiquités. Je suis un véritable *archaiologos*, ainsi que le dit Philostrate en parlant de son maître. Je vous montrerai peut-être un jour ma collection. J'ai des pièces uniques. Uniques !

— Que faisons-nous pour Hezner ? s'impatienta David Tewp, que les vestiges du passé ne passionnaient pas outre mesure.

— Vous attendez que je vous fasse signe. Le King David est un endroit confortable où le temps peut passer très vite si l'on sait bien s'entourer. À ce propos, j'ai prévu un cadeau pour vous. Dov !

Chevat reposa son verre vide sur la table et, cherchant à attirer l'attention de silhouettes agenouillées dans une alcôve toute proche, il frappa dans ses mains à la manière d'un prince barbare.

— Venez, mes colombes ! Venez, n'ayez pas peur !

Dépliant leurs longues jambes, deux jeunes femmes en tailleur ajusté s'approchèrent en souriant lascivement. Leur chevelure épaisse, noire, était pareillement prise dans un savant jeu de nattes et de torsades qui leur ceignaient le front à la façon d'une couronne.

— Regardez, Tewp ! *Shain vi di zibben velten !* Belles comme les sept mondes ! La première s'appelle Bristen – « seins », en yiddish. Vous comprenez pourquoi.

Sans se lever, Saporta tendit la main pour défaire deux boutons du corsage de la fille et la décolleter un peu, révélant l'amorce d'une gorge magnifique prise dans un corset de dentelle blanche.

— L'autre, c'est Gembeh – « grande bouche ». Facile aussi de voir à quoi elle doit son nom, celle-là !

Docile, Gembeh s'appliqua à dessiner une moue boudeuse sur ses lèvres épaisses pour en souligner la pulpe.

— Elles sont à vous ! C'est cadeau de la maison Saporta !

Tewp sentit le rouge lui monter aux joues. Les prostituées étaient toutes deux d'une grande beauté et paraissaient saines, mais il était hors de question de se compromettre avec elles.

— J'accorde à ces demoiselles la liberté en compensation du temps qu'elles étaient censées perdre avec moi. Vous vous méprenez sur mon compte, Saporta.

— Oh non, colonel Tewp ! Elles vous plaisent, je le sens. Tous les hommes aiment les jolies femmes, c'est naturel. Et vous surtout, à qui ça ne doit plus arriver si souvent de ne pas avoir à payer pour toucher des filles, pas vrai ? Celles-là sont chères. Beaucoup trop chères pour la solde ordinaire d'un galonné anglais. Je vous les offre. Profitez-en…

— Je vous ai dit non, Saporta !

— Allons, allons, ne faites pas le petit coq… Vous verrez, elles sont toutes les deux parfaitement casher ! Conditionnées à vous donner ce que vous voudrez ! Vieilles recettes de rabbin. Très efficace ! Alors ? C'est toujours non ? Dommage ! C'est moi qui vais regarder cette petite brute de Dov en profiter alors…

*

Tewp quitta le café ad-Dihwân seul moins d'une demi-heure après avoir échangé le premier mot avec Zino Saporta. Dans les rues, les vieux avaient à peine retiré leurs chaises des trottoirs et les gamins venaient seulement de glisser leurs fusils de bois sous leur lit. Comme toutes les villes orientales, Jérusalem s'endormait tard. Debout sous l'enseigne à néon du bouge, Tewp fit descendre une grande goulée d'air frais dans ses poumons. L'atmosphère confinée mêlée de nicotine et des parfums capiteux que portaient les femmes avait fait monter en lui une nausée qui emplissait sa bouche d'une salive amère. Il cracha par terre et eut un haut-le-cœur qui l'obligea à s'appuyer un instant contre le mur puis, passant la main sur son visage pour essuyer la sueur qui y perlait, il tenta de retrouver la direction du King David.

Marchant dans les rues calmes et sombres, il finit par s'engager au hasard dans une allée bordée de hauts murs par-dessus lesquels des arbres grassement feuillus étendaient leurs branches. Les ramures bruissaient sous la brise légère. Un couple de rossignols chantait. Des roses en massifs embaumaient l'air. La ruelle donnait sur une place délimitée par d'antiques maisons à deux ou trois étages. Aucune lumière n'était visible, tous les habitants sommeillaient. Tewp s'arrêta sous une arche et regarda un instant le ciel piqueté d'étoiles. Ses tempes étaient douloureuses. Il respirait mal. Son nez de cuir le gênait. Sans que sa volonté puisse s'y opposer, ses mains défirent le nœud qui maintenait sa prothèse. Le colonel aspira profondément l'air nocturne, fermant les yeux pour laisser son esprit s'emplir de la quiétude et du bonheur de l'instant.

Le dos appuyé à la colonnade, il se concentra pour décontracter méthodiquement ses muscles l'un après l'autre. Le corps soudain détendu, son esprit s'ouvrit à des souvenirs anciens. À des sons et des images que le colonel repoussait d'ordinaire dans les tréfonds de sa mémoire. Il se revit rentrer à Londres, fin 1945, pour la première fois depuis dix ans. La capitale avait beaucoup changé. Certaines femmes s'y promenaient en pantalon. Elles conduisaient les bus, réglaient la circulation aux carrefours, étaient chauffeurs de taxi ou garagistes… À quelques centaines de yards à peine de Piccadilly, des bâtiments écroulés témoignaient encore des raids des bombes volantes allemandes de l'été 1944. Londres était devenue une ville étrangère pour Tewp et il n'essaya pas de contacter les rares garçons dont il avait apprécié la compagnie durant ses études de droit. Même s'il l'avait voulu, il n'aurait su où les trouver. Peut-être étaient-ils morts, d'ailleurs, tués par un obus à Dunkerque, une balle à Sumatra, une grenade en Normandie… comment savoir ? Tewp avait longé la Tamise, puis, presque par hasard, il avait débouché devant l'immeuble victorien où Leslie Colrow avait sa résidence. Leslie Colrow, le maître qui l'avait pris en affection à l'université. En affection, ou plutôt en pitié, Tewp n'avait jamais bien su. À l'époque, il n'était qu'un petit étudiant de province sans le sou, sans relations, arrivé par la seule force de son travail et de son intelligence sur les bancs de la faculté de droit de Londres… Colrow l'avait soutenu et conseillé. Grâce à lui, Tewp avait réussi plus que correctement des études difficiles, où même des fils de lord échouaient souvent. Mais David Norman Tewp, natif de Brighton, même lauréat, n'était connu de personne. Il ne pouvait faire jouer aucune influence, solliciter aucun contact sérieux. Colrow avait alors ouvert pour lui les portes du MI6…

— Je sais que ce n'est pas la carrière dont vous rêviez, David, lui avait dit l'ancien avocat. Mais les services de renseignements militaires ne sont pas la voie de garage que vous pensez. C'est au contraire une extraordinaire opportunité pour vous. J'y ai beaucoup d'amis. Ils veilleront sur vous. Dans quelques années à peine, vous aurez acquis une expérience formidable et tous les grands cabinets de juristes de Londres s'arracheront alors votre collaboration… Construisez votre chemin, David. Ayez confiance…

En fait d'amis bienveillants favorisant ses intérêts, Tewp n'avait rencontré au MI6 que des supérieurs falots ou tout gonflés d'importance, que n'intéressait en rien l'avenir de ce jeune civil auquel avaient été attribués un uniforme et un grade de convenance. Après quelques semaines à peine d'un travail routinier, on avait donné au tout nouveau lieutenant Tewp l'ordre de monter dans un navire à destination du Bengale, un pays lointain qu'il ne connaissait pas et surtout ne voulait pas connaître… Tewp n'avait jamais su si Colrow avait été mis au courant du tour étrange qu'avait pris son existence. Il avait plusieurs fois songé à lui écrire pour le prier de le faire revenir en métropole, mais les événements s'étaient précipités et sa vie avait été transformée sans qu'il pût y avoir de retour en arrière.

Cet après-midi-là, à Londres, Tewp s'était assis sur un banc, dans le parc qui jouxtait la maison de Colrow. De là où il se trouvait, il avait vu la porte du vieil homme s'ouvrir et l'avocat promener son chien dans les allées du square, sous les tilleuls. Tewp avait observé en silence ce monsieur rose, bien propre, marchant à petits pas dans ses souliers vernis, portant courtoisement la main à son chapeau chaque fois qu'il croisait une femme… Tewp avait voulu se lever pour le saluer mais ses jambes ne lui avaient pas obéi. Ses poings, au contraire, s'étaient bizarrement crispés… si fort même que ses ongles avaient percé la chair de ses paumes et que le sang était venu sourdre à la surface de la peau. Puis il s'était levé en hâte, le cœur battant, les yeux embués de larmes. À grandes enjambées, il avait quitté le square aux tilleuls, sans se retourner, en fuyant… Ses pensées lui faisaient honte.

Tewp ouvrit les yeux. Dans sa paume, aussi crispée que lorsqu'il avait vu Colrow, son affreux nez de cuir crissait sous la pression. Tewp ne put retenir un sanglot. Avec le trille du rossignol, ce fut le seul bruit qui troubla la placette de Jérusalem jusqu'à l'aube.

Les fruits de l'arbre sec

Derrière le carreau de faïence de la salle de bains, le coffret que Tewp avait dissimulé contenait cinq fioles de morphine et leur matériel d'injection. Après sa rencontre avec Saporta, l'Anglais s'était enfermé dans sa chambre du King David et n'en était pas sorti pendant trente-six heures d'affilée. Il avait refusé d'ouvrir au personnel d'étage qui voulait changer les draps et n'avait rien commandé à manger ni à boire. Assommé de maux de tête intolérables, il avait trouvé refuge dans ce qui, bien malgré lui, était devenu son ultime recours contre les douleurs de plus en plus violentes dont il souffrait. Nerfs et muscles du visage taillés à vif par la lame d'Ostara Keller, sa blessure, au lieu de s'apaiser, le faisait au contraire souffrir davantage chaque jour. Les antalgiques prescrits par les médecins de l'hôpital militaire étaient inefficaces, et il avait dû se résoudre à recourir aux opiacés, seuls médicaments suffisamment puissants pour surmonter les crises qui le frappaient avec une fréquence croissante. Même de grands spécialistes américains, grassement rétribués par lord et lady Bentham lorsqu'il avait effectué un long séjour dans leur résidence new-yorkaise, n'avaient pu expliquer pourquoi une cicatrice comme la sienne, pourtant déconnectée de tout centre nerveux important, provoquait d'aussi violentes douleurs.

Impuissante, la science n'était d'aucun secours à David Tewp, qui avait dû trouver au plus profond de lui-même les ressources nécessaires pour affronter son destin de paria à qui seraient toujours refusées la douceur de vivre et l'insouciance d'une existence ordinaire. Pendant une courte période, il avait cru pouvoir dépasser cette amertume. La dépasser ou plutôt la transmuter, comme on dit que les alchimistes transmutent en or la matière la plus vile. Oui, David Tewp avait voulu croire que, de la noirceur même de son destin, il tirerait la force d'un nouvel appétit de vivre. La chasse aux Galjero l'aiderait à assumer ce nouveau rôle. Malgré l'importance de sa tâche, malgré tous ceux qui comptaient sur sa réussite, Tewp doutait de plus en plus, pourtant. Il ne se passait pas un jour où, fixant son holster à sa ceinture, il ne pensât à dégainer son Webley et à poser le canon froid sur sa propre tempe.

Après trente-six heures de solitude, dans la moiteur de sa chambre en désordre, cette idée l'envahit tout entier. D'un geste las, il se leva, fit glisser le revolver hors de son étui et regarda un long moment l'arme, sans rien dire, sans même oser formuler une pensée. Pendant une minute, David Tewp imagina sa mort. Il n'en fut pas effrayé. Et ce fut cette absence même de frayeur qui le tira de sa torpeur, car il se rendit compte avec horreur que, ne sentant plus aucune répulsion à l'idée de sa fin, il venait de quitter vraiment toute humanité. Cela le fit rire. Il se sentit puissant, et fou, et sage à la fois. David Tewp remit la pièce en ordre, se doucha, se vêtit et quitta le King David, presque heureux.

*

« Les sergents Martin et Paice sont toujours portés disparus. Les fouilles menées à Jérusalem et dans les villages alentour n'ont rien donné. L'ultimatum des ravisseurs arrive maintenant à expiration dans douze heures, soit à 7 heures demain matin. Lord Cunningham a annoncé en fin d'après-midi qu'il ne céderait pas au chantage et que, en conséquence, tous les prisonniers capturés au cours de l'opération Agatha resteraient en prison pour attendre leur jugement par un tribunal militaire britannique. Le haut-commissaire en Palestine a déclaré également être persuadé que les deux sous-officiers sauraient se comporter en valeureux représentants de l'ordre impérial si par malheur les terroristes du gang Stern devaient mettre à exécution leur menace. D'autres précisions suivront... »

Résonnant dans le silence qui s'était fait au mess des officiers du GQG anglais, la voix du speaker jouait, comme celle d'un acteur, sur tous les tons du drame.

— Ce type doit être un comédien frustré, ne put s'empêcher de commenter tout bas le sous-lieutenant Gordon à son voisin de table, le capitaine O'Reilly.

— Fermez un peu votre gueule, mon petit ! On ne plaisante pas avec ces choses-là ! s'empourpra aussitôt l'Irlandais en faisant mine de jeter son poing épais au visage du freluquet Gordon.

— Je..., bafouilla l'autre.

— La ferme, je vous dis ! Paice et Martin sont sûrement en train de vivre leurs dernières heures. Songez à la chance que vous avez d'avoir vos miches bien en sécurité au King David !

— Oui, mon capitaine. Vous avez raison, mon capitaine, balbutia maladroitement l'officier avant de replonger le nez dans son porridge.

Brusquement, O'Reilly chassa d'un violent revers de main l'assiette devant lui. Il n'avait presque pas touché à son repas ni bu une gorgée de sa bière Kilkenny. Énervé, il repoussa sa chaise en arrière, vissa sa casquette sur son crâne et sortit à grandes enjambées de la salle de réfectoire qui s'emplissait à nouveau du son des conversations. Dans l'espoir de trouver un indice permettant de localiser les deux sergents retenus en otages, O'Reilly avait circulé toute la journée en ville avec sa section de fusiliers royaux. Les nombreux contacts qu'il avait su nouer dans le petit peuple au cours de son séjour en Palestine n'avaient servi à rien. Le capitaine avait eu beau faire distribution généreuse d'une partie de son trésor de guerre – du matériel de l'armée qu'il détournait de-ci, de-là, et qui lui servait de monnaie d'échange pour ses petits trafics –, aucun de ses indicateurs habituels, pas plus juifs que palestiniens, n'avait pu lui fournir la moindre indication utile. Rongeant son frein, O'Reilly était remonté dans le bureau de sa compagnie et pensait déjà rassembler ses gars pour leur imposer une ultime patrouille en ville, quand le sergent de semaine l'appela dans le couloir.

— Un mioche est là pour vous. Il dit que c'est important.

— Un mioche ? Quel mioche ?

— Précisément celui-ci, mon capitaine ! Sors, petit !

Soulevant le rabat du comptoir qui délimitait le bureau du sergent, un Arabe d'une dizaine d'années apparut avec un large sourire. Trop grande pour lui, la djellaba blanche qu'il portait lui tombait sur les pieds.

— Qu'est-ce que tu veux, petit ? Tu parles anglais au moins ?

— Pas de problème, chef. Je parle tout ce que tu comprends !

Tout énervé qu'il fût, O'Reilly ne put s'empêcher d'éclater de rire.

— Bon, qu'est-ce que je peux faire pour toi, bonhomme ? Je te jure déjà que je ne connais pas ta mère et que je ne vois aucun air de ressemblance entre nous ! plaisanta le capitaine en retrouvant sa bonhomie naturelle à la seule vue de l'enfant.

— J'ai un message à remettre à colonel Davy Toupe. Un message urgent. Je sais qu'il a une chambre au King David, mais les portiers ne m'ont pas laissé entrer.

O'Reilly posa ses fesses sur ses talons pour se placer à la hauteur du visage du gamin.

— Qu'est-ce que tu racontes, petit ? Qui t'envoie ?

— Un homme m'a donné la moitié d'une livre sterling et m'a dit d'aller vous trouver vous, le grand cap'tain' Aurély, si je ne pouvais pas parler à colonel Toupe ! J'ai ça pour lui !

La main du gosse s'ouvrit sur un petit objet brillant que l'officier connaissait bien. C'était une plaque d'identité militaire qui pendait au bout d'une chaîne. O'Reilly la prit entre ses doigts et la retourna pour déchiffrer le nom gravé en relief.

— Sergent Calvin Paice, lut-il, incrédule. Sacré nom de Dieu !

*

Assis sur le bord de son lit, Tewp tournait et retournait la plaque matricule du sergent Paice.

— Pas de doute, c'est bien la sienne, mon colonel. Ce n'est pas un faux, martelé à la va-vite pour soutirer de l'argent à l'armée britannique… Et puis, pardonnez-moi, mais si cela avait été le cas, ce n'est sûrement pas vous que des escrocs auraient choisi pour négocier… Personne ne vous connaît, ici !

Tewp sourit pensivement. Une phrase cynique naquit sur ses lèvres mais il se ravisa et préféra s'intéresser au gamin arabe.

— Comment t'appelles-tu ?

— Latîf, Davy Toupe.

Le gosse avait une bonne bouille franche. Malgré son allure mal ficelée, il ne paraissait pas dénutri. Ses joues étaient rondes, ses cheveux et ses mains très propres. Ce n'était pas un gamin des rues.

— Eh bien, monsieur Latîf, enchaîna Tewp, est-ce que tu connais l'homme qui t'a chargé de me rencontrer ?

— Non. Je ne l'avais jamais vu auparavant. Il m'a donné une demi-livre tout de suite et m'a promis l'autre moitié quand j'aurai fait ce que je dois faire.

Du fond de sa djellaba, Latîf sortit fièrement une sorte de coupon tout froissé. C'était la moitié d'un billet de la banque d'Angleterre.

— Bon. Dis-nous maintenant exactement ce que tu dois faire…

— Je dois emmener colonel Davy Toupe tout seul quelque part…

O'Reilly frappa du talon sur le sol. Même étouffée par l'épais tapis, la semelle de son godillot clouté fit résonner le plancher d'un bruit sourd.

— Bon sang, gamin ! Tu ne pourrais pas être plus précis ?

— Non. Il faut que je donne les informations les unes après les autres et dans l'ordre. En premier, il faut attendre 5 heures du matin. Et puis j'emmènerai le colonel quelque part. Je n'ai pas le droit de dire où.

Le capitaine fulminait. Serrant les mâchoires, il se mit à tourner en rond dans la chambre en tordant sa casquette. Plus calme, Tewp crut un instant trouver le point faible du gosse.

— Si c'est par crainte de ne pas recevoir l'argent qui t'a été promis, sache que je peux te payer beaucoup plus si tu nous dis tout de suite où tu es supposé me conduire. Regarde.

Tewp sortit une clé de sa poche et s'approcha du bureau dont il déverrouilla le tiroir central. Il revint près du gosse avec une liasse de billets de dix livres.

— J'ai cent livres sterling dans ma main, Latîf. Cent fois ce que l'autre homme t'a promis. Et moi, contrairement à lui, je ne coupe pas mes billets en deux. Je te les donne tout de suite. À condition que tu parles.

Le gosse se trémoussa une seconde et pinça les lèvres en signe d'intense réflexion.

— Je ne peux pas ! conclut-il enfin.

— Pourquoi cela ? demanda Tewp, sans se préoccuper de la pression qu'il sentait monter chez le capitaine.

— Si je prends vos billets, l'autre ne me donnera jamais la moitié de ma livre…

— C'est bien raisonné. Pourtant, si tu choisis de te taire, ce n'est pas une simple livre que tu vas perdre, mais cent. Réfléchis bien…

— C'est tout réfléchi ! Et puis, il y a autre chose…

— Mais quoi, encore ? s'énerva O'Reilly.

— J'ai promis, chef !

— Petit crétin de gosse honnête ! explosa le capitaine en s'approchant, la main levée, pour gifler l'enfant.

— Je déteste qu'on frappe les enfants, capitaine ! Reprenez-vous ! s'interposa Tewp en agrippant l'avant-bras de l'Irlandais.

— Mais qu'est-ce qui vous prend encore, bon Dieu ! Une bonne fessée à ce moutard ou une douche froide et je le fais cracher, moi, ce petit saligaud !

Puis, se dégageant de la prise de Tewp, il hurla à la face du gosse :

— Tu sais qu'il y a des vies en jeu, petite vipère ? Tu sais que des hommes vont peut-être mourir à cause de toi et de tes sales promesses ? Tu t'en rends compte, au moins, pouilleux que tu es ?

— Laissez-moi régler ça, capitaine ! Vous emporter contre lui ne sert à rien.

Impressionné par l'énorme colère d'O'Reilly, Latîf s'était mis à trembler de tout son corps. Une flaque d'urine s'étala sur le tapis.

— Sortez, capitaine, ordonna Tewp. Je crois que ça vaut mieux. Je répare les dégâts et je vous tiens au courant dès que j'ai avancé.

Hors de lui, le fusilier jeta un regard noir à Latîf :

— C'est une affaire qui vous dépasse, colonel. Je suis désolé, mais je ne peux pas vous laisser jouer cette carte-là seul. La vie de deux braves types est en jeu. Il faut que j'en réfère à des supérieurs.

Avant que Tewp ait eu le temps de réagir, O'Reilly quitta la chambre en claquant la porte. Considérant l'état de fébrilité dans lequel l'espoir de retrouver vivants les deux sergents avait plongé le capitaine, Tewp ne doutait pas un instant qu'il irait au plus vite mettre sa menace à exécution. Dans quelques minutes, la chambre grouillerait de gradés et de policiers militaires qui voudraient tout savoir des raisons de sa présence à Jérusalem et des appuis dont il jouissait pour avoir pu, si longtemps, évoluer en marge de tout contrôle administratif. S'il restait ici, Tewp serait obligé d'embarquer au matin sur le premier bateau en partance pour Londres, et il ne pourrait jamais revenir en Palestine. Pendant une seconde, il fut envahi par un désespoir absolu. Ainsi donc, la piste de Ruben Hezner s'arrêtait ici même ! Dans la mare d'urine du petit Latîf… Puis la vieille mécanique se remit en marche d'un coup. L'instinct de survie. La volonté d'agir. Tewp enfila sa veste, prit son Webley, glissa tout l'argent qu'il put dans ses poches avant d'empoigner le petit Arabe qui sanglotait toujours et de quitter avec lui au pas de course le King David Hotel par une porte dérobée…

*

En tout point, Latîf était un garçonnet scrupuleux. Bien qu'épuisé par la marche forcée que Tewp l'obligeait à accomplir dans les ruelles désertes de la vieille ville, il refusa de révéler de façon anticipée le message qu'il avait promis de livrer au colonel. C'est seulement lorsqu'il vit l'aube rosir les toits en terrasse qu'il s'enquit de l'heure.

— Il sera 5 heures dans trois minutes, petit. Je crois que le moment est venu. Nous avons bien mérité de nous arrêter un peu pour parler, non ?

À l'image du gosse, Tewp était vanné. Errer en pleine nuit dans une ville qu'on connaît mal, où, à chaque instant, des patrouilles prévenues de votre signalement sont en mesure de vous arrêter est une activité exigeant autant de sang-froid que de réflexes. Traîner par-dessus le marché un gamin qui renâcle est d'autant plus contraignant. Avisant un banc, Tewp y posa l'enfant, qui s'écroula comme un sac.

— Il est 5 heures, Latîf. Parle, maintenant !

Se redressant juste assez pour regarder l'Anglais dans les yeux, Latîf hocha gravement la tête et accepta enfin de réciter sa leçon.

— Au-delà des murailles de la ville, près des anciennes carrières de Salomon, il y a un arbre mort.

Un acacia. Les deux soldats enlevés attendent que Davy Toupe aille les libérer. Si Davy Toupe n'est pas là-bas avant la septième heure, les deux Anglais seront tués !

Du menton, Tewp encouragea le gosse à continuer, mais le petit n'avait plus rien à dire.

— Il faut que je vous emmène, maintenant. C'est ce que le monsieur a dit. Oui, il faut que je vienne avec vous… Je sais où c'est. Venez !

Comme mû par un ressort, Latîf se remit aussitôt debout et adopta une petite foulée. Tewp se redressa à son tour et dut se mettre à courir. L'adulte suivit l'enfant à travers un invraisemblable lacis de rues en pente qui menaient aux anciennes limites de la ville, les antiques carrières de Salomon… Pendant une bonne vingtaine de minutes, ils allèrent ainsi côte à côte, sans rien dire, concentrés sur leur respiration et attentifs à tenir le rythme le plus longtemps possible. Tewp était bien conscient qu'ils pouvaient, à chaque instant, tomber sur des gardes anglais, mais le sentiment d'agir dans l'urgence noyait toute prudence… Le colonel et son guide atteignirent les carrières de Salomon alors que le soleil était déjà une grosse boule rouge dans le ciel et qu'au loin le muezzin entamait son premier chant d'appel à la prière. Il n'y avait pas de maisons d'habitation à cet endroit. Pas de fabriques ou d'entrepôts. Seulement, çà et là, quelques bâtiments de torchis et de planches où les jardiniers et les cantonniers rangeaient leurs outils.

— L'acacia… Où est-il ? Je ne le vois pas, Latîf.

— Il faut descendre un tout petit peu. Il est dans un creux.

Le garçonnet fit encore quelques pas et David Tewp le suivit. Observant les alentours, il ne put distinguer le moindre signe d'activité humaine. Prudemment, il dégaina tout de même son Webley…

— Ici, Davy Toupe ! Ici !

Répercutée par les parois de pierre brute qui se dressaient partout autour d'eux, la voix de Latîf montait en triomphe. S'approchant, le colonel aperçut, à environ trente yards en contrebas, un arbre énorme, au tronc gris et aux branches nues. Au sol, deux formes tassées immobiles. Latîf s'élança et commença à dévaler la pente poussiéreuse jusqu'à l'arbre. Tewp tendit la main pour le retenir mais le gosse, emporté par son élan et la forte déclivité, n'était déjà plus qu'une fusée blanche lancée à pleine vitesse…

— Arrête-toi, Latîf, arrête-toi ! lui cria Tewp.

Mais le mioche était bien trop curieux pour obéir. De là où il se trouvait, Tewp avait compris que les formes affalées sur les racines à nu de l'acacia étaient deux silhouettes humaines. Il avait même reconnu le short et la chemise réglementaires de l'armée britannique. Sans aucun doute, les deux types allongés étaient les sous-officiers Paice et Martin. Mais étaient-ils vivants ou morts ? Drogués, assommés ou exécutés ? Rien ne permettait de le dire encore.

— Latîf ! hurla-t-il encore. Attends-moi, petit ! Reste où tu es, surtout !

L'avertissement ne porta pas. Le gosse était déjà tout près des soldats immobiles. Tewp le vit nettement se pencher sur l'un pour regarder le visage du militaire par-dessus son épaule raide… Ce fut quand l'enfant tenta de retourner le Tommy sur le dos qu'explosa la grenade dégoupillée qu'on avait coincée sous le cadavre du sergent. L'onde de choc fut terrible. Latîf, projeté dans les airs, ne comprit pas qu'il mourait. Tout alla trop vite. Le corps criblé d'échardes de fer, la peau brûlée par la cordite, il retomba sans vie à cinq yards de l'acacia, dans une pluie de cailloux, de sang et de flocons de chair écorchée… Interdit, hébété et pourtant lucide, Tewp s'attarda un instant sur les restes du gosse. Il voulut lui fermer les yeux mais le petit n'avait plus qu'un trou suintant de pulpe rouge à la place du visage… David Tewp, alors, vit que sur le tronc de l'arbre une feuille de papier avait été clouée. Il s'approcha et arracha l'affichette. Sous des lignes tracées en hébreu, il lut en anglais :

Les deux espions britanniques Martin et Paice, arrêtés par l'armée clandestine, ont été passés en jugement sous l'inculpation de crimes contre le peuple juif. Les faits qui leur ont été reprochés sont les suivants :

1° Entrée illégale sur le territoire d'Eretz Israël.

2° Appartenance à une organisation terroriste connue sous le nom de « armée britannique », responsable de crimes et d'arrestations illégales envers des citoyens juifs.

3° Espionnage et conspiration contre l'armée juive clandestine de libération.

La cour a jugé ces hommes coupables de tous les faits qui leur ont été reprochés. En conséquence de quoi, ils ont été condamnés à la pendaison jusqu'à ce que mort s'ensuive. L'appel des condamnés à la clémence a été rejeté.

Une signature hâtivement gribouillée avait été ajoutée au texte dactylographié. Tewp déchiffra avec peine : « *Cour de justice de l'Irgoun en Eretz Israël* »… Il froissa la lettre et la jeta au loin. Impuissant, il ne savait plus que faire. À nouveau, un cadavre d'enfant gisait à ses pieds. À nouveau, on se jouait de lui… Mais il n'eut pas le temps de s'interroger sur l'identité de ceux qui lui avaient tendu un piège. Déjà, il entendait des hommes s'interpeller en haut de la cuvette. Ils ne parlaient pas anglais mais yiddish. Il ne les voyait pas mais estima à trois ou quatre le nombre de nouveaux venus en approche. Tewp s'aplatit pour se mettre à couvert derrière le cadavre intact du sergent Martin et attendit que les inconnus se révèlent…

Bientôt apparurent trois silhouettes au bord de la trouée, trois silhouettes noires qui évoluaient à contre-jour. L'une d'elles entama une descente rapide. L'homme serrait dans ses mains un long tube de métal dans lequel Tewp reconnut la forme caractéristique d'une Sten. Sa paume se posa instinctivement sur la crosse de son Webley. Il savait qu'une bonne embuscade est toujours composée d'au moins deux lignes de choc. La première est destinée à blesser, la seconde à achever. Les hommes qu'il avait maintenant devant lui constituaient l'équipe de tueurs chargés d'achever la besogne des corps piégés. Supérieurs en nombre et en armement, jouissant d'une position en hauteur, ses ennemis étaient à leur avantage. Son barillet ne contenait que six cartouches et ne pouvait pas être efficacement utilisé à plus de vingt yards. Il fallait que la chance lui sourît, s'il voulait sortir vivant des carrières de Salomon. Lentement, David Tewp laissa glisser ses yeux sur le cadavre de Martin, sans espoir précis mais avec l'intuition d'y trouver un précieux atout. Crénelée, ronde, terriblement dangereuse, une autre grenade avait été placée, prête à exploser, sous l'aisselle du malheureux soldat. Précautionneusement, en prenant soin de comprimer la cuiller de métal qui commandait la détonation, Tewp dégagea la bombe et la serra dans son poing.

S'engageant derrière l'éclaireur, un second homme commença sa descente. Tewp espérait que les deux types commettraient l'erreur de se regrouper pour fouiller le trou où s'accumulaient les cadavres. Visiblement à demi rassurés par la présence de leur ami qui les couvrait de là-haut, les tueurs avançaient lentement de front vers l'acacia, la crosse de leur arme appuyée contre leur hanche. Tewp s'amusa de cette maladresse car il savait que les Sten ne sont pas des armes dont la précision est la qualité première. Portées ainsi au niveau de l'aine, elles n'ont que peu de chance de toucher leur cible, même à moins de dix yards de distance. Encouragé par l'inexpérience évidente de ses adversaires, Tewp se leva soudain comme un diable sort de sa boîte et jeta la grenade sur les deux hommes. L'explosion fit encore plus de bruit que celle qui avait tué Latîf. Le premier tueur s'écroula sans gémir, mais l'autre, seulement blessé, eut le temps de tirer une longue rafale vers Tewp avant que le colonel n'aligne l'œilleton du Webley sur son cœur et ne fasse feu. Le type s'affala comme un sac dans la poussière.

De là-haut, le troisième homme lança ses premières rafales au hasard, arrosant les corps de ses camarades tombés autant que la zone de l'acacia. Accroupi derrière un rocher, il était totalement hors de portée de l'Anglais. Conscient qu'il ne pourrait pas tenir sa position longtemps sans être criblé de balles, Tewp tenta le tout pour le tout. Faisant mine de vouloir récupérer une des Sten tombées sur le sable, il bondit au centre de l'arène, se courbant à peine afin d'offrir au tireur une cible facile. Deux séries de trois cartouches partirent des hauteurs et Tewp sentit un poignard de glace s'enfoncer dans son dos. Il s'écroula à terre, le corps vrillé d'une douleur terrible, l'esprit sur le point de chavirer. Un voile noir descendit devant ses yeux mais il savait que, s'il se laissait aller à l'inconscience, il ne pourrait plus jamais retourner vers les vivants. Jouant quitte ou double, il parvint à rassembler suffisamment de volonté pour attendre que le tireur se décide à descendre à son tour. Raidissant ses muscles, il se contraignit à imiter la parfaite immobilité d'un cadavre. Pressé d'en finir, le dernier homme mordit à l'appât. Tewp l'entendit quitter le promontoire et s'engager dans la gorge. Quand il estima que le Webley pouvait à coup sûr faire mouche, il se redressa d'un coup, malgré sa souffrance, et appuya sur la détente à quatre reprises… Lorsqu'il s'approcha du troisième assassin étendu au sol, il ne fut pas vraiment surpris de reconnaître le visage du grand type qui, quelques jours plus tôt, avait annoncé son arrivée à la porte du café ad-Dihwân.

*

Revenir en ville sans se faire remarquer ne fut pas une mince affairc pour David Tewp. Si une balle de Sten avait traversé de part en part le bas de son dos, elle n'avait heureusement pas touché d'organe vital. En revanche, du sang ne cessait de couler de la plaie qu'il aurait fallu cautériser au plus vite, mais que Tewp se contenta de panser avec des lambeaux arrachés aux chemises des hommes qui avaient été payés pour le tuer. Vidé de son énergie, bouleversé aussi par la mort du petit Latîf, le colonel avait cherché refuge dans une des cabanes d'ouvriers qui pullulaient aux abords des carrières. Dans une vieille besace, il avait trouvé de petits fromages enroulés dans des feuilles de vigne et une miche de pain noir qu'il avait dévorée à belles dents. Dormant ensuite tant bien que mal, il avait attendu le soir pour se risquer au-dehors et tenter de regagner l'intérieur de l'enceinte. Sa tenue militaire dissimulée sous une vieille gabardine arrachée à un épouvantail, aux épaules souillées par des excréments d'oiseaux, il profitait de la longueur du vêtement pour cacher contre sa cuisse une Sten qu'il avait ramassée sur le sol rougi de la fosse où il avait bien failli mourir. Trois chargeurs pleins étaient passés dans sa ceinture. Son idée était de trouver Saporta, le seul, à son sens, à avoir pu monter le traquenard de l'aube. Il lui avait fallu du temps pour arriver aux abords du café ad-Dihwân. Non seulement il était condamné à progresser de recoins d'ombre en passages obscurs, mais son rythme de marche était considérablement ralenti par les douleurs que lui infligeait sa blessure.

Tewp n'était pas certain de pouvoir trouver Zino Saporta là où le premier rendez-vous avec le truand avait eu lieu. C'était pourtant le seul endroit où il aurait une petite chance de débusquer son homme. Patiemment, recroquevillé entre des bidons de tôle abandonnés entre deux maisons proches du café, il attendit que s'écoulent les dernières heures avant l'aube puis, quand il jugea que le bouge avait dû se vider de la plupart de ses habitués, il affermit sa prise sur son arme, fit monter une balle dans le canon et quitta sa cachette pour s'avancer jusqu'au néon jaune de l'enseigne. À demi endormi sur un tabouret, un type en costume froissé était supposé monter la garde. L'approcher fut un jeu d'enfant. Quand il sentit le canon de la Sten enfoncer douloureusement son larynx, le garde sursauta en battant des bras pour ne pas chuter de son siège. Par signes et ordres brefs tout juste murmurés, Tewp lui enjoignit de se lever doucement et de se tourner face au mur ; puis il le fouilla soigneusement, fit tomber à terre son calibre 38 et son couteau à cran d'arrêt qu'un élastique maintenait autour de sa cheville, avant de faire disparaître les deux armes dans les grandes poches de son trench-coat.

— Maintenant, faites-moi entrer !

Le cerbère soupira fort. Le pistolet-mitrailleur du colonel anglais appliqué sur ses reins, il fut pourtant contraint d'aller frapper à l'entrée de la gargote. Comme la fois précédente, le guichet s'abaissa et des phrases furent échangées en hébreu. Tewp ne comprenait pas cette langue et ne pouvait être certain que son prisonnier n'était pas en train de le trahir, mais sa silhouette spectrale et la froide détermination de ses menaces avaient écrasé chez le captif toute velléité de rébellion. La porte de fer du café ad-Dihwân s'ouvrit sans que rien d'anormal ne se passât. D'un violent coup de crosse sur le crâne, Tewp assomma le gardien, qui s'allongea de tout son long en travers de l'entrée. Le portier poussa un cri de surprise, mais il n'eut pas le temps de s'étonner davantage que déjà la lourde barre de fer s'abattait sans pitié sur son crâne, le réduisant au silence. Tewp traîna et empila les corps sur le palier, puis il referma la porte derrière lui. Palpant les poches du second type, il le dépouilla de son arme, ligota les deux hommes avec leurs propres ceinture et cravate, et descendit l'escalier jusqu'au rideau de velours noir qui marquait l'entrée de la salle.

Une musique douce étouffait à peine quelques conversations éparses. Un verre tinta. Une femme eut un rire bref. Au jugé, l'Anglais estima à une demi-douzaine le nombre de personnes encore présentes dans le bar. Sans savoir si son geste lui rapporterait ce qu'il en escomptait, il écarta la tenture et entra d'un pas résolu dans la cave saturée de fumée de cigarette. À la vue de cet homme sans nez, couvert de poussière et de sang qui faisait irruption, brandissant sauvagement une arme, un cri strident retentit. Tous les regards se tournèrent vers lui et déjà, derrière son comptoir, le barman se penchait pour attraper le fusil de chasse à canon scié qu'il gardait à portée de main. Tewp, instinctivement, épaula et mit en joue son adversaire. Le barman leva de lui-même les mains pour signifier sa reddition sans conditions. Se déplaçant jusqu'au centre de la pièce, le colonel jeta un coup d'œil circulaire. Il reconnut la prostituée Bristen, attablée dans un coin avec un client chauve aux yeux chavirés ; une deuxième fille en compagnie d'un homme jeune, qu'il ne connaissait pas ; puis il aperçut une troisième adolescente, seule face à deux verres... Où donc était son client ? Dissimulé derrière une colonne de gypse ? Caché dans une alcôve ? Le cœur de Tewp se mit à battre plus vite. Bien qu'il parût contrôler la situation, un élément lui échappait : un solitaire qui pouvait à tout instant surgir dans son dos et l'abattre aussi facilement qu'on vise une cible sur un champ de tir.

— Où se cache celui qui vous accompagne ? demanda Tewp à la gamine excessivement fardée.

Elle ouvrit la bouche pour répondre mais, soudain sorti du néant telle une ombre brusquement échappée du Sheol, Dov Chevat fit feu. Parfaitement ajustée, la balle frappa le corps de la Sten, la puissance de l'impact la faisant sauter des mains de Tewp. Surpris, celui-ci n'eut pas le temps de dégainer son Webley que déjà Chevat sortait de derrière un pilier, pointait son arme sur lui et lui ordonnait de s'agenouiller, les mains croisées sur la nuque. Résigné, et exaspéré de s'être laissé prendre si sottement, l'Anglais se baissa et leva docilement les bras tandis que les filles et les clients ramassaient en hâte leurs affaires avant de se bousculer pour gravir l'escalier de la cave.

— Le mutilé est venu de lui-même se fourrer dans la gueule du loup ! s'exclama Chevat tandis que le barman appuyait le double canon de son fusil sur la tempe de Tewp. Voilà qui est très aimable à vous, colonel. Cela nous évite de nous salir à soulever toutes les pierres de Jérusalem pour vous capturer !

*

La douleur est chose étrange. Si la plupart des hommes ne la supportent pas, d'autres, rares, portés par une volonté plus forte, par une ironie naturelle aussi peut-être, savent la nier au point de sembler posséder un organisme privé de nerfs et de sang. Était-ce le cas de David Tewp ? Assurément non, car le prisonnier ressentait dans la moindre fibre les sévices que Dov Chevat s'amusait à lui infliger depuis des heures. Si son corps torturé n'était plus qu'une plaie, son esprit refusait pourtant toujours de répondre aux questions qu'on lui posait. Là où la conscience d'un homme ordinaire aurait depuis longtemps cédé, celle de Tewp luttait. Peut-être était-ce parce que, depuis le combat qui l'avait opposé à Ostara Keller, la souffrance était devenue sa fidèle compagne. La seule qu'il avait jamais eue…

— Vous êtes résistant pour un goy, remarqua Zino Saporta. C'est curieux, j'en suis presque impressionné ! Enfin… Dov finira bien par vous briser.

Chevat avait appris où se trouvent les points les plus sensibles du corps humain et comment celui-ci se contracte sous la douleur, se plie et se froisse soudain comme une feuille morte qu'on s'amuse à brûler. Sa spécialité, c'était l'acide. Il en portait toujours un flacon sur lui, prêt à en lancer le contenu à la face d'une fille désobéissante ou au visage d'un type dont il n'appréciait pas le regard. Sur Tewp, pourtant, Chevat n'avait pas utilisé la fiole. Il sentait qu'elle ne suffirait pas à faire plier l'Anglais, qu'une menace de mutilation faciale ne pouvait évidemment plus effrayer. Il fallait que le venin chimique agît autrement, comme un vrai supplice. Il en fallait plus, donc, que les quelques gouttes qu'il utilisait d'ordinaire... Pendant une heure ou deux, Dov Chevat s'était absenté, laissant le colonel solidement ligoté dans la salle du café ad-Dihwân, sous la surveillance du barman qui n'avait pas une seule seconde détendu son index, crispé sur la détente de son vieux fusil de chasse. Puis le jeune gandin aux cheveux ondulés était revenu. Saporta l'accompagnait. Et l'interrogatoire avait commencé. Tout de suite violent. Tout de suite affreusement douloureux... Chevat ne s'était pas contenté de projeter au hasard le solvant sur le corps dévêtu de David Tewp. Il appliquait une autre méthode, plus vicieuse, et qui causait plus de ravages. Dov injectait la lave liquide sous la peau de l'Anglais, grâce à une longue aiguille d'acier...

— Ça vous connaît, les piqûres, pas vrai, Tewp ? dit Saporta tandis que le bourreau préparait la première seringue. Ingénieuse, votre petite cachette dans la salle de bains... Mais nous l'avons trouvée ! Mes gars m'ont dit ce que vous y cachiez. Ils ont eu la courtoisie de ne pas vous priver de vos petites friandises, colonel. C'était une charmante attention de leur part, vous en conviendrez... Dov va vous faire essayer quelque chose de beaucoup plus fort que votre opium. N'est-ce pas, mon garçon ?

— Un produit de la famille des acides. Quelque chose qui vous rongera mais qui, à petite dose, ne vous tuera pas...

Plantant son aiguille en haut du bras du prisonnier, Chevat poussa lentement le piston avec un sourire d'extase. Tewp sentit tout d'abord un froid glacial inonder l'orbe de son épaule, puis, très vite, ce fut une brûlure intense qui monta atrocement dans ses nerfs et le fit crier. Sous l'effet du produit, sa peau se boursoufla, se cloqua et éclata en cratères d'où le liquide s'échappa en larmes visqueuses et sanglantes qui écorchèrent tout son membre d'atroces griffures purulentes.

— Vous voyez ce que notre ami sait faire, colonel, dit Saporta tandis que les effets de la première piqûre avaient atteint leur paroxysme. Mais il ne s'est intéressé pour l'instant qu'à une zone périphérique de votre anatomie. Imaginez les ravages que son produit pourrait vous causer s'il était injecté au visage… Ou ailleurs… Alors, écoutez bien ma question et tâchez de répondre vite ! J'ai compris pourquoi vous recherchiez Ruben Hezner, vous savez. J'ai fait ma petite enquête. Hezner est resté à Berlin pendant toute la guerre, pas vrai ? Il était même le protégé de gens très haut placés. Un Juif chez les nazis ! C'est contre-nature, évidemment. Alors, je me suis dit qu'il devait y avoir une bonne raison à cette entente. Une *très* bonne raison, même. Et quelle est la meilleure raison du monde pour qu'un type risque sa vie à côtoyer les pires ennemis de sa race pendant dix ans ? Vous ne répondez pas, Tewp ? Hum… Moi, je n'en connais qu'une, c'est l'argent ! Des montagnes d'argent. Un trésor. L'or de Hitler ! De l'or et des œuvres d'art, certainement ! Toutes celles qui ont été volées à nos frères dans les pays occupés. Des Rubens, des Delacroix, des Greco, des Bosch, des Vermeer, des Canaletto et d'autres par milliers ! C'est cela, n'est-ce pas ? J'ignore comment, mais Hezner sait où toutes ces merveilles ont été cachées. C'est pour cela que le MI6 vous a envoyé le retrouver à Jérusalem. *Lang leben zolt ir, Tewp !* Vous pouvez vivre longtemps, si vous avouez !

Mais Tewp n'avait rien à répondre à Saporta. Même s'il les lui avait révélées, le truand aurait-il pu comprendre les véritables motivations qui poussaient l'Anglais à rechercher Ruben Hezner ? Non. C'était impossible. Devant le mutisme de son prisonnier, Saporta autorisa Dov à enfoncer de nouveau l'aiguille dans les chairs du *fremder* – de l'étranger, comme il disait avec mépris. Tewp supporta une autre dose d'acide dans le bras. Puis une autre, plus massive, lui fut injectée dans l'aine et les effets en furent si terribles que sa peau se charbonna totalement en dégageant une odeur si infecte que Saporta lui-même fut contraint de boire un long trait de scotch à même la bouteille pour chasser de sa bouche et de ses narines l'odeur d'abattoir qui s'y était installée.

— Dis-moi ce que tu sais du trésor, Sans-Nez ! Dis-le-moi et je ne te ferai pas mourir !

Malgré ses souffrances, Tewp trouva encore la force de cracher au visage de son tortionnaire.

— *Bist meshigeh ?* Tu es fou ? Tu crois que tu vas survivre si je laisse Dov s'occuper vraiment de toi ? J'ai trouvé la photo de Hezner dans ton portefeuille, tu sais ! Tu ne peux pas nier qu'il travaillait avec les nazis. D'où tiens-tu ce cliché ? Qui te l'a donné ? *Qui* ?

Les menaces de Saporta n'y firent rien. Obstinément, Tewp avait résolu de garder les lèvres closes. Depuis longtemps il s'était juré de ne jamais parler de l'homme étrange qui, à Berlin, des années plus tôt, avait pris le cliché que Saporta agitait maintenant dans sa main grasse. Ce même homme qui lui avait sauvé la vie dans les neiges d'Ukraine. Ce même homme qui, dans la vaste propriété new-yorkaise de lord et lady Bentham, lui avait un jour tout confié de son incroyable histoire…

Premier Livre de Thörun Gärensen

Le vin d'Oslo

Je m'appelle Thörun Gärensen et je suis né le 8 août 1908 dans la plus grande chambre de la meilleure clinique d'Oslo. Le Soleil se trouvait alors dans le signe du Lion, Mars s'exaltait en Bélier, et Vénus, en domicile en Balance, me promettait la faveur des femmes…

Ma famille est norvégienne. Je n'ai que des souvenirs heureux de mon enfance. Ma mère m'a souvent raconté que, nourrisson, la personne vers laquelle se tournait le plus fréquemment mon regard était Nils Gärensen, mon grand-père paternel.

Il est vrai que, aussi loin qu'il m'en souvienne, le vieil homme a été présent à mes côtés, s'inquiétant de ma santé, aiguisant ma curiosité, cherchant toujours à m'éveiller à la beauté du monde. C'est à sa passion pour la mythologie de nos ancêtres vikings que je dois mon prénom : Thörun, le signe du dieu Thor, maître de courage et de vie, source d'énergie inépuisable pour ses féaux. Mon grand-père était lui-même bâti comme un Thyrse, ces géants des glaces si forts qu'ils pouvaient fendre une montagne d'un coup d'épée.

Issu d'une lignée de marchands de bois, il avait inventé, tout jeune, un système pour améliorer l'efficacité des scies mécaniques. Avec l'argent que lui avait rapporté ce premier brevet, il était parvenu à rassembler rapidement une des plus grosses fortunes industrielles du royaume, si bien qu'à quarante ans à peine il possédait des milliers d'hectares de forêts, quatre usines et dessinait lui-même les plans de magnifiques bâtiments d'habitation qu'il faisait construire dans le centre de la capitale... Percevant d'instinct que le monde était sur le point de basculer dans une nouvelle ère de techniques et de sciences, il avait réinvesti une grande partie de ses bénéfices personnels pour commander des recherches qui aboutirent plus tard à révolutionner des domaines aussi divers que la métallurgie ou la chimie pharmaceutique. Au sens noble du terme, mon grand-père était un chevalier d'industrie. Il aimait le progrès, il aimait l'action, mais il cultivait aussi une éthique scrupuleuse et professait un immense respect envers tous ceux qui travaillaient pour lui. Soucieux du sort de ses ouvriers, il fut parmi les tout premiers en Europe à faire bénéficier ceux-ci d'avantages qui ne furent généralisés ailleurs que bien plus tard, et au prix de luttes souvent éprouvantes.

Occupé à consolider ses affaires, mon grand-père ne put cependant être présent auprès de Peter, son fils unique, autant qu'il l'eût souhaité. Sa mère n'ayant malheureusement pas survécu à sa naissance difficile, l'enfant fut inscrit très tôt au pensionnat du Collège royal, puis envoyé en Angleterre, à Eton, où il révéla ses qualités de garçon droit et travailleur. À l'occasion d'un bal de fin d'année, Peter fut présenté à Sigrid, une jolie demoiselle tout à la fois timide, délicate et fortunée, fille unique de l'ambassadeur de Norvège à Londres. Les deux jeunes gens échangèrent une correspondance suivie, et un amour sincère naquit entre eux. Mon père revint au pays alors qu'ils étaient déjà fiancés. Pendant un an, Peter se prépara à prendre un jour la succession des affaires et, en mars 1903, alors que le port venait tout juste de se libérer des glaces, un clipper vint enfin déposer pour toujours Sigrid dans ses bras. Le mariage fut une fête merveilleuse, qui éblouit toute la bonne société d'Oslo, et un premier enfant, Johann, mon frère aîné, vint au monde vingt mois plus tard, comblant mes parents de bonheur.

Aussi efficace que mon grand-père à la tête de nos industries, Peter révéla d'excellents talents de gestionnaire. Nos affaires prospérèrent. Mes parents s'aimaient. Deux filles, Karla et Ilona, agrandirent après ma naissance notre famille… Destiné à être l'héritier de la dynastie et manifestant un goût naturel pour les mathématiques et les sciences, Johann voulut bientôt tout connaître des rouages de nos entreprises. Mon père l'emmena visiter les fabriques, les laboratoires, les terres qui nous appartenaient. À partir de son quatorzième anniversaire, mon frère assistait même assidûment à tous les conseils d'administration. Un carnet sur les genoux, il prenait des notes en coulant déjà des regards noirs aux directeurs qu'il n'aimait pas. Moi, peut-être un peu plus rêveur, et moins optimiste quant à l'amélioration du monde grâce au seul progrès technique, je manifestais plutôt des dispositions pour les langues, la philosophie, les arts et les belles-lettres. Peinture, sculpture, musique, je voulus tout essayer… Devant l'enthousiasme que je déployais, on transforma à ma seule intention une partie des combles de notre grande maison de la capitale. J'y passais de longues heures à barbouiller de la couleur sur une toile, tailler des blocs de pierre au marteau et au burin, ou tenter d'arracher des sons harmonieux à un malheureux violon qui n'en pouvait mais… J'étudiais avec passion le latin et le grec ancien quand Johann se plongeait dans des cours d'économie ; je dévorais *La Divine Comédie* et les romans de la Table ronde quand mon frère s'acharnait à résoudre des problèmes d'algèbre à plusieurs inconnues… Lui, scientifique, et moi, littéraire, nous entendions pourtant bien. Très vite, je crois, nous eûmes de bonnes relations justement parce que nous avions pris la pleine mesure de nos différences. Mon aîné ne voulait rien plus ardemment que de s'installer à la droite de mon père et reprendre à sa suite la responsabilité de nos affaires. Moi, je me sentais si éloigné des problèmes de finances et d'industrie que j'étais heureux de pouvoir me décharger sur Johann du fardeau de cet héritage. Je n'étais pas une menace pour lui. Il n'était pas une entrave pour moi. Et comme j'étais un élève brillant dans le domaine que j'avais choisi – les humanités classiques et les langues –, on me laissa étudier à ma guise. Hormis quelques crises bénignes traversées lors de notre enfance, nos rapports furent toujours excellents.

Peut-être mon père eût-il aimé que, moi aussi, je lui ressemble, mais il ne chercha jamais à contrarier ma différence et je crois même qu'il était fier de moi quand mes professeurs d'université acceptaient de faire paraître un de mes articles dans une revue académique. Mon grand-père Nils était, quant à lui, particulièrement heureux que la famille puisse s'enorgueillir d'un lettré. Lui-même avait toujours éprouvé une vive passion pour la lecture des grands textes. Du jour où il passa définitivement les rênes de nos usines à mon père, il consacra une bonne partie de son temps à aider des auteurs scandinaves à se faire connaître en Europe. Il paya même de sa poche les traductions de plusieurs romans norvégiens et devint un des amis les plus chers du grand romancier Knut Hamsun. Celui-ci passait souvent nous voir à la maison, lorsque j'étais enfant. Si j'étais occupé à quelque devoir avec mes précepteurs, Nils venait interrompre la leçon et, me prenant par la main, me faisait pénétrer dans son bureau, où nous attendait le maître pour nous lire de sa voix chaude les meilleures pages de *L'Éveil de la glèbe* ou du *Dernier chapitre*, qu'il était alors en train d'écrire… Je me souviens parfaitement des longues soirées que je passais alors à écouter les deux hommes évoquer les anciennes sagas et les mythes de nos ancêtres. Tous deux avaient un profond respect pour le passé et pensaient que rien de durable ne peut se construire si l'on néglige ou méprise l'expérience des générations d'autrefois.

— Les hommes ont toujours pensé aussi bien, Thörun, me disait Hamsun. Ne crois pas que nous leur soyons supérieurs sous prétexte que nous avons vu le jour après eux.

Enfant, je ne saisissais pas ce que le vieil homme cherchait à me faire comprendre. Cela avait-il d'ailleurs quelque importance puisque j'étais charmé, envoûté par le ton de la voix, la fraîcheur du regard et la vitalité des gestes de l'écrivain ? De tout mon cœur je voulais ressembler à cet homme pour qui mon admiration ne connut plus aucune borne le jour où, alors que j'avais douze ans seulement, j'appris qu'il venait de recevoir le prix Nobel de littérature. Comblé d'honneurs, célébré dans le monde entier, Hamsun n'en poursuivit pas moins ses visites régulières chez nous et ses causeries avec mon grand-père. Un soir, les deux hommes obtinrent de ma mère que je n'aille pas me coucher comme à l'ordinaire mais que je sois des leurs dans le mystérieux voyage nocturne qu'ils préparaient. Impressionné, curieux, excité comme jamais par la surprise qu'on me faisait, je montai avec eux dans la plus belle et la plus puissante des automobiles qu'abritaient nos garages.

Toute la nuit, nous roulâmes vers le nord et la mer. Mon grand-père conduisait. Knut Hamsun avait pris place sur la banquette arrière à côté de moi. Entre nous, sur la sellerie de cuir odorant, il avait posé une petite terrine de *Sild* au curry et aux pommes qu'avait cuisinée Marie, son épouse. À la pointe de son couteau, l'écrivain me préparait des tartines de pain aux noix sur lesquelles il étalait le poisson mariné, au fort goût d'épice et de fruit. La bouche emplie de cette saveur, les yeux grands ouverts essayant de percer les ténèbres qui enveloppaient la voiture lancée tel un carrosse de conte de fées sur les routes d'un royaume enchanté, je me sentais entrer peu à peu dans la grande et mystérieuse confrérie des hommes. Il me venait à l'esprit que mes deux mentors avaient depuis longtemps manigancé cette excursion et que celle-ci était destinée à m'initier à quelque secret essentiel, à ouvrir une porte jusque-là inconnue dans la matière intime du monde. C'était, je le sentais, une nuit de métamorphose ! Trois ou quatre heures avant l'aube, je vis le ciel se tendre soudain d'une lumière électrique qui teinta les nuages de vert, de violet et de pourpre d'une intensité sans pareille… Je collai mon visage à la vitre et regardai au-dehors avec un mélange d'admiration et de peur. Mon cœur se mit à battre plus fort. Les mains posées à plat sur la portière, je voyais s'ouvrir autour de nous un paysage irréel de lande sèche au sol de poussière blanche… La lumière était celle d'une apocalypse, d'une fin du monde. Je sentis une frayeur terrible monter en moi, au point qu'il fallut que je me morde les lèvres pour ne pas crier. Hamsun passa son bras autour de ma taille. La chaleur et la pression de sa paume me fortifièrent. Me renversant sur le siège, j'attendis en silence, et sans impatience, que mon grand-père arrêtât enfin notre course.

Je descendis. Nous avions quitté la route. Des dunes se dressaient devant nous et le ciel craquait de ces ondes irisées qui n'avaient cessé de s'amplifier depuis que je les avais aperçues. Nils me souleva, me jucha sur ses épaules et se mit à escalader à grandes enjambées la dune de sable. Tenant un grand sac de marin, Hamsun nous suivait. En haut de la butte, je découvris la mer silencieuse, presque aussi immobile qu'un lac. Aucune vague ne frappait la côte, aucun rouleau d'écume n'éclatait sur le rivage. Ce n'était ni la nuit ni le jour, et tout, autour de moi, m'apparaissait comme un gigantesque décor de théâtre… Mon grand-père désigna l'horizon.

— C'est là que nous allons, dit-il tandis que Hamsun nous dépassait pour se diriger vers un esquif léger qui nous attendait sur la plage.

On m'installa dans le *faering*, un fin bateau de bois dont l'étrave effilée ressemble à celle d'un drakkar. Les deux hommes poussèrent le misainier dans les eaux sans effort. Hamsun hissa la voile, Nils s'empara du gouvernail… Il n'y avait que peu de vent, mais un souffle régulier venant de la terre nous poussa bien vite au large. Le dais immense et mouvant de l'aurore boréale cachait les étoiles. Lorsque la côte fut hors de vue, aucun repère ne nous rattacha plus à la géographie du monde. Je ne ressentais aucune crainte, pourtant. Que pouvait-il m'arriver en compagnie de ces deux colosses qui n'hésitaient pas à pénétrer les territoires obscurs sans jeter un seul regard en arrière ? Ils étaient deux nautoniers experts avec qui je glissais sur le Styx, et rien, j'en étais sûr, pas même la plus terrible des tempêtes, ne pourrait briser ces hommes vieux aux muscles tendus comme des cordes, aux iris clairs, qui semblaient voir au-delà de la surface des choses. Longtemps, et sans rien dire, nous voguâmes droit devant nous. Mon corps ne ressentait rien. Ni faim, ni soif, ni froid. Mon esprit, au contraire, bouillait comme un geyser. Où donc m'emmenait-on ? Que voulait-on me faire voir ? Car cette navigation avait un but. Un secret…

Lentement, le jour se leva, effaçant peu à peu les ondulations vertes et mauves qui avaient strié le ciel nocturne. Tout, au-dessus de nous, se teinta d'un éclatant blanc de perle. Ce fut à cet instant que je les vis. Une première colonne d'eau monta, à cent mètres de nous à peine. Puis une deuxième, et une troisième encore !

— Les baleines ! murmura mon grand-père à mon oreille tandis que mes mains se crispaient d'émotion sur les plats-bords du *faering*.

Hamsun amena un peu de voilure pour ralentir. Manœuvrant savamment le gouvernail, Nils nous fit approcher des cétacés. L'eau était claire, la mer, toujours étale. On voyait les profondeurs aussi bien que si nous avions navigué sur un lagon d'Océanie. Nous prîmes le risque de passer juste au-dessus d'un premier animal. Mon grand-père me laissa me pencher par-dessus bord. Je vis l'immense léviathan marin ouvrir sa gueule pour y filtrer le krill qui prospérait en abondance dans ces eaux. Je n'avais pas peur. Je savais que la baleine ne nous attaquerait pas… Nous restâmes le plus longtemps possible à l'aplomb. Le corps à demi penché à la proue de la barque, le monstre si près de moi que je croyais pouvoir le toucher, j'avais l'impression de chevaucher un dragon. De ma vie, jamais je ne ressentis, je crois, une impression aussi puissante, formidablement enivrante. Pour l'enfant que j'étais, ce fut un instant d'émerveillement absolu que rien n'égala ensuite. La baleine referma soudain sa bouche et inclina sa queue pour reprendre de l'oxygène à la surface. Aux aguets, Hamsun lança l'alerte. D'un coup de poignet sur la barre, mon grand-père fit glisser notre embarcation sur le côté, évitant de justesse que nous soyons soulevés par le corps énorme qui creva les flots avec un bruit d'orage. Ouvrant son clapet, l'animal purgea ses poumons en faisant retomber sur nous une averse chaude, marquée d'une odeur si forte de sang et de chair grasse que, des décennies plus tard, je crois encore la respirer lorsque je repense à cet instant… Longtemps, nous accompagnâmes les baleines. En silence, simplement heureux de leur présence. Heureux aussi d'être ensemble, nous trois, les deux hommes aux cheveux blancs et l'enfant que j'étais…

Au milieu du jour, enfin, nous accostâmes sur un îlot désert au milieu de nulle part. Du sac de toile qu'il avait apporté, Knut sortit des victuailles tandis que mon grand-père faisait sauter les planches d'une caissette avec l'épaisse lame de son couteau de marine. Protégées par d'odorants vrillons de copeaux de bois, il me montra trois bouteilles allongées, tête bêche.

— Le vin d'Oslo ! dit mon grand-père en en prenant une et en la brandissant face au soleil pâle qui éclairait cette île inconnue, tout au nord du monde.

Knut nous tendit trois hautes cornes à boire, de beaux et lourds objets de matière animale sertie de mystérieux entrelacs de bronze, puis mon grand-père versa l'alcool jaune dans les coupes anciennes, remplissant la mienne pas moins que les deux autres.

— L'hydromel, Thörun ! Le sang de Kvasir : la boisson d'immortalité des seigneurs divins ! murmura Nils tandis que ses yeux trahissaient une émotion si profonde, si sincère que cela me bouleversa.

— Aux Puissances ! lança Knut en levant sa corne vers les cieux blancs.

— Ainsi qu'à nos pères ! ajouta Nils.

Virilement, avec toute la solennité d'un rite sacré, nous bûmes à nos ancêtres et à nos dieux, face à l'océan, nos pieds nus enfoncés dans le sable gris, nos gros pulls de laine raidis par le sel d'une mer d'où montaient des tempêtes…

Consciscamus discrepantes

Je suis arrivé en Allemagne à la fin août 1931, quelques jours seulement avant le début de l'année académique. J'entrais alors dans ma vingt-troisième année et mes premiers travaux sur les langues et les civilisations médiévales germano-scandinaves avaient retenu l'attention du recteur de la faculté de lettres de Munich. Invité par ce dernier à donner des cours en Bavière, je profitai de cette opportunité à un moment de ma vie où je me sentais étouffer en Norvège. J'avais besoin de m'installer dans de nouveaux décors, de parcourir d'autres rues, de sourire à d'autres visages. J'acceptai. À l'instant où je descendis du train, ma valise à la main, j'étais, je dois le confesser, assez fier de moi ! D'abord, parce que j'estimais avoir fait preuve d'une grande force de caractère en persistant à choisir une carrière sans aucun point commun avec celle que, par tradition familiale, j'aurais dû embrasser. Fier aussi, parce que j'avais su conquérir mon indépendance sans pour autant entrer en conflit avec les miens. Sigrid, ma mère, était, je crois, assez heureuse de me voir épanoui dans le domaine littéraire. Mon père aurait peut-être préféré que je m'investisse à ses côtés, comme l'avait si bien fait mon frère Johann, mais, devant les bons résultats de mes examens et l'appui spontané de mes professeurs, il avait préféré laisser mon esprit glisser sur sa pente naturelle. Fier enfin, parce que j'avais résolu de conquérir avec mes propres armes un pays où le nom de Gärensen était presque totalement inconnu.

Fin 1930, je parlais très bien l'allemand, que j'avais étudié avec assiduité depuis l'âge de onze ou douze ans. Une pointe d'accent marquait indéniablement mon origine scandinave mais je comptais jouer de cette particularité pour retenir l'attention des jolies filles. Comme mon grand-père, je suis d'une haute taille. Les traits de mon visage sont réguliers et je jouis d'un physique athlétique, renforcé par de nombreuses heures d'entraînement. Mon penchant pour les lettres ne m'a jamais empêché d'être un garçon avide d'exercice, parfois même attiré par les activités risquées. Très jeune, j'ai gravi des sommets, piloté des motocyclettes puissantes, passé des jours entiers à skier l'hiver, à nager et monter à cheval l'été. Là encore, je m'oppose à mon frère, qui n'aime que le golf ou le tennis, sports mondains que l'on pratique entièrement vêtu et où l'on transpire peu. Fier de mon corps et de mon esprit, d'un naturel joyeux et insouciant, à vingt-cinq ans j'avais depuis longtemps goûté aux bonheurs que procurent les femmes. Je savais que je leur plaisais, et je les aimais follement en retour. Bien trop, d'ailleurs, pour me contenter de n'en fréquenter qu'une. À Oslo, je m'étais vite bâti une réputation de séducteur, charmant, certes, mais très vite j'épuisai les possibilités limitées qu'offrait le cheptel féminin de la bonne société norvégienne. En quelques années à peine, j'en connus tous les minois. Il n'y avait guère pour moi d'avenir en ce domaine car, soit les filles m'avaient déjà cédé, soit elles étaient promptement mises hors de ma portée lorsqu'était connue ma venue à une soirée, un concert ou une représentation théâtrale. C'est dire si la perspective d'écumer l'extraordinaire vivier bavarois sans être pénalisé par mes antécédents faisait naître en moi de délectables frissons…

*

Peut-être plus que toute autre province de l'Allemagne à cette époque, la Bavière était le centre d'un activisme politique permanent. Il était patent pour tous, même pour un étranger, que la république de Weimar ne pourrait longtemps maîtriser une situation qu'avaient profondément détériorée l'occupation du bassin de la Ruhr par la France, en 1923, et surtout les répercussions sur le Vieux Continent de la crise boursière américaine. Sept jours après celle de New York, la Bourse allemande s'était effondrée, la clé de voûte de la finance germanique étant constituée par les emprunts à l'étranger, aux États-Unis principalement. Quand le flux des prêts se tarit et qu'arriva le moment où il fallut rembourser les premiers emprunts, les finances allemandes furent incapables de résister à cette tension. Lorsque le commerce mondial se ralentit à la suite du marasme général, l'Allemagne ne parvint plus à exporter suffisamment pour payer ses importations – indispensables – de matières premières et de vivres. Sans exportations, l'industrie allemande ne pouvait faire tourner ses usines. La production diminua de moitié. Le nombre de chômeurs s'accrut dans des proportions terribles. Après avoir soutenu, presque seule contre tous, un conflit qui avait fauché la fine fleur de sa jeunesse, l'Allemagne avait dû affronter, pendant de longs mois, une véritable guerre civile qui avait dressé les uns contre les autres bolcheviks et conservateurs dans d'atroces tueries. Le pays portait encore les stigmates de ces années-là. Six millions de chômeurs étaient incapables de nourrir correctement leur famille. Le charbon n'était pas rare, mais il était cher. L'hiver, les démunis mouraient de tuberculose dans leurs galetas infestés de vermine…

Depuis Oslo, mon voyage en train m'avait imposé une halte d'une journée à Berlin. Sur le quai de la gare, je pus toucher du doigt cette misère. Ce malheur était si palpable que je faillis rebrousser chemin. À l'époque, la cité n'était pas encore la métropole grandiose qu'elle devint au cours de la période hitlérienne. La future capitale du Reich ne comptait que deux millions d'habitants, pour beaucoup des paysans silésiens récemment installés et des Juifs. Dans le hall de la gare, une soupe populaire avait été organisée, que je n'ai jamais oubliée. C'est là que je vis pour la première fois de ma vie le brassard rouge à croix gammée porté par un homme en chemise brune. Avec quelques camarades, il distribuait du pain noir et du bouillon à des miséreux qui tremblaient tant ils étaient maigres sous leur veste de mauvais drap. Je passai une mauvaise nuit dans un hôtel médiocre avant de repartir pour le Sud et d'arriver enfin à Munich. Là, l'atmosphère me sembla aussitôt moins terrifiante. La Bavière était encore une province rurale, où les gens aimaient rire. Des victuailles à profusion débordaient des étals des marchands et, malgré la crise, je ne vis personne d'aussi maigre que dans les provinces orientales du pays. L'architecture me sembla moins austère qu'en Prusse, et les femmes, jolies, savaient prendre soin d'elles mieux que les Berlinoises. Elles savaient aussi utiliser leur maquillage avec plus de nuances. Dans la rue qui conduisait à ma résidence – un tranquille appartement de deux pièces, au numéro 41 de Thierschstrasse, qui avait été loué pour moi par les bons soins de l'administration de la faculté – je croisai une section d'une cinquantaine d'hommes en bottes et baudriers défilant martialement au son des tambours et des fifres. Comme ceux que j'avais vu distribuer de la nourriture dans la gare, ils arboraient un brassard rouge à croix brisée noire sur fond blanc. Quelques-uns, comprenant peut-être à la vue de ma valise que j'étais étranger, me jetèrent un regard suspicieux où se lisaient tout à la fois méfiance et provocation.

*

— Les cigarettes les plus répandues sont les Juno, monsieur. Elles s'achètent à l'unité et coûtent un pfennig. Si vous ne le savez pas encore, il faut cent pfennigs pour un seul et unique tout petit mark.

— Je sais, madame Chanz, je sais. Donnez-moi dix cigarettes aujourd'hui, s'il vous plaît.

Frau Nadia Chanz tenait un kiosque d'articles divers à l'angle de ma rue. On trouvait un peu de tout dans sa cabane de bois vert, où elle trônait derrière son guichet telle une pythie prête à accorder audience. C'est peut-être parce que j'avais fait chez elle mes tout premiers achats – une aiguille et du fil pour recoudre un bouton – qu'elle m'avait repéré et pris en sympathie.

— Je ne crois pas me tromper en affirmant que vous êtes un étranger fraîchement arrivé chez nous, monsieur. J'ai raison ?

— Vous avez raison, madame.

— Alors, sachez que si vous avez le moindre problème, vous pouvez toujours venir m'en parler. Nous autres, Bavarois, sommes connus pour notre sens de l'accueil. Je ne veux pas faire mentir cette réputation. C'est d'accord, mon garçon ?

Les manières un tantinet comiques et les gros yeux que roulait cette gentille dame plantureuse en prononçant son discours de bienvenue m'avaient fait sourire de bon cœur. Je sympathisai sur-le-champ avec celle que j'allais bientôt prendre l'habitude d'appeler affectueusement « Maman Chanz » et que je manquais rarement d'aller saluer après ma journée de travail à la faculté.

Munich est une ville de longue tradition universitaire et la qualité de l'enseignement qui y est dispensé a toujours bénéficié de la plus haute renommée. Les bâtiments académiques sont austères et sombres, mais leurs couloirs bruissent tout au long du jour du va-et-vient des étudiantes. Le martèlement saccadé des talons féminins est un son que j'ai toujours aimé. Il me rassure, m'émeut. Entre deux cours donnés à mes élèves, je m'accordais une pause pour fumer une cigarette en arpentant les corridors pour regarder les filles qui se rendaient à leur leçon. J'aimais le battement de leurs jambes sous leurs longues jupes droites. J'aimais la manière dont elles croisaient les bras sur la poitrine pour y serrer un cahier ou une brassée de feuillets couverts d'encre fraîche. J'aimais leurs yeux baissés qui les faisaient ressembler à de chastes nonnes en chemin pour l'office. J'aimais, surtout, les coquetteries et les manières maladroites de ces demoiselles à peine sorties de l'adolescence, qui s'essayaient à des allures de femmes. Les observer me rendait rêveur. Perdu dans mes pensées, j'y ai plus d'une fois laissé mon mégot me brûler les doigts.

Je travaillais sous la tutelle d'un vieux professeur danois qui tenait la chaire de langues nordiques depuis la fin de la guerre. Ce n'était pas un homme désagréable, et nos relations devinrent rapidement un peu plus que courtoises. Mes premiers jours de cours se passèrent dans une relative quiétude. Peu d'étudiants choisissaient d'apprendre le norvégien, le danois ou le suédois et la plupart d'entre eux avaient des origines nordiques. Je crois me souvenir que je n'avais, au début de mon enseignement, que cinq ou six Allemands pour une quinzaine de jeunes gens dont les parents étaient natifs de Scandinavie. La tendance s'est pourtant inversée au bout de quelques semaines. Une rumeur avait couru parmi la population estudiantine féminine annonçant l'arrivée d'un tout nouveau maître de conférences norvégien, au physique avantageux. Mes cours connurent ainsi un certain succès, ce qui ne manqua pas d'entraîner un peu d'anarchie. L'administration dut finalement mettre un terme à ce chaos et fit placarder un écriteau interdisant rigoureusement aux non-inscrits d'assister à mes leçons.

Le soir, avant de rentrer chez moi et de travailler à la rédaction de ma thèse de doctorat, j'allais flâner dans les rues de la vieille ville. Il faisait assez chaud, cet automne-là, et l'on pouvait profiter de l'air tiède du soir aux terrasses, malgré octobre qui approchait à grands pas. Je pris mes habitudes au Luitpold, une immense brasserie rococo croulant de marbres et de dorures, où les intellectuels bavarois se retrouvaient pour parler littérature, science ou philosophie et discuter de la marche du monde. C'est là, en écoutant ces conversations animées, au milieu des odeurs de bière et de café mêlés, que j'ai définitivement fait sauter le vernis scolaire de mon allemand pour lui donner les tournures de la langue quotidienne. À Munich, je me sentais chez moi. J'aimais la Bavière. J'y trouvais les gens joyeux, malgré les malheurs qui frappaient leur pays, et leurs façons simples de catholiques me les rendaient beaucoup plus sympathiques que leurs compatriotes protestants du Nord et de l'Est.

En 1931, l'Allemagne n'était déjà plus un régime parlementaire. Les improbables coalitions des années précédentes n'avaient pu endiguer la crise économique. En septembre 1930, le résultat des élections législatives avait été à ce point éclaté que le chancelier Brüning n'avait même pas tenté de former un gouvernement. Préférant recourir au quarante-huitième article de la Constitution qui lui permettait d'accroître ses pouvoirs sous la seule autorité du vieux président Hindenburg, il s'était résolu à devenir une sorte de potentat mou, pratiquant sans conviction une politique de déflation qui lui valait une opposition de tous bords. Ses jours étaient comptés. Il le savait. Chaque Allemand le savait…

*

Sacha Hornung fut mon premier ami véritable. C'était un jeune assistant d'à peu près mon âge qui enseignait la géographie. Il m'avait attendu un soir à la sortie de mon cours pour solliciter mon aide dans la préparation d'une leçon qu'il devait donner sur la valeur stratégique de la Scandinavie. Son visage assez beau s'ornait d'une fine moustache qu'il prenait grand soin de lustrer et de tailler au millimètre près. Ses cheveux châtains, toujours ramenés en arrière par un voile de brillantine, ses yeux clairs et sa taille moyenne le faisaient ressembler à l'acteur Adolphe Menjou, alors idole de toutes les grisettes d'Allemagne. Issu d'une famille qui l'entretenait grassement – son père était un chirurgien réputé à Munich –, Sacha aimait les costumes croisés à la mode et les vestes de brocart. Il ne fumait pas de vulgaires Juno mais d'aristocratiques et onéreuses Abdullah. Munichois d'origine, il connaissait comme sa poche tous les coins et recoins de sa ville.

— Je t'ai déjà vu plusieurs fois au Luitpold, me dit-il lors d'une de nos premières conversations. C'est bien, mais ce n'est pas là qu'on trouve les plus belles nymphes, tu sais.

Amateur de jolies filles, Sacha était, tout comme moi, mortifié de côtoyer au quotidien tant d'appétissantes beautés sans pouvoir en profiter.

— Fais attention, Thörun, me rappelait-il souvent. Si on nous trouve à user de notre autorité d'enseignants pour coucher avec des étudiantes, nous serons fichus dehors en deux temps, trois mouvements ! Et pas question après ça de retrouver un travail convenable en Allemagne !

À défaut de pouvoir flirter avec les filles de l'université, Sacha et moi allions souvent faire la tournée des bordels. Là, nous trouvions tout ce qu'il fallait pour satisfaire nos appétits sans avoir à jouer le fastidieux jeu de la cour ni subir la scène toujours pénible de la rupture.

— Pour un homme, la vie est simple : on va au bordel et on vit content ! Je ne sais vraiment pas ce qui pousse les gens à se marier. C'est contre-nature, tu ne trouves pas, Thörun ?

— Oui ! Définitivement, oui ! abondai-je alors que, rassasiés par une nuit blanche passée dans les bras de deux ou trois amazones, nous déambulions au petit matin dans les rues froides.

Le parfum des filles encore au bout des doigts, nous marchions sur les pavés mouillés, croisant dans la lumière de l'aube les premiers ouvriers qui attendaient leur tram en soufflant dans leurs mains et en tapant du pied sur le quai pour se réchauffer. La tête encore un peu tournée par les caresses que nous avions données plus encore peut-être que par celles que nous avions reçues, nous avions coutume de faire halte dans le fournil d'une boulangerie où Sacha avait ses habitudes. En échange de quelques pfennigs, on nous laissait nous installer à une table couverte d'une toile cirée, près des immenses fours où cuisaient les pains. Avant d'ouvrir son rideau de fer pour ses clients habituels, la boulangère nous faisait du café et nous servait des sortes de croissants brûlants que ses commis venaient d'ôter des plaques. Le pourtour des lèvres encore plein de miettes, nous reprenions ensuite notre route, nous séparant seulement près de là où la légende dit que l'on peut voir l'empreinte du pied du Diable, sur le parvis de cette immense cathédrale Frauenkirche, construite d'un million de briques couleur de sang.

— Thörun, il faut absolument que tu viennes avec moi ce soir écouter mon professeur, me dit Sacha, un de ces matins-là, d'un ton exalté.

Nous arrivions sous les tours du grand sanctuaire et notre conversation n'avait aucun rapport avec l'université. Je m'étonnai de ce brusque changement.

— Je ne t'en ai jamais parlé mais Haushofer est un homme vraiment extraordinaire ! me lança Sacha les yeux soudain animés d'une lueur électrique. C'est un visionnaire, même... Il invente en ce moment une science, ici, à Munich ! Son amphithéâtre est plein à craquer mais tu seras au premier rang si tu m'accompagnes...

C'était la première fois que j'entendais le nom de Karl Haushofer. Jusqu'alors, je n'avais pas demandé à

Sacha quelles motivations l'avaient poussé à choisir pour champ d'étude une science aussi austère que la géographie. Je savais, certes, qu'il avait beaucoup voyagé et que, grâce à la générosité de ses parents, il avait passé plus d'une année à parcourir l'Afrique, les Amériques et le Japon. J'avais déjà été reçu chez lui. La vaste chambre qu'il occupait dans la demeure familiale était encombrée des souvenirs rapportés de son périple : masques bantous et parures de chefs indiens accrochés aux murs, sagaies massaï, stetsons texans, kimonos nippons, astrolabes de cuivre et portulans arabes s'empilaient en vrac sur les étagères de sa bibliothèque, dont les planches pliaient déjà sous le poids d'innombrables livres. J'acceptai l'invitation sans savoir ce qui m'attendait.

À l'heure convenue, je retrouvai donc Sacha dans les couloirs de la faculté de géographie et nous allâmes ensemble nous installer dans l'amphithéâtre pour y écouter ce fameux Haushofer. La conférence ne devait pas commencer avant une bonne demi-heure mais déjà les gradins étaient combles. Ma première surprise fut de constater que la plupart des auditeurs n'étaient pas de jeunes étudiants mais des hommes et des femmes d'âge mûr, dont l'allure et l'attitude témoignaient qu'ils étaient installés depuis longtemps dans la vie.

— Qui sont tous ces gens ? demandai-je à Sacha comme nous enjambions les bancs pour atteindre plus facilement nos places.

— Sans le savoir, tu es au milieu d'un sacré gratin, mon vieux, je t'en fiche mon billet ! Un peu plus haut, sur la gauche, c'est l'ambassadeur du Japon et ses conseillers. Ils ont fait le déplacement depuis Berlin. Sur le même rang qu'eux, le grand type maigre avec les lunettes et les oreilles un peu décollées est Carl Schmitt, un grand professeur de droit de l'université de Bonn. Deux rangées au-dessous, la jolie fille qui ne se décide pas à enlever son chapeau est une Anglaise. Unity… Unity quelque chose… Je ne me rappelle plus son nom mais elle est d'une grande famille cousine des *Royals*. L'homme au front dégarni, au même rang que nous vers la droite, est Hans Gunther, un ethnologue très en vue. Et puis, surtout, celui qui arrive là, le brun en costume bleu sombre, est un ancien étudiant de Haushofer. Il s'appelle Rudolf Hess. C'est maintenant un très haut responsable de parti politique… Il va sûrement devenir ministre un jour prochain.

— De quel parti parles-tu ? Des communistes ?

Le rire énorme de Sacha éclata dans l'amphithéâtre, attirant brièvement tous les regards.

— Thörun, tu es peut-être doué pour les langues, mais tu ne connais rien à la politique allemande ! Les communistes sont nombreux, c'est exact, mais la véritable force montante dans ce pays est le NSDAP, le parti national-socialiste des travailleurs allemands. Un jour prochain, c'est lui qui arrivera au pouvoir. Je crois que ce sera une bonne chose.

— Le NSDAP ? Ce sont ces types en chemise brune qui défilent dans les rues déguisés en soldats, non ? Ils sont assez grotesques à voir, dis-je, rembruni d'apprendre que mon ami accordait sa confiance à pareille engeance.

— Ceux que tu vois parader sont les Sturm-Abteilung, les sections d'assaut. Ne t'attarde pas à ça. C'est du folklore. Nous en avons besoin pour nous opposer aux bolcheviks. Et puis, c'est une façon de faire gagner un peu d'argent aux chômeurs sans allocations qui s'y engagent : dans les amicales SA, les gens sans ressources reçoivent au moins un mark par jour, ils sont un peu nourris aussi, et on leur donne des boulets de charbon. Tout ça, le gouvernement du vieux Hindenburg et de ce cochon de Brüning est incapable de le faire. Mais il faut voir plus loin que l'uniforme d'opérette des SA et leurs roulements de tambour. Il y a eu des affrontements sanglants, ici, à Munich, il y a un peu plus de dix ans. Une révolution comme celle qui a abattu la Russie a bien failli se produire. Ce serait encore possible si on n'y prenait garde. Depuis que les nôtres tiennent la rue, les gens sont rassurés. Il faut surtout comprendre ce qui va bientôt se passer ici, Thörun, ici et dans l'Europe entière. Voilà pourquoi je t'ai amené écouter Haushofer ce soir…

Ainsi donc, c'était ça ! L'excitation de Sacha et de ces gens fébriles serrés les uns contre les autres dans un hémicycle de faculté s'expliquait non par l'intérêt porté aux explications érudites d'un vénérable professeur, mais par l'attente avide d'une séance de propagande politique ! Je me sentis tout à coup mal à l'aise et voulus même partir. Alors que je me tournais vers Sacha pour bredouiller un prétexte quelconque, il ne m'entendit pas car il se leva soudain pour serrer la main d'une de ses connaissances qui s'installait sur le banc, juste en dessous du nôtre. Je croisai les bras et tentai de lutter contre l'étrange oppression qui montait dans ma poitrine. Déjà comble, la salle se remplissait encore, résonnant d'un brouhaha invraisemblable. Les derniers arrivants en étaient réduits à s'asseoir sur les marches. Impossible de remonter le courant de la foule pour m'éclipser. Résigné, je calai mes reins contre le dossier de mon siège et enfonçai les mains dans les poches en soupirant. J'avais la très désagréable impression de m'être fait piéger, et j'en voulais à Sacha. Non seulement la politique ne m'avait jamais intéressé dans mon propre pays mais, en tant qu'étranger, je ne me sentais nullement autorisé à me mêler aux débats qui agitaient la scène allemande. Un assesseur fit enfin son apparition sur l'estrade et agita une clochette pour réclamer le silence. Les conversations tombèrent aussitôt, et le professeur Haushofer fit son entrée dans un recueillement d'église.

Je l'appris un peu plus tard, Karl Haushofer était né en 1869 et avait commencé sa carrière comme officier d'artillerie. S'intéressant à la stratégie, il avait été envoyé au Japon en 1908 pour organiser l'armée impériale. Devenu grand spécialiste du monde nippon, il était rentré en Allemagne où il avait passé son doctorat de géographie et avait été nommé professeur à l'université de Munich, sa ville d'origine. C'était un homme de taille moyenne, au sourire doux et à la mine joviale. Avec son pantalon rayé, son frac gris et ses moustaches blanches, on aurait dit le plus inoffensif des hommes.

— Mesdames et messieurs, commença-t-il d'une voix forte et assurée, je vous remercie d'assister à cette conférence, qui aura pour sujet les problèmes actuels de géopolitique mondiale.

Des applaudissements montèrent dans la salle. Sacha lui-même frappait dans ses mains comme au théâtre. Je gardai les bras obstinément croisés, me promettant de filer au bordel dès que l'heure de cette purge serait passée. Le silence se fit et Haushofer put débuter son exposé. Très vite, je lui reconnus un véritable talent d'orateur. Le vieil homme maniait une langue simple mais précise. Ses concepts étaient toujours imagés et parlaient à l'esprit. Par-dessus tout, il avait la redoutable faculté de traiter des problèmes anciens sous des angles auxquels je n'avais jamais songé. Ce qui avait débuté pour moi comme une punition devint rapidement une sorte de révélation...

— Qu'on ait la sagesse de l'admettre ou la faiblesse de le refuser, disait Haushofer, l'histoire des hommes a toujours été l'histoire de leurs confrontations. On peut un temps, comme les Français en ont pris l'habitude depuis leur Révolution, essayer de bâtir la politique tout entière d'un pays sur des choix philosophiques et sur un droit qui en découlerait. Mais cela ne saurait durer. Quoi qu'il arrive, le dernier mot restera toujours à la combinaison de ces deux données fondamentales que sont la géographie et l'anthropologie. Les Anglais l'ont compris depuis longtemps. À notre tour d'en faire l'expérience et de tirer profit de cette évidence. L'espace centre-européen, qui est le berceau des peuples allemands, est l'addition des bassins du Rhin et du Danube. Cet espace est à unifier. Nous ne pouvons tolérer que le traité de Versailles impose contre nous un cordon sanitaire fait d'États artificiels qui morcellent ce territoire au seul profit de la Grande-Bretagne. Plus que tout, il est nécessaire de faire sauter les verrous qui nous ont été infligés. Faire sauter ces verrous, c'est redevenir autonome en termes d'autosuffisance alimentaire et énergétique. Faire sauter ces verrous, c'est contrebalancer les manigances anglaises qui ne visent qu'à désorganiser le cœur du continent pour éviter qu'il ne se dresse en rival et ne réalise enfin tous ses potentiels. Faire sauter ces verrous, c'est opposer la *Lex reranda*, la loi du devenir, qui exprime le dynamisme naturel des peuples, à la *Lex lata*, la loi des traités, qui n'est rien d'autre que la pétrification des frontières dictées par des vainqueurs arrogants et manipulateurs !

Une heure durant, Haushofer exposa ses vues devant un public tout acquis à sa démonstration. En quelques phrases bien tournées, il brossa un tableau vivant de l'histoire du monde, expliquant comment les thalassocraties – telles que Carthage, l'Angleterre et maintenant les États-Unis – s'étaient toujours opposées aux puissances continentales – Rome, la France, l'Europe entière désormais – afin d'empêcher leur union… Je dois avouer que, ce soir-là, une porte s'ouvrit en moi. Une porte donnant sur des perspectives qui ne m'avaient jamais effleuré jusqu'alors. La manière qu'avait Haushofer de traiter des problèmes politiques était hautement séduisante. C'était, de toute évidence, un discours étayé par une vaste culture et structuré selon une vraie rigueur de pensée mais, dominant cette solide armature, les propos s'enchaînaient avec une évidence et un naturel qui touchaient le cœur plus encore que l'esprit. Haushofer possédait ce don très rare qui distingue les authentiques pédagogues : il pouvait faire croire à ses auditeurs que l'écouter les rendait non seulement plus cultivés mais surtout plus perspicaces, voire plus intelligents. En tout point, son érudition flattait l'entendement de son public. Voilà pourquoi ses cours étaient devenus si populaires, malgré le caractère ingrat de la matière qu'il enseignait. À la fin de son exposé, je ne pus m'empêcher de joindre mes applaudissements à ceux de la foule. Il y eut des cris d'admiration, il y eut même des sifflets stridents pour exprimer son approbation aux propos qui avaient été tenus. De ma vie je n'avais connu pareille ambiance dans une faculté. On se serait cru dans un cabaret après le numéro d'une danseuse en tenue légère !

— Viens, je vais te présenter à Haushofer, dit Sacha en me tirant par le bras et en se frayant un chemin pour accéder au parterre. Le professeur sera ravi de rencontrer un citoyen norvégien aussi représentatif que toi !

Avant que je puisse réagir, je fus entraîné au bas des marches où un groupe d'une vingtaine de personnes entourait déjà l'orateur. Celui-ci serra quelques mains, répondit modestement à quelques compliments et finit par se tourner vers nous.

— Monsieur Hornung, s'exclama Haushofer d'un ton enjoué, votre présence me fait plaisir. Comment avez-vous trouvé mon intervention ?

— Passionnante et lumineuse ! Mais ce n'est pas une surprise, professeur. Laissez-moi vous présenter mon ami, Thörun Gärensen. C'est un de nos confrères. Il est assistant ici, à Munich, au département d'études scandinaves…

Haushofer me détailla de la tête aux pieds et m'accorda un large sourire. Sa poignée de main était vigoureuse pour un homme de son âge.

— Thörun ? Voilà qui n'est pas un nom courant, n'est-ce pas ? D'où diable le tenez-vous ?

— D'une lubie de mon grand-père, monsieur. C'est un homme qui s'amuse encore à vénérer les anciennes divinités nordiques. Thörun signifie « la rune de Thor », le dieu du combat. C'est un prénom un peu ridicule, qui m'a valu un certain nombre de mauvaises plaisanteries quand j'étais enfant, en Norvège…

— Je trouve au contraire que c'est un prénom absolument magnifique dont vous devriez être fier, mon garçon. Entendez-vous cela, Hans ? De nos jours on attribue encore les noms de nos vieilles puissances païennes aux enfants de Norvège. N'est-ce pas merveilleux ?

— Surprenant et très encourageant ! lança derrière moi la voix sourde de Hans Gunther, l'ethnologue que m'avait désigné Sacha avant que la conférence ne commence.

— Eh bien, monsieur Gärensen, que diriez-vous de nous accompagner à la brasserie Sterneckerbräu, avec M. Hornung et quelques amis ? Nous pourrions y parler plus à notre aise.

Cette invitation compromettait le reste de ma soirée et je voulus y opposer une résistance farouche, mais Sacha appuya de tout son poids son pied sur le mien. S'engouffrant dans la brèche créée par ma surprise et ma douleur, il accepta pour nous l'invitation avec un sourire si large qu'il en parut totalement idiot.

— Ne fais pas ta mauvaise tête ! me souffla-t-il à l'oreille tandis que notre petit groupe quittait la faculté. Tu ne connais pas ta chance d'avoir été invité. Et puis, regarde plutôt qui nous accompagne !

Jetant un coup d'œil derrière nous, je vis deux silhouettes à quelques pas de distance. C'était un homme en costume bleu qui prêtait son bras à une jeune femme mince, très élégante, en tailleur et chapeau.

— Rudolf Hess et cette Anglaise… Unity Mitford ! se souvint Sacha. Tu ne l'as pas vu tout à l'heure, mais cette fille te jetait de ces regards, mon vieux ! Si tu te débrouilles bien, je crois que tu n'auras pas besoin de payer pour la bagatelle, ce soir.

Je haussai les épaules d'un air faussement indifférent et relevai mon col pour me protéger de la pluie fine qui commençait à tomber. Sous leurs parapluies, Haushofer, Gunther et deux ou trois messieurs que je ne connaissais pas nous ouvraient la route. Au détour d'une rue commerçante, nous pénétrâmes dans la brasserie Sterneckerbräu et nous installâmes dans une arrière-salle au mobilier grossier, essentiellement composé de tables encore constellées de marques laissées par des bocks ruisselants. Avec ses trophées de chasse au mur et ses vaisseliers massifs où alternaient plats, assiettes et figurines en biscuit, à la manière de Bustelli, la décoration était typiquement bavaroise. Près des cuisines, la salle sentait la bière, le chou et le tabac. Dans un coin sombre, à la lueur d'un chandelier en étain, deux gros hommes jouaient aux cartes en fumant la pipe.

— Je vois vos yeux s'écarquiller, monsieur Gärensen, remarqua Haushofer tandis que je lançais un regard surpris autour de moi. Ce lieu très simple n'est pas l'endroit idéal que vous auriez imaginé pour une conversation entre gens du monde, n'est-ce pas ?

— Si, si, bredouillai-je assez maladroitement.

— Vous dites oui, mais vous pensez non. Rassurez-vous, il y a une bonne raison à notre venue ici. Et plus d'une, même... D'abord, c'est un endroit où nous pouvons parler en toute tranquillité, sans craindre que nos propos ne provoquent des réactions désobligeantes parmi l'auditoire qui n'est composé que de *Stahlhelms*, d'anciens combattants de ces corps francs qui ont combattu les révolutionnaires communistes juste après la fin des hostilités avec les Alliés. Ensuite, parce que cet endroit possède une histoire, n'est-ce pas, Rudolf ?

Haushofer se tourna vers Hess, qui accrochait son pardessus à une patère.

— Une bien belle histoire, professeur, renchérit ce dernier en prenant place autour de la table. C'est ici que je vous ai amené pour la première fois écouter Adolf Hitler, le chef du NSDAP. C'était il y a longtemps, déjà. À la fin du printemps 1921, je crois...

— C'est ça. En 21. Vous m'y avez presque traîné de force ! Mais ça a changé ma vie.

— *Herr* Hitler a changé nos vies à tous, professeur. Il a changé la mienne bien avant que je ne lui serve de secrétaire lorsqu'il écrivait *Mein Kampf*, comme il va dans un avenir très proche changer celle de tous les Allemands, affirma Hess.

— Je serais curieux de savoir ce que vous pensez de la situation de notre pays, monsieur Gärensen. Parlez-vous beaucoup de l'Allemagne, à Oslo ?

Sacha ne put contenir un petit rire.

— Thörun m'a confié qu'il ne s'intéressait pas à la politique, professeur. C'est d'ailleurs pour cette raison que j'ai voulu qu'il assiste à votre conférence, ce soir.

— S'intéresser à la politique est un devoir pour nous tous, monsieur Gärensen, dit Unity Mitford dans un allemand parfait. La guerre et la révolution rouge ont ravagé notre continent. Mais la partie n'est pas finie. Elle reprendra bientôt… Il faut que vous en soyez conscient.

— La Norvège est restée neutre dans le conflit. Elle le restera à l'avenir, assurai-je en soutenant le regard glacé que la fille me lançait avec une insolence marquée.

— Vous vous trompez, jeune homme, s'exclama Haushofer. À l'avenir, c'est la guerre totale qui nous attend. Aucun peuple, aucun territoire ne sera épargné. L'Europe est en crise. Elle subit des influences extérieures qu'elle ne va plus pouvoir tolérer longtemps. Les traités imposés au profit des seuls Anglo-Saxons stérilisent ses énergies. Les peuples évoluent, monsieur Gärensen. À chaque génération, ils vibrent de besoins nouveaux. Les Anglo-Américains ne peuvent pas éternellement ligoter les continentaux. Nous sommes un Gulliver enchaîné que l'on tente de persuader de sa faiblesse. Nous autres, nationalistes allemands, allons réveiller ce géant, monsieur Gärensen. Et renouveler la donne en Europe !

— C'est le programme de votre parti nazi, monsieur le professeur ? Faire encore une fois la guerre aux Alliés ? À l'Angleterre et à la France ? Mais ce serait du suicide, voyons !

Unity Mitford eut une moue méprisante :

— L'Angleterre est dangereuse, certes, et je suis bien placée pour le savoir. Mais ne vous en faites pas en ce qui concerne les Français. Ce sont des idiots qui n'ont cessé d'œuvrer à leur propre perte tout en étant convaincus de tenir fermement les rênes !

Si un rire unanime secoua l'assemblée, je fus le seul à rester de marbre. Exaspérée d'être contrainte de mettre les points sur les *i*, Unity Mitford m'accorda toutefois la grâce de bien vouloir m'éclairer.

— Quel est l'événement ponctuel qui a déclenché la guerre en 1914, monsieur Gärensen ?

— L'assassinat de l'héritier de la couronne d'Autriche-Hongrie par des activistes serbes, répondis-je.

— Juste. Mais ce n'est que l'étincelle qui a mis le feu aux poudres. Quelle était la grande question qui se cachait sous cet assassinat ?

Nulle réponse ne me vint à l'esprit. Je restai muet, me sentant aussi idiot qu'un enfant ignorant sa leçon. Tous les regards étaient tournés vers moi. Je sentis le rouge de la honte me monter aux joues. Unity eut pitié de moi.

— La question d'Orient, monsieur Gärensen ! Rien d'autre que cette question d'Orient qui agitait toute la politique européenne depuis le milieu du XIXe siècle !

— Mlle Mitford a entièrement raison, enchaîna Haushofer, qui brûlait de reprendre la parole. Toute la politique anglaise depuis la reine Elisabeth consiste à éviter que le continent ne se fédère. Et comment un continent comme le nôtre peut-il réussir son unification, monsieur Gärensen ?

Autre colle ! Je tentai de me concentrer une seconde, et une idée lumineuse me vint.

— Par ses voies de communication ? risquai-je.

— Exact ! Par ses voies de communication : naturelles, comme les fleuves, ou artificielles, comme les routes, les canaux et les chemins de fer. La question d'Orient, c'est l'épine dorsale de la politique étrangère anglaise. Cela implique toute l'Europe centrale, les Balkans, mais aussi le Moyen-Orient et la Mésopotamie. Jusqu'à l'Inde, même. Tout est lié dans ce que les Anglo-Saxons nomment, à la suite de Kipling, le « Grand Jeu ».

— Le Grand Jeu des Anglo-Saxons, Thörun, continua Sacha, consiste à morceler les unités ethniques naturelles en Europe et surtout à les couper de leur arrière-plan stratégique qu'est le Moyen-Orient. Il faut à tout prix éviter qu'un pays d'Europe continentale, ou une alliance de pays continentaux, ne s'ouvre des fenêtres sur l'océan Indien et sur la Mésopotamie. Quitte à favoriser des guerres civiles européennes.

— L'empereur Guillaume II avait un projet, un *grand* projet, reprit Haushofer. Il voulait construire une ligne de chemin de fer reliant Berlin à Bagdad. Cela aurait jeté un pont extraordinaire entre deux régions du monde voisines et profondément complémentaires. Les Anglais se sont sentis menacés. Par l'intermédiaire des Français, manipulés, ils ont allumé la mèche des bombes à retardement qu'ils avaient depuis longtemps posées dans les Balkans.

— Ce qui est tragi-comique, intervint soudain Rudolf Hess, c'est que nous autres, Allemands, avions à l'époque sollicité ces mêmes Français pour réaliser et partager avec nous les bénéfices de ce projet. Mais le souvenir de leur défaite de 1870 était trop fort : ils se sont stupidement accrochés à l'illusion que les territoires d'Alsace et de Lorraine leur appartenaient, alors qu'ils sont majoritairement peuplés de Germains.

— Les Français ont servi de chair à canon aux Bourses de Londres et de New York. Ils sont montés au front, la fleur au fusil, mais n'ont fait qu'agir contre leurs intérêts en sacrifiant tout le substrat dynamique de leur population, martela nerveusement Haushofer. Et tout cela pour rien ! Ou, plutôt, si. Pour subir une autre humiliation à la fin de la guerre, quand les Anglais, qui avaient repéré d'énormes gisements de pétrole dans la région de Mossoul, sont parvenus à convaincre Paris d'abandonner cette zone de protectorat qui lui avait pourtant été attribuée à la chute de l'Empire ottoman.

— Bien que la France n'en ait pas conscience, elle est la grande perdante de la guerre. Le traité, signé à Washington en 1922, l'a obligée à réduire de manière considérable le tonnage de sa flotte de guerre et ses colonies lui coûtent maintenant plus cher qu'elles ne lui rapportent. Les rodomontades patriotiques des Français servent seulement à masquer ces défaites. La classe politique le sait, mais préfère taire la réalité au peuple, qui pourrait bien demander rapidement des comptes… La France boit du champagne. La France va au cabaret. La France s'étourdit en écoutant les chansonniers… La France est déjà hors du jeu politique international, conclut Mitford, dont les manières pleines d'assurance et le ton dédaigneux avaient le don de m'exaspérer.

J'eus beau lui rétorquer que les Français possédaient encore la plus grande armée du monde, cela n'affaiblit pas ses positions.

— Ce qui compte dans une guerre, ce n'est pas tant le nombre de divisions que la volonté de s'en servir. Et puis, la France n'est qu'un gigantesque pandémonium. Depuis qu'elle s'est réapproprié l'Alsace-Lorraine, elle ne pense plus qu'à profiter d'une paix qu'elle croit garantie par la Société des Nations. Elle pense que l'Histoire est terminée, et ses prétendus alliés s'emploient à la conforter dans cette idée ridicule. Personne en France n'a plus envie de se battre.

Avec ses jolis yeux verts sous ses longs cils blonds, Unity Mitford ressemblait à une écolière trop sage. J'avoue que son air pincé, ses lèvres humides et très rouges m'inspiraient des pensées qui n'avaient pas grand-chose de raisonnable. Installé en face d'elle, je sentis tout à coup la pointe de sa chaussure effleurer le bas de ma jambe. Certes, cela ne l'empêchait pas de me dévisager avec une hostilité affichée, mais ce geste galvanisa mon imagination. Pendant que Haushofer reprenait le flambeau de la conversation, je ne pensais qu'à caresser les cuisses de Mlle Mitford. Je me voyais, comme dans un rêve, soudain seul avec elle ici, dans cette méchante brasserie, la basculant soudain sur la table, troussant ses jupons fleuris, arrachant sans ménagement ses dessous soyeux et m'enfonçant dans ses belles fesses jusqu'à la faire hurler de plaisir…

*

Lorsque nous quittâmes la brasserie Sterneckerbräu, la nuit était tombée depuis longtemps. Accompagnés des trois inconnus dont je n'avais pas retenu le nom, Hess, Gunther et Haushofer partirent ensemble. Unity Mitford resta sur le trottoir avec Sacha et moi, semblant attendre une proposition de notre part.

— *Consciscamus discrepantes*, dit-elle en nous regardant.

La formule était énigmatique mais je maîtrisais bien mon latin. Je n'eus pas de mal à traduire.

— *Unis malgré nos différences*, dites-vous ? À quoi cela renvoie-t-il ?

Unity leva les yeux au ciel d'un air navré, et Sacha pouffa.

— *Consciscamus discrepantes !* Voyons, Thörun ! Où as-tu donc l'esprit ? C'est la devise que Haushofer n'a cessé de répéter ! Celle qui devrait être l'emblème de la future Europe !

— M. Gärensen pense peut-être à une autre signification ? Quelque chose de certainement plus prosaïque. N'est-ce pas, monsieur le Norvégien ?

Je fis mine de ne pas comprendre le double sens de la remarque et me mis à marcher sans les attendre. Courant dans les flaques qui constellaient la chaussée, Sacha et Unity m'encadrèrent en s'esclaffant et me prirent chacun par le bras.

— Allons chez moi, proposa mon camarade. J'ai un excellent schnaps, des cigares, et puis mes parents sont absents. Nous pourrons écouter de la musique aussi fort que nous le voudrons. Nous ne dérangerons que les domestiques.

Maugréant, je me laissai emmener jusqu'à la maison bourgeoise de la famille Hornung. Protégée par un jardin, la résidence du chirurgien était un bel immeuble de style Art nouveau, qui faisait face à un grand parc tranquille. La grille d'entrée donnait sur un jardin à l'anglaise. Sacha nous fit entrer dans ce bel édifice entièrement meublé en style Bauhaus et commanda pour nous restaurer un plateau de viande froide à la cuisine. Nous montâmes à l'étage où Sacha avait sa chambre. De manière très théâtrale, Unity jeta son manteau sur le lit, propulsa d'un mouvement du poignet son chapeau sur une pile de *Völkischer Beobachter*, le journal officiel du parti nazi, avant, d'un geste fluide certainement maintes fois pratiqué, de laisser tomber sa jupe et de prendre place dans un fauteuil de cuir installé devant la fenêtre. Jetant crânement ses jambes par-dessus les larges accoudoirs, elle prit une pose de femme offerte. Ses bas noirs tenaient par de simples jarretières de soie nouée. Rien ne voilait les chairs déjà amollies de sa fine vulve blonde.

— Vous nous avez promis schnaps et cigares, beau Sacha, dit-elle tout en dégrafant son corsage.

Sacha sortit une boîte de havanes d'un tiroir de son bureau et en offrit un à l'Anglaise déjà nue. Echauffé par la vue du corps mince de la fille, par ses petits seins pointus aux tétons roses, je m'approchai d'elle, passai ma main sur son visage et son cou, fis un instant jouer mes doigts sur les perles de son collier tandis qu'elle s'appliquait à défaire ma ceinture d'un air gourmand... Sacha ranima le feu dans le poêle émaillé et nous servit trois verres d'alcool avant de mettre en marche un gramophone Electrola. Nous fîmes tous deux l'amour à l'Anglaise au son des derniers disques de Cab Calloway, Jack Hylton ou Duke Ellington, que Hornung avait rapportés de son séjour à New York. Vers 2 heures du matin, alors que la pièce était devenue un vrai four et que nous avions ouvert la fenêtre pour rafraîchir nos corps trempés de sueur, Unity voulut sortir.

— Vous connaissez un endroit où l'on pourrait trouver d'autres camarades de jeu, Sacha ?

Hornung sourit en allumant une Abdullah.

— Hommes et femmes, ma chère. Tout ce que vous voudrez pour combler vos somptueux orifices... Venez !

Je n'étais pas ivre mais tout mon être était

détendu. L'esprit imprégné d'alcool, de fumée et de plaisirs, j'avais déjà tout oublié des tristes sujets de conversation par lesquels avait débuté notre soirée en compagnie de Haushofer et des autres. Tout ce qui m'importait, c'était m'amuser encore avec Sacha et l'Anglaise, profiter aussi longtemps que possible du corps souple de cette fille qui semblait insatiable. Tant pis si je devais pour cela la partager avec d'autres... Nous enfilâmes rapidement nos habits et, dévalant l'escalier sous le regard consterné d'un domestique attardé, nous détalâmes dans les rues noires, braillant et sautant comme de sales gosses... Sur une place toute proche, l'entrée d'un dancing était gardée par un colosse vêtu d'un costume croisé, à l'américaine. Nous entrâmes en payant deux marks chacun.

— C'est l'endroit le plus mal famé de Munich, mais idéal pour y trouver reîtres et ribaudes prêts à l'abordage !

Sacha devait hurler ses paroles car un orchestre de cuivres et de tambours emplissait la salle d'une musique infernale, affreuse parodie de ragtime mêlée de sonorités bavaroises. Sur la piste, des danseurs de tous âges et de toutes conditions se trémoussaient sans souci des convenances.

— Profites-en, Thörun, me dit Sacha. C'est le seul aspect agréable de cette chienne de république de Weimar ! Quand Hitler sera au pouvoir, nous interdirons tout ça !

Je voulus l'interroger surtout sur les paradoxes que lui et Unity semblaient cultiver sans remords aucun ; j'aurais aimé qu'ils s'expliquent sur cette frénésie de vivre qui les dévorait et les poussait à toutes les décadences, quand bien même ils donnaient leur foi au

NSDAP, un parti qui ne prônait qu'ordre et mépris pour toute culture étrangère. Mais mes paroles se noyèrent dans le chahut ambiant. Mes compagnons s'étaient perdus dans la foule, cherchant des partenaires pour de nouvelles débauches… Un vertige me prit. La musique, la touffeur qui se dégageait des corps en mouvement dans cet espace réduit, tout cela m'obligea à battre en retraite plutôt qu'à me lancer moi aussi dans la danse. Titubant presque, j'allai m'asseoir sur un banc dans un couloir. Je ne la vis pas tout de suite, mais une jeune fille s'y était installée, repoudrant son visage et repeignant ses lèvres. C'est son parfum qui me fit tourner la tête vers elle – une vapeur capiteuse, assez puissante pour dominer les relents de sueur et de tabac qui saturaient le dancing, et pourtant une fragrance fraîche. Une odeur d'enfant presque. Elle n'était pas très grande, cette fille, mais les formes pleines qui se devinaient sous son corsage rayé de noir et les beaux cheveux bruns qui tombaient sur ses épaules lui conféraient un charme qui me troubla aussitôt. Je ne pus retenir ma main, qui se posa sur son poignet haut ganté.

— Vous êtes seule, mademoiselle ? Je serais très heureux si vous acceptiez de m'accorder une danse…

Me regardant de ses yeux très doux, elle écarta ses lèvres en un sourire enjôleur qui me promettait déjà tous les bonheurs du monde.

— Accompagnez-moi plutôt dehors, monsieur. Je ne veux plus rester ici. Je préfère marcher.

Assurément, les manières de la fille n'étaient pas farouches. J'avais servi Unity avec ardeur une partie de la nuit mais mon corps n'était pas soûl de plaisirs. La perspective de sentir bientôt contre ma peau nue le corps divinement modelé de cette grisette chassa d'un coup mon malaise. Léger comme une plume, je me relevai et offris mon bras à ma cavalière.

— Je m'appelle Angela, annonça celle-ci sérieusement. Angela Raubal. Mais vous pouvez m'appeler Geli…

Tacite, *De Germania*

La nuit au cours de laquelle je fis la connaissance de Geli Raubal fut une des plus mémorables de mon existence. Nous n'avions pas parcouru cent mètres, après avoir quitté le dancing où j'avais laissé s'ébattre sans regret Sacha Hornung et Unity Mitford, que je sentis une pression insistante sur mon bras. Mettant à profit le premier renfoncement venu entre deux maisons, Geli m'attira à elle et se blottit contre moi. Sa chaleur, sa douceur, la caresse suave de ses cheveux sur ma joue allumèrent en moi un feu dévorant. En quelques instants, je défis les boutons de sa veste, arrachai ceux de son corsage et libérai ses seins blancs tandis que, haletante, elle plaquait son dos au mur de brique et remontait sa jupe pour ouvrir les cuisses. Je la pris violemment, faisant claquer ma chair contre sa chair, perçant avec un plaisir sauvage son sexe tendre. Je la sentis s'agripper à moi et se mordre les lèvres pour ne pas crier. Ses yeux chavirèrent en même temps que les miens, et nous tirâmes en une même saccade notre plaisir l'un de l'autre. Pantelant, heureux, je n'en avais pas assez. Nous recommençâmes aussi furieusement une deuxième puis une troisième fois. Ma verge ne se détendait plus. Jamais de ma vie je n'avais connu une telle excitation. Je crois que j'aurais encore pu percer la jeune biche de ma lance si mon gibier n'avait finalement crié grâce.

— C'est assez pour cette nuit, monsieur, dit-elle en rajustant à ses bas couture ses jarretières toutes luisantes de mes œuvres. Mais il y aura d'autres fois. Je vais vous dire où vous pouvez me revoir. Je vais souvent prendre un thé au Venezia, tôt le matin. Rencontrons-nous là-bas, si vous le voulez bien.

Je le voulus, naturellement. Je ne sais comment cette fille s'y était prise mais elle avait enflammé mes sens. Bien que je sois occupé la plupart des matinées en semaine, je parvins à inventer des prétextes suffisamment plausibles pour avoir l'occasion de me rendre au Venezia dès les premières heures. J'y retrouvais souvent Geli, adorable poupée brune au teint d'amande émondée.

— Ce soir, je ne peux pas te voir, Thörun. Vraiment pas. N'insiste pas.

— Alors quand, Geli ? Demain ?

— Je ne sais pas. Je ne suis pas maîtresse de mon temps, tu comprends ?

Non, je ne comprenais pas. J'avais rencontré cette fille au beau milieu de la nuit dans le dancing le plus sordide de la ville. Elle semblait libre de tout engagement et en mesure de régler son existence selon sa volonté. Elle s'était en outre donnée à moi avec la liberté la plus franche. Alors ? Pourquoi ne pouvait-elle me revoir à sa guise ?

— C'est un sujet dont je ne veux pas parler. Je t'aime beaucoup, Thörun, et tu me donnes du plaisir. Mais c'est moi qui décide quand et où nous nous voyons. C'est à prendre ou à laisser.

Sa beauté un peu lourde, somme toute vulgaire, m'attirait plus que de raison. En quelques jours, Geli était parvenue à occuper toutes mes pensées. Alors que j'aurais pu facilement obtenir n'importe quelle fille bien plus jolie ou plus intelligente qu'elle, je ne songeais qu'à sa peau, ses lèvres ouvertes sur mon sexe, l'adorable puits rose niché au creux de ses fesses rondes… Désemparé comme jamais je ne l'avais été devant une femme, je cédais sans discuter à tous ses caprices et me résolus à ne la voir que lorsqu'elle m'y autorisait. Parfois, nous passions des après-midi entiers, les volets clos, à faire l'amour dans ma chambre. Geli avait tout juste vingt et un ans mais elle en paraissait dix-sept. Jamais je n'avais rencontré semblable perversité naturelle chez une jeune femme, même chez une prostituée rompue aux plus retors jeux de la chair. Geli voulait tout. Geli aimait tout. Geli donnait tout… Pendant deux semaines environ, je fus son jouet. Chaque matin, je me rendais au café Venezia et désespérais de la voir apparaître. Je passais le temps comme je pouvais, à essayer de lire ou d'écrire, toujours installé sur la même banquette de cuir rouge à l'énorme dossier en forme de coquille Saint-Jacques. Si, à 10 heures, Geli n'était pas arrivée, je regagnais la faculté où je donnais mes cours, morose et abattu, puis passais le reste de la journée à fumer cigarette sur cigarette, allongé sur mon lit, pétrissant un corset de dentelle noire qu'elle avait laissé chez moi et dont les fibres étaient imprégnées de son parfum. Si, au contraire, j'avais eu la chance de lui parler et qu'elle m'ait donné rendez-vous, je revivais. Mes heures de travail filaient comme par enchantement jusqu'à l'instant de nos retrouvailles, qui étaient pour moi le plus beau moment du monde. Pour la première fois de ma vie, oui, je croyais sincèrement être amoureux.

— Tu n'es plus le même depuis que tu fréquentes cette fille, me dit un jour Sacha comme je passais chez lui une soirée sans Geli. Je ne sais pas si c'est une bonne chose pour toi que d'être subitement devenu monogame. Tu ne veux pas que nous allions faire un tour au Blauer Hase ? Il paraît que de nouvelles pensionnaires venues de France sont arrivées.

— Je croyais que tu méprisais les Français, Sacha, répondis-je évasivement en trempant mes lèvres dans le vert intense et vénéneux d'un gobelet d'absinthe.

— Je méprise les Français, mais pas leurs femmes ! Non, je ne méprise pas leurs femmes, j'en use ! Et plus souvent qu'à mon tour ! Il faut bien en conséquence que je supporte les Français puisque c'est le mal nécessaire à la fabrication de Françaises !

Je fermai les yeux en souriant et renversai la nuque pour mieux apprécier la saveur étrange de la liqueur.

— Tu ne réponds pas, Thörun ? Tu penses sérieusement que cette petite garce te saura gré de ta fidélité ? Comment l'appelles-tu, déjà ? Geli ? Geli Raubal ? C'est viennois, non ?

— Je ne sais pas. Il est vrai que sa voix se charge d'une pointe d'accent que je n'ai pu identifier, mais je me moque de savoir d'où elle vient. J'ai le goût de cette fille perpétuellement sur la langue, Sacha. Cela me passera peut-être, mais pour l'instant je n'ai l'impression de vivre que lorsqu'elle est étendue, nue, contre moi. Je suis vivant quand je touche sa peau et que je suis en elle…

— Dramatique énoncé, mon cher Thörun. Allons ! Feuillette plutôt ça ! Cela te rappellera qu'il existe d'autres jolis croupions que celui de ta gigolette !

Sacha me lança sur les genoux un exemplaire ouvert de *Das Magazin*, une revue où des filles posaient en tenue légère. Mes yeux se glissèrent sur une superbe amazone en talons hauts, coiffée à la Louise Brooks, qui portait pour tout vêtement un châle de soie zébrant sa poitrine et son ventre.

— Belle plante. Mais rien à côté de Geli !

— Thörun, mon garçon, tu deviens d'un ennui… sidéral !

*

Je crois que je n'en étais pas conscient à l'époque mais ce qui m'attirait chez Angela Raubal ne se résumait pas plus à sa plastique qu'à sa voracité amoureuse. Angela Raubal me tenait par autre chose : par le mystère dont elle s'entourait. Car il y avait du sphinx chez cette fille. Comme le monstre antique, elle avait un secret et c'est ce secret qui, par-dessus tout, me la rendait plus qu'attirante : affreusement désirable.

Un soir que nous étions étendus l'un contre l'autre, j'eus la maladresse de l'interroger sur sa vie. De son corps, j'avais tout. De son existence quotidienne je ne connaissais rien. Il me fallait savoir. Mes questions provoquèrent chez elle une crise nerveuse qui se résolut bientôt en pleurs, puis en un complet mutisme. Je la revois encore, recroquevillée dans un fauteuil, presque tremblante, nue hormis ses bottines haut lacées qu'elle aimait garder en toutes circonstances. Comme je tentai de la prendre dans mes bras pour la rassurer, elle fondit une nouvelle fois en larmes, prononçant des phrases hachées, où il me sembla qu'il était question dc son confesseur, le père Bernard Stempfle, avec qui elle semblait s'être longuement entretenue la veille. Mais d'elle, ce soir-là, je ne pus rien tirer de concret, sinon acquérir la certitude qu'une énigme scellait son existence. Elle me quitta, les joues blêmes, avec des gestes saccadés par la contrariété qu'avait fait naître ma curiosité crûment exprimée. De ma fenêtre, je la vis partir, s'engager dans la rue et disparaître, à pas rapides, vers je ne savais quelle destination.

La jalousie me rongeait. Un désir malsain de percer à jour ses cachotteries s'empara de moi. Hâtivement, j'enfilai veste et pantalon, tirai un imperméable de mon armoire et attrapai mon chapeau. En quelques secondes, je fus à mon tour dans la rue, passant à grandes enjambées devant le kiosque vert de Maman Chanz, que je ne saluai même pas… Retrouver Geli, la forcer à m'avouer ce qu'elle me dissimulait depuis trop longtemps, voilà tout ce à quoi se résumait ma volonté. J'aurais supporté, je crois, qu'elle eût d'autres aventures, je m'y étais préparé depuis longtemps. C'était évidemment ce que je redoutais, mais je préférais encore la perspective de cette révélation à l'insupportable silence que Geli opposait à mes demandes. Désespéré, j'imaginais tout… jusqu'au pire.

Les poings enfoncés dans les poches de mon pardessus, la tête rentrée dans les épaules pour me protéger de la pluie d'automne qui s'était mise à tomber, je ne fus pas long à distinguer la silhouette de celle que je suivais. Ma taille est haute et mes yeux, excellents, portent loin. Je n'eus pas besoin de m'approcher de ma maîtresse, au risque qu'elle me remarque. Elle ne se méfiait pas, d'ailleurs, marchant sans se retourner, indifférente à la pluie qui chassait les passants et les faisait rentrer chez eux en courant. Geli n'avait ni parapluie ni manteau. Elle portait un petit chapeau rond qui s'ornait d'une voilette rabattue sur le visage, dérisoire bouclier contre les énormes gouttes qui tombaient dru. Ses bottines martelaient les flaques, éclaboussant ses jambes de boue froide. Je voulais accélérer le pas, la rattraper, la prendre dans mes bras et l'emmitoufler dans mon manteau, je voulais l'embrasser et la caresser… C'eût été ruiner mes efforts et me condamner à recommencer dans quelques jours la basse filature à laquelle j'avais eu le courage de me résoudre ce soir-là. Je ne cédai pas et me contraignis à poursuivre la chasse dans laquelle je m'étais lancé sur un coup de tête.

Geli traversa une bonne partie de la ville. À aucun moment elle ne chercha à arrêter un taxi ou à monter dans un tramway… Nous passâmes non loin de la cathédrale ; nous passâmes non loin de l'université… Après une trentaine de minutes de marche à un rythme soutenu, Geli s'engagea dans une rue résidentielle et tranquille, bordée de grandes demeures bourgeoises en pierre de taille et de jardins clos. La plaque émaillée indiquait : Prinzregentstrasse. La pluie tombait moins fort. Geli ralentit. Elle s'ébroua comme un chien, secouant l'eau qui imprégnait ses vêtements. Elle devait être transie mais n'en laissait rien paraître, se tenant aussi droite et fière qu'un petit soldat. Parvenue devant le numéro 16, elle essuya rapidement ses bottines avec un mouchoir, tira un trousseau de clés de son sac et ouvrit la lourde grille noire qui commandait l'accès à la maison, dont toutes les fenêtres étaient éclairées…

Le cœur serré, j'attendis un instant avant de m'approcher du portail pour tenter d'y lire un nom, d'y trouver une plaque. Mais rien n'indiquait qui résidait dans cette imposante bâtisse, dont le premier étage était doté d'un balcon gigantesque. Une tristesse infinie s'abattit sur moi. Il ne fallait pas être bien malin pour tirer la conclusion qui s'imposait : Geli Raubal avait un protecteur. Moi, je n'étais qu'un amant de cœur comme on en voit au théâtre, un bellâtre qui récolte les miettes que veut bien lui abandonner le propriétaire légitime d'une cocotte, d'une demi-mondaine, d'une *Dirndl*, comme on dit vulgairement en allemand... En quelques minutes, les idées les plus folles me passèrent par la tête. Après tout, si Geli avait besoin d'être entretenue, je pouvais moi aussi assurer son train de vie – et peut-être même mieux encore que son actuel mécène. Ma famille était l'une des plus aisées de Scandinavie, et une part de cette fortune me revenait de droit... Si elle le voulait, je pourrais la racheter... Même pour dix fois son prix... Puis, à l'enthousiasme de cette perspective, succédèrent soudain des visions écœurantes. Sans que je parvienne à chasser ces idées, mon esprit fut assailli par la vision de Geli, nue, renversée, gémissant sous un autre homme. Aussi nettement que si j'avais assisté à ses ébats, je l'entendais, je la voyais se laisser prendre par son maître, que mon imagination déréglée me montrait énorme, adipeux, le corps couvert d'un duvet noir et graisseux... Geli, ma Geli, souffrait et jouissait à la fois sous le rostre de ce monstre, dont les coups de boutoir faisaient trembler et ballotter en tous sens ses seins lourds à la belle couleur de lune...

Pris d'une rage indescriptible, saisi d'une fièvre qui n'avait d'autre origine que mes divagations, je pris mon élan pour traverser la rue, bien décidé à arracher dès ce soir Geli à son funeste sort, mais, comme j'allais abattre mon poing sur la porte de fer, un cri strident déchira soudain le silence de Prinzregentstrasse. Le cœur battant, je m'arrêtai. Ce hurlement de femme, d'où venait-il ? De la maison où était entrée Geli ? Oui, assurément. Était-ce elle qui appelait ? Je n'eus pas le temps de m'interroger davantage car un bruit sourd claqua devant moi, à hauteur des fenêtres du second étage. J'en étais certain, c'était un coup de feu que je venais d'entendre ! Affolé, électrisé par la situation qui se tendait soudain, je pris appui sur les montants de la grille et, malgré les pointes qui la hérissaient, je l'escaladai et l'enjambai d'une seule détente. Me recevant en souplesse, j'atterris sans dommage à l'intérieur de l'enceinte. Des cris d'affolement retentissaient à l'intérieur de la maison. Je courus sur le gravier vers la porte d'entrée, que je secouai follement jusqu'à ce qu'elle s'ouvre. En sueur, convaincu que le pire venait d'arriver, je pénétrai en trombe dans la demeure et montai aux étages sans prendre garde à quiconque.

La panique, dans la maison, était indescriptible. Une femme hurlait sans discontinuer mais ce n'était pas Geli. Des domestiques en gilet jaune couraient en tous sens, ne sachant que faire. Me voyant grimper les marches quatre à quatre, une femme de chambre laissa tomber un plateau chargé de tasses et d'une grosse théière, qui s'écrasa par terre dans un bruit sinistre. Un majordome eut la présence d'esprit de vouloir m'intercepter, mais je le repoussai violemment en bas de l'escalier sans prendre garde au mal qu'il se fit en chutant. Enfin, je ne sais au juste comment, j'arrivai devant la porte d'une antichambre. Là, sur le sol, gisait Geli dans une mare de sang… Une cameriste, tétanisée, se mordait le poing pour étouffer ses gémissements d'horreur. À la vue de la morte, mon corps se couvrit d'une sueur froide et ma gorge s'emplit d'un flot de bile amère qu'il me fallut cracher sur le tapis. Les jambes flageolantes, je m'écroulai à côté de ma maîtresse. Dans sa main crispée, un pistolet automatique fumait encore tandis qu'un trou rouge maculait sa tempe. Je me penchai sur son cœur. Il avait cessé de battre. Quoi qu'on fît, rien n'aurait pu ramener Geli à la vie.

Je sentis une main se poser sur mon épaule. La chambrière, le visage dur, voulait me tirer en arrière, m'écarter du corps sans vie de ma maîtresse. Elle me parlait mais son débit était trop rapide pour moi dans l'état de confusion où je me trouvais. Je me redressai, tandis que tous les domestiques s'amassaient maintenant à la porte. En jupe noire et tablier blanc, les bonnes écarquillaient des yeux incrédules et se dressaient sur la pointe des pieds pour mieux voir. Personne n'osait bouger. Je sentis peu à peu tous les regards se tourner vers moi. Mon attitude démente et mon visage hagard devaient faire penser à plus d'un que j'étais le meurtrier. Mon cœur s'affola. Je voulus me justifier mais aucun son ne sortit de ma bouche. Puis j'entendis des bruits dans la pièce voisine. Sans ménagement aucun, on remuait des meubles, on fouillait des tiroirs ! L'instinct balaya d'un coup toute la tension de l'instant. En deux enjambées, j'atteignis la porte, qui n'était pas fermée. J'entrai. Deux hommes étaient là. Grands, bien bâtis, ils portaient des imperméables sombres au col relevé et des chapeaux de feutre qui cachaient leur visage. Aussi subite qu'elle fût, mon arrivée n'interrompit pas leurs recherches. Ces hommes mettaient à sac ce qui devait être la chambre à coucher de Geli. En une fraction de seconde, mon cerveau enregistra le détail des lieux : un lit recouvert d'une courtepointe de soie, une coiffeuse marquetée surmontée d'un miroir ovale, une penderie ouverte où s'alignaient des toilettes sans nombre, une paire de bas jetés en plis délicats sur une bergère aux coussins roses. Dans un angle, près de la haute fenêtre, une mésange en cage voletait, affolée, se cognant sans cesse aux barreaux émaillés… Je voulus attraper l'inconnu qui se tenait le plus près de moi mais il se retourna dès qu'il sentit ma main et me décocha au menton un coup de poing si violent que je perdis immédiatement connaissance. Pendant un temps que je ne saurais préciser, seuls comptèrent pour moi le silence et les ténèbres de la plus totale inconscience.

*

Il n'y eut personne pour me tirer de mon étourdissement. On ne me donna pas de gifle pour me ranimer. On ne me bassina pas les tempes d'eau fraîche pour me réveiller. Je sortis par moi-même de la nuit profonde dans laquelle le poing de l'anonyme m'avait précipité.

Ma première vision fut celle d'un cercle de visages, ceux des domestiques du 16 de Prinzregentstrasse. Ils formaient un mur silencieux autour de moi et n'osaient m'approcher. Les inconnus qui fouillaient la maison semblaient avoir disparu. Puis je sentis un poids dans ma main droite et mes doigts se crispèrent sur un objet dur, froid. Ouvrant tout à fait les yeux, je constatai qu'on avait posé dans ma paume le pistolet qui avait tué Geli ! Poussant un cri d'effroi, je me relevai d'un bond, reprenant d'un coup mes esprits. Mon crâne me faisait mal. Mes pensées, cependant, ne s'enchaînaient que trop bien. La police allait venir, je le savais. Que pourrais-je dire aux enquêteurs, maintenant que mes empreintes se trouvaient sur la crosse de l'automatique ? Allaient-ils me croire, moi, un étranger ? Les gens de maison semblaient terrorisés. Les avait-on menacés ? Quel parti allaient-ils prendre ?

Un grand type maigre en veste noire répondit pour moi aux questions qui m'assaillaient. Saisissant sur une table un lourd cendrier de cristal, il m'en donna un coup sec sur le poignet pour me faire lâcher l'arme. Le Lüger tomba avec un bruit mat à mes pieds. Je voulus le ramasser et, comme je me baissais, je sentis qu'on m'agrippait pour me retenir. Affolé, je me débattis avec une énergie folle. Mes mouvements désordonnés firent basculer mon adversaire par-dessus mon épaule mais déjà un autre homme s'apprêtait à m'affronter. D'un geste vif, je récupérai l'automatique et le brandis, menaçant tous ceux qui voudraient m'empêcher de quitter la maison. Les regards hostiles qu'on me lançait me firent peur. Mon index se crispa sur la détente et une balle alla s'encastrer dans le mur. Inattendu, le coup de feu fit s'égailler aussitôt les domestiques. Ne pensant qu'à fuir, je baissai la tête et fonçai devant moi en hurlant, traversant à toutes jambes le boudoir où gisait toujours la malheureuse Angela Raubal…

Sans jeter un regard en arrière, je dévalai quatre à quatre l'escalier, ouvris à toute volée la porte d'entrée et me jetai au-dehors. Comme j'hésitais à prendre une direction, j'entendis des bruits de moteur dans la rue. Je contournai la maison. Les tempes battantes, le cœur martelant ma poitrine et le pistolet fourré dans ma poche, je courus longtemps sans m'arrêter, traversant des parcs inconnus, escaladant des grilles, franchissant des clôtures de fer et sautant des parapets en moellons… Des chiens aboyèrent sur mon passage et quelques fenêtres s'éclairèrent tandis que mes chaussures écrasaient les gravillons d'allées trop bien ratissées. Je ne prenais garde à tout cela. Transi de peur, et surtout bouleversé par la mort de Geli, je fuyais sans songer à faire une pause pour reprendre mon souffle et évaluer posément la situation.

La nuit me donnait un avantage considérable. J'étais

jeune, mon corps fonctionnait bien. J'étais certain de pouvoir rapidement mettre une grande distance entre la Prinzregentstrasse et moi. Dans ce quartier, personne ne me connaissait ni ne savait mon nom. Les silhouettes que j'avais vu évoluer au numéro 16 m'étaient étrangères, autant que je devais l'être pour elles, et nul n'était au courant de ma liaison avec Geli… Si tout se passait bien, on ne pourrait jamais faire le lien entre Thörun Gärensen, paisible assistant norvégien à la faculté de Munich, et le crime sordide commis ce soir dans la rue du Prince-Régent. Car Geli, j'en étais persuadé, n'avait pas attenté à ses jours. Elle avait été assassinée. On avait d'abord voulu faire croire à son suicide, mais mon arrivée avait créé une occasion inespérée. Les meurtriers s'étaient ravisés et avaient essayé de me faire passer pour le coupable. Dieu seul savait de quelles menaces ils avaient dû user pour convaincre le personnel de la maisonnée de confirmer cette version face à la police. Ces tueurs devaient agir pour le compte d'un personnage très puissant. Un rival du protecteur de Geli, peut-être… Mais qui était celui-ci ? Et où se trouvait-il maintenant ? Était-il dans la maison quand l'attaque s'était produite ? Avait-il été éliminé, lui aussi, sans que je le sache ? S'interroger ainsi ne servait à rien pour l'instant. Ce qu'il fallait, c'était retourner chez moi sans me faire remarquer, sans me faire prendre. Ensuite, je me débarrasserais de l'arme, déchirerais puis brûlerais mon imperméable dans le poêle et ne retournerais plus jamais au café Venezia, où les serveurs avaient vu tant de fois notre couple s'enlacer sur la banquette de cuir rouge…

J'attendis une heure, ou plus, dans un coin sombre. La pluie recommença à tomber. J'avais froid et j'étais maintenant infiniment plus triste que je n'avais peur.

Au jugé, je devais me trouver à un peu plus de cinq cents mètres de la maison de Geli. Dans le silence de la nuit, j'entendais des voitures passer non loin mais je savais que ma cache était bonne et qu'on ne pouvait pas me voir. Il y eut des appels pressants, puis des bruits de pas résonnèrent sur le bitume. Quelque part, un policier siffla pour en appeler un autre mais rien de dangereux pour moi ne se produisit… L'aube se mit à teinter le ciel de rose, précédée d'une nouvelle et courte ondée qui fit jaillir des odeurs de terre grasse des jardins alentour. Je savais qu'il serait dangereux pour moi de regagner mon logis en plein jour, à la vue de tous. C'était l'instant ou jamais de quitter ce quartier résidentiel et de revenir en ville au plus vite. Regardant précautionneusement autour de moi, je sortis des venelles mouillées où je m'étais engagé et marchai d'un pas rapide. Un long feulement monta lentement dans mon dos. Je n'y pris pas garde car cela ressemblait au roulement d'un train dans le lointain.

Tous feux éteints, une voiture noire surgit soudain à mon côté et pila à ma hauteur. Ses portières claquèrent et deux hommes se dressèrent devant moi. Sans que je puisse opposer aucune résistance, je fus ceinturé par le premier et je vis avec horreur le second, un géant à la face carrée, abattre un souple nerf de bœuf sur mon crâne. Étourdi mais pas tout à fait inconscient encore, je sentis qu'on me poussait violemment dans l'automobile. Ma tête heurta le plancher du véhicule et de nouveau le monde ne fut plus pour moi qu'une nuit obscure, un puits sans fond…

*

Mes yeux étaient grands ouverts, et pourtant je ne voyais pas. Un bandeau m'aveuglait. Des cordes me liaient les poignets et les chevilles. J'étais transi. Je sentis qu'on m'avait entièrement dévêtu. Recroquevillé sur un sol de terre battue, mon dos s'écorchait contre un mur rêche. Je voulus me redresser mais on avait passé à mon cou un collier de cuir qu'une courte chaîne reliait à la paroi. Les membres entravés et le corps amarré, j'en étais réduit à la pitoyable condition d'animal destiné à l'abattoir. Je voulus crier mais ma gorge, gonflée, ne put émettre le moindre son. Où étais-je ? Qui m'avait enlevé ? Pourquoi me traitait-on ainsi et, surtout, quel sort me réservait-on ? Haletant, les poumons oppressés, j'avalai désespérément l'air par la bouche. Un homme menacé de noyade, sûrement, n'aurait pas étouffé plus que moi en cet instant. Mon corps, mes poignets et mes jambes enflés me faisaient mal. Mon crâne me faisait atrocement souffrir, ce qui amplifiait le vertige nauséeux qui m'avait saisi… Mais tout cela n'était rien en comparaison de la peur qui m'étreignait. Des larmes de souffrance et d'angoisse roulèrent sur mes joues, et je les bus pour tenter de calmer la soif qui me dévorait. Dans le silence, dans le froid et l'obscurité, des heures passèrent ainsi…

Je ne sais combien de temps après que j'eus repris conscience, je perçus enfin des bruits de pas dans un couloir. Une clé tourna dans la serrure et une porte grinça. Quelqu'un pénétra dans la pièce où j'avais été jeté. Epouvanté, je hurlai qu'on me délivre mais il n'y eut qu'un long silence pour toute réponse. Soudain, on lança sur moi un seau d'eau glacée. La surprise me fit crier, plus que la douleur. Puis mon bourreau repartit. La gangue de glace qui me broyait fut à ce point insupportable que je sombrai de nouveau dans l'inconscience…

Lorsque je repris connaissance, je constatai que mes jambes n'étaient plus entravées. Je ne portais plus le collier de cuir, mais mes mains étaient toujours liées et mes yeux, toujours aveuglés. Nu, je l'étais encore, mais peut-être m'avait-on grossièrement séché car je ne me sentais plus aussi transi qu'auparavant. Le silence m'enveloppait. Je me redressai, tremblant. Lentement, je voulus faire le tour de ma cellule. Sous mes pieds, je sentis la terre battue, cendreuse et fraîche. Devant moi, je comptai sept pas d'un mur à l'autre ; sur les côtés, quatre seulement. À grands coups d'épaule, j'essayai d'enfoncer la porte de bois que j'avais sentie en effleurant les moellons mais elle était trop épaisse et son verrou trop solide pour que je puisse espérer l'ébranler. Désespéré, je me laissai choir sur le sol et voulus me recroqueviller, les genoux remontés sur la poitrine pour me réchauffer un peu. En me roulant en boule, mon dos heurta un objet massif, d'une étrange consistance. À force de me contorsionner, je parvins à passer mes mains toujours liées sur sa surface. Mes doigts rencontrèrent tout d'abord une étoffe, non du jute ou une grossière toile de sac, plutôt une sorte de drap dont la finesse et la douceur me surprirent. Mes mains s'ouvrirent et agrippèrent ensuite à pleines paumes les formes d'un corps humain ! Frissonnant de surprise et d'horreur, je palpai une peau figée, roide, sous laquelle ne vibrait plus aucune vie. Un cadavre ! On me faisait partager la cellule d'un cadavre et je gageai même qu'on m'avait détaché du mur pour que je puisse en faire l'affreuse découverte ! Mû par une répugnance instinctive, je me traînai aussi loin que je le pus du voisinage de ce mort.

Replié dans un coin, brisé, mes pensées s'affolèrent. Il m'apparut évident que je ne pouvais être retenu prisonnier, humilié, torturé par la police officielle. Des truands m'avaient enlevé, des gens qui ne respectaient pas la plus élémentaire règle d'humanité et n'hésitaient pas à tuer. Je pouvais être abattu d'un instant à l'autre et enterré ici même, dans ce cachot où personne ne me retrouverait jamais. Je devais m'échapper. Aucun scrupule ne devait m'arrêter, pas même la perspective de dépouiller un mort ! Au prix d'un effort moral et physique considérable, je me rapprochai du cadavre pour le palper méticuleusement. Mon cœur bondit dans ma poitrine quand je sentis une paire de lunettes. Frénétiquement, tel un naufragé en haute mer qui s'accroche à une planche providentielle, je saisis les lorgnons et les brisai sur le sol, puis, à l'aide du plus gros débris de verre, j'entrepris patiemment d'user mes liens… Ce fut long et pénible. Des crampes broyaient mes muscles et me donnaient la nausée. Mes doigts étaient en sang. Pourtant, petit à petit, les brins de la corde qui me liait les poignets cédèrent. Enfin, je fus libre ! Refrénant un cri de triomphe, j'arrachai le bandeau de mes yeux et dus attendre deux ou trois minutes que mes pupilles s'adaptent à l'obscurité qui régnait dans la pièce. Je découvris alors ma prison. C'était un endroit sans fenêtre et, comme je l'avais deviné, une cave. Seul un mince soupirail donnait un peu de lumière, encore celle-ci était-elle filtrée par des chiffons dont on avait grossièrement bourré l'ouverture. La porte était faite de larges planches renforcées par des barres de métal, et les murs, humides, se couvraient par endroits de traînées de salpêtre d'un jaune sinistre. Pendant quelques instants, je frottai énergiquement mon corps engourdi et frigorifié avant de me décider à examiner plus avant le cadavre. L'homme était revêtu non d'un costume civil ordinaire mais d'une ample robe noire. C'était une soutane sur laquelle brillait un crucifix d'argent suspendu à son cou par une chaînette. Ce pauvre prêtre devait être mort depuis deux ou trois jours, à en juger par le voile de barbe sale qui avait poussé sur ses joues après qu'on l'eut tué. Malgré ma répugnance, je décidai de le dévêtir pour lui prendre ses habits et lutter contre la sensation de froid qui ne me quittait pas. Je délaçai les brodequins de l'ecclésiastique, déboutonnai sa chasuble et l'en dépouillai non sans difficultés car le corps était lourd et raide. Je pus constater que l'homme avait été abattu de deux balles dans le cœur, deux orifices rougis marquaient également la soutane à cet endroit… Révulsé, j'enfilai la grande robe noire et les souliers du défunt. Le tissu dégageait une écœurante odeur de rance et de pourriture mais au moins mon corps était-il couvert. Reprenant les lunettes brisées sur le sol, j'en arrachai et tordis les branches pour former une sorte de crochet avec lequel forcer le verrou. D'une main tremblante, je l'introduisis dans le trou de la serrure et parvins à mordre utilement le mécanisme. J'insistai. En deux ou trois essais, je réussis à faire tourner le pêne. Lentement, en prenant soin de ne pas faire grincer les charnières que je savais sensibles, je fis pivoter la porte sur ses gonds et me glissai hors de ma cellule.

Devant moi s'allongeait un étroit couloir qu'éclairait une seule ampoule nue de faible voltage. Il régnait ici un silence de mausolée… Sans arme, sans savoir quel nouveau péril j'allais affronter, je m'avançai. Une grille bouchait le corridor mais elle n'était pas fermée. Je la poussai pour monter un vieil escalier de pierre. Sur le palier, devant une nouvelle porte, je m'arrêtai longuement pour identifier des bruits éventuels. Loin au-dessus de moi, des derniers étages certainement, me parvenait une mélodie jouée sur un instrument à cordes. Je crus reconnaître la partition pour premier violon du quatuor *L'Empereur*, de Haydn. La dernière fois que je l'avais entendue, elle était donnée sous un kiosque, alors que je me promenais avec mon frère et mes jeunes sœurs dans les jardins fleuris du château d'Akershus, sur les hauteurs d'Oslo… À l'aide de mon crochet de fortune, je triturai tant et si bien la serrure que le miracle se reproduisit.

La porte de la cave s'ouvrait sur ce qui semblait être le rez-de-chaussée d'une vaste maison bourgeoise sans caractère. Les murs étaient recouverts d'un affreux papier peint vert sombre, et l'on avait clos les volets de toutes les fenêtres, si bien qu'il était impossible de jeter un coup d'œil à l'extérieur. Pendant quelques instants, je suivis une succession de couloirs obscurs qui n'offraient aucune échappée sur le dehors. Au hasard, je tournai le bouton de cuivre d'une porte et entrai dans une pièce dont tous les meubles étaient dissimulés par des draps. Ombre noire, je passai au milieu de ces fantômes immobiles comme un diable parmi les spectres, cherchant désespérément une issue au grand jour… La fenêtre avait été murée de briques mais de la lumière filtrait malgré tout par les joints crevassés. Fébrilement, je grattai ces raccords friables pour desceller les moellons. Le plus silencieusement possible, j'en enlevai un, puis un deuxième, et un troisième encore… Déjà, je voyais une allée maçonnée qui donnait sur un haut mur dominé par des arbres. L'air était frais. Passant sur mon visage, il me fit du bien et fouetta mon ardeur. Je me remis au travail, ôtant les briques une à une pour dégager un trou suffisamment grand par lequel me glisser. Mais soudain, alors que j'arrivais presque au bout de mon exténuant labeur, je sentis qu'on pressait brutalement sur ma bouche un tampon imbibé de chloroforme. J'eus beau lutter, j'eus beau me démener, rien n'y fit. À une minute de réussir mon évasion, je venais d'être repris !

*

— Je sais que vous êtes un lettré, monsieur Gärensen. Seriez-vous, par le plus grand des hasards, familier des œuvres de Tacite ?

La voix qui s'adressait à moi n'était pas belle. C'était une voix masculine, mais étrangement pointue, comme déréglée dans les aigus. Une voix effrayante. De son propriétaire, je ne percevais rien : de nouveau, un bandeau couvrait mes yeux. Attachés dans mon dos par de fines cordelettes, mes poignets enflés me faisaient atrocement mal. On m'avait assis et ligoté sur une chaise dure. Je le sentais, je ne me trouvais plus dans la cave au cadavre. De l'endroit où l'on m'avait installé, je ne pouvais tirer aucune information, pas plus d'odeurs que de sons domestiques. J'ignorais l'heure qu'il était. J'ignorais qui me parlait. Des vapeurs chimiques qui m'avaient embrumé le cerveau, je gardais une lancinante impression de vague et pénible somnolence. Pourtant, plutôt que de me révolter contre mon sort, de lancer d'inutiles appels à l'aide ou de mendier la clémence de mes bourreaux, je conservais suffisamment de sang-froid pour décider d'entrer dans le jeu pervers qu'on me proposait. Me contraignant à un terrible effort de concentration, je rassemblai mes esprits et balbutiai :

— Tacite… Tacite, oui… De son vrai nom Publius Cornelius Tacitus, dis-je d'une voix pâteuse. Historien romain né vers 55 de notre ère, je crois. Mort aux alentours de 120… On dit de lui que c'est le Thucydide des

Romains. Nous possédons sa *Vie d'Agricola*, ses *Annales*, son *Dialogue d'orateurs*... Et surtout *De Germania*, son œuvre la plus célèbre, qui est une sorte de traité d'ethnologie sur les peuplades de l'ancienne Allemagne.

— Vous m'impressionnez, monsieur Gärensen. Vraiment... Votre érudition, bien sûr, mais votre flegme, surtout ! Et votre capacité de concentration malgré les conditions pénibles dans lesquelles vous vous trouvez. Tout cela ferait presque mon admiration... Revenons plutôt à Tacite ! Je suis, comme vous, un familier de son œuvre. Dans *De Germania*, l'auteur décrit les tatouages de guerre dont se parent les combattants barbares avant d'affronter les légions. Ces marques sont si spectaculaires, si affreuses à voir sur leurs corps que les soldats romains en sont terrifiés avant même d'avoir commencé à lutter. Vous souvenez-vous de la phrase qui conclut ce passage fascinant, monsieur Gärensen ?

Je voulus faire signe que non mais, du plus obscur de ma mémoire, jaillit comme par miracle le souvenir clair et lumineux de ce texte. Sans savoir comment cela était possible, et avec autant d'assurance que si la page était étalée devant moi, je répondis :

— Tacite termine sa description par la formule : « Dans les combats, les yeux sont vaincus les premiers ! »

— Extraordinaire, monsieur Gärensen ! s'exclama l'inconnu. Je crois décidément que vous méritez tout le mal que je vais me donner pour vous !

Le quinzième arcane

Le premier objet sur lequel mes yeux se posèrent quand on eut dénoué mon bandeau fut une valise de cuir brun que je reconnus tout de suite comme étant mienne. Les mains encore ligotées, j'eus beau me tourner en tous sens pour voir qui se tenait derrière moi, rien n'y fit. Le mystérieux connaisseur de littérature latine voulait me priver de la contemplation de son visage. Je me résignai à attendre son bon vouloir pour apprendre quel sort il me réservait. La pièce dans laquelle je me trouvais était sombre mais assez confortable. Ce n'était pas une geôle. Pas un parloir de prison, non plus. Un mur était couvert de rayonnages de livres, un autre s'ornait de tableaux représentant des navires anciens. Un tapis aux beaux entrelacs orientaux couvrait le sol et deux lampes sur pied donnaient un éclairage tamisé. C'était tout. J'entendis une tasse se poser dans une soucoupe. Tandis que je tentais de l'apercevoir, l'homme m'observait en buvant un café fort dont je sentais maintenant l'arôme flotter jusqu'à moi…

— Je constate à vos trémoussements que vous avez reconnu votre bagage, monsieur Gärensen, dit enfin l'inconnu. Si j'ai voulu vous montrer que nous l'avions en notre possession, c'est, vous l'aurez compris, en guise de symbole, de raccourci de la pensée, si vous préférez... Symbole d'un départ. Le vôtre, évidemment. Car – et je pense que vous l'avez depuis longtemps compris –, vous avez désormais quitté pour toujours le quai de la vie ordinaire. Vous avez pénétré un autre monde. Enfin... pour être plus précis, vous avez le choix entre *deux* autres mondes... Le premier, le plus complexe, le plus dur, est celui qui vous conduit directement à moi, mais qui vous laisse en vie. Le second, le plus facile, le plus tentant, est au contraire celui de la mort, de l'élimination pure et simple. Suis-je clair ?

Je ne comprenais pas ce que cet homme me voulait ni ne perçais le sens de ses énigmes. Epuisé par ma captivité, exaspéré par l'échec de ma tentative d'évasion, affolé, je poussai un long cri de rage et d'impuissance... Mon geôlier s'avança. Je fermai les yeux et baissai la tête pour ne rien voir. Il se tenait devant moi, maintenant, je le sentais, mais il n'empoigna pas mes cheveux pour relever mon visage et me forcer à le regarder. Il resta là, silencieux, à attendre que je perde patience et que j'ouvre les paupières pour découvrir ses traits. Enfin, je cédai...

Devant moi se tenait un homme très jeune. Trente ans à peine, peut-être moins. Il était grand. Autant que moi. Très blond, également. Cravaté, il portait un costume civil de bonne coupe. Sa face était longue et étroite. Non qu'elle fût belle selon les canons classiques, mais elle exprimait une force animale qui déroutait et troublait. Il y avait en lui du serpent. Du loup, aussi. Peut-être aurait-il pu être mon frère. Son port de tête, la façon qu'il avait de se tenir droit me faisaient d'ailleurs penser à Johann, mon aîné demeuré en Norvège.

— Mon nom est Reinhard Heydrich, monsieur Gärensen, et j'ai la charge de recruter des hommes exceptionnels pour effectuer des tâches exceptionnelles... Vous *êtes* exceptionnel ! Votre savoir, le courage et l'imagination dont vous avez fait preuve depuis votre enlèvement n'ont fait que confirmer ce que je savais déjà. Car je vous observe depuis longtemps. Depuis le jour où vous êtes entré dans la vie de la petite Angela Raubal, vous n'avez cessé de me passionner. Si bien que j'entrevois de grandes perspectives pour vous, peut-être même un grand destin ! Voulez-vous travailler pour moi, monsieur Gärensen ?

— Vous-même, pour qui travaillez-vous ? Pour la police ? lançai-je sans croire une seule seconde à la pertinence de ma question.

Un sourire moqueur passa sur les lèvres lourdes de Heydrich.

— Un jour prochain, je vous révélerai l'identité de celui à qui je me suis dévoué corps et âme... Vous serez surpris. Mais, pour l'heure, il me faut votre réponse. Acceptez-vous mon offre ?

— Tout cela est grotesque ! protestai-je. J'ai un travail, ici, à Munich ! Je suis un résident étranger légalement enregistré au consulat ! On me connaît ! On doit savoir que j'ai disparu ! On me recherche certainement !

Heydrich sortit un mouchoir de sa poche, en enveloppa sa main et passa celle-ci derrière son dos. De sa ceinture, il tira une arme à feu. Je sursautai inutilement car il ne la pointa pas sur moi mais me la présenta, sur le plat de sa paume, à hauteur des yeux.

— Ce Lüger vous est familier, n'est-ce pas ? C'est celui qui a tué Geli Raubal. Je l'ai moi-même tiré de votre propre poche, sans effacer les empreintes que vous y avez sottement imprimées, naturellement.

Heydrich pouvait mentir, certes, mais je sentis qu'il disait vrai et que l'objet qu'il me montrait était bien l'arme que j'avais brandie pour me sauver du numéro 16 de Prinzregentstrasse.

— Vous n'avez certainement pas encore eu l'occasion d'y prêter attention, Gärensen, pourtant ce pistolet est gravé du sceau de son propriétaire. Un simple monogramme et une figure qui devraient vous éclairer quant à la nature exacte de la situation dans laquelle vous vous trouvez. Regardez là, juste à gauche du percuteur…

La lumière était chiche, je dus faire un effort. Sur la culasse, de fins motifs avaient été ciselés. Sous une croix gammée luisaient sinistrement deux initiales : A. H. De ce que Heydrich m'expliqua alors, il ne me reste que le vague souvenir de bribes de conversation. Déchiré par la fatigue, le remords, la tristesse et la peur, mon esprit ne parvenait plus à intégrer ce qui lui était livré.

— Je connais vos habitudes, Gärensen. Je connais vos vices. J'ai pris mes renseignements sur votre famille. Je sais qui sont vos parents. Où ils demeurent. Sur un simple claquement de doigts, des tueurs expérimentés liquideront votre père, votre mère et votre frère. Quant à vos sœurs, je peux les faire enlever n'importe où, à n'importe quel moment. Karla a vingt ans et Ilona seulement dix-sept, n'est-ce pas ? Un très bel âge pour devenir filles à soldats dans un bordel de caserne en Poméranie, vous ne trouvez pas ?

Ces paroles me mirent en rage. Je bandai mes muscles pour faire céder mes liens mais je ne fis que renforcer l'étreinte des nœuds qui m'immobilisaient.

— Dans ma main se trouve la preuve que vous avez assassiné, il y a deux nuits de cela, Angela Raubal, nièce d'Adolf Hitler, chef du parti national-socialiste et futur chancelier allemand... Croyez bien qu'aucun des domestiques que vous avez croisés n'osera soutenir que vous êtes innocent. Même *Frau* Winter, qui sait pourtant qui a tué la fille. Car ce que vous ignorez encore, c'est que cette Angela Raubal dont vous vous êtes si stupidement entiché, monsieur le professeur, cette petite traînée aux gros seins, était un peu plus que la proche parente de *Herr* Hitler. C'était aussi et surtout la femme dont il avait fait sa maîtresse !

La révélation m'assomma mieux qu'un coup de poing. Mon estomac se retourna et je ne pus me retenir de vomir sur moi un long trait de bile. Heydrich s'approcha. Ses yeux brillaient comme ceux d'un gladiateur à l'instant du triomphe. Saisissant sans répugnance mon menton souillé, il se mit à me parler d'une voix douce, comme en confidence :

— Je vous tiens, Gärensen. Un mot de moi et le juge vous condamne à la décapitation à la hache pour le meurtre de celle que vous partagiez avec Hitler. Non seulement vous mourrez, mais votre nom sera déshonoré à jamais. Cependant, je suis plus puissant que les juges. Je peux vous sauver la vie ! Et sauver votre réputation ! Mettez vos compétences à mon service, vous deviendrez riche. Puissant. Très vite et bien au-delà de ce que vous imaginez. Sinon, c'est la mort pour vous et l'infamie pour les vôtres !

Epuisé par les heures de torture qu'on m'avait fait subir, bouleversé par les vérités que je venais d'apprendre et horrifié par les menaces que Heydrich faisait peser sur ma famille, je compris que je n'étais qu'un jouet entre les mains du Diable.

— C'est bon, dis-je, en pensant surtout à mes sœurs. J'accepte votre proposition, Heydrich. Faites de moi ce que vous voulez… Vous avez pris mon âme. J'ignore ce que vous attendez de moi mais je ne vous trahirai pas.

Je vis Reinhard Heydrich sourire largement. Il me tapota la joue en signe de satisfaction comme on récompense un enfant obéissant, puis, d'un couteau qu'il saisit sur un meuble, il trancha mes liens. Je m'écroulai par terre…

*

Heydrich déposa sur la table un plateau de victuailles et me conseilla de manger.

— Je suis un homme très occupé, monsieur Gärensen, et j'ai besoin de vous rapidement. Croyez-le, j'ai apprécié à sa juste valeur l'allusion au Diable que vous avez jugé bon d'employer spontanément tout à l'heure. Vous avez entièrement raison : je *suis* le Diable, et votre âme est désormais en ma possession. Ne l'oubliez jamais. Même si vous croyez un jour que nous sommes devenus amis, je n'hésiterai pas à mettre mes menaces à exécution si vous avez la faiblesse de faillir à votre parole. Nous autres, Allemands, possédons une fameuse tradition littéraire concernant les pactes avec le démon. Vous pouvez songer à Goethe, bien sûr, mais il y a aussi tous les autres romantiques : von Kleist, von Arnim… Je maîtrise bien cet héritage.

— « Je suis celui dont le regard tue l'espoir, celui que personne n'aime, le fléau de mes esclaves terrestres, le roi de la connaissance et de la liberté, l'ennemi des cieux, le mal de la nature… », récitai-je platement, comme me revenait en mémoire un fragment de poème sur Satan.

Un sourire carnassier déforma le visage de Heydrich :

— Au moins, avec vous, je sais que je peux utiliser de bonnes références. Cela rend les choses plus claires. Plus faciles aussi, n'est-ce pas ? Décidément, seul un littéraire peut comprendre un autre littéraire ! Mais mangez donc ! Mangez, vous dis-je !

Je me soulevai du canapé où l'on m'avait allongé et regardai d'un œil circonspect la nourriture qu'on me proposait. Dans des plats de faïence, on avait disposé des blancs de poulet, du jambon de montagne, des pommes de terre bouillies, du fromage et des noix… Si mon esprit était bouleversé, mon corps, lui, était affamé. Avidement, je piochai au hasard dans les provisions tandis que Heydrich allait jeter un coup d'œil à je ne sais quels papiers étalés sur un bureau. Répondant aux conditions d'obscurité qui semblaient régner dans cette maison, les volets de la pièce étaient fermés et les rideaux tirés. Heydrich revint vers moi et m'offrit un verre de vin que je vidai d'un trait. S'installant dans un fauteuil, il croisa les jambes et détacha quelques boutons de sa veste pour gagner un peu de confort.

— Puisque vous avez pleinement conscience d'être ma créature, je ne vais pas perdre de temps à enrober mes propos. Une tâche immense nous attend, vous et moi. Je suis désormais votre seul véritable employeur, et vous conviendrez qu'il est normal que je vous rétribue. Pour commencer, je fixe vos émoluments à mille marks par mois, plus le remboursement de vos frais.

À l'énoncé de cette somme, je cessai de mastiquer. Mille marks, c'était l'équivalent du salaire de dix ouvriers ! Quel était donc le travail qui pouvait mériter une telle rétribution ?

— En sus, je vous loge. Cette question d'intendance n'est pas encore tout à fait réglée. Pour l'heure, vous prenez vos quartiers ici même. Mais d'ici une ou deux semaines, on vous aura trouvé un grand appartement au centre-ville avec toutes les commodités. Quant à vos cours, eh bien… nous avons déjà pris nos dispositions pour que vous les suspendiez pendant les quinze jours à venir. Ensuite, vous les reprendrez comme si rien ne s'était passé. Je vous expliquerai tout en détail bientôt…

D'un porte-documents en cuir qu'il avait posé par terre à côté de son siège, Heydrich sortit une feuille de papier dactylographiée et me la tendit. J'y lus un court texte adressé au directeur de la faculté, précisant comment, pour de soudaines raisons familiales, j'étais au regret de devoir quitter temporairement mes fonctions à l'université afin de rejoindre au plus vite la Norvège. Je promettais néanmoins de revenir occuper mon poste le plus vite possible. J'étais éberlué ! Qu'allait-il donc m'arriver au cours de ces deux semaines où j'étais supposé rentrer chez moi ? Heydrich ne sembla pas remarquer les yeux affolés que je roulais en lisant et relisant cette lettre. Imperturbable, il poursuivit :

— Comme vous avez pu le voir, nous sommes passés chez vous pour y récupérer vos affaires. Mme Reichert, votre concierge, a été prévenue de votre départ. Nous lui avons réglé deux mois de loyer supplémentaires en dédommagement de cette rupture de bail précipitée. Elle vous regrettera…

Cela me ficha un nouveau coup. La bande de Heydrich était-elle si puissante, si organisée qu'elle pouvait modifier en quelques instants tout ce qui faisait ma vie ?

— Mais enfin, pour quoi tout cela, Heydrich ? Quel est votre but ? Il va bien falloir que vous m'expliquiez...

Heydrich inspira profondément. Il semblait soucieux mais je sentais en même temps qu'il jouissait pleinement de l'instant, car il était sur le point de me révéler ses plans grandioses et cela le remplissait d'un orgueil fou.

— J'appartiens au parti national-socialiste, dit-il enfin. J'en suis membre depuis le mois de juillet dernier, autrement dit depuis trois mois à peine. Ce qui est court, vous l'avouerez. Et pourtant, j'en suis devenu un des cadres les plus influents. En juillet, je n'étais qu'un militant comme les autres. Aujourd'hui, je dois créer de toutes pièces pour le parti un service entier...

— Quel genre de service ?

— Le plus intéressant qui soit : un service... secret !

— Un service secret ? Vous voulez faire de moi un espion pour le compte d'un parti allemand ? C'est irréaliste, Heydrich !

— Je suis parfaitement rationnel, au contraire. Écoutez-moi attentivement, Gärensen. Les nationaux-socialistes sont en marche vers le pouvoir. C'est l'affaire de deux ou trois ans, tout au plus. Les nazis n'ont rien de commun avec un groupement politique ordinaire. Quand ils arriveront aux postes de responsabilités, la République tombera. Il n'y aura plus de démocratie en Allemagne, plus d'opposition. Ces gens prendront la direction de tout, ils transformeront le pays, piétineront les traités internationaux. Ce pouvoir, qu'ils auront mis si longtemps à conquérir, ils ne le rendront jamais !

— Vous voulez dire qu'ils préparent un coup d'État ?

— Le paradoxe veut qu'ils opèrent leur coup d'État *après* leur arrivée au pouvoir. Hitler veut vaincre par les urnes. Il a besoin d'une légitimité initiale. Ce sera son onction. C'est pourquoi il tient la bride courte à son chien de guerre, Ernst Röhm, le chef des SA, qui, lui, est une brute, un impatient, et voudrait marcher dès maintenant sur Berlin comme Mussolini a pris Rome en 22.

— Mais vous ? Que voulez-vous ? Vous parlez des nazis comme si vous les combattiez…

— Je méprise les SA. Comme je méprise Hitler et la plupart de ceux qui l'entourent. J'ai adhéré à leur parti parce que c'est le seul moyen pour moi de me ménager une position exceptionnelle. Je suis des leurs par opportunisme et ambition personnelle. Mais ce sont des marionnettes à mes yeux. Vous voyez, Gärensen, j'ai décidé de ne rien vous cacher ! Un proche de Hitler m'a confié il y a quelques semaines la tâche d'organiser ce qui est supposé devenir le service de renseignements interne du parti. Cette personne est intelligente. Déjà puissante, elle va devenir redoutable lorsque Hitler sera chancelier. Cependant, elle a commis une énorme erreur en me chargeant de cette mission. Car je vais détourner pour mes propres besoins les ressources d'une partie du réseau d'espionnage dont je suis le responsable ! Une terrible et fascinante partie d'échecs s'est engagée. Une partie qui ne fait pas s'affronter deux joueurs, mais une infinité ! Les coups peuvent venir de partout. Moi, je fais de vous la première pièce de mon armée. À partir de cet instant, Gärensen, vous devenez mon premier cavalier. Et je choisis le noir comme couleur de notre bannière !

*

Heydrich s'était déjà beaucoup livré au cours de cette première conversation. Quand il me quitta, il ne m'avait pourtant rien dit encore de ce qu'il attendait de moi. Il me laissa aux bons soins de l'homme de main qui m'avait assommé avec son nerf de bœuf et, vraisemblablement, arrosé d'eau glacée puis endormi avec le tampon de chloroforme.

— Je m'appelle Thyssen Matschl, déclara le type en me tendant la main. Désolé d'avoir dû vous malmener, monsieur, mais j'avais des ordres. J'espère que vous ne m'en voulez pas ? Nous allons souvent travailler ensemble, vous savez…

Je dévisageai Thyssen d'un œil morne, avant de me décider à lui serrer la main avec un sourire forcé. Ma bonne volonté parut le réjouir. J'ignorai pourquoi, je sentais que ce type m'avait à la bonne. J'en fus soulagé. J'avais beau être grand et bien charpenté, Matschl mesurait une tête de plus que moi, dépassait certainement les deux mètres et pesait dans les cent vingt kilos de muscles sans un pouce de graisse. Portant ma lourde valise comme s'il se fût agi d'un cartable d'écolier, il me précéda jusqu'au deuxième étage. Au bout d'un couloir, il ouvrit une porte qui était fermée à clé, entra dans la pièce et bascula la tige de l'interrupteur électrique.

— Jusqu'à ce qu'on vous déménage dans quelques jours, vous logerez ici. Vous trouverez une grande salle de bains juste derrière cette porte…

Tel un propriétaire faisant fièrement visiter un appartement à son futur locataire, Thyssen insista pour que je vienne examiner le cabinet de toilette. C'est là qu'il me précisa que toutes les fenêtres étaient hermétiquement scellées.

— Ce n'est pas que le *Sturmführer* Heydrich n'ait pas confiance en vous, monsieur, mais pour l'instant j'ai ordre de vous interdire de sortir. Plus tard, vous serez libre de vos mouvements. C'est juste le temps que vous vous habituiez à l'idée de votre nouvelle vie… Vous voyez ce que je veux dire ?

La seule chose que je comprenais, malgré les termes diplomatiques qu'employait Thyssen, c'est que j'étais prisonnier !

— Je vais vous laisser dormir. Si vous avez mal au crâne, il y a de l'aspirine dans le tiroir de la table de nuit. Et si vous vous sentez vraiment mal, vous pouvez descendre dans le grand salon du rez-de-chaussée. Nous sommes quatre à y veiller. Nous appellerons un médecin…

Je remerciai Thyssen de ses bontés et l'assurai que tout irait bien.

— Une dernière chose, monsieur, précisa-t-il, comme il allait refermer la porte derrière lui.

— Oui, Thyssen ?

— Si vous tentez de fuir, nous avons ordre de vous abattre sans sommation.

— J'entends bien, Thyssen, j'entends bien…

M'enfuir ? Évidemment, c'était ma seule pensée, mon seul but. Mais comment échapper à ces fous dangereux qui tenaient ma vie entre leurs mains ? Briser une fenêtre, sauter dans le jardin et courir dans la rue alors que je ne savais même pas où l'on m'avait conduit était beaucoup trop hasardeux. Surtout si je devais compter avec quatre gorilles armés jusqu'aux dents lancés à mes trousses. Non. Si je voulais m'arracher aux griffes de cet aliéné de Reinhard Heydrich, je devais au moins attendre quelques jours. Attendre que je sois « libre de mes mouvements », comme il l'avait promis. Dès lors, je n'aurais qu'à m'enfuir vers la frontière la plus proche. L'Autriche ne se trouvait qu'à une cinquantaine de kilomètres au sud de Munich. De là, il me serait facile de rejoindre la Norvège pour protéger les miens ! À la perspective de cette proche échappatoire, mes muscles se détendirent et je me jetai comme une masse sur le lit aux montants de cuivre. Trop épuisé pour enlever ma soutane nauséabonde, je fermai les yeux et m'endormis aussitôt. Mon sommeil, lourd, fut pourtant peuplé de rêves affreux. Une silhouette ne cessait de le hanter, celle de la petite Geli. Je la revis se poudrant les joues le soir où je l'avais rencontrée au dancing ; je la revis, assise, sur la banquette du Venezia, trempant ses lèvres rouges dans sa tasse de thé ; je la revis tandis que je la serrais dans mes bras... Je la revis surtout, fleur blanche fauchée sur le sol, le visage maculé de sang... Je la vis encore alanguie, ouverte, gémissante sous un corps d'homme... Un corps qui portait un nom terrible, celui d'un être promis à un destin de tyran...

Pas plus que de l'heure je n'avais conscience de la date à laquelle nous étions lorsque je m'éveillai enfin. M'étais-je assoupi une heure ou avais-je plongé un jour entier dans l'inconscience ? Je l'ignorais. Où aurais-je dû me trouver, si ma vie n'avait si soudain basculé ? À la bibliothèque de la faculté, en train de préparer un cours ? Dans ma salle de classe ? À écumer les bordels avec mon ami Sacha Hornung ? Comment savoir ? Et qu'importait ? Pendant quelque temps, je n'avais d'autre solution que de suivre le mouvement que le marionnettiste Heydrich aurait la cruauté de m'imposer. Quelques jours... Rien que quelques jours...

*

— Tout est prêt, Gärensen. Tout ! Savez-vous en combien de temps j'ai monté une organisation aussi complexe ? Tâchez donc de deviner !

La première journée de travail avait débuté tôt et Heydrich était excité comme un gosse. Une tasse de café à la main, il désignait du doigt une mer de feuilles agrafées les unes aux autres. Étalées devant nous sur le bureau, sur les tables basses, et même jusque sur le sol, ces longues banderoles ondulantes étaient des organigrammes décrivant pour certains des services existants, pour d'autres, des services à créer.

— Cela me paraît un travail énorme… Je dirais quatre mois, au bas mot… Non. Beaucoup plus en fait. Six… ou même huit mois…

Heydrich éclata de rire.

— Vingt minutes ! Avoir l'intuition de toute cette organisation m'a pris exactement vingt minutes ! C'est tout ce que m'avait accordé Himmler… Quand il m'a reçu pour la première fois, il n'avait qu'une demi-heure à me consacrer : sa femme l'attendait pour qu'ils aillent vendre leurs poulets au marché ! Eh oui ! ça ne durera pas, mais *Herr* Himmler en est encore à élever des volailles pour compléter sa solde ! Voulez-vous que je vous raconte comment cela s'est passé quand ce fermier m'a fait venir chez lui, dans sa maison de campagne de Waltrudering, afin que je lui soumette un projet d'organisation des services secrets nationaux-socialistes ?

— Bien sûr, marmonnai-je pour ne pas le contrarier.

— C'est une histoire étrange. Si je suis ici aujourd'hui, c'est à mon épouse que je le dois. Lina est une nazie de la première heure, vous savez. Tout à fait le contraire de moi. Je suis un ancien lieutenant de vaisseau, un officier de carrière. Je n'ai jamais eu que du mépris pour le caporal Hitler... C'est Lina qui m'a poussé à entrer au parti nazi. Mais pas comme n'importe quel militant, non, comme SS !

C'était alors la toute première fois que je le remarquais, mais j'allais vite constater que les yeux de Heydrich brillaient de façon accrue dès lors qu'il se mettait à évoquer la SS. Sous l'effet de l'exaltation, ses pupilles s'étrécissaient, donnant une lueur étrange et maléfique à ses iris extraordinairement bleus.

— SS ? Qu'est-ce que c'est, au juste ? demandai-je d'un ton peu convaincu.

En 1931, la SS ne formait qu'un groupuscule nazi marginal, comparé à la véritable force de frappe du parti que constituaient les SA d'Ernst Röhm. Röhm et Hitler... Hitler et Röhm... Je ne le savais pas encore, mais ces deux-là étaient aussi liés que différents, aussi complémentaires que diamétralement opposés. L'un, Hitler, jouissait d'un extraordinaire charisme politique. C'était un orateur-né, presque un prophète. Mieux que la venue des temps nouveaux, il annonçait l'apparition d'un homme nouveau, d'une race purifiée et régénérée... Intelligent, ses atouts étaient le machiavélisme politique, la ruse, la patience... L'autre, Röhm, était le reître, le plébéien féroce, toujours à arborer un couteau entre les dents afin d'effrayer le bourgeois. C'était le mauvais garçon dont on s'écarte, la brute qu'on respecte, aussi... Derrière lui se tenait une masse de cent mille hommes, les SA. Ce host privé, d'un effectif aussi élevé que celui de l'armée régulière, accueillait à bras ouverts les voyous aussi bien que les braves ouvriers appauvris par la crise économique ; aussi bien les intellectuels en rupture de ban que les fils dévoyés des bourgeois de Weimar... Les SA constituaient une force disciplinée, entraînée, organisée, conçue pour contraindre le pouvoir démocratique à céder. Une meute de chiens fous, de mercenaires et de pillards potentiels qu'il faudrait abattre une fois le couronnement politique accompli…

— Ce sera la tâche des SS ! m'expliqua Heydrich. Ce sont eux qui sont destinés à devenir les maîtres. Nous nettoierons la lie des SA et nous formerons un État dans l'État. Nous serons les prêtres de cet État… Ses gardiens. Ses protecteurs. Même contre ses chefs désignés s'il le faut ! Comprenez-vous, Gärensen ?

— Les SS comme… une sorte d'Église ?

— Oui, c'est le terme juste. Une Église ! Ce que je crée aujourd'hui sous vos yeux, les services dont vous voyez la structure sur ces papiers, se destine à devenir l'équivalent de ce que fut la Sainte Inquisition pour le catholicisme. Ma vocation, *notre* vocation, est de nous dresser en Inquisiteurs du parti national-socialiste. Afin que celui-ci prospère sur un terreau toujours sain. Afin de donner à nos dirigeants toutes les armes pour abattre leurs ennemis. Et pour nous assurer que ces mêmes dirigeants soient toujours dignes de leur mission !

Le pape noir d'un régime en devenir : voilà comment se pensait Reinhard Heydrich durant cet automne 1931. Pendant de nombreuses heures ce jour-là, dans ce bureau sombre aux volets clos, il me raconta comment, engagé en tant que simple recrue dans le corps encore embryonnaire des SS, il avait intrigué pour rencontrer le chef de cette milice, un petit homme presque chauve, au ventre rond, dénommé Heinrich Himmler, un proche de Hitler et un ennemi désigné d'Ernst Röhm.

« Nous sommes le *Schutzstaffel, Herr* Heydrich, l'échelon de protection, lui avait dit Himmler lorsqu'il avait reçu pour la première fois le jeune intrigant dans sa maison des environs de Munich. Ce groupe a été voulu par Hitler lui-même pour assurer sa protection rapprochée. Nous sommes ses soldats d'élite, ses prétoriens ! Mais nous sommes encore peu nombreux. Trois cents à peine, qui forment le socle d'une future légion d'acier… C'est ce que je veux ! Je forge des armes dans ce but, et c'est vous qui allez me fournir la première d'entre elles ! Je veux un SD, un *Sicherheitsdienst*, un service de sûreté et de renseignements qui nous soit propre, dégagé de toute influence. Je vous donne vingt minutes pour me présenter un projet d'organisation de ce département… Si votre projet me convainc, je vous confie immédiatement la responsabilité de sa mise en œuvre ! »

Heydrich bombait le torse en évoquant ce souvenir. On aurait dit qu'il narrait un haut fait d'arme, un combat héroïque au cours duquel, seul et désarmé, il aurait terrassé un dragon cent fois plus puissant que lui à l'aide de sa seule intelligence.

— Bien sûr que j'ai relevé le défi. J'ai été officier sur un navire de guerre ! Je sais comment on commande, on organise. J'ai un instinct pour cela et j'aime agir dans l'urgence. Himmler, je l'ai bluffé en lui jetant sur le papier le dessin d'une toile d'araignée. Une toile d'araignée qu'il croira diriger, mais qui n'appartiendra, en réalité, qu'à moi seul ! Car ce que je n'ai pas révélé à Himmler et que je vous dévoile à vous, Gärensen, c'est que je veux mettre sous surveillance le chef SS lui-même ! Je veux tout savoir de *Herr* Himmler et de son entourage, de sa famille, de ses collaborateurs… Plus encore : je veux des dossiers sur tous les cadres importants de la SS, de la SA, du NSDAP en général et même sur Hitler !

À l'image du personnage, la tâche que s'était assignée Heydrich était folle, grotesque, tant elle paraissait démesurée. Le NSDAP comptait alors deux cent cinquante mille adhérents – un quart de million d'hommes ! Et il ne cessait de grossir chaque jour. Comment mettre en fiche tous les responsables d'un tel océan d'individus ?

— Vous voulez pouvoir faire chanter vos camarades nazis ? Jusqu'à leur chef suprême ? C'est dément, Heydrich !

— Assurément ! éclata Heydrich d'un air triomphal. C'est pour cela que nous connaîtrons le succès. Les nazis vont conquérir le pouvoir, et nous, nous allons conquérir les nazis ! Je vous ai promis la richesse et la puissance, Gärensen. Vous êtes jeune, intelligent, cultivé et taillé comme un combattant de jeux du cirque. À mes côtés, ne doutez pas d'obtenir tout ce que vous voudrez parce que je vous réserve une tâche spécifique. Vous devinez laquelle ?

Refusant de perdre mon temps aux devinettes, je haussai les épaules en signe d'ignorance.

— Mon cher, je vais faire de vous mon espion direct auprès de Heinrich Himmler !

Me faire intégrer l'entourage de celui qui était promis à devenir le personnage le plus redouté du IIIe Reich, tel était le plan de Reinhard Heydrich ! Je dois avouer que, parmi tous les individus extraordinaires que j'ai côtoyés – qu'il soit bien entendu ici que j'emploie l'adjectif *extraordinaire* au sens strict du terme, c'est-à-dire en le dépouillant de toute notion de grandeur ou d'excellence –, parmi tous ces caractères hors du commun, donc, Heydrich était certainement le plus visionnaire. Cet homme avait parfois des intuitions qui dépassaient l'entendement. Redoutable psychologue, il aurait pu faire fortune en ouvrant un cabinet de psychanalyste. S'il mettait au jour avec une telle aisance les turpitudes des individus qu'il croisait, je crois que c'était parce que lui-même les possédait toutes !

— Ne vous fiez pas aux apparences, Gärensen. Himmler est un homme d'une remarquable intelligence. Il est ambitieux, calculateur. Il manie fort bien le mensonge et le double langage... C'est un type qui possède un instinct de survie aigu. C'est cela qui le sauvera dans les tourmentes à venir. Plus que tout, il sait comment se faire apprécier de Hitler et jouit de sa totale confiance. Ils ne sont pas si nombreux à pouvoir s'en vanter... Rudolf Hess, que vous avez rencontré, je le sais, est aussi de ceux-là. L'armure du chevalier Himmler est belle, mais elle a un point faible, et c'est dans cette brèche que nous allons glisser la pointe de notre lance. Himmler est un romantique. Il aime les légendes, les belles histoires, les mythes et les mystères... Il cultive un penchant secret pour tout ce qui, de près ou de loin, touche à la magie et à l'occulte... Soufflez-lui les mots « magie » ou « secret d'initiés », et il redevient aussi crédule qu'un enfant ! C'est sur ce terrain que nous allons l'appâter et lui donner du merveilleux, Gärensen. Du merveilleux comme on n'en fait plus.

— Mais quel merveilleux ? Et comment ?

Heydrich réfléchit un instant, semblant hésiter. Il se leva, marcha de long en large dans la pièce et saisit un jeu de cartes qui traînait sur une étagère. Machinalement, sans les regarder, il battit les lames et en tira une, au hasard. Jetant les yeux sur la figure, son visage s'illumina et il me tendit la carte représentant un monstre androgyne tenant en laisse deux esclaves.

— Tarot, arcane XV, Gärensen. Le Diable ! La destinée est chose étrange, vous ne trouvez pas ? En une seule et unique soirée, votre vie a basculé… Je ne veux pas parler de la nuit où la Raubal est morte, mais de celle où vous avez accompagné Sacha Hornung à la conférence de Haushofer. Sans le savoir, votre ami vous a mené à moi… Il a joué le rôle d'un psychopompe, d'un passeur d'âmes comme on dit dans les légendes. Haushofer ! Je le fais surveiller depuis le tout début de ma nomination à la tête du SD. Un de mes hommes se trouvait dans l'amphithéâtre lors de sa conférence et il a pris en filature votre groupe quand vous vous êtes rendus à la brasserie Sterneckerbräu. Plus tard dans la soirée, il a choisi de vous suivre vous, Hornung et Mitford, plutôt que Hess et le professeur. Par la fenêtre ouverte, il a entendu vos feulements de chats en rut, puis il vous a épiés jusqu'au dancing… Et là, ô surprise ! Il a rencontré Thyssen, que j'avais lancé aux trousses d'Angela Raubal. Deux fils tendus par moi venaient soudain de se croiser. Raubal et vous êtes sortis ensemble – avec vos antécédents à tous deux, cela ne pouvait manquer. Dès qu'*oncle Wolf* s'absentait, la gamine se débrouillait pour prendre la clé des champs et jeter sa culotte par-dessus les moulins… Elle en a eu, des types, avant vous, et pas forcément des propres. Elle avait un goût prononcé pour les ouvriers et les apaches, vous savez. Il paraît que Hitler traverse une crise de chagrin terrible depuis que Hess lui a appris la mort de la petite dinde…

Heydrich évoquait Angela avec ironie, avec mépris même. Moi, une question me brûlait les lèvres :

— Vous savez qui a tué Geli, n'est-ce pas ?

— Bien sûr ! Et vous le révéler nous ramène directement à notre point de départ. Le commanditaire est Haushofer !

Le roi des rats et le joueur de flûte

L'Allemagne au début des années 1930... Une gigantesque boîte de Pandore, grande ouverte, d'où sortaient les énergies les plus contradictoires qu'on pût imaginer. Heydrich avait évoqué un jeu d'échecs à joueurs multiples. D'après ce que je commençais à comprendre, je distinguais au moins trois couleurs dominantes. Les blancs représentaient les sociaux-démocrates. Peut-être trop corrompus, excessivement sûrs de pouvoir tout régler par l'argent aussi, ils s'étaient depuis longtemps éloignés du peuple. Les rouges, c'étaient les communistes. Dès le début de l'année 1918, ils avaient joué leur carte avec vigueur et conviction, persuadés que le pays allait tomber entre leurs mains aussi facilement que la Russie, quelques semaines plus tôt, était tombée dans celles des bolcheviks de Lénine et Trotski. Mais le coup n'avait pas marché. Si, en Prusse orientale, en Saxe, en Bavière, des révoltes avaient éclaté et si des villes avaient été prises par les rouges, cela n'avait guère duré. Des armées franches s'étaient spontanément organisées pour combattre les soviets allemands. Ceux que l'on appellerait bientôt « les Réprouvés », du titre d'un ouvrage que leur avait consacré plus tard Ernst von Salomon, l'un des leurs, ces soldats avaient écrasé les rouges au cours d'une guerre terrible et sordide où l'on s'entre-tuait avec d'autant plus de férocité que l'on se savait frères… Enfin, il y avait les noirs, dans le camp desquels je me trouvais bien malgré moi. Ces noirs, c'étaient les réactionnaires, les fascistes… Une myriade d'hommes et de femmes habités de songes que je comprenais mal, fascinés, charmés, envoûtés par un collège de magiciens fous qui agissaient dans l'ombre depuis longtemps et qui leur murmuraient d'étranges paroles…

— Sous leur apparence bonhomme, Karl Haushofer et Rudolf Hess appartiennent tous deux à une société secrète nommée Thulé.

Ainsi débuta la seconde matinée de tête-à-tête avec Heydrich.

— Thulé est un groupe déjà ancien. Je ne vous raconterai pas son histoire, qui est ici de peu d'intérêt. Tout ce qu'il importe de savoir, Gärensen, c'est que le nom de cette société fait référence à un lieu hors du temps et de l'espace, où l'immortalité est la règle. C'est une des grandes versions païennes du Paradis, si vous préférez.

— Je connais le mythe de Thulé, répliquai-je. La première mention en est faite par un voyageur grec, Pythéas, je crois. Parti de Marseille, il affirme avoir navigué jusqu'à l'extrême nord du monde, jusqu'à cette île de Thulé…

— Un mythe ! Bien sûr… Mais un mythe vivace parmi certains intellectuels européens mal à l'aise avec les religions monothéistes sémitiques que sont le catholicisme et le protestantisme… Thulé est pour eux l'image d'une pureté à retrouver après des millénaires de souillure. Ils pensent que cet espace existe, qu'on peut l'atteindre grâce à un certain conditionnement mental et s'y régénérer… C'est une folie. Mais les folies mènent le monde, vous le savez bien, Gärensen.

— Haushofer et Hess sont membres de cette société. Quel rapport avec Geli Raubal ?

— Hitler. Hitler est le rapport. Ce sont les gens de la société de Thulé qui ont pris en main Hitler quand Hess l'a écouté vociférer dans l'arrière-salle de cette brasserie Sterneckerbräu. Ils l'ont formé, lui ont fait lire des textes, raconté des légendes… Celle d'un chevalier indomptable qui brandirait un jour l'étendard de la vengeance des peuples germaniques après des siècles d'humiliations. *Oncle Wolf* s'est piqué au jeu, et l'élève a dépassé le maître. Hitler vole maintenant de ses propres ailes. Il n'a plus besoin de ces gens qui ne sont jamais que des intellectuels dépravés, rêvant d'action mais n'osant rien par eux-mêmes…

— Hess ne me semble pourtant pas être de cette trempe d'intellectuels mous…, hasardai-je.

— Rudolf est l'exception. Il est plus beaucoup plus jeune que Haushofer. Il assure la jonction entre les prêtres de Thulé et les guerriers du NSDAP. J'ignore encore s'il était au courant, pour le meurtre de Raubal.

— Mais pourquoi Haushofer aurait-il ordonné le meurtre d'Angela ?

— Pour donner un avertissement à Hitler et le remettre dans le droit chemin de la prêtrise. Cette fille n'était pas saine. Elle lui ôtait toute son énergie. Vous verrez qu'un jour prochain ils se débrouilleront pour mettre dans son lit une gamine qu'ils auront choisie et préparée comme il se doit… En attendant que Hitler refasse surface, nous devons profiter de l'occasion pour vous placer auprès de Himmler. Il n'appartient pas encore à Thulé, mais si ce groupe décèle sa future importance, comme je l'ai fait moi-même, ils ne vont pas tarder à essayer de lui mettre le grappin dessus, si vous me passez l'expression. Nous devons impérativement vous placer dans son entourage avant que cela n'arrive...

— Comment nous y prendrons-nous ?

— En travaillant les mythes, Gärensen... Il faut trouver une chanson à laquelle soit sensible notre petit bonhomme noir... Cette chanson, c'est vous qui l'écrirez, et c'est vous qui la lui chanterez !

*

Seul dans ma chambre ce soir-là, je dus en premier lieu ausculter l'un après l'autre les organigrammes du SD dessinés par Heydrich. Je ne m'en rendais pas compte encore, mais j'avais sous les yeux une série de documents détaillant ce que deviendraient bientôt les services secrets nazis. Quelques années plus tard, des hommes du MI6 britannique, de l'OSS américain ou du 5e Bureau français mourraient en tentant de s'en emparer... Pour l'heure, ce n'était qu'un empilement de feuilles repliées, raturées et froissées. Rien qui pût inspirer la terreur. Et pourtant, sur ces pages était jetée toute la structure de l'ordre noir qui porterait la mort aux quatre coins de l'Europe et accomplirait la plus abominable campagne de « crime organisé » que l'Histoire ait jamais connue.

Le SD était structuré selon une volonté, et cette volonté était résumée en une phrase manuscrite qui dominait, dans un cartouche, le vaste tableau d'organisation. Issue en droite ligne de la pensée de Heydrich, cette phrase disait : « Le SD devra dépister l'adversaire avant même qu'il n'ait conçu l'idée de se dresser contre l'autorité de l'État nazi. » Tout le programme était là. SS dans la SS, le SD manifestait bien l'ambition de fonctionner comme un système inquisitorial. Il se subdivisait en deux grandes branches, le SD Inland devant s'occuper de l'espionnage à l'intérieur des frontières allemandes, quand le SD Ausland était chargé de former et d'envoyer des agents à l'étranger pour y recueillir des renseignements sur les dirigeants politiques des rivaux américains, anglais, soviétiques…

— À quel service me rattachez-vous ? avais-je demandé à Heydrich lorsqu'il m'exposa les différences entre les deux bureaux.

— Mais à aucun, voyons, puisque vous appartenez à mon cabinet personnel. Mon cher, vous vous situez au-dessus du Ausland et du Inland !

Au-dessus de ces divisions, oui, je l'étais. À la fois au-dessus et bien au-dessous, d'ailleurs, puisque, destiné à jouer le jeu incertain de l'agent double, je n'étais promis pour l'heure à aucun statut officiel dans la SS. Selon le plan de carrière qu'avait tracé pour moi Heydrich, je devais être présenté prochainement à Himmler, le subjuguer par mon discours au point qu'il me suppliât d'entrer à son service dans le but de remplir je ne savais quelle mission encore vague dont Heydrich lui-même, bien qu'il s'en défendît, n'avait pas la moindre idée. Tout cela aurait été du dernier grotesque si le chef du SD ne m'avait déjà prouvé qu'il était capable du pire !

Pendant deux jours consécutifs, il n'apparut pas. Hormis les heures pendant lesquelles je me contraignais à la tâche qu'il m'avait assignée, je passai mon temps à fumer ou à jouer aux cartes avec Thyssen, Bruno, Erick et Karel, les quatre brutes dont je ne savais exactement s'ils étaient mes geôliers ou mes collègues de travail. Un peu des deux, je pense, car si, chaque fois que je faisais mine de m'approcher de la porte d'entrée ou de jeter un coup d'œil insistant par la fenêtre, Thyssen tapotait l'aisselle où pendait son automatique, je ne peux pas dire que nos relations manquaient de cordialité. À fréquenter au quotidien, ces types ne me paraissaient pas de mauvais bougres mais je ne commis jamais l'imprudence d'essayer de les retourner en ma faveur.

— Au fait, Thyssen, fis-je un soir du ton le plus dégagé possible, vous ne m'avez jamais dit qui est ce pauvre curé qui m'a tenu compagnie dans la cave pendant ma détention.

Le géant haussa les épaules.

— C'est le père Bernard Stempfle, répondit-il, mais ce n'est pas nous qui l'avons tué. On s'est juste contentés de le ramasser dans sa sacristie et de le ramener ici pour que la police ne le trouve pas.

Père Bernard Stempfle. J'avais déjà entendu ce nom dans la bouche de Geli. C'était son confesseur, l'homme qu'elle était allée voir la veille de sa mort !

— Qui l'a tué ? Les hommes de main de Thulé ?

— Possible. Ne vous inquiétez pas de ça pour le moment ! De toute façon, ce type en savait beaucoup trop sur la liaison de *Herr* Hitler et de sa nièce. Il devait s'attendre à ne pas faire de vieux os. À sa place, j'aurais bouclé mes valises depuis longtemps au lieu de persister à écouter la gamine en confession !

— Une guerre occulte se déroule sous les yeux des bonnes gens, et personne, ou presque, n'y voit rien, monsieur Gärensen. Avez-vous bien travaillé vos mythes ?

La voix mince de Heydrich, résonnant soudain dans mon dos, me donna la chair de poule.

— Les mythes nordiques, les runes et les sagas, oui… Je crois avoir trouvé de nombreuses pistes intéressantes pour appâter votre Himmler. En fait, il n'y a que l'embarras du choix…

— Alors passons dans mon bureau et expliquez-moi cela. Je suis aussi impatient de vous écouter que vous devez l'être de sortir enfin de cette maison !

Les mythes nordiques ! Tout un programme… Un champ d'étude méconnu, méprisé même, pourtant aussi vaste que la mythologie gréco-latine, aussi puissamment charpenté de symbolisme que la religion des anciens Égyptiens, aussi envoûtant que les cultes de l'Inde… Pourquoi m'y étais-je intéressé au point d'y consacrer ma vie de chercheur universitaire ? À cause d'un périple d'enfance, un de ces voyages rares dont on ne revient jamais tout à fait vraiment. À cause d'un jour et d'une nuit passés sur l'île de l'Ours en compagnie de Nils, mon grand-père, et de Knut, le vieil écrivain au visage d'aigle, aux rides tannées par la neige et le sel… Là-bas, sur ce rocher battu par les vagues d'une tempête qui s'était soudainement levée, j'avais été conduit jusqu'à un cercle de pierres érigées, gravées de signes anguleux que je ne connaissais pas…

— Regarde, petit, ce sont les runes sacrées qui courent sur ces roches anciennes, m'avait appris Hamsun en passant la main sur les entailles. Ces traits sont les lettres des Anciens. Elles sont au nombre de vingt-quatre. Ce sont des signes pour raconter les faits des hommes, mais aussi et surtout des clés pour ouvrir les autres mondes. Avec elles, on peut tout faire. Modifier le temps et l'espace. Amener l'amour là où il n'y a que haine, flétrir un champ de blé juste avant les moissons… Sous les runes, les sources jaillissent, les morts parlent. L'animal sauvage devient un guide dans le labyrinthe de la forêt et le ciel s'ouvre pour le *Runenmeister*, le maître des signes… Odhinn, le roi des dieux, est allé les chercher au fond de Hell, le lieu sans couleurs et sans formes. Il a dû consentir à mourir pour cela. Écoute le chant sacré du Hamaval !

Sur un rythme étrange, mi-chanté, mi-scandé, les yeux clos et les mains croisées sur son torse, Hamsun se mit à psalmodier un chant vibrant :

Je sais que je pendis à l'arbre battu par les vents,
Neuf nuits pleines, percé d'une lance et donné à
[Odhinn,
Moi-même à moi-même rendu,
À cet arbre dont nul ne sait d'où viennent les racines…

— Alors, comme il errait au sein de sa propre mort, Odhinn vit les runes comme des feux de glace briller dans l'obscurité, continua mon grand-père. Il les saisit et les ramena dans le monde des vivants où lui-même put reprendre forme grâce à la magie qu'elles contenaient. Il les marqua sur des plaquettes de frêne, qu'il glissa dans une bourse de cuir à son côté. Depuis lors, chaque fois qu'Odhinn parcourt la terre où vivent les hommes, il les utilise pour guérir, châtier ou percer les autres secrets du monde…

Dansant doucement d'un pied sur l'autre, Hamsun chanta un autre poème :

Quand, en haut d'un arbre,
Je vois vaciller cadavre encordé,
Alors je grave et peins les runes,
Si bien que descend l'homme
Pour converser avec moi !

— Voilà tout le pouvoir de ces signes, enfant ! Voilà pourquoi j'ai demandé à ton père de te nommer selon la troisième lettre de l'alphabet runique, *Thurisaz*, tout à la fois la rune de Thor – le protecteur d'Asgard, le domaine où règnent les dieux – et celle des ennemis de ces derniers, les Thyrses !

Un seul signe pour désigner l'ami et l'ennemi ! Voilà peut-être la raison profonde de mon amour pour les sagas et la mythologie nordique. Jamais, je crois, culture humaine n'a à ce point cultivé le paradoxe et les impossibles mélanges.

— Là où les contradictions sont les plus nombreuses, l'énergie est la plus vive, Thörun. Souviens-toi toujours de cette vérité !

— Oui, grand-père…

*

Comme moi, Heydrich aimait travailler la nuit. La concentration y est plus aisée et l'esprit mieux disposé aux intuitions. Le soir où il me demanda de lui exposer en détail ce à quoi j'avais songé pour aborder et séduire Himmler, nous discutâmes jusqu'à l'aube sans en éprouver de fatigue. Prisonnier depuis des jours dans cette demeure aux volets clos, j'étais parvenu à un point d'excitation nerveuse extrême qui favorisait mon éloquence et démultipliait mon pouvoir de conviction.

— D'après ce que vous m'avez rapporté, les gens de la société de Thulé ont amené Hitler à eux grâce au mythe du guerrier rédempteur, c'est bien cela ?

— Oui, admit Heydrich.

— Nous allons procéder de la même manière avec *Herr* Himmler. Nous allons lui suggérer de s'identifier à un archétype qui le flattera, et nous ferons en sorte qu'il s'en approprie les symboles et l'héritage tout à la fois historique et métaphysique.

— Excellente voie de manipulation, Gärensen. Exactement ce que j'attendais de vous. Mais tout cela n'est que de la théorie. Qu'est-ce que cela donne, en pratique ?

Je ménageai mon petit effet en marchant un instant de long en large devant le *Sturmführer* impatient, puis m'arrêtai droit devant lui et, avec des gestes théâtraux, lui livrai le fruit de mes réflexions.

— Puisque vous voyez grand, Heydrich, il est nécessaire de faire simple. Nous allons nous ouvrir une voie jusqu'à l'esprit de Himmler en agitant devant lui le fantôme du père du premier empereur germanique : Henri de Saxe, l'Oiseleur !

— Pourquoi ce personnage plutôt qu'un autre ?

— Pour deux raisons. D'abord, parce que c'est avec lui que se brise la lignée carolingienne en Allemagne et que naît le Saint Empire romain germanique. Ensuite, parce que le surnom de cet homme n'est pas fortuit. Dans les légendes, un oiseleur n'est pas un simple amateur de volatiles. C'est surtout un être qui connaît le langage des oiseaux, métaphore désignant la maîtrise des énergies invisibles du monde. Souvenez-vous qu'Odhinn est un oiseleur lui aussi puisqu'il possède Huginn et Muninn, Pensée et Mémoire, deux corbeaux qu'il envoie chaque matin au loin pour découvrir les rumeurs des royaumes. L'Oiseleur, c'est mieux que l'archétype du guerrier. C'est la figure du chaman, du sorcier en connexion directe avec la nature intime des choses et des êtres.

— Intéressant ! applaudit Heydrich. Vraiment intéressant... Mais comment au juste comptez-vous vous y prendre pour subjuguer Himmler avec de telles fables ?

— Laissez-moi reprendre mes cours à l'université.

J'organiserai une conférence à laquelle vous amènerez Himmler…

L'air préoccupé, Heydrich se leva et lissa en arrière ses cheveux blonds. Il tourna autour de moi un instant sans rien dire, prit son violon qu'il avait posé sur le bureau et en pinça les cordes distraitement tout en continuant à réfléchir. Son indécision, son silence m'étaient insupportables. Tout ce que je voulais, c'était qu'il adhère à mon idée pour que je puisse enfin sortir de ma prison et que j'aie ainsi l'occasion de m'enfuir à toutes jambes vers la frontière.

— Nous n'allons pas procéder de cette manière, dit enfin le SS. Non. Cela ne plaira pas à Lina, qui les déteste, mais je vais inviter le couple Himmler à dîner chez nous. Avec quelques autres personnes bien choisies. Dont vous, naturellement. C'est alors que vous jouerez votre air de flûte au roi des rats !

Désespéré, je m'écroulai sur le canapé, la tête entre les mains, ne sachant plus qu'imaginer pour me faire ouvrir les portes de cette infernale demeure.

— Ne soyez pas si abattu, Gärensen. Mon plan implique tout autant que le vôtre que vous repreniez votre vie ordinaire. En apparence…

*

Revenir à la lumière ne se révéla ni aussi facile ni aussi agréable que je l'avais imaginé. Deux jours après que j'eus parlé à Heydrich de la figure d'Henri l'Oiseleur avec laquelle je prétendais susciter l'intérêt de Himmler, Thyssen et Karel me conduisirent enfin à ma nouvelle résidence, un appartement spacieux, très clair et calme, situé au centre de Munich.

— Navré, me dit Thyssen, mais ça sent encore un peu la peinture, ici… Les ouvriers sont partis seulement hier, vous comprenez. Enfin, comme ça, vous êtes au moins certain que vous entrez dans du neuf !

Du neuf et du propre, Thyssen pouvait le dire ! Même les meubles sortaient de l'usine et dégageaient d'irritantes odeurs de vernis et de colle fraîche, si bien que je dus vivre deux ou trois jours avec les fenêtres grandes ouvertes malgré novembre qui s'approchait à grands pas. Heydrich avait tout prévu pour me faciliter la vie. Une femme de chambre fut appointée à mon service. Elle s'occupait de mon intendance, mais je soupçonnai qu'elle était également chargée de me surveiller, même si je n'en eus jamais la preuve formelle. Quoi qu'il en fût, Karel, Bruno et Erick se relayaient pour patrouiller constamment dans le voisinage et prévenir toute tentative d'évasion. Cela me mit en rage et puis, constatant la surveillance étroite dont j'étais l'objet, je résolus d'adopter le comportement le plus égal qui fût afin d'endormir leur méfiance. Après y avoir longuement réfléchi, je crus même plus prudent d'attendre que fût passée cette fameuse rencontre avec Himmler, convaincu que Heydrich rappellerait ses chiens dès que j'aurais mené à bien ma mission.

Mon retour à l'université se déroula sans problème puisque le recteur était un homme d'une nature éminemment conciliante – une attitude encore renforcée par je ne sais quelle discrète pression de la part de Heydrich. Du jour au lendemain, je fus donc autorisé à reprendre mon enseignement auprès de mes élèves comme si rien ne s'était passé. Je connus plus de difficultés, en revanche, en renouant avec Sacha Hornung. La veille de ma reprise de cours, je me décidai à lui rendre visite dans la maison de ses parents. L'accueil qu'il me réserva fut assez froid et ses premières questions portèrent directement sur Geli Raubal...

— Évidemment, tu sais que ta petite fiancée est morte, Thörun ? me dit-il en m'offrant une de ses sempiternelles Abdullah.

— Je l'ai appris en arrivant à Oslo, mentis-je. C'est une tragédie !

— Une tragédie, oui... Elle est morte le soir même où tu as pris le train.

— Nous nous étions disputés, improvisai-je. Justement à cause de mon départ. Elle ne comprenait pas qu'il me fallait rentrer au plus vite. J'avais reçu un câble. Mon père était très souffrant et l'on craignait pour sa vie...

— Comment vas-tu faire, maintenant ? s'inquiéta Sacha d'un air sincèrement navré.

— À quel propos ? demandai-je sans comprendre à quoi il faisait allusion.

— Eh bien... tu disais que tu étais fou d'Angela comme jamais tu ne l'avais été d'une fille auparavant. Pourtant, je ne te vois pas porter le deuil... Tu es déjà guéri, peut-être ?

— C'était une passade idiote. Je suis profondément désolé de ce qui est arrivé à cette gosse, mais nous aurions évidemment fini par rompre. Notre liaison n'avait aucun avenir...

Hornung eut un sourire mauvais en lâchant dans ma direction une épaisse bouffée de fumée bleue.

— Certainement, approuva-t-il. D'ailleurs, tu connais la rumeur ?

Je savais parfaitement sur quel terrain Sacha voulait m'emmener, aussi jugeai-je plus prudent de me taire.

— La rumeur veut que Geli Raubal ait été la maîtresse de Hitler, mon cher Thörun. Eh oui ! Sans le savoir, tu versais ton alcool dans le même vase que le grand homme ! Comique, non ?

— Assez peu comique, en fait… Tout cela m'écœure, finis-je par reconnaître.

Et comme je tournais dans la chambre de Sacha sans savoir comment mettre un terme à cette conversation qui portait mes nerfs à vif, je vis soudain, par la porte de l'armoire négligemment laissée entrouverte, une manche de chemise brune.

— Ah ! Tu contemples ma nouvelle panoplie ! s'exclama Hornung en remarquant mes yeux fixés sur la penderie. Attends un peu !

Il se leva du fauteuil où, quelques semaines plus tôt, Unity Mitford avait si savamment écarté les jambes, et sortit du meuble un uniforme de SA.

— Il y a les bottes, aussi. Et puis le képi. Et le brassard, naturellement !

Sacha Hornung désigna fièrement la bande de tissu rouge sur laquelle se détachait la croix gammée, noire sur un cercle blanc.

— Tu t'es engagé dans la SA ? Mais enfin, pourquoi ? demandai-je, horrifié à l'idée que mon ami puisse côtoyer les fauves d'Ernst Röhm.

— Pour être aux premières loges quand le pouvoir basculera, évidemment ! Et aussi parce que je crois vraiment que nous devons une bonne fois pour toutes nous débarrasser des Juifs qui font du mal dans ce pays depuis bien trop longtemps.

Les Juifs en Europe ! C'était une longue histoire dont je ne connaissais que quelques bribes, d'après mes lectures classiques. Tout avait commencé un siècle et demi avant notre ère. La chute de Carthage laissait un seul ennemi d'envergure face aux Romains : l'empire oriental des Séleucides, qui tenait dans les fers les peuples de

Palestine. Rome avait alors soutenu diverses révoltes locales afin de fragmenter la puissance de ses rivaux. En Judée et en Samarie, les Hébreux se soulevèrent et recouvrèrent leur indépendance, mais sans pouvoir décider si leur nouveau royaume serait une monarchie ou une théocratie. Pour résoudre la crise, Alexandre Jannée cumula alors les deux fonctions de roi et de grand prêtre. Ce faisant, il dressa contre lui tous les religieux qui voyaient une usurpation et un sacrilège dans cette fusion des deux rôles. Menant par ailleurs une politique d'expansion extrêmement violente, Jannée devint un tyran sanguinaire et plongea le pays dans la guerre civile.

À sa mort, deux partis se formèrent autour de ses fils, Hyrcan et Aristobule, qui guerroyèrent jusqu'à ce qu'un parti neutre fasse appel aux Romains pour ramener l'ordre. C'était faire entrer le loup dans la bergerie ! Pendant un peu plus d'un siècle, l'armée romaine stationna en Palestine jusqu'à ce qu'éclate la révolte des zélotes, soixante-six ans environ après la naissance du Christ. Alors que Titus n'avait conduit que trois légions pour achever l'empire séleucide moribond, il lui en fallut six pour prendre Jérusalem. Après avoir rasé la ville et alors que les Romains s'interrogeaient sur le sort à réserver au Temple, lieu sacré entre tous pour les Juifs, les Gaulois de la 10e légion se ruèrent sur le bâtiment et le jetèrent à bas, pierre après pierre, avant, sacrilège suprême, de planter sur les ruines leur bannière frappée du sanglier, symbole même de l'impureté la plus diabolique pour les Hébreux ! Condamnés à quitter leur patrie, les Juifs rescapés s'égaillèrent dans tout le Bassin méditerranéen, remontant ensuite jusqu'en Europe centrale et sur les rives de la mer du Nord, où ils survécurent pendant des siècles en marge des sociétés d'Occident.

— Pas en marge, tu te trompes, Thörun ! s'emporta Hornung tandis que nous évoquions cette longue histoire. Les Juifs ne sont jamais restés en marge ! Ils se sont au contraire infiltrés au plus profond de nos institutions, creusant lentement depuis toujours leur chemin, telles des taupes, dans le but de changer les mentalités de nos peuples, de nous exploiter et de nous faire payer au centuple l'humiliation de leur défaite. Les Juifs sont partout maintenant. Dans les banques, les industries, au théâtre et au cinéma… Ils nous disent comment rire, comment penser, comment travailler ! Ils nous avilissent, et nous nous laissons faire ! Les Anglais vont même jusqu'à les anoblir : lord Rothschild, lord Disraeli Beaconsfield, lord Marcus Samuel… Quelle caricature ! Quelle honte !

Personnellement, je n'avais jamais rien éprouvé contre les Juifs. Je savais quelques bribes de leur histoire, possédais quelques notions sur leur religion… C'était tout. Leur sort ne m'avait jamais particulièrement intéressé. Je crois d'ailleurs qu'à l'époque je n'en connaissais aucun. Je m'efforçai de tempérer les ardeurs haineuses de Sacha.

— Tu ne penses pas que, si les Juifs complotaient la perte du monde blanc depuis deux mille ans, ils feraient preuve d'une drôle d'incompétence ? Nous sommes toujours là, il me semble !

Cette saillie n'amusa pas Hornung, qui écrasa méchamment sa cigarette dans un gros cendrier d'onyx.

— Ne plaisante pas avec ça ! Le programme du NSDAP est très clair : nous allons débarrasser l'Allemagne de ses Juifs. Il existe des moyens simples pour cela.

— Quoi, vous voulez les tuer ? rétorquai-je en guise de provocation.

— Ne sois pas stupide, Thörun ! Il ne s'agit pas de ça. Mais nous pouvons les faire rentrer en Palestine… C'est à cette solution diplomatique qu'il faut travailler.

— Et les Anglais approuveront ce plan, selon toi ?

— Quand nous les aurons vaincus, nous ne leur laisserons pas le choix !

*

Cette conversation constitua la matière du premier rapport que j'adressai à Reinhard Heydrich dans le cadre de mes activités clandestines au SD. Pendant une heure ou deux, penché sur le bureau en chêne de mon nouvel appartement, je rédigeai à la machine à écrire une note résumant les positions défendues par le SA Hornung.

— Jugez-vous cet homme intéressant ? me demanda le *Sturmführer* après avoir pris connaissance de mon mémoire.

— Hornung est un intellectuel. Il est cultivé. Il connaît bien Haushofer et Hess. Oui, il est intéressant à surveiller…

— Pensez-vous qu'il appartienne à Thulé ?

— Non, je ne le pense pas. Sacha est un pur mental. Pas un mystique. Son engagement chez les SA ne me paraît pas compatible avec l'appartenance à un groupe tel que Thulé. Et puis, la nature hystérique de ses propos sur les Juifs relève à mon sens d'une tête brûlée, que Haushofer ne voudrait certainement pas compter parmi ses initiés…

— Des propos hystériques sur les Juifs, dites-vous ? D'après ce que vous m'en rapportez, je qualifierais les déclarations de Hornung de tout à fait pertinentes, au contraire. Je les partage, figurez-vous. Dommage que cet homme ait rejoint les SA !

Heydrich avait proféré cette phrase d'un ton dur, et mon cœur se serra soudain dans ma poitrine. Non que j'aie été sensible au reproche, cela n'importait pas. Autre chose m'avait touché, une chose dont la révélation me bouleversa au point que je dus m'asseoir précipitamment.

— Quelque chose ne va pas, Gärensen ? Vous êtes tout pâle.

Pâle, oui, je devais l'être, car ce qui venait de me frapper était la conscience soudaine, fulgurante, qu'une jalousie sourde me tenaillait. Une jalousie qui était apparue à l'instant même où j'avais cru percevoir chez Heydrich un soupçon d'intérêt pour Hornung ! Une fraction de seconde, j'avais redouté de tout mon être que l'officier SS ne me demandât de contacter Sacha pour le faire entrer lui aussi au SD. Or – et je le découvrais moi-même à cet instant –, je répugnais à partager la position qui m'avait été faite auprès du *Sturmführer*. Lancinante, profonde, irréductible à toute logique, une voix montait sourdement en moi. C'était un appel ou, pour mieux dire, une tentation... Celle de me soumettre délibérément et totalement aux exigences de Heydrich. Mais pourquoi au juste ? Pour assouvir de sordides envies de pouvoir ? Certainement pas. Je suis par nature insensible aux vanités mesquines des petites ambitions sociales ordinaires... Alors pourquoi ? Même si je pressentais la réponse, je n'osais pas encore la formuler tant elle me déplaisait... En la personne de Heydrich, je venais de trouver une sorte de double maléfique, un reflet noir de moi-même que ma destinée me commandait de suivre car en lui, et en lui seul, résidait le mystère de ma propre existence...

Heydrich comprit-il le sens de mon trouble ? Peut-être, car je le vis sourire du même rictus qu'il avait eu lorsque, ligoté sur la chaise, brisé par le froid, la faim et la torture, j'avais fait mine de me soumettre à sa volonté. Moi, j'étais effondré. Je bus beaucoup cette nuit-là. Par l'alcool, je voulais effacer l'atroce complaisance envers le jeu de mon bourreau que j'avais vu éclore dans mon âme.

Au petit matin, après avoir passé des heures blêmes à m'agiter dans mon lit, je me traînai à la cuisine pour m'y réveiller d'un café noir et brûlant. Comme je passais devant la bibliothèque, ma main prit un livre au hasard. C'était l'*Edda poétique*, les mythes sacrés des anciens Germains. L'ouvrage s'ouvrit spontanément sur le *Thrymskvida*, sorte de chanson de geste contant le jour funeste où Thor, à son réveil, s'aperçoit que son arme, un marteau de guerre enchanté de runes magiques, lui a été dérobée. Le voleur est un géant du nom de Thrym, qui promet de rendre l'objet si la blonde Freya lui est donnée en retour. Heimdal, un dieu ami de Thor, imagine de déguiser celui-ci avec les vêtements de la déesse afin de leurrer Thrym. Après un périlleux voyage, Thor approche le voleur, le tue de ses mains et retrouve son arme sacrée… J'avais lu cette légende des dizaines de fois, et j'aimais à la commenter pour mes étudiants. Jamais alors je n'aurais pu imaginer qu'elle correspondrait si bien un jour à ma situation ! Moi, j'étais désormais le dieu Thor, veilleur d'Asgard, la cité des dieux, tout autant que protecteur des humbles, paysans et artisans sans défense face aux forces mauvaises. Une entité maléfique, un Thyrse – Heydrich ! –, s'était emparée de ma conscience, le marteau avec lequel je forgeais autrefois librement ma vie, et je n'avais d'autre choix que de pratiquer l'art de la ruse pour retrouver ce qui m'appartenait de plein droit. Oui, il fallait que je marche au côté de mon ennemi ! Il fallait que j'entre pleinement dans son jeu pour l'endormir et le berner ! Pour porter l'estocade au bon moment et me délivrer de l'emprise de ce serpent ! Tant que je n'aurais pas agi ainsi, je ne serais que ce que les sagas de mon pays nomment un *örlöglausa* : une âme errante, privée de destin !

*

Le couple formé par Lina et Reinhard Heydrich habitait une très agréable demeure située dans un quartier résidentiel de Munich. Née von Osten, l'épouse du *Sturmführer* était une jeune femme d'une remarquable beauté. Grande, plantureuse, blonde aux yeux d'un magnifique bleu glacier, elle dégageait une sensualité animale qui me magnétisa dès le premier regard.

— Soyez le bienvenu, monsieur Gärensen, dit-elle alors en m'accueillant avec son époux sur le pas de la porte. Reinhard ne tarit pas d'éloges sur vous.

Je répondis au compliment par une banalité courtoise, préférant concentrer mon attention sur les pleins et les déliés de la voluptueuse silhouette de Lina Mathilde von Osten. Portant un audacieux tailleur-pantalon de couleur crème qui moulait à merveille ses jolies fesses, la maîtresse de maison ne semblait pas répugner à ce qu'on la détaille.

— Je suis si heureuse de recevoir tant d'amis de mon mari ! Nous aurons aussi les Himmler, vous savez ! me dit-elle, en me prenant par le bras, avec un sourire hypocrite qui révéla ses superbes dents blanches.

Heydrich me l'avait déjà confié, Lina détestait le

couple Himmler, dont elle méprisait la roture. Fille d'aristocrates, elle avait tenu tête à son père quand elle avait décidé de ne pas rompre les fiançailles qui la liaient à Heydrich, le jour où l'on avait appris que la fille d'un des directeurs des industries IG Farben était enceinte de ses œuvres. Résistant au scandale mondain, elle fit face avec le même aplomb au renvoi de son mari de la marine de guerre « pour indignité » à la suite de cette affaire. Contre vents et marées, elle mena le projet des noces à son terme, avant de persuader son nouvel époux d'entrer dans la SS. Et c'est grâce au réseau de relations qu'elle possédait que celui-ci fut mis en présence du responsable direct du *Schutzstaffel, Herr* Himmler en personne. Sans Lina, Heydrich n'aurait sans doute été à cette époque qu'un misérable chômeur de plus. Avec elle à ses côtés, au contraire, les ambitions démesurées du jeune arriviste avaient désormais toutes les chances de se réaliser dans le monde étrange qui naissait alors.

— Je crois que nous allons avoir un problème, Gärensen, me dit Heydrich comme il m'arrachait à sa femme pour me prendre à part dans un petit salon.

— Lequel ?

— Contrairement à ce que j'espérais, Himmler ne vient pas seul. Deux hommes l'accompagnent. Un certain Karl Maria Willigut et Frederick Hielscher. Vous connaissez ces gens ?

— Hielscher, non. Mais Willigut… je crois que j'ai déjà entendu citer ce nom. C'est un fou, il me semble, un authentique illuminé. Il a essayé pendant longtemps de faire publier ses brochures de prétendue philologie par des instituts et des facultés sérieuses. Ses théories sont un ramassis de non-sens. Évidemment, ça n'a pas marché !

— Il va nous faire l'honneur de sa présence. Quand j'ai dit à Himmler que j'avais rencontré un professeur norvégien spécialiste des mythes germano-scandinaves, il a sauté de joie en me répondant que c'était un concours de circonstances extraordinaire, puisque lui-même avait récemment été présenté à un éminent runologue !

— Ne vous inquiétez pas, Heydrich, dis-je en tapotant presque amicalement l'épaule de mon hôte. Chargez-vous de Hielscher, moi, je m'occupe de dompter le fou !

Nous revînmes dans la vaste *Herrenzimmer*, pièce qui servait tout à la fois de fumoir, de bibliothèque et de salon de conversation. Assise, les jambes croisées, sur l'accoudoir d'un fauteuil, une longue cigarette aux lèvres, Lina nous attendait. Son parfum, sa pose désinvolte et ce que je devinais de ses formes généreuses tendant son corsage me firent un effet immédiat. Je n'avais pas touché de femme depuis la terrible nuit de Prinzregentstrasse et cela commençait à me manquer terriblement. La présence de cette belle femme tout près de moi me rendait nerveux, presque mal à l'aise.

On m'offrit une coupe de champagne avec laquelle je me dandinai stupidement d'un pied sur l'autre en regardant à ma montre approcher l'heure convenue pour l'arrivée du couple Himmler. Les Heydrich étaient fébriles, eux aussi. J'ignorais si Lina était consciente que son mari tentait de jouer sa propre carte au sein de la SS mais ces deux-là semblaient tellement complices que j'aurais été surpris si tel n'avait pas été le cas. Enfin, la cloche d'entrée tinta et les Himmler apparurent. Je n'avais vu jusqu'alors, dans un des *Völkischer Beobachter* feuilletés chez Sacha, qu'un portrait de piètre qualité de celui qui allait bientôt devenir l'homme le plus détesté d'Allemagne, le futur chef de l'Ordre noir et de la police politique, la Gestapo. Pour l'heure, dans son costume civil à carreaux, il n'était qu'un petit homme aux cheveux rares, au ventre rond et au double menton prononcé, une silhouette absolument dénuée de charme et de prestance, à laquelle des gamins bravaches auraient sans doute jeté des pierres dans la rue. À ses côtés, raide comme un bloc, se tenait une Walkyrie revêche à la coiffure filasse, dont ma première idée fut qu'elle était, non son épouse, mais sa mère.

— *Frau* Himmler, *Herr* Himmler, c'est un tel plaisir de vous recevoir !

— Je crois que nous nous sommes un peu perdus dans les rues alentour, dit Himmler d'un air penaud. Curieusement, je ne suis jamais venu dans ce quartier… J'espère que nous ne vous avons pas fait trop attendre, mon cher Heydrich !

D'ordinaire dominateur, le *Sturmführer* me sembla fondre et s'adoucir en présence de son chef.

— Vous êtes parfaitement à l'heure au contraire ! Mais permettez-moi de vous présenter le professeur Gärensen, qui est actuellement chargé de cours à l'université de Munich et qui enchante ses étudiants par son savoir…

— Monsieur Gärensen ? C'est un plaisir de vous rencontrer. Les hommes apportant leur pierre à la cause de la germanité nous sont précieux, à nous autres, du NSDAP.

Je m'attendais à ce que la poignée de main du personnage soit molle et humide, je la trouvai au contraire ferme et franche.

— Ce dîner chez vous, mes chers amis Heydrich, promet d'être absolument passionnant ! s'électrisa

Himmler. J'ai amené avec moi ces personnes tout aussi érudites que le professeur Gärensen !

Silencieux derrière le couple Himmler, deux hommes attendaient d'être présentés. Le premier était Karl Maria Willigut, un vieux monsieur corpulent d'une bonne soixantaine d'années, portant chapeau et vêtu d'un costume trois pièces de bonne facture. À la mode d'avant-guerre, des guêtres blanches couvraient ses chaussures cirées. L'autre, Frederick Hielscher, plus jeune, possédait un banal physique de fonctionnaire. Plutôt maigre, presque émacié, son visage était mangé par d'énormes lunettes d'écaille aux verres épais.

— Eh bien, puisque les présentations sont faites, je crois que nous pouvons maintenant aller au salon pour prendre l'apéritif ! suggéra Lina.

*

— Je partage entièrement votre avis, professeur Gärensen : un jour l'esprit nordique s'éveillera dans toute la fraîcheur matinale qui fera suite à son long sommeil. Alors il tuera les dragons, il anéantira les nains perfides et réveillera Brunhilde ! C'est la tâche historiquement assignée à notre génération. Je l'ai souvent dit à Hitler, n'est-ce pas, Willigut ?

— C'est exact, *Herr* Himmler. Ce qu'il faut désormais à l'Europe, c'est la rupture totale avec le monde méditerranéen. Aussi bien que les scories sémites, nous devons rejeter la culture gréco-latine. Ni Jérusalem, ni Athènes, ni Rome ! C'est la seule voie pour que renaisse le rêve de l'Hyperborée…

Heydrich n'avait pas eu à forcer longtemps la conversation pour que les passions s'enflamment. Comme il l'avait pressenti, Himmler était littéralement fasciné par le mysticisme, l'ésotérisme, le légendaire. À nous écouter parler, Willigut, Hielscher et moi, cet homme d'apparence austère et neutre se redressait, se dilatait, même, comme si son esprit, soudain baigné de visions grandioses, lui faisait prendre plus d'espace dans la pièce !

Stratégiquement, le plan de table m'avait placé en face de lui. Rien n'arrêtait nos regards. L'observant s'animer comme je récitais quelque passage exaltant d'une saga au début du repas, je compris rapidement que Heydrich avait vu juste. Si la cuirasse de cet homme présentait un défaut, c'était celui de son excessive sensibilité à l'imaginaire de la tourmente, des tempêtes et des passions sauvages... Très vite, je fus assuré qu'amener subtilement la référence à Henri l'Oiseleur serait effectivement une excellente façon d'entrer dans ses grâces, lui qui ne demandait qu'à être conforté dans ses rêves. Longtemps, j'attendis qu'une occasion propice se dessinât, mais les propos tournaient invariablement autour des runes, dont Willigut se disait grand spécialiste.

— Savez-vous qu'à chaque rune correspond un symbole ? Il est curieux que le groupe dont vous êtes responsable, *Herr* Himmler, vos *Schutzstaffel*, se caractérise par la double présence de la lettre *s*, et fasse donc référence à la rune Sowilo, qui est la lettre dévouée au soleil...

— Le soleil ! répéta extatiquement Himmler.

— *Herr* Willigut dit juste, mais ce symbolisme va bien au-delà de cette première référence, *Herr* Himmler, ajoutai-je tandis que le vieux Karl Maria me fusillait du regard. La rune Sowilo répétée, c'est évidemment un soleil redoublé. Si le premier est, bien sûr, l'astre diurne, l'image du guide de la pleine conscience, le second est le grand soleil noir, le soleil nocturne, qu'on peut assimiler aux étoiles de la constellation des Pléiades, bien connues des navigateurs. Elles sont un phare, elles aussi, mais le phare de l'inconscient, le phare des hommes qui entreprennent un voyage dans leur propre nuit pour y trouver le secret de la communion avec les dieux… Le double *s* des *Schutzstaffel* est l'emblème de ce périple, de cette quête de la lumière à l'ombre, et de l'ombre à la lumière, que seule peut accomplir une élite !

Emporté par mon élan lyrique, j'étais le premier étonné de la soudaine éloquence de mon discours ! Sûr de moi et voulant prendre un ascendant définitif sur le vieux Willigut, je continuai à parler, soutenant le regard de Himmler comme si je m'adressais à lui seul. Sans l'avoir prémédité, je sentais que je venais de commencer à lui jouer mon grand air de flûte…

— Cette rune Sowilo est la seizième de l'alphabet runique. Celle qui la précède est Elhaz, qui représente l'ange féminin, protecteur du guerrier.

— La Walkyrie, précisa Hielscher qui prenait la parole pour la première fois.

— Exactement ! approuvai-je. L'apparition de la Walkyrie précède l'engagement du guerrier vers la voie solaire de sa propre métamorphose. Métamorphose qui le conduit vers la dix-septième rune, Tiwaz, désignant l'Irminsul ou le Frêne-Monde auquel s'est pendu le dieu Odhinn pour gagner la connaissance des secrets… Vous le constatez, *Herr* Himmler, tout est cohérent dans le système runique. Tout porte à signification et au symbolisme le plus profond ! Nommer votre compagnie les *Schutzstaffel*, c'était déjà vouer, sans le savoir, les hommes qui y appartiendraient à une aventure unique. Une aventure spirituelle !

— Fascinant ! Proprement fascinant ! s'exclama Himmler en tapant sur la table du plat de la main sans se soucier du vin qu'il faisait ainsi déborder de son verre. Que pensez-vous de cet étonnant jeune professeur, Willigut ?

De mauvaise grâce, Karl Maria bougonna un demi-compliment à mon adresse.

— Nous avons compris que vous teniez le symbolisme en haute estime, monsieur Gärensen, intervint alors Hielscher. Mais n'est-ce là pour vous qu'un jeu de l'esprit ou bien accordez-vous foi à la teneur magique des signes et des augures ?

La question était périlleuse, je le sentais. C'était peut-être le point focal autour duquel tournait l'enjeu de cette soirée. Je vis Heydrich et Lina se raidir. Ils comprenaient que nous étions parvenus à la ligne de partage des eaux et, pas plus que moi, ils ne savaient que répondre pour séduire Himmler… Prenant mon verre, je m'accordai un temps de réflexion. Tous faisaient silence en attendant ma réponse. Heinrich Himmler rajusta ses lunettes rondes sur son nez et me fit un sec hochement de menton pour m'encourager à parler.

— Monsieur Hielscher, je suis un universitaire. Donc un scientifique…, commençai-je tandis que Willigut réagissait à ces propos avec un sourire complaisant. Et c'est en tant que tel que je me refuse à croire que le monde autour de nous est mort et se résume à la somme de ses parties physiques. Vous me demandez si je crois en la réalité de la magie ? Je vous réponds : oui ! Sans hésitation. Et les runes comptent parmi les signes privilégiés des puissances cachées !

Ce fut comme un nuage noir disparaissant soudain du ciel sans crever en orage. Himmler me gratifia d'un sourire satisfait, Hielscher m'approuva en hochant gravement la tête et les Heydrich, soulagés, s'autorisèrent à respirer normalement. Willigut, lui, se renfrogna. Tout à fait en dehors de la conversation, le nez plongé dans son assiette, *Frau* Himmler restait imperturbable.

— Quel dommage que vous ne soyez pas allemand, monsieur Gärensen. Je suis certain qu'un homme tel que vous aurait pu aisément trouver sa place dans notre parti nazi, remarqua Hielscher.

— Certes ! Mais puisque c'est moi, et moi seul, qui édicte les règles d'admission dans la SS, s'énerva soudain Himmler, nous pourrions peut-être faire une exception pour vous, monsieur Gärensen. Vous êtes un ami de Heydrich… vous devez donc partager l'essentiel de nos idées… Votre concours nous serait précieux… n'est-il pas vrai, Willigut ?

— Très précieux, en effet ! fut contraint d'admettre le vieillard.

Nous approchions du but. Je sentis que c'était l'instant de porter mon coup.

— Je suis un grand admirateur de l'Allemagne, *Herr* Himmler, et je suis heureux qu'elle retrouve aujourd'hui avec vous l'énergie d'arborer son vrai visage, celui qu'elle n'aurait jamais dû cesser d'avoir depuis le règne d'Henri l'Oiseleur… Un guerrier tout pétri de savoir magique s'il en fut !

— Henri l'Oiseleur, dites-vous ? Ah, oui… Fascinant ! Il faudra que vous m'en parliez plus longuement lors d'un prochain dîner. Mais alors, c'est sérieux ? Acceptez-vous vraiment de rejoindre nos rangs, *Herr* Gärensen ?

Sans me regarder, Heydrich serra à cet instant si fort les poings sur ses couverts que les jointures en devinrent blanches. Lina, elle, me souriait de toutes ses dents de louve...

— Me compter parmi les vôtres sera un honneur pour moi, *Herr* Himmler. Votre proposition, je l'accepte !

Second tombeau des chimères

Les yeux innocents

Jérusalem, 15 juillet 1946, à l'heure de *Dhor*, oraison musulmane du milieu du jour.

Suspendu à ses chaînes, le corps boursouflé de cloques, le colonel David Tewp ne percevait rien de la prière modulée du muezzin. La cave où il était retenu prisonnier était trop profondément enterrée pour qu'y pénètrent les bruits de la rue, les bruits de la vie. Nu, face à Saporta et Dov Chevat qui le torturaient depuis des heures, il était resté silencieux malgré la douleur et les affreuses brûlures que provoquaient les injections d'acide sous sa peau. Il s'était souvent évanoui mais avait été à chaque fois ranimé par des vapeurs d'ammoniaque. Tewp avait compris depuis longtemps que les deux hommes ne montreraient aucune pitié : ils continueraient à le supplicier jusqu'à ce que mort s'ensuive, et il y était résigné. C'est aussi pour cela qu'il s'obstinait à se taire, préférant exciter la rage de ses bourreaux. Mourir lui était devenu indifférent, peut-être aurait-il lui-même mis fin à ses jours depuis longtemps s'il ne s'était donné une haute mission, une mission qu'il plaçait par-dessus tout. Par-dessus son propre désir de mort.

— *Gornisht! Gornisht! Gornisht!* Rien! Rien! Rien! Ce goy ne nous dira rien! explosa Saporta en jetant rageusement son cigare par terre tandis que Chevat, tranquille et méthodique, remplissait de nouveau sa seringue.

Comme le jeune homme revenait vers Tewp en se demandant où planter maintenant son aiguille, son patron l'attrapa par le bras et l'entraîna à l'écart pour lui chuchoter quelques mots à l'oreille. Chevat sembla d'abord surpris, puis il éclata de rire et ses yeux brillèrent d'un plaisir noir en se posant sur le corps pantelant du colonel anglais.

— Va, *yingatsh*, va, mon méchant garçon ! Laisse-nous bavarder un peu tranquillement, moi et monsieur l'officier.

Chevat posa son matériel sur le comptoir qui lui servait d'établi, rajusta son costume, serra le nœud de sa cravate et quitta la salle du café ad-Dihwân, les mains dans les poches, en sifflotant une valse. Saporta attendit qu'il eût disparu, se servit un verre de scotch puis chercha une seringue propre dans le matériel de Dov.

— Moi aussi je vais vous faire une piqûre, Tewp. Mais celle-ci va vous faire du bien… Vous reconnaissez cela, n'est-ce pas ?

De sa poche, Zino sortit un flacon de morphine.

— Cela vous soulagera. Il faut que nous parlions un peu vous et moi, avant le retour de Dov, murmura Saporta pendant qu'il injectait l'analgésique dans les veines du supplicié.

— Hezner… Ce n'est pas ce que vous pensez, Saporta. Je ne cherche pas cet homme pour trouver un hypothétique trésor. C'est autre chose… Quelque chose que vous ne pouvez pas comprendre !

— Je ne vous crois pas, Tewp. Je suis certain d'avoir raison. Aussi certain que vous allez craquer quand

Dov vous apportera ma petite surprise... Mais laissons cela pour le moment. Je suis très heureux que vous soyez venu de vous-même ici, colonel. Je me suis fait beaucoup de souci à votre sujet, vous savez...

— Vous avez voulu me tuer dans les carrières de Salomon ! balbutia Tewp, dont la conscience, progressivement libérée de la souffrance grâce à l'antalgique, recommençait à fonctionner pleinement.

— Non, non ! Détrompez-vous ! Les choses ont mal tourné, c'est vrai, mais rien n'aurait dû se passer comme ça. J'ai demandé à Nathan Katz de vous attirer, seul, dans un endroit où je puisse vous capturer sans trop de casse. Mais cet idiot s'y est mal pris. En voulant trop bien faire, il a mêlé ses amis de l'Irgoun à cette histoire, et ils n'ont pas résisté à l'idée de se payer un officier du MI6. Ils n'ont pas compris que je les ferais profiter eux aussi du trésor nazi dès que je mettrais la main dessus. Eretz Israël en a besoin. Il y a droit plus que n'importe quelle autre nation. Mais il y a eu bavure, mille excuses ! Moi, j'ai besoin de vous vivant. Alors ? Vous êtes décidé à parler, oui ou non ? Racontez-moi ce que vous savez de Hezner et de son rapport avec l'or des Boches.

Tewp ne se donna pas la peine de répondre. Il ferma les yeux pour profiter du répit qui lui était accordé jusqu'au retour de Chevat. Devant le mutisme de l'Anglais, Saporta n'insista pas. Trop confiant dans le stratagème qu'il avait inventé, il s'assit et fuma en silence. Bientôt, on entendit des pas vifs dans l'escalier, et l'épais rideau noir s'ouvrit sur Dov. Il tenait une fille par le bras. C'était, nattée et fardée, Bristen, la prostituée.

— N'aie pas peur ! Approche, *krassavitseh*, viens près de moi, ma beauté..., dit suavement Saporta à la fille, que la découverte de Tewp enchaîné, nu, le corps marbré de purulences et de caillots de sang, avait fait blêmir.

Tremblante, les yeux baissés au sol, Bristen fut précipitée contre le torse rond de Saporta par une violente poussée de Chevat.

— Tu te souviens du colonel Tewp, ma belle ? Tu sais, le Brit' qui ne voulait pas coucher avec toi…

Terrorisée, ne comprenant pas ce qu'on lui voulait, elle acquiesça d'un timide et pathétique hochement de tête.

— Tu ne t'es jamais demandé à quoi il pouvait bien ressembler sans son nez de carnaval, petite ? Je suis certain que ça t'amuserait de voir ça. Dov ! Retire son masque à notre invité, veux-tu ?

Chevat ouvrit son couteau et, d'un coup sec, trancha le lien qui maintenait la prothèse de Tewp. Le cône de cuir tomba par terre avec un bruit creux. À la vue du visage déformé de l'Anglais, Bristen détourna les yeux mais Saporta soutint avec froideur le regard de haine que Tewp lui lançait tandis que Dov éclatait d'un rire moqueur.

— Tu n'as jamais eu un client aussi laid, pas vrai, ma belle ? dit Zino à la fille en prenant son menton poudré dans sa main grasse et en la forçant à regarder le colonel.

— Et toi, officier ? Que penses-tu de cette *kurveh*, de cette petite putain ? Elle est belle, non ? Je suis sûr que tu la trouves à ton goût ! Cheveux soyeux, peau douce et parfumée, fesses veloutées, petit abricot joli…

Pressée et palpée avec fougue par Saporta, la fille se mit à geindre et à se débattre pour se dégager de l'étreinte qui lui coupait la respiration. Puis, comme

Saporta la forçait à ramener les bras dans le dos, Dov s'approcha d'elle, tira une cordelette de sa poche et lui lia prestement les poignets. Surprise, terrifiée, Bristen cria et voulut s'enfuir, mais Dov la gifla avec une violence telle qu'elle tomba aux pieds d'un Saporta, que ce spectacle de fille humiliée mettait en joie.

— Toi, colonel, tu résistes à la douleur et tu te moques qu'on t'abîme la gueule puisqu'elle est depuis longtemps ravagée... En fait, tu n'as rien à perdre car tu ne possèdes plus rien. Mais elle ? Songe un peu à ce que Dov pourrait faire subir à cette jolie garce si tu ne te décidais pas à parler ! Tu imagines cette princesse des *Mille et Une Nuits* transformée par ta faute en monstre de foire ? Réfléchis bien pendant qu'on la prépare !

Les yeux de Bristen s'écarquillèrent démesurément lorsqu'elle comprit ce dont Saporta la menaçait. Elle hurla, se brisa la voix à implorer la pitié de Zino, rien n'y fit. Dov la releva, fendit brutalement ses vêtements de la lame de son couteau, puis la fit s'asseoir, nue, sur une chaise où il finit de la ligoter. Pleurant et tremblant de tous ses membres, Bristen laissa tomber un épais filet de salive qui s'écrasa sur les rondeurs de sa gorge. Saporta cueillit la glaire du bout des doigts et s'amusa à en barbouiller les pointes des seins lourds de la fille, dont le corps se cabra sous l'immonde caresse.

— Tu vois, l'Anglais, dit Zino, je suis prêt à sacrifier un des plus beaux fleurons de mon cheptel. Si tu es insensible au sort de celle-ci, j'en ferai venir d'autres... Plus jeunes encore... Des enfants, même... Mais je te ferai parler ! Je te jure que je te ferai parler !

Dov Chevat s'éloigna du comptoir où il venait de préparer une nouvelle seringue. Son pied heurta par inadvertance le nez artificiel de Tewp. Pris d'une inspiration subite, il fit tomber quelques gouttes d'acide sur la prothèse qui entra aussitôt en effervescence, fondit en grésillant et disparut en quelques secondes dans un voile de fumée âcre. Bristen hurla de plus belle pendant que Dov s'approchait d'elle, regardant fixement sur sa poitrine tendue l'endroit où il avait choisi de commencer la torture. Les ampoules qui donnaient une lumière chiche dans la pièce se mirent alors à crépiter, à papillonner, puis s'éteignirent d'un coup, plongeant la salle dans une obscurité seulement percée par deux moignons de bougie qu'on avait oublié d'éteindre sur des tables. D'instinct, Dov Chevat planta l'aiguille de la seringue dans le bras mou d'un fauteuil avant de porter la main à son aisselle pour s'emparer du revolver Smith & Wesson 38 qui ne le quittait jamais.

Il fut cependant moins rapide que la balle que le capitaine O'Reilly percuta dans sa direction. Touché au poumon gauche, à quelques centimètres du cœur, le truand s'écroula sur le dos sans comprendre pourquoi le monde basculait soudain sous lui. Ce vertige lui rappela les sensations qu'il éprouvait dans les nacelles des manèges de sa petite enfance, à Prague, lorsqu'il chipait quelques pièces de cuivre dans le porte-monnaie de sa mère pour filer à la foire plutôt qu'à l'école… Une tache chaude s'élargit sur sa poitrine, coula sur son ventre et inonda ses flancs, tandis qu'il se rendait compte que sa main refusait de serrer la crosse de son arme. Hors de combat, il vit surgir près de lui une silhouette trapue qu'il ne connaissait pas. C'était un homme vêtu d'un uniforme britannique, au regard farouche, aux traits contractés… Le soldat se pencha sur lui, éloigna le calibre 38 de ses doigts flasques et ne se priva pas du plaisir de lui cracher au visage avant de sortir de son champ de vision…

Le sélecteur de sa Sten enclenché sur la position de tir au coup par coup, O'Reilly s'accroupit contre un pilier et jeta un coup d'œil prudent vers le bar, où il savait qu'un homme était posté, en étirant ses vertèbres cervicales autant qu'il put. Son front et ses yeux apparurent derrière la colonne. Il eut juste le temps de se jeter en arrière en voyant une forme noire se redresser au-dessus du comptoir et lâcher dans sa direction une décharge de chevrotine qui résonna d'un bruit infernal dans la salle voûtée. À une trentaine de pieds de la position où se retranchait le capitaine, le barman se trouvait à une distance de tir optimale pour son arme, un fusil de chasse idéal pour les combats à courte portée, et dont les plombs, petits mais nombreux et projetés en entonnoir, possédaient un pouvoir de déchiquetage inégalé. Rechignant à ce qu'il savait pourtant devoir faire, l'officier des fusiliers irlandais tâta sa chemise et sortit un œuf d'acier de sa poche poitrine. Dégoupillant la grenade, il la lança d'un geste à la fois gracieux et précis de l'autre côté du zinc, et se boucha les oreilles. L'explosion hacha le corps de l'escarpe en un amas de chairs sanglantes. O'Reilly laissa retomber l'énorme nuage de poussière et de débris soulevé par la détonation, se leva à demi et chercha un interrupteur. Il savait pertinemment qu'un troisième homme, Zino Saporta, se trouvait encore dans la salle principale du ad-Dihwân, mais il avait classé le gros homme à la dernière place des dangers immédiats… À tâtons, l'officier anglais découvrit un bouton électrique et le pressa. Les cinq ou six ampoules qui n'avaient pas été brisées par la déflagration se rallumèrent. Son cœur criait à O'Reilly de s'occuper sur-le-champ de Tewp, qui paraissait bien mal en point, tandis que sa raison lui commandait de continuer à chercher Saporta… Lentement, prudemment mais méthodiquement, le capitaine fouilla toute la pièce sans trouver trace de Zino. Ce dernier, plus agile qu'un singe et plus silencieux qu'un reptile, avait su déguerpir au premier coup de feu !

*

Libéré de ses chaînes, David Tewp se baissa pour ramasser dans les décombres du café un morceau de tissu noir arraché d'une tenture. Nouant l'étoffe autour de son visage pour dissimuler sa difformité, il revint vers le capitaine O'Reilly, qui se rinçait la bouche à grands renforts d'un excellent bourbon de trente ans d'âge.

— Ces cochons-là savent apprécier les bonnes choses ! remarqua sobrement l'Irlandais avant de lâcher un rot sonore en direction de Dov Chevat qui gémissait faiblement. Alors, mon colonel ? Que faisons-nous maintenant que je vous ai sauvé la vie ? Le plus raisonnable serait de vous transporter illico chez un toubib, vous ne croyez pas ?

Toujours sous l'effet calmant de la morphine que Saporta lui avait administrée une heure auparavant, l'officier du MI6 ne ressentait presque pas de douleur. Le corps ravagé par l'acide, il semblait pourtant jouir de toutes ses facultés.

— Vous jouez au mariole parce que le gros saligaud vous a endormi avec sa drogue, mais vous allez sacrément déguster quand son effet se dissipera ! Vraiment, mon colonel, il faudrait foutre le camp d'ici ! Sans compter que les sbires de Saporta peuvent revenir en nombre.

— Vous avez raison, capitaine, dit Tewp d'une voix blanche. Nous allons partir. Détachez tout de même cette jeune femme auparavant, je vous prie…

Tandis que Tewp retrouvait son uniforme et l'enfilait tant bien que mal, O'Reilly coupa les liens de Bristen.

— Allez, déguerpis, ma belle, ordonna l'Irlandais, ne pouvant s'empêcher de lorgner les appas dénudés de la fille. Et tâche de quitter la ville au plus tôt. L'air n'y est plus respirable pour toi !

D'une pâleur de morte, la prostituée ramassa en hâte ses vêtements en lambeaux, s'en couvrit comme elle put et fila sans demander son reste.

— Beau brin de garce ! jugea l'officier en connaisseur tout en se frottant inconsciemment l'entrecuisse. L'abîmer aurait vraiment été du gâchis !

Tewp remonta lentement l'escalier menant vers la sortie. L'Irlandais s'attarda un instant auprès de Dov Chevat. Du sang moussait aux commissures de ses lèvres mais il était toujours conscient, ce qui arracha un mauvais sourire au capitaine.

— Tu n'as vraiment pas de chance, petit ! Non seulement tu meurs aujourd'hui, mais avant ça, je te fiche mon billet que tu vas avoir mal !

D'une main ferme, O'Reilly s'empara de la seringue d'acide toujours plantée sur le bras du fauteuil, en transperça la joue de Chevat et, avec un plaisir dont il n'éprouva nulle honte, projeta une longue giclée de liquide corrosif à l'intérieur de la bouche du moribond, dont les yeux s'exorbitèrent sous l'effet de la terreur. Comme Dov, la langue et le larynx dévorés, ne pouvait même plus crier, O'Reilly vissa sa casquette sur sa tête, saisit sa Sten, jeta un dernier coup d'œil au corps désarticulé qui se tordait en silence à ses pieds et quitta tranquillement les lieux sans oublier d'éteindre la lumière.

— Ma voiture est garée à deux rues d'ici. Vous pourrez marcher jusque-là, mon colonel ? demanda le fusilier en voyant Tewp chanceler sur le trottoir.

— Ça ira… Mais ne m'emmenez pas tout de suite chez un médecin. Nous devons d'abord trouver Nathan Katz. Il faut le faire parler avant qu'il soit prévenu par Saporta ou qu'il prenne la clé des champs…

O'Reilly leva les yeux au ciel.

— Je suppose qu'il est inutile d'essayer de vous faire changer d'avis ? grogna l'Irlandais.

Malgré la douleur qui recommençait à vriller son corps, Tewp parvint à sourire.

*

Les deux Anglais anticipèrent correctement la réaction de Nathan Katz lorsqu'il vit Tewp se présenter, seul, à la porte de son domicile. Affolé par l'irruption de l'homme sans nez, la crapule fit sauter son 45 dans son poing et tenta de filer à toutes jambes par la ruelle qui courait derrière chez lui. O'Reilly le cueillit sans mal alors qu'il n'avait pas fait trois yards dans le boyau. Le ramenant à l'intérieur du bâtiment en le tenant par le col, l'officier le lâcha au-dessus d'un siège en bois où il chut avec un méchant bruit de coccyx heurté.

— Que me voulez-vous ? Je ne sais rien ! hurla Katz en se frottant les fesses.

— Tu ne sais rien ? gronda le capitaine en serrant sa

poigne de gorille sur la glotte saillante de Nathan Katz. Comment ça, tu ne sais rien ?! Parle, ou je t'étends tout de suite !

Tewp se racla la gorge et tapota amicalement l'épaule du militaire.

— Je crois que nous n'avons pas encore eu le temps de poser la moindre question à M. Katz. Nous allons commencer par là avant de songer à quelque mesure de rétorsion que ce soit… Qu'en pensez-vous ?

— Excusez-moi, mon colonel, c'est plus fort que moi ! Dès que je vois ce maigrichon, j'ai envie de cogner !

O'Reilly desserra son étreinte et recula pour permettre à son supérieur d'avancer face au truand. À la vue du bandeau noir qui encerclait le visage du Britannique, Katz eut une moue de dégoût.

— Monsieur Katz, commença Tewp sans paraître remarquer la grimace, c'est vous qui m'avez envoyé le petit Latîf ? Vous a-t-on appris ce qui était arrivé à cet enfant ?

— Non ! Je vous jure ! Je ne sais rien ! Je n'ai pas entendu parler de vous depuis que M. Saporta m'a dit qu'il était d'accord pour vous voir ! Je le jure !

— Où est votre portefeuille, monsieur Katz ? Dans votre veste, je suppose ? Donnez-le-moi, je vous prie, dit Tewp d'un ton calme.

Mais comme l'autre feignait de ne pas comprendre ce qu'on lui voulait, la main du colonel remplaça celle d'O'Reilly autour de sa gorge. Étouffant, se débattant, Katz attrapa dans sa poche une mince enveloppe de cuir sale où il gardait ses papiers et son argent. À l'intérieur, Tewp trouva aussitôt ce qu'il cherchait. Brandissant sous le nez du prisonnier la moitié déchirée d'un billet de une livre sterling, il s'écria :

— C'est avec ça que vous avez appâté le gamin. Et il en est mort. Vous vous en rendez compte ?

— Ce n'est pas moi qui l'ai tué, balbutia Katz tandis que la poigne de l'Anglais comprimait de plus en plus sa trachée. Ce n'est pas ma faute ! Je vais tout vous dire !

— C'est bon, mon colonel. Laissez-le prendre un peu d'air. On dirait un poisson rouge tombé hors de son bocal ! intervint O'Reilly.

— Alors ? Crachez le morceau, Katz ! Vous savez ce qui m'intéresse. Où est Ruben Hezner ?

Katz lut dans les yeux de Tewp qu'il n'y avait plus d'échappatoire possible. S'il tentait encore une fois de biaiser, l'officier n'hésiterait pas à lui briser la nuque.

— Aux dernières nouvelles, Hezner se trouve encore à Jérusalem. Je ne sais pas au juste ce qu'il trafique, mais c'est assez bizarre pour qu'il se terre quelque part…

— Où ça ? pressa Tewp que la comédie du margoulin insupportait.

— Dans le quartier des Cent Portes… Chez les Netourei Karta !

— Nom de Dieu ! siffla O'Reilly entre ses dents.

— Quoi encore ? interrogea l'homme sans nez.

— Les Netourei Karta, expliqua O'Reilly, Katz le sait sans doute mieux que moi, forment une sorte de communauté religieuse juive ultra-orthodoxe, qui est restée bloquée au niveau technologique du Moyen Age. Elle vit retranchée dans le quartier des Cent Portes et est en bisbille avec toutes les autres branches de la famille israélite. Pas vrai, Katz ?

Nathan opina du chef avant de se lancer dans quelques précisions :

— *Netourei Karta* signifie « gardiens de la cité »…

Ils sont très pieux et vivent à Mea Shearim, ici, à Jérusalem, mais considèrent que la Palestine n'est plus une terre juive depuis vingt siècles. Ils ne veulent pas entendre parler d'un État juif. Nous autres, sionistes, les tenons pour des fous – des ennemis, même !

Tewp lança à O'Reilly un regard perdu que celui-ci ne comprit pas.

— Mea Shearim ! Le quartier des Cent Portes ! Je n'ai d'ailleurs jamais su pourquoi on appelait ce district de cette façon, embraya distraitement le capitaine.

— Cela renvoie aux prétendues cent voies pour comprendre la Torah, expliqua Katz d'une voix teintée de fatalisme. Cent manières de comprendre un texte sacré ! Et l'on s'étonne ensuite que les Juifs n'arrivent pas à se mettre d'accord entre eux ! Pauvres de nous ! Nous sommes vraiment les misérables d'entre les misérables… les humiliés parmi les humiliés !

— Tais-toi, Katz ! tonna O'Reilly en roulant de gros yeux. Arrête de gémir et fais-toi oublier, tu veux ?

Le tenancier de tripot se tassa sur son siège comme un bernard-l'ermite dans sa coquille.

— Que fait-on, mon colonel ? Vous n'avez pas l'air bien, il faudrait vraiment aller voir un toubib !

En quelques minutes à peine, Tewp avait blêmi. Les douleurs causées par l'acide revenaient de partout. Ses jambes étaient encore fermes mais ses bras étaient parcourus de tremblements et il s'était mis à claquer violemment des dents. La sueur perlait en grosses gouttes sur son front.

— Nous devons d'abord décider quel sort réserver à Katz. Il s'est rendu complice de meurtre et doit être puni.

L'Irlandais jeta un coup d'œil navré à Nathan.

— Qu'est-ce que vous préférez faire de ce demi-sel ? Le livrer à la police ou le tuer vous-même ?

— Me tuer ? sursauta Katz, effrayé. Mais pourquoi ? Pour me faire payer la mort du mioche ? Je me demande bien ce que ça peut vous faire, à vous autres !

Ce ton et ces paroles insultantes mordirent Tewp pas moins sévèrement que les injections de Dov Chevat. Pris d'une fureur avivée par les douleurs qui le taraudaient, il lança sa main à toute volée contre le visage émacié de Katz. Le choc fut si puissant que le petit homme fut projeté à bas de son siège. Avec le bruit d'une coquille d'œuf qui se brise, son crâne alla s'ouvrir sur l'arête vive d'une table basse. Son corps s'affaissa mollement sur le sol, laissant Tewp et O'Reilly muets de stupeur.

— C'est un accident, mon colonel ! Rien qu'un accident ! Je sais que vous n'avez pas voulu le tuer ! balbutia O'Reilly en voyant Tewp se mordre les lèvres jusqu'au sang pour contenir la rage dévastatrice qui montait en lui.

L'Irlandais comprit que son officier était à bout de forces, à bout de nerfs. C'était à lui d'agir maintenant. Précipitamment, il quitta la maison, fit pénétrer sa voiture dans l'arrière-cour, bascula le cadavre de Nathan Katz dans le coffre, installa le colonel du mieux qu'il put sur le siège passager et démarra en trombe pour rejoindre le King David… Les membres étrangement tordus et le visage hâve sous son bandeau, Tewp avait l'expression d'un homme brisé. Les bras crispés sur le volant, O'Reilly lui jetait des coups d'œil anxieux. Au cours d'un long regard échangé, les deux hommes convinrent de passer sous silence, et pour toujours, leur tragique visite chez le truand juif.

En revanche, pour Tobie, le fils aîné de Nathan

Katz, qui, caché derrière une latte disjointe du mince plancher, avait tout vu de la mort de son père, David Tewp et Morgan O'Reilly étaient des hommes qu'il n'oublierait jamais…

Le quartier des Cent Portes

À pas lents, presque sans bruit, Laüme Galjero pénétra dans la chambre fraîche du King David Hotel où le colonel Tewp, ses blessures pansées, dormait. Tout alourdies d'escarboucles, d'agates et de perles noires, les bagues dont elle avait paré ses longs doigts brillèrent un instant de leur feu minéral lorsque la patricienne dégrafa son fourreau de soie pour le laisser négligemment tomber à ses pieds, telle une méduse échouée. Nue, seulement nimbée d'un parfum suave, Laüme vint effleurer d'un baiser les lèvres décolorées de l'Anglais. Avec des soupirs d'empuse et des regards de mante, elle souleva les draps de lin sous lesquels reposait l'homme et tendit vers lui son beau ventre lisse… Dans les fièvres, dans la douleur et dans l'extase, elle caressa amoureusement le visage sans nez de l'officier, lécha longuement son corps ravagé par les brûlures de l'acide, offrit sa langue à sa langue, ses seins à ses mains, son sexe à son sexe… Lente, perverse et douce, Laüme s'inonda du plaisir que sa chaleur et sa beauté avaient fait monter en David Tewp. Leurs chairs s'unirent longtemps. Enfin, comme l'Anglais refermait les yeux pour se laisser glisser dans la torpeur qui suit la délivrance, la femme fit glisser hors d'elle la verge tendre qui palpitait encore, saisit son fin vêtement entre ses mains humides et, plaquant de sa paume le tissu froissé contre sa poitrine, quitta comme un souffle de brume la suite du colonel évanoui.

*

Se soumettant scrupuleusement au conseil qu'on lui avait donné, l'officier supérieur David Tewp gagna à pied les abords du district de Mea Shearim, vaste réseau de venelles lépreuses situé juste au-delà du rempart nord-ouest de l'ancienne Jérusalem. En fin d'après-midi, après une journée de temps beau et sec, le ciel luminescent se plomba soudain d'épaisses colonnes de nuages sombres venus des montagnes. Des rafales firent trembler les hautes ramures des palmiers, brassèrent la fine poussière des rues en volutes tourbillonnantes qui pénétraient les vêtements, s'infiltraient dans les demeures… La main ouverte en guise de masque protecteur sur sa face plate, l'Anglais s'avança à contre-vent dans le quartier des Cent Portes. À cette heure, la lumière du soleil n'effleurait plus que les derniers étages des habitations étroites, au plâtre gâté et aux façades percées de minuscules lucarnes. Chassés par la tempête, les habitants s'étaient claquemurés du mieux qu'ils pouvaient, bouchant d'un linge les interstices entre le sol et le bas des portes, calfeutrant de papier froissé les fêlures qui couraient sur les murs pourris par les ans.

Tewp ignorait où ses pas le menaient. Rien, ni sa paume devant son visage, ni le bandeau noir qui camouflait sa blessure, n'empêchait la terre poudreuse d'entrer dans sa gorge et d'envahir la béance de son nez. Son instinct, pourtant, lui disait qu'il devait poursuivre, sans chercher d'abri, sans s'inquiéter de sa destination. Des sons, il ne percevait que celui du vent qui, de loin en loin, faisait battre des tôles ou claquer des linges oubliés sur un fil tendu en travers d'un passage… Un chien maigre, aux oreilles rabattues, le dépassa en courant pour s'enfiler dans un trou. Cent yards plus loin, un gamin vêtu de noir, mèches bouclant sur les tempes, déboucha brusquement d'un boyau entre deux logis, détala un instant devant lui puis sa silhouette se perdit, noyée dans ces tonnes de sable en suspension qui voilait le monde d'un gigantesque linceul ocre rouge…

Comme Tewp arrivait sur une esplanade qui perçait soudain après une longue enfilade d'étroits conduits, le vent tomba d'un coup. En quelques secondes, le ciel s'ouvrit sur les derniers feux dorés d'un crépuscule flamboyant. La poussière retomba au sol, libérant l'air, qui embauma aussitôt de senteurs de fleurs et d'épices… Tewp frotta ses yeux desséchés, avala goulûment une longue gorgée d'oxygène et s'engagea sur le parvis. Une porte s'ouvrit sur sa gauche, une autre sur sa droite, et une troisième encore derrière lui. Des femmes sortirent des maisons. Toutes étaient vêtues de la même robe noire par-dessus laquelle elles avaient passé une blouse de travail décolorée. Leurs cheveux étaient pris sous un foulard de coton de teinte sombre. Portant paniers et corbeilles, elles s'activaient aux dernières tâches domestiques de la journée sans accorder un seul regard à l'étranger qui foulait leur quartier. Des volets s'ouvrirent au long d'une maison basse. Tewp aperçut une quinzaine d'hommes rassemblés dans une salle éclairée à la lampe à pétrole. Penchés sur des tables d'écoliers, ils psalmodiaient le même texte à voix haute, rythmant leur lecture d'un constant balancement du buste. Barbus, portant une épaisse veste noire malgré la chaleur, ils ressemblaient aux frères d'une même famille. Le spectacle qu'ils offraient était étrange, mais Tewp ne s'attarda pas à les détailler ; il savait que, dans la ville si particulière qu'était Jérusalem, Mea Shearim était lui-même un quartier à part, isolé du cœur de la cité, vivant comme hors de l'espace et du temps. Car tout, ici, était différent. Ceux qui y résidaient avaient choisi de n'exister que pour leur foi et ils réglaient la moindre parcelle de leur vie selon les préceptes de la Torah. Rien d'autre ne comptait pour eux que l'adoration du Nom ineffable. Le monde séculier leur était étranger. Les joies des autres hommes n'étaient pas leurs joies. Les guerres livrées par les nations n'étaient pas leurs guerres. Les espérances des autres peuples n'étaient pas leurs espérances. Pieux, ils l'étaient – souvent jusqu'à l'absurde aux yeux de ceux qui n'appartenaient pas à leur communauté. En marge de tout et de tous, ils se suffisaient à eux-mêmes, ne voulant rien recevoir d'un monde extérieur dont ils refusaient d'épouser le rythme et les valeurs.

Tout cela, Tewp ne le savait pas formellement. À chaque pas qu'il faisait, il le comprenait pourtant un peu mieux, sans même parler aux gens dans la rue. Puis il sentit un regard se poser sur ses épaules. Se retournant, il vit, à vingt yards de là, un gros homme à la barbe de nacre, appuyé sur une canne, qui boitait dans sa direction. Il leva son bâton vers Tewp et l'agita vivement au-dessus de sa tête coiffée du grand chapeau traditionnel Yarmelkeh pour l'interpeller. Compatissant, l'Anglais hâta le pas vers lui.

— D'où qu'elles viennent, Mea Shearim sait se faire accueillante aux âmes tourmentées, ami, dit l'homme quand Tewp se fut approché. La présence de certains objets n'y est cependant pas la bienvenue…

Doucement, sans agressivité aucune, le regard bleu de l'ancien se posa sur le holster que Tewp portait à la hanche.

— Je suis le rabbin Isaac Chaddaï. Ma demeure est celle où brillent deux lampes à l'étage, dit le religieux en pointant le doigt vers une maison, non loin de là. Si votre souhait est de séjourner parmi nous, peut-être accepteriez-vous de me confier cette chose à votre ceinture ? Elle ne vous sera d'aucune utilité ici et je sais que les membres de notre communauté vous seraient infiniment reconnaissants de ce geste…

Tewp aima les yeux bleus malicieux et les rides de sagesse qui marquaient le visage d'Isaac Chaddaï. Avec un sourire, il lui tendit l'arme, que l'autre fit disparaître dans les profondes poches de sa redingote noire.

— Accompagnez-moi, proposa Isaac. Je souhaite vous remettre la clé du meuble dans lequel je vais enfermer votre bien. Puis nous parlerons un peu. Si vous le voulez…

La voix du patriarche était chaude et belle. Elle roulait les syllabes anglaises ainsi qu'un torrent en crue entrechoque les cailloux de son lit.

Comme s'il le fréquentait depuis de très longues années, Tewp suivit le rabbin sans poser de questions. Dans l'obscurité qui s'installait, ils cheminèrent côte à côte, silencieusement, jusqu'au logement de Chaddaï. Au bout d'un long couloir tapissé d'impressionnantes rangées de livres, ils pénétrèrent dans une pièce de travail confinée, surchargée d'étagères poussiéreuses où s'alignaient d'innombrables volumes. Une délicate odeur de benjoin imprégnait l'air. Le rabbin prit un coffret de bois posé sur un lutrin sans ornement, y déposa le revolver, cadenassa la boîte et en confia la clé à Tewp.

— Ma maison est toujours ouverte et vous ne me dérangerez jamais. Même si je suis absent lorsque vous voudrez quitter le quartier des Cent Portes, vous pourrez revenir prendre votre arme à tout moment… Cela est-il convenu ?

— Convenu ! répondit simplement le colonel.

— Bien. Alors, maintenant, parlons !

*

Assis à se toucher sur le seul siège de la pièce, un petit banc de bois sans coussins ni garnitures, Tewp et Chaddaï demeurèrent ensemble longuement ce soir-là, tandis que, tout autour d'eux, Mea Shearim s'endormait. Si le rabbin n'offrit rien à son hôte – ni boisson ni nourriture de bienvenue –, ce n'était pas plus par dénuement que par impolitesse. Chaddaï n'était pas un homme démuni et il connaissait les usages. Face à David Tewp, pourtant, il lui avait paru important que rien, pas même le partage d'un simple gobelet d'eau, ne vînt distraire l'attention qu'il voulait lui accorder.

L'Anglais, quant à lui, n'était pas surpris des manières du rabbin. Au-delà de leur apparente étrangeté, elles lui semblaient au contraire appartenir sans réserve à un certain *ordre des choses* qui le dépassait, certes, mais dont son esprit pressentait obscurément l'évidence et la nécessité. Depuis l'instant précis où son regard avait croisé celui du boiteux, Tewp avait compris que sa rencontre avec Chaddaï était plus qu'une rencontre de hasard. Ici, entre les murs balafrés de cette pièce d'étude poussiéreuse, un événement d'importance se préparait…

— Comme tous les hassidim, j'aime la joie et le rire, commença bizarrement le rabbin. Pour nous autres, chaque grain du temps qui passe est une fête. Cette fête que ressent mon cœur, j'aimerais vous la faire partager. Or, vous seul pouvez me dire comment je puis y parvenir. Est-ce là un savoir que vous désirez m'offrir ?

Silencieux, intimidé presque, Tewp se contenta de regarder les belles mains d'Isaac Chaddaï où les veines bleues dessinaient de sinueux reliefs. Lentement, le rabbin caressa sa barbe. Sa bouche mince sourit... Malgré toute la bienveillance qui émanait du vieil homme, Tewp n'osa pas lui faire confidence des angoisses qui le rongeaient depuis trop longtemps. Incapable de prononcer le nom de Hezner, il ne trouva pas plus la force d'évoquer les cauchemars qui, de plus en plus fréquemment, polluaient ses nuits...

— *Dybbouk !* dit alors Chaddaï, tandis que le colonel baissait les yeux pour cacher les larmes qui y perlaient. Ne parlez pas ! Votre âme, je crois, est devenue l'épouse d'un spectre. Il y a trois nuits, j'ai vu son aile étendue sur vous. Et j'ai su que vous alliez venir...

— Comment ? demanda simplement Tewp.

Le corps d'Isaac fut secoué d'un petit rire. Puis, comme s'ils se connaissaient depuis l'enfance, le rabbin donna un coup d'épaule amical à son visiteur.

— Clairvoyance ! Divination ! Je pratique cet art avec assiduité depuis que j'ai l'âge de quarante ans. J'en ai aujourd'hui un peu plus de quatre-vingts. Mais est-il vraiment nécessaire que nous perdions notre temps à ce genre de justifications, David Tewp ?

Le colonel ne répondit pas. Depuis qu'il avait quitté Londres, dix ans auparavant, il avait été le témoin de trop de phénomènes étranges pour garder la naïveté de refuser l'inexplicable. Sans qu'il ait eu à prononcer la moindre parole, Chaddaï avait percé le mystère de ses tourments. C'était un fait, peu importait au juste comment le vieillard y était parvenu...

— J'ai su que vous alliez venir à Mea Shearim, reprit le rabbin. Je vous ai vu marcher dans la poussière de ses rues. Et j'ai également vu le *Dybbouk* qui vous suit… Comparé aux tortures secrètes qu'il vous inflige, la blessure de votre visage et celles que je devine sur votre corps vous semblent légères, n'est-ce pas ?

David Tewp serra les poings et crispa les mâchoires en silence. Le rabbin avança doucement les mains vers lui. Sans que l'Anglais y oppose aucune résistance, il dénoua alors le bandeau noir qui barrait le visage mutilé de l'officier.

— *Dybbouk*, le fantôme vagabond qui s'accroche à l'homme juste pour trouver refuge contre les démons qui l'assaillent, sait transpercer tous les voiles dont vous vous couvrez. À mon tour, je dois connaître la vérité de votre chair…

Tewp releva la tête et vit que le rabbin scrutait sa plaie avec plus d'attention que ne l'avait jamais fait aucun médecin.

— Peut-être saurais-je faire quelque chose pour vous, mon ami, dit enfin Chaddaï. Oh, pas tout à fait recomposer vos traits à l'identique, bien sûr, mais qui sait ? Modeler la matière sera toujours plus aisé que rendre le rocher de votre âme glissant à la chose étrange qui s'y accroche !

Durant de longues minutes, Tewp se laissa observer sans ressentir aucune honte. Puis le rabbin exprima une autre demande.

— Déshabillez-vous ! C'est votre corps entier qui désire maintenant me parler.

Obéissant, Tewp délaça ses chaussures, retira et plia soigneusement ses vêtements un à un, qu'il posa sur le banc. Nu, il fit face au rabbin.

— La peau est une carte, le savez-vous ? remarqua Chaddaï en faisant tourner l'Anglais devant lui.

— Une carte ?

— Une carte, oui ! Rien n'est laissé au hasard. Chaque grain de beauté, chaque ride, chaque cicatrice est un signe que l'on peut lire aussi clairement que le chapitre d'un livre… Et ce que je lis sur vous, mon ami… ce que je lis sur vous est un texte plus terrible encore que je ne l'imaginais !

— Qu'y lisez-vous ? demanda Tewp d'une voix troublée par l'émotion.

— La chose qui a effleuré votre chair de ses griffes est un être puissant. Bien plus qu'un simple *Dybbouk* qui refuserait le Shéol… C'est autre chose… Une chose qu'il me faudra du temps pour comprendre. Et plus de temps encore pour combattre… Or, du temps, vous n'en possédez guère, mon ami, n'est-ce pas ?

— Je cherche un homme…

— Nous cherchons tous un homme, officier, interrompit sentencieusement Chaddaï. En vérité, nous cherchons tous l'homme réel que nous sommes et qui se cache au plus profond de nous…

— Ruben Hezner… Pour l'instant, c'est cet homme-là que je cherche, rabbin, répondit Tewp en tendant la main vers la pile de linge.

— Ruben Hezner… Oui ! Peut-être est-ce le nom de celui par qui passe le chemin vers vous-même…

— On m'a dit qu'il se cachait ici, à Mea Shearim. Pourriez-vous m'aider à le trouver ?

— Je ne connais pas cet homme. Le quartier est vaste et les habitants ont le culte du silence. Avec quelques complicités bien placées, on peut s'y dissimuler pendant des semaines, des mois, même… Je peux essayer de pratiquer l'art de la divination. Mais je suis un vieil homme, et cela signifie que vous allez devoir faire un choix puisque je n'ai plus la force de concentrer mon esprit que sur une seule et unique demande… Entre la créature qui vous ronge et votre Hezner, vous allez devoir définir votre priorité.

— Je n'ai donc droit qu'à un seul vœu ? s'amusa Tewp. Comme dans les contes ?

— Exactement, comme dans les contes, officier ! Alors ? Que choisissez-vous ?

— Vous le savez bien…

*

Isaac Chaddaï introduisit le colonel Tewp dans une pièce attenante à son cabinet de travail. C'était un endroit nu, propre, sans fenêtre, aux parois chaulées et au sol de tomettes brillantes. Un fagot de bois sec attendait dans la cheminée éteinte. *Iod, Hé, Vav, Hé*, les quatre lettres du Saint Nom avaient été tracées à l'encre de grenade sur le mur oriental. Sur un haut chandelier de bronze brûlait une bougie de cire vierge. L'endroit sentait l'oliban.

— La religion juive ne se résume pas plus à la liturgie traditionnelle de la synagogue qu'aux sublimes méditations de la Kabbale, avertit le rabbin. Elle connaît aussi des chemins de traverse, des voies sorcières… remarquablement efficaces pour résoudre, par exemple, les problèmes prosaïques qu'engendre la vie de couple ! exposa Chaddaï avec un rire chargé de sous-entendus grivois.

Puis il demanda à Tewp de prendre place dans un coin de la pièce et d'y demeurer tranquillement sans parler, sans bouger ni s'appuyer au mur. Il alluma le feu dans l'âtre avec la bougie, se déchaussa et, pieds nus, se tourna face au tétragramme pour murmurer trois fois la même incantation :

— *Anohi Adonaï Eloheha ! Anohi Adonaï Eloheha ! Anohi Adonaï Eloheha !*

Chaddaï se tourna ensuite vers le feu pétillant. À voix basse, il récita un long texte dont Tewp ne saisit que des bribes sans les comprendre…

— *Menachour… Lenafshi noudi… Leyishereï… Ma Pahal…*

Chaddaï marqua une pause, regarda intensément les flammes, puis recommença. Une, deux, trois fois. Et une quatrième encore…

Tewp n'osait rien dire, mais il sentait que le vieil homme commençait à souffrir. Ses traits étaient tirés et des gouttes de sueur baignaient son visage. Au terme de la cinquième récitation, il chancela et se serait écroulé au sol si le colonel ne s'était précipité pour prévenir sa chute. Appuyant le lourd rabbin contre son épaule, il le reconduisit dans le petit bureau, l'allongea sur le banc et s'agenouilla sur le sol à son côté. Isaac soufflait comme un bœuf. Son visage congestionné s'était empourpré. Il avait du mal à parler.

— Reposez-vous, lui dit Tewp. Vous avez fourni trop d'efforts de concentration…

— Non, ce n'est pas cela, parvint à répondre Chaddaï. Officier, je vous ai trahi ! Je n'ai pas obéi à votre choix ! Je savais que vous vouliez des renseignements sur Hezner, mais j'ai jugé que, quelles que soient vos raisons, ce n'était que de peu d'importance face à la monstruosité qui a pris votre âme en affection. C'est elle que j'ai voulu voir. Et c'est elle que j'ai vue !

Tewp se renfrogna. Obscurément, il n'aimait pas l'idée que Chaddaï pût être gratifié de la vision intime de Laüme Galjero. Le rabbin remarqua aussitôt son air sombre et prit ses mains dans les siennes.

— Une Lilim… Un des grands démons de la nuit… C'est elle qui s'accroche à vous, n'est-ce pas ? Comment est-ce possible ?

Alors, les genoux à terre comme en pénitence, Tewp raconta. Il retraça son arrivée aux Indes et la filature d'Ostara Keller dans les rues de Calcutta ; comment celle-ci avait lancé sur lui un envoûtement de mort ; comment un brahmane étrange l'avait sauvé… Il relata aussi comment des renégats avaient décrété la mort du roi Edouard VIII pour donner un prétexte à une nouvelle guerre avec l'Allemagne et comment, depuis le jour où il avait sauvé ce roi médiocre, lui, Tewp, n'avait cessé de se reprocher d'avoir accordé ainsi aux nazis trois années supplémentaires pour renforcer leur armement et persécuter des centaines de milliers d'innocents… Il raconta enfin comment il avait rencontré le couple des Galjero et comment ceux-ci avaient assassiné des dizaines d'enfants au cours de rites barbares et mystérieux.

— Je me dois d'être franc avec vous, mon ami, dit enfin Chaddaï quand Tewp eut terminé son récit. Un simple *Dybbouk,* je pourrais l'exorciser. Mais je ne suis pas de taille à lutter face à face avec la Lilim. Elle me broierait plus facilement qu'une noix. Si quelqu'un doit la combattre, c'est vous ! Je crois néanmoins pouvoir vous donner des armes… Une seule, peut-être, mais d'importance. Venez avec moi !

Se relevant, Chaddaï saisit sa canne, retourna un instant dans la pièce d'oraison pour s'y rechausser et, allumant une vieille lanterne au feu qui mourait dans la cheminée, il fit signe à Tewp de l'accompagner au-dehors, dans la nuit noire. Le vieux rabbin, qui claudiquait aussi vite qu'il le pouvait, semblait avoir puisé au fond de lui-même un regain d'énergie. La main sur son chapeau pour compenser les rafales du vent qui s'était remis à souffler, il conduisit Tewp dans une rue voisine et s'arrêta devant une maison de guingois, à la porte de laquelle il frappa rudement avec le pommeau de sa canne. Une lumière brilla au premier étage et un volet minuscule s'entrebâilla. Le visage maigre d'un homme jeune apparut.

— Ziméon ! hurla Isaac. C'est moi, rabbin Chaddaï ! Descends ! Descends, veux-tu ?

Le dénommé Ziméon referma la lucarne avant d'obtempérer. Tewp entendit un miaulement de chat et une minuscule boule de poils roux jaillit entre ses jambes dès que la porte s'ouvrit.

— *A broch tsi dir !* Malédiction sur toi ! rugit Ziméon en yiddish tout en bousculant Tewp et Chaddaï pour plaquer l'animal dans la poussière de la venelle. Mes fillettes sont folles de ce chaton ! Mais, lui, évidemment, ne pense qu'à se sauver. Elles m'en voudraient terriblement si je le laissais s'échapper.

L'homme était grand, vêtu d'une chemise de nuit grise de laquelle dépassaient des jambes aussi grêles que poilues. Tewp se demanda s'il gardait pour dormir la kippa pincée au sommet de son crâne ou s'il avait pris le temps de replacer celle-ci en hâte avant de se présenter.

— Ziméon, je voudrais que tu fasses quelque chose d'important pour moi, expliqua Chaddaï. Pouvons-nous entrer ?

L'homme fit signe que sa demeure était ouverte. Tewp et Isaac pénétrèrent dans le logis tandis que, blotti dans la main de Ziméon, le chaton enfonçait avec volupté ses dents aiguës dans sa paume.

— Allons dans mon atelier, dit l'hôte. Nous pourrons y parler sans que le bruit de nos voix dérange ma femme et mes enfants.

Les trois hommes s'avancèrent à travers la maison silencieuse jusqu'à une pièce qui devait à la fois servir de fabrique et de magasin d'orfèvrerie. Un long établi en occupait le centre tandis que, aux murs, s'alignaient des objets finement ciselés, des plus utiles aux plus décoratifs…

— Ziméon Sternberg est le meilleur artisan de toute la Palestine, expliqua Isaac. Il peut fabriquer n'importe quoi mieux et plus vite que quiconque depuis Le Caire jusqu'à Mossoul. Pas vrai ?

Posant le chat sur une étagère, l'artisan fit semblant de ne pas entendre le compliment.

— Que puis-je pour vous, rabbi ? demanda-t-il.

— L'homme qui m'accompagne, dit Isaac en désignant Tewp, accomplit une grande tâche. Une noble tâche. Mais, comme tu le vois, cela, malheureusement, a déjà beaucoup coûté à son âme et à sa chair… Moi, je peux m'occuper de son âme. Mais je voudrais que tu fasses quelque chose pour sa chair… T'en sens-tu capable ?

Ziméon sourit. Lui et Chaddaï se connaissaient depuis bien avant la naissance du premier de ses huit enfants. C'était grâce aux bons offices du rabbin que Ziméon avait pu engendrer et que la fécondité était venue bénir son union après de longues années d'une stérilité mortifiante. Sternberg n'avait pas oublié ce qu'il devait à Isaac. À son tour, il demanda à examiner la blessure de Tewp :

— Reconstruire ce qui a été détruit… Je le peux. Oui… je pense que je le peux. Recomposer vos traits… En utilisant du corail et de l'ivoire… L'illusion pourrait être presque parfaite… C'est un grand défi, mais je suis certain d'y parvenir. C'est bien pour cela que vous êtes venus me voir, n'est-ce pas ?

— Oui, Ziméon, c'est pour cela, répéta Isaac Chaddaï en faisant solennellement résonner le bout ferré de sa canne sur le sol.

— Alors, je ne vous décevrai pas !

Sous les yeux étonnés de Tewp, tandis que le rabbin posait son gros corps sur une chaise paillée, Ziméon alluma toutes les lampes à gaz de l'atelier, enfila une blouse de travail, prit un crayon de bois sur l'établi et commença à tracer un schéma au dos d'un papier d'emballage.

— La difficulté ne sera pas de recomposer la teinte de la peau mais plutôt de définir un système de fixation qui soit invisible. Je pense à de petites broches d'or à introduire directement sous la peau… Ensuite, la prothèse elle-même, il faudra la consacrer, naturellement…

— Naturellement, approuva Chaddaï. Sinon, elle ne restera que de la matière inerte. Or, c'est un tissu vivant qu'elle doit remplacer. Il faut donc lui donner vie… C'est pure logique. Cela, c'est mon affaire. Fabrique Ziméon. Moi, je saurai transmettre le souffle divin sur cet objet.

*

Dans le silence de la nuit, l'orfèvre se mit au travail. De cet instant jusqu'à ce qu'il eût terminé son œuvre, à l'heure de la seconde aube, Tewp et Chaddaï demeurèrent à ses côtés. Dvora, la maîtresse de maison, les nourrit de bouillon *kreplech* et de *latkes*, croustillantes galettes sucrées à base de pommes de terre. Tewp fit la connaissance des beaux enfants du couple et joua longtemps avec eux, s'émerveillant qu'ils ne paraissent pas effrayés par son apparence. Enfin, Ziméon, les yeux cernés, leur montra un objet extraordinairement sculpté.

— C'est la marqueterie qui m'a pris du temps, dit-il comme pour s'excuser. Cependant, je pense avoir eu la bonne intuition : entre ivoire et corail, la couleur est presque celle de la chair… Essayons sur vous, monsieur Tewp !

Le colonel sentit son cœur battre la chamade tandis que Ziméon mettait délicatement en place la nouvelle prothèse. Le sourire qui éclaira la face de l'artisan le rassura néanmoins très vite.

— L'illusion est remarquable. Remarquable ! souffla Chaddaï, admiratif. Auriez-vous un miroir, Ziméon ?

Son reflet renvoya alors à l'officier anglais une image qu'il n'avait pas contemplée depuis de longs mois… Quasi parfaitement reconstitué, son visage était redevenu celui d'avant son combat avec Ostara Keller. La plaie de son nez avait été comblée par la prothèse qui ne se contentait pas de masquer l'orifice, mais recomposait à l'identique la morphologie première de l'Anglais… Le mariage subtil des éclats de corail et d'ivoire donnait en outre l'illusion de la couleur de la chair, même à faible distance.

— Tu as réalisé là ton chef-d'œuvre, Ziméon ! s'exclama Chaddaï. Maintenant, il va falloir fixer ce nez et, surtout, lui donner les moyens de résister au temps. Peux-tu graver ces signes sur sa paroi interne ? demanda le rabbin en tendant un bout de papier griffonné à l'orfèvre.

Ziméon regarda un instant le dessin d'Isaac et hocha la tête. Reprenant sa création, il retourna aussitôt se pencher sur son établi.

— Physiquement, l'objet est prêt, expliqua Chaddaï. Maintenant, il faut le préparer pour qu'il devienne partie intégrante de votre chair. Connaissez-vous votre heure et votre jour de naissance, mon ami ?

Tewp livra les informations demandées puis il dut se résoudre à laisser partir le vieil homme.

— Je dois me consacrer à quelques préparatifs... Inutile de m'accompagner. Restez plutôt ici. Ziméon aura fini sa gravure dans un instant. Moi, je reviendrai demain.

Dvora conduisit Tewp dans une pièce fraîche où il put s'étendre et se reposer jusqu'au soir. Après quoi, elle lui apporta des serviettes, une grande bassine d'eau chaude, un savon neuf et un rasoir. Propre, reposé, l'Anglais vint dîner avec les Sternberg puis il joua un moment avec les enfants qui voulaient profiter de sa présence avant d'aller dormir à huit dans la même chambre.

La famille de Ziméon et Dvora était belle. Les époux se chérissaient tendrement et rien ne semblait devoir troubler la sérénité émanant de ce couple qui, malgré les difficultés, savait élever ses fils et ses filles dans la joie, la confiance et la tendresse. Les remerciant tous de leur accueil et du merveilleux travail accompli par Ziméon, Tewp retourna dormir quelques heures. Son sommeil paisible fut à peine troublé par le chaton roux venu se rouler en boule tout contre lui...

Ce fut la main d'Isaac Chaddaï secouant son épaule qui le réveilla.

— Venez, mon ami. Je crois que nous pouvons maintenant terminer ce que nous avons commencé !

Les sicaires

Ointes d'un baume odorant, les fines plaies que le rabbin Chaddaï avait incisées sur le visage de David Tewp avaient mis peu de temps à cicatriser, enfermant entre leurs lèvres les minuscules broches d'or destinées à maintenir le masque nasal de l'Anglais.

— L'or est imputrescible, avait précisé le vieil homme. Mais j'ai encore renforcé son pouvoir par des prières et des purifications… Ce n'est pas aussi spectaculaire que le travail de notre ami orfèvre, mais c'est un complément indispensable, croyez-moi. Nous pouvons désormais considérer que l'œuvre est achevée. Il ne vous reste plus qu'à placer vous-même la prothèse.

Sous les yeux de Dvora, Ziméon et Isaac, le colonel prit d'une main tremblante le nez marqueté d'ivoire et de corail et enclencha dans les mortaises les tenons de métal précieux. L'illusion était complète ! Tewp venait de retrouver son visage ! Dvora réprima un cri de stupeur en portant la main à sa bouche tandis que Ziméon, fasciné par sa propre création, frémissait d'émotion. Isaac Chaddaï, la paume appuyée sur sa vieille canne, souriait comme s'il assistait à la naissance d'un enfant. Tewp, pour sa part, inspirait avidement de longues bouffées d'air. Plus encore que la joie de retrouver des traits humains, une vigueur nouvelle coulait en ses veines. Oui, ce n'était pas un sentiment illusoire : l'air parvenait mieux qu'avant à ses poumons ! Et avec l'oxygène qui affluait dans son corps tourmenté, c'était aussi le voile sombre qui, depuis des mois, enserrait son esprit qui commençait à se déchirer. Tewp se redressa, passa la main sur le relief de son visage et s'avança vers le miroir que Ziméon lui tendait.

— Voici l'arme avec laquelle vous allez combattre la Lilim, mon ami. L'arme que je vous donne, c'est votre intégrité physique quasi retrouvée, murmura Chaddaï à son oreille… La pierre angulaire de votre confiance en vous !

Tewp voulut serrer tour à tour le vieux rabbin et les Sternberg sur son cœur mais un bruit violent résonnant au-dehors interrompit son geste. Quelqu'un tapait du poing à la porte de l'artisan. Ziméon se précipita pour ouvrir et un voisin, en chapeau et manteau noirs, mèches temporales et barbe brunes, fit irruption, affolé, dans la boutique.

— Les Anglais, Ziméon ! Ils sont entrés à Mea Shearim ! Ils fouillent partout et demandent après un gradé britannique qui serait chez toi. Ils seront bientôt là ! Il faut…

La voix de l'homme se brisa lorsque son regard se posa sur la silhouette en uniforme de David Tewp.

— Qu'est-ce que cela signifie ? demanda Sternberg à l'officier. Pourquoi les vôtres vous cherchent-ils de cette manière ? Êtes-vous une sorte de renégat ?

— Non, Ziméon. J'ignore ce qu'ils me veulent, mais vous n'avez rien à craindre des Anglais. Même s'ils se sont décidés à fouiller le district, ils ne vous feront aucun mal… S'ils sont là pour moi, il est plus sage que je me porte tout de suite à leur rencontre.

Coupant court aux virulentes protestations du rabbin Chaddaï, Tewp quitta la maison et se dirigea d'un pas rapide vers l'entrée du quartier des Cent Portes.

Comme il débouchait sur une longue rue, il aperçut deux ou trois silhouettes de Tommies à trente yards. Les hommes partaient en équipement de campagne, sac à dos, casque lourd, baudriers et baïonnette au canon de leur fusil Enfield. Le colonel ralentit l'allure et s'approcha calmement tandis que, derrière les Brits, enflait la pétarade d'un moteur mal entretenu. Une chenillette militaire bringuebalante apparut à vingt yards et se força un passage entre les *privates*, qui maugréèrent. Tewp eut la surprise de reconnaître une Carden-Loyd, un véhicule archaïque qui avait connu son heure de gloire entre les deux guerres mais qu'il savait depuis longtemps réformé du parc des véhicules de l'armée. Avec sa vieille automatique Vickers à refroidissement par eau pointant devant son nez de tôle insuffisamment blindé, la rustique automitrailleuse patinait sur le sable rouge de la venelle, rejetant derrière elle un rideau de poussière opaque. Surpris, Tewp leva les bras pour se signaler au conducteur. Au lieu d'arrêter sa mécanique, celui-ci donna un coup de coude à son coéquipier, qui actionna aussitôt le levier d'armement de son arme et lâcha sans sommation une longue rafale sur l'officier. La salve claqua le long du mur à la droite du colonel, lui envoyant des éclats de brique et de mortier… Tewp se baissa instinctivement. Avant que ne soit percutée une seconde gerbe de balles, il ramassa une poignée de sable et, alors qu'un maladroit coup d'accélérateur faisait tanguer la Carden, il s'élança et la jeta de toutes ses forces au visage du conducteur. Surpris, momentanément aveuglé, ce dernier lâcha le volant pour porter les mains à ses yeux. Laissé à la dérive, le guidon de la chenillette tourna, provoquant l'embardée de l'engin, qui capota avec un bruit de canette broyée. Pris sous les plaques de métal, sentant déjà ruisseler sur leur corps l'essence du réservoir crevé, les deux hommes hurlèrent qu'on vienne les secourir. Mais leurs appels n'étaient pas vociférés en anglais, c'était du yiddish ! Tewp porta la main à sa hanche pour dégainer son Webley et étouffa un juron quand sa paume rencontra son holster vide. Son arme était enfermée chez le vieil Isaac ! Déjà, à travers le nuage de poussière, il voyait accourir le détachement d'infanterie qui se portait au secours des blessés. Un des soldats le mit en joue et fit feu. Le projectile miaula à son oreille. Désarmé et seul contre le trio de fantassins, Tewp se trouvait en position d'infériorité, il lui fallait trouver une issue au plus vite ! Devant lui, la Carden vomissait une fumée noire et des flammes sortaient maintenant du moteur, offrant au colonel quelques secondes de répit pour se ménager une sortie.

En deux coups d'épaule, Tewp enfonça la porte de la maison la plus proche et pénétra dans une cuisine tout imprégnée d'une forte odeur de poisson. Une vieille femme, terrorisée, se tenait là, près d'un fourneau usé par les ans sur lequel bouillait le contenu d'une grosse marmite. Comme toutes les habitantes de Mea Shearim, l'aïeule était vêtue de nombreux lainages ternes superposés et un fichu noué sur sa nuque dissimulait son crâne rasé. Tewp se jeta sur elle, la prit par le bras et, malgré ses hurlements, la força à se retrancher dans une pièce attenante. Puis, glissant dans sa ceinture un grand couteau de cuisine saisi au vol sur la table, il enroula deux torchons épais autour de ses mains, retira du feu le faitout brûlant et se plaça en embuscade derrière la porte laissée entrouverte. Au-dehors, deux des trois soldats tentaient maladroitement d'éteindre l'incendie de la chenillette en pelletant du sable sur les flammes. Toujours pris sous la carcasse incandescente, les hommes d'équipage étaient en train d'agoniser en hurlant de déchirants appels. Tewp en était sûr maintenant : la langue qu'ils parlaient n'avait rien de commun avec l'anglais ! Tandis qu'une atroce odeur de chair grillée montait, le colonel vit une ombre se découper sur le seuil et un canon de fusil se glisser dans l'entrebâillement de la porte. Contractant ses muscles, Tewp se força à attendre que le type se risque plus avant. Lorsque la pointe d'un godillot apparut à son tour, le colonel bondit et lança le liquide bouillant au visage du soldat, qui cria de douleur et lâcha son arme. Ramassant l'Enfield d'un geste souple, Tewp assomma le malheureux avec la crosse, autant pour le mettre hors de combat que pour le priver de la conscience de la douleur. Étendu sur le sol dans la flaque d'eau chaude et de morceaux de poisson gluant, le pauvre type, la face boursouflée de cloques violettes, était encore secoué de spasmes nerveux quand le colonel se pencha pour lui retirer son casque. Comme il s'y attendait, de longs cheveux noirs et bouclés étaient plaqués par de la gomina sous la salade d'acier. Jetant un coup d'œil à son uniforme, Tewp s'aperçut qu'il était fait d'éléments disparates : la chemise était galonnée aux armes du corps non combattant des transmissions, les brodequins portaient des lacets blancs comme on n'en met qu'à la parade et, autour du cou, ce n'étaient pas la plaque d'identité réglementaire qui brillait mais la Magen David.

« L'Irgoun ! » pensa Tewp en entendant de nouveaux appels provenir de la rue.

Dehors, les deux piétons avaient cessé de combattre l'incendie de la Carden-Loyd. Celle-ci n'était plus qu'une carcasse noircie et fumante. Plus aucun cri ne montait de sa structure déformée… À quinze yards à droite de l'épave, un éclat de soleil joua sur une surface métallique, attirant l'œil de Tewp qui eut le temps d'apercevoir la mise en batterie de la Vickers, miraculeusement extirpée du feu par les secours. Rentrant aussitôt la tête et se roulant en boule derrière le mur poreux, l'Anglais échappa de peu à la grêle d'acier qui se mit à pleuvoir sur la façade de la maison où il s'était réfugié. Bâtie en matériaux friables, la paroi ne résista pas longtemps. Voletant tels des papillons fous dans toute la pièce, des éclats de torchis et des cailloux fusèrent tout autour de Tewp, qui renversa la table de cuisine pour s'en faire un bouclier. Protégé par le bois, il se glissa dans la chambre à l'arrière de la maison et, ouvrant au hasard une nouvelle porte, s'enfuit par l'arrière-cour…

L'Anglais ne songeait plus qu'à regagner la maison des Sternberg pour mettre ceux-ci à l'abri. Tewp escalada un muret et retomba lourdement dans une ruelle encore déserte. Les tirs de mitrailleuse avaient cessé et il entendait des appels juste derrière lui. Quatre ou cinq voix différentes se lançaient maintenant ordres et comptes rendus. Il fallait faire vite.

Combien de combattants l'Irgoun pouvait-il avoir lancés dans cette opération ? Vingt ? Trente ? C'est le nombre qu'on envoie d'ordinaire quand on veut être certain de ne pas rater sa cible. Tewp, plus que tout, craignait pour Chaddaï et la famille Sternberg. Puisqu'on savait qu'ils l'avaient abrité, on n'hésiterait certainement pas à les brutaliser pour les faire parler.

L'index posé sur la détente du fusil Enfield, l'officier repartit en sens inverse vers la masure de Ziméon et Dvora. Au son de la première fusillade, les rues s'étaient soudainement vidées. Derrière les portes et les volets clos, les Netourei Karta attendaient, calfeutrés, que l'orage passât, sans se douter une seconde de la nature véritable des événements. En sueur, le cœur battant, Tewp se rua jusque chez l'orfèvre et dut se faire reconnaître pour qu'on lui ouvrît. À l'intérieur, la famille était réunie dans l'atelier, la pièce la plus vaste, et tous, blottis les uns contre les autres, les plus grands enserrant les petits, regardaient Tewp avec des yeux affolés.

— Vous devez partir immédiatement ! Connaissez-vous un endroit sûr où vous réfugier ?

— Vous aviez dit que nous ne craignions rien des Anglais, objecta Ziméon.

— La situation n'est pas celle que je croyais, expliqua Tewp. Ce ne sont pas les Anglais qui me recherchent mais des gens de l'Irgoun. Ils savent que j'ai séjourné chez vous. J'ai arrêté un premier groupe mais d'autres vont certainement arriver. Il faut absolument quitter cette maison !

— Impossible ! s'écria Dvora en se tordant les mains.

— Il faut agir ! Vite, maintenant ! ordonna Tewp en prenant Ziméon par les épaules et en le secouant pour lui faire comprendre l'urgence de la situation. Ils seront là d'une minute à l'autre !

Tandis qu'il prononçait ces mots, les vitres de la pièce se mirent à vibrer, comme si les sabots de mille chevaux lancés au galop percutaient le sol de la rue.

— Une cave ! Vous devez bien avoir au moins une cave ! hurla David Tewp.

Dvora tira son mari par la manche et, tandis qu'ils poussaient ensemble un lourd buffet cachant une trappe aménagée dans le plancher, Tewp grimpa aux étages dans l'espoir de se retrancher sur le toit et d'attirer sur lui l'attention de la patrouille. Sur la terrasse encombrée de fils à linge sur lesquels séchait la dernière lessive, l'officier s'allongea contre le parapet donnant sur la rue. Un bruit assourdissant montait de la ruelle où était parvenu à se glisser un vieux char léger Crusader – comme la Carden-Loyd, un modèle depuis longtemps dépassé… Vibrant de toute son armature, le blindé rejetait une fumée noire et nauséabonde. L'unité composée d'une douzaine d'hommes qui l'entourait prit position autour de la maison de l'orfèvre. Bien renseignés, les activistes cherchaient Tewp, assurément. Considérant ce que le truand Saporta lui avait révélé de ses liens avec l'Irgoun, le colonel ne doutait pas que le mafieux fût le véritable instigateur et le commanditaire de l'opération. L'Anglais vérifia son arme. Le fusil Enfield possédait d'ordinaire un magasin de dix cartouches, mais le modèle dont il s'était emparé n'était chargé qu'à la moitié de ses capacités. Cinq balles ! Tewp n'avait que cinq balles pour affronter une demi-section et un char d'assaut !

Comme il essayait de repérer le donneur d'ordres, il sentit de petits coups de râpe sur ses doigts. Attiré par la forte odeur de poisson qui imprégnait l'officier depuis qu'il avait combattu le porteur de la Magen David, le chaton roux des fillettes Sternberg léchait avidement ses mains crispées sur le fusil. Tewp caressa la tête de l'animal, le prit et courut à toutes jambes le mettre en sûreté dans le cellier où avaient pris place les dix membres de la famille de l'orfèvre. Après avoir tendu la boule de poils miaulant aux enfants soulagés de retrouver indemne la minuscule créature, Tewp s'empara d'une lampe à pétrole et d'un paquet de détergent posés sur une étagère. Dans la cuisine, il saisit une bouteille de verre, un torchon et une boîte d'allumettes, puis, dans la chambre qu'il avait occupée, il récupéra le savon que lui avait donné Dvora. Remontant s'installer sur le toit, il fit couler une poignée de poussière au fond de la bouteille, transvasa en hâte le contenu du réservoir de la lampe, ajouta le détergent et le savon qu'il avait réduit en copeaux grâce au couteau glissé dans sa ceinture chez la vieille, déchira le torchon pour en faire une mèche et enfonça le toupillon de tissu dans le goulot.

Dans la rue, le Crusader achevait de pointer son canon sur la façade des Sternberg pendant que, sous le couvert de leurs camarades, une poignée de piétons s'apprêtaient à enfoncer la porte d'entrée. Tewp estima approximativement le poids et l'équilibre de la bouteille incendiaire en la faisant sauter dans sa main, gratta une allumette pour enflammer la mèche et se risqua à se redresser de toute sa hauteur. Prenant appui sur ses jambes, il lança le cocktail Molotov sur le char à l'arrière de tourelle, là où les grilles d'aération s'ouvraient juste au-dessus du moteur. Le projectile se fracassa sur les tôles et l'essence s'enflamma. Rendu gluant par le savon, le combustible ne s'éparpilla pas. Concentré sur le point d'impact, il coula en gouttes incandescentes sur le moteur non protégé qui s'enraya aussitôt et se mit à dégager une épaisse fumée noire.

Les hommes du commando levèrent les yeux et aperçurent Tewp qui, imprudemment, observait encore la scène. Un premier homme tira au hasard dans sa direction tandis que, du blindé en feu, s'échappait en toussant un premier membre d'équipage. Mais l'incendie qui ravageait le Crusader atteignit le réservoir avant que les autres types soient parvenus à se dégager. Sous la pression de l'explosion, le tank fut déchiqueté et souffla ses débris jusqu'à une trentaine de yards de haut. Tewp, assourdi par la déflagration, eut le réflexe de se jeter au sol, mains sur la tête, puis il saisit son Enfield et prit la position du tireur accroupi, le corps calé entre deux moellons posés en créneau.

Dans la rue, la destruction du vieil engin avait causé des dégâts considérables, tuant sur le coup six ou sept hommes dont les corps désarticulés gisaient pitoyablement parmi les débris enflammés. D'autres combattants avaient été blessés. L'un d'eux, un pied arraché, poussait des cris à fendre l'âme. Un autre, les vêtements en feu, se roulait dans la poussière pour éteindre les flammes qui le dévoraient. Un troisième, hébété par l'onde de choc, genoux et mains au sol, se vidait en vomissements et déjections… Tewp ajusta le premier homme valide qui entra dans son champ de vision et appuya sur la détente. Touchée à la poitrine, la cible s'abattit lourdement sur le dos, les bras en croix. Balayant la rue du regard, le colonel trouva un second objectif qu'il toucha au ventre. Il restait trois cartouches dans son chargeur mais quatre hommes étaient encore en état de combattre. Tewp en percuta une sur une silhouette qui courait se mettre à l'abri dans un renforcement et la faucha sur place au niveau des reins.

Maintenant retranchés derrière des obstacles qui les protégeaient, les survivants avaient repris leurs esprits. Exposant Tewp à un feu nourri, ils le contraignirent à battre en retraite car leurs salves réduisirent en poussière les moellons derrière lesquels l'Anglais avait pris position. Dévalant l'escalier, le colonel entra dans une pièce du second étage et jeta un coup d'œil au-dehors. Un angle de tir exceptionnel se dégageait de son nouvel emplacement. Au risque de fausser la trajectoire de la balle, il fit feu à travers la vitre pour conserver son effet de surprise. L'homme fut atteint à la carotide et mourut presque sur-le-champ. La dernière balle déjà montée dans la chambre de percussion, Tewp gagna alors le premier étage pour répéter la manœuvre mais les deux types restants étaient invisibles.

Grognant de dépit, Tewp dévala l'escalier jusqu'au rez-de-chaussée et fouilla en hâte l'établi de Ziméon. Empilées dans un coin, des feuilles de cuivre d'un pied carré environ attendaient d'être travaillées. Il en saisit trois, ouvrit sa chemise et superposa tant bien que mal les plaques sur son torse pour s'en faire un pare-balles. Serrant sa ceinture au maximum sous ses côtes, il reprit son Enfield et, avec du fil de fer, fixa aussi fermement qu'il le put le couteau de cuisine au bout du long canon. Le cœur battant mais plein d'une excitation guerrière qui le galvanisait et aiguisait ses facultés, il ouvrit en grand la porte d'entrée et se précipita au-dehors. Une première balle fut déviée à hauteur de son sternum par les écailles de cuivre. Guère plus violent qu'un méchant coup de poing, le choc ralentit à peine son élan. À toutes jambes, Tewp bondit sur le tireur qui s'était découvert et le cloua au sol d'un puissant estoc de sa baïonnette de fortune. Des bulles de sang sortant de ses lèvres, le moribond se débattit vainement pour arracher le couteau de sa poitrine mais l'Anglais lui donna le coup de grâce en appuyant sur la détente. Récupérant l'arme de son adversaire, il s'empara ensuite d'un chargeur plein dans une poche du type et gagna en rampant un renforcement entre deux habitations. Devant lui, crépitant, vrombissant et craquant de toutes parts, le char n'était plus qu'un brasier qui soufflait une chaleur de four à trente yards à la ronde, rôtissant comme de vulgaires pièces de viande les cadavres étendus près de lui.

Il restait un adversaire à éliminer. Où était-il ? Tewp n'en savait rien, mais il était impératif de le débusquer au plus vite car ce n'était plus qu'une question de secondes avant que des renforts ennemis n'envahissent la rue. Se débarrassant des plaques de cuivre qui gênaient ses mouvements, l'agent du MI6 se décida à jouer le tout pour le tout en retournant vers la demeure des Sternberg. Traversant le terrain en course rectiligne, il fendit le panache de fumée qui s'échappait du Crusader. Trois balles partirent de derrière un vieux fût de zinc qui recueillait les eaux de pluie sous la gouttière d'une avancée en bois, soutenue par deux pilotis de bois grêles. Tewp se plaqua au sol et roula derrière la carcasse du blindé. Une autre balle se perdit bien au-dessus de lui. La chaleur était intolérable et contraignit l'Anglais à reculer, quitte à s'exposer au tir du soldat embusqué. Courbé et zigzaguant parmi les corps, il plongea pour s'abriter derrière un large morceau de tôle triangulaire et fumant, enclencha son chargeur et crispa neuf fois son index sur la détente, visant le plus mince des madriers qui supportaient la véranda branlante. Hachée par ces tirs groupés, la solive rompit mais la cahute de bois ne s'effondra pas sur la tête du tireur comme l'avait espéré Tewp. Serrant les mâchoires, Tewp s'apprêtait à attaquer le second support quand le soldat de l'Irgoun surestima le danger qui pesait sur lui : voulant quitter sa position, il se leva et fut cueilli en pleine poitrine par la dixième balle du colonel.

Se précipitant chez les Sternberg, Tewp leur ordonna d'évacuer la cave et de se cacher chez des voisins.

— Et vous ? Qu'allez-vous faire ? demanda Ziméon tandis que Dvora et les enfants couraient à toutes jambes se réfugier dans la demeure d'un proche parent.

— D'abord, mettre Chaddaï en sécurité ! Puis avertir la véritable armée britannique... Ensuite... je ne sais pas !

Dans la cuisine désertée, Tewp enleva sa veste et se versa sur le crâne un broc d'eau pour se rafraîchir après le furieux combat qu'il venait de mener. Il repartit aussi vite qu'il put en direction de la maison du rabbin.

En quelques minutes, Tewp parvint à la masure de Chaddaï. La porte d'entrée était défoncée et des éclats de voix s'entendaient de loin. Bien qu'il éructât en yiddish, Tewp reconnut le timbre profond et rocailleux du religieux. Ajustant son Enfield à la hanche, il s'avança dans le couloir de livres qui menait au bureau du vieillard. Deux hommes en tenue d'officier anglais étaient en train de le rouer de coups de pied par terre. Tewp fit feu à bout portant sur le premier qui, le crâne disloqué, s'écroula contre une étagère en déclenchant une avalanche de volumes. Le colonel appuya de nouveau sur la détente mais la douille s'était coincée dans la culasse et l'arme s'enraya. Pointant son fusil comme une lance, Tewp le propulsa sur la glotte du second type avant qu'il ait eu le temps d'atteindre son propre holster. L'homme tituba un instant comme un pantin et perdit l'équilibre en butant contre Isaac, qui vomissait d'abominables imprécations.

— *Traifener bain !* Mécréants ! rugit-il à l'intention de ses agresseurs lorsque le colonel lui tendit la main pour l'aider à se relever.

— Avez-vous une idée de qui sont ces gens, rabbin ? demanda Tewp après avoir vérifié que les plaies sur le front du vieillard ne présentaient pas de caractère de gravité.

— Qui sont ces gens ? Mais je n'en ai aucune idée ! En revanche, je connais un moyen de faire parler rapidement celui que vous avez estourbi ! Aidez-moi à le transporter dans la salle à côté !

Tewp désarma l'homme évanoui, lui lia les mains dans le dos avec sa ceinture, le traîna par les aisselles dans l'oratoire et l'installa devant la cheminée aux bûches éteintes. Pieds nus, Isaac le suivit en claudiquant. Comme il l'avait fait lorsqu'il avait souhaité être gratifié d'une vision, le rabbin entama une triple prière face au tétragramme puis se pencha vers le combattant inconscient.

— Il faut le ranimer. Vite ! Allez chercher de l'eau, Tewp. Je le prépare pendant ce temps.

Pendant que le colonel partait à la recherche d'un récipient, Isaac se mit à marmonner d'autres paroles incompréhensibles et traça en l'air des signes avec les doigts de sa main gauche dressés en fer de lance. Muni d'une jarre, Tewp revint en courant dans l'oratoire.

— Réveillez-moi ce bon à rien ! ordonna Isaac.

Il fallut quelques claques sonores en complément de la douche froide pour tirer le mercenaire de son inconscience. Comprenant qu'il était prisonnier de ses ennemis, il se mit à gémir et à pleurer comme un gosse.

— Cesse donc de geindre ! lui dit méchamment le rabbi en menaçant de le frapper de sa canne. Maintenant, tu vas m'écouter et répondre à toutes mes questions. Compris ?

Le type dodelina de la tête, bava un peu et marmonna une vague approbation en yiddish.

— À partir de maintenant, tu vas parler en anglais, le prévint d'abord Isaac. Quel est ton prénom ?

— Samuel… Je suis Samuel, fils de Schlomo et de Hanna, balbutia le captif en faisant rouler ses globes oculaires dans leurs orbites.

— Bien, Samuel. Tu vas être un brave garçon et nous

dire pour qui tu travailles. Appartiens-tu à cette bande de l'Irgoun ?

Samuel acquiesça en balançant la tête.

— Je veux entendre des mots, Samuel, gronda Chaddaï. Tu es membre de l'Irgoun, oui ou non ?

— Oui…

— Pourquoi des Juifs revêtent-ils l'uniforme britannique pour chercher à tuer un officier anglais ? Quelle est cette monstruosité ?

— Mes chefs veulent soulever tout Jérusalem contre les Anglais… Nous, les sicaires de l'Irgoun, nous nous infiltrons dans Mea Shearim en uniforme britannique… Nous faisons peur aux gens… Beaucoup de bruit… Des tirs en l'air ! Et on en profite pour trouver un colonel anglais !

— Zino Saporta ! intervint Tewp. Zino Saporta est-il lié à cette opération ?

— Argent ! Il donne de l'argent… Il donne des armes… et dit qu'il faut tuer un colonel anglais qui dort chez un rabbin ou la famille d'un orfèvre… Pas compliqué à trouver. Il est affreux, ce Brit'… Monstrueux, même ! Sans nez ! Sans nez ! Il est sans nez ! hurla Samuel qui, sous l'effet du charme lancé par Isaac, contrôlait de moins en moins ses propos. Tuer tous les Brits ! Les chasser de Palestine ! C'est ça qui va se passer ! Dès que la bombe aura explosé !

Chaddaï et Tewp échangèrent un regard stupéfait.

— La bombe ? De quelle bombe parles-tu, Samuel ? Dis-nous ! Dis-nous !

— King David Hotel ! Quartier général des Anglais ! On fait tout sauter ! Tout sauter !

Les yeux révulsés et le corps secoué de spasmes, Samuel se mit à rire comme un dément sans pouvoir retrouver son calme.

— Assez, maintenant ! hurla Chaddaï en assénant au sicaire un coup de canne si violent qu'il s'écroula sur le sol sans bouger.

Tewp ne savait plus que faire. Il aurait aimé interroger encore Samuel car il ne parvenait pas à savoir si la bombe mentionnée était un pur délire d'homme sous influence ou si elle renvoyait à une réalité de la plus haute importance.

— Qu'avez-vous fait, rabbin ? demanda-t-il au vieil homme qui essuyait les gouttes de sang perlant de ses arcades sourcilières éclatées. Comment savoir si ce qu'a dit ce type est vrai ?

Isaac se raidit et prit un air offusqué.

— Évidemment qu'il a dit vrai ! La petite cérémonie que je lui ai fait subir jouit d'une excellente réputation ! À ma connaissance, aucun rabbi l'ayant employée à travers les âges ne s'est jamais plaint d'un raté !

Tewp soupira. Ainsi donc, s'il fallait en croire l'activiste de l'Irgoun, une attaque contre le King David était planifiée en complément de la razzia sur Mea Shearim ! Il fallait trouver de toute urgence le moyen de contacter le QG des forces britanniques. Mais comment faire dans un quartier en pleine ébullition et privé de téléphone ?

— Savez-vous où je pourrais trouver un véhicule à moteur, rabbi ? pressa Tewp.

— Pas la moindre idée, répondit Chaddaï, penaud. En revanche…

— Quoi ?

— Je peux vous dire où il y a des chevaux !

*

Jamais de sa vie David Tewp n'avait approché un cheval.

— Facile à diriger ! lui assura le garçonnet arabe qui s'occupait de l'écurie de quartier où, énervés par l'agitation inhabituelle, six maigres quadrupèdes piaffaient et soufflaient dans leur box. Facile à diriger ! Tirer sur les rênes à droite pour aller à droite. Tirer sur les rênes à gauche pour aller à gauche. Serrer les genoux pour ne pas tomber. Enfoncer les talons dans le ventre pour aller plus vite !

— Et pour s'arrêter ? demanda Tewp une fois juché sur un étalon gris à l'œil vif.

— *Inch'Allah* !

À la grâce de Dieu, effectivement, le colonel se coucha sur l'encolure et donna un coup de talons dans les flancs de l'animal. La bête prit immédiatement le grand galop. Tant bien que mal, l'Anglais s'agrippa moitié aux rênes, moitié à la crinière et serra les cuisses autant qu'il put. Sans prêter attention au paysage qui défilait ni aux silhouettes dont il ne pouvait dire s'il s'agissait de sicaires toujours occupés à piller ou d'habitants en fuite, il talonna sa monture sans répit jusqu'à ce qu'il fût sorti de Mea Shearim par l'unique voie qu'il connaissait : la grande trouée principale. Un coup de feu siffla près de lui sans qu'il pût savoir si le tir lui était destiné ou si c'était une balle perdue. Les sabots du cheval frappaient durement la terre et soulevaient un nuage de poussière. La porte du district franchie, le colonel galopa plein sud, droit vers la vieille ville, là où, solide et calme sur son promontoire, le King David Hotel ornait sa façadc d'un immense Union Jack claquant orgueilleusement au vent chaud de Palestine…

Second Livre de Thörun Gärensen

Les *Einherjars*

Le hasard est une fable. Pour qui sait voir, l'existence n'a rien d'un chaos ; elle se tisse au contraire d'un constant ballet de signes, d'appels, d'indices et de correspondances auxquels il suffit de prêter attention pour en tirer de fulgurantes révélations. Ainsi ai-je toujours pensé. Ainsi, je pense encore. Du 1er novembre 1931, je prétends donc qu'il marqua l'instant précis où je cessai tout à fait de vivre. En ce jour des morts, en cette *Samaïn* des païens dont les légendes racontent qu'alors s'ouvrent les passages entre le monde des spectres et celui des vivants, Reinhard Heydrich en personne m'accompagna jusqu'à une vieille bâtisse sinistre où devait se sceller mon destin.

Bien avant l'aube, nous avions pris la route et quitté Munich pour foncer au plus profond d'une campagne bavaroise toute vernie par le gel d'un automne particulièrement froid et humide. Silencieux, concentré, Thyssen Matschl conduisait. À l'arrière de la voiture, emmitouflés dans nos manteaux, Heydrich et moi avions recouvert nos jambes d'un plaid de laine. De notre destination exacte je ne savais rien, ou presque…

— C'est une vieille ferme aménagée que les SS utilisent pour s'entraîner et faire passer des épreuves physiques aux postulants, m'avait prévenu Reinhard. Elle se trouve près de Bad Tölz. Je suis navré, mais je n'ai pas insisté pour vous dispenser de ce passage obligé. Il est évident que votre intégration se déroulera d'autant mieux que vous vous serez soumis aux étapes communes de notre formation. Ainsi, personne ne pourra vous reprocher de bénéficier de passe-droits. Himmler lui-même sera d'autant mieux disposé à votre égard que vous aurez mérité par votre sueur et votre sang la place qu'il vous destine.

Sueur et sang ! Voilà donc ce qui était censé faire mon ordinaire pendant les six semaines que durerait mon entraînement…

— Je ne me fais aucun souci pour vous, Thörun, reprit-il. Vous possédez les qualités physiques requises pour briller dans toutes les disciplines sportives au programme. Ah, j'oubliais ! Une dernière chose… Parmi les recrues qui feront leur apprentissage avec vous, l'une est entièrement à ma solde. Elle a pour consigne de…

— M'abattre si je fais une tentative d'évasion, je suppose…

— Je vois que nous nous comprenons toujours, monsieur Gärensen, sourit Heydrich avant de lamper une longue gorgée de schnaps au goulot d'une flasque qu'il venait de tirer de son manteau. Pardonnez-moi, mais je préfère que vous ne buviez pas. L'alcool est interdit aux novices…

Me renfrognant, j'enfonçai mes mains gantées dans mes poches et pris le parti de me taire durant le reste du voyage. Par de mauvaises routes, nous parcourûmes une centaine de kilomètres depuis Munich. Après avoir traversé un village aux maisons tristes et basses où semblait n'habiter personne, la voiture s'engagea dans un chemin boueux, grevé de nids-de-poule, qui menait jusqu'à une ancienne ferme fortifiée.

— Les fondations de ce bâtiment datent du XVIe siècle… On raconte que Thomas Münzer et ses paysans révoltés en avaient fait une de leurs places fortes… C'est peut-être une légende, mais cela donne un supplément de cachet à l'endroit, vous ne trouvez pas, Gärensen ?

Je grommelai un vague assentiment. En réalité, les anecdotes historiques que Heydrich croyait bon de m'infliger ne m'intéressaient guère. Je m'extirpai péniblement de la voiture, les membres engourdis par le froid et la longue station assise, et bien trop assombri par le désolant spectacle qui s'offrait à moi pour écouter ce que le chef du SD persistait à m'expliquer. Tout, devant moi, me faisait songer à une prison. Notre véhicule s'était arrêté dans une cour ceinte d'épaisses murailles lisses, au sommet desquelles courait un chemin de ronde. Devant moi, un austère bâtiment carré, ressemblant à un donjon, ne présentait aucune fenêtre sur sa façade. Un grand vantail de chêne sombre en constituait l'unique entrée. Comme dans les cimetières, l'air était chargé d'odeur de feuilles mortes, de terre noire et humide, de relents de matière en putréfaction… Sans la brise froide qui giflait mon visage, je crois que j'aurais pu vomir. La perspective de passer un mois et demi isolé dans ce décor sinistre me serra le cœur.

— Ne faites pas cette tête-là, Gärensen, s'amusa Heydrich. Lorsque ce sera fini, vous verrez que vous garderez un excellent souvenir de votre passage par notre petite *Junkerschule*…

— À condition que cette recrue se montre à la hauteur, *Sturmführer* ! Seulement à cette condition ! lança une voix dans mon dos.

Je n'avais pas entendu venir l'homme. Je ne sais si ce fut à cause de son timbre métallique ou de l'extrême furtivité avec laquelle il était arrivé, mais son intervention soudaine me fit sursauter. Je me retournai pour planter mes yeux dans les siens. À quelques centimètres de moi, pouvant presque me toucher de son torse bombé, se tenait un gaillard au visage long, dur, raviné de rides si profondes qu'elles en parvenaient à effacer toute notion d'âge.

— Je suis l'*Hauptmann* Ghert Wussau-Pranghofer, déclara le lansquenet en faisant claquer sa phrase comme un fouet de dompteur de cirque. J'ai la responsabilité de ce centre d'instruction. À partir de maintenant, vous obéissez sans discuter. Prenez votre bagage et présentez-vous au sous-officier de jour, dans le hall du donjon… Allez, Gärensen !

Tapotant une cigarette sur son étui en argent, Heydrich me gratifia d'un sourire en coin dont je ne sus s'il était de compassion ou d'amusement cynique. Réprimant un soupir, je saisis la valise que me tendait Matschl et, sans un regard en arrière, montai la volée de marches du perron. En costume civil, quatre hommes attendaient là, assis sur des bancs de bois dans le vestibule. Leurs malles étaient empilées les unes sur les autres. Derrière un bureau, un type en uniforme noir me héla.

— Hé, vous ! Vous êtes Gärensen, n'est-ce pas ? Posez vos affaires sur celles de vos camarades et asseyez-vous. Cinq autres recrues doivent se présenter avant que nous commencions les formalités d'incorporation.

J'obéis sans discuter et patientai au côté des autres recrues, tout aussi silencieuses que moi. De temps à autre, nous nous jetions des regards interrogateurs mais personne n'osa prendre l'initiative d'entamer la conversation. Enfin, après une heure ou presque d'attente dans ce hall mal chauffé, nous entendîmes un camion s'arrêter dans la cour. Le groupe tant attendu nous rejoignit, marchant sous la houlette d'un sous-officier SS qui nous prit tous en main.

— Sergent Dietrich Lauterbach ! Rappelez-vous ce nom parce que c'est le mien ! hurla le soldat. Regardez-moi attentivement. Pendant six semaines, je serai votre instructeur. Jour et nuit, sur votre dos ! Pire qu'un taon sur des vaches ! Pire qu'un pou dans la barbe du grand rabbin de Munich ! Pire qu'une tique dans les poils d'un clébard ! Sergent Dietrich Lauterbach ! C'est moi ! Et vous allez le regretter !

L'excité éructait si fort que tout le hall en vibrait, comme un théâtre ébranlé par le contre-*ut* d'une cantatrice. Le sergent instructeur Lauterbach ne payait pourtant pas de mine. Pas plus large qu'un gamin n'ayant pas terminé sa croissance, il devait avoir à peine plus de dix-huit ans. D'un blond si saturé qu'ils en paraissaient blancs, ses cheveux étaient coupés en brosse sur un curieux crâne en pain de sucre. De taille plutôt moyenne pour un SS et vraiment maigrichon, les yeux globuleux d'un bleu layette, Lauterbach était parfaitement conscient du fait que son physique n'impressionnait guère. Compensant ce handicap par une agressivité constante et une énergie jamais prise en défaut, le sergent s'appliqua sur-le-champ à ne pas faire mentir les images chatoyantes qu'il avait choisies pour se présenter. Pénible, hargneux, survolté, toujours à hurler et à nous houspiller, Lauterbach nous mena effectivement la vie dure… Ce furent, d'abord, les humiliations habituelles de ceux qui intègrent un corps d'armée ou une milice : la tonte des cheveux, le dépouillement de tout effet personnel, les pièces d'uniformes malpropres à dessein, dépareillées et mal cousues afin de nous ridiculiser et de nous faire sentir que nous n'étions que des bleus, des débutants taillables et corvéables à merci, stagnant tout en bas de l'échelle, chargés de tous les devoirs mais ne jouissant en retour d'aucun droit… Les premières heures de notre incorporation passèrent ainsi, à recevoir un paquetage sommaire et à nous installer dans un dortoir immense et glacial au dernier étage du donjon.

— La section d'instruction que vous êtes n'a droit qu'à l'eau froide, même pour la douche. Vous serez réveillés chaque matin à 4 h 30 et vous assurerez l'intendance pour les autres sections avant de commencer votre propre journée de travail : entraînement physique, maniement des armes, techniques de combat au corps à corps, exercices d'obéissance… Dans quarante-deux jours, ceux d'entre vous qui auront craqué ou obtenu de mauvais résultats seront renvoyés et ne pourront plus jamais postuler chez les SS. Les autres seront définitivement admis dans les *Schutzstaffel*. Ils recevront l'uniforme et prêteront serment. Leur groupe sanguin leur sera alors tatoué sous le bras droit. Dietrich Lauterbach sera fier d'eux et ils pourront l'être d'eux-mêmes. Mais d'ici là, je vais vous en faire baver !

*

Pour qui n'a jamais été confronté à la véritable expérience de la promiscuité, la vie de caserne est une cruelle entrée en matière. Tout y est vécu en commun. Pas une heure, pas une minute de solitude ne vous est accordée. Si les gestes les plus intimes sont condamnés à une publicité toujours fâcheuse, c'est surtout l'éternel caquetage des autres qui est finalement le plus pénible à supporter. Notre section d'instruction se composait de dix hommes. Aussi modeste fût-il, ce nombre – dix – est toutefois largement suffisant pour créer un véritable sentiment d'oppression quand, du matin au soir et du soir au matin, vous avez les mêmes sempiternels visages pour unique horizon et êtes condamné à entendre les mêmes voix…

Parmi les neuf garçons qui partageaient mon sort, je me suis tout de suite interrogé sur l'identité de l'espion de Heydrich. Qui était-ce ? Le grand roux, Theodor, avec ses airs de singe ? Max, l'apollon ? Emil, le taciturne, plutôt ? Ou n'était-ce pas mieux Jan, qui ne cessait de me sourire et tentait de fraterniser avec moi quand nous attendions notre tour de subir la tondeuse ? Question idiote ! Ce pouvait tout aussi bien être n'importe lequel des cinq autres : Paul, le petit crâneur, Albrecht, l'intellectuel, Werner, Bernardt ou Hans les sans-couleurs… Peut-être étaient-ils d'ailleurs tous à la solde de Heydrich ! Cela ne m'aurait guère étonné de la part du *Sturmführer*…

Les premiers jours d'entraînement se résumèrent à des tâches assez simples pour moi. Bien avant l'aube, nous nous levions pour effectuer de laborieuses corvées de récurage, puis, après un écœurant petit déjeuner composé de brouet, nous commencions nos exercices sous les ordres stridents de Lauterbach. À demi nus et chaussés de lourds godillots qui nous écorchaient la peau des talons et nous écrasaient les ongles, nous courions pendant près d'une heure dans la forêt mouillée qui cernait le domaine. Ayant beaucoup pratiqué les sports pendant ma jeunesse, mon corps se réhabitua vite à la contrainte, même si la rudesse de l'entraînement qu'on nous imposait n'avait rien de commun avec mes séances dans les gymnases sophistiqués et confortables d'Oslo. Au donjon, pas question de sauna après l'effort, ni de cocktails de fruits mollement pris au bord de la piscine en compagnie de jolies filles ! Une douche glacée, une rasade d'eau plate et un mauvais biscuit avalé en hâte dans le meilleur des cas, plutôt. Courant, rampant, piétinant dans la boue froide toute la journée, sous les incessants « *Schnell ! Loss, loss, loss !* » scandés par Lauterbach, nous ne rentrions qu'à la nuit tombée pour rejoindre en hâte une salle de classe où l'on nous assommait avec de la théorie militaire de base.

— Au combat, privilégiez toujours les blessures aux coups mortels ! Les blessés, ça hurle, ça crie qu'on vienne les chercher, ça ralentit l'avancée des autres et, surtout, ça démoralise ceux qui sont encore en état d'agir ! Les blessés, c'est de la merde que vous foutez dans les bottes de vos adversaires. Rentrez-vous ça dans le crâne !

— Oui, sergent !

Au cours de la deuxième semaine, nous commençâmes les exercices avec les armes à feu. Un champ de tir avait été aménagé au creux d'un vallon, derrière la ferme. Des cibles étaient placées à trente et à cent mètres. De ma vie je n'avais touché un fusil, et la seule balle que j'avais jamais percutée s'était perdue un soir d'octobre dans les moulures d'une certaine demeure située au numéro 16 de Prinzregentstrasse, à Munich. On nous mit dans les mains d'impressionnantes pétoires, lourdes, mal pratiques, rendues glissantes par la graisse. Debout, accroupis, allongés, nous dûmes tirer jusqu'à épuiser cinq caissettes de munitions. Le recul était impressionnant et nous meurtrissait l'épaule à chaque coup. Répétée deux cents fois, l'opération me causa un énorme hématome…

— Il faut que le métier rentre, Gärensen ! Qu'est-ce

que vous croyez ? hurla Lauterbach lorsque j'eus le malheur de grimacer de douleur.

Puis les exercices s'intensifièrent et leur difficulté s'accrut. D'abord, il fallut tout faire avec un tiers de temps de moins qu'à l'ordinaire. Nettoyer plus vite, parcourir plus rapidement la même distance en forêt, sauter des obstacles plus hauts, franchir des fossés plus profonds… Il y eut les réveils intempestifs au milieu de la nuit pour effectuer de stupides exercices d'obéissance : monter et descendre quinze fois de suite les escaliers du donjon, charger nos sacs de pierres et nous tenir immobiles au garde-à-vous pendant des heures, dans le froid, la nuit, sous la grêle de novembre, nous coucher dans la boue et nous relever vingt, cinquante, cent fois…

— Ce que vous avez goûté jusqu'ici n'est qu'un petit décrassage avant les véritables épreuves, nous avertit pourtant Lauterbach alors que nous entamions notre troisième semaine à la *Junkerschule*. Désormais, nous allons commencer votre formation de SS !

L'aube grise se levait à peine qu'on nous ordonna de nous rassembler, un matin, derrière la place d'armes. En quinze jours, nous avions tous beaucoup changé. Physiquement, nous étions amaigris mais nous avions gagné du nerf. Nos yeux brillaient sous l'effet d'une nourriture trop rare… Sous la surveillance de l'*Hauptmann* Wussau-Pranghofer en personne, on nous fit monter dans un camion et on nous transporta à une quarantaine de minutes du camp, par des chemins défoncés qui traversaient des champs et des bois au sol gorgé de pluie. Sur une éminence dominant un paysage lugubre, nous dûmes descendre et nous aligner le long du véhicule. Nous attendîmes ainsi, grelottants dans nos vestes minces, jusqu'à ce qu'un bruit de moteur enfle derrière un rideau d'arbres. Deux camions apparurent et s'arrêtèrent face à nous. Une section de SS en uniforme d'hiver jaillit du premier et débâcha en hâte la ridelle du second. Des cages étaient rangées à l'intérieur. Écarquillant les yeux, nous vîmes que d'énormes chiens noirs y étaient enfermés.

— *Tierkampf!* Combat à mains nues contre des bêtes sauvages ! nous expliqua sommairement Wussau-Pranghofer. Deux chiens par homme. On commence par vous, Gärensen !

Les regards de mes camarades se tournèrent vers moi comme je restais pétrifié à l'idée de ce qui m'attendait.

— Vous avez entendu l'*Hauptmann* ! Avancez-vous, nom de Dieu ! hurla Dietrich Lauterbach en me fouettant le torse d'un grand coup de badine.

Tel un automate, je fis un pas en avant. Le sergent me tira par le bras tandis que deux cages étaient tirées à terre.

— Pas de règles ! Les chiens sont lâchés sur vous. Ils sont entraînés à se battre et ne vous feront pas de cadeau. Sortez-vous-en comme vous pourrez !

Dans un silence de mort, les novices et les SS firent cercle autour de moi et les deux fauves furent libérés. Les bêtes étaient de grands mâles adultes devant peser une bonne quarantaine de kilos chacun. Très froids, concentrés, sûrs de leur puissance, ils sortirent lentement de leur cage sans aboyer, grondant à peine... Pour me protéger d'eux, je n'avais rien. Pas un bâton, pas un caillou. Rien d'autre que ma force brute et ma détermination à sauver ma peau ! Vivement, je retirai ma vareuse et l'enroulai autour de mon avant-bras pour m'en faire une protection. Surtout, je déboutonnai ma chemise aussi hâtivement que je le pus et la roulai en un boudin serré que je nouai autour de mon cou. Torse nu, les jambes fermement campées sur le sol, je pliai les genoux pour abaisser mon centre de gravité et me donner plus d'équilibre. Les chiens m'avaient observé en grondant et en montrant les crocs, mais sans s'approcher de moi. Je pense que ma préparation les avait intrigués et qu'ils cherchaient à deviner si j'allais être une proie facile ou s'ils devraient lutter pour me saigner. Sentaient-ils chez moi la peur ou la rage ? La rage, plutôt, car au lieu de trembler et de claquer des dents, une grande excitation s'emparait de moi, que je reconnus comme une authentique envie de combattre, et même, je le confesse, un profond désir de donner la mort !

Au lieu d'attendre la charge des chiens, je me précipitai sur eux. Je ne sais comment cela se fit, mais je tombai de tout mon poids sur la première bête, trop surprise par cette attaque soudaine pour reculer. Mes quatre-vingt-dix kilos propulsés à pleine vitesse lui rompirent la colonne vertébrale dans un affreux craquement de branche morte. Enragée par la tournure des événements, la seconde bête bondit sur moi alors que j'étais au sol, à genoux sur la carcasse de l'animal aux reins brisés qui jappait de douleur, et elle referma ses énormes mâchoires sur mon bras protégé. L'épaisseur du tissu était telle, pourtant, que ses canines ne le transpercèrent pas jusqu'à ma peau. Le choc, en revanche, me fit basculer dans la boue. Les pattes griffues du chien labourant mon ventre dénudé, je me débattis pour me redresser mais la gueule de l'animal s'était refermée sur moi avec la force d'un étau, me maintenant en position allongée. À tout instant, je le savais, le chien pouvait comprendre qu'il ne mordait pas ma chair et choisir de relâcher sa prise pour m'attaquer au visage. J'étais perdu si une telle chose arrivait. L'odeur nauséabonde des poils mouillés saturait mes narines et, comme je ne voyais aucune issue à ce combat, j'eus envie de vomir, mais soudain le fauve, appuyant ses pattes arrière sur mon abdomen, mit de lui-même ses génitoires à portée de ma main libre. Sans réfléchir, j'agrippai ses testicules et tirai de toutes mes forces. La peau se déchira, lançant sur mon poing un jet de sang chaud et gras, d'une piquante odeur métallique. Les yeux du chien s'exorbitèrent et sa gueule desserra aussitôt sa prise. La pauvre bête se dégagea pour se lancer dans une course folle, erratique, en glapissant pitoyablement. Derrière le voile de sueur qui me couvrait le visage, je vis Wussau-Pranghofer tirer son arme et donner le coup de grâce aux deux chiens mutilés. Couvert de boue, de sang et de salive d'animal, je me relevai et m'épongeai avec ma vareuse.

— Vous avez vaincu, Gärensen, mais d'une manière plus vicieuse que courageuse, me lança le lansquenet en me regardant d'un air mauvais. Ne croyez pas avoir gagné mon estime par ce lamentable combat… Au suivant !

La remarque de l'*Hauptmann* me fit fulminer mais je pris sur moi et regagnai calmement les rangs pour assister aux autres affrontements. Werner, le second sur la liste, n'eut pas ma chance. Blanc comme un linge lorsqu'on énonça son nom, il se fit déchiqueter l'épaule par le premier chien et la cuisse par le second. On l'évacua et on le recousit grossièrement avant de l'exclure de la *Junkerschule*. Ce qui arriva à Jan fut plus terrible encore : un de ses yeux fut crevé et les tendons de son poignet droit à ce point hachés par les crocs qu'il fallut l'amputer de toute urgence. Nous perdîmes encore Emil, ce matin-là, puisqu'il refusa obstinément d'affronter les bêtes et signa ainsi sa radiation immédiate des postulants à l'uniforme noir. Au retour, nous étions donc sept, plus ou moins ensanglantés, plus ou moins meurtris, mais tous aptes à continuer l'entraînement…

Les jours suivants, nous apprîmes à nous battre au couteau. Wussau-Pranghofer nous donna aussi des leçons d'escrime au sabre de cavalerie, arme redoutable, longue et lourde, au tranchant effilé comme un rasoir, qu'il s'amusait à nous faire manier à pointe nue. Je ne sais plus si ce fut Max ou Albrecht qui gagna à ces jeux une méchante estafilade de la tempe à la joue…

— C'est un honneur que d'être blessé au visage lors d'un combat à l'arme blanche, parada l'*Hauptmann*. Si votre visage ne porte pas au moins une cicatrice, c'est que vous ne valez pas grand-chose. Tant que la *Mensur*, le duel au premier sang, se pratiquera dans toutes les bonnes sociétés d'étudiants en Allemagne, le pays renaîtra de ses cendres !

Le pays et son honneur !… Voilà bien le seul sujet de conversation qui parvenait à animer la chambrée lorsqu'on nous laissait enfin quelques minutes de libres… Dès qu'il avait terminé ses corvées et qu'il pouvait s'allonger sur sa couchette, Albrecht sortait *Mein Kampf* de sa cantine et en faisait la lecture à haute voix, tel un commissaire politique soviétique l'aurait fait du *Capital* ou un mormon de la Bible. Cela, je crois, agaçait profondément Theodor, le grand roux, mais il n'osait rien dire. Dès cette époque, la plus petite critique émise vis-à-vis de Hitler ou de son œuvre équivalait à un suicide public chez les SS. Dressés pour être les prétoriens du chef du NSDAP, nous lui devions une fidélité et une foi absolues, inébranlables autant qu'exclusives... De grands portraits photographiques ornaient presque tous les murs du donjon, au réfectoire, dans les couloirs, dans les bureaux des gradés et, bien entendu, dans notre dortoir. Avoir constamment sous les yeux le visage de Hitler me rendait à la fois morose et agressif. Cette face médiocre, ridiculement moustachue, au regard poisseux et à la mèche grasse tombant sur un front bas, me remémorait sans cesse mon aventure avec Geli. Si seulement je n'avais pas eu la stupidité de m'amouracher de cette fille !

— Perdu dans vos pensées, Gärensen ?

— Je n'ai pas de pensées, sergent.

— C'est bien ce que je voulais vous entendre dire ! Alors, cessez de vous comporter comme si vous rêvassiez ou je vous fais faire le parcours du combattant dix fois sans vêtements !

— À vos ordres, sergent !

Les derniers jours au donjon furent les plus éprouvants que j'aie jamais traversés. Un matin, on nous distribua des pilules de Pervitine, un excitant ordinairement donné aux combattants en période d'offensive pour annihiler tout besoin de sommeil.

— Jusqu'à ce que vous sortiez d'ici, vous ne dormirez plus ! hurla Wussau-Pranghofer comme nous étions rassemblés sur le terrain de manœuvres. Non seulement vous ne dormirez plus, mais vous ne mangerez plus ! Nous allons vous pousser aux limites de votre résistance physique et mentale. Nous verrons alors lesquels parmi vous seront les *Einherjars*, les guerriers d'élite méritant les premiers leur grade...

Déjà amaigri par les semaines d'effort et de privations, mon corps eut bien du mal à résister au rythme d'enfer que nous dûmes subir à partir de cet instant. Mes pieds étaient écorchés au point qu'il me semblait marcher sur mes os, et je n'osais même plus retirer mes bottes de peur d'être incapable de les enfiler de nouveau tellement la chair en était enflée et meurtrie. La Pervitine nous fit tenir six jours sans ressentir le besoin de dormir. Le produit, en revanche, décupla notre agressivité au bout de quarante-huit heures. Max craqua le premier. Beau gosse, fils d'un maître imprimeur dans le civil, il explosa de fureur contre le sergent Lauterbach quand celui-ci le menaça de lui faire subir un nouveau *Tierkampf* s'il ne se décidait pas à avancer plus vite lors d'une marche nocturne dans un marais puant et glacial. Max saisit la badine que le sergent brandissait sous son nez et la brisa avant de se jeter à la gorge du jeune instructeur. Nous dûmes intervenir et maîtriser notre camarade lorsqu'il renversa Lauterbach et lui enfonça sans pitié la tête dans l'immonde bourbier… Max, évidemment, fut aussitôt renvoyé. Je le revois encore pleurant à chaudes larmes comme un gosse, en costume civil, sa valise à la main, jetant un dernier coup d'œil à l'immense drapeau rouge à croix gammée qui flottait au-dessus des bâtiments de la *Junkerschule*. Paul non plus ne résista pas à l'épreuve du manque de sommeil. On le retrouva assis, prostré dans un coin de la chambrée, balbutiant des paroles sans suite et grelottant d'une fièvre nerveuse qui le privait de toute raison…

À la fin de la dernière semaine, nous n'étions donc plus que cinq sur les dix recrues du début. Amaigris, fatigués, irritables, mais les réflexes terriblement affûtés et dotés d'une force musculaire décuplée, nous n'étions plus que des bêtes fauves, trop épuisés pour nous rappeler notre vie d'avant le donjon… Hors de l'enceinte, le monde extérieur semblait s'être effacé. Moi-même, je ne rêvais que de la meilleure manière de tuer un ennemi à mains nues ou au moyen de n'importe quel objet dont je pourrais détourner l'usage quotidien pour en faire une arme redoutable... Sous leurs allures grossières, Dietrich Lauterbach, Ghert Wussau-Pranghofer et les autres instructeurs s'étaient révélés des enseignants hors pair. En quelques semaines à peine, ils avaient fait de nous des machines de mort capables d'affronter et de vaincre n'importe quel ennemi...

— Lorsque nous formerons un vrai corps d'armée, nous pourrons entraîner nos garçons. Pour l'heure, nous nous contentons du minimum... mais c'est déjà mieux que rien ! nous dit l'*Hauptmann* lorsqu'il nous réunit pour nous signifier la fin de l'entraînement. La création d'un corps d'armée SS : voilà l'objectif vers lequel vous tous devez désormais tendre vos énergies ! Une armée de soldats d'élite qui ne craindront pas de regarder la mort en face, car ils verront en elle non une malédiction, mais une voie pour se transformer, pour devenir plus et mieux que la petite poupée de chair que la plupart des hommes se contentent d'être ! Pour l'Allemagne ! Pour la victoire !

Pour la première fois vêtus de l'uniforme noir, le bras tendu, nous fîmes le salut rituel et jurâmes fidélité à Hitler sur une lame d'épée avec laquelle les officiers nous adoubèrent, comme au Moyen Âge. Quelques heures avant la cérémonie, notre groupe sanguin nous avait été tatoué sous le bras droit afin de faciliter les transfusions lors des féroces batailles que nous étions destinés à mener pour la gloire de la patrie et la survie de la race aryenne...

Enfin, le 16 décembre 1931 à midi précis, sous une neige fine, je montai dans la longue Mercedes que Heydrich avait envoyée pour me récupérer. Thyssen conduisait.

— Vous avez fondu de moitié ! me dit-il en m'observant dans le rétroviseur.

— Je sais, Thyssen, je sais…, parvins-je à grogner avant de m'envelopper dans une couverture et de m'endormir comme une masse sur la moelleuse banquette arrière.

*

— Eh bien, Gärensen, vous avez passé les épreuves haut la main. Le rapport de cette vieille ganache de Wussau-Pranghofer est excellent. Lisez vous-même !

Heydrich me glissa une note d'évaluation rapportant mon comportement au donjon. D'un tracé de plume chaotique qui trahissait une piètre familiarité avec les gestes de l'écriture, l'*Hauptmann* instructeur avait noté ses jugements sur moi :

> *La recrue Gärensen jouit d'une excellente vitalité physique dont il pourrait encore largement améliorer le rendement. Il a su faire preuve d'initiative, de courage et d'obéissance lors d'exercices difficiles. Apte à assurer un grade élevé dans une compagnie de combat.*

— C'est lapidaire, commentai-je simplement.

— À quoi vous attendiez-vous venant d'un vieux briscard comme lui ? À du Goethe ? Ne soyez pas idiot, Gärensen. Pranghofer est le meilleur instructeur que nous ayons pour l'instant. Je le connais bien, il est d'ordinaire avare de compliments. Gagner de tels éloges de sa part est l'apanage de très rares brutes… Je suis heureux que vous comptiez parmi elles. Cela ne peut qu'arranger nos affaires. À ce propos, je voulais vous dire…

— Oui ?

— Heinrich Himmler vous attend dès demain. Dix heures à son bureau. Ne soyez pas en retard et ne sentez pas la nicotine. Il a l'odorat délicat et déteste l'odeur des cigarettes !

Ce jour-là, après avoir vu Heydrich, et pour la première fois depuis plus de quarante jours, je me retrouvai à peu près libre de mes mouvements. Thyssen me reconduisit dans le vaste appartement du centre-ville où je pris un long bain avant de me jeter sur le repas préparé par la bonne. Puis, une bouteille de schnaps à la main et le corps enveloppé dans un long peignoir de soie, je défis mes bagages tandis que la neige s'épaississait dans les rues de Munich. Dans ma valise, j'avais rapporté du donjon de Bad Tölz l'uniforme de soldat SS de première classe. Je le pendis sur un cintre, face à moi, et le regardai longuement, repensant avec gêne à l'uniforme rangé dans l'armoire de Sacha Hornung. Moi avec ma veste noire, lui avec sa vareuse couleur tabac, tous deux portant la croix gammée sur le bras, qu'est-ce qui nous différenciait désormais ? Si peu de chose… presque rien…

*

À dix heures précises le lendemain, je fus introduit dans le bureau de Heinrich Himmler. En uniforme, le petit homme rencontré chez les Heydrich ne paraissait guère plus impressionnant que lorsqu'il s'attifait d'un banal costume civil. À trente et un ans, avec son goitre et son bedon de fonctionnaire, il semblait vieux avant l'âge. Il se montra particulièrement courtois envers moi.

— On m'a rapporté que vous n'aviez pas démérité lors de votre petit séjour à la *Junkerschule*. J'en suis heureux. J'ai tout de suite flairé chez vous un être remarquable, monsieur Gärensen. Puisque vous êtes maintenant authentiquement des nôtres, il est grand temps de vous récompenser. Disons, pour commencer, que je vous élève au grade d'*Hauptmann*. Ce n'est évidemment qu'un début pour un homme tel que vous. Ensuite, je vous demande de quitter votre poste à l'université. J'ai terriblement besoin de vos services, voyez-vous, et je doute que vous puissiez mener de front deux carrières... Mais n'ayez crainte ! Dès que nous serons au pouvoir, vous pourrez réintégrer l'enseignement si cela vous chante. J'envisage un poste de recteur pour vous. Nous vous ferons prendre la nationalité allemande, cela va de soi. Mais ce ne sera qu'une formalité. En attendant, vous travaillerez dans mon cabinet personnel aux côtés de Willigut et Hielscher. Vous les connaissez déjà, rappelez-vous... Contrairement à vous, je n'ai pas encore pu convaincre Hielscher de rejoindre nos rangs. C'est un excellent collaborateur mais il reste un civil. Peu importe ! Je suis certain que vous ferez tous trois de l'excellent travail. Willigut vous dira précisément ce que j'attends de vous... Allons, Gärensen, au travail maintenant !

Claquant des talons comme j'avais appris à le faire au donjon de Bad Tölz, je pris congé de Himmler. À la sortie, un homme m'attendait, un officier d'administration chargé de me remettre mon nouveau grade et de régler avec moi quelques formalités.

— Voici également un bon pour le tailleur. Il vous faut un uniforme d'officier à vos mesures. Ainsi que des bottes... Deux paires du modèle standard. Vous n'avez rien à payer. Tout est aux frais du parti... Allez-y le plus vite possible et faites-vous livrer à votre nouveau bureau...

Mon nouveau bureau ! Quelle appellation ronflante pour ce qui n'était qu'un cabinet humide et sombre, une pièce basse de plafond, au papier peint décollé, sise au rez-de-chaussée d'une bâtisse sordide que tout esprit sensé aurait qualifié de taudis, avec ses parquets gondolés, ses portes qui ne fermaient plus et ses poêles à charbon qui tiraient si mal qu'il était plus sage de ne pas les allumer. La maison, pourtant, avait connu des jours meilleurs, avant la guerre, lorsqu'elle était encore le Vier Jahreszeiten Hotel, établissement autrefois de bonne réputation auprès des clercs de notaire anglais. Voilà pourtant où je commençai ma brillante carrière chez les nazis !

— Nous aurons bientôt des palais et des temples où vénérer nos dieux, mon cher Gärensen… En attendant, il faut passer par la phase d'œuvre au noir : la privation absolue des biens de ce monde !

Hormis sa nette tendance à négliger l'usage du savon, Hielscher n'était pas un mauvais bougre. C'était à lui que j'avais affaire le plus souvent car Willigut m'évitait ostensiblement. La première tâche que nous avait confiée Himmler était de donner au plus vite un cadre symbolique fort à la SS. Il fallait établir une mystique qui fût suffisamment imagée pour exalter les esprits, et assez ancrée dans la réalité historique pour résister aux critiques de nos adversaires et rendre caduque leur accusation d'artificialité. Depuis la fin du XIXe siècle, par chance, l'Allemagne avait connu des périodes d'exaltation de sa culture populaire traditionnelle. Ce n'était pas un fait nouveau pointant inopinément à l'horizon. À travers tout le pays, nombreux avaient été les hommes avant guerre ayant appartenu à ces mouvements *völkisch*, ces organisations de jeunesse comparables aux scouts anglo-saxons mais beaucoup plus impliquées dans le retour à un mode de vie rural, pionnier et païen. Préparée depuis des décennies, l'âme allemande ne demandait qu'à s'ouvrir encore aux chants des anciens dieux.

En toute honnêteté, je me vois contraint de reconnaître que ce travail me passionna infiniment plus que ne l'avaient fait mes recherches et mes cours à l'université. Si Willigut était un charlatan, confondant allégrement les panthéons saxon et scandinave, négligeant les différences pourtant énormes entre les diverses époques de l'alphabet runique, Hielscher était un véritable puits de science, à la fois anthropologue, philologue, historien et visionnaire. Nous nous entendîmes très bien. En quelques semaines, nous établîmes tous deux les lignes directrices de la symbolique de l'ordre, en commençant par justifier les images qui avaient été choisies somme toute de manière empirique et intuitive.

— Pourquoi la tête de mort sur nos emblèmes ? demandai-je.

— Parce que c'est depuis toujours le symbole de ceux qui se sont suffisamment détachés du monde sensible pour ne plus mettre la satisfaction de leurs besoins matériels au centre de leur vie. Pensez à la méditation imposée aux francs-maçons dans leur cabinet de curiosités dans la seule compagnie d'un crâne humain et d'une poignée de sel dans une coupelle. Pensez aussi à la fraternité Skull and Bones des étudiants de Yale. Pensez encore aux vanités des peintres baroques avec ces saints méditant face à un squelette…

— Et la couleur noire ?

— Même signification. C'est la couleur sacerdotale et alchimique de ceux qui ont le courage d'aller jusqu'au bout d'eux-mêmes et qui d'un poison font un baume…

— *Pharmakôn !* dis-je en songeant à cette vieille figure employée par Platon pour désigner une substance mortelle pour les uns, curative pour les autres…

— Exactement, Gärensen. Mais point trop de références philosophiques creuses, voulez-vous… *Facere docet philosophia. Non dicere.*

— « La philosophie enseigne à agir. Non à parler. » Sénèque. *Vingtième lettre à Lucilius !*

Perinde ac cadaver

Des derniers jours de l'année 1931 je garde un souvenir particulièrement confus. Peut-être la fatigue nerveuse et physique accumulée lors de mon séjour au donjon explique-t-elle ce brouillage des faits et des paroles, des rencontres et des pensées qui tissèrent alors mon quotidien. Peut-être aussi – et plus sûrement, je crois – ai-je volontairement mis hors d'accès cette période où, partagé entre l'exaltation féroce causée par mon travail au côté de Hielscher et l'étouffante impression d'être une marionnette entre les mains de Heydrich, je ne parvenais plus à savoir si j'avais fini par choisir librement mon destin ou si je n'étais qu'un esclave docile, résigné par faiblesse à servir des intérêts supérieurs. Je crois n'avoir jamais mieux vécu cet écartèlement intime de mon être que le jour où Heydrich m'autorisa à retourner quelques jours à Oslo.

— Je ne souhaite pas que vous changiez vos habitudes, Gärensen, m'avait dit le *Sturmführer*. Dans quelques jours auront lieu le solstice d'hiver et les fêtes de Noël. Himmler lui-même se retire à la campagne. Tous les services SS seront fermés. Profitez-en pour aller voir les vôtres. Bénéficier d'un peu de temps libre maintenant vous aidera à rester concentré durant les mois à venir. Et puis, si par malheur vous aviez la mauvaise idée d'oublier le chemin du retour, je le saurais très vite. Ne doutez pas que je vous ferais ramener par la peau du cou et vous pourriez ne pas aimer cela…

J'avais grommelé un vague remerciement avant de rentrer chez moi enfiler un costume civil, boucler ma valise et filer par le premier train…

Je ne sais plus où cela se produisit, deux ou trois heures peut-être après avoir quitté Munich. J'étais seul dans le compartiment et je regardais la neige voleter sur un paysage de forêt. Les nuages, pourtant, laissaient filtrer de minces rais jaune pâle que le soleil d'hiver lance parfois. Je compris que partir était un piège. Si j'avais le malheur de franchir la frontière et de rentrer à Oslo, je n'aurais jamais la force d'âme de revenir en Allemagne, je le savais. Condamné à guetter l'apparition des tueurs que ne manquerait pas de m'envoyer Heydrich, il me faudrait devenir un éternel fugitif, je serais contraint de passer le restant de mes jours en exil et à vivre dans la peur… C'était au-dessus de mes forces ! Je descendis au premier arrêt, une petite ville grise dont je ne me rappelle que l'abominable odeur de viande morte qui flottait autour des abattoirs industriels faisant face à la gare. Là, piteusement assis au buffet en attendant le prochain train pour Munich, je vis le débonnaire Thyssen s'approcher de moi.

— Vous rentrez ? Je crois que vous avez raison. Notre *Sturmführer* sera ravi de l'apprendre…

— J'ai eu pitié de vous, Thyssen. Dix jours passés à Oslo à me surveiller vous auraient semblé longs ! dis-je en faisant mine de sourire, mais sans parvenir à voiler la tristesse de ma voix.

Thyssen Matschl me tapota paternellement l'épaule et alla téléphoner. Un peu plus tard, une Horch longue et confortable arriva pour nous ramener à Munich. En rentrant dans mon appartement cette nuit-là, pitoyable et seul, je décidai de me soûler au vin…

*

L'année 1932 fut difficile pour la SS. Ni Himmler ni Heydrich ne parvenaient à avancer leurs pions comme ils le voulaient. Si le futur *Reichsführer* avait reçu en janvier la direction de la Maison Brune, la centrale du parti à Munich où je pris moi aussi mes quartiers, on semblait piétiner dans cette longue ligne droite menant à la domination politique de l'Allemagne. Il y eut bien, début mars, une sombre affaire de complot interne visant à déstabiliser Röhm par la révélation publique de l'inversion de ses mœurs ; mais l'affaire, mal conduite, n'aboutit à rien d'immédiatement tangible. Heydrich, qui détestait le chef des SA et que je soupçonnais d'être à l'origine de l'attaque, supporta difficilement son échec. Un jour que je lui livrais mon rapport hebdomadaire sur mon travail auprès de Himmler, il prédit toutefois la chute prochaine de la maison Röhm.

— C'est une lutte à mort entre les SA et les SS. Si nous ne prenons pas les devants, ce vieux cochon pourrait bien exiger notre élimination pure et simple… Cela ne doit pas, ne *peut* pas se produire !

L'évocation des SA me fit songer à Sacha Hornung. Qu'était-il devenu depuis la dernière fois où je l'avais vu, quelques jours seulement avant mon départ pour Bad Tölz ? Donnait-il toujours des cours de géographie à l'université ? Portait-il encore l'uniforme brun ? Après des semaines passées à éviter de sortir de peur de le rencontrer, l'envie me prit de lui parler. Outre que je ne supportais plus l'isolement dans lequel je m'étais volontairement enfermé, ma conscience me dictait de le prévenir de l'affrontement qui se préparait entre nos deux milices. Un soir, en civil, j'allai sonner au domicile de sa famille mais un domestique m'apprit qu'il avait quitté Munich quelques semaines plus tôt pour un long séjour à l'étranger. Ce départ inattendu me soulagea. Mieux valait pour Hornung être loin de l'Allemagne quand les hostilités prendraient vraiment corps.

Quant à moi, je repris mes habitudes au Blauer Hase où je dépensais stupidement mon argent en faisant des cadeaux coûteux à mes filles préférées. Ma solde officielle était de quatre cents marks, mais il fallait compter les mille marks supplémentaires que m'accordait Heydrich pour jouer l'agent double auprès de Himmler. Je vécus ainsi dans l'opulence tout au long de l'année, multipliant les dépenses pour oublier peut-être à quel point, tout au fond de moi, j'avais honte de la situation dans laquelle je m'étais empêtré. Sans amis véritables, dans ce pays étranger en proie à des convulsions que je comprenais mal, entouré de personnalités intellectuellement brillantes mais cruelles et dévorées d'ambition, je trouvais de plus en plus souvent refuge dans l'alcool et les nourritures terrestres. En quelques mois, ma silhouette changea. Je pris du poids et mes traits s'empâtèrent. Me regarder chaque matin dans la glace pour me raser devint une épreuve de plus en plus pénible. Je m'enfonçais dans une sorte de laisser-aller qui ne me correspondait pas et qui ne faisait qu'augmenter mon malaise. Alors que, à ma porte, des familles entières n'avaient mangé ni viande ni fruits depuis des mois, je prenais un malin plaisir à détruire mon corps par toutes sortes d'excès… Outre les filles, je fis de nombreuses dépenses inconséquentes. Au mois de mai 1932, j'acquis une automobile Mercedes rouge extrêmement vulgaire, à la fois rapide et lourde dans laquelle, le dimanche, j'emmenais deux ou trois pensionnaires du Blauer Hase se faire trousser à la campagne… Souvent bien trop ivre pour les ramener après nos débauches, je me laissais reconduire chez moi par ces gamines qui, je les entendais à travers la brume de mon étourdissement éthylique, ne se privaient pas de se moquer de l'épave que j'étais devenu…

Et puis un jour, cela cessa comme un mauvais rêve. Je mis dehors les deux filles que j'avais trouvées dans mon lit à mon réveil, pris la plus longue douche froide de mon existence, vidai toutes les bouteilles d'alcool dans l'évier, revendis la voiture de parvenu que j'avais eu la sotte idée d'acheter et demandai à Heydrich la permission de m'entraîner à l'escrime avec lui trois fois par semaine.

— J'ai besoin de mouvement, comprenez-vous, expliquai-je au *Sturmführer*. Wussau-Pranghofer m'a montré quelques passes intéressantes que j'aimerais approfondir. Manier l'épée me fera le plus grand bien.

— Vous réagissez juste à temps, Gärensen. J'étais sur le point de vous imposer un second séjour au donjon. Vous avez pris du gras, récemment. Je n'aime pas ça… Selon moi, il est impossible de penser droit avec le ventre rond ! C'est entendu, je vous emmène à la salle d'armes. Nous ferons aussi de l'équitation. Le cheval et l'épée ! Un gentilhomme digne de ce nom devrait les pratiquer tout au long de sa vie…

Dès le début de l'été 1932, j'accompagnai régulièrement Heydrich lors des séances d'exercice physique qu'il s'imposait. Bretteur redoutable, il possédait également une affinité naturelle avec les chevaux, qu'il respectait et admirait sincèrement. En quelques semaines, je perdis mon excès de poids et recouvrai la vitalité que j'avais perdue. Mon corps se remuscla, mon esprit retrouva toutes ses facultés. La crise était passée. Pourtant, je n'étais plus le même Thörun. Quelque chose avait changé en moi. Je venais d'accepter pleinement mon destin et je trouvais dans cette acceptation un équilibre, et même, pourrait-on dire, un peu de cette paix intérieure à laquelle j'avais jusque-là toujours secrètement aspiré, mais qui m'avait obstinément fui. Réconcilié avec moi-même, j'eus le courage d'écrire une longue lettre d'explication à mes parents. Mes mots étaient sincères et, aujourd'hui encore, je ne les renie pas… *Perinde ac cadaver*, « à la semblance d'un cadavre », est le mot d'ordre voulu par saint Ignace de Loyola pour signifier l'obéissance absolue que les membres de l'ordre des jésuites doivent à leurs supérieurs… Ainsi me résignai-je alors à vivre, négligeant la restriction dont le sage Espagnol avait pris soin de tempérer son injonction : *perinde ac cadaver sed in omnibus ubi peccatum non cerneretur*, « à la semblance d'un cadavre mais dans toutes les choses où l'on ne voit pas de péché… »

*

— Hitler s'obstine à réclamer la victoire par les urnes, tonna un jour Karl Maria Willigut en rentrant d'un repas arrosé en compagnie de je ne sais quels sous-fifres du parti. La victoire par les urnes ! Alors qu'il nous serait si simple, à nous autres, de lui donner la victoire par les runes ! Les runes ! Plus fortes que les urnes ! Vous comprenez ? Urnes et runes ! C'est comique ! Comique !

Hielscher et moi échangeâmes un regard navré avant d'allonger de force le vieillard sur un sofa. Nous lui retirâmes ses guêtres et ses chaussures et le laissâmes cuver tranquillement. Pendant que nous l'entendions fredonner de vieilles chansons paillardes dans la pièce voisine, Hielscher prit un air grave pour me parler :

— J'ai peine à le dire, Gärensen, mais le NSDAP rassemble décidément trop de gens médiocres pour que tout cela ne finisse pas mal… Dès qu'ils parviendront aux responsabilités, ces petits messieurs vont se déchirer pour une miette de pouvoir, et cela ne se fera pas sans trahisons ni soubresauts. Je me demande si je ne vais pas quitter le navire avant qu'il ne soit trop tard. Sincèrement, je n'ai jamais compris votre engagement. Quelqu'un d'aussi brillant que vous ne devrait pas se compromettre en politique. C'est toujours un jeu de dupes… Moi, je ne le supporte plus…

Je soupirai. Ce que Hielscher me disait, je le savais trop bien. Contrairement à lui, je n'étais pourtant pas libre de mes mouvements. Pendant un temps, sans explications, Hielscher disparut effectivement. Himmler entra dans une colère noire à ce propos et Willigut profita, bien sûr, de cette défection pour se rapprocher encore du chef de la SS.

— Attention à ne pas vous faire distancer, Gärensen, m'avertit Heydrich comme nous faisions prendre le pas à nos chevaux après un galop matinal dans le parc du Nympherburg. Surtout, ne vous laissez pas marcher sur les pieds par Willigut. Ménagez-vous une position auprès de Himmler. C'est le moment ou jamais. La tension monte, ici. Tout le monde prépare ses pièces avant l'arrivée au pouvoir… Ce n'est plus qu'une question de semaines. Les choses sérieuses vont commencer !

Avec l'évidence d'une banquise qui craquelle et soudain débâcle, les événements, effectivement, se précipitèrent… En janvier 1933, le NSDAP arriva au pouvoir. Hitler accéda à la fonction suprême par les urnes, exactement comme il l'avait souhaité. Après une aventure de plus de dix années, le parti nazi allait enfin diriger le pays ! Cruelle fut pourtant la déception à la Maison Brune. Parmi tous les collaborateurs de Hitler, les officiers supérieurs de la SS étaient les moins bien placés dans les instances politiques qui se mettaient en place. Alors qu'il avait passionnément intrigué, Himmler n'obtenait rien, pas le plus petit maroquin ! Je ne fus pas tenu informé des intrigues qui se nouèrent alors et des alliances qui se scellèrent plus ou moins ouvertement entre les différents barons du parti. Je n'en perçus que des rumeurs. Comme l'avait prévu Hielscher, il y eut des retournements, des trahisons… Les Bavarois se méfiaient des Prussiens autant que les SA des SS, tandis que les tenants de la « révolution nationale » à teinte socialiste méprisaient les obsessions des doctrinaires du racisme d'État… Vu de l'extérieur, le NSDAP était un monolithe, une structure totalement lisse et parfaitement soudée. En réalité, c'était une véritable pétaudière, un conglomérat de sultanats divers et misérables où les prébendes et les passe-droits étaient monnaie courante. Comme une meute de chiens se jetant sur un os longtemps convoité, les nazis gaspillaient leurs forces en d'incessantes querelles internes. Au sein même de la SS, la position de Himmler n'était plus incontestée. Protégé par Hermann Göring, un certain Kurt Dalüge avait été nommé lieutenant général de Prusse. Gonflé d'importance et rêvant de damer le pion à Himmler à la tête de l'Ordre noir, il était entré en rébellion ouverte contre son supérieur… Heydrich avait été dépêché en catastrophe à Berlin afin de le ramener dans le rang, mais il fut contraint d'abandonner la partie devant les menaces physiques très concrètes que les sbires de Dalüge et Göring avaient fait planer sur lui.

— Dalüge est un faux problème généré par les circonstances, s'était consolé Heydrich. Raisonnons en stratèges, et non en tacticiens influencés par les épiphénomènes. Laissons-les se déchirer pour l'instant, avait-il conseillé à Himmler dès son retour à Munich. Ne pas avoir été appelés à Berlin est une chance, car ainsi nous restons purs. Dès que le chancelier Hitler aura pris conscience de la nocivité de son entourage, c'est à nous qu'il fera appel pour nettoyer les écuries d'Augias… N'est-ce pas, Gärensen ?

— Sans aucun doute, avais-je approuvé. À la condition qu'il se rappelle encore notre existence !

— Il y a des moyens de la lui rappeler, je suppose, avait alors sournoisement suggéré Himmler. Travaillez donc à cela, Gärensen. Cela vous changera de votre travail d'expert en vieilleries. Je suis curieux de savoir ce que vous valez sur le terrain de la vraie politique !

Finissant de lamper son cognac, Heydrich avait discrètement porté un toast en mon honneur. L'occasion de briller auprès de Himmler était trop belle… Ce que celui-ci nommait « vraie politique », la plupart l'auraient appelé « rouerie » ou, mieux encore, « machiavélisme »…

Au nouveau jeu que l'on me proposait, je me révélai vite beaucoup plus doué que je ne le soupçonnais moi-même. Les détails du plan, je m'en souviens très bien, furent élaborés au cours d'une heure d'escrime avec Heydrich, désormais monté en grade et devenu *Standartenführer*. Sous prétexte d'entraînement, nous nous voyions presque quotidiennement à l'époque. Un jour nous chevauchions à l'aube avant notre journée de travail, le lendemain nous nous donnions rendez-vous en soirée à la salle d'escrime, que le maître d'armes, un sympathisant SS de la première heure, laissait ouverte pour nous. C'est là, dans ce décor de lambris et de miroirs réfléchissant nos passes à l'infini que j'élaborai ce qui allait devenir la première opération de terrain à laquelle j'aie jamais participé… Oh ! cette affaire ne fut pas très glorieuse, en vérité, puisqu'il s'agissait de créer de toutes pièces une prétendue menace d'attentat contre le chancelier.

— Méfiez-vous, Gärensen ! m'avertit Heydrich en lançant vers mon masque un coup de pointe redoutablement précis que j'évitai au prix d'une douloureuse torsion du bassin. Ce que vous proposez est un grand classique de la manipulation. En conséquence, cela ne supporte pas la médiocrité. Vous avez mon appui sur cette opération car elle peut faire engranger aux SS des bénéfices considérables. Mais donnez-vous à fond dans cette histoire ! Thyssen vous épaulera…

En quelques soirées, Thyssen et moi préparâmes donc un dossier complet qui recensait point par point les étapes de la mise en scène. Heydrich consacra une journée entière à éplucher nos notes, puis il nous posa beaucoup de questions, nous demanda de corriger quelques détails et valida enfin notre travail.

— Allez présenter cela à Himmler, Gärensen. Je crois qu'il sera enchanté de ce petit théâtre…

L'affaire fut rondement menée. Au jour dit, les services compétents de Himmler – dûment manipulés, cela va sans dire – découvrirent donc à Berlin un projet d'attentat à la grenade contre la personne du Führer. Trois agents soviétiques, dont nous avions repéré depuis longtemps l'incompétence crasse, furent sacrifiés sur l'autel de la cause... Grâce aux preuves que nous avions fabriquées, ces pauvres types furent accusés de comploter la mort de Hitler. Après un court séjour dans les geôles berlinoises, ils furent dûment renvoyés à Moscou avec les compliments du SD. Himmler fit merveille pour faire connaître à tous et pour promouvoir l'extraordinaire compétence de ses propres agents. Hitler en personne le remercia chaleureusement. Sa paranoïa naturelle encore renforcée par cet événement, il demanda aux SS d'assurer désormais sa garde personnelle. Himmler exulta. Heydrich sourit.

— Nous allons lui donner Sepp Dietrich. C'est un bon baroudeur et il nous est tout dévoué, proposa le *Standartenführer*.

Sans le savoir, Heydrich venait d'effectuer un choix lourd de conséquences, car Sepp Dietrich et les cent vingt hommes de son groupe allaient en effet se faire apprécier à ce point du chancelier que ce dernier les organiserait dès septembre 1933 en Leibstandarte SS Adolf Hitler, germe de la future Waffen SS, rivale fanatisée de l'armée régulière... Ce premier « fait d'armes » me fit grimper vertigineusement dans la hiérarchie SS. De simple *Hauptmann*, je passai donc à *Obersturmführer* et, surtout, gagnai encore un peu plus l'estime de Himmler.

— Il faut vraiment vous trouver une occupation digne de vous, mon garçon, me dit-il un jour paternellement. Je sens que les choses vont évoluer dans le bon sens... Dès que la situation se sera clarifiée, nous prendrons votre carrière en main... Songez à ce qui vous plairait et faites-moi une suggestion...

L'évolution de la situation ? C'était de l'élimination de Röhm et des SA qu'il voulait parler, bien entendu.

Nous étions fin 33 et, plus que jamais, une guerre intestine dressait les cadres du NSDAP les uns contre les autres.

— Himmler croit donc à la victoire finale des SS ? s'enthousiasma Heydrich. Il a raison ! J'en ai eu moi-même l'intuition alors que toutes les apparences étaient contre nous. Maintenant plus que jamais, je suis persuadé que nous prendrons le dessus sur tous nos ennemis ! S'il vous demande de songer à la place que vous voulez quand nous serons au sommet, j'aurai une proposition amusante à vous faire…

*

Avant que les rêves de triomphe de Himmler et de Heydrich ne se réalisent, l'armée des cinq cent mille hommes de la SA constituait encore un sérieux obstacle. Dans le plus grand secret, les deux hommes prirent contact avec l'état-major de la Reichswehr pour statuer sur le sort de Röhm. Avril et mai 1934 furent consacrés à rassembler autant de preuves que possible afin de convaincre les indécis de la nocivité de la milice brune. Des éléments SA retournés nous fournirent quelques documents relatifs à des dépôts d'armes clandestins, ou bien rapportèrent de vulgaires propos de table à caractère à peine séditieux. La maigreur de la moisson n'inquiéta pas Heydrich. Avec le soutien des généraux réguliers, il parvint même à convaincre le puissant Göring que le temps était venu de frapper un grand coup pour sauver le parti déchiré par des querelles internes. Attirés par l'odeur du sang, les grands industriels, Gustav Krupp en tête, entrèrent dans la danse :

— Les SA prônent une sorte de bolchevisme jusque

dans nos usines ! Ils montent les ouvriers contre nous ! C'est intolérable !

— Rassurez-vous, leur répondit Himmler. Nous allons bientôt régler le problème définitivement…

Pendant des semaines entières, le monde conspira donc la perte des miliciens, sans que jamais les gens de Röhm ne flairent ce qui se tramait contre eux. Les listes d'hommes à abattre s'allongeaient de jour en jour, dépassant le cadre strict des SA. Hitler, lui, jouait la carte de l'innocence. N'approuvant pas plus l'opération qu'il ne la condamnait, il laissait faire, juste contrarié que, lors d'une conférence diplomatique à Venise, Mussolini lui eût conseillé de mettre de l'ordre dans son propre parti avant de prétendre se poser en donneur de leçons ! Enfin, tout fut prêt. Lancée par Himmler en personne, la rumeur d'un putsch prétendument programmé par les SA mit le feu aux poudres. Finalement convaincu par les preuves tendancieuses que lui tendait le chef de la SS, Hitler se résolut à en finir. À l'aube, pistolet au poing, il alla cueillir Röhm dans l'auberge bavaroise où il dormait avec ses amants. Cette arrestation donna le signal du départ de la grande purge. Organisé de main de maître par Heydrich, ce fut un bain de sang dans toutes les provinces allemandes…

À la Maison Brune, où Hitler s'était momentanément établi, tout le monde se disputait maintenant le privilège d'assassiner Röhm, enfermé dans la geôle 474 de la prison munichoise de Stadelheim. Hess, oui, Rudolf Hess en personne, que j'avais autrefois connu si placide et si docte en compagnie de Haushofer, ne lançait plus que des paroles de haine et de mort et réclamait le droit de donner lui-même le coup de grâce ! Des plus cultivés aux plus frustes, des plus raffinés aux plus brutaux, tous étaient pris d'une folie meurtrière qui se tempéra à peine avec l'annonce de la mort de Röhm, sordidement exécuté dans son cachot par trois SS… Alors, dans toutes les casernes de la Reichswehr monta un « hourra ! » sonore et joyeux. Les officiers de l'état-major se congratulèrent, pensant s'être débarrassés d'un ennemi mortel. Les bourgeois de Berlin et de Hambourg, les banquiers de Hanovre et de Potsdam dégrafèrent un instant leur cravate pour souffler et jouir – croyaient-ils – d'un air soudain devenu plus pur pour n'être plus respiré par les reîtres bruns. Himmler et Heydrich, eux, ne sablaient pas le champagne. Leurs traits étaient contractés et leurs lèvres ne laissaient passer aucun sourire. Victorieux, ils l'étaient pourtant, et bien plus qu'aucun homme en Allemagne ne le fut ce jour-là. Mais, déjà, leurs rêves les portaient vers des cimes plus élevées, des rêves plus grandioses, des horizons plus fous… Fauves et visionnaires à la fois, plus rien maintenant ne pouvait les arrêter…

La nef des fous

— Je constate que les moindres détails sont posés, dit Heydrich. Il ne reste plus qu'à trouver un nom qui sonne bien…

— J'y ai pensé, répondis-je d'un air pénétré. Que diriez-vous d'*Ahnenerbe Forschungs und Lehrgemeinschaft* ?

— La Société d'étude de l'héritage des ancêtres ? Excellent, Gärensen ! C'est à la fois totalement anodin pour qui n'y prend pas garde et très explicite pour les autres. Allons-y pour Ahnenerbe ! Prenez rendez-vous avec Himmler…

Berlin, janvier 1935. La situation avait bien changé depuis la « Nuit des longs couteaux » et l'élimination des SA. Himmler, enfin, avait obtenu ce qu'il voulait. Nommé *Reichsführer*, il avait été appelé dans la capitale au côté du chancelier. Chef désormais incontesté de la SS, il savait que son pouvoir augmentait chaque jour. Ses plus proches collaborateurs avaient tous été récompensés de leur fidélité. De sa promesse de s'occuper personnellement de ma carrière, il n'avait rien oublié.

— Avez-vous songé sérieusement à la place que vous voulez occuper parmi nous, Gärensen ? me demanda-t-il un matin tandis que je pénétrais pour la première fois dans son nouveau bureau.

— Oui, *Reichsführer*. J'ai un projet à vous soumettre.

D'une serviette de cuir frappé de la double rune Sowilo, je tirai un épais dossier que je tendis respectueusement à mon supérieur. Ajustant ses lunettes rondes sur son nez trop court, Himmler lut la page d'introduction de l'étude. Bien évidemment, il ignorait que le véritable instigateur du document n'était autre que Reinhard Heydrich en personne…

— Un institut consacré à l'héritage des ancêtres… Intéressant… Détaillez-moi votre projet en quelques mots.

— Si vous en acceptez le principe, l'Ahnenerbe se dévouera à la recherche scientifique au sens le plus large du terme. J'ai répertorié une cinquantaine de champs d'étude qui tous présentent un intérêt particulier pour le renforcement culturel, politique, économique et militaire du régime. Une grande partie des recherches sera consacrée à approfondir le symbolisme nordique, comme nous avons commencé à le faire avec Willigut. Je pense qu'il faut systématiser ces travaux et, même, en faire une matière spécifique à l'école des cadres. Il est capital pour le moral des hommes et leur efficacité sur le terrain qu'ils soient persuadés de la grandeur et de l'ancienneté de la civilisation allemande. De sa primauté, même. Il faut combattre deux mille ans de mensonge qui nous ont fait croire que la culture était exclusivement d'essence méditerranéenne. Il est temps de rétablir une vision des choses plus juste. Cela ne peut que motiver nos troupes dans leurs tâches et leur fournir les armes intellectuelles dont elles ont besoin pour combattre la subversion…

— Je vous approuve totalement.

— Mais nous ne devons pas nous arrêter là ! Il est

impératif selon moi d'étendre nos compétences à des domaines encore mal connus ou injustement méprisés, mais qui, s'ils étaient correctement étudiés, pourraient peut-être nous procurer un avantage décisif sur nos rivaux.

— À quoi songez-vous plus précisément ?

— À des matières aussi diverses que les capacités *surnaturelles* du corps humain, ou bien encore à des campagnes de fouilles archéologiques sur des sites de grande valeur civilisationnelle… Je pense au Mexique, par exemple, où il serait extrêmement profitable tant au point de vue culturel que politique de damer le pion aux Américains… Nous pourrions aussi envisager le Moyen-Orient, ainsi que l'Inde, pour rivaliser avec les Anglais, et même le Tibet pour nous positionner face aux Chinois. Je pense à des équipes composées pour moitié d'authentiques archéologues et pour moitié d'espions du SD Ausland… Pour résumer : l'Ahnenerbe doit se spécialiser dans *toutes* les branches du savoir habituellement négligées par la pensée classique ! C'est en prenant les chemins de traverse que nous pourrons découvrir des raccourcis vers une puissance renouvelée contre laquelle nos adversaires ne pourront rien !

— Passionnant ! Passionnant ! s'enthousiasma Himmler. Mais donnez-moi un exemple précis !

— Vous avez entendu parler du phénomène de transmission de pensée, par exemple. C'est très en vogue en ce moment dans les cabarets de Berlin…

— Vous voulez parler du mage Hanussen ?

— Exactement, *Reichsführer*. Je suis allé le voir moi-même il y a quelques jours. Son numéro est impressionnant. Eh bien, imaginez qu'au lieu de n'être qu'un divertissement, ce talent soit réel. Il servirait alors de méthode de transmission secrète idéale et totalement inviolable entre… disons… un sous-marin et sa base !

— Chaque sous-marin embarquerait donc un voyant ?

— Pourquoi pas ? Si nous parvenons à étudier le phénomène et à le maîtriser, aucun agent ennemi ne sera capable d'intercepter ce type d'informations. Voilà un exemple d'une application extrêmement concrète des travaux que pourrait mener l'Ahnenerbe !

— Je vois, oui… J'avoue que votre idée est excellente et débouche sur des perspectives inattendues. Je vous donne mon accord de principe pour la création de cet institut… Je suis impatient de connaître vos premiers résultats.

Les paumes moites et les tempes en feu, je sortis de cette entrevue plus rompu que je ne l'avais été par une marche forcée dans les marais sous les cris de Dietrich Lauterbach. Après le dîner chez les Heydrich, en 1931, et l'élaboration du faux attentat contre le chancelier en 1933, c'était la troisième fois que je parvenais à séduire Himmler.

— Je suis extrêmement satisfait de vous, Gärensen, me dit Heydrich comme je lui rapportais ma conversation avec le *Reichsführer*. J'y ai mis le temps mais je vous ai enfin placé là où je voulais que vous soyez. Oui ! Exactement comme je l'avais prévu au départ ! Sur la case stratégique qui nous permet de prendre un ascendant total sur Himmler ! Enfoncez-le dans ses délires. Engagez des mages, des illuminés, des rebuts intellectuels aux idées fixes. N'hésitez pas à rendre cet institut aussi ridicule que possible. Par contrecoup, cela ternira l'image du petit éleveur de poulets de Waltrudering et le fragilisera durablement au sein du parti. Il perdra la confiance de Hitler… Mais attention, ne vous mettez pas trop en avant vous-même. Soyez l'éminence grise de l'Ahnenerbe, pas le maître d'œuvre exposé aux regards et aux critiques. Choisissez des fusibles qui sauteront à votre place quand cette partie sera finie. Je m'en voudrais de vous sacrifier avant d'en commencer une autre…

*

Constituer mon équipe ne me demanda pas un gros effort. Depuis que je travaillais pour Heydrich, j'avais consacré une grande partie de mon temps à rédiger des fiches de renseignements sur un nombre considérable d'exaltés que j'avais croisés dans les couloirs de la Maison Brune. Grâce aux compléments d'informations fournis par d'autres équipes du SD, ma base de données sur les individus les plus louches de l'époque était, je crois, assez complète. Du tri important que j'effectuai surnagèrent finalement deux ou trois incurables hallucinés. Le SS Wolfram Sievers était le premier. C'était un type maigre au regard fiévreux, toujours nerveux, se cognant aux portes, maladroit chronique et grand briseur d'objets divers. J'avais fait sa connaissance par l'intermédiaire de Hielscher du temps où nous travaillions ensemble à Munich. Qu'on ne s'y trompe pas, sous ses dehors de clown triste, Sievers était loin d'être un idiot complet. Ses monomanies, son obsession du complot, ses théories abracadabrantes sur une grande civilisation nordique primitive dont les vestiges auraient été engloutis sous les glaces du Pôle, tout cela surgissait par saccades entre une analyse fine et sensible du *Parzival* d'Eschenbach et un commentaire remarquablement éloquent sur la portée politique du mouvement romantique du XIXe siècle. Sievers était en outre lié à de nombreux cercles littéraires et mondains de la capitale. Notamment intime du romancier et essayiste Ernst Jünger, il était de ceux qui pouvaient conduire en toute bonne foi et en fort peu de temps la fumeuse Ahnenerbe aux pires ridicules…

— Sievers ? Oui, bon choix, approuva Heydrich. Quel rôle voyez-vous pour lui ?

— Un *grand* rôle : le premier ! Il en a la carrure. Il sera directeur officiel de l'institut.

— Je le vois d'ici jouer au petit coq ! Mais il va vite se casser les dents sur les tâches administratives. Il est absolument incompétent pour cela. Très bien. Ensuite ?

— Plusieurs autres, évidemment. Les principaux étant : le professeur Hermann Wirth comme caution scientifique…

Heydrich explosa de rire.

— Le Hollandais ? Celui qui croit que la race allemande descend des Atlantes ? Excellent ! Et encore ?

— Le linguiste Walter Wüst ferait un excellent curateur. Je ne sais s'il acceptera tout de suite… Peut-être pas avant un an ou deux. Nous verrons… C'est le doyen de l'université de Munich. C'est aussi un notable et un sympathisant. Le compter parmi nous serait tout à l'avantage de l'institut…

— Ou plutôt tout à son désavantage, vous voulez dire, corrigea Heydrich avant de croiser les mains sur sa nuque. Bien ! Cela semble prometteur. Il me tarde de lire les premières annales que cette galerie d'aliénés va publier. Au fait, Himmler vous a-t-il parlé du financement ?

— Pas explicitement. Évidemment, j'y ai pensé… J'ai une solution mais je ne sais pas si cela va vous plaire…

— Oui ?

— Les premiers fonds pourraient provenir d'un ministère dont nous savons qu'il est dirigé par un homme sensible à tous les thèmes *völkisch*... C'est un végétarien, un admirateur des théories de Rudolf Steiner. Vous savez : la croissance sans engrais des plantes vivrières, les semailles et les récoltes effectuées selon les phases de la Lune, toutes ces choses...

— Walther Darré ? Le ministre de l'Agriculture ? Curieux, certes, mais loin d'être stupide... Vous pensez qu'il acceptera ?

— Il entretient de bonnes relations avec Himmler. Les deux hommes se respectent. Il jouit en outre d'un très bon budget dont je sais qu'une partie attend encore son affectation. Si nous lui faisons miroiter quelque influence à l'institut, il foncera tête baissée dans le panneau.

— Il a été responsable du service de la Race et du Peuplement chez nous, si je ne me trompe...

— Oui. C'est un SS. Ingénieur agronome de formation. Entré au NSDAP en 29, précisai-je en retrouvant la note que j'avais consacrée à cet homme. Violemment eugéniste et antichrétien...

— Excellent ! Vous avez raison, il paiera... À combien estimez-vous le budget de l'Ahnenerbe ?

— Objectivement, nous avons besoin d'un million de marks par an. En conséquence, je vais bien sûr en réclamer trois...

— Et les locaux ? Vous avez les locaux ?

— J'ai choisi un très bel immeuble à Berlin-Dahlem, au numéro 16 de Pücklerstrasse. L'institution financière, elle, devrait se situer Wilhelmstrasse, au numéro 28. Très cossu. Très *chic* !

Heydrich sourit à ce mot français que nous aimions employer.

— Mon épouse, Lina, me parle souvent de vous... Elle serait heureuse de vous avoir à dîner, Thörun. Vous êtes libre, ce soir ?

*

Pendant les mois que je consacrai à la mise sur pied de l'Ahnenerbe, le rythme de ma vie s'accéléra comme jamais. Mes journées de travail étaient longues, mais dynamiques et créatives. Sievers accepta avec gratitude le poste que je lui proposai, tout comme Walther Darré promit de payer rubis sur l'ongle tous les frais que nous engagions pour faire de l'institut un instrument de travail aussi fou que productif... Sans cesse, il fallait recruter des collaborateurs, lancer de nouvelles recherches, négocier avec les universités ou les laboratoires privés, éditer des brochures, organiser des cycles de conférences, négocier avec des gouvernements étrangers l'autorisation de mener des campagnes de fouilles sur leur sol... Tout cela était aussi épuisant qu'exaltant. Si exaltant, à dire vrai, que j'aurais facilement pu perdre de vue le caractère grotesque de l'entreprise et sa finalité de piège tendu à Himmler, si Heydrich ne m'avait constamment remis en mémoire le but ultime de l'opération.

— Ne vous prenez pas au jeu, Gärensen. Attention ! À trop fréquenter les fous, ne substituez pas leurs références aux vôtres ! Sortez un peu. Prenez du bon temps. Nettoyez-vous l'esprit. Berlin est une ville fascinante. Explorez-la !

Je haussai d'abord les épaules, mais finis tout de même par suivre ce conseil. De la capitale, je ne connaissais presque rien, sinon le chemin qui me conduisait chaque jour de mon nouveau domicile – un bel appartement sur Innsbruckerstrasse trois fois trop grand pour moi – à mon bureau de Pücklerstrasse.

— Où peut-on s'amuser ici ? demandai-je un jour à Wolfram Sievers.

— Tout dépend de ce que vous cherchez, évidemment… Si vous avez un faible pour la grande musique, prenez un abonnement à l'Académie de Prusse. Les concerts y sont de grande qualité. Si vous préférez au contraire le style léger, alors c'est à la Nelson Revue, sur Kurfürstendamm, qu'il faut aller. Vous pourrez y voir des spectacles de music-hall parisien qui y sont en tournée. Joséphine Baker y donne son répertoire en ce moment, je crois…

— Hum…, fis-je, peu convaincu de l'intérêt d'aller écouter un pépiant oiseau des îles échoué sur les rives de la Spree. Vous ne voyez pas autre chose ?

— Les cabarets L'Eldorado ou Die Weiss Mauss, La Souris Blanche, organisent des combats de gladiatrices, nues, dans la boue… Beaucoup de succès !

— Nues dans la boue, dites-vous ? Fort bien ! Où est-ce ?

*

Goldfaisan – faisan doré – était l'expression très imagée par laquelle les Berlinois désignaient les cadres nazis qui profitaient de leur position pour mener une vie mondaine débridée. *Goldfaisan* ! C'est ce que je devins moi aussi à partir du printemps 35, dans cette immense et bruissante ville de Berlin, orgueilleuse capitale d'une Allemagne qui avait changé du tout au tout depuis l'époque où j'en avais franchi les frontières pour la première fois. En deux années seulement aux affaires, les nazis étaient parvenus à maîtriser l'inflation et à réduire le chômage dans des proportions considérables. De nouveau, les gens avaient du travail et semblaient heureux. Il n'y avait plus de mendiants dans les rues, ni de journaliers attendant chaque matin une hypothétique embauche le long de murs d'usines tournant au ralenti. Propres et toutes très bien éclairées dès la tombée de la nuit, les rues étaient maintenant sûres, débarrassées de toute la pègre qui, sous la molle république de Weimar, empêchait les honnêtes gens de circuler en paix. Berlin, en 1935, était une ville extrêmement agréable pour les *Goldfaisan* ! Presque tous les soirs j'allais m'asseoir une petite heure dans la salle de l'élégant café Mampe's, sur le Kurfürstendamm, la grande avenue de style wilhelmien, un peu Champs-Élysées, un peu Grands Boulevards, où l'on trouvait cinémas, théâtres, grands restaurants ouverts à toute heure du jour et de la nuit… J'avais aussi mes entrées au Hardtke's, plus haut de gamme mais aussi plus snob. J'y lisais tranquillement le *Berliner Illustrirte*, aux pages remplies de photographies en couleurs, ou bien *Der Angriff*, le quotidien nazi dont la liberté de ton m'étonnait souvent… Les jours de travail intense, lorsque je sortais de mon bureau aux alentours de minuit, j'avais souvent envie de pousser la porte à tambour du sulfureux Romanische Café. Autrefois grand repaire des intellectuels bohèmes de la république de Weimar, il avait été finalement adopté par les SA, qui en avaient fait un de leurs cabarets favoris. Au cours de la « Nuit des longs couteaux », l'établissement avait été le théâtre d'une véritable bataille rangée entre Chemises brunes et SS. Hâtivement replâtré et repeint, on pouvait toujours voir des traces de balles moucheter les murs et des zébrures d'armes blanches courir sur le velours noir des banquettes... Défraîchi, bizarrement nostalgique et *décadent*, cet endroit ne plaisait pas qu'à moi. De nombreux artistes le fréquentaient encore, même si son lustre d'antan s'était beaucoup terni. Gram, un nain portant un uniforme de fantaisie, en était le portier attitré depuis plus de vingt ans.

— Des jolies filles, ce soir, Gram ? lui demandais-je toujours en glissant négligemment un billet dans le bandeau de sa casquette rouge.

— Oh, oui ! Ce soir, il y a les Tiller Girls ! Elles font relâche et ont décidé de s'amuser ici. Je crois qu'elles sont toutes là !

Les Tiller Girls ! Une troupe très connue de danseuses légères qui affolaient les bons bourgeois de province venus en cachette de leur épouse s'encanailler dans les music-halls berlinois sous prétexte d'affaires à traiter dans la capitale... J'en invitai trois à ma table mais n'en gardai qu'une dans mon lit. Mona était tendre et belle, faussement naïve aussi. Elle m'aimait bien, je crois, mais elle me quitta au bout de quelques jours pour un avocat du parti, plus fortuné que moi.

— Je te quitte, Thörun, mais je me fais du souci pour toi. Tu travailles trop ! Il faut absolument que tu aies de la compagnie ! Ce soir, je te présente à une amie à qui tu vas plaire. Ce sera mon cadeau d'adieu, si tu veux bien.

Je haussai les épaules et acceptai, somme toute plus amusé que froissé. Mona était une chic fille, mais je n'en étais aucunement amoureux. Son détachement et sa franchise, en revanche, me plaisaient beaucoup. Le soir de notre « rupture », elle me présenta une de ses anciennes maîtresses – Mona était une vraie amazone. Les traits de cette femme ne m'étaient pas inconnus mais je ne sus pas tout de suite mettre un nom sur ce long visage triangulaire aux cheveux noirs coiffés court, rasés haut sur la nuque.

— Margo, je te présente un camarade très cher. Connaissant vos goûts respectifs, je crois que vous allez fraterniser !

Sans se lever de sa chaise, ladite Margo me tendit aristocratiquement une main que j'effleurai de mes lèvres en un salut de *Herrschaft* – de gentilhomme – tout aussi guindé... Ce ne fut que lorsque je lui ôtai ses vêtements, dans la chambre de son immense appartement situé dans le quartier Schöneberg, que mon esprit s'éclaira enfin. Cette silhouette avait été de nombreuses fois photographiée dans les pages cinéma du *Berliner Illustrirte*. Cette femme que je tenais maintenant dans mes bras, c'était Margo Lion, la grande rivale de Marlene Dietrich ! Du reste, Mona avait vu juste. Margo et moi nous entendîmes très bien et demeurâmes amants jusqu'aux premières semaines de l'été 35. Elle parlait peu pour une femme, trait de caractère que j'appréciais à sa juste valeur. De même, elle ne m'accablait jamais de reproches quand je lui faisais porter un bouquet de lys pour la prier de m'excuser de ne pouvoir me libérer d'un travail trop prenant. Comme beaucoup d'Allemandes, c'était aussi une admirable nageuse, au corps délié. Deux ou trois dimanches, il m'est arrivé de l'accompagner soit à la station balnéaire très huppée de Ahlbeck, dont les planches étaient aussi pavoisées de drapeaux à croix gammée que les avenues aux abords de la chancellerie, soit au Wannsee, le lac berlinois où l'on avait créé une plage artificielle à l'aide de sable rapporté des côtes de la Baltique. J'aimais tout particulièrement cet endroit. Nous nous y rendions à bord de la voiture de Margo, une Essex Super Six, quittions nos vêtements et nagions sur une centaine de mètres jusqu'à l'île factice amarrée au centre du plan d'eau. Là, il y avait un bar sous une paillote. C'était le Juvena, je crois, ainsi nommé d'après une marque de costumes de bain. Nous nous installions sur les transats alignés au soleil et Margo s'enduisait de crème Nivéa odorante... Même sous la pleine chaleur de juillet, son maillot de laine fine mettait des heures à sécher. Cela irritait la pointe de ses seins et les faisait ressortir d'une manière extraordinairement suggestive. Autour de nous, les couples canotaient tranquillement dans des barques surmontées d'auvents rayés de suaves couleurs pastel...

Et puis Margo commença un tournage à l'étranger. À la façon de la petite Mona, elle insista pour m'introduire auprès de quelques-unes de ses connaissances. Grâce à l'extrême complaisance de « dame Lion », comme j'aimais à la nommer, je profitai encore de quelques aventures sans lendemain avec de jolies starlettes des studios Tobis Film Company ou UFA... Il se trouva que l'une d'elles, Bärbel, était l'enfant unique de Kurt Wagner, le plus grand libraire berlinois de l'époque. En voyant les hasardeux empilements de livres qui encombraient mon appartement, Bärbel tira la lumineuse conclusion que j'étais un bibliomane averti. Très éprise de moi au point d'en mûrir d'excentriques projets matrimoniaux, elle insista pour me présenter à son père, certaine que notre intérêt commun pour la chose livresque nous ferait nous apprivoiser l'un l'autre aisément. Plus pour satisfaire la curiosité que j'avais du lettré que pour complaire à cette jolie oie blanche, j'acceptai poliment la visite.

— Attention ! Papa n'aime rien moins que la politique, m'avait prévenu Bärbel.

Avertissement superflu, vraiment, puisque la première chose que fit le père en voyant mon uniforme noir fut presque de s'enfuir en courant ! Il fallut les cajoleries savantes et suppliantes de sa progéniture pour que le brave homme consentît à me serrer la main et à desserrer enfin les lèvres.

— J'ai eu votre dernier catalogue en main, crus-je bon de dire pour briser la glace. Il est tout à fait remarquable. Je constate que vous faites la part belle aux sciences religieuses et même… à l'ésotérisme ?

L'effet que produisit ce dernier terme sur le bonhomme ne fut pas moins spectaculaire que si j'étais parvenu à ranimer un mort. Ses yeux s'allumèrent comme des phares d'automobile dans la nuit. Retirant d'un geste vif ses lunettes sales pour les nettoyer de son mouchoir froissé, il eut un sourire niais et secoua comiquement les épaules comme s'il s'était électrocuté. À ces signes, je compris que la vie venait à nouveau de trouver son chemin dans la moelle épinière du boutiquier.

— L'ésotérisme ! Oui ! J'ai un catalogue complet. Je suis un des plus grands vendeurs d'Europe de manuscrits sur le sujet, vous savez ? Je garde des merveilles, ici, des ouvrages valant une fortune. J'ai des clients à Londres, à Paris, à New York, en Australie… Vous-même avez un intérêt particulier pour la chose ? Un domaine de compétence, peut-être ?

— Un amateur, je ne suis malheureusement qu'un amateur. J'éprouve en revanche une vive curiosité pour un ouvrage que vous décrivez magnifiquement page 27 de votre brochure…

De ma poche, je tirai la plaquette du libraire, un opuscule soigneusement imprimé sur un épais papier bleu. Je lus :

— « Jean Wier, *Histoires, disputes et discours des illusions et des impostures des diables, magiciens, infâmes, sorciers et empoisonneurs*… Paris, 1563. Un volume in-octavo de 402 pages, beau bois gravé sur titre et quatorze gravures sur bois dans le texte… »

— Très mauvaise édition ! Je vous conseille plutôt la version de 1579, infiniment plus complète, en deux volumes de 634 et 711 pages, si je ne m'abuse…

La voix aux modulations étranges qui venait de s'exprimer dans mon dos, haut et clair, n'était pas celle de Kurt Wagner. Curieux de voir qui se permettait d'intervenir aussi grossièrement dans une conversation privée, je me retournai, l'air rogue.

— Veuillez me pardonner, messieurs, j'ai conscience de paraître mal éduqué mais, vous le savez, tous les Français souffrent de cette tare… Matthieu-Marie Dandeville de Vigon-Pérignac, pour vous servir !

*

Comment décrire Vigon-Pérignac ? Au physique, l'exercice est assez simple : une silhouette haute, presque aussi fine que celle d'une fille, mais bien modelée et pleine de vigueur. Une épaisse chevelure d'un châtain toujours brillant et des iris très clairs couleur de liège dans un visage aux pommettes saillantes et au menton pointu. Au moral, la peinture est plus délicate, car ce jeune homme de vingt-sept ou vingt-huit ans était un concentré de paradoxes. De ma vie je n'ai croisé personnage plus odieux et plus charmant à la fois, étonnamment spirituel et intimement désespéré… Très vite, nous nous liâmes davantage que je ne l'avais jamais été avec Sacha Hornung. Né à Blois en 1907, Matthieu-Marie était issu d'une de ces vieilles familles françaises, tout à fait provinciales et authentiquement aristocratiques, qui ont su conserver intacte à travers les âges une méfiance instinctive envers le centralisme, qu'il fût royal ou jacobin. D'ailleurs, monarchique ou républicaine, aucune forme de gouvernement ne trouvait grâce à ses yeux…

— La France ! me disait-il souvent pendant que, installés sur le toit en terrasse qui surmontait l'appartement qu'il occupait, nous buvions un vin de Loire en regardant passer dans le ciel les longues nefs dirigeables reliant l'Allemagne à l'Amérique. La France, Thörun ! Quel gâchis que ce merveilleux et terrible pays !

— Je ne le connais pas, avouais-je, un peu honteux. Je crois m'en être d'ailleurs toujours désintéressé.

— Grand bien te fasse, mon ami ! D'autant que la France, la vraie, est différente de ce qu'on croit d'ordinaire. Et même mieux : la France n'est, en réalité, rien – je dis bien RIEN, m'entends-tu ? – de ce qu'elle croit être elle-même !

Ses longs discours sur la politique et l'histoire de sa patrie m'amusaient beaucoup. Si je commis l'erreur de les prendre d'abord pour les provocations d'un esprit doué mais trop vif pour être conséquent, je me rendis bientôt compte que les propos du Français, loin d'être des sophismes, ne manquaient ni de bien-fondé ni de pertinence.

— Ma famille porte la particule, c'est vrai, mais en France il n'y a aucune raison de se réjouir d'être noble. Sais-tu pourquoi ?

Je haussai les sourcils en vidant mon verre, après quoi je tendis la main vers une autre bouteille.

— Eh bien, je vais te le dire puisque tu es si ignorant ! La noblesse n'est pas un motif de fierté en France comme elle peut éventuellement l'être ailleurs, car l'aristocratie a commis la sottise de se faire émasculer par trois fois dans l'histoire. La première, ce fut sous le calamiteux Louis XIV, le *Räuberkönig*, le roi des bandits, comme disent si justement les Allemands. Avec ses ors et ses verroteries à Versailles, ce scélérat a attiré la noblesse de province dans un piège. Plutôt que de rester sur leurs terres à s'occuper correctement de leurs gens, ces idiots de hobereaux du Perche, de Normandie, de Gascogne et d'ailleurs sont accourus à la cour et s'y sont ruinés pour paraître. Tac ! Premier coup de ciseaux ! Deuxième coup : la Révolution jacobine, évidemment. Tous ceux qui échappent à la furie des trancheurs de tête s'enfuient. Donc, ce sont des lâches qui se discréditent à jamais. Honte à eux ! Troisième et dernier coup de ciseaux : le règne des marchands qui contraint les derniers vrais gentilshommes à marier leurs filles à des cochons de boutiquiers gras et suants. Apothéose suprême, la récente guerre avec l'Allemagne qui élimine les derniers bourgeons anémiés d'une race autrefois authentiquement glorieuse. *Sic transit gloria mundi…*

— « Ainsi passe la gloire du monde ». Je sais, Matthieu…

— Matthieu-Marie, s'il te plaît ! Ce prénom est certes foutrement ridicule mais il est mien et je n'ai que celui-là. Respecte-le, veux-tu ?

Que faisait donc Dandeville de Vigon-Pérignac à Berlin ? De son propre aveu : rien ! Ou presque. Passant ses journées à flâner, à lire et à rêvasser, c'était un oisif professionnel qui dilapidait les derniers feux de la fortune familiale avec une insouciance et une application parfaites. Sa maîtrise de l'allemand était exemplaire et je crois qu'il parlait également assez bien le russe et, tout comme moi, le grec ancien et le latin… Il avait pris ses quartiers dans la capitale quelques mois plus tôt dans le but de rédiger un livre, mais cela n'avait été qu'un vague prétexte pour quitter sa patrie, qu'il n'aimait décidément pas. Aux premiers jours de notre rencontre, je l'ai soupçonné d'appartenir au 2e Bureau, le service de renseignements français, avant de conclure qu'il n'en était rien. Farouchement hostile à la politique que son pays s'obstinait à mener depuis François Ier, il tenait la République et la démocratie pour les dernières des abominations.

— Abominations ? Non. Le mot est encore trop fort, m'avait-il dit un jour. Idioties, plutôt. Quel esprit sensé voudrait être gouverné par la masse ignorante ? Ridicule !

Malgré son rejet affiché de la culture française, Dandeville passait une grande partie de son temps à relire et à citer les auteurs qu'il aimait.

— Rien de bon n'a été publié à Paris depuis Anatole France. Et dire qu'il pensait être communiste ! Cet homme écrivait trop bien pour être sérieusement marxiste. Et Nodier ? Tu as déjà lu Nodier ? Il aurait pu être un autre Nerval, tu sais…

— Non, Matthieu-Marie, je ne sais pas.

— Bon ! C'est toi qui es dans le vrai ! Allons au bordel !

Comme Hornung, Matthieu-Marie était grand amateur de jolies filles. Mieux que moi encore, il connaissait les bonnes adresses du Berlin encanaillé…

— La plus belle « maison » de la capitale, c'est la Pension Dorian. Un endroit très civilisé… Je t'emmène !

Sur le Kurfürstendamm, la fameuse Pension Dorian était effectivement le lieu de toutes les débauches et de tous les luxes, fréquenté par les *Goldfaisan*. J'en avais souvent entendu parler mais n'avais pas encore trouvé l'occasion de m'y rendre. Elle occupait deux étages d'une grosse villa bourgeoise un peu retirée, et se composait d'un double appartement percé d'interminables couloirs sur lesquels s'ouvraient les chambres. Un salon de la taille d'une salle de bal faisait office de bar et de fumoir. C'était là, si on le souhaitait, que l'on pouvait choisir les filles, toutes très belles, élégantes, discrètes aussi. Contrairement aux autres endroits de ce genre que j'avais visités, l'ambiance y était calme, feutrée. Les conversations se tenaient à mi-voix sans rires grossiers ni gloussements vulgaires. Il flottait même dans l'air un parfum d'encens…

— Si tu n'as pas envie de coucher, on ne te forcera pas. Ici, c'est haut de gamme, tu sais. On peut se contenter de prendre un verre et de profiter du décor…

Illustrant ses propos, Matthieu-Marie se laissa tomber dans un profond fauteuil anglais enclavé dans un renfoncement. Fixé à l'un des accoudoirs sur une large sangle de buffle, un cendrier de cuivre rutilant renvoyait les lumières tamisées qui nous entouraient.

— Tu n'es pas vraiment allemand, toi, n'est-ce pas ? me demanda-t-il en allumant un havane de la taille d'un canon de revolver.

La question me gêna, et je fis de mon mieux pour l'éluder. Peu convaincants, mes efforts l'amusèrent beaucoup.

— Arrête, Thörun ! Tu t'empêtres dans tes mensonges ! Garde tes petits secrets pour toi. Nous en avons tous et je ne veux pas te mettre mal à l'aise. Dis-moi seulement ce que tu fabriquais chez le libraire Kurt Wagner, l'autre jour. Les éditions rares t'intéressent ?

— Seulement si elles concernent certains sujets, oui…

— La magie ?

— Par exemple…

— Intérêt personnel ou… commandé par le NSDAP ?

— Depuis toujours j'aime les mythes, les légendes… Je suis curieux des choses ordinairement délaissées… Disons que le parti a su employer correctement ce penchant naturel.

— Tu es de ceux qui chassent les francs-maçons ?

Je souris. Comme toutes les sociétés de pensée qui n'étaient pas ouvertement pronazies, la maçonnerie n'était plus tolérée en Allemagne depuis l'accession de Hitler au pouvoir. Les rose-croix, les martinistes, les théosophes, les anthroposophes et bien d'autres groupes discrets, sinon secrets, avaient été déclarés ennemis de l'État.

— Non. Je ne m'occupe pas plus des maçons que des Juifs. Ce sont d'autres services qui traitent ces dossiers.

— Alors quoi ? Tu ne vas pas me dire que tu es un SS ordinaire, tout de même…

— Laisse-moi le temps de savoir qui tu es, et je me sentirai libre de te répondre, mon cher ami français.

— Comme tu voudras ! Je ne crains rien de ce que tu pourrais découvrir. En attendant les résultats de ton enquête, je t'abandonne pour me consacrer à cette croustillante petite *Gretchen* que je vois frétiller devant moi depuis bien trop longtemps ! Hum… *Schwüll, Schwüll, Schwüll !* répéta-t-il en employant un mot d'argot berlinois signifiant tout à la fois « excitation », « canaillerie », ou bien encore *« sex-appeal »*, comme disent crûment les Anglo-Saxons.

Se levant d'un bond souple pour entraîner la fille

qui lui plaisait, il se retourna pour m'apostropher avec un geste théâtral :

— Thörun, si tu me demandais : « Matthieu-Marie, quel est ton grand défaut ? », je te répondrais : « Manquer d'inquiétude ! Résolument ! »

*

L'été 1935 se révéla exceptionnellement chaud. Deux ou trois fois par semaine, alors que le jour se levait à peine, je chevauchais avec Heydrich. Les sabots de nos montures ne foulaient plus les allées sableuses du Nympherburg mais celles, autrement plus larges et plus longues, du Tiergarten, le gigantesque zoo du centre-ville.

Comme j'arrivais un matin aux écuries, je trouvai Reinhard près d'un box, à flatter l'encolure d'un fort bel étalon couleur d'ébène. Quand il me vit approcher, le visage du chef du SD s'éclaira d'un sourire de gosse heureux.

— Approchez, mon cher Thörun ! Que pensez-vous de cet animal ?

— Superbe bête ! Magnifiquement musclée. Bel œil vif plein de caractère… Une vraie beauté !

— J'ai tout de suite pensé à vous quand je l'ai vu. C'est un cadeau. Je vous l'offre.

À la fois médusé et charmé par l'attention, je me confondis en remerciements.

— Il se nomme Sleipnir. Incroyable, n'est-ce pas ? C'est ainsi que j'ai compris qu'il vous était destiné !

Sleipnir ! Le nom du cheval d'Odhinn dans la mythologie nordique… Une créature extraordinaire, caractérisée par ses huit jambes !

— Je n'ai jamais compris pourquoi huit, d'ailleurs, m'avoua Heydrich en me tendant la bride.

— Pour signifier la capacité de la monture à se déplacer aussi bien sur le plan matériel que subtil… Pensez également au sceau des Templiers. Vous savez, les deux cavaliers sur un même cheval : deux corps, donc la maîtrise de deux plans de réalité. C'est aussi simple que cela, je pense, expliquai-je ingénument en montant en selle.

— Décidément, vous avez réponse à tout, mon cher camarade !

Deux ou trois jours après m'avoir fait don du fougueux Sleipnir, Heydrich invita l'amiral Canaris à partager une de nos chevauchées matinales. D'instinct, je n'aimai pas ce nouveau venu. Non seulement ce n'était pas un SS, mais c'était presque un rival déclaré. Cet homme dirigeait l'Abwehr, le puissant service de renseignements de l'armée régulière. Petit, un peu mou, souvent bâillant, Canaris jouissait cependant de toute la confiance du Führer. Heydrich, quant à lui, ne savait pas à quoi s'en tenir sur le personnage. Lorsqu'il me demanda mon avis, je ne pus cacher mes préventions.

— L'amiral ne m'inspire pas confiance. Je ne saurais dire exactement pourquoi, cependant. C'est l'instinct qui parle.

— Je partage votre avis… Entre nous, je tente de l'avoir sous contrôle mais ce type est aussi glissant qu'une anguille. L'habitude de la vie en mer, sans doute ! Gardons un œil sur lui…

— Je n'oublierai pas.

*

— Passe-moi les jumelles, veux-tu ? Je crois en avoir repéré une vraiment digne d'intérêt !

Tendant à Matthieu-Marie les binoculaires qu'il

réclamait, je m'étirai comme un chat et fis jouer les muscles de mes bras sous ma chemise aux manches retroussées. Depuis le milieu de l'après-midi, le Français et moi étions installés à notre poste d'observation habituel, sur le toit en terrasse de son immeuble. Au soleil depuis deux bonnes heures, je me sentais aussi alangui et détendu que si j'avais abusé du vin.

— Ah, oui ! Adorable ! Vraiment ! Pleine de mignons trémoussements ! Tu veux voir ?

— Bien sûr ! Laquelle est-ce ?

— À l'extrême gauche. À côté de la grande rousse…

Au travers des lentilles grossissantes, j'observai pendant quelques instants les mouvements gracieux et la mine avenante d'une gosse de dix-sept ou dix-huit ans qui jouait au volley-ball avec ses camarades dans la cour d'un pensionnat de jeunes filles tout proche.

— C'est l'avantage d'habiter ici, commenta Matthieu-Marie. J'ai dit « Je prends ! » au propriétaire aussitôt après avoir remarqué le voisinage de cet établissement pour demoiselles de bonne famille. C'est un ravissement de regarder arriver chaque matin ces *Fräulein* en jupe plissée et chemisier cintré. Cela me donne une bonne raison de me lever…

— Et si je t'en donnais une autre ? demandai-je innocemment.

— Plus motivante que de regarder des lycéennes ?

— Une raison, disons… moins stupidement passive… J'aimerais que tu travailles avec moi.

Le Français faillit s'étrangler de surprise, puis il sourit.

— Tu as achevé ton enquête sur moi ? Les résultats sont positifs ?

— Positifs !

— Serai-je contraint à me couper les cheveux aussi ras que toi et à enfiler le même uniforme de commis de pompes funèbres ?

— Peut-être… Oui… Ce serait plus amusant !

— S'il y a de l'amusement en perspective, alors c'est entendu !

Était-il machiavélique de ma part de vouloir faire de Matthieu-Marie Dandeville de Vigon-Pérignac un de mes proches collaborateurs ? Tout ensemble oui et non ! Oui, car je savais pertinemment qu'entraîner ce garçon dans la SS le marquerait pour le restant de ses jours. Non, car j'avais sincèrement besoin d'aide dans mon travail à l'Ahnenerbe, et je n'avais jusqu'ici jamais rencontré quelqu'un qui puisse me seconder mieux que le Français.

— Ne t'engage pas si vite, objectai-je pour le tempérer néanmoins. D'abord, tu dois bien comprendre de quoi il s'agit. Ce ne sera pas une partie de plaisir. Tu devras traverser une rude formation puis, en cas de conflit avec la France, assumer la difficile position de traître à ta patrie. C'est grave…

— Voilà l'argument qui achève de me convaincre, remarqua-t-il d'un ton détaché avant de reprendre les jumelles pour observer la jolie joueuse de ballon.

Comme je m'y attendais, Vigon-Pérignac passa sans problème les épreuves de sélection des *Schutzstaffel*. Quatre années après que j'y eus été moi-même soumis, le Français connut donc les joies d'une des nombreuses *Junkerschulen* qui avaient été aménagées un peu partout en Allemagne. Bad Tölz n'avait été que le premier camp. Il en existait maintenant trois autres en opération, et plusieurs encore en cours d'aménagement. Celui dans lequel j'envoyai Vigon-Pérignac était Bernau et formait principalement les futurs cadres du SD.

— J'ai bien failli laisser ma peau au *Tierkampf* ! me raconta-t-il à son retour. Mes aïeux, quel combat ! Mais enfin, je m'en suis tiré. Alors ? Ai-je mérité la Croix de fer ?

— Pas encore, mon ami… Mais tu viens de gagner tes galons d'officier consultant de l'Ahnenerbe !

*

L'investissement Dandeville – j'utilise en connaissance de cause ce terme pourtant affreux, car sa nationalité m'avait contraint à falsifier plusieurs documents administratifs et à insister pour que sa formation militaire fût abrégée afin de l'intégrer plus facilement et surtout plus vite parmi nous – se révéla immédiatement profitable. Aussi consciencieux dans son travail qu'il était désinvolte dans sa vie privée, le Français possédait la faculté rare de rester raisonnable et méthodique, tout en se passionnant pour toutes les formes d'aventure de l'esprit. Sa culture classique et sa connaissance de l'hébreu me furent d'une aide considérable.

— Si je comprends bien, tu veux que je rédige des fiches sur les grands thèmes de l'ésotérisme, c'est bien ça ?

— C'est un peu plus compliqué, en fait. Ce qu'il me faut, c'est dégager des sujets qui puissent servir de supports à des manœuvres d'intoxication. Les Anglais possèdent un très bon terme pour ça : *hoax*. Tu vois ce que je veux dire ?

— Je crois, oui… En somme, tu veux de la matière à rumeurs et à légendes ?

— Exactement.

— Fais-moi confiance.

Une semaine à peine après que je lui eus commandé ce travail, une impressionnante pile de notes m'attendait sur mon bureau. Le résultat de ces premières recherches dépassait de loin mes espérances…

— De Bernau, j'ai rapporté une provision de Pervitine, m'expliqua-t-il. Je n'ai pas dormi depuis cinq jours. J'espère que tu vas apprécier la lecture !

Notes sur : De certaines origines occultes de la Révolution française.

Au-delà de la lecture historique classique, la Révolution française de 1789 peut s'expliquer par la lutte multiséculaire de deux courants philosophiques présents en filigrane dans toute l'Histoire de France et, au-delà, dans toute l'Histoire de l'Europe. Le premier courant, solaire et populaire, provient de la section stoïque de Mithra conservé successivement par le patriarcat de Jérusalem, les templiers, l'ordre du Christ et les illuminés de l'ordre de Killwinning. Ses tenants sont les engastrolâtres tels que les désigne Rabelais. Ils se reconnaissent aux couleurs blanc, bleu et noir. Leur cri de ralliement est « Baucéan ». Il s'agit du parti de la plèbe qui réapparaît dans l'Histoire française avec Jeanne d'Arc, les Armagnac, Louis XI, la Ligue, Louis XIV, la Terreur… L'autre parti, lunaire, est d'origine ionienne et aristocratique. Leur langue liturgique est le grec. Ses fidèles sont les engastromythes des Tiers et Quart Livres. Leurs couleurs sont le violet et le rouge, et leur cri : « Montjoie Saint Denis ». Ils ont pour champions Henri III, Louis XV et Louis XVI… L'opposition entre les deux groupes se traduit non seulement en politique mais aussi dans l'art et la littérature. Les représentations du parti du peuple sont la femme nue et décharnée tenant deux serpents ; la Madone assise ; la dame de pique du jeu de cartes ; le héron... Les figures du parti aristocratique sont : la femme vêtue portant des gants ; la Madone debout ; la dame de trèfle ; le faucon...

Notes sur : Un poème inachevé de Goethe

Geheimnisse *est un fragment inachevé de l'œuvre de Goethe dont le thème principal se résume en la double question : Qui est qualifié pour transmettre les mystères et qui est qualifié pour les entendre ? Il y est question d'un ordre de chevalerie spirituelle dirigé par un Humanus dont la mission consiste à dépasser toutes les croyances établies pour enseigner une religion unique à tous les hommes. Il semblerait que ce texte soit inspiré par le « Plaidoyer en faveur de l'authenticité des rose-croix » paru à Leipzig en 1782 sous la signature de Robert de Fluctibus. L'ordre chevaleresque évoqué par Goethe ne peut que faire songer à celui des templiers, des rose-croix, des francs-maçons et à celui du Saint-Graal. Gardien des valeurs suprêmes de l'humanité, il s'abreuve à plusieurs sources : les Évangiles mais aussi Bacon, Spinoza, Comenius, Johan Valentin Andrae... La fraternité rêvée par Goethe dans* Geheimnisse *est composée de douze membres sous la tutelle d'Humanus qui, vêtu d'un habit multicolore à la façon d'un arlequin, réconcilie toutes les vertus ordinairement ennemies de la tradition et du progrès et invite chacun de ses disciples à développer le sentiment religieux sans référence à une religion déterminée.*

Notes sur : La franc-maçonnerie spéculative

Prenant notamment appui sur les thèmes de la Kabbale hébraïque et de l'hermétisme alchimique, se sont constitués en Occident moderne de très nombreux groupes à prétentions initiatiques. La franc-maçonnerie compte parmi les plus prolifiques. Encore faut-il distinguer la maçonnerie politique et mondaine de la maçonnerie spéculative à visée initiatique. Si la première ne présente aucun intérêt autre que matériel, la seconde offre le mérite de reposer sur des données métaphysiques issues de très anciennes traditions. La Parole perdue est le terme maçonnique privilégié pour désigner les plus hauts secrets initiatiques. Cette Parole perdue est pensée telle une vibration créatrice équivalente au Verbe premier des religions monothéistes. Le terme maçonnerie renvoie à l'art des constructeurs qui, dans le monde antique et médiéval, s'est toujours vu associé au sacerdoce. La construction des villes et des temples n'était en effet jamais effectuée d'après de simples et seules nécessités tangibles, mais devait en premier lieu satisfaire à des règles précises concernant l'orientation et les justes proportions afin que les influences divines soient correctement canalisées. Les maîtres constructeurs devaient en conséquence posséder des connaissances extrêmement étendues, qui dépassaient de loin la simple habileté manuelle. Cette imbrication entre les connaissances subtiles et la pratique ouvrière supérieure était symbolisée à Rome par Janus, à la fois divinité du secret initiatique et patron des artisans. Ainsi, lorsqu'elle n'est pas une société d'entraide ou un organisme politique subversif, la maçonnerie est un des rares lieux où survivent quelques fragments de religions très anciennes…

— C'est un travail documenté et potentiellement exploitable. Félicitations ! Dors un peu, mais continue dans ce sens. Je prends tout ce que tu pourras me donner…

Ravi par ces encouragements, le Français me sourit puis s'éclipsa, laissant la place à Sievers qui pénétra, fiévreux, dans mon bureau pour me vanter tout à trac les mérites d'un dénommé Otto Rahn, un écrivain sans le sou persuadé d'avoir trouvé la trace du Graal dans un château du sud de la France…

— Il est bien, ce garçon. Je vous assure qu'il est bien. Il faudrait absolument que vous lisiez ses œuvres ! C'est remarquable !

— Je vous promets d'étudier ses antécédents, Wolfram. S'il est digne d'intérêt, soyez certain que nous contacterons ce jeune homme…

Maladroit selon son habitude, Sievers quitta la pièce en se cognant dans la porte. Je ne pus me retenir d'éclater de rire tant ce type était impayable. Il l'ignorait, évidemment, mais je possédais le double de la clé de son bureau et j'allais régulièrement examiner ses papiers. Le bougre se nourrissait de mauvaise littérature occultiste autant que de romans pour enfants. Grossièrement dissimulés derrière une rangée de dossiers, j'avais récemment découvert des exemplaires illustrés d'*Émile et les Détectives* et de *Petit Point et Anton*. Décidément – conformément aux vœux de Heydrich –, l'Ahnenerbe n'avait pas mis longtemps à devenir une véritable nef des fous, une arche de Noé pour humanistes excentriques !

Je me souviens d'avoir travaillé tard ce soir-là, pris par l'étude du matériel que m'avait livré Dandeville. Qu'allais-je pouvoir faire de ces sommes d'érudition ? Quelle opération pouvais-je concevoir ? Et pour tromper qui ? Services alliés ou services allemands rivaux ? MI6 britannique, NKVD soviétique ou Abwehr de l'amiral Canaris ? Ne parvenant pas à concrétiser quoi que ce soit, je m'apprêtai à quitter la maison de Pücklerstrasse. Il était près de minuit peut-être, et j'avais envie de me changer les idées au Romanische Café, où j'avais donné rendez-vous à l'une des nombreuses filles dont les noms s'étageaient dans mon carnet. Comme j'éteignais les lumières, un planton me prévint qu'un homme, un civil qui refusait de dire son nom et ne possédait pas de papiers d'identité, insistait pour me parler. Las, mais trop curieux pour partir sans savoir qui avait l'audace de se présenter à cette heure, j'autorisai la visite de l'inconnu. Se profila alors dans le cadre de la porte la silhouette soignée d'un petit homme maigre à la barbe et à la chevelure noires, impeccablement taillées. Un parfum sucré aux effluves de violette flottait autour de lui.

— *Herr* Gärensen ? Mon nom est Hezner. Ruben Hezner…

*

Charismatique, posé, articulant un allemand délicat dépourvu d'accent, Ruben Hezner avait un je-ne-sais-quoi qui captait l'attention et prédisposait favorablement à son égard. Si ses traits étaient réguliers et agréables, son charme résultait moins de qualités physiques que d'une noblesse naturelle qui en imposait sur-le-champ. Il y avait plus encore. Une particularité que je mis du temps à définir mais qui, une fois relevée, me frappa : cet homme était sans âge ! Impossible en effet de savoir si Hezner avait trente ou cinquante ans, vingt ou soixante. Certes, ce n'était plus un gamin – loin de là, même –, mais son visage ne se marquait d'aucune ride, d'aucune crevasse, rien qui pût trahir un quelconque dépérissement. Si sa peau était celle d'un adolescent, ses yeux d'un brillant noir de mica portaient en revanche toute l'expérience d'un patriarche. Son corps se mouvait avec énergie et vitalité mais il se tenait malgré tout constamment voûté, tassé…

— L'antisémitisme est devenu une religion d'État, aujourd'hui, en Allemagne. J'en suis parfaitement conscient, *Herr* Gärensen…, commença-t-il alors que nous venions tout juste de passer le cap des banalités habituelles. Toutefois, je sais aussi que les apparences sont trompeuses. De même que tous les Allemands ne sont pas enragés contre nous, certains SS possèdent assez de sens critique et d'intelligence pour ne pas suivre forcément les imprécations haineuses étalées dans les colonnes de *Die Sturmer*.

Die Sturmer: c'était le plus caricatural et le plus grotesque des titres de la presse populaire nazie que, malheureusement, chacun pouvait lire, affiché sur des tableaux de bois dressés à cet effet dans les squares et sur les places.

— Figurez-vous que je suis arrivé à Berlin il y a peu et, si je puis utiliser une expression imagée, littéralement « dans les valises de l'un des vôtres » ! Je veux parler du baron Leopold Itz von Mildenstein, le responsable du Bureau des affaires juives de votre SS…

Je haussai les sourcils en signe d'étonnement. Une fiche de renseignements provenant du SD Inland m'était un jour passée sous les yeux concernant Mildenstein, mais je n'avais jamais rencontré en personne cet officier important.

— Il y aura de cela deux ans dans quelques semaines, le baron et son épouse ont effectué un séjour d'étude de six mois en Palestine. Ils ont publié plusieurs articles relatant leur périple dans *Der Angriff*, du docteur Goebbels. Haïfa, Jérusalem, Hébron… Je me trouvais moi-même dans la ville sainte à l'époque. Nous avons sympathisé. Beaucoup sympathisé… J'ai donné au baron des leçons d'hébreu et d'histoire de mon peuple. C'est un excellent connaisseur de la culture israélite, désormais. À titre personnel, c'est même devenu un ami…

— Est-ce lui qui vous envoie ?

— Non. Celui qui m'envoie à vous, c'est YHWH, mon Dieu.

La solennité du ton suscita en moi l'envie de rire, mais je cachai ma moquerie sous un raclement de gorge sonore.

— Fort impressionnant, maître Hezner. Et que dit donc votre Dieu à mon propos ?

— Il m'envoie afin que je vous seconde dans votre tâche !

Les invités de Karin Hall

J'ai conscience qu'il est difficile de le croire aujourd'hui mais, jusqu'à l'année 1938 et le gigantesque pogrom que fut la « Nuit de cristal », la situation des Juifs au cours des premières années du règne hitlérien fut bel et bien tissée d'ambiguïtés. Dans les parcs, des bancs peints en jaune étaient réservés aux Israélites, c'est vrai. Les mariages mixtes étaient administrativement invalidés et des panneaux placardés aux façades des cinémas, des piscines, des restaurants et des cafés interdisaient l'accès des lieux aux chiens et aux non-Aryens. Cela est vrai aussi. Tout comme il est vrai que les lois de Nuremberg proscrivant la possession et l'administration directe par les Juifs d'usines, de fabriques, d'ateliers ont été scrupuleusement appliquées...

« Hitler va trop loin ! Cela ne durera pas », crut sincèrement la majorité de la communauté, refusant de prendre la pleine mesure de la situation.

« Tout est écrit dans *Mein Kampf* ! Lisez ! Lisez donc ! » prévenaient – mais en vain – quelques voix rares, isolées, négligées... Peu de gens s'étaient donné la peine d'ouvrir l'ouvrage-programme du nouveau chancelier. Pour tous ceux d'entre les Juifs qui avaient combattu dans les armées du *Kaiser* Guillaume, à Verdun ou sur la Somme, qui portaient même épinglée sur la poitrine la croix de fer, il était plus simple de faire le gros dos en feignant d'attendre que l'orage passât plutôt que de s'avouer que la société au sein de laquelle ils avaient vécu depuis tant d'années les rejetait désormais chaque jour un peu plus. Souvent plus allemands que les Allemands eux-mêmes, ces Juifs-là étaient les plus fragiles car les plus fidèles à l'idée d'une Allemagne tolérante, pleinement goethéenne, amoureuse des plus hautes œuvres de la Raison. D'autres, en revanche, n'étaient pas si exposés. Tenant moins à leur qualité d'Allemands qu'à leurs racines hébraïques, ils n'avaient rien oublié de l'histoire de leur peuple et jamais effacé de leur mémoire le souvenir de l'ancienne Terre promise. Pour ceux-là, l'arrivée au pouvoir des nazis était un signe…

— Certains parmi les nôtres, ici, à Berlin, à Munich, à Brême, à Hambourg… travaillent sur un projet d'émigration massive vers la Palestine, me dit Hezner. Nous sommes convaincus, ainsi que Hitler et le baron von Mildenstein, qu'il est temps pour les Juifs de quitter l'Europe et de retourner vers Sion.

— Comment cela est-il possible ? Les Britanniques ne vous laisseront sûrement pas faire…

— Non. Les Britanniques sont désormais nos ennemis stratégiques puisque, malgré leurs promesses, ils refusent de constituer un foyer national juif sur les rives du Jourdain.

— Et donc… ? Que peut l'Ahnenerbe pour vous, maître Hezner ? Nous sommes un centre de recherches scientifiques. Pas une officine guerrière ou diplomatique, rétorquai-je, vraiment curieux de savoir où cette étrange conversation nocturne allait me conduire.

Hezner passa la main dans sa barbe et rapprocha sa chaise de mon bureau.

— Votre institut est spécialisé dans l'étude des mythes et de l'histoire des religions. On y pratique l'anthropologie, la philologie, l'herméneutique, le comparatisme et l'expérimentation sous toutes leurs formes… Un tel esprit de transdisciplinarité est tout bonnement remarquable. Unique en Europe. Unique au monde, même…

— Je le crois, oui.

— Alors, ma demande est la suivante…

En quelques phrases, Hezner m'exposa sa pensée : intégrer l'Ahnenerbe en tant qu'observateur, afin de préparer l'équivalent du service dans le futur État israélite, qu'il disait sur le point d'éclore en Palestine !

— Je peux moi-même vous apporter beaucoup en contrepartie de votre aide, *Herr* Gärensen. Je suis très versé dans l'étude de la Torah et du Midrach. Je maîtrise l'araméen et je connais bien toutes les techniques ancestrales de magie juive, spéculative ou opérative. Je me flatte d'être davantage qu'un simple théoricien en la matière…

— Vous voulez dire que vous pratiquez la magie ?

— Je connais les mécanismes de fonctionnement de certaines de ses branches, oui. Et je possède de bonnes notions quant à l'histoire de son développement. Voulez-vous me mettre à l'épreuve ?

Mettre Hezner à l'épreuve ? Je croyais maîtriser correctement la matière de l'ésotérisme, mais je jugeai plus prudent de demander le concours de Dandeville pour juger de la valeur de la proposition de Hezner.

— Dans deux jours… Revenez dans deux jours, monsieur Hezner. Je vous ferai rencontrer quelqu'un. La joute sera passionnante, je n'en doute pas…

*

Comme il se doit, je mis à profit ce temps de réflexion pour collecter autant de renseignements que possible sur ce mystérieux Hezner à qui il semblait si naturel de collaborer avec de hauts gradés SS. Les services du SD me fournirent tout ce qu'ils savaient du bonhomme, ce qui se résumait à peu de chose. Ruben Adam Hezner, m'apprenait sa fiche, né en décembre 1886 à Odessa, dans l'ancien empire russe, actuelle Union des Républiques socialistes soviétiques. Doctorat de chimie à Londres en 1909. Doctorat de philosophie à Chicago en 1914. Date d'arrivée en Palestine : 19 octobre 1922. Enseignant à Jérusalem. Guide-interprète du baron von Mildenstein pendant le séjour de celui-ci au Moyen-Orient, de septembre 1933 à février 1934. Visa accordé sur demande expresse du Bureau des affaires juives pour une entrée sur le territoire allemand le 15 novembre 1934. Passeport britannique… Suivaient quelques précisions de moindre importance, par exemple l'adresse de résidence du sujet – une simple chambre dans les locaux d'une association d'entraide juive –, et autres broutilles de cet ordre. Rien qui pût vraiment éclairer le motif de la présence de Hezner à Berlin.

— Un Juif ! Avec un passeport britannique, par-dessus le marché ! Tu déraisonnes, Thörun !

Matthieu-Marie Dandeville de Vigon-Pérignac avait perdu tout à coup son détachement. Antisémite jusqu'à la moelle des os, le Français ne comprenait même pas comment je pouvais penser que ce Hezner pût être autre chose qu'un vulgaire espion à la solde de Londres.

— Une vipère venue de Londres, de Moscou ou à la solde du *B'naï B'rith*, ce qui serait bien pire encore ! Par pitié, Thörun, fiche-moi ce sale type dehors… Et envoie Mildenstein au diable si cet idiot de baron te reproche d'avoir botté le train de son protégé !

Le bon sens me dictait de suivre le conseil de Dandeville mais la curiosité l'emporta. Malgré la mauvaise humeur que cela déclencha chez le Français, j'insistai pour mener à bien mon idée de rencontre. La scène fut vive et l'hostilité immédiate entre les deux hommes. Dandeville n'était que muscles contractés, lèvres pincées, yeux lançant des éclairs… Hezner manifestait moins de signes de rejet mais, derrière son sourire et l'amabilité de ses manières, on pouvait lire le mépris instinctif que lui inspirait mon adjoint. Leur conversation dura longtemps et roula sur plusieurs fronts. J'avoue humblement que, malgré les lumières que je possédais moi-même sur le sujet, les deux hommes maniaient des références qui m'échappaient souvent…

— Non, monsieur Dandeville, vous faites une grave erreur en pensant qu'il est possible de traduire mot à mot une langue sémitique comme l'hébreu dans une langue indo-européenne comme le latin, le grec, l'allemand ou votre français. La raison en est simple : l'hébreu ne fait pas la différence entre le passé, le présent et le futur. Il ne se conjugue qu'à l'accompli et à l'inaccompli. Ces deux formes ne traduisent pas une temporalité linéaire, mais une simultanéité d'action… Les événements ainsi relatés se déroulent selon une triple déclinaison : ils ont eu lieu, ils ont lieu et ils auront lieu tout ensemble ! Passés, présents et à venir, ils sont éternels car situés hors du temps ordinaire de la naissance, de la maturité et de la mort. Voilà pourquoi vos dieux naissent, vivent, périssent, voire éventuellement renaissent, tandis que YHWH est immuable. Lui seul mêle toute temporalité…

— Si je suis bien votre raisonnement, toutes les traductions de l'Ancien Testament sont donc vaines…

— Vaines et dangereuses. De même que les traductions des Évangiles.

— Mais le Nouveau Testament a été rédigé en grec ! Tout le monde s'accorde là-dessus ! Les Évangiles les plus anciens que nous connaissons sont écrits dans cette langue…

— Ceux que nous connaissons, je vous l'accorde. Mais qui vous dit que ce sont là les manuscrits originaux ? Ceux qui s'entendent sur la version d'une rédaction originelle des Évangiles en grec ignorent tout des infinies subtilités de la langue hébraïque. Ils pensent que Jésus est un personnage historique dont des témoins oculaires ont rapporté la vie. C'est faux ! Puéril ! Jésus est un personnage midrashique et le Nouveau Testament, une tentative hébraïque de commentaire kabbalistique de la Torah…

— Hypothèse folle ! Vous seul auriez raison contre deux millénaires de sagesse des Pères de l'Église ? contre saint Augustin, saint Benoît, saint Thomas d'Aquin et tous les autres ?

— Ceux qui pensent que ce que l'Occident nomme Nouveau Testament n'est qu'une tentative hébraïque d'accomplir les Écritures du Pentateuque sont les gardiens de la vérité ! Seuls contre tous les autres, fussent-ils Pères de l'Église… !

— Je n'ai moi-même que peu de tendresse pour le christianisme, je le confesse, mais là, vous allez trop loin, Hezner. Selon moi, vous êtes fou !

— Et selon moi, *monsieur* Dandeville, vous êtes aveuglé par votre paresse intellectuelle ! Réagissez !

Sous la pique, Vigon-Pérignac serra les poings. Rouge de colère, il semblait prêt à user de la force sur le petit homme. D'un geste autoritaire, je mis fin à cette discussion qui, pour savante qu'elle fût, n'était somme toute qu'un prétexte à rivalité de personnes...

— Je crois que nous allons nous en tenir là, dis-je d'une voix de maître d'école. Monsieur Hezner, vous nous avez fourni matière à réflexion et j'aurais aimé vous compter parmi les nôtres, mais il est évident que votre présence au sein de l'Ahnenerbe pourrait être mal perçue par nombre de mes collaborateurs. Je suis donc au regret de rejeter la demande que vous avez exprimée lors de notre premier entretien...

Hezner soupira, rajusta le nœud de sa cravate, puis, alors que je me levais pour le raccompagner, il plongea la main dans sa poche et me tendit une lettre cachetée.

— J'aurais aimé me révéler suffisamment brillant pour n'être pas contraint d'utiliser cette arme, *Herr* Gärensen. Mais puisque les circonstances sont contre moi...

Nerveusement, j'ouvris l'enveloppe et en sortis une feuille de papier gaufré couverte d'une écriture mince. En quelques lignes courtoises mais très explicites, on m'intimait l'ordre de rattacher Ruben Hezner à l'Ahnenerbe. Un paraphe compliqué scellait la demande. C'était celui de Heinrich Himmler !

*

— Laissez-vous faire, Gärensen, me dit le lendemain après-midi Heydrich tandis que nous faisions prendre le pas à nos chevaux. Un Juif à l'Ahnenerbe ? Et alors ? Himmler est en train d'essayer de se concilier l'organisation juive mondiale. Il a raison ! Les Juifs seront un vrai problème pour nous tant que nous persisterons à les traiter comme un bloc unique. Il faut au contraire les différencier. D'un côté, ceux qui nient l'évidence et persistent à croire qu'ils appartiennent au peuple allemand. Pour eux, pas de scrupules à avoir : humiliations, vexations, privation de droits… De l'autre, ceux qui ont ouvert les yeux, assument leur judéité et en professent une conception strictement raciale. Ceux-là, il est vital de les aider à retourner en Palestine. Nous nous y employons d'ailleurs avec une participation de plus en plus active de leur communauté elle-même.

— Comment cela ?

— C'est bien simple : nous favorisons certains de leurs mouvements de jeunesse les plus engagés, la *National Jugend Herzlia* de Willi Cegla, par exemple… Ils ont l'esprit pionnier. Ils réussiront. J'ai eu ce type à dîner il y a peu… Intéressant. Un excellent allié potentiel contre les Britanniques… Et puis, c'est une source de commerce. La Palestine possède un énorme réservoir de terres fertiles encore inexploitées. Quand un État sioniste sera créé là-bas, nous pourrons vendre des pompes à eau, des tracteurs, des engrais, des avions, des bateaux… En retour, nous aurons en abondance des fruits, des légumes, du vin, du textile, peut-être du pétrole si les sondages se révèlent fructueux…

Les paroles de Heydrich me laissèrent dubitatif. Non que leur teneur me choquât mais cette conversation me remettait en mémoire les propos similaires tenus par mon ancien camarade Sacha Hornung, des années auparavant. Tenant mollement la bride de Sleipnir dans mon poing, je restai silencieux un long moment, perdu dans l'évocation de ce lointain souvenir.

— Gärensen ! Gärensen !

Du plat de la main, Heydrich tapota ma botte. Sursautant, je vis que mon *Obersturmführer* avait mis pied à terre et me regardait d'un air de reproche. Près de lui, une jeune fille et trois jeunes enfants s'étaient arrêtés pour admirer nos chevaux. C'était une *Kinderfräulein*, une nounou, chaperonnant les petits qu'elle accompagnait dans leur promenade au parc.

— Je crois que cela ferait plaisir à ces enfants de monter en selle quelques minutes ! dit Heydrich. Voulez-vous jucher le plus grand sur Sleipnir ?

Tandis que le chef en second de la SS installait deux bambins sur sa selle, je cédai de mauvaise grâce ma place à un gamin extatique, de six ou sept ans, que sa coupe au bol, son costume de velours et sa chemise empesée à col Schiller faisaient ressembler au Petit Lord Fauntleroy… Doucement, menant nos bêtes à la bride, nous promenâmes ainsi les enfants pendant quelques centaines de mètres le long des allées tracées au cordeau entre les vastes pelouses. Le beau sourire et les œillades que me lançait l'accorte *Kinderfräulein* m'aidèrent à passer ce mauvais moment…

— Vous n'aimez donc pas les enfants, Gärensen ? me demanda Heydrich comme nous revenions à l'écurie.

— Je ne m'y suis jamais intéressé. Je crois que je ferais un bien mauvais père. J'aime trop ma liberté !

— Le mariage est important. Particulièrement pour un SS. Himmler n'aime pas voir ses hommes célibataires après vingt-huit ans. Vous venez de franchir la ligne rouge, à ce qu'il me semble. Il est temps de vous établir et de procréer. Puisque vous avez tout d'un étalon, Gärensen, laissez-moi donc vous trouver une jument bien féconde !

*

J'ignore toujours si cela eut un quelconque rapport avec la dernière remarque de Heydrich mais, trois jours après cette conversation, je reçus au bureau une invitation à une réception donnée près du village de Rominten, dans la nouvelle résidence de Hermann Göring, l'un des personnages les plus influents mais aussi les plus extravagants et les plus dangereux du régime. Cela m'étonna vivement car, jusqu'ici, Heydrich lui-même m'avait enjoint de rester discret, aussi éloigné que possible du jeu complexe des mondanités nazies. *Goldfaisan* j'étais, certes, mais la partition que j'avais à jouer exigeait sobriété et effacement. Au parti, personne, ou presque, ne me connaissait. Himmler, Heydrich étaient les seuls dirigeants avec lesquels j'avais des rapports réguliers. Dans ce contexte, bien évidemment, je n'avais jamais été amené à rencontrer Göring ou Hitler.

— Si vous avez reçu une invitation, allez-y, Gärensen, m'encouragea l'*Obersturmführer*. Il serait maladroit de votre part de refuser. J'y serai moi-même avec Lina. Qui sait ? Peut-être êtes-vous destiné à y faire des rencontres intéressantes…

L'autorisation de Heydrich était trop explicite pour ne pas ressembler à un ordre. Même si cela me déplaisait, je me résolus donc à me rendre à cette soirée, que les rumeurs courant déjà dans le Tout-Berlin annonçaient comme mémorable. Mémorable, elle le fut, oui, à plus d'un titre ! D'abord parce que l'hôte était un personnage ogresque, plus grand que nature, littéralement effarant d'orgueil et de démesure ! À quelques kilomètres au nord de la capitale, il venait de s'offrir une sorte de palais surdimensionné, un Versailles de béton et de verre, nommé Karin Hall en hommage à sa première femme, une comtesse suédoise dont il avait été follement amoureux et qui était décédée quelques années plus tôt. Président du Reichstag, ministre de l'Air, ministre-président de Prusse et général de corps d'armée, Hermann Göring jouissait d'une popularité incontestable auprès du petit peuple allemand qui voyait en lui un géant débonnaire et comique dans lequel il se reconnaissait infiniment mieux que dans les visages de vautours ascétiques d'un Goebbels ou d'un Himmler. Il est vrai que Göring était flamboyant et avait pour lui son passé de héros de la guerre. As de l'aviation, vingt-deux fois victorieux, il avait remplacé Manfred von Richthofen à la tête de son escadrille lorsque le *Baron rouge* avait été abattu. Grièvement blessé lors de la tentative avortée du coup d'État national-socialiste en 1923, il avait fui l'Allemagne et passé quatre années en exil, au cours desquelles il était devenu dépendant à la morphine pour atténuer les douleurs qui ne cessaient de le tarauder. Devenu rond comme un tonneau de bière, il se consolait maintenant de la perte de son épouse bien-aimée en accumulant une immense fortune industrielle qui faisait de lui l'un des hommes les plus riches d'Europe…

C'est à bord de la longue voiture protocolaire de Heydrich que je franchis ce soir-là la haute clôture de la propriété de Rominten. Aux frontières d'octobre, le ciel était encore aussi clair et le soleil aussi brûlant qu'en juillet. Toujours actifs, les insectes ne voulaient pas mourir. Papillons, abeilles, oiseaux chanteurs poursuivaient leur vie estivale comme si le temps était suspendu.

— *Lugnasad !* murmurai-je pour moi-même tandis

que nous passions la double rangée de grilles ouvragées protégeant le domaine.

— Que dites-vous, Thörun ? me demanda la belle Lina comme elle posait ses grands yeux clairs sur moi.

— *Lugnasad* ! C'est le nom d'une des huit grandes fêtes païennes qui rythmaient le cours de l'année. Aujourd'hui, c'est la fête du début d'automne. Le temps de la nature atteint son apogée juste avant l'entrée dans la saison ténébreuse…

— Lina ! Thörun ! Profitez donc un peu du spectacle, au lieu de vous étourdir de paroles. Regardez !

Par les vitres de la voiture qui roulait maintenant au pas sur les allées de Karin Hall, nous vîmes alors un spectacle étrange et fascinant. Déjà, la propriété grouillait d'invités qui déambulaient sur les pelouses, tandis que, de loin en loin, des orchestres de chambre installés sous des dais de toile égrenaient des pièces de Schubert, Schumann, Debussy… Dressés tous les cinquante pas environ, des buffets croulaient sous les victuailles et les bouteilles de vin de Champagne. Telles de vivantes statues, cent jeunes filles immobiles, sabre au clair et vêtues à la manière des anciens Hussards de la Mort hessois, composaient une haie d'honneur au pied du perron. Au-dessus d'elles, accrochées à des mâts couronnés d'un pommeau d'or, pendaient d'immenses bannières rouges frappées de la croix gammée.

— Bienvenue ! Bienvenue mes amis à Karin Hall, beugla le gros Göring en descendant les marches pour nous accueillir.

Ouvrant généreusement les bras, le président de Prusse serra un instant Heydrich sur son cœur avant de s'incliner profondément devant Lina von Osten.

— Ma chère ! Resplendissante ! De plus en plus resplendissante, vraiment ! Quel couple magnifique vous formez tous les deux…

Göring me serra la main distraitement, presque sans me regarder. Il n'avait d'yeux que pour Lina qui, dans sa robe du soir couleur d'opale, était, il est vrai, d'une beauté plus que troublante.

— La vraie fête se déroule à l'arrière de la maison, dans le grand parc. Les invités que vous voyez folâtrer sur le devant n'appartiennent qu'au second cercle. Venez !

Entraînant sans façon l'épouse de Heydrich par la main, l'ancien pilote de chasse nous fit traverser son palais de part en part. Au sortir d'une longue colonnade de marbre et de panneaux d'ambre, nous découvrîmes un spectacle que de ma vie je ne pourrai oublier. Posées sur les pelouses, de gigantesques cages abritaient les animaux les plus dangereux qu'on pût imaginer : tigres blancs de Sibérie, lions des plaines du Kilimandjaro, couguars des Rocheuses, ours Kodiak des forêts du Canada ou jaguars d'Amazonie…

— Plus loin, il y a une fosse pour les crocodiles et un vivarium pour les serpents, expliqua encore Göring. Mais vous vous doutez bien que ces fauves ne sont rien en comparaison des humains qui dînent ici…

Installées près des cages, deux ou trois dizaines de tables réunissaient tout ce que le parti comptait de plus hautes autorités. Balayant l'assemblée d'un coup d'œil rapide, je reconnus Rudolf Hess conversant avec Martin Bormann, Alfred Rosenberg riant avec Walther Darré, le ministre qui subventionnait l'Ahnenerbe… Et beaucoup d'autres encore…

— Tous les pontes sont là. Les banquiers aussi, bien sûr, et les industriels. Imaginez un peu les dégâts que ferait une bombe ici ! s'amusa Göring. Tous ceux qui comptent au parti, au gouvernement et dans les institutions seraient réduits en purée... Enfin... non ! Goebbels n'est pas encore là, Himmler non plus. Arriveront plus tard. Ou pas ! Comme ils veulent ! Tant pis pour eux s'ils me snobent !

— Et notre Führer ? demanda innocemment Lina.

Göring pointa le doigt vers les étages de la demeure.

— Il joue *« the Great Gatsby »*, là-haut, derrière les fenêtres... Il nous regarde de loin. Il observe sans se mêler à la foule... Mais j'arriverai bien à le faire descendre à la nuit tombée. Maintenant, amusez-vous ! J'ai prévu des surprises. Allez ! Allez ! dit le maître des lieux.

Acceptant une coupe qu'on m'offrait, je quittai les Heydrich pour m'avancer lentement entre les convives et les cages où les animaux, énervés par le bruit et les mouvements de la foule, rugissaient, feulaient, montraient agressivement les crocs et les griffes... Marchant seul sous les ormes et les pins, j'atteignis une sorte de boulingrin au centre duquel s'épanouissait un frêne gigantesque, à la ramure immense, aux branches fortes et rayonnantes, aux feuilles bruissant doucement dans la douce brise du soir... « Ygdrasil ! pensai-je. Ygdrasil, l'Arbre-Monde de nos croyances anciennes ! » Des lumières sourdes semblaient briller dans sa frondaison. M'approchant, je vis qu'un escalier montait en spirale tout autour de son tronc épais. Je posai le pied sur la première marche et la main sur la rampe, et commençai l'ascension. Inexplicablement, ma gorge s'était nouée et mon sang battait plus vite. Mon intuition me disait que le chemin ménagé au cœur de cet arbre imposant et sage me conduisait au seuil d'un fabuleux et terrible mystère... Une confortable et large plate-forme avait été agencée sous la canopée. Un petit groupe tranquille se tenait là, de six ou sept personnes, assises dans des fauteuils à deviser autour d'une table basse chargée de mets délicats présentés sur des plateaux d'argent… Il y eut un silence et tous les regards se tournèrent vers moi. Je crus tout d'abord que c'était mon uniforme qui jetait un froid car tous les hommes présents étaient des civils portant un frac de la dernière élégance. Gêné, confus d'avoir troublé une réunion intime, je bredouillai une phrase d'excuse maladroite et esquissai un mouvement de retraite, mais un grand homme raffiné qui me faisait face se leva et s'avança vers moi, un sourire éclatant aux lèvres.

— Si les dieux vous ont conduit ici, ce serait trahir leur confiance que de vous chasser… Restez, je vous en prie ! Nos compagnes elles-mêmes vous en implorent en silence !

S'effaçant avec la grâce d'un toréador qui feinte, le dandy s'écarta afin que mon regard croise celui des femmes. Enflammant un visage de mante, deux lueurs vertes me transpercèrent avec la force d'un coup de lance. Au centre du cercle d'amis, une créature glissée dans un fourreau noir éclipsait toute autre présence féminine…

— Je suis Dalibor Galjero, reprit l'homme. Laissez-moi vous présenter Laüme…

*

Pétrifié au risque de paraître raide, je baisai la main de cette beauté avant que Galjero m'introduisît dans le cercle des convives. Je me souviens du comte Ciano, alors ministre des Affaires étrangères italien, de Merry Groves, une journaliste du *Chicago Tribune*, ainsi que d'une autre Américaine au visage de méchante pie, une certaine Wallis Simpson… Me gratifiant d'un sourire aussi rayonnant qu'étonné, l'Anglaise Unity Mitford n'eut crainte de m'adresser un clin d'œil peu discret pour me signifier qu'elle se rappelait notre nuit d'amour à Munich. Je voulus l'interroger sur le sort de Sacha Hornung mais l'occasion ne se présenta pas au fil des heures que je passai dans la compagnie de ces gens. Spirituels et mondains, détachés et moqueurs, ils semblaient pour la plupart étrangement critiques vis-à-vis du régime hitlérien, bien qu'ils profitent grassement des opportunités et des largesses que celui-ci leur offrait. Je ne me remémore pas avec précision ce sur quoi roula la conversation. Dois-je l'avouer ? En vérité, cela ne m'intéressait guère. Mon esprit était ailleurs, charmé par l'instant, par le lieu, par la circonstance. Dans la ramure de cet arbre gigantesque, je me sentais comme protégé du temps – *in illo tempore*, comme disent les Anciens, c'est-à-dire extrait de l'enchaînement de causes et d'effets, de l'avant et de l'après qui tissent la toile ordinaire du monde. Enfant, j'avais vécu cette même et rare qualité d'instant lorsque mon grand-père et Knut Hamsun m'avaient fait accoster sur l'île aux runes. Et comme j'avais été là-bas submergé par le sentiment intime de vivre une révélation, j'étais ici baigné par la certitude de connaître un moment d'exception. Ce n'était plus de l'initiation à d'antiques rêveries qu'il s'agissait, mais peut-être bien d'un mystère plus intense, plus profond encore… Passant sous notre repaire, une parade de cent jeunes hussardes noires défila, fantômes d'ombre à l'allure martiale sous la lumière crémeuse de la pleine lune. À notre large, il y eut encore quelques couples adultères frisant l'ivresse, tanguant un peu, cherchant quelque buisson tranquille où frayer vite et fort… Et puis, à longs traits opalins, l'aube commença à éclaircir le ciel tandis qu'une froide rosée se condensait dans les feuilles d'Ygdrasil. Je vis les bras nus de Merry Groves frémir et Unity Mitford serra son étole autour de ses épaules. Laüme voulut descendre…

Comme nous revenions tous vers Karin Hall, défaits par cette nuit blanche, les souliers vernis des hommes se mouillant dans le gazon humide et les chevilles des femmes coloriées de brins d'herbe follets, le soleil, montant derrière les bas massifs, réchauffa un peu nos corps engourdis. Devant les autres, je marchai seul, jusqu'à ce qu'une très belle main s'enroule autour de mon avant-bras. Laüme venait de se porter à ma hauteur. Du même pas mais sans nous regarder ni nous parler, nous nous approchâmes des cages de fauves. Se déprenant de moi avec autant de soudaineté que de puissance, Laüme bondit sur la margelle de la cage aux tigres et passa son corps mince entre les barreaux. Stupéfait, je remarquai à peine l'exploit de contorsionniste que cette femme – liane, anguille, méduse des profondeurs – venait d'accomplir sous mes yeux, sans effort apparent. Mais ce n'était pas pour cela que mon cœur s'arrêta un instant de battre dans ma poitrine. Dans la cage, Laüme s'était mise à la merci de deux fauves énormes qui montraient les crocs et ramassaient déjà leurs muscles pour bondir sur elle et la déchiqueter ! Je sentais l'excitation des félins vibrer et monter à son comble quand le miracle se produisit. Calmement penchée vers eux et leur souriant, Laüme apaisa d'un coup leur ardeur. En une fraction de seconde, les tigres s'allongèrent aux pieds de la Roumaine avec des grognements de plaisir, tendant leur grosse tête vers les mains féminines qui s'avançaient pour prodiguer caresses et flatteries. Dans une langue qui m'était inconnue, la Galjero roula quelques mots plaisants aux oreilles des bêtes. Ces dernières ne ressemblaient plus maintenant aux monstres féroces qu'elles étaient encore un instant auparavant. Domptées par le charme circéen de Laüme, elles venaient de reconnaître celle-ci pour maîtresse. Certes, je n'étais pas le seul témoin de la scène. L'Italien Ciano et Unity Mitford étaient tout à la fois terrorisés et admiratifs. Dalibor Galjero affichait un sourire dont je ne savais s'il était de satisfaction ou de mépris. Les invités encore attablés alentour repoussaient maintenant chaises ou fauteuils pour venir contempler le tableau. De leurs gorges serrées s'éleva bientôt un chœur d'exclamations traduisant l'incrédulité autant que la réprobation, autant la peur que l'admiration.

Féminine et rauque, une voix susurra derrière moi :

— Tâchez donc d'entrer dans les bonnes grâces de ces sorciers, mon jeune ami. Je parle d'expérience : s'ils vous prennent en amitié, les Galjero peuvent beaucoup pour vous…

Comme je me retournais à demi pour voir qui me parlait ainsi, Wallis Simpson posa sur mon bras sa main osseuse et outrancièrement baguée. Je haussai les épaules pour signifier à cette vieille peau d'outre-Atlantique qu'elle me donnait là un conseil dont j'entendais bien me passer. En retour, elle ouvrit la bouche en un sourire de mère maquerelle qui me répugna jusqu'à la moelle. Dans la foule qui s'agglutinait pour voir le miracle de la femme aux tigres monta alors une rumeur. Une voix forte, militaire, intima rudement aux spectateurs de s'écarter, et Adolf Hitler en personne apparut. Escorté de ses officiers d'ordonnance, suivi d'un Göring tout en bedaine et en médailles, il venait assister en personne à l'incroyable scène d'une Laüme s'imposant aux tigres. Dans la cage, aussi tranquilles que cette femme qui passait doucement ses longues mains dans leur fourrure, les félins de Sibérie ronronnaient comme de bons gros chats…

Plus lentement encore que si j'avais eu moi-même un fauve à mes côtés, je laissai mon regard couler vers le Führer. Au cours de toutes ces années passées en Allemagne, c'était la seconde occasion qui m'était donnée de me trouver en sa présence. La première fois, à la Maison Brune, je l'avais vu décider sans frémir de la mort des chefs SA. De cette « Nuit des longs couteaux », j'avais conservé le souvenir cauchemardesque d'un théâtre sanglant dominé par la silhouette fiévreuse de ce petit caporal de Bohême soudain devenu dans l'Histoire l'égal d'un Charles IX approuvant à la Saint-Barthélemy… Mais là, à Karin Hall, les mains sagement croisées dans le dos et la lèvre pendante en une mimique d'authentique stupéfaction, ce n'était plus l'ogre de Munich qui se tenait à quelques mètres de moi, plus le bourreau de Röhm et de tant d'autres. Non ! À contempler ainsi Laüme Galjero jouer avec les grands carnassiers, l'homme le plus craint et le plus aimé d'Allemagne était redevenu un enfant ébahi, fasciné par l'immémorial spectacle de la belle et de la bête. Pendant une, deux minutes peut-être, on n'entendit plus qu'un profond silence autour de nous. La foule s'était tue, la nature elle-même ne vibrait d'aucun son. Laüme ne regardait plus les tigres et s'était donné pour tâche de dominer une autre proie, Hitler lui-même, qu'elle ne quittait pas des yeux. Prunelles accrochées aux prunelles, l'homme et la femme se jaugeaient en silence, tentaient de s'imposer l'un à l'autre dans un combat d'orgueil et de fierté, mais l'on sentait que Hitler, si puissant fût-il, ne pouvait que céder sous la volonté supérieure de Laüme… Et il céda. Je le vis soudain baisser les yeux et tourner les talons pour battre en retraite et se réfugier à l'intérieur de Karin Hall. Le Führer parti, l'atmosphère se détendit et un soupir de soulagement sortit de toutes les poitrines. Laüme elle-même se leva pour quitter la cage. Elle passa en sens inverse au travers des barreaux avec la grâce d'une danseuse et Dalibor la reçut dans ses bras et la fit tournoyer en riant. Le couple s'embrassait fougueusement sous les regards envieux quand un officier d'ordonnance les pria de l'accompagner car le Führer réclamait maintenant leur présence.

— Cette petite garce de Laüme a encore réussi son coup, glousSa Simpson, dont la main s'appuyait de plus en plus fort sur mon bras.

— Comment cela ? demandai-je en me dégageant peu courtoisement de cette emprise.

Mais je n'obtins pour toute réponse qu'un sourire dans lequel pouvaient se lire trop de sentiments mêlés. Les Galjero disparus dans le saint des saints de Karin Hall, il me semblait que la fête avait désormais perdu ses rois. Sous les tièdes rayons du soleil, la rosée s'élevait en vapeur au-dessus des pelouses. Les yeux cernés par la veille et les joues verdies par une ombre de barbe, les hommes bâillaient en s'égaillant à pas raides dans les allées. Leurs épaules nues frissonnant sous les minces bretelles de leurs robes de soirée, les femmes cherchaient à se réchauffer. J'errai un instant, seul et désœuvré, dans cette atmosphère de saturnales finissantes. Dans leurs cages, les tigres s'étaient endormis, les lions et les ours aussi. Seuls les loups ne se lassaient pas de tourner en rond et de grogner, la furie de la liberté n'habitait plus qu'eux. J'eus un instant la tentation de leur ouvrir la porte, mais cela n'aurait été qu'une folie gratuite qui aurait pris fin dans le drame. Une idée romantique débouchant pour eux sur la douleur et le sang…

— Je crois deviner ce à quoi vous pensez, Thörun, mais ces animaux sont déjà morts, vous savez…

Heydrich et Lina m'avaient retrouvé. Nous restâmes tous trois un instant, un peu tristes, à regarder les bêtes captives. Reinhard couvrit de sa veste le dos nu de son épouse, et nous nous apprêtions à partir lorsque la même ordonnance qui avait été envoyée quérir les Galjero nous pria de la suivre.

— Volonté expresse du Führer ! expliqua l'homme sobrement lorsque Heydrich s'étonna de cet ordre.

Curieux de savoir ce que le chancelier pouvait bien nous vouloir, nous lui emboîtâmes le pas sans mot dire jusqu'à une pièce située au premier étage de Karin Hall. Là, dans une sorte de longue salle de jeu où Göring avait fait installer un réseau de trains miniatures, on nous fit patienter jusqu'à ce que le comte Ciano, Wallis Simpson et Unity Mitford nous rejoignent. Le ministre italien serra la main de Heydrich. Mal à l'aise ils paraissaient aussi surpris l'un que l'autre d'être contraints de patienter dans cette nurserie…

— Voyez-vous à quoi s'occupe notre ami Göring quand il ne pilote pas ses avions ou ne collectionne pas ses œuvres d'art ? Il joue au petit train ! Incroyable ! Quand je vais raconter ça au Duce ! s'esclaffa Ciano.

Saisissant une maquette de wagon, l'Italien, malgré ces propos moqueurs, avait les yeux brillants d'une réelle envie de s'amuser avec les joujoux du *tycoon* prussien… Unity Mitford lui jeta un regard méprisant avant de visser une Abdullah au bout de son fume-cigarette en écaille. Le parfum si particulier de ce tabac venait tout juste de me décider à demander à l'Anglaise si elle avait gardé quelque contact avec Sacha Hornung lorsque la porte s'ouvrit et qu'on nous pria de passer dans la pièce adjacente. Connaissant l'aversion de Hitler pour la nicotine, Mitford écrasa négligemment son mégot dans la cheminée d'une locomotive modèle réduit avant de soupirer une insanité dans quelque patois des îles Britanniques. Réajustant notre nœud de cravate et vérifiant mutuellement d'un rapide coup d'œil la propreté de notre uniforme noir, Heydrich et moi passâmes les premiers dans la salle où nous attendait le Führer. De belle taille, la pièce dans laquelle nous pénétrâmes n'était toutefois pas aussi grande que la précédente. Dépouillée de tout ornement, elle était d'une telle sobriété qu'elle aurait pu faire songer à une cellule monastique. J'appris plus tard que Göring l'avait fait aménager selon l'exacte disposition de la cellule de saint Jérôme représentée sur une gravure de Dürer. Sur une grande table, un sablier et un crâne conféraient à l'endroit la solennité d'un cabinet de réflexion maçonnique. Göring se tenait là, les bras croisés, le visage aussi blanc que la veste de son uniforme d'opérette. Assis sur une haute chaise de bois, Hitler ne quittait pas des yeux Laüme Galjero, et l'on ne pouvait dire si le regard qu'il lui jetait était plein de haine, d'amour ou de crainte. Dalibor, lui, souriait doucement, l'air faraud, très désinvolte dans sa pose, et je vis que le col de sa chemise était ouvert comme au lendemain d'une longue beuverie. Je n'avais pas la moindre idée de ce qui venait de se passer entre ces quatre personnages, ni le moindre commencement d'avis sur la raison qui avait poussé Hitler à réclamer la présence de six nouveaux témoins à leur conciliabule.

— Le *Reichsführer* Himmler n'ayant pas jugé bon d'honorer l'invitation de notre ami Göring, c'est à vous, Heydrich, ainsi qu'aux personnes qui vous accompagnent que je me vois contraint de demander un service de la plus haute importance, commença Hitler d'une voix vibrante dès que la porte se fut refermée.

— Je suis à vos ordres ! répondit le chef du SD en se redressant de toute sa taille.

— Bien. Dans ce cas, je vous demande d'ordonner à l'officier qui vous accompagne de prendre l'arme que va lui tendre Hermann Göring, d'en mélanger les cartouches sous les yeux de toutes les personnes ici présentes puis de faire feu sur le crâne et sur le sablier que vous voyez là.

L'officier dont Hitler voulait parler, bien sûr, c'était moi. Interloqué mais obéissant sans discuter au signe de tête que venait de m'adresser Heydrich, je saisis le Lüger que le maréchal Göring me présenta à plat sur sa paume. Vérifiant qu'une balle n'était pas déjà montée dans le canon, je fis glisser le chargeur hors de son logement, poussai du gras du pouce toutes les munitions sur la table, les brassai consciencieusement avant de les replacer au hasard dans la colonne de charge.

— Maintenant, ouvrez le feu, officier ! m'ordonna Hitler d'une voix tendue par l'excitation.

Sans me poser de questions, j'armai le Lüger et pressai la détente en visant d'abord le crâne. Répercutée sous les voûtes, la détonation claqua en deux ou trois échos qui firent sursauter Mitford et Lina. Simpson fut la seule femme à ne pas broncher – en route vers un destin aussi sulfureux qu'extraordinaire, son esprit ne pouvait pas s'effrayer d'un simple coup de feu... L'air s'emplit d'une désagréable odeur de poudre qui me piqua les narines et fit éternuer le comte Ciano. Évidemment, j'avais touché ma cible de plein fouet, faisant voler des éclats d'os partout dans la pièce. Ne sachant ce que Hitler souhaitait démontrer par l'exercice, j'alignai ensuite le sablier. Lui aussi explosa en projetant des débris coupants alentour mais, pressentant le danger, chacun s'était détourné pour ne présenter que son dos aux échardes de verre. Quand le bruit se fut dissipé, Hitler se redressa, me regarda droit dans les yeux et me dit :

— Officier, vous êtes un haut gradé SS. Vous m'avez juré obéissance en toute circonstance. Je veux vous donner l'occasion d'honorer votre serment : tuez cette femme ! Tuez Laüme Galjero !

Dans ma main, je n'en doutais pas un instant, je serrais une arme mortelle. La comédie du mélange des cartouches et du tir sur les cibles n'avait eu lieu que pour prouver à l'assistance que le Lüger était chargé à balles réelles. Plus personne n'était en mesure de suspecter le contraire. Si j'obéissais à Adolf Hitler, il était évident que j'allais commettre rien moins qu'un meurtre de sang-froid. De cela, j'avais une claire conscience. En moi, pourtant, la décision fut prise sans l'ombre d'une hésitation ni d'un regret. Tel un automate, je levai le bras et visai Laüme, bien décidé à appuyer sur la détente. À cet instant précis, j'eus la sensation très nette de ne pas seulement obéir à un ordre criminel dicté par le dépositaire de l'autorité suprême d'un pays auquel j'avais fait allégeance. Non ! Il y avait autre chose. La certitude s'imposait à moi que cet ordre allait me donner l'occasion d'accomplir un geste qui, mystérieusement, *devait* être fait. Inexplicablement, ce commandement inepte était le masque derrière lequel se dissimulait une Justice insondable et nécessaire : Laüme *devait* être tuée, même si j'ignorais au juste pourquoi… Mon doigt se crispa et j'entendis s'élever dans mon dos des exclamations de surprise et d'horreur. Ne tenant nul compte des cris indignés de Simpson et de Ciano, j'appuyai de toutes mes forces sur la détente, le canon pointé sur le cœur de la femme Galjero. Droite et stoïque, celle-ci attendait le coup avec l'angélique visage des vierges chrétiennes subissant le martyre en bénissant leurs bourreaux. Surpris par la soudaine résistance d'une arme dont je venais pourtant par deux fois d'éprouver l'extrême sensibilité, je superposai mon majeur à l'index pour imprimer plus de force. Rien n'y fit. Le chien refusait de percuter l'anneau de la douille. Contractant tous mes muscles, je sentais la sueur rouler sur mon front, mes tempes et tout mon corps. Je décidai alors de changer de main. Mais même devenu gaucher, je me heurtai à la même impossibilité de tirer. J'étais pourtant envahi par l'envie de commettre ce meurtre. Oui ! Honte à moi, la perspective de tuer cette femme m'exaltait, me remplissait d'une joie sauvage et, même, d'une authentique fierté ! Rouge, suant, grognant, je m'acharnai vainement pendant une bonne minute à vouloir faire feu sur cette cible consentante.

— Essayez de viser n'importe quel point imaginaire sur le mur, Thörun, intervint Dalibor Galjero.

Respirant avec une extrême difficulté, les poumons pris comme dans une gangue d'acier, je levai l'arme bien au-dessus de la silhouette de Laüme. Et soudain le miracle se produisit ! Cédant sous la pression que je lui imposais, la détente bascula et le Lüger cracha sa balle de plomb, qui s'écrasa en sifflant dans le plâtras d'une moulure.

— C'est bien, commenta Dalibor. Maintenant, visez-moi à mon tour et faites feu, voulez-vous ?

Piqué au vif par le ton condescendant du Roumain, je braquai vivement l'automatique sur son visage... Mais une sorte d'abattement me saisit, puis une vague de tristesse m'envahit, sans que je sache pourquoi. Faible comme un enfant malade, je ne pus supporter de menacer cet homme avec lequel j'avais passé la nuit à converser agréablement sur la plate-forme d'un arbre géant. Mes muscles devinrent gourds et raides. Mon bras se mit à trembler si fort qu'il me fut bientôt impossible de le maintenir dans l'axe, et il retomba lourdement le long de mon corps. J'essayai de décrisper mes doigts de la crosse pour faire passer l'arme dans mon autre main. En vain. Le Lüger restait collé à mes phalanges et à ma paume.

— L'expérience est-elle concluante maintenant ? demanda Galjero au Führer. Qui donc aurait pu réussir là où un officier SS vient d'échouer ? Quel agent ennemi, quel provocateur, quel anarchiste ?

— Mais... et les bombes ? Et le poison ? pressa Hitler.

— Si une bombe doit exploser, son mécanisme s'arrêtera... Si un poison doit agir, sa formule sera corrompue... Si un couteau doit trancher, sa lame tombera de son manche, ou bien son porteur sera saisi de catatonie, comme notre ami vient de l'être à l'instant...

— En êtes-vous certains ?

— Certains, chancelier ! Aussi vrai que je suis entrée dans la cage aux tigres sans qu'ils me fassent le moindre mal, assura Laüme. Les fauves ont rentré leurs griffes et n'ont plus ouvert la gueule que pour passer leur langue caressante sur ma main… Ainsi feront vos ennemis avec vous, je vous le promets…

*

Heydrich, Lina et moi quittâmes Karin Hall vers le milieu de la matinée, trois ou quatre heures environ après la scène du Lüger dans la salle de méditation. Dans la Horch arborant les armes du second de la SS, nous ne parlâmes d'abord pas beaucoup, chacun gardant pour soi les réflexions que lui avaient inspirées les événements de l'aube. Puis, parce qu'elle sentait que la question nous pesait à tous sans que nous osions l'évoquer, Lina brisa l'interdit :

— Que crois-tu que sont ces gens, Reinhard ? Qui sont ces Galjero ?

— Qu'en sais-je ? s'énerva l'*Obersturmführer*. Des charlatans, des escrocs, des aventuriers rompus à toutes les ficelles de l'esbroufe et de la mystification, je suppose. Cela court les rues à Berlin de nos jours… Mes services en recensent de nouveaux chaque semaine. Ceux-ci n'auront pas encore été catalogués, voilà tout, dit-il en me clouant sur mon siège d'un regard noir.

— Et vous, Thörun ? Que pensez-vous de ces gens ? insista Lina malgré l'énervement de son époux.

Ce que j'en pensais ? J'aurais été bien en mal de répondre à von Osten. Ces gens m'attiraient, évidemment… Mais sous le masque lisse de leurs personnages de mondains et d'esthètes, j'avais deviné – chez la femme, surtout – une nature sulfureuse et authentiquement nuisible que je ne m'expliquais pas. Je grimaçai une moue de dépit pour exprimer ma gêne à formuler une réponse précise.

— Ce sont des sorciers ! décida alors Lina en s'enfonçant dans le cuir de la banquette.

— Tu déraisonnes ! s'empourpra Reinhard. Personne n'est sorcier ! Ça n'existe pas. Gärensen est payé pour le savoir. N'est-ce pas, Gärensen ?

— Aucun sorcier authentique n'a jamais franchi les portes de l'Ahnenerbe, *Frau* Heydrich, assurai-je. Nous collectionnons les fous en pagaille, les illuminés à foison, les mythomanes à ne plus savoir qu'en faire… Mais aucun sorcier.

— Alors, préparez-vous à ce que les choses changent, *Herr* Gärensen, rétorqua Lina en pinçant ses jolies lèvres. Oui, à ce que les choses changent !

Antica Sapienza

Lina Heydrich von Osten avait-elle eu un pressentiment ? C'est possible car, de fait, les choses changèrent après la nuit de Karin Hall. Ce fut d'abord un incident – une broutille qui, si je l'avais prise au sérieux, aurait pu m'aider à comprendre plus rapidement la nature exacte de ce qui se tramait. Oh ! ce n'avait pas été grand-chose ! Juste une carte de visite que j'avais retrouvée dans la poche de ma veste en me déshabillant au retour de la villa de Göring, un bristol frappé au nom de Mme Wallis Simpson, au dos duquel l'Américaine avait hâtivement tracé le numéro de téléphone d'une suite du Kempiski Hotel. Agacé par la présomption dont faisait preuve cette femme beaucoup trop âgée à mon goût, je froissai négligemment l'invitation et la jetai dans la corbeille à papiers en n'y pensant déjà plus. Cependant, au cours des deux journées qui suivirent, la pensée et – même ! – le désir impérieux de cette matrone s'imposèrent à moi de manière irrésistible et inexplicable. Deux nuits durant, cette image troubla mon sommeil au point que, n'y tenant plus et ne comprenant pas moi-même ce que je faisais, je récupérai le numéro de téléphone et composai fébrilement le numéro du Kempiski…

— Venez, mon petit. Je vous attendais…, répondit la voix cassée de Simpson.

Il devait être huit heures du matin quand, fiévreux et déjà priapique, je traversai le hall quasi désert du palace. Les moments que je vécus ensuite dans les bras de cette créature ne sont guère racontables. Bien que je n'aie éprouvé aucune attirance physique pour elle, je ne pouvais m'empêcher de la toucher, de l'embrasser, de la prendre… Ce n'était pas une bonne maîtresse, loin de là. Son sexe était rêche, rétif à la langue comme à la main, et elle n'aimait rien tant que me griffer et me battre les fesses avec la semelle de ses escarpins dont elle usait comme d'une batte. Je n'ai pas le tempérament d'un soumis, et je n'apprécie pas de me laisser physiquement dominer par une femme. Cela ne s'était d'ailleurs jamais produit. Ce matin-là, pourtant, je cédai docilement au moindre caprice de Simpson, comme si toute volonté personnelle m'avait abandonné ! Pendant trois ou quatre heures, je fus son jouet, son *toy boy*, comme disent les Anglais, une poupée de son qui se pliait sans résistance aux insanités les plus scabreuses de l'Américaine. Cela fut long ! Ce fut, plus que tout, humiliant ! Enfin, la séance s'acheva et elle me jeta dehors sans merci ni douceur. Elle avait obtenu de moi ce qu'elle voulait et puis s'était lassée. Il n'y avait rien d'autre à comprendre. En enfilant en hâte mon uniforme dans les couloirs damassés de jaune du Kempiski, je me sentais comme une prostituée que l'on paie et que l'on jette, une fois rassasié… Ce fut ma première et ma seule expérience du genre. Elle reste plus profondément gravée en moi que tous les avilissements jamais subis au donjon de Bad Tölz sous les ordres cinglants du sous-officier Dietrich Lauterbach. Pour amer et inintelligible qu'il me parût sur l'instant, l'incident Simpson fut cependant assez vite oublié, d'autres événements plus immédiatement lourds de conséquences le reléguant au magasin des accessoires.

— J'ai essayé d'obtenir de plus amples renseignements sur les Galjero, me dit Heydrich le lendemain matin. La pêche n'a pas été bonne… Quelques traces dans le sillage de Codreanu, ce qui plaide plutôt en leur faveur, notez-le bien… Puis quelques phrases arrachées, sans avoir l'air d'y toucher, à André François-Poncet, l'ambassadeur de France à Berlin, qui les connaît… Mais rien qui me satisfasse. Le couple est maintenant officiellement reçu à la Chancellerie… Je veux savoir ce qu'ils y trafiquent ! Vous sembliez vous entendre avec eux, non ? Le type vous appelait par votre prénom, si j'ai bonne mémoire…

La remarque de Heydrich sonnait presque comme un reproche.

— Nous avions seulement fait connaissance quelques instants plus tôt, à Karin Hall, me défendis-je. Rien de plus.

— Hum ? !… Tâchez de renouer le contact et rentrez dans leurs petits papiers. Je les veux sous contrôle. Comme tous les autres !

*

Pénétrer le cercle des intimes des Galjero ? Somme toute, cela ne s'avéra pas si compliqué. Je savais que le couple logeait à Berlin au grand hôtel Eden, près du zoo, mais je ne commis pas l'erreur de prétendre m'attirer les bonnes grâces des deux Roumains à la fois. Je sentais qu'il me fallait les attaquer par la bande, l'un après l'autre, et même plutôt l'un que l'autre ! Des deux, Dalibor me semblait le plus facile à aborder. Nous avions un instant parlé chevaux chez Göring et je savais qu'il en appréciait la monte. Je m'empressai donc de lui adresser une invitation à m'accompagner un après-midi au Tiergarten. Nous nous retrouvâmes ainsi pendant quelques jours d'affilée à chevaucher botte à botte sans vraiment nous parler, mais profitant de ces cavalcades avec un certain plaisir. J'avoue que j'éprouvais pour ma part un grand bonheur à la compagnie lettrée et joyeuse de Galjero. Nous parlions peu, il est vrai, mais il naquit entre nous comme une complicité naturelle qui rendait les mots superflus. Durant près d'une semaine, je me contentai ainsi de ces courses sans chercher à diriger la conversation sur un sujet particulier. Rusé, je savais que les grands fauves sont parfois aussi impatients que les chasseurs à entamer le jeu de la traque. J'eus raison de le laisser venir, car ce fut Galjero qui finit par me demander des précisions sur la nature de mes fonctions à l'Ahnenerbe… Grossières tout d'abord, mes descriptions de l'institut suscitèrent chez lui un intérêt immédiat. Il insista tant que je me décidai à le conduire jusqu'à Pücklerstrasse. C'est là que, confortablement assis sur le canapé de mon bureau, il choisit de mettre le fer au feu…

— Eh bien, Thörun, que pensez-vous de moi ?

Comme je faisais mine de ne pas saisir le sens de sa question, il balaya mes atermoiements d'un revers de main.

— Cessons de jouer, voulez-vous ? J'accepte parfois de perdre un peu de temps mais il n'est pas toujours nécessaire de prolonger les préliminaires… Je sens bien que nous avons tous deux beaucoup à nous apporter. Pourquoi ne pas l'avouer ?

Cette franchise me prit de court. L'attaque frontale n'avait pas été un cas de figure retenu dans mes prévisions ! Et puis, cette entrée en matière exprimait aussi une ambiguïté qui me gênait. Un peu trop coquet, un peu trop élégant, Galjero me regardait avec un sourire trop enjôleur pour être tout à fait honnête… Je crois qu'il perçut la pensée qui me traversait l'esprit. Il éclata de rire.

— Rassurez-vous, Gärensen ! De ma vie je n'ai jamais cultivé aucun goût pour les garçons ! Je ne suis pas en train de vous proposer une liaison d'invertis !

— Pardonnez-moi, bredouillai-je en me sentant rougir de confusion. J'ignore ce qui…

— N'en parlons plus… Alors ? Que pensez-vous de moi et de mon épouse, Gärensen ? Que pensez-vous des Galjero ?

L'emphase du ton et la façon dont il avait tourné sa phrase en insistant sur son nom de famille comme s'il se fût agi d'une dynastie de vieille noblesse m'arrachèrent malgré moi un sourire.

— Une personne qui vous est proche m'a assuré que vous étiez des sorciers, parvins-je tout de même à répondre. Une autre, une amie, juge que ce pourrait être exact ! D'après ce que j'ai vu de vous, je serais tenté de les croire.

— Mme Simpson a raison. De même que votre mystérieuse amie. Nous *sommes* des sorciers ! L'Américaine aurait-elle pu vous faire venir à elle s'il en avait été autrement ?

— Comment savez-vous ? m'exclamai je, offusqué, en contractant instinctivement tous mes muscles, exactement comme si je venais de recevoir un coup physique.

— Nous travaillons depuis quelque temps pour

Wallis… Oh, pour l'amusement bien plus que pour l'argent, évidemment, car elle n'est pas encore riche, l'aventurière… Mais elle va le devenir sous peu. Savez-vous que nous sommes parvenus à la glisser dans les draps du prince de Galles ?

Je répondis que je ne portais aucun intérêt ni aux mondanités ni aux coucheries anglo-saxonnes.

— Vraiment ? Peu importe. Enfin, bref, nous avons fabriqué quelques petits grigris efficaces pour Mme Simpson. Elle peut avoir tous les hommes qu'elle veut, maintenant… Vous en avez fait l'expérience. Mais cela n'est que broutille. Les choses sérieuses se passent avec votre Führer. Pour lui, nous avons de grandes ambitions ! Évidemment, rien à voir avec un simple arrivisme bourgeois ou l'organisation de parties de jambes en l'air !

Dalibor s'apprêtait à entrer dans le vif du sujet quand on frappa à la porte. Dandeville apparut, un dossier à la main.

— Navré de vous déranger, dit le Français, mais nous venons de recevoir ces papiers en urgence des bureaux du SD. Heydrich ordonne que tu y jettes un coup d'œil sans délai.

Frustré des explications qui auraient pu satisfaire ma curiosité, j'ouvris le porte-documents en maugréant. À l'intérieur se trouvaient une dizaine de formulaires frappés du tampon du *Sicheirheitsdienst* qui s'empilaient sous une note manuscrite de Heydrich lui-même. En deux lignes, l'*Obersturmführer* me demandait d'initier en quelques jours un nouvel agent de son SD Ausland aux spécificités de l'Ahnenerbe…

— Elle attend dans le couloir, me précisa Dandeville tandis que, très étonné, je découvrais la photographie d'une toute jeune femme agrafée sur une fiche d'identité.

— Keller ? Ostara Keller ? dis-je tout en déchiffrant pour la première fois son nom calligraphié en écriture gothique.

— Votre travail vous appelle, il est donc temps que je vous quitte, décréta Dalibor. Retrouvons-nous plutôt ce soir vers onze heures au cabaret Tanzfest, voulez-vous ? J'y serai seul…

Nous nous serrâmes la main puis Galjero quitta prestement mon bureau et Dandeville y introduisit Ostara Keller. Ce fut à peine si je remarquai un bref échange de regards entre le Roumain et la jeune fille tandis qu'ils se croisaient entre les doubles battants matelassés de cuir de ma lourde porte à sas…

*

La fille Keller ne me fit pas bonne impression. Certes, ses états de service étaient impressionnants et le compte rendu de son passage dans la nouvelle *Junkerschule* de Friendensthal plus que flatteur, mais des pans entiers de son dossier avaient été purement et simplement caviardés et cela, déjà, ne me plaisait pas. Lorsque je tentai d'interroger moi-même cette toute jeune femme aux traits réguliers, elle ne consentit à me livrer que de minces fragments de son passé :

— Mes parents sont allemands. Malheureusement, je n'ai pas moi-même eu la chance de voir le jour dans notre patrie, m'apprit-elle. J'ai grandi à l'étranger. Aux États-Unis… Je suis rentrée en Allemagne de mon plein gré dès que j'ai pu le faire… Je suis membre du NSDAP et préparée à mettre ma vie au service du national-socialisme.

Une fanatique ! Sous ses airs de petite fille fragile et fière, Ostara Keller n'était qu'une fanatique ! De l'Ahnenerbe, il fallut tout lui montrer, tout lui dire. Elève studieuse, elle prenait des notes sur un épais calepin noir tout en plissant adorablement son front d'agnelle butée… Ses airs sérieux de première de la classe finirent par provoquer chez moi une vague de visions érotiques des plus débridées ! Mais *Fräulein* Keller n'était pas le genre de fille à cacher un tempérament de feu sous des allures de vierge effarouchée. Glaçon authentique, elle s'imaginait amazone du Reich, Walkyrie terrible au service d'une cause si belle, si grande, si noble, qu'elle méritait qu'on lui sacrifiât tout, jusqu'à l'énergie la plus intime qui anime d'ordinaire un être humain normalement constitué.

— Quels sont exactement les résultats auxquels vous êtes parvenus ? demanda Keller comme je venais d'achever une présentation générale de nos travaux.

— Eh bien… Nous ne sommes encore qu'un tout jeune institut, bien sûr. Nous venons seulement de lancer nos premières campagnes de fouilles sur le terrain. Mais en Prusse-Orientale, sur des territoires que nous disputent les Polonais, nous avons récemment découvert des vestiges de fortifications germaniques datant du IIIe siècle avant Jésus-Christ. Cela peut paraître anecdotique à première vue, en fait c'est d'un intérêt politique et diplomatique immédiat puisque nous pouvons ainsi légitimer historiquement aux yeux du monde nos demandes d'expansion territoriale vers l'est… Dans un autre domaine, nous préparons une expédition dans les montagnes du Tibet. Certains de nos chercheurs ont la conviction de pouvoir y découvrir les vestiges de civilisations préaryennes disparues… Nous fondons également beaucoup d'espoirs sur la collaboration d'un éminent spécialiste de la religion juive, dont la théorie est que la figure du Christ n'est en rien historique mais relève uniquement d'une manipulation d'ordre kabbalistique. Là encore, cela peut s'avérer primordial pour gommer en Occident deux millénaires d'influence d'une religion qui n'est pas la nôtre. Enfin, nous étudions la possibilité d'intégrer dans nos rangs un chercheur spécialiste du Graal qui pense avoir localisé la coupe sacrée dans le sud de la France, un territoire anciennement wisigoth, donc germanique... Il y aura aussi une expédition en Islande dans les mois prochains et puis des recherches variées sur le symbolisme roman, sur la captation des énergies naturelles non visibles, sur la transmission de pensées, etc. Tout cela ne fait que démarrer.

— Et les phénomènes d'envoûtement ? s'enquit Keller. Y a-t-il quelqu'un qui s'intéresse à cela chez vous ?

La question me fit rire mais ma bonne humeur ne fut pas du goût de l'austère jeune fille, qui fronça aussitôt ses blonds et fins sourcils d'un air mauvais.

— L'envoûtement ? Eh bien... Nous en parlions justement à demi mot avec la personne que vous avez croisée en entrant. C'est un champ de recherche que nous n'avons pas encore inscrit à notre programme, mais c'est une erreur à laquelle je vais peut-être remédier sans tarder !

*

— Plus on s'éloigne d'une guerre, plus on se rapproche de la suivante ! fit remarquer Dalibor Galjero avant de prier la serveuse du Tanzfest de nous apporter du cognac. Évidemment, les choses vont bientôt bouger en Europe... Et si elles bougent en Europe, elles bougeront dans le reste du monde par un pur effet mécanique. Voyez-vous, Thörun, lorsqu'on se trouve au bord du précipice, la vraie, la seule, l'*unique* question à se poser, est de savoir *qui* nous sommes vraiment.

— Interrogation métaphysique par excellence ! Et parfait endroit pour se la poser, n'est-ce pas ? dis-je en désignant du menton la scène du cabaret sur laquelle, vêtus de collants noirs barbouillés de lignes blanches figurant les os d'un squelette, des artistes s'essoufflaient à mimer une danse macabre.

— Bien dit ! Ainsi donc, Thörun, qui êtes-vous ?

Qui étais-je vraiment ? Je n'en savais fichtre rien et il y avait belle lurette que je ne cherchais même plus à répondre à cette énigme.

— Peut-être n'ai-je pas encore suffisamment approché le bord du gouffre pour me poser sérieusement la question, *Herr* Galjero, avouai-je tristement comme une boule de nostalgie et d'angoisse montait soudain dans ma gorge.

— Le monde entier va bientôt s'embraser, Thörun. Et votre situation ne sera pas confortable. Vous n'êtes pas allemand. Si l'aventure tourne bien pour les hitlériens, ceux-ci ne vous attribueront aucun mérite. Même Heydrich, votre protecteur, finira par vous abandonner quand il sera parvenu à ses fins. Si, au contraire, la guerre s'achève en catastrophe pour le Reich, dites-vous que les Alliés n'auront aucune pitié pour un homme comme vous… Je suis désolé de brosser un tableau si cruel, Gärensen, mais vous êtes à coup sûr dans le camp des perdants !

Que répondre à cela ? Je savais que Galjero ne faisait qu'énoncer une évidence. Depuis que j'étais tombé aux mains de Heydrich, je n'avais fait qu'enchaîner lâcheté sur lâcheté, au point de me compromettre avec un régime politique pour lequel je n'éprouvais aucune sympathie, au point même de jurer fidélité à un homme qui m'inspirait plus de répugnance que de respect.

— Vous êtes cerné par les loups, Thörun, leur meute se rapproche... Elle vous guette... Mais il y a une solution pour vous en défaire...

— Laquelle ? demandai-je avidement à Galjero.

— Accordez-moi votre confiance !

Faire confiance à Galjero... Difficile de refuser un tel don à un homme qui semblait lire en moi comme dans un livre.

— Votre histoire, je ne la connais pas mais je crois la deviner assez bien, Thörun. Inutile donc de m'en parler.

— Et la vôtre ? demandai-je en retour, comme nous avions quitté la bruyante enfilade des caves tapissées de bleu du Tanzfest pour une promenade nocturne.

— La mienne ? rit Dalibor. La mienne est trop compliquée pour que je vous la livre ce soir. Une nuit, d'ailleurs, n'y suffirait pas... Disons seulement que j'ai moi aussi une quête à mener et que je me cherche des alliés. Nous voulons tous notre liberté, Thörun. C'est ce qui nous est le plus cher au monde. Et si, par hasard autant que par malheur, nous avons eu, un jour maudit, la faiblesse de la perdre, il ne se passe pas une heure sans que nous cherchions à la reconquérir...

De quoi voulait-il parler ? Si je ne le savais pas encore formellement, déjà je pressentais que Dalibor était lui aussi tombé sous la coupe d'un Diable qui le tenait en laisse.

— Arcane XV, lançai-je à voix haute et cependant comme pour moi-même.

— Arcane XV, le Diable... Oui ! Mais il existe des créatures plus terribles encore, commenta mystérieusement Galjero. Même si elles n'apparaissent pas dans les lames du tarot.

Silencieux tous deux, nos pas nous menèrent aux abords d'Alexanderplatz, cœur de ce Berlin de 1935 si étrange, à la fois si décadent et si policier, où se côtoyaient les dernières grandes figures de la vie nocturne de la capitale et les hommes en imperméable noir et chapeau mou, inspecteurs de la Gestapo, mes demi-frères par le rang et la fonction… Dans Tauentzienstrasse, devant les somptueuses vitrines illuminées du grand magasin KaDeWe, nous pénétrâmes dans le domaine de chasse d'Erna la Rouge, une célèbre prostituée toute vêtue de cuir écarlate. Je la vis arriver vers nous, une dragonne de fouet passée à son poignet.

— Du plaisir, mes beaux anges noirs ? nous demanda-t-elle.

Mais ni Dalibor ni moi n'avions envie de femme ce soir-là.

— Une autre fois, Erna, peut-être…, répondis-je en la dépassant sans même ralentir le pas.

— J'ai une proposition à vous faire, Thörun, enchaîna gravement Dalibor tandis que j'entendais la voluptueuse aborder un gros bourgeois en manque de gueuse.

— Une proposition ? Je vous écoute…

— Aimez-vous l'Italie ?

*

Dalibor et moi quittâmes Berlin pour Venise à la mi-octobre 1935. Nous nous connaissions depuis presque un mois et je crois pouvoir dire que nous étions déjà devenus proches.

Au fil de ces semaines de chaud début d'automne,

je n'avais en revanche que rarement vu Laüme. Un dimanche, nous étions allés tous les trois faire une excursion à Heringsdorf, la grande station balnéaire rivale de Ahlbeck, que j'avais fréquentée lorsque j'étais l'amant de Margo Lion, mais cela avait été anecdotique. Laüme et moi n'avions dansé qu'un seul foxtrot au thé de 17 heures, juste après que le couple Galjero se fut amusé à gagner le concours d'élégance des après-midi de haute saison.

— Ma femme est belle, avait dit ensuite Dalibor comme nous la regardions flirter avec d'autres hommes pour se distraire. Exceptionnellement belle, même…

— Pourtant, vous ne l'aimez plus…, avais-je remarqué au risque de choquer mon ami.

— C'est vrai. Je ne l'aime plus… Depuis longtemps ! Mais mes sentiments ne comptent pas… Et vous, Thörun ? Laüme vous attire-t-elle ?

Quel était le sens de cette phrase ? Dalibor voulait-il précipiter son épouse dans mes bras pour mieux s'en séparer ? Je ne le croyais pas. Malgré l'apparente perversité de la question, je sentais qu'elle comportait un sens caché infiniment plus subtil.

— Votre épouse m'attire et me fascine, oui, il serait stupide de ma part de le nier. Mais elle me captive moins pourtant qu'elle ne me révulse, et même – pardonnez-moi de vous en faire confidence – me plaît moins qu'elle ne me répugne ! Malgré sa beauté. Malgré son mystère. Quelque chose en elle glace tout l'élan que je pourrais ressentir…

Ma réponse avait fait sourire Dalibor. Je crois que le jugement que je venais d'émettre sur Laüme, pour peu flatteur qu'il fût, m'acquit définitivement sa sympathie. Ainsi donc, nous prîmes ensemble le chemin de l'Italie du Nord, par le train de luxe Berlin-Venise. Qu'allions-nous y faire ? Dalibor prétendait vouloir consulter je ne sais quelle archive dans un vieux palais du Canareggio... Moi, j'avais convaincu Heydrich qu'au cours de ce déplacement je saurais percer l'énigme qui planait toujours sur le couple Galjero.

— La femelle est maintenant régulièrement invitée à Berchtesgaden, la résidence privée de Hitler en Bavière. Elle y côtoie le gratin du régime... Et je ne sais toujours pas ce qui lui vaut tant d'honneurs ! Débrouillez-vous comme vous voulez, Gärensen, mais ramenez-moi une réponse de votre foutu voyage avec le cocu !

Cocu ! La révélation que croyait me faire Heydrich ne porta pas. Depuis longtemps, et de l'aveu même de Dalibor, je savais que le Roumain était un mari trompé. « Laüme a des besoins, m'avait expliqué ce dernier aussi froidement que s'il avait décrit les symptômes d'une maladie. Elle souffre d'une sorte de nymphomanie qui la pousse à consommer beaucoup d'amants. Hommes et femmes. C'est ainsi... Je ne m'en offusque pas puisque nous nous sommes beaucoup aimés et qu'elle me laisse maintenant agir moi aussi à ma guise. C'est un bon arrangement pour un vieux couple, vous savez. Le meilleur qui soit... »

— Les liens de leur couple paraissent en effet distendus, avais-je à ce propos répliqué à Heydrich d'un air négligent qui l'avait mis en furie.

— Distendus ? Distendus, dites-vous, Gärensen ? C'est un doux euphémisme. Jetez donc un coup d'œil là-dessus !

D'un tiroir de son classeur à rideau, Heydrich avait sorti un jeu de photos qu'il avait complaisamment étalées sur son bureau. J'y vis, entremêlés dans toutes les poses imaginables, les corps d'un hommc grassouillet et de deux femmes très fines. Je ne pus m'empêcher de me pencher pour détailler les scènes d'orgie. J'y reconnus aisément Laüme. Quant à la silhouette de l'étalon, rien à faire, je ne le connaissais pas. Ce ne fut pourtant pas cela qui provoqua mon étonnement. Lorsque je distinguai les traits du visage de la seconde femme, je ne pus retenir une exclamation de surprise.

— Oui, c'est elle, confirma Heydrich, c'est la petite Keller ! Elève très douée. Très désireuse de bien faire. Elle a fini son passage chez vous et je l'ai envoyée se frotter à la femelle Galjero… Elle réussit parfaitement. C'est évidemment elle qui a placé l'appareil photo dans la suite de l'Eden Hotel. Et le type, vous savez qui c'est ?

Je hochai la tête négativement.

— C'est un garçon d'étage. Un grouillot appelé par la folle quand elle a eu envie de… Enfin, vous savez bien…

Même par photographies interposées, assister aux ébats de Laüme m'était pénible. Je repoussai les clichés vers Heydrich qui en feuilleta fiévreusement la pile à la recherche d'une pose particulière qu'il tint encore à ce que j'examine.

— Regardez cette prise-là, Gärensen. C'est là où ça se voit le mieux. J'aimerais votre avis…

Soupirant pour exprimer ma répugnance, je pris néanmoins la photo que me tendait mon supérieur. Au début, rien de particulier ne me frappa. On voyait Laüme nue, de face, remontant ses cheveux en chignon tandis qu'elle chevauchait le valet aussi gras et velu qu'un cochon.

— Simple scène de coucherie, fis-je remarquer.

— Son ventre, Gärensen. Regardez mieux son ventre.

— Peut-être un effet de la lumière ou un mauvais rendu de l'appareil photographique, avançai-je en guise d'explication comme je venais enfin de comprendre que c'était l'absence d'ombilic sur le ventre de la Roumaine qui plongeait Heydrich dans des abîmes de perplexité.

— Non ! Keller l'a confirmé ! Et elle a vu de près ! Elle a touché ! Laüme Galjero est anomphale ! Incroyable, non ?

— C'est surtout totalement impossible ! rétorquai-je au chef du SD en m'autorisant pour la première fois dans une conversation avec lui un ton manifestement méprisant…

*

Dalibor et moi arrivâmes à Venise avec un jour d'avance sur notre calendrier. Contrecarrant toutes nos prévisions, les chemins de fer italiens s'en étaient tenus à un strict respect de leurs horaires, nous contraignant à loger pour une nuit dans une pension de famille qui ne payait pas de mine, où, sous la férule de *signora* Verdiana, la tenancière, nous fûmes gratifiés d'un accueil chaleureux et d'une nourriture plantureuse. Depuis 1931, c'était la première fois que je quittais l'Allemagne et que je me vêtais en civil.

— Il faudra vous trouver d'autres costumes, Thörun, me conseilla Dalibor comme nous finissions notre soupe de pois chiches et de tomates au romarin. J'ai mes entrées chez d'excellents tailleurs ici…

Il était vrai que mon complet était mieux taillé pour les rudesses du climat prussien que pour la douceur de l'automne vénitien.

— J'ai l'intention de vous présenter à quelques personnes pour qui l'apparence compte avant toute chose, poursuivit le Roumain. Vous connaissez les Italiens !

Le lendemain matin, nous emménageâmes avec armes et bagages au Danieli, à deux pas de la place Saint-Marc. Comme à son ordinaire, Galjero avait bien préparé les choses. Jouissant sans culpabilité d'une fortune qui semblait sans limites, il nous avait réservé au même étage deux suites en façade. Les cinq fenêtres de la mienne donnaient sur l'Adriatique et mon lit était si grand que je pouvais m'y allonger en travers sans que mon corps en déborde.

— Vous plaisez-vous dans votre nouveau royaume ? me demanda le Roumain en jetant négligemment son chapeau de toile et sa canne d'agrément sur le lourd nankin d'une ottomane.

— Je crains de m'habituer au luxe, répondis-je. Il y a trop longtemps que je n'ai pas profité d'une telle débauche de confort.

— Ce n'est pas tant le confort qui compte que la liberté, mon ami. Avouez plutôt que cela fait un bail que vous n'avez pas joui d'une telle sensation !

Et c'était vrai ! Dalibor, encore une fois, avait touché juste. La fragilité et la fugacité de cette autonomie me sautèrent aussitôt au visage, me privant de toute insouciance, m'empêchant de profiter pleinement de l'instant. Mes traits s'assombrirent.

— Ne vous inquiétez pas ! me consola le Roumain. Nous allons maintenant travailler à replacer entre vos mains les brides de votre destinée…

*

Même sous le fascisme, Venise savait demeurer la ville la plus belle du monde et la plus agréable. En ce début d'automne, les canaux n'exhalaient plus leurs pestilences estivales. Venant de la mer, une brise fraîche lustrait *piazzette* et *stradine, zatterre* et *campi*. Le matin, de très bonne heure, nous prenions notre petit déjeuner au café Florian, sous les arcades méridionales de la place Saint-Marc. Là, alors qu'un garçon de salle nettoyait encore à la sciure de bois et à grande eau le sol coloré de petits carreaux émiettés, nous dégustions *espresso* et *brioche* vernies de sucre glace en regardant passer les premières *ragazze*. Pour toutes ces jolies brunes capiteuses, la mode était alors aux talons compensés, aux minces bibis à plume de paon et aux jaquettes d'étoffes chatoyantes exagérément cintrées à la taille. Dans la lumière vibrante de la matinée, le fascinant spectacle de leurs bas noirs à mince couture nous plongeait souvent, Dalibor et moi, dans de longs instants de pure et dévote admiration.

— J'attends de recevoir l'accord de l'homme que je viens visiter, m'expliqua finalement Galjero sans que j'aie jugé bon de m'étonner des deux ou trois journées d'oisiveté que nous venions de nous offrir. Le comte Caetano aime à se faire désirer mais les textes qu'il conserve dans la bibliothèque de son palais sont presque uniques au monde.

— Que venez-vous chercher ici exactement, Dalibor ? crus-je enfin bon de demander sans plus de détours.

Le Roumain sourit à demi.

— Officiellement, je cherche des précisions pour seconder Laüme dans ses opérations. Officieusement, je donne des coups de marteau sur les chaînes qu'elle a passées autour de moi… Oui, je sais ! Tout cela est fort sibyllin ! Laissez-moi être un peu plus explicite… Je suppose que vous vous rappelez la petite séance de tir que Hitler vous a imposée chez Göring ?

— Bien sûr… J'y repense souvent sans parvenir à en percer les secrets.

— Si vous appreniez que cela risquait de vous brûler, voudriez-vous encore être initié à ces mystères, Thörun ?

— Brûlé, je le suis déjà, je le crains, ricanai-je sottement. Si un mystère existe, alors, oui, j'aimerais le connaître…

— Soit ! conclut Dalibor. En peu de mots, le voici donc : Laüme conserve les savoirs d'anciens charmes protecteurs dont la vertu permet d'éviter toute forme de mort violente à qui en bénéficie. Voilà pour la trame du secret…

— Vous vous moquez ! répliquai-je sur un ton où se mêlaient le mépris et l'offense.

— Non, Thörun. Je ne me moque pas ! Et vous le savez pertinemment puisque ce n'est que votre raison qui se cabre sous mes propos. Votre intuition, elle, est déjà convaincue que je ne mens pas.

— Votre épouse travaillerait à fabriquer des sorts pour protéger Hitler de tout attentat ? C'est ça ?

— Vous avez compris. Laüme n'est entrée dans la cage aux tigres que pour attirer l'attention du chancelier. Ensuite, elle a dû lui prouver ses dires avec une seconde démonstration… et ce fut la séance à laquelle vous avez vous-même participé. Rappelez-vous ce qui vous est arrivé quand vous avez voulu faire feu sur elle, puis sur moi. D'abord, un problème mécanique bloquant l'arme qui, un instant auparavant, fonctionnait parfaitement. Ensuite, une paralysie de votre corps et un désespoir qui inexplicablement vous a envahi au point de vous empêcher d'agir… Laüme est protégée par un charme comme je le suis moi-même. C'est de la magie, Thörun, que vous le vouliez ou non. C'est de la magie pure, simple et vraie !

Sérieux comme un pape, sans aucune inflexion de moquerie dans la voix, Dalibor croyait à ce qu'il disait et n'aurait pas été plus calme, plus sûr de lui, s'il avait commenté la douceur de l'air vénitien ou la mordorure de la lumière sur les pierres de la Salute…

— Laüme et moi, au cours de ces dernières semaines, avons travaillé à charger un tel sort pour Hitler. L'opération est presque terminée. À la fin de la prochaine lunaison, le vecteur sera opératif et nous commençons à en fabriquer d'autres pour les principales personnalités du Reich. Himmler aura le sien. Rudolf Hess aussi, ainsi que votre ami Heydrich… Mais c'est un secret. Eux-mêmes ne le sauront pas. Seul Göring est au courant, et vous, maintenant…

— Tous ces gens vont donc devenir… immortels ?

Dalibor faillit renverser son café tant l'incrédulité et l'angoisse qui perçaient sous ma question l'amusaient.

— Non ! Ne confondez pas invincibilité et immortalité ! Que je sache, l'immortalité n'existe pas en tant que telle en magie. On peut considérablement allonger l'espérance de vie, c'est un fait, oui… Bien que cela demande une hygiène quotidienne extrêmement astreignante et des périodes d'ascèse très difficiles à supporter pour le commun. Mais ne pas mourir du tout, cela n'existe pas sans briser purement et simplement les barrières de l'ontologie humaine. Et ça, c'est encore une autre histoire, comme dirait Kipling…

— Ce sont donc des informations sur l'établissement de ces talismans que vous cherchez à Venise ?

— Ce que je recherche à Venise concerne un autre projet… Quelque chose de plus vaste encore… Une œuvre que Laüme et moi maîtrisons mal, contrairement aux protections individuelles.

— De quoi s'agit-il ?

— Patience, mon ami. Je vous promets de vous en parler en temps et en heure… Maintenant, vous allez faire quelque chose pour moi, voulez-vous ?

Comme je me demandais ce que Galjero pouvait bien espérer, je le vis sortir de sa poche un mouchoir de lin blanc qu'il déplia sur la table de marbre du Florian. Ouvrant puis me tendant par la lame un couteau pliant au manche de corne, il dit :

— À votre convenance, donnez-moi quelques-uns de vos cheveux ou une rognure d'ongle et versez un peu de votre sang sur cette étoffe…

Sans me soucier du *signore* solitaire qui venait de s'installer sur une banquette non loin de nous, je donnai un coup de lame au coin d'un de mes ongles, puis m'ouvris une fine entaille dans le gras du pouce. Avec application, je laissai s'étaler une douzaine de gouttes rouges sur le tissu immaculé.

— Voilà qui est bien, Thörun… Ce sera notre secret à tous deux. Je vais fabriquer pour vous un de ces gardiens dont vont bientôt jouir Hitler et ses sbires. Vous valez infiniment mieux qu'eux, et même si je ne suis pas moi-même un ange, j'aime qu'un peu d'équilibre règne en ce bas monde. Ah ! Une dernière chose ! Quel est le prénom de votre mère ?

*

Ce que fit précisément Dalibor Galjero des fragments que je lui confiai, je ne saurais le dire. Écarté du secret de fabrication de l'objet de protection, je fus cependant initié à quelques principes de son action.

— Les légendes et les histoires pour enfants sont pleines de secrets oubliés, commença le Roumain un soir qu'il m'avait invité à fumer en sa compagnie un cigare sur le balcon de sa chambre. Sous le vocable méprisant de folklore se cache bien souvent le vieux savoir du peuple…

— Le *Folk* anglo-saxon est l'égal du *Volk* germanique, abondai-je. Comme le *Lore* est un antique synonyme de sagesse.

— C'est exact, Thörun. Pour tous les horizons et pour tous les peuples ! Chez les Daces, mes ancêtres, comme chez les Latins, les Celtes, les Germains et les Slaves… Comme chez les Hébreux ou les Arabes aussi. Vous connaissez l'histoire d'Aladin, bien sûr ?

— Le génie dans la lampe ?

— Oui. Si vous ne la connaissez pas bien, lisez-la en français, dans la version non expurgée de Galland. Mais brisons là les références bibliographiques. Aladin et la lampe magique, donc ! Sous ce que tous les lecteurs prennent pour une plaisante affabulation se cache l'illustration d'une très ancienne tradition sorcière. C'est cette tradition que Laüme et moi utilisons pour forger des boucliers à ceux qui nous sont chers, ou dont les intérêts croisent momentanément les nôtres…

— Vous avez découvert un entrepôt de lampes merveilleuses ? me permis-je d'ironiser.

— Mieux que cela ! Nous les fabriquons !

Du tiroir d'un petit meuble, Dalibor sortit alors un objet de taille moyenne enveloppé dans une pièce de soie écarlate.

— Sous ce tissu repose une créature qui n'est pas

encore vivante mais qui va bientôt accéder à la conscience. Dans quelques jours, elle sera prête à vous servir et chaque instant qui passera la rendra plus forte, plus experte en son domaine. Avant de vous la dévoiler, il est indispensable que vous la nommiez par vous-même. Mais attention ! Le nom de baptême du familier répond à un impératif !

— Lequel ? demandai-je en sentant soudain mon cœur s'emballer.

— Il doit alterner consonnes et voyelles de manière à pouvoir se lire à l'envers.

— Comme un palindrome ?

— Précisément non. Surtout pas ! Songez à un vocable simple pouvant être prononcé facilement dans les deux sens de lecture mais sans effet miroir.

Mon esprit demeura vide un instant, puis je m'exclamai :

— Amarok ! Cela est-il convenable ?

Dalibor se mit à rire.

— Parfait, mon ami ! Amarok sera donc le nom de vie de votre créature. Si vous deviez le détruire un jour, il vous faudra prononcer son contraire, soit : Korama, au cours de la cérémonie de meurtre.

— Meurtre ? Quel meurtre ?

— Le mot est choquant, j'en conviens. Mais il n'est pas trop fort, expliqua le Roumain. Vous allez comprendre.

Dévoilant enfin ce qui était dissimulé sous le carré de soie, Dalibor me tendit une figurine en ronde-bosse d'une vingtaine de centimètres de haut environ. La forme générale était celle d'un monstre grossier au corps d'homme et au visage de lion. À ses bras exagérément musclés étaient passés deux grands boucliers rectangulaires, à l'image de ceux dont se servaient les soldats des légions romaines. Me montrant le sommet du crâne de la statuette, Galjero me fit remarquer une sorte de bouchon qui scellait la fontanelle.

— L'objet est creux. À l'intérieur se trouvent des aromates, des parcelles de métaux, des huiles et divers ingrédients parmi lesquels le tissu maculé par votre sang et les éclats d'ongle que vous m'avez confiés. Tout cela compose une sorte de condensateur des énergies subtiles dont j'ai baigné le gardien au cours de ces derniers jours. Ce condensateur, il sera nécessaire de le recharger de temps à autre. Un peu de votre sang, un peu d'huile suffira. Mais je vous indiquerai à quelle période exacte de l'année il faudra procéder car le génie est extrêmement sensible aux conditions astrologiques. Lorsque nous l'éveillerons, il saura que son travail est de vous éviter tout risque de mort violente. Cela, évidemment, ne comprend pas les maladies courantes et encore moins la sénescence naturelle… Cependant, vous pourrez être assuré de traverser un champ de mines sans que rien ne vous arrive ou de marcher les yeux fermés au beau milieu du Brooklyn Bridge sans être percuté par une automobile… En revanche, plus vous vous exposerez à des situations inutilement périlleuses, plus Amarok sera sollicité, et plus il se renforcera. Au point de développer une sorte de conscience autonome. Peut-être même voudra-t-il acquérir son indépendance, un peu comme un esclave qui se révolte contre son maître. Il deviendra alors extrêmement dangereux et il sera nécessaire de le détruire selon des rituels précis, sous peine au contraire de voir sa force soudainement décuplée. C'est ici qu'intervient le nom de mort.

— En somme, résumai-je, vous m'offrez un cadeau

qui me protégera avant de chercher à me tuer ? C'est bien cela ?

— Je veillerai personnellement à ce que cela ne se produise pas, Thörun !

*

Suivant les directives que me donna Dalibor, nous activâmes le génie familier au cours des journées ultérieures. Peut-être me trompé-je, mais je crois que jamais, dans l'histoire du Danieli, de telles opérations magiques ne furent pratiquées dans l'enceinte du palace.

— L'endroit dégage de bonnes énergies, décréta Dalibor. Tranquilles et discrets, les grands hôtels sont généralement des lieux très favorables à la sorcellerie.

Sorcellerie, magie… je ne faisais pas vraiment la différence entre ces termes. Cela n'avait guère d'importance. Et d'ailleurs, croyais-je vraiment à la réalité des savoirs que déclarait maîtriser Dalibor ? Honnêtement, je ne sais pas, je ne sais plus… Je voulais y croire et cela suffisait… Quand le familier fut définitivement baptisé et éveillé, je reçus les dernières recommandations à son sujet.

— Dès que vous serez rentré à Berlin, conservez-le dans un endroit secret. N'importe où à condition que vous soyez le seul à manipuler la statuette : sur une étagère élevée, dans une niche creusée derrière un meuble ou tout simplement dans un coffre de banque ! Dès maintenant, il faut aussi songer à le faire travailler un peu. Pas beaucoup au départ, mais c'est une période de rodage nécessaire pour lui comme une preuve de son efficacité pour vous… Désolé, Thörun, mais il est maintenant impératif que vous mettiez votre vie en danger !

Énoncée sur un ton badin, la perspective ne m'amusait pourtant guère. Et puis, comment faire ? Venise est une ville sans véhicules à moteur, sans tramway, une cité tranquille où même les bambins en bas âge sont laissés sans surveillance à jouer librement avec les chats dans les rues. Allais-je devoir sauter dans un canal et me risquer à la noyade, ou plutôt chercher noise aux mauvais garçons des quartiers populaires ?

— Il y a plus simple et plus rapide, s'amusa Dalibor. Dévêtez-vous ! Je vous fais couler un bain !

— M'ouvrir les veines dans l'eau chaude à la manière des Romains ? C'est ce que vous préconisez ?

— Pour une fois, soyons plutôt modernes ! Je vais vous électrocuter !

Jusqu'à ce qu'il empoigne une lampe allumée, j'avoue m'être raccroché à l'espoir d'une mauvaise farce jouée par Dalibor, mais quand je vis que l'appareil électrique allait vraiment toucher l'eau, je voulus sauter hors de la baignoire où, bien à regret, je m'étais glissé. À peine étais-je à demi dressé que l'ampoule touchait déjà la surface du bain moussant. Un grand claquement dans la pièce, et tous les autres lumignons de la salle s'éteignirent, aussitôt mouchés par de papillonnants grésillements. J'entendis la lampe percuter le fond de la baignoire juste avant qu'une odeur désagréable monte autour de moi. Ce n'était qu'un peu d'ozone lâché au contact de l'électrique et de l'humide. Sur mon corps intact, aucune blessure, aucune brûlure ! Debout, nu dans une baignoire où l'on venait de jeter une lampe de fort voltage, j'étais bel et bien vivant !

— Première tâche accomplie pour Amarok ! dit

Dalibor d'une voix forte et joyeuse. Remerciez-le, Thörun. Ce n'est pas indispensable, mais ça lui fera tout de même plaisir...

*

L'épisode Amarok occupa peu ou prou Dalibor jusqu'à ce qu'enfin le mystérieux comte Caetano lui fît savoir qu'il se trouvait disposé à le recevoir. Dans son vieux palais du quartier de Canareggio, le comte n'ouvrait qu'à la nuit tombée la porte à ses très rares hôtes. Au crépuscule, comme s'il se fût agi d'un rituel imposé, Dalibor se vêtait de noir et marchait jusqu'au cœur du ghetto juif. Galjero occupé toutes les nuits et dormant le jour, j'étais un peu livré à moi-même et ne savais de quoi remplir mes journées.

— Je suis navré de ne pas pouvoir vous dire quand mes recherches seront achevées, Thörun, me prévint Dalibor. Au mieux, cela durera deux ou trois jours. Au pire, deux ou trois semaines... Mais Venise est la ville du libertinage et je peux vous y faire passer le temps agréablement.

— Vous connaissez l'adresse d'une bonne maison ? demandai-je en sentant qu'effectivement une ou deux nuits passées parmi les putains ne seraient pas de trop pour me requinquer.

— J'ai mieux. Que diriez-vous si je vous offrais la compensation de ce que vous a fait subir Mme Simpson ?

Là encore, je ne saurais dire quel tour utilisa Dalibor Galjero mais force m'est d'admettre que la nouvelle démonstration des pouvoirs du sorcier fut un plein succès ! Pendant les jours qui suivirent, sitôt que je trouvais une femme jolie et désirable, un événement survenait qui faisait tomber la donzelle dans mes bras. Par magie, les obstacles s'évanouissaient, les maris jaloux disparaissaient, les pères excessivement protecteurs s'effaçaient du paysage, les amants fougueux étaient happés par d'autres maîtresses… À la terrasse du Florian, je rencontrai Biondetta. À celle du Quadri, ce furent Silvia et Clorinda. Devant le pont des Soupirs, je troussai trois fois en pleine nuit Fiorinda, qu'il fallut resservir deux heures avant l'aube sous le porche même de la basilique, puis une fois encore près de la maison de brique du Titien, sur le banc de pierre d'un jardinet oublié qu'illuminait comme en plein jour le ballet des dernières lucioles de l'automne… Le lendemain, alors que je marchais tranquillement sur la plage du Lido, ce fut la Française Irène qui m'aborda avant de me laisser aller griffé, mordu, des plaques de sable toujours collées à mon dos et à mes fesses. Je m'étais à peine assis à dîner ce soir-là que les adorables jumelles Rosanna et Lidia vinrent ronronner à ma table et se frotter à moi au mépris de tous les clients qui nous regardaient sévèrement en roulant des yeux offensés… Il y en eut d'autres encore, dont je me rappelle à peine les noms, même si l'image de leur corps dévêtu reste vivace dans ma mémoire. En dix jours de ce régime, je perdis certes quelques kilos mais je passai aussi des heures inoubliables à jouir et à faire jouir comme jamais. À la fin, pourtant, comme les mots d'amour ne cessaient de s'accumuler dans mon casier à l'hôtel, je suppliai Dalibor de me laisser au moins quelques jours de répit.

— Comment ? Vous en avez déjà assez d'être la coqueluche de ces dames ? Savez-vous combien je fais payer d'ordinaire pour ce genre d'amusement ?

— Je n'ose même pas avancer de chiffres, dis-je tandis que, affalé tel un sac, je ne trouvais même plus assez d'énergie pour me tenir correctement à table. J'ai lorgné trop de seins, masturbé trop de clitoris et embrassé trop de vulves ! J'en suis presque dégoûté !

— Hum... soit ! C'est vous qui décidez... Donc, repos pour quelques jours, c'est d'accord. Profitez-en pour vous remettre car, dans trois soirs, je vous emmène à une grande fête... Très privée. Très *eccitante*. Les plus belles *ragazze* d'Italie seront présentes. Les plus riches aussi !

Je grognai sans y croire que les femmes ne m'intéressaient plus et que je me sentais mûr pour me cloîtrer chez les trappistes. Cependant Dalibor, redevenant sérieux, m'annonça qu'avant la fameuse réception promise, un autre dîner m'attendait.

— Dès demain, précisa-t-il. Entre hommes, celui-là !

*

— Cela ne paraîtra paradoxal qu'aux incultes, mais je soutiens que l'Occident est spirituellement mort le jour où Ibn 'Arabi a quitté Cordoue pour Damas à la mort de son maître Averroès !

Celui qui prononçait cette phrase en allemand sur un ton aussi définitif que hargneux était un très vieil homme dont on ne distinguait que les yeux, aussi noirs et petits que ceux d'une belette. Caché derrière une sorte de masque de tulle opaque, son visage demeurait rigoureusement invisible. Pour troublant qu'il fût déjà, ce détail n'était finalement que peu de chose comparé à l'accoutrement du comte Vittorio Caetano. Le corps entièrement couvert d'une sorte de bure noire, il n'émergeait de sa personne que deux mains fuselées, à la peau si blanche et si fine qu'on voyait distinctement au travers les veines bleutées, les muscles oblongs et les tendons à la consistance gélatineuse... Des ongles longs, mal coupés, ébréchés par endroits et surtout gris de crasse terminaient ses doigts qui faisaient songer à d'horribles organes de prédation. Et l'odeur ! Une odeur telle qu'on en respire dans les asiles de vieillards ou chez les fous, les alcooliques ou les clochards qui ne se lavent plus depuis des mois... Pire encore que l'odeur de la mort. Un remugle de sueur figée en concrétion épaisse, mêlé aux relents de déjections jamais ou mal torchées dont je devinais la trace à de multiples traînées souillant les plaies frisant à l'intérieur des cuisses du comte. Tout cela, et d'autres senteurs immondes, formait autour du vieil homme comme un bloc de puanteur qui évoluait avec lui et qui me donnait la nausée. Dalibor m'avait certes prévenu, mais la réalité dépassait toutes les mises en garde formelles.

— Caetano se pique de magie, avait expliqué Galjero. Tous les cinq ans environ, il pratique trois mois d'ascèse, de méditation et de prières, à l'aide desquelles il pense pouvoir combattre les effets de la sénescence. Malheureusement, nous arrivons en pleine séance. C'est aussi pour cela qu'il ne reçoit en ce moment que la nuit. Ah ! L'opération exige également qu'il ne se lave pas pendant tout ce temps. Vous comprendrez donc que l'odorat ne sera pas notre sens le plus flatté ce soir.

Fort heureusement pour moi, le plan de table m'avait placé à trois ou quatre convives du comte, tandis que Dalibor était stoïquement placé à la droite de la momie. Peut-être mithridatisé à force de fouiller dans la bibliothèque de l'aristocrate vénitien, le Roumain, lui, ne semblait guère incommodé par la pestilence de l'ascète.

— En 27, j'ai vu le tombeau d'Ibn 'Arabi à Damas, enchaîna dans ma langue par courtoisie pour moi un homme élégant, portant beau la cinquantaine, mais qui n'avait encore que peu parlé. Il disparaît sous les ronces et les chardons ! Personne ne s'en occupe… Rien à voir avec les Chinois qui honorent comme il se doit les sépultures de leurs grands hommes.

— Ezra ne se contente pas d'être le plus grand poète de son temps. C'est aussi un authentique zélateur de la religion confucéenne, précisa Dalibor à mon intention.

Ezra, c'était Ezra Pound, un *gringo* aussi révulsé par l'Amérique que Dandeville l'était par la France. Exilé volontaire, il avait choisi de fuir la société de mercantis qui florissait outre-Atlantique pour s'installer dans l'Italie du Duce.

— Le confucianisme présente sur la philosophie classique l'avantage d'être enraciné dans un espace bien délimité, dont il épouse naturellement les potentiels et corrige harmonieusement les faiblesses. Il s'adresse en outre à un certain type humain et ne vise pas les nuées d'une prétendue universalité fantasmatique. Souvenez-vous de la catastrophique expérience de Denys de Syracuse, qui, confiant les villages d'une vallée entière à l'administration de Socrate, a dû finalement protéger celui-ci contre la colère des paysans que ce prétendu philosophe gouvernait en dépit du bon sens ! Une telle expérience ne s'est jamais produite avec les sages chinois, dont les préoccupations et les aspirations recouvraient authentiquement celles du peuple !

— Le malheur de l'Occident, c'est la rationalité ! lança un autre convive. C'est en cela que je rejoins pleinement notre ami Caetano. Ibn 'Arabi quittant

Cordoue, c'est la légitimité de la pensée visionnaire qui fuit pour longtemps les rivages de l'Europe et laisse la voie grande ouverte pour les mécanistes, les scientistes, les Bacon, les Descartes, les Malebranche, les Voltaire, les Condorcet et les Marcelin Berthelot paradant avec leur prétention de tout régenter par la raison…

— Éternel conflit des guelfes et des gibelins transposé à l'histoire des idées, ne croyez-vous pas ? Mais attention à ne pas croire que l'islam pourrait constituer une religiosité de substitution pour nous. Même s'il se révèle plus souple que le christianisme et son dérivé sécularisé : l'athéisme rationaliste, il n'en est pas moins un monothéisme niveleur… En tant que tel, c'est une folie à combattre !

Il barone ! C'était ainsi que l'on nommait souvent l'homme qui me faisait vis-à-vis et qui venait d'ajouter une nouvelle référence à la conversation. Il est vrai qu'avec son lorgnon à chaînette constamment vissé sur l'œil, sa face d'aigle et ses cheveux noirs gominés soigneusement ramenés en arrière, il était la parfaite représentation du noble plein de morgue et de suffisance.

— Vous avez raison, *barone*, l'ennemi véritable, c'est le monothéisme ! s'empourpra le poète américain. Mais tout cela prendra fin, et le bel édifice s'écroulera de lui-même. Vous verrez qu'un jour on imposera au Vatican un pape d'origine juive pour achever de sémitiser les pauvres goys ahuris. Et puis, la succursale catholique prononcera sa propre mise en faillite pour mieux retourner à la maison mère de la synagogue ! Un siècle ou deux plus tard, l'islam suivra le même chemin…

— Et les protestants ? crus-je bon d'interroger.

— Bah ! Indécrottables ! s'énerva Pound en tapant sur la table. Plus juifs que le plus juif des Juifs ! Ils seront les premiers à applaudir à la destruction de leurs temples froids et à pincer la kippa dans leur chevelure pour singer les Hébreux !

— Tout cela n'arrivera pas, sourit *il barone* en me regardant et en levant son verre de vin comme en discret hommage. Le Duce et votre Führer y veilleront. N'est-ce pas, *Herr* Gärensen ?

Je bredouillai quelques formules creuses pour me débarrasser d'un sujet de conversation qui me paraissait n'intéresser que les fous furieux, mais l'Italien revint à la charge :

— *Il signore* Galjero m'a appris que vous vous occupiez d'un institut à Berlin… Un institut, disons… versé dans des domaines peu courants…

Je tentai de décrire en peu de mots les spécificités de l'Ahnenerbe mais l'homme au monocle ne se satisfit pas de ces généralités. Bien malgré moi, il fallut que je livre force détails quant aux domaines d'action des bureaux de Pücklerstrasse. Lorsque j'eus fini de brosser le portrait de nos activités, le comte Caetano lança :

— Ce merveilleux Ahnenerbe de nos amis allemands vous aurait été bien utile, *barone*, au temps d'*Ur* et *Krur* !

Comme je fronçais les sourcils pour signifier que je ne comprenais pas l'allusion, le gominé précisa :

— *Ur* et *Krur*. Ce sont à la fois des groupes de recherche et les noms des revues que j'ai fondées il y a quelques années, ici, en Italie, avec une dizaine d'autres passionnés. Nous nous intéressions alors à la haute magie opérative dans le sillage de Corneille Agrippa, de Paracelse, de Digby, de Tycho Brahé.

Nous sommes parvenus à des résultats assez remarquables, je dois dire…

— Certains de vos amis en ont payé le prix en devenant irrémédiablement fous ! tonna Caetano en renversant malencontreusement la timbale de gelée royale qui lui tenait lieu de nourriture. Combien sont-ils parmi vos comparses à bavoter pitoyablement aujourd'hui dans un asile d'aliénés ?

— Je reconnais sans honte qu'il y a eu du déchet. Mais la haute spiritualité magique est un chemin semé d'embûches et de dangers. À elle seule, la méditation passive ne mène jamais bien loin, vous le savez. Plus encore que *chevaucher le Tigre*, comme disent les Orientaux si chers à notre ami Pound, je soutiens, moi, qu'il faut *devenir* le Tigre… C'est dangereux, il est vrai, mais c'est la seule tâche noble à laquelle un homme digne de ce nom devrait s'adonner. N'est-ce pas, *signore* Galjero ?

Interpellé, Dalibor se mit à discourir longuement, mais je dois avouer que mon esprit se détacha rapidement de ses propos truffés de références et de sous-entendus dont je ne comprenais pas la teneur. Bercé par le rythme des paroles du Roumain, je laissai mes yeux glisser sur l'incroyable décor qu'offrait le palais Caetano. La salle où nous dînions ne se situait pas dans les étages ni même au rez-de-chaussée, mais dans une sorte d'entresol, une cave presque, située exactement au niveau du canal, dont on sentait les eaux affleurer sous le dallage de la grande pièce. Des taches d'humidité, et jusqu'à de petites flaques d'eau glauque, parfois, marbraient les dalles de terre cuite qui composaient le sol. Léger et cependant perceptible, un clapotis s'entendait même juste sous nos pieds, créant l'illusion que la pièce entière n'était en fait qu'un radeau prêt à partir à la dérive… Rongés par l'humidité, d'antiques panneaux de bois précieux fixés sur un des murs semblaient sur le point de tomber non en poussière, mais en boue noire et gluante. D'autres parois supportaient des tentures de damas aux dominantes noires et vertes, et il n'y aurait eu qu'à les tordre pour que le tissu s'égoutte à remplir des seaux. Tout cela, dans un froid de sépulcre qui devait bien convenir à ce Caetano, plus mort que vivant, attirant sans cesse trois ou quatre grosses mouches velues et bourdonnantes qu'il ne prenait pas la peine de chasser lorsqu'elles se posaient sur ses mains luisantes de crasse…

Enfin, vers trois ou quatre heures du matin, mon calvaire prit fin. Chacun se leva de table et salua son hôte qui devait partir en prière selon les horaires stricts qu'imposait la danse des étoiles. *Il barone*, Ezra Pound et les autres convives vidèrent les lieux les premiers. Dalibor s'attarda un instant auprès du comte et, après un bref conciliabule, rentra avec moi au Danieli.

— Qu'avez-vous donc retiré de ces rencontres ? me demanda-t-il alors que nous longions les maisons juives, hautes mais pauvres, du ghetto.

— Ce que j'ai retiré de ces rencontres ? Eh bien… la satisfaction de savoir que Berlin n'est pas l'unique ville d'Europe où pullulent les intellectuels dévoyés qui brandissent l'ésotérisme comme une arme de guerre.

— Vous l'avez dit ! On en rencontre partout ! Et partout, ces gens pensent être uniques ! Si vous voulez, je peux vous faire connaître ceux qui se nomment Les Polaires de Zham Bothiva, à Paris… ou bien les adeptes britanniques de ce fou anglais d'Aleister Crowley, celui qui se fait appeler 666 par ses disciples !

Vous savez quelle mauvaise plaisanterie ce pantin a récemment jouée au poète portugais Fernando Pessoa ? Cela va vous faire rire ! Figurez-vous que Crowley est invité par Pessoa à passer quelques jours dans la propriété que le poète vient de se faire construire au bord de la mer. 666 arrive, multiplie les tours de passe-passe et les flatteries, et finit par demander au Portugais le prêt d'une petite fortune en échange de je ne sais quelle promesse mirobolante. Deux jours plus tard, on retrouve les vêtements de l'Anglais sur la plage, là où les courants ont une réputation traîtresse. Affolement à Lisbonne, où la mort du gros Aleister est finalement annoncée officiellement. Pessoa ne songe pas un instant à regretter son argent, mais il pleure sincèrement le grand mage trop tôt disparu…

— Or, évidemment, Crowley est rentré chez lui par des voies détournées et il profite encore grassement de la naïveté du Portugais, devinai-je.

— Exactement. Pessoa l'ignore toujours ! Pour lui, Crowley est mort noyé quasiment sous ses fenêtres !

— C'est une anecdote drolatique mais, parfois, les choses se terminent vraiment mal… Je pense à Gurdjieff…

— Je ne le connais pas personnellement, répondit Dalibor. Mais je sais que certains lui reprochent férocement les tentatives de suicide que commettent nombre de ses disciples.

— Et ces gens avec lesquels nous avons dîné ? Qui sont-ils en vérité ?

— Pound, vous l'avez compris, est un lettré dans la plus pure tradition. C'est en réalité un Européen du XVIIe siècle qui a eu le malheur de voir le jour dans l'Idaho de la fin du XIXe siècle. Il s'est trompé à la fois d'époque et de lieu. Il décline gentiment ses petites manies mais ce n'est pas un dangereux agitateur. Et puis, il préfère le confucianisme à l'ésotérisme… *Il barone*, c'est autre chose. C'est un assez bon théoricien de l'histoire des courants religieux hérétiques. En politique, c'est un conservateur, un dur. Intransigeant au point de se créer de fortes inimitiés au sein même du parti fasciste, pour lequel il est bien trop radical… Les Allemands ne l'aiment d'ailleurs pas non plus, à ce qu'il me semble.

— Et Caetano ?

— Le plus intéressant. Héritier d'une des plus vieilles familles de Vénétie. La magie rouge est son domaine. C'est une tradition très ancienne dans les îles de la lagune. Rappelez-vous la scène qui ouvre les *Mémoires* de Casanova.

— La visite à la sorcière ?

— Oui. Et la pierre de sang que celle-ci utilise pour soigner le petit Giacomo… Ah ! Venise et le sang, Thörun ! Venise et le sang ! hurla presque Dalibor sous la lune gibbeuse.

Sa voix résonna, sourde et chaude entre les vieilles pierres, tandis que je voyais ses lèvres palpiter et ses narines frémir pas moins que ne l'auraient fait celles d'un grand carnassier à la perspective d'une proie gorgée de voluptueux sucs hématiques.

*

— Dans deux jours, nous pourrons quitter le Danieli et rentrer à Berlin retrouver, moi Laüme, vous… votre Reinhard Heydrich. En ce qui me concerne, j'ai finalement découvert ce que j'étais venu chercher dans les archives de Caetano. Figurez-vous que le vieux desséché possède des trésors dont il ne soupçonne pas la valeur réelle…

Dans son excentrique costume de drap fin couleur d'améthyste excellemment coupé, Galjero rayonnait. Lustrant une pomme sur sa manche, il déchiqueta et emporta d'un coup de dents presque la moitié du gros fruit.

— Caetano n'est donc pas si versé qu'il le prétend dans les secrets légués par sa propre famille ?

— Bah ! Il est comme presque tous les autres ! parvins-je à articuler. Persuadé que les mystères ultimes se dissimulent sous des formules compliquées, dans des volumes abscons et rédigés à l'aide d'alphabets incompréhensibles. Tout cela, c'est de l'esbroufe. À vrai dire, on ne trouve presque jamais rien d'authentiquement intéressant dans les supposés grimoires. La plupart ne sont que des commentaires de commentaires d'après des récits de troisième main traduits erratiquement par des incultes. Pour finir, la quasi-totalité des textes de cet ordre qui nous sont parvenus intacts sont en réalité des leurres inventés par l'Inquisition afin de discréditer une bonne fois pour toutes l'*Antica Sapienza*, les vieux savoirs antérieurs au christianisme. La véritable tradition sorcière, elle, est strictement orale et ne se transmet que de maître à disciple…

— Vous disiez pourtant avoir trouvé ce que vous cherchiez chez Caetano. C'était bien un manuscrit, n'est-ce pas ?

— Oui… Je vous l'ai dit, il existe tout de même quelques traces écrites… Mais c'est souvent sous une forme bénigne que les connaissances interdites ont été dissimulées, non sous l'aspect grossier et flatteur d'un formulaire extravagant. Ce que j'ai trouvé chez Caetano est voilé dans une fable, une simple fable rédigée à la manière de l'*Asinus aureus* de Pétrone ou des *Contes de ma mère l'Oye* de Perrault. Invisible aux profanes, elle est cependant lumineuse pour les initiés !

— Et de quel sujet traite donc en réalité votre amusette ?

— Ça, mon ami, vous le saurez très bientôt... En attendant, j'espère que vous n'avez pas oublié que ce soir je vous conduis à une fête !

On s'imagine toujours sottement que les réceptions à Venise ne peuvent se tenir qu'avec masques de plumes, jabots de dentelle, souliers vernis à rubans, perruques poudrées et robes à panier. Rien n'est plus faux et, même si la soirée que l'on donnait se déroulait dans un somptueux palais du Grand Canal, les domestiques étaient les seuls à arborer bas blancs et culottes à la française. Galjero m'avait promis des jolies femmes. Certes, il n'avait pas menti ! De toute l'Italie et même des frontières voisines de Croatie et de Slovénie étaient arrivées des beautés brunes, blondes ou rousses qu'on ne cessait de croiser par deux, par trois ou même par dix, quelque couloir que l'on empruntât, quelque salle que l'on traversât, quelque terrasse où l'on stationnât. Peu d'hommes en comparaison de toutes ces demoiselles au dos souvent dénudé, aux épaules rondes généreusement dégagées, aux seins lourds toujours à fleur de soie. Et c'était heureux car, à nouveau, j'avais grand-faim de robes tombées, de colliers brisés, de chignons dénoués. Douce et encore chaude, la nuit ouvrait les jardins privés à tous les possibles...

Un verre de vin de Toscane à la main, je m'étais éloigné de Dalibor, abîmé depuis un long moment dans une conversation en italien avec quelques Siciliens austères qu'il semblait bien connaître. L'œil brillant, la jambe élastique et le pas primesautier, je cherchais une première belle à séduire quand un rire clair et moqueur sonna presque méchamment derrière moi. Crispé, je me retournai en me voulant de mauvaise humeur mais la vision que j'eus de l'impertinente me fit perdre à l'instant tous mes moyens. En une fraction de seconde, ma bouche s'emplit de salive et mon sexe se gonfla. Mes paumes se couvrirent de sueur et mon cœur se dilata dans ma poitrine. Pour la première fois de ma vie, je sus que j'étais amoureux !

La nuit de la septième aiguille

Contrairement à nos prévisions, je ne raccompagnai pas Dalibor Galjero à Berlin. Télégraphiant en hâte à Heydrich mon intention de demeurer quelques jours supplémentaires à Venise, je fis mes adieux momentanés au Roumain sur le quai de la gare, alors qu'une pluie froide et serrée fouettait la ville et la lagune pour la première fois de mon séjour.

— Je vous comprends, Thörun. Mais ne folâtrez pas trop longtemps ici ! Faites-moi savoir dès que vous serez de retour en Allemagne car nous avons encore beaucoup à œuvrer ensemble. Et n'oubliez pas de faire travailler votre familier, surtout !

Tel un gamin qui promet tout ce qu'ils veulent à ses parents pour les voir partir plus vite et lui laisser la garde de l'appartement familial, j'opinai bêtement du chef, mais sans vraiment les écouter, à chacune des recommandations du Roumain.

— Attention à vous, Thörun. Vraiment, faites attention à vous !

— Oui, oui ! hurlai-je comme le train disparaissait enfin dans un nuage de vapeur. Et bonjour à Laüme !

J'ignore si Dalibor était parvenu à entendre ma dernière phrase, mais j'eus aussitôt du regret de l'avoir prononcée. Assurément, elle n'était pas de très bon goût car, lors de notre dernière conversation au Florian, Galjero m'avait encore répété qu'il avait de plus en plus de peine à supporter son épouse… Tant pis ! Ce n'était pas mon problème ! Même si j'éprouvais une amitié sincère pour le Roumain, rien d'autre n'occupait mes pensées qu'un certain petit visage de jeune femme aux yeux noirs et au sourire de madone…

Ce n'avait pas été simple avec elle, pourtant. En premier lieu, nous ne parlions aucune langue en commun. Elle était italienne mais ne connaissait pas l'allemand. Moi, je parlais assez bien l'anglais, ce qui n'était d'aucune utilité pour saisir le français qu'elle avait choisi d'étudier aux dépens de la langue de Shakespeare. Ma langue maternelle, le norvégien, lui était totalement incompréhensible. Heureusement, nous nous accordâmes sur le latin, planche de salut inestimable – bien que trop souvent négligée – pour les humanistes européens soumis à la malencontreuse fragmentation des parlers vulgaires… Ainsi donc, ce fut dans la langue des empereurs de Rome que je fis ma cour à l'adorable Fausta, sublime brindille aux longs cheveux noirs odorants qui lui encadraient le visage à la manière d'un voile de nonne, à la bouche brillante un peu trop épaisse mais au corps souple et délié… Je l'avais senti dès que nos regards s'étaient croisés, Fausta n'avait rien de commun avec les femmes que j'avais possédées jusqu'alors. Dix fois, cent fois plus désirable que n'importe laquelle des grisettes qui s'étaient succédé dans mon lit, c'était aussi une jeune femme d'une extrême sensibilité et d'une authentique intelligence. Bien qu'elle fût souvent aussi espiègle qu'une petite fille, sa pudeur et sa réserve naturelles ne m'en imposaient pas moins une conduite d'une grande retenue. La nuit où nous nous rencontrâmes, nous ne fîmes tous deux que parler et rire, sans nous toucher, sans même nous frôler… Dans un salon à l'écart tout d'abord, puis sous les étoiles, enfin retirés dans un boudoir aux lumières fades pour y attendre l'aube, nous nous apprivoisâmes avec un bonheur rare, encore fortifié par la magie du lieu et de la circonstance. Comme Caetano, Fausta était une Vénitienne de vieille souche mais, contrairement au comte, ce n'était pas une aristocrate. Elle ne pouvait pas l'être. Ses origines le lui interdisaient. Fausta Pheretti était juive.

*

Même au plus fort de ses liens avec l'Allemagne hitlérienne, l'Italie fasciste n'a jamais souffert de l'antisémitisme pathologique qui gangrenait tous les rouages du régime nazi. Certes, il y eut des vexations sporadiques, des règlements de comptes peu reluisants, mais rien ne fut jamais tenté à grande échelle contre la communauté israélite de la péninsule. Contrairement aux Français, Mussolini a toujours refusé de livrer les Italiens de confession juive à Hitler.

Fille d'un riche bijoutier vénitien, Fausta Pheretti avait vingt et un ans quand je fis sa connaissance. Comme j'appris vite tout de ses origines, je ne pus qu'à mon tour lui révéler ma propre position à Berlin. Contrairement à ce que j'avais craint, elle ne proféra ni remarques ni reproches, se contentant d'accuser un peu plus le sourire énigmatique qui ne quittait jamais ses lèvres… Nous ne devînmes pas amants cette année-là. Je le désirais pourtant plus que tout, et je suis certain qu'elle brûlait également de se donner à moi, mais Fausta n'était pas de ces filles qui se laissent dominer par leur corps et cèdent sous l'impulsion d'un caprice. Elle voulait attendre. Elle voulait éprouver un désir plus grand encore, exacerbé par la consumante épreuve de la patience. Chaque jour pendant les deux semaines qui suivirent notre rencontre, je venais l'attendre face à la mer, riva degli Schiavoni, là où se trouvait la grande maison de ses parents, puis nous allions nous promener au hasard des rues et des ponts, pendant des heures, parlant d'elle, de moi… Lentement, bribes après bribes, comme on ne peut se dépouiller que très délicatement d'un vêtement brûlé au risque d'arracher la chair en même temps que les lambeaux de tissu, je finis par tout lui livrer de mon histoire. Ce ne fut que lorsque j'eus terminé mon récit, sur le parvis de la petite église Santa Madonna del Orto, que, pour la première fois, elle prit mon bras et me posa un baiser sur la joue. Ce geste simple et tendre ouvrit définitivement ma conscience à toute la force des sentiments que je nourrissais pour Fausta. Ma position, mes amitiés, ma culture même, tout aurait dû m'interdire d'approcher cette femme. Aucun raisonnement, aucune logique ne pouvaient cependant éteindre le feu étrange qu'elle avait allumé en moi. Chaque seconde que je passais loin d'elle me semblait vide. Chaque pensée qui ne l'évoquait pas était semblable à un instant de cendre. Aussi longtemps que je le pus, j'étirai donc mon séjour en Italie, remettant au lendemain mon départ pour Berlin, et puis, alors que j'attendais Fausta sur une place tranquille, un homme posa la main sur mon épaule…

*

— J'ai détesté d'avoir eu à le faire, Gärensen. Et franchement, je vous en veux !

Le ton de Reinhard Heydrich n'était pas plus élevé qu'à l'ordinaire, mais je le connaissais maintenant assez pour savoir qu'il ne simulait pas la colère.

— Vous rendez-vous compte ? Être contraint d'envoyer Thyssen Matschl à Venise pour vous ramener par la peau du cou ? J'étais persuadé que nous avions dépassé ce stade depuis longtemps, vous et moi ! Que vous est-il donc arrivé, bon Dieu ?

Heydrich ne jurait presque jamais. Trop froid et surtout beaucoup trop orgueilleux pour manier la grossièreté, le maître du SD se demandait sincèrement ce qui avait pu me retenir à Venise aussi longtemps, une fois Dalibor Galjero rentré à Berlin. Lui dire que je venais de tomber amoureux d'une juive n'était évidemment pas possible. Je choisis une explication rude et simple.

— C'est idiot et j'ai un peu honte de l'avouer aussi, mais… ce n'est qu'une histoire de coucherie. Une gamine un peu trop jolie… Un peu trop perverse… Vous savez, depuis l'épisode Geli Raubal, que c'est ma faiblesse.

Heydrich soupira d'un air à la fois navré mais soulagé.

— Gärensen ! Vous êtes un SS ! Les SS sont des gens responsables ! Ils *doivent* se marier. Combien de fois vous l'ai-je dit ? Une femme qui vous ferait cinq ou six fois père de famille, cela calmerait vos ardeurs et, surtout, vous mettrait du plomb dans la tête. Si vous ne vous décidez pas par vous-même, je vous trouverai une fille des Jeunesses hitlériennes avec ordre strict de l'épouser. Oh ! vous pouvez sourire bêtement et vous tortiller sur votre siège, mon garçon, vous savez que je ne plaisante pas ! C'est ça, ou le bromure à chaque repas ! Comme dans les casernes.

Projet matrimonial avec une fanatique du Führer ou castration chimique ! Voilà le choix que Heydrich semblait m'imposer. Rien de bien réjouissant pour un homme tel que moi qui n'avais longtemps rien tant aimé que la vie débridée mais qui, maintenant, ne pouvais plus clore les paupières sans voir surgir l'image sublime de Fausta…

— Revenons-en aux Galjero, voulez-vous ? me rappela Heydrich. Alors ? Qu'allait-il faire à Venise, finalement ?

En quelques mots, je présentai le rapport que j'avais déjà rédigé quant aux semaines italiennes du Roumain. Bien évidemment, rien de ce que nous avions vraiment vécu d'important n'y était relaté.

— Passer toutes ses journées dans la bibliothèque d'un vieux desséché qui ne se lave pas en croyant que ça va le faire rajeunir ? J'aurai décidément tout entendu ! Mais que cherchait-il au juste, le Roumain ?

— J'ignore quel était le but véritable de ses travaux. Il assure en revanche avoir découvert ce qu'il voulait… Il a promis de m'en parler bientôt !

— Ainsi donc, il faut encore attendre ? lâcha Heydrich d'un ton trahissant la déception autant que l'agacement.

— Oui… Il faut encore attendre !

*

Le dimanche qui suivit mon retour à Berlin, on m'annonça de très bonne heure qu'un M. Galjero demandait à me voir. Dans mon salon, je trouvai Dalibor enveloppé d'un manteau bordé de fourrure descendant presque à terre.

— Je vous donne dix minutes pour vos ablutions et

trois pour vous vêtir chaudement. Nous allons marcher !

À pied, nous nous rendîmes au grand marché aux puces de Nollendorfplatz. Là, parmi les bradeurs de nippes, quelques authentiques négociants d'antiquités proposaient des meubles de belle facture. Galjero y fit l'emplette d'un bureau en bois de rose et d'un volumineux secrétaire baroque à serrures de fer et clés épaisses comme des saucisses.

— Laüme et moi avons quitté l'hôtel Eden pour acheter une maison, ici, à Berlin. Notre séjour se prolonge, expliqua-t-il comme, attablés sans façon dans une buvette populaire, nous serrions entre nos mains glacées un verre de vin chaud.

— Vos projets avec le Führer se déroulent donc bien ? demandai-je.

— Merveilleusement ! Laüme lui a préparé son petit Amarok personnel. Très efficace… Le chancelier est si ravi qu'il en attend presque avec impatience une tentative d'attentat sur sa personne !

À part moi, je me demandai si Hitler avait été lui aussi contraint d'affronter l'épisode d'électrocution dans la baignoire en vue d'amorcer les compétences de la créature des Galjero. Imaginant la scène, je me mis à rire si ostensiblement qu'il fallut en expliquer la raison à Dalibor. Diverti lui aussi par le tableau, il me précisa que le génie fabriqué par son épouse était plus perfectionné que le mien et n'avait pas à être rodé de la même manière qu'Amarok.

— Laüme est une praticienne infiniment plus éprouvée que je ne le suis. Elle connaît des façons qui me sont inaccessibles. Dans le couple, le maître, c'est elle… À ce propos, avez-vous continué à former votre gardien comme je vous l'avais conseillé ?

Baissant les yeux, j'avouai que, si la statue à la tête de lion et aux boucliers levés était rangée dans un endroit retiré de mon appartement, j'avais négligé de faire travailler Amarok.

— C'est fâcheux ! Très fâcheux ! s'exclama Dalibor d'un air sombre. Considérez qu'Amarok est une créature jeune qu'il est nécessaire de dresser correctement en profitant de sa relative mollesse adolescente. L'abandonner ainsi à son oisiveté est d'une folle inconséquence ! Attendez-moi un instant ici, voulez-vous ?

Laissant sa canne d'ivoire et son chapeau sur sa chaise, Dalibor s'enfonça à pas rapides dans la foule environnante. Un instant, je suivis du regard sa silhouette qui dominait la masse des badauds, puis je le perdis tout à fait de vue quand il s'engouffra dans une allée bordée d'échoppes en bois. Il réapparut quelques minutes plus tard, tenant à la main un cornet de papier-journal qui contenait une poudre rose de vilain aspect. Dans mon verre, il versa une bonne mesure de ce produit malodorant, touilla pour mélanger et me tendit la mixture. La bouillie, d'un violet sombre et gluant, était rien moins qu'appétissante. L'odeur était à soulever le cœur.

— Qu'est-ce que c'est que ce brouet ? demandai-je avec une mine dégoûtée. Un fortifiant ? Vous trouvez que j'ai l'air malade ?

— Ne faites pas l'enfant ! Ce n'est pas un médicament mais de la mort-aux-rats achetée à un marchand ambulant. Avalez !

Fermant les yeux et me pinçant le nez, je trempai les lèvres dans le liquide en faisant mine de boire mais Galjero ne fut pas dupe de mon stratagème.

— Avalez, vous dis-je !

Grognant, je vidai le verre en bavant.

— C'est bien, me félicita Galjero. Maintenant, Amarok va travailler à contrecarrer les effets du poison. Il y en a pour une minute environ…

Au début, je ne sentis qu'un gonflement dans l'estomac, pareil à celui que l'on éprouve lorsqu'on boit trop d'eau. Puis ma gorge me pinça, comme si toutes les mucosités s'étaient subitement taries. Mes yeux me piquèrent et se mirent à pleurer d'abondance sans que je puisse fermer mes paupières, soudain boursouflées. Un coup de poignard me creva l'estomac ! Un autre ! Et un troisième ! Je crispai mes mains sur le rebord de la table, conscient d'être en public et de ne pas pouvoir me donner en spectacle. L'espace de quelques secondes, je fus saisi de tremblements violents que je réprimai au prix de terribles efforts et lâchai quelques borborygmes, quelques vents, à ma grande honte. Les gens de la table voisine se retournèrent pour m'assassiner du regard. Galjero, lui, s'était absorbé dans la contemplation de sa montre à gousset, une sorte d'énorme navet doré pendant au bout d'une chaîne, qu'il venait de tirer de la poche de son gilet. J'eus un instant si mal aux entrailles que je n'aurais certainement pas plus souffert en vomissant des aiguilles ! Et puis, à l'instant même où je pensais m'évanouir, tout cessa d'un coup. En quelques secondes, je pus de nouveau respirer. Tous les symptômes de l'empoisonnement disparurent comme par enchantement – ce qui, pour dire le vrai, était effectivement le cas ! Le cœur battant à tout rompre, je toussai violemment pour m'éclaircir la gorge avant de commander un verre de schnaps au garçon.

— Vous n'auriez pas subi tous ces désagréments si vous aviez fait travailler votre gardien comme je vous l'avais conseillé, Thörun. Enfin, *errare humanum est*. Mais n'oubliez pas : *perseverare diabolicum*. Renouvelez l'expérience encore deux ou trois fois d'ici le mois prochain, et l'apprentissage de votre petit ange personnel sera achevé. Un conseil : variez les méthodes ! Pendez-vous ou bien posez le canon de votre pistolet sur votre tempe la prochaine fois. Ce n'en sera que mieux !

Cherchant quelque réconfort aux effarantes recommandations que je venais d'entendre, je levai les yeux au ciel. S'étalant en très grand format au-dessus de moi, une affiche de propagande représentait un homme en veste autrichienne et brassard à croix gammée qui souriait en contemplant une petite voiture noire : « Le parti national-socialiste te conseille d'économiser cinq marks par semaine. Dans deux ans, tu pourras alors t'offrir cette automobile Volkswagen ! »

*

La nuit suivante je dormis mal, je dormis peu. En me raccompagnant chez moi après notre sortie pimentée sur Nollendorfplatz, Dalibor Galjero m'avait adressé une demande qui m'avait mis mal à l'aise et à laquelle je ne cessai de penser depuis.

— Mon ami, avait commencé le Roumain, voulez-vous m'être d'une grande aide et me promettre que tout cela restera strictement entre nous ?

Cet homme avait le don de tourner ses phrases pour présenter les choses de manière à vous placer dans l'impossibilité de refuser. D'emblée, j'avais formulé un assentiment de principe aussi généreux qu'inconscient.

— Me serait-il possible d'accéder au fichier des collaborateurs de l'Ahnenerbe ?

La requête m'avait fait marquer le pas.

— Ces fichiers appartiennent à la SS. Ils sont considérés comme relevant de la sécurité de l'État et ne sont pas accessibles aux civils. Pardonnez-moi mais… encore moins aux étrangers !

Dalibor avait souri.

— N'êtes-vous pas étranger vous-même, mon cher Thörun ?

Eh bien, justement non ! Étranger en Allemagne, je ne l'étais plus depuis quelques mois. Heydrich avait usé de son influence pour me faire enregistrer comme citoyen du Reich à part entière. Administrativement parlant, j'usais désormais tout à fait officiellement d'un passeport allemand. Cédant pourtant sous l'insistance de Dalibor, je promis de lui laisser le champ libre une nuit pour qu'il pût étudier ces fiches, à la condition expresse de le faire en ma présence.

— Cela n'en sera que mieux ! s'était-il réjoui. Ainsi, je pourrai connaître sans attendre votre opinion sur tel ou tel de vos gens…

À y repenser, je m'en voulais d'avoir cédé si vite. Certes, les Galjero étaient reçus à la Chancellerie et avaient gagné la confiance du Führer lui-même, ne pouvaient-ils se révéler au final des ennemis, et non des amis, de l'Allemagne ? Comment savoir ? Tournant et retournant dans mon lit, je fus pris d'une crise d'angoisse qui me serra le cœur et me mit en nage, si bien que je me levai pour aller contempler Amarok dans mon bureau. J'avais rangé la statuette sur l'étagère de ma bibliothèque où j'avais aligné mes éditions rares d'auteurs grecs et latins : les *Vies des douze Césars* de Suétone, *Les Perses* d'Eschyle, les *Pensées* de l'empereur Marc Aurèle et puis, surtout, mon œuvre préférée : *L'Anabase* de Xénophon. Ce voisinage auguste, tout à la fois martial et sage, me semblait particulièrement approprié à ce que Dalibor nommait classiquement *génie*, mais que j'avais pris l'habitude d'appeler pour moi-même *therapon*, du vocable antique désignant le jeune guerrier porteur de bouclier chargé de protéger son maître au cours des combats. Dans la littérature antique, j'avais trouvé de nombreux exemples de la connaissance et de la pratique de génies protecteurs tels qu'Amarok. Ainsi, dans ses *Vies des hommes illustres*, Plutarque dit de Sylla qu'il emportait toujours dans ses batailles une petite effigie d'Apollon. Dans le combat qui l'opposa aux Télésiens, il échappa à ses ennemis victorieux en brandissant l'idole qui fit tomber d'un coup toutes les lances pointées vers lui. Diodore de Sicile relate pour sa part que César portait constamment sur lui la statuette d'une Vénus armée. Au matin des ides de mars, celle-ci lui avait été dérobée… Le même auteur rapporte encore que Néron découvrit une conspiration le jour même où un inconnu lui fit don d'une effigie de jeune fille destinée à le protéger des pièges !

Me versant à ras bord un verre de cognac, je méditai un long moment devant la figurine. De nombreuses fois, bien sûr, je m'étais interrogé quant à sa valeur réelle. De mes yeux j'avais vu Laüme entrer dans la cage aux tigres sans être inquiétée. Et j'avais traversé par deux fois l'expérience d'une mort certaine dans la baignoire du Danieli puis au marché de Nollendorfplatz… De la véracité des pouvoirs occultes des Galjero je ne pouvais douter. Pourquoi alors continuer à suspecter d'intelligence avec nos ennemis potentiels ce couple qui présentait pourtant tous les signes d'allégeance au pouvoir en place ? Objectivement, il n'y avait aucune raison. Même si une ombre persistait à m'avertir d'un danger, je choisis cette nuit-là de ne me fier qu'aux faits. Si Dalibor voulait consulter les fichiers de l'Ahnenerbe, je devais lui en autoriser l'accès sans restriction. Deux ou trois nuits plus tard, j'introduisis donc en catimini le Roumain dans notre grande salle d'archives. À l'époque, l'institut rémunérait directement ou occasionnellement plus de cinq cents personnes.

— Y a-t-il un profil que vous recherchez particulièrement ? lui demandai-je en nous versant une tasse de café fumant.

— Je cherche des gens susceptibles de répondre à certaines questions qui me taraudent depuis… trop longtemps ! se contenta-t-il de répondre de manière sibylline.

De toute évidence, mon ami n'était pas ce soir-là en veine de confidences. Assis face à moi de l'autre côté de la table d'archive, je le laissai donc consulter en paix les fiches et je me contentai de les rassembler et de les reclasser correctement après qu'il les eut scrupuleusement examinées. Ce manège dura en tout et pour tout trois nuits, au terme desquelles Dalibor me livra enfin son verdict.

— Je n'ai retenu qu'un seul nom, m'annonça-t-il comme je bâillais après une dernière séance sans sommeil.

— Un seul ? m'exclamai-je, sincèrement déçu pour lui. Vous devez être fâché d'avoir gaspillé tant de temps pour un résultat si maigre !

— Ne croyez pas cela, mon cher Thörun, dit Dalibor en me tapant sur l'épaule. Une seule personne, c'est mieux que je ne me permettais d'espérer !

— De qui s'agit-il ?

— Du docteur Hezner. Ruben Hezner…

*

Je ne fus pas le témoin de la première rencontre de Hezner et Galjero. Comme me l'avait demandé le Roumain, je me contentai de prier le petit homme barbu de se rendre un certain après-midi au bar de l'Eden Hotel et d'y attendre que quelqu'un vienne lui parler. Curieusement, Hezner obtempéra sans poser de questions. Depuis son intégration forcée parmi nous, je n'avais pas eu beaucoup de contacts avec lui. Matthieu-Marie Dandeville de Vigon-Pérignac, en revanche, s'était débrouillé pour le garder sous constante surveillance.

— Que penses-tu de cet homme ? avais-je demandé au Français alors que je venais tout juste d'envoyer Hezner à l'Eden.

— Ce type me gêne… Il travaille très bien et avec une grande finesse d'esprit. Ses travaux sont réellement passionnants et peuvent conduire à une critique radicale de la théologie et de la patristique classiques. Dans l'objectif d'une critique radicale du christianisme, je crois qu'il est en mesure de nous fournir des armes redoutables.

Matthieu-Marie avait laissé sa phrase inachevée. Comme s'il craignait d'avoir à poursuivre.

— Mais ? dis-je pour l'encourager.

— Eh bien, je suis au regret d'avouer que… je commence à le trouver vraiment sympathique !

On dit que tout antisémite a ses « bons Juifs », comme tout esclavagiste a ses « bons Noirs ». Si Matthieu-Marie – il ne s'en cachait nullement – faisait preuve d'une véritable détestation pour les Israélites, Ruben Hezner semblait échapper mystérieusement à cette hargne obtuse. Y eut-il un secret entre eux, une sorte de pacte tacite qui les aurait liés sans que je le sache ? Je ne le pense pas. Alors quoi ? D'où venait cette bizarre indulgence que le Français manifestait envers cet homme dont il accusait souvent les semblables d'être à la source de tous les maux de l'Occident ?

— Je suis convaincu que les Juifs ont amené des habitudes déplorables en Europe, continua Dandeville. Mais ce type-là n'est pas un vulgaire usurier de bas étage. C'est un *monsieur*, précisa-t-il en usant à dessein de sa langue maternelle.

Par nature, je me suis toujours méfié des jugements généraux. C'est pourquoi j'étais circonspect quant au verdict que Matthieu-Marie portait sur l'ensemble des Juifs. En revanche, je partageais entièrement son avis sur Hezner. Incontestablement, c'était un *monsieur* ! Il flottait autour de cet homme un mystère et une noblesse qui ne pouvaient laisser insensibles. Même Dalibor Galjero semblait s'y être laissé prendre... Plusieurs jours passèrent sans qu'il me fût donné d'avoir des nouvelles ni des uns ni des autres. Pendant ce temps, ce ne furent que conférences avec Sievers, préparatifs d'expéditions archéologiques en Asie ou en Afrique australe, lectures de rapports et réunion au sommet d'officiers dirigeants avec Himmler, qui nous annonça officiellement que l'ensemble de la SS serait impliqué au premier chef dans la préparation de l'événement que Berlin accueillerait dans quelques mois : les Olympiades de juillet 1936.

— Messieurs, avait dit le *Reichsführer* d'un ton un peu raide, en confiant à notre bien-aimée ville de Berlin la tâche ô combien honorable d'organiser les prochains jeux Olympiques, le monde nous offre l'occasion de montrer à quel point notre régime national-socialiste est un modèle digne de respect et d'admiration. Que chacun d'entre vous mette toutes ses forces dans cette entreprise qui, pour l'Allemagne, se révèle d'une importance aussi capitale qu'une bataille décidant du sort d'une guerre tout entière !

Et puis, un matin, je reçus au courrier deux lettres personnelles. L'une, courte, n'était qu'un petit mot exalté envoyé par Dalibor pour me remercier de lui avoir fait rencontrer Ruben Hezner. L'autre, beaucoup plus longue, plus personnelle aussi, portait le cachet de la poste de Venise. C'était la toute première missive que m'écrivait Fausta. Suis-je un homme normal ? Cette lettre me causa plus de trouble qu'elle ne me procura d'heureuses émotions. De ces lignes tout enfiévrées d'amour, je garde le souvenir vague d'une sorte d'étouffement physique qui me prit et me contraignit à ouvrir la fenêtre pour inspirer l'air glacé de novembre. Fausta m'aimait. Je n'en doutais pas… Et de l'amour que je ressentais pour elle, je ne pouvais être plus certain. Cependant, quelque chose m'empêchait de me donner librement et totalement à ce sentiment amoureux. Assurément, cette femme était la plus sensible, la plus désirable et la plus tendre que j'aie jamais rencontrée. Mais ce n'était pas sans danger pour moi. Qu'elle fût juive, là n'était pas la question. Cela ne m'inquiétait même pas. Non, c'était autre chose. Une malédiction plus intime qui me faisait me cabrer devant cet amour profond qui s'annonçait. Le vieux cheval libre Thörun Gärensen avait du mal à accepter la perspective d'être entravé au box, dût-il y saillir pour le restant de ses jours la plus adorable, la plus exquise des juments ! Fâché de me sentir si amoureux de Fausta Pheretti, assurément mal à l'aise avec cette émotion nouvelle pour moi, je décidai de reprendre mes sorties nocturnes au Romanische Café et à la pension Dorian. Alors que je venais précisément un soir d'y consommer deux nouvelles belettes fort chafouines et savantes en l'art des caresses, j'y croisai Matthieu-Marie, effondré dans un canapé de cuir à l'anglaise... Aucune de mes plaisanteries ne semblant amuser le Français, je tirai un fauteuil et m'installai près de lui pour mieux parler en confidence.

— Quelque belle te chagrine, Matthieu-Marie ?

L'air maussade, Dandeville haussa les épaules puis se mit à rire.

— Une bêtise de cet ordre, oui ! admit-il. Rien qui vaille la peine d'être mentionné ! Allons ! Buvons, c'est la meilleure méthode pour se délivrer d'un sortilège d'amour.

Et, saisissant une bouteille de champagne dans un seau à glace, nous bûmes en riant de nos infortunes respectives, relevant l'ironie du sort qui, nous faisant tous deux amoureux au même instant, nous faisait aussi choisir le même remède !

*

— Le *Reichsführer* est absolument navré de retarder de quelques minutes votre rendez-vous avec lui, mais il est en conférence avec un émissaire étranger.

L'huissier SS de faction devant le bureau de Himmler me fit asseoir dans un des fauteuils rococo du couloir pour patienter à mon aise. Soucieux de mon bien-être, il m'offrit aussi café et confiseries avec un professionnalisme que n'aurait pas renié un authentique *butler* anglais. Tapant en rythme le bout de ma botte contre le parquet en point de Hongrie, je finis par voir passer devant moi un petit hindou aux lunettes rondes, qu'accompagnait le chef suprême SS avec force démonstrations d'amitié. Enfin débarrassé de l'inconnu, Himmler se retourna vers moi et me fit signe de le suivre dans son antre.

— Navré d'avoir dû vous faire attendre, Gärensen, mais ces étrangers sont si longs à exposer leurs problèmes, si longs… Savez-vous qui était celui-ci ?

— Non, *Reichsführer*.

— Il se nomme Bose et c'est le maire de Calcutta. Mais, mieux que ça, c'est le rival de Gandhi au Congrès. S'il lui dame le pion, il peut à lui seul soulever l'Inde tout entière contre les Britanniques. C'est bien son intention, d'ailleurs ! Qu'en pensez-vous ? Devrions-nous l'aider ?

— L'Inde ne relève pas de mon domaine de compétences, *Reichsführer*, mais soutenir partout où elles se trouvent les forces d'opposition à nos ennemis est, par principe, une bonne chose…

— Nous verrons cela, répliqua Himmler en se frottant plutôt les mains et en louchant sur le volumineux porte-documents que j'avais apporté avec moi. Alors, mon cher Gärensen, parlez-moi un peu des résultats mensuels de votre Ahnenerbe et, surtout, de vos recherches personnelles concernant Henri l'Oiseleur…

*

Fin 1935, je considérais que j'avais mené à bien la mission que m'avait confiée Reinhard Heydrich. Malheureusement, le chef du SD ne partageait pas cet avis. Par un soir venteux de décembre, il me fit appeler dans son bureau.

— L'Ahnenerbe est un institut qui fonctionne trop bien. Il commence même à faire autorité dans le domaine scientifique. Des demandes de collaboration nous parviennent de diverses universités. Cela n'a plus rien à voir avec l'objectif que je vous avais fixé. Vous vous êtes laissé prendre au jeu, Gärensen. Votre nature d'humaniste a repris le dessus. J'aurais dû m'en douter et vous mettre sous tutelle politique plus étroite…

— Je crois au contraire que la crédibilité est une étape nécessaire que nous ne devrions pas négliger, tentai-je d'argumenter, malgré un nœud de contrariété dans la gorge. Plus haut l'institut pourra monter, plus vite et plus bas il descendra… Himmler doit nous faire une totale confiance afin que nous le persuadions de s'engager personnellement dans des aventures ridicules et extravagantes… Déjà, je l'ai convaincu d'acquérir le château de Wewelsberg pour en faire le domaine secret de l'Ordre. C'est une ruine ! Le remettre en état selon les plans que j'ai commandés coûtera une fortune ! C'est le premier pas vers la folie des grandeurs…

Heydrich fronça les sourcils d'un air sévère. Il accepta toutefois de jeter un coup d'œil aux plans de reconstruction pierre à pierre d'une antique citadelle médiévale, que j'avais dénichée un peu par hasard lorsque j'avais emmené Sleipnir se dégourdir les jambes dans la forêt de Teutberg, là où, en l'an 9 de notre ère, trois légions romaines entières – soit le dixième des forces armées de l'Empire – avaient été taillées en pièces par les tribus germaniques. Destiné à l'usage exclusif des grandes cérémonies païennes SS, ce projet wagnérien, que j'avais soumis au *Reichsführer*, était impressionnant de démesure et de pompe gothique. Étalant les croquis et les cartes sur la plus grande table de la pièce, je montrai à Heydrich les dessins de l'entrée à double herse de fer ouvragée, les salles de réception décorées de runes de marbre, les chambres des dignitaires, aussi spacieuses que des gymnases, les sous-sols qui recevraient les sépultures des maîtres de l'Ordre, ainsi que les tables de héraldique que j'avais conçues avec Matthieu-Marie et qui reproduisaient l'ancienne coutume des armoiries de noblesse pour les hauts personnages de la SS… Cette débauche d'effets et de boursouflures teutonnes rassura un peu Reinhard, qui rechigna néanmoins à admettre franchement son revirement.

— Hum… Si une telle monstruosité voit le jour, Göring et son train électrique de Karin Hall se verront effectivement dépossédés de la palme du ridicule et du vulgaire. Je vous accorde le bénéfice du doute, Gärensen. Mais prenez garde à me donner rapidement d'autres preuves de votre bonne volonté. Vous savez qu'avec moi l'indulgence ne dure pas longtemps !

Promettant de lui faire moi-même visiter bientôt le chantier du Wewelsberg, je quittai le bâtiment du SD avec un mauvais goût dans la bouche et la désagréable impression de ne pas me trouver dans une position aussi sûre que je le pensais. Regagnant Pücklerstrasse, je trouvai Dandeville, les yeux caves et la mine défaite, qui faisait les cent pas dans l'antichambre de mon bureau. Triturant nerveusement ses mains, il m'apprit qu'un de nos agents venait de trouver la mort, ici, à l'intérieur même de nos locaux.

— J'ai fermé la porte à clé, m'expliqua-t-il. Personne n'est encore au courant.

— De qui s'agit-il ?

— Karel Kemnitz. Champ d'expérimentation : médiumnité et clairvoyance.

Je connaissais un peu Kemnitz. Ce n'était pas un SS mais un de nos collaborateurs civils. Brave type, la quarantaine, rondouillard, lunaire. Généralement assez gai et plutôt agréable à fréquenter, il possédait un véritable don d'extralucide. Aussi erratiques et spontanées qu'elles étaient pénétrantes, ses capacités se révélaient cependant difficilement maîtrisables. Entouré d'une équipe de médecins, il cherchait à systématiser et à affiner son potentiel. Sa disparition était pour moi un événement aussi triste humainement que dommageable professionnellement.

— Comment est-il mort ? demandai-je tout en servant un schnaps à Dandeville, que je voyais bouleversé plus que de raison par le décès du voyant. Crise cardiaque ?

— Suicide.

— Comment le sais-tu ?

Baissant les yeux et soudain blanc comme un linge, Dandeville avoua :

— Il l'a commis il y a quelques heures, presque sous mes yeux. Dans mon propre bureau !

La mort de Kemnitz cachait un mystère, et Dandeville se trouvait au cœur de cette énigme. Le Français, pourtant, fut bien rétif à parler. C'est seulement lorsque nous nous retrouvâmes sur les lieux du drame, en présence d'un cadavre littéralement couvert de sang, qu'il consentit à m'expliquer les circonstances ayant conduit Kemnitz à se planter un coupe-papier en pleine gorge.

— Cela s'est produit assez tard dans la nuit. Nous avions entamé une conversation depuis une bonne heure déjà. Il était là, tranquille, dans ce fauteuil. Je suis sorti une minute pour nous ravitailler en café et, quand je suis revenu, je l'ai trouvé ainsi. Presque mort ! Malheureusement je n'ai rien pu faire pour lui…

Devant le corps raide du bonhomme, j'étais assailli par des pensées que je ne parvenais pas à ordonner. Il était évident que nous ne pouvions pas dissimuler ce décès et que notre intérêt était maintenant d'avertir au plus vite les autorités compétentes. Mais, plus que l'enquête officielle qui s'annonçait, c'était Dandeville qui me posait problème. Je le sentais, le Français me cachait quelque chose d'important. Lui tirer les vers du nez ne fut cependant possible que lorsque la police SS eut quitté notre bâtiment, emportant avec elle le corps du voyant.

— Que tu t'en sois officiellement tenu à ta version des faits est une bonne chose, dis-je à Dandeville. Je connais la procédure : d'ici deux ou trois jours, l'affaire sera classée et tu ne seras pas inquiété. Par chance, les SS ne sont pas soumis aux procédures judiciaires ordinaires, et rien de ce qui arrive chez nous n'est traité sur la place publique… Puisque tu sais désormais qu'il ne t'arrivera rien et que mon soutien t'est acquis, je te demande maintenant de m'apprendre ce qui s'est vraiment passé avec Kemnitz !

Dandeville fit encore quelques manières avant de se résoudre à avouer.

— Tout ce que je t'ai dit est vrai. Il n'y a aucun mensonge. J'étais en conversation avec Karel, je me suis effectivement absenté et, à mon retour, le type s'était planté la lame dans la carotide… Rien à ajouter là-dessus. Mais ce que je ne t'ai pas dit, c'est la nature de notre sujet de conversation.

— Eh bien ?

Dandeville soupira, tourna un instant dans la pièce tel un lion en cage puis lâcha d'un air mauvais :

— Je lui parlais d'une femme. Ma maîtresse… Je lui parlais de Laüme Galjero…

*

Depuis que j'avais fait sa connaissance, j'avais toujours placé une grande confiance en Matthieu-Marie. Bien plus que mon collaborateur, c'était un véritable ami auquel je voulais sincèrement venir en aide. Je crois qu'il le savait, mais il fallut que je réitère deux ou trois fois une vibrante profession de foi amicale pour qu'il se calme et me livre les détails de sa liaison avec l'épouse de Dalibor.

— Tout a commencé quand tu te trouvais encore à Venise… Je m'étais un peu entiché de cette fille qui avait passé quelques jours avec nous… Ostara Keller… Tu te souviens ? Je connaissais son adresse à Berlin et voulais tenter ma chance avec elle. Mais elle n'aime pas les hommes. À l'époque, elle couchait avec une femme du monde, une Roumaine. C'est comme ça que j'ai rencontré Laüme. Très vite, ma vie s'est transformée en cauchemar. Je ne pense plus qu'à elle. Je ne rêve plus que d'elle. Je ne désire plus qu'elle. Jamais je n'ai connu une telle ivresse, un tel plaisir dans les bras d'une femme. Jamais ! Mais je ne suis rien pour elle… juste un amusement de quelques nuits… J'ai tout fait pour elle, pourtant. Toutes les choses abjectes qu'elle a exigées de moi, je les ai faites. Je me suis souillé à son contact. Mais cela n'a servi à rien. Elle m'ignore et me rejette maintenant…

— Et Kemnitz, dans tout ça ?

— Je lui ai confié une bague que m'a donnée Laüme la dernière fois que je l'ai vue. Karel disait avoir besoin de supports physiques pour ses voyances.

Il a pris le bijou dans sa main et m'a demandé de le laisser seul quelques minutes pour se concentrer… Quand je suis revenu, il s'était suicidé !

Telle était donc la version officieuse de Dandeville : saisi d'une inexplicable pulsion au cours d'une séance de voyance, Karel Kemnitz se serait planté un poignard en pleine gorge avec la furie d'un dément se jetant soudain par une fenêtre pour échapper à ses hallucinations…

— C'est grotesque, je sais, admit Vigon-Pérignac. Mais c'est la seule et unique explication que je peux donner…

— Où est donc cette bague dont tu parles ?

Le Français plongea la main dans sa poche et en sortit un gros anneau d'or surmonté d'un cabochon d'émeraude. Les facettes en étaient curieusement taillées d'angles trop nombreux, et un dessin se percevait à l'intérieur même de la pierre précieuse. Regardant mieux, je crus discerner la silhouette d'une sorte de dieu antique au torse d'homme, à la tête de coq, aux jambes de serpents… Et puis, alors que mes yeux s'étaient abîmés dans la contemplation de cette étrange figure, un intense courant électrique parcourut mes doigts. Comme s'il était soudain devenu brûlant, je lâchai l'objet qui tomba par terre tandis que l'image très claire de mon *therapon* Amarok éclatait dans mon esprit ! Dandeville ne me regardait pas avec moins d'étonnement que si j'étais subitement devenu fou !

« Amarok vous protégera de tous les dangers de mort physique », m'avait promis Dalibor Galjero. Se pouvait-il que cette pierre verte offerte à Dandeville par Laüme concentre une telle menace ? Je voulus me baisser pour ramasser la bague mais, de nouveau, l'image d'Amarok s'imposa à moi, m'interdisant de toucher l'anneau.

— Crois-tu aux maléfices, Matthieu-Marie ? demandai-je au Français alors que mon corps se couvrait d'une sueur glacée.

— Depuis que Laüme Galjero est entrée dans ma vie, j'y crois ! me répondit mon ami.

Et, dans ses yeux, je lus la plus grande détresse du monde…

*

J'avais ramassé l'anneau de Laüme avec la pointe d'un simple stylographe et l'avais placé dans une petite boîte en fer que j'avais finalement entreposée dans le coffre de mon bureau. Matthieu-Marie, lui, avait semblé pendant quelque temps un peu soulagé de l'emprise que faisait peser sur lui le souvenir de la femme Galjero. Il passa la période de fin d'année avec un entrain renouvelé, mais sembla rechuter dans une mélancolie encore plus profonde dès que le premier mois de l'année 1936 fut passé… Comme il était absent depuis deux jours et sans motif de Pückler-strasse, je voulus lui rendre visite. Je le trouvai alité, les joues creusées par le jeûne, le teint blême et les mains tremblantes, pouvant à peine articuler quelques mots, des bribes de phrases où revenait le nom de Laüme… Je fis venir un médecin de confiance à son chevet. Après avoir endormi Matthieu-Marie au moyen de laudanum, ce dernier me prit dans un coin de la chambre pour énoncer son diagnostic.

— Crise nerveuse ! Impossible de savoir ce qui a provoqué cet état. Un drame intime, sans doute… S'il ne redresse pas la pente tout seul d'ici à quelques jours, il faudra l'interner pour le forcer au moins à se nourrir.

Pour ma part, je ne pressentais que trop l'exacte nature de ce mystérieux « drame intime » qu'évoquait le docteur. Avant d'affronter directement Laüme, je voulus revoir Dalibor Galjero, mais il me fut impossible de le joindre. Usant de voies détournées, j'appris qu'il s'était rendu quelque part sur les bords de la mer Noire. Son retour à Berlin n'était pas attendu avant les premiers jours d'avril. Me rappelant alors à quel point le Roumain semblait avoir fraternisé avec Ruben Hezner, je fis mander celui-ci pour une conversation qui, commencée en début de soirée, s'acheva fort tard dans la nuit. Sans chercher à me dissimuler quoi que ce fût, Hezner admit avoir longtemps travaillé avec Dalibor sur des sujets comme la palingénésie, la magie des cendres et des os, les vertus secrètes du sang et des cadavres, les pierres magiques et les pentacles de protection…

— La magie juive est très versée dans ces domaines. Nous avons conservé sur les pratiques occidentales du même ordre l'énorme avantage de la culture écrite. En contrepartie, nos textes sont souvent alourdis d'interpolations, de commentaires inutiles et de scories diverses qu'il faut savoir nettoyer…

— Qu'est-ce que Galjero voulait apprendre de vous, au juste ?

— Je ne peux pas vous répondre, malheureusement ! Nous avons brassé trop de sujets pour que je puisse déterminer ce qui le passionnait exactement. Je le soupçonne d'ailleurs d'avoir volontairement multiplié les questions et les recherches dans le simple but d'égarer ma curiosité.

— Et son épouse ? L'avez-vous jamais rencontrée ?

— Pas une fois. Il la craint autant qu'il l'aime et la hait tout ensemble. Il ne peut s'empêcher d'en parler souvent, mais il se mord les lèvres chaque fois qu'il prend conscience qu'elle occupe la conversation…

Sortant la bague de Laüme de mon coffre, je la présentai au petit homme. Contrairement à moi, il put la tenir sans manifester de répulsion immédiate. Après l'avoir détaillée avec attention, il la reposa d'un air dégoûté dans sa boîte de fer.

— C'est un exceptionnel Abraxas, dit-il. Certainement le plus spectaculaire que j'aie jamais vu. Mais il est chargé d'un fluide nocif. Je le sens ! La sagesse commanderait de vous en débarrasser le plus vite possible en le jetant au milieu d'une grande rivière… Si vous voulez, je peux aussi tenter de l'exorciser, mais ce sera plus long.

Abraxas ! Ce nom revenait bien souvent dans la littérature consacrée aux gnostiques, ces mystiques des débuts de l'ère chrétienne qui avaient tenté d'associer l'héritage platonicien et pythagoricien aux doctrines de la foi nouvelle.

— C'est une sorte d'amulette, selon vous ?

— Une amulette ! Oui… mais négative, dirait-on. À l'exemple des Hébreux, les gnostiques grecs des IIe et IIIe siècles après le pseudo-Jésus-Christ ont appliqué des correspondances numériques à leur alphabet. Abraxas, c'est Alpha, Bêta, Rô, Alpha, Ksi, Alpha, Sigma soit : 1 + 2 + 100 + 1 + 60 + 1 + 200 = 365…

— Le nombre de jours dans l'année ?

— Oui. Les gnostiques célébraient une divinité spécifique par cycle journalier. Considérant son chiffre secret de 365, Abraxas était le principe supérieur qui les réunissait toutes… Où donc avez-vous trouvé cette bague ? demanda Hezner. Est-ce une découverte d'une de vos expéditions archéologiques ? À Cortone ?

Une équipe de l'Ahnenerbe venait en effet de rentrer des collines de Toscane, là où une légende bien établie situe la tombe de Pythagore. La pierre ne provenait pourtant pas de là. En deux mots, j'expliquai l'origine véritable du bijou. Aux mimiques qu'il faisait tandis que je lui parlais, je compris que Hezner ne goûtait guère ce que je lui apprenais.

— Ceci constitue donc un cadeau de *Frau* Galjero à *Herr* Dandeville ? Dois-je en tirer la conclusion que ces deux personnes se sont connues par la chair ?

J'opinai du chef, puis jugeai qu'il était important d'ajouter un dernier détail.

— Une chose encore concernant Laüme Galjero… Une particularité corporelle qui semble la marquer.

— Oui ?

— Son ventre ne possède aucune trace d'ombilic.

Mes mots eurent l'effet d'un coup physique sur Hezner, dont le visage se décolora sur-le-champ. Il bredouilla quelques termes dans une langue que je ne compris pas, mais qui sonna à mes oreilles comme du russe… Énervé par l'hystérie manifeste de toute cette affaire, je le pressai de me livrer ses réflexions mais il se montra alors aussi muet qu'une carpe. S'enfonçant dans le silence, il demeura obstinément rétif à mes injonctions. Ni la raison ni la menace ne le décidèrent à parler. Résigné à ne rien en tirer ce soir-là, je l'autorisai à quitter mon bureau. Je restai là, seul, un long moment, les mains en étau autour de mes tempes, ne sachant que penser. Le mutisme de Hezner m'avait pris de court. J'attendais de l'aide de sa part, et j'héritais d'une nouvelle énigme !

Au-dehors, j'entendis une grosse pluie d'hiver battre

les carreaux. J'ouvris la fenêtre et baignai un instant mon visage sous cette douche glacée. Je me frictionnais les joues à cette eau pure quand mon téléphone sonna. Au bout du fil, je reconnus la voix de l'infirmière que j'avais personnellement appointée pour demeurer au chevet de Matthieu-Marie et j'eus le pressentiment que le pire venait d'arriver.

— Votre ami se trouve au plus mal, monsieur, articula-t-elle. Il vous réclame ! Je ne sais plus quoi faire…

Passant mon lourd manteau noir, je fis immédiatement appeler ma voiture. La nuit était profonde. La pluie se transforma soudain en neige serrée. Tandis que je pressais mon chauffeur de traverser Berlin pour gagner au plus vite le domicile de Dandeville, la ville devint aussi blanche qu'une morte. Venues des plaines de Pologne, de longues rafales de vent glaçaient les rues dans un silence de tombe… Quatre à quatre, je grimpai les marches de l'immeuble bourgeois qu'habitait mon ami et, rongé d'angoisse, je poussai enfin la porte de sa chambre. Je découvris un Vigon-Pérignac hâve, comme s'il eût passé deux mois sans nourriture. Une barbe de plusieurs jours achevait de lui donner l'air d'un fantôme. Il était encore en vie, pourtant, mais il respirait mal et se tournait sans répit dans son lit à la recherche d'une meilleure position… Sa respiration était sifflante, et, sur son torse, d'infectes taches rouges s'étalaient, d'où suintaient des gouttelettes de sang… Derrière moi, dans son uniforme gris bien repassé, la nurse se tordait les mains d'impuissance.

— Donnez-lui du laudanum, ordonnai-je d'une voix tranchante. Cet homme souffre ! Il faut au moins calmer ses douleurs !

La fille gémit qu'elle avait déjà administré la dose prescrite par le médecin et qu'elle ne pouvait contrevenir à une prescription médicale, mais je rugis tant qu'elle prit peur et alla chercher l'opiacé… Penché sur Dandeville, je tentai d'arracher quelques mots au Français, qui était plongé dans un délire profond où ne surnageait qu'un seul nom incessamment répété : « Laüme, Laüme, Laüme… » Me revinrent alors en mémoire les mots prononcés par Lina Heydrich von Osten au matin de notre retour de Karin Hall : « Ces gens sont des sorciers », avait-elle dit sentencieusement, provoquant les railleries de son époux. Par la suite, le mot était souvent revenu – dans la bouche de Wallis Simpson et même dans celle de Dalibor Galjero ! Sorcier, sorcière : deux termes que j'avais entendus sans jamais les prendre au sérieux ! J'avais eu des preuves, pourtant ! De Laüme caressant les tigres à Dalibor me faisant don d'Amarok ; de l'impossibilité de faire feu sur les Galjero à Karin Hall aux filles de Venise attirées par moi telles des piécettes par un aimant… Pourquoi avais-je été aussi obstinément aveugle aux véritables conséquences de tout cela ?

Pris d'une rage sourde, je quittai l'appartement du Français et me fis déposer devant le domicile de Laüme. Je n'avais pas d'idée précise en tête et seul un instinct sauvage me guidait. De ce que j'allais dire, de ce que j'allais faire, je ne savais encore rien… Il devait être quatre heures du matin environ quand j'arrivai devant l'immense villa *modern style* que les Galjero s'étaient offerte dans la nouvelle capitale du Reich. Des lumières brillaient aux fenêtres du second étage. Je fis monter une balle dans le canon de mon Lüger puis, avec la détermination d'un taureau entrant dans l'arène, je me fis ouvrir la porte de la demeure et j'exigeai d'être sur-le-champ mis en présence de *Frau* Galjero. Celle-ci me fit conduire jusqu'à elle, dans un salon attenant à sa chambre. Je l'y trouvai en tenue légère, un long peignoir de soie passé sur son corps. Ses cheveux défaits tombaient sur ses épaules et, par la fente de son vêtement, je vis que ses jambes étaient nues... Il n'y eut pas de faux-semblant entre nous, pas plus de jeux que de parade ou d'esquive. Elle et moi allâmes droit au but.

— Je sais quels sont les liens qui vous ont momentanément unie à Vigon-Pérignac ! lançai-je. J'ignore en revanche pourquoi et comment, mais vous prenez plaisir en ce moment même à le torturer. Plus qu'un de mes collaborateurs, Dandeville est un ami. Je suis ici pour que vos manœuvres cessent immédiatement !

Laüme étendit une jambe devant elle, dévoilant à dessein la chair blanche d'une cuisse fuselée. Ensuite, comme si nous traitions quelque affaire de boutiquier, elle annonça ses conditions :

— M. Dandeville a bien de la chance de posséder un frère d'arme tel que vous. J'accepte volontiers de vous faire cadeau de sa vie si, sans conditions, vous m'offrez sept fois la vôtre !

*

Il est parfois des circonstances où un homme est poussé malgré lui jusqu'au plus profond de la déchéance. Avili, brisé, traîné plus bas que terre par cette Laüme Galjero, oui, à ma grande honte, j'avoue que je le fus. La vie de Dandeville était en jeu et, pour cette seule raison, je ne puis cependant regretter les séances d'humiliation que me fit subir la Roumaine tout au long des mois de février et mars 1936. Si j'avais éprouvé un vif sentiment de malaise à avoir été manipulé autrefois par la détestable Mme Wallis Simpson, la mémorable séance du palace Kempiski ne fut pourtant rien en comparaison de la soumission absolue, morale et physique, que ce démon femelle exigea alors de moi. Certes, Vigon-Pérignac se rétablit à vue d'œil, au point qu'il fut bientôt en mesure de reprendre sa place dans les bureaux de Pücklerstrasse. Sous mes yeux, chaque fois qu'elle était satisfaite de mes services, Laüme retirait une des aiguilles qu'elle avait plantées dans une figurine de cire représentant grossièrement la silhouette du Français. Sept petits pics de fer lardaient la poupée. Sept fois, sur un rythme toujours plus frénétique qui m'emmenait vers des abysses toujours plus profonds, je dus contenter la sorcière pour gagner le retrait d'une épingle. C'était une Circé et moi, j'étais un des pourceaux de sa cour... Un pourceau, oui, car la révélation de cette fange avait ouvert au plus intime de mon être une porte secrète, et j'atteignis un point où, moi aussi, je connus un plaisir vertigineux, noir, infâme, à m'abaisser devant Laüme... Un jour, pourtant, quelque chose advint qui altéra la mécanique bien huilée des jeux infâmes que m'imposait la sorcière. Par ma servitude, par mon application dans l'abject, j'avais obtenu jusque-là le retrait de six des sept dards d'acier par lesquels elle injectait son poison de langueur dans le corps et l'esprit de Dandeville. Je guignais l'ultime poinçon quand, au terme d'une séance paroxystique qui à la fois résumait et dépassait tout ce qu'elle m'avait fait subir, Laüme exigea que je me tranche les veines.

— Fais-le ! Fais-le ! hurla-t-elle. Ou je reprends la vie de ton Dandeville qui t'est si cher !

Me plaçant un couteau dans la main, elle attendit que j'obéisse. Mon abêtissement, ma capitulation face à cette femme étaient si forts que j'aurais certainement exécuté son ordre si, soudain, l'image bienveillante et ferme d'Amarok n'avait explosé tel un soleil au sein des buées vénériennes qui embrumaient mon esprit. Dans ma paume, le manche du poignard se mit soudain à chauffer, me contraignant à le lâcher et, tombant à la verticale, il se ficha dans le bois précieux du parquet. La peau de mes doigts était devenue aussi rouge que si j'avais plongé la main quelques secondes dans un geyser d'eau bouillante ! Laüme se crispa et me jeta un regard tout de violence et de colère, qui aurait pu faire reculer le dragon Fafner au fond de son antre. Soutenant sans faiblir le choc de ces yeux chargés de haine, je ne tremblai point.

— C'est donc ça, siffla-t-elle. Dalibor et toi, à Venise… Il a conçu un familier à ton intention, n'est-ce pas ?

Je gardai le silence, préférant taire l'évidence plutôt que d'avouer quoi que ce fût à cette créature dont j'avais caressé trop de fois le ventre aussi lisse que celui d'un serpent femelle.

— Oui, c'est cela, poursuivit-elle. Rien d'autre n'aurait pu te faire désobéir… Je t'ai trop bien enveloppé, mon petit soldat. Trop bien serré dans ma toile… Jamais tu n'aurais pu trouver assez de force en toi pour ne pas m'accorder ce que je t'ai demandé. Pas au point où nous en sommes…

Alors, laissant ses jeux et ses caprices, Laüme chercha à en savoir plus sur ce que m'avait appris Dalibor. Les rencontres que nous avions faites à Venise, le sujet des conversations que nous avions tenues, la qualité même et la signification secrète des silences qu'il y avait eus entre nous… Contraint par je ne sais quelle diablerie, je répondis, mais non sans réticences, tentant souvent de ruser et de voiler mes propos. Mais mes diversions n'étaient que des pièges grossiers pour Laüme, qui les déjouait sans faillir. Traduisant mes tournures, perçant mes défenses, elle finit par reconstituer un tableau assez juste des relations que j'avais entretenues avec son mari. Cela ne s'arrêta pas à notre excursion vénitienne. Après l'Italie, il fallut encore évoquer l'Allemagne. À la fin, épuisé, rompu, mon esprit finit par s'ouvrir comme une écluse, et Laüme sut tout de mes secrets les plus intimes, de mes lâchetés les plus méprisables, de mes turpitudes les plus cachées… Des noms, aussi, filtrèrent entre mes lèvres. Celui d'Amarok, bien sûr, puis celui de Ruben Hezner, et même – honte à moi ! – celui de Fausta…

*

La nuit de la septième aiguille marqua la fin de mon martyre. Ne semblant soudain plus s'intéresser à moi, Laüme Galjero me signifia mon congé. Du bout des lèvres, je lui arrachai tout de même la promesse qu'elle laisserait désormais Dandeville en paix et ne chercherait pas à m'imposer d'autres séances de calvaire. Écœuré par moi-même, pantelant et sali, je regagnai ma demeure où je dormis vingt heures d'affilée. De ces séances avec Laüme je me remis cependant plus vite que je ne l'aurais cru. Tout au long de ces semaines d'abandon, j'avais eu néanmoins assez de force de caractère pour m'imposer une hygiène de vie très stricte car j'avais compris que les fantaisies nocturnes de la Roumaine étaient une voie ouverte vers l'enfer si j'avais le malheur d'oublier un seul instant la vraie vie. Des plaisirs interdits auxquels elle m'initiait, il fallait surtout que je ne prenne pas goût ! Aussi dur que cela fût parfois, je m'étais donc appliqué à conserver une vie diurne aussi normale que possible, chevauchant Sleipnir presque tous les matins, allant au bureau et assurant toutes les réunions de travail jusque tard le soir s'il le fallait, en dépit de ma fatigue, de mes angoisses de voir le jour disparaître et arriver l'heure obscure du rendez-vous avec mon bourreau. Cette rigueur avait finalement payé. En quelques jours, je parvins à me remettre assez bien de la période que je venais de traverser. Presque joyeux, je vis le printemps arriver, ignorant que l'épreuve que venait de m'imposer Laüme Galjero n'était qu'un prélude au désert immense que j'étais promis à traverser.

Le Lion Vert

De mon long et répugnant contact avec la femme Galjero, j'avais au moins tiré la certitude que cette créature n'évoluait pas sur le même plan que le commun des mortels. La perversité et la cruauté dont elle m'avait donné maintes fois la preuve n'auraient pourtant signifié qu'un profond désordre mental, n'étaient les *pouvoirs surnaturels* dont elle jouissait. Mis à part Dandeville, qui en avait fait comme moi la douloureuse expérience, Ruben Hezner avait eu l'intuition de la nocivité de Laüme Galjero. J'avais bien tenté de relancer le docteur sur le sujet, mais la prudence m'avait conseillé d'attendre que la totalité des épingles lardant la poupée de cire à l'effigie du Français fût récupérée. Aussitôt passée la séance de la septième aiguille, je tentai donc de reprendre contact avec Hezner bien que celui-ci s'arrangeât toujours pour m'éviter. Lassé de ce manège, je décidai de le convoquer dans les formes. À l'heure dite, il ne se présenta pas. Dandeville et moi partîmes à sa recherche dans tous les bureaux de Pücklerstrasse sans parvenir à le trouver. Depuis vingt-quatre heures, personne à l'institut n'avait croisé le docteur Hezner… Dandeville partit en reconnaissance au domicile dont l'adresse était mentionnée sur la fiche du kabbaliste.

Le Français revint en me donnant de bien étranges nouvelles.

— Hezner n'habite plus dans l'immeuble indiqué depuis six mois. Il a déménagé sans préciser où il s'installait.

Cette soudaine disparition était un nuage noir supplémentaire. Je pris sur moi d'avertir deux inspecteurs de la Gestapo dont je connaissais l'efficacité autant que la discrétion. Lancés pendant presque dix jours sur la trace de Hezner, ils ne le débusquèrent pas plus à Berlin que dans aucune autre ville du Reich. Il fallut se rendre à l'évidence : le docteur Hezner venait de disparaître aussi brusquement qu'il avait un jour frappé à la porte de l'Ahnenerbe. Dans son bureau, nous ne retrouvâmes que quelques papiers peu importants. Des dossiers sur la kabbale, le hassidisme, la tradition mosaïque, les mekoubalims et autres notules sur la magie populaire juive… Rien qui nous éclairât sur les motifs de sa fuite ou sur les raisons de son mutisme quant à Laüme Galjero.

— Faut-il persévérer ? me demanda le type de la Gestapo.

J'aurais aimé ordonner la poursuite de l'enquête mais ce n'était pas raisonnable. En dix ou douze jours, Hezner avait évidemment eu tout le loisir de traverser la frontière pour se réfugier Dieu seul savait où. Avec un soupir de découragement, je me résignai à ne jamais revoir le kabbaliste et à ne rien percer des secrets que lui et Dalibor Galjero s'étaient confiés…

— Je sais ce que tu as fait pour moi, Thörun, murmura Dandeville alors que, une nouvelle fois, nous discutions de Hezner et des Roumains. J'imagine ce que cela a dû te coûter. C'est une dette que je ne pourrai sans doute jamais te rembourser…

J'avais fermé les yeux et m'étais renversé dans mon fauteuil pour étendre les jambes sur le plateau de mon bureau.

— Nous sommes tombés sur plus forts que nous, Matthieu-Marie. J'ignore pourquoi nous avons dû en passer par là toi et moi mais la sagesse voudrait que nous cessions de songer aux Galjero…

Ne plus songer aux Galjero ! Vœu pieux ! Vaine intention ! Comment faire pour chasser de mon esprit ces deux êtres ? Lui, Dalibor, tour à tour fraternel et distant… Elle, Laüme, femme abîme, sorcière aux savoirs immenses défiant toute raison… Pendant quelques jours, pourtant, Matthieu-Marie et moi jouâmes la comédie de la vie normale. Un soir que je venais d'achever une réunion avec Otto Rahn, l'exalté qui s'obstinait à chercher le Graal dans les châteaux cathares d'Occitanie, je trouvai un billet glissé dans mon courrier du jour. Je reconnus immédiatement sur l'enveloppe l'écriture de Dalibor. Mon premier mouvement fut de jeter ce mot au feu sans le lire. Cependant, la curiosité l'emporta sur la raison. Décachetant la lettre, je vis qu'elle portait le paraphe final des deux Galjero. Oh ! le message n'était pas bien long. Il m'informait du retour de Dalibor à Berlin et de la volonté des époux de me rencontrer pour une affaire, précisaient-ils, qui impliquait rien moins que la sûreté de l'État allemand… Comme j'étais plus que réticent à obéir à ce qui, dissimulé sous un phrasé poli, ressemblait fort à une injonction, Dandeville me poussa à accepter le rendez-vous.

— Toi et moi savons que nous n'avons pas croisé ces gens par hasard. Il y a une raison secrète à leur présence ici. N'oublie pas non plus Heydrich ! Il veut toujours connaître la raison de la présence des Roumains à Berlin. C'est peut-être le moment ou jamais de découvrir leurs véritables intentions !

Vigon-Pérignac avait raison. Quoi qu'il m'en coûtât, je savais que mon destin exigeait que je revoie les Galjero. Le jour dit, je rencontrai donc les Roumains en terrain neutre, dans un salon privé tout en dorures et en miroirs que j'avais réservé à l'hôtel Éden. J'avais pris soin d'arriver en avance afin de dominer l'espace et de profiter d'une plage de calme avant leur arrivée. Malheureusement, les Galjero étaient déjà installés lorsque le groom, impressionné par mon uniforme noir et mon air sévère, m'introduisit en tremblant dans le boudoir. Je n'avais pas revu Dalibor depuis la fin de l'année 1935, soit plus de quatre mois auparavant. Ma dernière rencontre avec Laüme, elle, datait de trois semaines. Dans sa robe Fortuny au plissé à la grecque, cette femme était d'une beauté encore plus folle que lorsqu'elle était nue. La conversation ne dura pas longtemps – vingt, trente minutes peut-être. Souriant et détendu, le couple semblait parfaitement réconcilié. Si jamais ces deux-là avaient traversé des tempêtes, ils n'en laissaient rien paraître. Intacte, je retrouvais entre eux cette complémentarité frappante qui m'avait déjà saisi lorsque je les avais rencontrés pour la première fois à Karin Hall. Un bloc. Dalibor et Laüme étaient redevenus un bloc lisse à la surface duquel aucune faille ne se laissait déceler. Malgré la politesse de nos échanges, nous ne jouâmes tout de même pas la comédie de l'amitié. Le propos, d'ailleurs, ne s'y prêtait pas.

— Laüme et moi avons conversé très franchement à votre propos, Thörun, commença Dalibor. Nous ne nous sommes rien caché. Elle sait tout du don que je vous ai fait à Venise, comme j'ai été informé de la relation qu'elle a cru bon d'entretenir avec vous. Considérez sur-le-champ que je n'attache aucune importance à ce dernier point, qui ne concerne en rien l'objet de notre conversation présente.

Malgré les propos émollients du Roumain, je ne pus m'empêcher de rougir. J'avais bien conscience de me trouver dans une scène de théâtre de boulevard, et j'en étais évidemment mal à l'aise.

— Vous qui êtes un lettré, que vous évoque donc le mot *palladium* ? me demanda alors Laüme avec le plus onctueux des sourires.

— C'est une sorte de talisman, répondis-je d'une voix mal assurée. Une pierre généralement gravée de divers symboles et d'injonctions que certains peuples de l'Antiquité consacraient à la défense d'une forteresse ou même d'une ville. Les deux grands exemples connus sont le *palladium* d'Athènes et celui de Jérusalem, dont parle Flavius Josèphe.

— Oui, Thörun, c'est cela, s'enflamma Dalibor. Selon la légende, le *palladium* est une pierre magique si puissante qu'elle peut repousser les attaques des ennemis. Un bouclier subtil qui décourage les armées s'avançant pourtant sous les murailles… Athènes et Jérusalem, avez-vous dit ? Oui ! La Mecque avait également le sien… En 570, venues de la corne de l'Afrique, les armées d'Abyssinie marchent sur la ville où vient tout juste de voir le jour Mahomet. Rien ne peut arrêter les envahisseurs. Ils veulent piller et réduire en esclavage les habitants. Et soudain, tombée du ciel comme un miracle, une pluie de pierres s'abat sur les colonnes des conquérants… Les éléphants de guerre s'affolent. Dans leur peur, ils piétinent les combattants, qui s'enfuient en déroute. La cité est sauvée ! Qu'aurait été le destin du monde si le Prophète avait été tué ou capturé par les armées d'Afrique ? Qu'aurait été le destin du monde sans le *palladium* de La Mecque ? Toute l'histoire des hommes en aurait été bouleversée !

— Pourquoi me racontez-vous cela, Dalibor ?

— Parce que Laüme et moi allons réaliser une telle protection pour la ville de Berlin.

Un *palladium* pour Berlin ? Je n'aurais pas été capable de conserver mon sérieux si cette énormité avait été prononcée par toute autre personne. En cette circonstance, au contraire, ce projet fou me paraissait terrifiant. Je sentis mes traits se décomposer.

— Mieux que quiconque à Berlin, vous avez connu en chair et en esprit ce dont nous sommes capables, reprit Dalibor sans prêter attention à ma pâleur. À Venise, j'avais promis de vous révéler ce que je cherchais dans la bibliothèque de Caetano. Le mystère est maintenant levé. Mais l'opération est délicate… C'est une rituélie complexe et longue, qui requiert plus de travail que nous ne le soupçonnions… Nous avons besoin d'aide… Des suppléants, en quelque sorte… Vous imaginez la suite ?

Un instant, je restai muet. Ce que je pressentais depuis le début venait enfin d'être clairement formulé : les Galjero réclamaient ma participation à je ne savais quel rite magique dont je ne soupçonnais que trop la nature infecte. Je vis Laüme s'amuser de mes réticences.

— Allons, Gärensen… Ne soyez pas si tiède ! Je sais tout de vous, ne l'oubliez pas. Si vous avez autrefois cédé si facilement au chantage de Heydrich, si vous avez mis tant de zèle à travailler pour les nazis, c'est bien parce que vous sentiez au fond de vous qu'un destin supérieur l'exigeait…

— Ce destin qui vous menait droit à nous, Thörun !

reprit fiévreusement Dalibor en se penchant vers moi pour prendre mes mains dans les siennes.

— Il vous menait à nous aussi sûrement qu'il y conduisait une autre personne, ajouta mystérieusement Laüme en se levant pour ouvrir une porte latérale dissimulée dans les boiseries. Entre, ma chérie…

Et comme je cherchais à distinguer les traits de celle que la Roumaine invitait maintenant à pénétrer dans la pièce, j'eus le déplaisir de reconnaître la silhouette éthérée et le visage d'ange d'Ostara Keller…

*

Ostara Keller… Belle, jeune et froidement fanatique ! Cela résumait le souvenir que je conservais de cette fille après son passage éclair à l'Ahnenerbe. J'ignorais au juste dans quelles circonstances elle était parvenue à intégrer le SD, Heydrich ne m'ayant parlé d'elle que pour me dire qu'il l'avait glissée dans le lit de Laüme. La vraie question qui se posait maintenant était de savoir si elle jouait sa propre partition avec les Galjero pour mentors ou si elle demeurait fidèle à la mission de Reinhard. Quelle position adopter face à elle ? Était-elle amie ou ennemie ? Devais-je prétendre ne pas la connaître ou, au contraire, la saluer comme une égale ? Dans ce nouveau jeu de dupes, je sentais déjà que j'avais tiré les mauvaises cartes…

— Mlle Keller est la seconde personne que nous avons choisie pour nous épauler dans notre tâche, expliqua Dalibor comme je me levais pour saluer la jeune fille d'un signe de tête et d'un claquement de talons très prussien. Outre qu'elle possède des dons exceptionnellement développés pour certains arts difficiles, la couverture que vient de lui procurer votre SD Ausland nous aidera grandement.

J'essayai de garder une contenance, mais mes efforts furent trop évidents pour ne pas être aussitôt relevés par Galjero. Devinant ce qui me troublait, celui-ci ajouta :

— Laüme et moi savons depuis toujours que Mlle Keller est un agent de votre Reinhard Heydrich. Cette broutille s'est révélée sans importance dès que nous avons décelé ses talents naturels.

Dont acte. Mais à quels talents exactement Dalibor faisait-il allusion ? Cet après-midi-là, je n'en appris rien car la conversation s'arrêta peu après l'introduction d'Ostara Keller, les Galjero, j'en eus la vive impression, ayant eu l'intention de me donner un simple avant-goût de ce qui m'attendait. J'avais le cadre d'ensemble, les détails viendraient plus tard ! Je quittai donc seul l'hôtel Éden, laissant Keller et les Roumains repartir de leur côté. Je rentrai le plus vite possible à Pücklerstrasse pour entamer aussitôt une longue nuit de travail. Au matin, je fis appeler Dandeville. Tout en passant ma barbe au coupe-chou dans le minuscule cabinet de toilette attenant à mon bureau, j'exposai au Français le résultat de mes recherches. Quand je lui eus tout dit de mon entrevue avec les Galjero et des réflexions que j'en avais tirées, il s'efforça de mettre de l'ordre dans ses idées.

— Si je te suis bien, les Roumains veulent préparer une sorte d'élixir de longue vie non pour un être vivant mais pour une ville, c'est cela ?

— Dans son principe, oui.

— La première réflexion qui me vient à l'esprit est que ces gens ont raison. Pour la capitale d'un empire supposé durer mille ans, toutes les précautions sont utiles et le concours de chaque bonne volonté est le bienvenu.

— Certes, admis-je en bougonnant, mais une chose m'inquiète…

— Le mode de préparation de cette pierre ?

Matthieu-Marie avait vu juste. Toute la nuit, j'avais fouillé notre documentation sur les talismans, les pentacles… En quelques mois seulement, la bibliothèque que l'Ahnenerbe avait constituée sous mon impulsion contenait des trésors. Parmi eux, j'avais consulté la *Compilatio de Astrorum Scientia* de Leopold de Freisingen, un écrit du début du XIIe siècle consacré aux amulettes ; le *Mysterium sigillorum, herbarum et lapidum* d'Israel Hiebner, datant de 1651 ; *Der böse Blick und Verwandtes* de Seligmann et, surtout, l'ouvrage rarissime du bibliothécaire de Richelieu, Jacob Gaffarelli : *Curiosités inouïes sur la sculpture talismanique*.

— Je me souviens d'avoir jeté un coup d'œil sur cet ouvrage. L'auteur y décrit le Moloch de Carthage, n'est-ce pas ?

Dandeville avait raison. C'était dans le Gaffarelli que j'avais découvert la plus saisissante peinture de ce que pouvait être aussi un *palladium*…

— Gaffarelli cite Lyranus comme témoin original de la scène, précisai-je. Imagine une immense statue de fer en forme de torse d'homme à face de taureau. L'intérieur de l'idole est creux et l'on y fait flamber un brasier continu. Au jour des cérémonies, les prêtres précipitent des enfants dans les bras incandescents du dieu. Des comparses frappent sur des timbales déformées afin de produire les sons les plus horribles possible. Ce fracas se mêle aux hurlements de douleur des victimes et aux lamentations des parents tenus d'assister au supplice… La furie, la douleur, l'hystérie sont les nourritures subtiles que condense le *palladium*. Métamorphosés par l'idole, ces fluides grossiers, violents, vont rayonner tout autour de la ville et la protéger des attaques. Le jour où les sacrifices cessent, Rome prend la ville !

— Carthage tombe, conclut Dandeville. Comme Athènes. Comme Jérusalem...

— Ces deux villes possédaient des *palladia* très différents de celui de Carthage. Celui de Jérusalem, par exemple, était une simple plaque de pierre sur laquelle était gravé le nom secret de la cité.

— Et ta peur intime est que les Galjero aillent jusqu'à activer leur statue avec des sacrifices plutôt qu'avec de simples prières... C'est ça ?

— Mais les sacrifices *sont* des prières, mon ami !

Était-ce une idée folle que je m'étais mise en tête ? une fixation gratuite élaborée à la suite de quelques lectures anciennes ? Peut-être... J'avais beau me raisonner, je ne pouvais me défaire d'un pressentiment qui m'oppressait où que j'aille, quoi que je fasse. Les Galjero, j'en aurais mis ma main à couper, étaient sur le point d'amorcer une mécanique folle. Criminelle, peut-être...

*

— Les Galjero sont maintenant hors de portée. Je regrette, Gärensen, mais vous agissez vraiment trop tard ! me répondit sèchement Heydrich le matin où je me décidai enfin à lui livrer mes sentiments sur les Roumains.

— Hors de portée ? Que voulez-vous dire ?

— Le Führer leur accorde tout ce qu'ils désirent. Ce sont ses protégés officiels, ils auront même leur place réservée à ses côtés dans les stades olympiques. Ces gens sont des parasites de cour. Rien de plus... S'ils veulent intriguer, qu'ils intriguent ! Je crois que ce ne sont que de petits escrocs. S'ils veulent berner Hitler en lui vendant de la poudre de perlimpinpin, peu importe... La grande politique ne passe pas par les Galjero, Gärensen. La grande politique, c'est le futur conflit avec les Anglo-Saxons, ce sont mes espions chez les Soviétiques ou bien nos opposants intérieurs de la *schwarze Kapelle*. La grande politique, ce sont les Juifs qui nous empoisonnent et dont il faudra bien se débarrasser d'une manière ou d'une autre...

— Et Ostara Keller ? demandai-je. Qu'allez-vous lui ordonner ?

Reinhard me regarda d'un air interloqué comme si ma question n'avait aucun rapport avec les Roumains.

— Keller ? Je l'ai placée à *Der Angriff* comme journaliste reporter. C'est une excellente couverture pour de futures actions à l'étranger... Pourquoi diable me parlez-vous d'elle ?

*

Sur le sol de mon bureau, Matthieu-Marie déversa en vrac le chargement de livres et de dossiers qu'il serrait dans ses bras. Je ne l'avais jamais vu aussi peu respectueux avec des documents.

— J'ai accompli un travail de titan, mais j'ai fini par trouver ! souffla-t-il en affichant une belle satisfaction.

— Trouver quoi ? demandai-je, d'un air plutôt morose.

— La Roumanie, mon vieux ! Quantité de renseignements sur la Roumanie. Et quelques hypothèses personnelles follement audacieuses, mais qui éclairent peut-être la personnalité cachée des Galjero.

Depuis que nous avions été pris ensemble dans les filets de Laüme la sorcière, le Français et moi ne pensions plus qu'aux Roumains. Moi, j'agissais en première ligne, attendant fébrilement que le couple se décidât à me révéler le rôle qu'il voulait me faire jouer dans l'affaire du *palladium* de Berlin. Vigon-Pérignac, lui, passait ses journées et ses nuits à effectuer des recherches tous azimuts sur ces gens dans l'espoir de découvrir leur identité et de trouver la faille qui nous permettait d'exiger leur expulsion d'Allemagne… Étalant une carte d'état-major des Balkans sur le tapis, Dandeville s'accroupit pour me montrer différentes zones autour du cours du Danube.

— Le nom antique de la Roumanie est la Dacie. C'est la plus tardive des conquêtes de Rome puisqu'elle est prise en 106 de notre ère par l'empereur Trajan. Pour de nombreux auteurs, cette région est la mythique Hyperborée…

J'interrompis mon ami :

— Ah non ! L'Hyperborée désigne classiquement les contrées nordiques, pas les territoires des Balkans !

Dandeville sourit comme s'il s'était attendu à cette remarque. De la pointe de sa botte, il rapprocha un carnet qui avait glissé loin de lui.

— Tu raisonnes en matérialiste. L'Hyperborée désigne un centre métaphysique de sagesse et d'initiation. En tant que tel, ce centre peut être situé n'importe où. Comme toujours dans la pensée mythique, il faut réfléchir en termes de fonctions, et non de réalités tangibles tels que personnages ou lieux strictement géographiques. Écoute ! J'ai pris des notes. Pindare, le poète le plus érudit de la Grèce antique, parle d'Apollon dans le huitième chapitre de ses *Olympiques*. Après avoir construit les murs de Troie, le dieu revient « dans sa patrie de l'Hister, chez les Hyperboréens ». Or l'Hister est la région désignant le cours inférieur du Danube. Et puis encore : dans sa *Géographie*, Strabon écrit : « Les premiers qui ont décrit les diverses parties du monde disent que les Hyperboréens habitaient au-dessus du Pont-Euxin et de l'Hister. »

— Au-dessus de la mer Noire et du Danube ?

— Exact. Autrement dit la Roumanie actuelle. Et ceci, encore : dans son commentaire sur *Le Songe de Scipion*, Macrobe précise : « *Regiones quas praeterfluunt Tanais et Ister, omnesque super Scythiae locum quorum indigenas vetustas Hyperboreos vocavit.* »

— « Les régions arrosées par le Don et le bas Danube se nommaient Hyperborée dans les anciens temps », traduisis-je approximativement. Intéressant. Mais où veux-tu en venir ?

— Le meilleur est pour la suite et je te fais grâce de mes sources, mais elles sont aussi sérieuses que les précédentes : dans l'Antiquité, l'appellation désignant les Carpates était *Montes Riphaei*. Or cette désignation était également utilisée pour le Caucase. Tu devines la suite ?

Dandeville rayonnait littéralement d'excitation. Moi, j'étais dans le noir le plus complet. En quoi le Caucase était-il donc important dans notre affaire ?

— Tu sèches ? Eh bien, je te donne la réponse, mauvais élève : le Caucase, c'est la montagne où a été enchaîné Prométhée.

— Celui qui a volé le feu de la connaissance aux dieux pour en faire don aux hommes ?... Et alors ?

Le Français soupira comme si toute mon éducation, décidément, était à refaire.

— Le mythe de Prométhée présente de très nombreux points communs avec celui de… Lucifer !

Je m'ébrouai en sentant une migraine poindre sous ma calotte crânienne. Me grattant tour à tour la nuque, le front, la nuque encore, je voulus formuler une phrase mais ne bredouillai qu'un enchaînement de mots sans suite qui fit rire aux éclats Matthieu-Marie.

— Lucifer. Étymologie latine : *Lux fere*, le porteur de lumière. L'Ange rebelle qui, précipité des cieux pour s'être opposé à la puissance divine, aurait chuté…

— Dans le Caucase ?

— Oui. Mais pas seul. Entouré de toute sa cour… Enfin, c'est ce que nous disent certains textes hébreux, comme le *Livre des veilleurs*, par exemple…

Du strict point de vue de la philologie et de la mythologie comparée, la théorie de Matthieu-Marie était des plus intéressantes, mais pourquoi s'obstinait-il à en faire la pierre angulaire de ses recherches sur les Galjero ?

— Parce que j'ai vécu dans ma chair la cruauté de Laüme. Ces gens, je pense, sont les héritiers d'une secte d'adorateurs du Démon.

Ce fut mon tour d'éclater de rire.

— Change les mots de mon vocabulaire si leur crudité ne te convient pas, continua Dandeville sans s'arrêter à ma moquerie, mais considère une dernière chose.

— Laquelle ?

— Les notes que tu vois là ne sont pas toutes de moi… Les passages relatifs à la chute des anges rebelles dans le Caucase carpatique ont été rédigés par le docteur Ruben Hezner !

*

Hezner ! Non que le kabbaliste eût soudain choisi de revenir travailler avec nous à l'Ahnenerbe après une disparition de plusieurs semaines, non. Il avait choisi une autre voie pour se manifester, une voie toute simple, aussi facile que discrète…

— Il y a deux matinées, j'ai trouvé une grande enveloppe sur mon bureau. Timbrée de Suisse… J'ai immédiatement reconnu l'écriture de Hezner. À l'intérieur, je n'ai trouvé qu'un amas de feuillets griffonnés à la hâte… Ils étaient tous datés. J'ai vérifié. Leur rédaction débute trois ou quatre jours après que Dalibor eut demandé à rencontrer Ruben.

Feuilletant une à une les pages que Dandeville me tendait, j'y vis une accumulation apparemment sans ordre de citations grecques, latines, hébraïques. Des cartes grossières du cours du Danube depuis les Portes de Fer jusqu'au delta de la mer Noire. Des dessins bizarres qui ne renvoyaient à rien de ce que je connaissais. Et puis, totalement incongru, collé dans la marge d'un paragraphe, je découvris un ticket de cinéma !

— *Nosferatu*, de Murnau… Une petite salle sur le Kurfürstendamm le projette encore.

Sans l'avoir jamais vu, j'avais pourtant entendu parler de ce film à l'époque où Margo Lion me faisait fréquenter les gens des studios UFA. Le soir même, Matthieu-Marie et moi nous rendîmes sur le Kudamm, comme on appelait familièrement le grand boulevard, pour découvrir en quoi Hezner avait cru bon de souligner l'importance de ce film vieux de quatorze ans…

— L'histoire est celle du *Dracula* de Bram Stoker, me murmura Dandeville pendant que nous attendions, dans le noir, le début de la séance. La veuve de l'Irlandais a préféré vendre les droits aux Américains de la Warner plutôt qu'à des Européens. Murnau a changé le nom des personnages mais la trame est identique…

Pendant une heure, je vis s'agiter devant moi l'ombre inquiétante de Max Schreck qui prêtait son physique émacié au Nosferatu, l'âme errante qui tourmente les vivants en s'abreuvant de leur sang. Dans le film, Dracula était devenu le comte Orlock, Jonathan Harker portait maintenant le nom de Hutter, mais rien, effectivement, ne pouvait vraiment différencier ce récit du roman que j'avais le souvenir d'avoir lu à Oslo, un jour d'été, à l'âge de dix-sept ou dix-huit ans… Vainement Matthieu-Marie et moi tentâmes de déceler dans ce film ce qui avait pu retenir l'attention de Hezner.

— Les images ou l'histoire ?

— L'histoire, certainement…

— Les événements ou les métaphores ?

— Les métaphores, décidai-je. Si nous devions nous en tenir à la pure narration, nous devrions admettre que Hezner compare les Galjero à des vampires. Or, ces gens évoluent en plein soleil et ne sont ni l'un ni l'autre nantis de canines démesurément longues !

— Alors ?

— Franchement, je n'en sais fichtre rien !

Le Français poursuivit quelques jours seul ses recherches. Pour ma part, je devais assumer mes obligations à l'Ahnenerbe, ce qui remplissait entièrement mes journées. La réédification du Wewelsberg, surtout, me prenait du temps. Je savais Himmler très impatient d'inaugurer la forteresse et je mettais toute mon énergie à en accélérer la rénovation.

Un matin que je visitais le chantier, le sous-officier qui me servait de chauffeur me prévint que *Herr* Galjero venait d'arriver et demandait à me voir sans délai. Cela me surprit d'autant plus que le site de Paderborn était un secret bien gardé, que très peu de hauts gradés SS pouvaient se vanter de connaître. Si bien placés qu'ils soient auprès du Führer, les Galjero n'auraient jamais dû en entendre parler ! D'une humeur massacrante, je me rendis à l'entrée du chantier détrempé par les pluies de printemps. Tranquille et souriant, Dalibor m'attendait près de sa voiture de maître.

— Magnifique citadelle que vous vous faites construire là ! s'exclama-t-il en désignant les murailles noires du château. Lorsque votre *Reichsführer* m'a montré les plans, j'ai tout de suite compris que c'était exactement ce dont nous avions besoin pour entamer la préparation du *palladium*. Faites-moi visiter…

La morgue qu'affichait Dalibor acheva de m'exaspérer. Je voulus lui opposer le poids de mon grade et de mon autorité pour lui interdire formellement de pénétrer au Wewelsberg, mais mes efforts furent balayés par la présentation d'un ordre écrit de la main même de Himmler.

— Eh oui ! parada le Roumain. Laüme et moi nous sommes désormais ménagé nos entrées chez le *Reichsführer*. Notre petit projet le fascine littéralement. Comme vous pouvez le lire, il ordonne de mettre toutes vos ressources à notre disposition… Sans discuter !

— De fait, je constate que je n'ai pas le choix. Suivez-moi…

Si Dalibor Galjero avait manifesté autrefois quelque velléité d'indépendance vis-à-vis de Laüme, il semblait évident que celle-ci l'avait totalement repris en main.

Toutes les heures d'amitié que nous avions passées ensemble à Venise semblaient appartenir à une époque révolue. La visite fut longue et fastidieuse. Dalibor exigea de vérifier les moindres recoins de la forteresse, ce qui nous prit trois ou quatre heures au cours desquelles nous n'échangeâmes pas une parole aimable. Comme nous redescendions le long des échafaudages qui nous avaient menés jusqu'aux chemins de ronde, Galjero m'annonça qu'il allait faire déposer la pierre du *palladium* dans les cryptes du château.

— C'est là que nous pratiquerons nos dévotions... Laüme, Keller, vous et moi...

— Et quand cela commencera-t-il ?

— Dans dix jours à peine. La nuit du 30 avril au 1er mai, pour être précis. La nuit de Walpurgis...

*

Walpurgis ! Dans les anciennes légendes germaniques, ce nom fait résonner mille frayeurs. Six mois exactement après la Samain-Halloween, c'est la seconde porte qui s'ouvre entre le monde des vivants et celui des spectres. La nuit où les rois sont déchus de leur couronne et où les vagabonds partagent le lit des reines ; la nuit où les ogres capturent les enfants pour les ranger dans leur saloir comme des jambons ; la nuit où les fantômes brisent la dalle de leur tombeau et où les bêtes garous hurlent tragiquement sous la lune...

— En dix jours, on peut abattre un travail énorme !

Décidément, Matthieu-Marie faisait preuve ces jours derniers d'un moral infiniment plus combatif que le mien.

— Et on peut aussi voyager loin ! reprit-il.

— Tu as trouvé du neuf ?

— Neuf n'est pas le mot juste. Disons que c'est une intuition qui vaut le coup d'être vérifiée. Contrairement à toi, j'ai essayé d'en savoir plus sur celui que Galjero est allé visiter à Venise, le comte Caetano…

La simple évocation du comte fit descendre un frisson de dégoût le long de mon échine.

— Oh, tu peux faire la fine bouche, mon vieux ! railla Dandeville. Ce type est une sacrée pointure en occultisme et en magie. Jette un coup d'œil sur la liste de ses œuvres.

D'après les documents que me présentait Vigon-Pérignac, le comte Caetano était l'auteur d'une trentaine d'articles parus dans diverses revues spécialisées italiennes ou françaises : *La Torre, Ur, Krur*, les *Études traditionnelles*…

— Je le soupçonne d'avoir aussi publié sous des pseudonymes. C'est une pratique courante dans ces milieux. Mais je n'ai pas eu le temps d'effectuer des recherches approfondies. Nous devrons nous contenter de cela… Ce qui n'est déjà pas si mal, puisque tous les sujets concernent la magie du sang, des cendres, des os, des matières organiques et l'utilisation de celles-ci dans la composition de talismans…

À la lueur qui brillait dans ses yeux, je compris ce qui trottait dans la tête de Matthieu-Marie.

— Tu crois vraiment que c'est possible ?

— Un aller-retour incognito Berlin-Venise en dix jours ? Simple comme bonjour !

Peser le pour et le contre n'aurait fait que nous retarder. Sans plus réfléchir, nous filâmes par le premier train pour l'Adriatique… À mes subordonnés les plus proches, j'avais laissé des consignes strictes afin de couvrir au mieux mon absence auprès de Heydrich. Je savais ce dernier très occupé à préparer une vaste opération de désinformation destinée à faire douter Staline de la loyauté de son état-major. Nos chevauchées au Tiergarten étant de plus en plus rares, il y avait finalement peu de risques qu'il se rendît compte de mon départ. Dandeville et moi arrivâmes à la gare Santa Lucia trente heures à peine après avoir quitté la capitale du Reich. Le ciel était gris, la pluie tombait serré depuis cinq jours, nous apprit-on. La place Saint-Marc était inondée et on ne pouvait la traverser qu'en empruntant des planches posées en équilibre sur de hauts billots de bois. Je ne voulais pas prendre mes quartiers dans un grand hôtel : j'avais passé trop de temps au Danieli où je risquais d'être reconnu et je savais en outre tous les palaces vénitiens bourrés d'indicateurs fascistes qui se feraient un plaisir de transmettre nos identités à leurs correspondants du SD Ausland. Non sans quelques tâtonnements, je retrouvai le chemin de la pension de la *signora* Verdiana, chez laquelle Dalibor et moi avions passé notre première nuit vénitienne. Articulant un italien passable, Dandeville s'occupa des tractations et parvint à nous obtenir gîte et couvert pour la durée du séjour.

— Reste la question de notre visite au comte Caetano, me dit-il comme nous dînions d'un modeste plat de pâtes aux herbes.

Certes ! Savoir si le comte Caetano acceptait de nous ouvrir sa porte était le premier vrai problème auquel nous serions confrontés. Dans le secret de mon cœur, je me heurtais quant à moi à un drame intime autrement plus déchirant. Venise était la ville de la seule femme que j'aie vraiment aimée. Venise était la ville de Fausta ! Dès que je fus certain que Dandeville dormait, je quittai sans bruit la pension Verdiana pour rôder aux abords de la maison des Pheretti. Il devait être deux heures du matin et la pluie tombait avec une ardeur renouvelée, me trempant jusqu'aux os malgré la gabardine civile que j'avais jetée sur mes épaules. J'ignorais au juste ce qui me poussait à revenir riva degli Schiavoni. Je n'avais pas donné de nouvelles à Fausta depuis des mois et j'avais même brûlé toutes les lettres qu'elle m'avait écrites. Pendant une heure, deux peut-être, dans la nuit noire seulement percée du falot miroitement des becs de gaz sur l'eau, je retrouvai les places et les ruelles où nous aimions nous promener, les cafés et les ponts où nous nous arrêtions souvent pour parler. Soucieux que personne ne pût rien saisir de nos conversations, nous parlions toujours en latin… Revoir ces lieux, respirer cet air si particulier de la lagune me plongea dans une tristesse infinie. Fausta me manquait. Elle me manquait comme personne ne l'avait jamais fait auparavant…

*

Caetano ne fit pas de grandes difficultés pour nous recevoir. Contrairement à moi – puisqu'il était masqué l'unique fois où j'avais eu l'occasion de le rencontrer –, il n'eut aucun mal à mettre un nom sur mes traits. Je me rappelais de lui une silhouette de momie malodorante et répugnante de crasse, aux ongles longs et sales, entouré d'un essaim de mouches. Dépouillé de sa panoplie de magicien en quête de longévité, Caetano était l'incarnation même du gentilhomme italien : rose, frais, ce petit monsieur d'une cinquantaine d'années portait un costume gris élégamment coupé, dont le classicisme austère était hardiment relevé par un gilet de soie jaune soleil. J'avais du mal à associer au personnage qui se tenait devant moi l'image de l'homme avec lequel j'avais dîné dans les sous-sols du *palazzo*. Rauque et sourde, la voix, en revanche, était indéniablement la même, ainsi que les yeux noirs et vifs.

Il fallut que notre conversation emprunte quelques détours avant que je me décide à aborder le sujet de ma visite. Et encore. Même si Matthieu-Marie m'y poussait, je ne jugeai pas prudent de jouer cartes sur table avec un homme dont je ne savais presque rien. Enfin, après que Caetano se fut autorisé quelques commentaires en demi-teinte au sujet de Galjero, il lança :

— Je suppose que vous avez fait tout ce chemin depuis Berlin pour que je vous parle de Dalibor et de sa femelle, n'est-il pas vrai ?

Jugeant mon sourire en coin suffisamment éloquent, je ne pris même pas la peine de répondre.

— Alors je vais vous décevoir ! reprit le comte. Car je ne sais rien de formel sur ces gens… L'homme, Dalibor, je l'ai vu de mes yeux tuer un gamin des rues qui venait d'essayer de chaparder dans ses poches. Pas l'ombre d'un sentiment humain. Pas l'ombre d'un regret… Savez-vous comment il s'y est pris ? Il a saisi le mioche au collet et lui a appliqué sur le front une petite tige d'ambre qu'il a fait jaillir dans sa main comme d'autres auraient sorti un couteau de leur manche. Le petit s'est mis à se débattre et à fumer comme une saucisse qu'on grille. Il est mort en une minute ! Dalibor l'a laissé tomber sur le pavé et a voulu continuer sa promenade avec mon père et moi comme si de rien n'était. Mais mon père ne l'a pas entendu de cette oreille et il a fait porter le cadavre du gosse ici, au palais, pour le faire examiner par un médecin. Le docteur n'en croyait pas ses yeux ! À l'intérieur des veines du gosse, le sang était entré en ébullition avant de se coaguler en pâte. Comme du boudin noir ! Exactement comme du boudin noir !

— Quand est-ce arrivé ? demandai-je, frappé par la vive émotion que ce souvenir semblait faire naître chez le comte.

— Au cours de ma dix-septième année. En août 1881.

— En 1881 ? ! m'esclaffai-je. Mais Galjero n'était pas né à cette époque… Vous devez évoquer son père, bien sûr ?

Caetano sourit.

— Non, mon cher ! Je vous parle de Dalibor Galjero. Une créature incertaine et pourtant bien réelle que je n'ai pas vue vieillir d'une ride depuis soixante ans qu'il s'obstine à me visiter.

Dandeville, qui s'était tenu coi jusqu'alors, osa sa première question.

— Si vous aviez seize ans en 1881, monsieur le comte, cela signifie que…

— Je suis né en 1867. Et j'ai aujourd'hui presque soixante-douze ans. Oh ! je sais ce que vous allez me dire : je ne fais pas mon âge. Mais peut-être *Herr* Gärensen vous a-t-il expliqué dans quelles circonstances très particulières nous nous sommes rencontrés ?

— Il m'a fait une description saisissante de la scène, oui, monsieur, avoua Dandeville.

— Eh bien, c'est un des petits secrets que se transmettent certaines vieilles familles de la lagune. Une ascèse stricte plus qu'une magie véritable… mais qui permet d'atteindre un âge avancé sans trop subir les outrages du temps…

— C'est la voie que suit Galjero ?

Inconsciemment, je crois, l'Italien serra les poings.

— Non ! La méthode que suivent les membres masculins de ma famille est bonne. Efficace, certes, mais pas à ce point. Galjero emprunte un autre chemin… Un chemin plus difficile que le mien. Plus violent, aussi. Mais son nom, je ne vous le dirai pas !

— Vampirisme ? ne put s'empêcher de lâcher Dandeville malgré le regard de noire désapprobation que je lui lançai aussitôt.

— Non ! rugit Caetano. (Et il eut un geste méprisant de la main comme s'il voulait nous éloigner très vite de cette piste.) Vous cherchez mal. Votre cerveau est embué de sottises.

Le comte pensait peut-être que nous étions deux fous à la recherche d'un quelconque secret de jouvence. Il se souvenait parfaitement que j'appartenais à l'Ahnenerbe et avait depuis longtemps pris ses propres renseignements sur l'institut de Pücklerstrasse.

— Vous autres, Allemands, êtes en train de réaliser quelque chose de grand, en politique. Mais il existe certains secrets que je préférerais perdre plutôt que de les voir tomber entre les mains de simples néophytes. Fussent-ils animés de bonnes intentions !

En quelques phrases aux mots très choisis, je tentai de le rassurer sur nos intentions et lui livrai même la raison exacte de notre venue. Après m'avoir écouté attentivement, il se calma et revint à de meilleures dispositions.

— Un *palladium* ? Il y aurait dans mes caves un manuscrit consacré à la préparation d'un tel objet ?

— C'est ce que Galjero assurait. Avez-vous la moindre idée du texte dont il s'agit ?

Le visage de Vittorio Caetano s'assombrit.

— Je suis parfaitement au courant des textes qu'il a demandé à lire et je ne l'ai jamais laissé seul dans la bibliothèque. Il a beaucoup consulté le *Virga aurea* du frère écossais Jacob Bonaventure Hepburn. Ce sont des planches qui servent de référence en matière de talismanie. Mais le manuscrit sur lequel il a passé le plus de temps et qu'il a presque intégralement recopié est le *Pretiosa Margarita Novella* de Petrus Bonus. On le trouve dans la compilation du moine calabrais Janus Lacinius, sortie des presses aldines, ici, à Venise, en 1546, avec le privilège du Sénat et du pape Paul III. Petrus Bonus a rédigé cet ouvrage vers le milieu du XIVe siècle, mais Lacinius l'a illustré d'une vingtaine de gravures… À première vue, c'est un ouvrage d'alchimie, pas de talismanie.

Je demandai à voir ces dessins. Caetano n'y fit pas obstacle. Je crois que l'opération du *palladium* commençait à l'intriguer à son tour. Dans un volume relié de cuir épais, de lourdes feuilles de vélin montraient une série de gravures brutes, sans couleur ni goût de la composition artistique. Je vis un roi sur un trône, des enfants agenouillés auprès de lui. Un homme s'approchait qui les tuait tous avant de les dépecer et de placer leurs os mêlés dans un sarcophage de pierre.

— Qu'est-ce que cela signifie au juste ? demandai-je à Caetano.

— Ce sont des illustrations assez spectaculaires des trois grandes étapes de l'alchimie. Œuvre au noir : la mort. Œuvre au blanc : la transformation. Œuvre au rouge : la résurrection. L'alchimie est la science des transformations, le secret des métamorphoses. On croit toujours qu'elle consiste à faire passer du plomb à l'état de métal précieux, mais c'est une erreur. Ce savoir renferme aussi le secret de changer le mort en vif, ou d'utiliser l'énergie des morts comme inépuisable réservoir de force… Car la matière humaine, sachez-le, mon ami, ne s'éteint jamais tout à fait !

*

Dandeville insistait pour repartir le plus tôt possible à Berlin.

— Nous n'avons plus rien à faire à Venise. Le vieux Caetano nous a raconté tout ce qu'il savait. Il faut rentrer avant d'avoir des ennuis avec Heydrich !

Mais les arguments raisonnables du Français ne portaient pas. Une envie me dévorait, celle de revoir Fausta, bien sûr, et je cherchais tous les prétextes pour prolonger notre séjour en Italie.

— Si nous sommes ici, c'est pour presser Caetano jusqu'au bout, contre-attaquai-je. Je ne ferai pas le voyage deux fois ! Je reste encore quelques jours. Pars, si tu veux…

Non sans quelques jurons bien sentis, Matthieu-Marie se résigna à céder à un caprice qu'il ne comprenait pas. Jamais je ne lui avais parlé de Fausta, et je n'avais aucune intention de le faire. Antisémite jusqu'au bout des ongles, je sentais que tout le capital de sympathie que Vigon-Pérignac pouvait éprouver envers les Juifs avait été épuisé par son attachement pour le docteur Ruben Hezner. La pluie incessante n'arrangeait pas l'humeur du Français, qui passait son temps à lire sur son lit, à la pension Verdiana, ou à essayer de clarifier ses idées dans un carnet qui ne le quittait jamais. Moi, je saisissais n'importe quel prétexte pour aller marcher, seul, ressassant ma mélancolie et mon sentiment d'impuissance… Et soudain, comme les nuages se déchiraient au-dessus de la place

Saint-Marc, mon regard croisa celui d'une femme qui marchait, seule elle aussi, sur les planches courant sous les arcades. Fausta… Il n'y eut pas d'explications entre nous. Pas de scène. Presque pas de mots. Trop heureux pour parler, nous nous étreignîmes longuement dans une flaque de soleil qui perçait droit sur nous. Tandis que je caressais ses cheveux et que j'embrassais son front, tel un plongeur qui sort des eaux noires pour émerger à la surface et emplir ses poumons d'air, j'eus le sentiment de revenir à la vie… De moi elle n'exigea nul remords. Sur un quai étroit, nous descendîmes des marches glissantes pour arrêter un batelier à qui Fausta glissa une pièce. Sans bruit, l'homme nous déposa à la discrète porte d'eau de la maison Pheretti. Main dans la main, nous montâmes jusqu'à sa chambre par l'escalier de service. Quand, le matin suivant, je la quittai, je savais que je n'aurais à l'avenir ni pensée ni désir pour une autre femme…

*

— Elle est juive, n'est-ce pas ?

La voix de Dandeville claqua comme un coup de fouet.

— Tu nous as vus ?

— Évidemment que je vous ai vus ! Il y a longtemps que je sentais quelque chose couver sous la cendre, chez toi. Mais une Juive ! Tu te rends compte de qui sont ces gens-là ?

Dandeville s'imaginait posséder un don pour reconnaître les physiques sémites. Sépharade ou ashkénaze, il prétendait donner à coup sûr l'origine de n'importe quel Israélite croisé dans la rue.

— Je sais ce que tu leur reproches, Matthieu-Marie.

Et je n'éprouve pas ton ressentiment. Je ne tolérerai pas que cette femme soit un sujet de conversation entre nous !

Voyant que je ne plaisantais pas, Matthieu-Marie préféra serrer les mâchoires en silence. Moi, un SS, amoureux d'une Juive, cela prenait à revers tous ses principes et hérissait jusqu'à la moindre fibre de son être. Pour ma part, j'étais trop heureux d'avoir retrouvé Fausta pour m'inquiéter de la réaction de Dandeville. Je ne pensais plus qu'au moyen de fuir une Europe que je savais promise à la guerre. Allongé à fumer cigarette sur cigarette dans ma chambre de la pension Verdiana, j'en vins à envisager d'éliminer Reinhard Heydrich afin de recouvrer ma liberté. Fuir ! Fuir avec Fausta loin de l'Europe ! Voilà ce que j'avais en tête... Deux ou trois heures après notre fâcherie, Dandeville frappa à ma porte. Contrit, l'air d'un chien battu, il venait me présenter de plates excuses...

— Je ne me mêlerai pas de ta vie privée, Thörun. Tu m'as tiré des griffes de Laüme Galjero et je t'en serai éternellement reconnaissant. Pour cette Juive que tu dis aimer... fais ce que tu veux, tu ne me trouveras pas comme un obstacle sur ta route...

Nous nous serrâmes la main et même, pour la première fois, nous donnâmes une franche accolade.

— Que comptes-tu faire pour Caetano ? me demanda le Français.

Caetano me rappela les Galjero. Comment fuir l'Allemagne avec ces fous furieux lancés sur mes traces ? Heydrich et les Roumains : deux énormes problèmes à résoudre avant de gagner ma liberté !

— Que me conseilles-tu ? répliquai-je.

— Tu n'as pas d'autre solution que d'aller jusqu'au

bout, je crois. Puisque nous sommes encore à Venise, essayons une nouvelle fois de presser le vieux citron !

Les jours de pluie étant passés, le trop-plein d'eau qui s'était accumulé sur les places, dans les rues, les caves se déversait peu à peu dans la lagune. Il nous fallut certes encore marcher sur des planches jusqu'au Canareggio mais, devant le palais du comte, les ouvriers de la voirie démontaient déjà les passerelles devenues inutiles. Vittorio Caetano s'attendait à notre retour. Il n'en fut ni surpris ni contrit.

— J'ai beaucoup réfléchi à notre précédente conversation, commença-t-il. Les *palladia* ! Comme toujours en magie, il y a certainement plusieurs manières d'opérer. La voie courte et la voie longue. La voie sèche et la voie humide. Celle qui requiert jusqu'à des années de préparation douce et celle qui se concrétise en quelques nuits seulement, au prix d'une grande violence !

— C'est ce que signifient les recherches de Galjero sur le *Pretiosa Margarita Novella*, n'est-ce pas ? Les meurtres décrits vont donc avoir lieu ?

— Malheureusement, c'est plus que probable… Mais je ne pense pas que vous puissiez vous y opposer. Les Galjero ont en grande partie franchi les barrières qui enserrent et définissent tout à la fois l'humanité ordinaire. Lui est un magicien exceptionnel. Elle, c'est encore bien plus que cela…

— Un démon ? suggéra Dandeville. Cela expliquerait son absence d'ombilic…

— Démon, dites-vous ? Au sens contemporain du terme, la définition n'est pas tout à fait exacte. Laüme Galjero n'est pas une créature de l'Enfer telle que l'imaginent les chrétiens…

— Alors, qu'est-ce que c'est ?

Le vieux Caetano scella obstinément ses lèvres. Il se contenta de me tendre un sachet de toile fermé par un simple fil noir.

— Poussière d'arsenic, annonça-t-il en refermant ma main sur le paquet. Il se peut que ce qui va venir au monde dans la pierre des Galjero ne le supporte pas !

Nous le pressâmes de questions mais Caetano se renferma sur lui-même sans daigner répondre. En italien, le Vénitien lâcha pourtant un terme que je ne compris pas mais que Matthieu-Marie me traduisit dès que nous eûmes quitté la vieille bâtisse.

— Un vieux verbe qui signifie quelque chose comme « apurer les comptes ».

*

Dandeville et moi convînmes que le Français rentrerait à Berlin deux jours avant moi. Revenu en éclaireur à l'Ahnenerbe, il se chargerait de me prévenir si d'aventure Heydrich s'était aperçu de mon absence et avait lancé ses chiens à mes trousses. Moi, je resterais le plus longtemps possible à Venise avec Fausta… Jamais comme en ces jours je n'avais ressenti une telle attirance pour elle. Attentif à tous ses gestes, à tous ses regards, je la gardais nue et chaude contre moi pendant les belles heures de la nuit. Sans impatience, sans réticence, elle s'abandonnait à mes ivresses avec la certitude et la force d'un astre lourd qui lentement absorbe l'ellipse d'un objet céleste. Puis, à l'aube, démesurément grandie par l'étreinte, ma chair vivifiée par un plaisir aussi fort que la souffrance d'un bûcher, j'emprisonnai son corps sous le drap, aimant humer longuement ses formes prises sous le moule souple que givrait la lumière blanche du petit matin. Cinq ou six jours peut-être, nous demeurâmes ainsi tous deux, sans dormir, nous abreuvant de café fort pour nous tenir éveillés et profiter l'un de l'autre jusqu'à l'ultime instant. Le dernier soir, il fallut pourtant lui parler et lui révéler pourquoi je devais la quitter et retourner en Allemagne.

Je promis solennellement de revenir la chercher le plus vite possible, dès que j'aurais levé les hypothèques que faisaient peser sur moi Heydrich et les Galjero. En gage, Fausta coupa une boucle de ses longs cheveux noirs et me la confia dans un de ses mouchoirs brodés à son monogramme. Le cœur déchiré et la gorge serrée, je la suppliai de ne pas m'accompagner au train qui devait me ramener en Prusse. Mes prières n'y firent rien. J'abandonnai la fine silhouette de Fausta sur le quai de la gare dans les adieux les plus douloureux que j'aie jamais faits.

Une journée plus tard, à Pücklerstrasse, je retrouvai Dandeville qui me rassura aussitôt sur Heydrich :

— Apparemment, il n'a pas cherché à te voir. Personne d'important n'a demandé après toi ces derniers temps. Nous sommes passés entre les gouttes, dirait-on !

— Bien. À part ça, tu as du nouveau ?

— Moi, non. Mais le calendrier, lui, indique que nous sommes le 29 avril !

Encore un jour à patienter avant que survienne l'échéance fixée par les Galjero. Que faire de ces vingt-quatre heures sans avoir la moindre idée de ce qui s'annonçait ?

— Toujours pas de nouvelles du docteur Hezner ? demandai-je à Dandeville.

— Non.

— Et sur l'arsenic ? Tu as fait des recherches ?

— C'est un poison, tout le monde le sait. Hormis ça, l'arsenic est mentionné dans les textes alchimiques sous les appellations de « Mercure des philosophes » ou de « Lion Vert ». C'est un agent de dissolution des impuretés physiques et subtiles. En le portant à une faible température, il se volatilise en répandant une très forte odeur d'ail. C'est d'ailleurs certainement l'origine de la superstition attachée à cette plante…

Toutes ces théories étaient belles et bonnes, mais elles ne nous avançaient guère. Ne sachant plus que dire ni que faire, aussi gênés l'un que l'autre par notre impuissance à anticiper les événements, Dandeville et moi nous séparâmes, chacun tentant de trouver un peu de réconfort dans l'isolement. Je profitai du calme de la soirée pour écrire une longue lettre à Fausta. Les premiers vrais mots d'amour que je lui adresserais jamais…

Les corbeaux du Wewelsberg

— Je suis passé deux fois à votre appartement ces jours derniers et vous n'étiez pas là. Où diable étiez-vous donc passé ?

— Affaires de service… Ça ne vous regarde pas, Dalibor…

Galjero s'était présenté à mon bureau vers onze heures du matin. Sa mine était reposée mais ses pupilles étaient dilatées, comme sous l'effet d'une drogue.

— Annulez tous vos rendez-vous pour aujourd'hui et demain, ordonna le Roumain avec autant d'autorité que s'il était mon supérieur hiérarchique. Et demandez à votre chauffeur de nous conduire au Wewelsberg. Laüme nous y attend déjà…

Sans un mot superflu, nous parcourûmes dans ma Horch les kilomètres séparant Berlin de Paderborn. Galjero dormit pendant la moitié du trajet. Moi, je rongeais mon frein et tâtais régulièrement la poche dans laquelle j'avais glissé le sachet d'arsenic confié par Caetano. Puis, alors qu'il semblait profondément plongé dans le sommeil, Galjero murmura :

— Vous sentez le sel… C'est subtil, évidemment, mais… n'auriez-vous pas effectué un séjour en région maritime, récemment ? Méditerranée, dirai-je… Et même Adriatique ! J'en reconnais l'odeur sur vous.

Je sursautai. Bien que gardant les yeux soigneusement fermés, le faux dormeur tendait ses pièges.

— Vous ne répondez pas, Thörun ? Tant pis. Gardez vos petits secrets, s'ils vous sont si chers. Pour ma part, je parie que vous êtes retourné voir votre amourette de Venise… Ai-je tort ?

Je me serais arraché la langue plutôt que d'engager la conversation sur ce sujet. À mon tour, je fermai les yeux et fis mine de somnoler. Il devait être trois heures de l'après-midi lorsque nous nous engageâmes sur la route forestière qui menait au Wewelsberg par une série de lacets. Lorsque nous vîmes la silhouette massive de la citadelle se découper à flanc de colline, Galjero rouvrit les paupières.

— La pierre qui servira de support au *palladium* est déjà installée dans la crypte. J'ai pris également sur moi de faire procéder à quelques aménagements… Vous aimerez, j'en suis certain ! Cela flattera vos tendances Niebelungen !

La Horch traversa la cour du château, déserte. Pour la circonstance, Dalibor avait demandé à ce que les équipes de terrassiers et d'ouvriers soient congédiées.

— Il ne doit y avoir aucun témoin à ce qui va se dérouler ici, m'expliqua-t-il. Chaque fois que nous allons pratiquer nos cérémonies, nous ferons évacuer le chantier…

— Comment tout cela est-il supposé se dérouler ? demandai-je enfin.

Dalibor étira les lèvres en un sourire carnassier.

— Avec ce que vous savez de votre petit Amarok, vous êtes déjà initié à une bonne partie du principe de mise en route du *palladium*. Les bases sont les mêmes : un support physique qui reçoit des éléments servant eux-mêmes de condensateurs aux énergies dans lesquelles l'ensemble est baigné…

— Et quelle est la nature de ces énergies ?

— Le désir et la peur. La souffrance et le plaisir. Toujours les mêmes depuis que le monde est monde, mon ami !

La voiture bringuebala à cause des pierres et des nids-de-poule du dernier tronçon de la route, puis elle passa sous l'immense voûte de pierre perçant la première enceinte. Dans la basse-cour, le chauffeur se rangea aux côtés d'un rutilant coupé sport à une place et d'une puissante motocyclette noire. À peine avais-je ouvert la portière pour mettre pied à terre que je vis Laüme et Ostara Keller venir à nous. Vêtues d'une combinaison de cuir, on aurait dit deux farouches amazones parties en chasse sur leurs destriers d'acier. Dans un silence presque absolu, nous descendîmes jusqu'aux cryptes à la lueur de torches électriques. Encerclées de lignes erratiques tracées à la craie, j'avais remarqué trois statuettes d'une laideur repoussante posées près des premières marches.

— Les gardiens du seuil, m'avait soufflé Dalibor en posant sa main dans mon dos pour me faire avancer plus vite.

Au bas des escaliers, nous longeâmes un large couloir menant aux anciennes prisons. Là, nous dûmes nous baisser pour pénétrer dans un corridor plus étroit, voûté très bas, qui donnait sur une série d'épaisses grilles de fer rongées par le temps : les cellules. Laüme s'arrêta devant une porte neuve, lourde plaque d'acier récemment installée. En son centre, je vis une sorte de grosse molette à cadran comme en sont équipés les coffres-forts. La Galjero imprima cinq ou six allers-retours cliquetants à la rondelle et fit basculer un levier qui nous ouvrit le passage. Bien huilée, la porte pivota sur ses gonds sans un bruit. Les femmes entrèrent les premières, puis Dalibor s'effaça pour me permettre de les suivre. À mon tour je pénétrai dans une des vieilles geôles du Wewelsberg. Bien sûr, cet endroit ne m'était pas inconnu. J'y étais descendu deux ou trois fois lorsque j'avais fait visiter la forteresse à Himmler et quand j'avais travaillé avec les architectes pour établir les plans de rénovation. J'avoue que, au moment de pénétrer dans le réduit, je n'avais pas la moindre idée de ce qui m'attendait, mon seul souvenir de ces cellules se résumant à des bouges si étroits et si bas qu'il était impossible de s'y tenir debout. Mais je me rendis vite compte que les Galjero n'avaient aucune intention de s'y arrêter. Ce qui les intéressait se trouvait au-delà du mur de la prison ! Percé dans les moellons, un orifice débouchait sur une vaste salle dont aucun plan du château, aussi ancien fût-il, n'avait jamais mentionné l'existence !

— Comment diable avez-vous découvert cet endroit ? soufflai-je à Dalibor tandis que mes yeux tentaient d'embrasser l'immensité de l'espace.

— Les ondes de formes que dégagent les murs ! répondit mystérieusement le Roumain. Laüme les perçoit aussi clairement que vous voyez les couleurs. Mais nous avons mis du temps à découvrir cette crypte. D'ordinaire, de telles salles se situent sous la chapelle du château…

Cette réponse ne me satisfit guère. Déjà, j'étais sur le point de poser une autre question lorsque Dalibor s'éloigna de moi sans plus m'accorder d'attention. Lançant alors le rayon de ma torche à l'assaut des ténèbres, je me rendis compte que la pièce était plus vaste que la nef d'une église, presque aussi imposante que celle d'une cathédrale… Pour ce que je pouvais en découvrir, c'était une salle quasi nue, sans mobilier et sans aucune fenêtre… Sur ma droite, le rayon lumineux accrocha un instant l'amorce d'un escalier éboulé et glissa vers trois grands orifices, circulaires et luisants, au ras du sol… M'approchant, je me baissai et plongeai le rai lumineux dans ce qui ressemblait à des bouches de toboggan.

— Les trois conduits vers les oubliettes, mon cher. Je vous déconseille de vous laisser glisser dans ces tubes. Personne ne pourrait plus rien pour vous !

Penché par-dessus mon épaule, Dalibor était revenu vers moi.

— Cet endroit… qu'est-ce que c'était, au juste ? lui demandai-je dans un murmure.

— Une chambre de sûreté, en quelque sorte. C'est ici qu'on abritait les non-combattants en cas d'attaque. Ici aussi que le seigneur faisait disparaître pour toujours ceux dont il voulait la mort lente… Les chroniques locales rapportent qu'au cours de la guerre de Trente Ans, une petite armée de reîtres s'est emparée du château. Sous la torture, les derniers défenseurs ont révélé l'existence de cette salle. Ici même, plus de deux cents cadavres de femmes et d'enfants ont été retrouvés après le départ des spadassins.

Dalibor rapportait cette horreur avec la même légèreté que s'il s'était agi d'un souvenir plaisant. Il eut aussi cette mimique cruelle que je lui avais déjà vue, une nuit, à Venise, lorsqu'il évoquait à demi mot les pouvoirs secrets du sang.

— Cet endroit est saturé d'angoisse, de souffrance et de mort, exulta-t-il. Les murs en gardent la trace. C'est excellent pour ce que nous devons accomplir. Venez !

Le Dace repartit vers le fond de la salle pour rejoindre Keller et Laüme. Ostara était assise, jambes battantes, sur la margelle d'un très vieux puits. La Galjero, elle, tournait avec des manières de chatte autour d'une sorte d'autel posé sur un court pilier de pierre.

— Ceci est la matrice du *palladium*, Thörun, m'expliqua Dalibor en s'approchant de l'autel à son tour. Venez la contempler !

Hésitant, je me dirigeai à pas lents vers l'éclat de marbre sombre qui luisait sous les feux croisés de nos torches électriques. La surface en était totalement vierge et lisse. C'était une page noire qui attendait qu'une encre assez forte y traçât des mots de puissance et d'éternité.

— Destinée à protéger les hommes, cette pierre doit connaître les hommes, tonna Dalibor d'une voix plus sourde qu'à l'ordinaire. Elle doit connaître leurs peurs et leurs désirs ! Que craignez-vous, Thörun ? Que désirez-vous ?

Dalibor saisit mon menton, me contraignant à le regarder en face. Ses pupilles ne s'étaient pas étrécies depuis qu'il s'était présenté à mon bureau de Pücklerstrasse. Bien au contraire, il m'était dorénavant impossible de voir la couleur de ses iris. Noirs comme l'abîme, immenses comme une nuit sans étoiles, ses yeux étaient ceux d'un animal, plutôt que ceux d'un homme… En vain, j'essayai de lutter contre une effrayante sensation de paralysie qui me gagnait. Mon corps se mit à trembler et mes muscles se raidirent jusqu'à me rendre semblable à une statue. Toute vie en moi s'était arrêtée mais mon esprit subissait dans le même temps une violente attaque de panique, qui me donnait l'impression de tanguer comme si je marchais sur le pont d'un navire malmené par les vagues…

J'eus la nausée, mes paupières se fermèrent sur la fugitive vision d'Ostara Keller délaçant sa combinaison de cuir et la laissant choir pour s'approcher de moi, nue, ondoyante, telle une fée des abysses…

De ce qui se passa ensuite je n'ai gardé que des impressions terribles et contradictoires. Ai-je vraiment vécu les scènes d'orgie infâme qui flottent, éparses, dans ma mémoire, ou mon esprit a-t-il choisi de rêver tout cela pour me protéger de souvenirs plus infects encore ? J'ai le vague souvenir d'insondables éclats d'angoisse, d'océans de peur que je dus traverser, seul et muet, glacé d'horreur, sans aucune lumière pour guide. Je sentis qu'on arrachait un à un mes membres pour les jeter dans un trou d'ombre où je ne pouvais les retrouver. Mes organes furent ôtés à leur tour et mes viscères lentement arrachés. On racla l'intérieur de mon corps jusqu'à la moindre fibre, on draina mes veines, on épongea mes substances, on équarrit ma carcasse. Plus rien ! Je n'étais plus rien et pourtant je vivais encore, je respirais et je pensais. Mais mon esprit n'était plus qu'une béance de peur originelle, aussi pure, aussi incorruptible qu'un minerai d'or…

Alors, comme j'étais porté aux quatre coins du monde par des vents de givre et de feu, je vis l'ombre noire d'une pleureuse en quête de mes os et de mes chairs éparpillés. Lentement, comme si cette tâche lui demandait des ans, des siècles, des millénaires, la vieille femme me recomposa, recousant avec du gros fil de cuivre les parties éclatées de mon corps. Mais ce n'était qu'une démente qui plaçait mon visage au bas de mon ventre, piquait mes yeux sur ma nuque et ficelait mes mains au bout de mes jambes… Je hurlai ! Je hurlai à me faire saigner la gorge !

*

Une glaire sanguinolente filtra entre mes dents et passa mes lèvres. Je vis la morve rouge s'étaler sur le sol de la voiture et trembloter un instant au rythme des cahots de la route.

— Vous vous réveillez, dirait-on.

La main de Dalibor Galjero me saisit par le col et m'obligea à reprendre une position assise plus ou moins convenable... Au-dehors, je voyais à peine que nous traversions une forêt obscure.

— Nous serons rentrés à Berlin dans une heure, dit le Roumain en me tendant une fiasque de schnaps. Remettez-vous, mon vieux. Vous avez presque fait le plus dur ! La prochaine fois, c'est au tour de Mlle Keller d'y passer...

— De passer où ? parvins-je à articuler, malgré le froid intense qui m'étreignait comme un étau.

— Corbeau, comme disent les alchimistes. Œuvre au noir. Putréfaction. Mort symbolique, si vous préférez. C'est autre chose que le douillet cabinet de réflexion des frères maçons, pas vrai ?

— Comment avez-vous fait ça ? demandai-je en massant ma nuque aussi raide qu'une souche.

— Facile... N'importe quel chaman sibérien édenté vous fait faire ce grand saut en deux temps, trois mouvements.

— Vous n'êtes pas sibérien, que je sache, dis-je sottement en guise de boutade.

— Sibérien, non. Chaman, peut-être un tout petit peu...

Le miroir de ténèbres que m'avaient tendu les Galjero m'avait soutiré trop d'énergie pour que je sois en mesure de poursuivre la conversation. Curieux, les dieux savent que je l'étais, mais rien n'y fit ! Mes paupières se fermèrent et je m'endormis, vidé. Je ne repris mes esprits que le lendemain après-midi, dans mon appartement. Dalibor m'avait porté jusque dans mon lit où il m'avait laissé dormir en uniforme, avec mes bottes… Une fois douché et rasé, je passai en soirée à l'Ahnenerbe où je savais que Dandeville m'attendait anxieusement. Là, je lui fis une description aussi complète que possible de ce qui s'était déroulé au château, à la suite de quoi nous perdîmes une heure ou deux à spéculer sur la suite des événements…

À ma grande surprise, les Galjero ne se manifestèrent plus pendant une dizaine de jours, puis, un beau matin, je reçus un coup de téléphone d'un des maîtres de chantier du Wewelsberg que j'avais grassement rétribué pour qu'il me prévienne si les Roumains faisaient procéder à des travaux au château. Le type m'avertit qu'une nouvelle journée de travail avait été perdue en raison d'un ordre d'évacuation donné par Dalibor. Ainsi donc, une nouvelle cérémonie de préparation du *palladium* avait eu lieu sans moi ! Méfiant, je me gardai bien de demander des comptes aux Roumains, préférant encore la discrétion à l'action. La même scène se répéta trois ou quatre fois jusqu'à la fin juillet sans que les Galjero se manifestent. Et puis, brutalement, tout s'accéléra… Berlin, je le voyais chaque jour, se métamorphosait. Sur les avenues, on coupait avec une vigueur nouvelle les arbres chétifs ou trop vieux. Dans les parcs, les bancs dont la couleur jaune indiquait qu'ils étaient réservés aux Juifs reprenaient leur teinte ordinaire pour ne pas choquer les cohortes de journalistes qui arrivaient du monde entier pour couvrir les Olympiades… Tous les hôtels étaient pleins à craquer. Les retardataires ou les moins fortunés étaient placés dans les lycées. Ils s'y reposaient dans les dortoirs et y mangeaient dans les cantines pour un mark le repas. Pendant trois semaines, les pancartes d'interdiction aux Juifs disparurent des façades de restaurants, des cinémas et des théâtres. Seuls demeuraient en place les panneaux à destination des chiens… Reinhard Heydrich s'enthousiasmait pour les toutes prochaines Olympiades. Il aimait beaucoup le sport, au point de respecter davantage les athlètes que ceux parmi les intellectuels qu'il jugeait incapables d'agir.

— Une brute active a plus de valeur à mes yeux qu'un lettré amolli. Ce n'est pas uniquement avec de la cervelle qu'on fait une nation, Gärensen ! La cervelle ne peut rien contre les barbares… Il faut donc être un peu barbare soi-même pour survivre. N'ai-je pas raison ?

Survivre ? Voilà bien le seul mot de sa tirade qui m'importait ! Survivre pour regagner ma liberté. Survivre, surtout, pour rejoindre Fausta et m'enfuir avec elle, loin, très loin des loups qui avaient creusé leur tanière à Berlin… En quittant Venise, j'avais eu le ferme dessein d'éliminer Heydrich. Et même, un jour que nous nous étions retrouvés au Tiergarten à chevaucher dans les brumes de l'aube, j'étais allé jusqu'à dégainer mon Lüger pour viser sa nuque. Il galopait à moins de cinq mètres de moi… Je me souviens parfaitement d'avoir entendu la balle monter dans la culasse et d'avoir rabattu le percuteur de l'arme sous mon pouce. Mais mon index ne s'était pas crispé sur la détente. Je n'avais pas pu… Certes, la sensation avait été moins puissante, mais c'était la même paralysie que j'avais ressentie lorsque Dalibor m'avait demandé de le viser à Karin Hall. Le Roumain ne m'avait-il pas avoué que Laüme et lui avaient fabriqué un *therapon* pour les plus hauts dignitaires nazis ? Heydrich figurait sur leur liste, comme Göring, comme Himmler… Comment faire, alors, pour éliminer l'homme qui me barrait la voie vers le grand large ? La seule solution était de trouver et de détruire le génie protecteur du chef du SD. Les Galjero consentiraient-ils à m'avouer un tel secret ? Il était illusoire de ma part de l'espérer. Encore une fois, je butais sur trop d'obstacles pour ne pas sombrer dans un profond découragement.

Au matin du 1er août, alors que je tournais comme une âme en peine dans mon bureau, Dalibor se fit annoncer par un planton. Comme à son habitude, son entrée fut un peu théâtrale.

— Mon cher Thörun, dit-il en ouvrant les bras pour m'étreindre, je suis venu vous chercher. Il est impensable que vous vous absteniez d'assister à l'événement de l'année.

Je ne compris pas tout de suite à quoi il faisait allusion.

— Mais à la cérémonie d'ouverture des jeux Olympiques, voyons ! J'ai une place pour vous. À côté de Laüme et de moi. Dans la loge même du Führer !

*

Me retrouver là, en plein soleil, à quelques centimètres de Hitler, ne me procura aucune sensation particulière. Il était loin, le temps où lui et moi étions les amants de Geli Raubal, bien fuligineuse, la nuit où cette pauvre gosse avait été assassinée par des hommes de main de la Thulegeselschaft dans le but de mettre fin à la liaison scandaleuse qu'elle entretenait avec le chef du NSDAP, de presque trente ans son aîné… Tout cela n'avait pas laissé beaucoup de traces en moi. Mes pensées avaient pris un autre cours maintenant, non tournées vers le passé, mais tendues vers l'avenir, l'avenir avec Fausta… Je songeais à elle tandis que s'éternisait l'assommante cérémonie d'ouverture de ces jeux, dont la pompe boursouflée devait proclamer à la face du monde la supériorité incontestée de l'homme nazi. Dès l'enfance, à Oslo, j'avais senti que, dans sa forme collective, le sport n'était qu'une méthode raffinée d'abrutissement et de contrôle des masses. Dans ma jeunesse, j'avais aimé tous les sports individuels. Je les avais pratiqués avec passion, sans jamais m'adonner toutefois à la compétition. D'instinct, j'avais détesté les affrontements collectifs et, surtout, les rivalités gratuites des scores et des points. J'aimais le sport pour le sport, jamais pour la performance à battre ou pour l'adversaire à dominer. Les stades m'effrayaient comme autant de chaudrons où s'enflammaient puérilement les passions les plus basses.

Cette répugnance innée devant toute forme de grégarisme, je devais plus que jamais en faire l'expérience au cœur de ce Colisée berlinois, affreuse verrue de ciment et d'acier dont l'édification avait englouti soixante-dix-sept millions de marks. S'il est un endroit et un instant, au cours de ma vie, où je ressentis quasi physiquement l'émanation extatique d'une foule en délire, ce fut lorsque Hitler, debout dans sa loge, dressé sur la pointe de ses bottes tel un coq sur ses ergots, reçut pendant deux heures l'hommage et l'allégeance des délégations sportives venues du monde entier. Par une chaleur de plomb, au son des fifres et des tambours, sous les vivats du public, sous le jacassement continuel du commentateur qui vociférait des âneries dans son micro avec un débit de concierge, le stade me semblait un creuset infernal où vibraient en ondes serrées tous les miasmes que porte en elle une foule en liesse… Comme une bête énorme, cette masse humaine était secouée de tressaillements, de frémissements, de contractions… Un germe naissait en elle que je pouvais presque sentir, palper… Il y eut des « Hourra ! » tonitruants lorsque les Français passèrent devant la loge du Führer et que certains d'entre eux tendirent le bras vers nous. La scène se répéta avec quelques Anglais et tous les Italiens, bien sûr… Ces hurlements, ces bêlements, ces parades à n'en plus finir me donnèrent la nausée. Ces aigles de béton aux ailes rigides, ces drapeaux rouge, blanc et noir qui claquaient au vent, ces coulées de bonshommes en maillot défilant au pas sous les flashs de phosphore qui crépitaient en salves, tout cela me causa une violente migraine. Une sueur glacée se mit à couler dans mon dos. Assis à côté de moi, Dalibor remarqua mon malaise mais ne fit qu'en rire. La ferveur de la plèbe semblait au contraire le réjouir au plus haut point.

— Vous sentez, n'est-ce pas ? C'est comme une vague géante qui vous emporterait ! Une montagne qui vous avalerait ! C'est la magie inconsciente de la foule. La puissance de l'égrégore. Elle monte ! Elle vibre ! Elle vit !… Elle est à nous !

Des papillons blancs voletaient devant mes yeux et mon crâne était serré comme dans un étau. J'écoutais encore Galjero, mais sans saisir le sens de ses paroles.

— L'égrégore, Thörun ! Les désirs et les passions subtils de la foule qui s'expriment dans ce stade ! Le *palladium* est en train de les condenser dans ses entrailles. Le *palladium* s'en nourrit, ici. En ce moment même.

Frappant par trois fois rapidement le sol de son talon, il désigna le plancher sous la tribune.

— Eh oui ! Il est là, juste sous nos sièges. Imprégné de votre plaisir et de votre peur. Imprégné de ceux de Keller, aussi… Et puis gravé et creusé… Bourré d'huiles saintes et de métaux précieux… Ce sont eux qui captent les relents hystériques de la cette masse humaine, Thörun. Pendant les seize journées des Olympiades, le *palladium* se gavera de la furie des Berlinois.

Sourcils en bataille et yeux jaunes écarquillés, le gros Göring se retourna vers nous pour nous faire signe de nous taire. Le moment le plus solennel de l'après-midi était arrivé. Un silence religieux se fit dans le stade. Pendant deux minutes, trois, peut-être, il ne se passa rien. Je voyais les athlètes alignés au complet en rangs serrés sur la pelouse centrale. Les orchestres s'étaient tus. Le speaker lui-même avait lâché son micro. On attendait ! Et puis, un petit point noir me sembla bouger sous la grande arche d'entrée du Colisée moderne… Un coureur apparut, brandissant la torche allumée à Olympie. Pour la première fois dans l'histoire des jeux et sur une idée des nazis, la flamme venue de Grèce était portée par relais jusqu'au stade olympique. D'une course lente, l'athlète se dirigea vers les escaliers monumentaux qui donnaient accès à la vasque où, pendant deux semaines, allait brûler la flamme olympique. Dans le plus absolu silence, il gravit les marches et lança son feu dans l'immense torchère qui s'embrasa d'un coup, avec un souffle si sonore que nous le perçûmes de notre loge. S'étirant de toute sa hauteur, le Führer proclama alors ouverts les XIe jeux de l'ère moderne, tandis que des milliers de colombes étaient lâchées dans un ciel sans nuages. Applaudissant, hurlant, criant, la foule atteignait le comble de l'exaltation…

— Où est Keller ? demandai-je à Galjero. Auprès du *palladium*, je suppose ?

— *Miss* Keller est sur le terrain. Elle suit l'équipe de Leni Riefenstahl qui tourne le film des jeux…

Leni Riefenstahl ! La *Reichsgletschersplate* – le vagin des glaciers du Reich ! –, comme l'appelaient paillardement les Allemands qui pensaient tous à tort qu'elle était une des maîtresses de leur Führer… Un authentique génie cinématographique qui avait débuté sa carrière comme danseuse, et était devenue actrice et exploratrice. Casanova femelle toujours sur la brèche, pilotant avions, bateaux, voitures de sport, escaladant montagnes et dévalant glaciers, Riefenstahl était certainement l'exemple le plus accompli de la femme moderne. Ses jambes mêmes étaient réputées plus belles que celles de Marlène Dietrich ! Sortant de sa poche une longue-vue télescopique, Dalibor déplia l'engin avant de me le confier.

— Regardez un peu sur votre droite, à côté du carré des concurrents allemands…

Je vis un groupe de cinq ou six personnes s'agiter autour d'une caméra de cinéma montée sur un chariot de bois tiré par un aide. Une belle femme énergique, en pantalon blanc et chemisier clair, Leni, donnait des indications de prise de vues. Près d'elle, deux appareils photographiques passés autour de son cou, je reconnus Ostara Keller qui cherchait le meilleur angle pour rendre la splendeur marmoréenne des sportifs teutons.

— Elles se sont rencontrées grâce à moi, murmura Dalibor à mon oreille. Elles s'adorent ! Fascinantes toutes les deux. À des titres divers… À ce propos, la petite Keller a résisté beaucoup mieux que vous à son passage par l'œuvre au noir…

J'allais bredouiller quelque réponse quand Göring,

de nouveau, se tourna vers nous et tapa du pied pour exiger le silence. Le Führer était sur le point de sonner une cloche, le symbole des Olympiades de Berlin, pour signifier la fin de la cérémonie d'ouverture. Quatre gamins des Jeunesses hitlériennes apportèrent l'objet devant le chancelier, qui en fit résonner trois fois le battant… Sur le flanc de métal, on avait gravé la devise de ces festivités : « *Ich rufe die Jugend der Welt* », « J'appelle la jeunesse du monde »…

*

Pendant deux semaines, Berlin fut, sans conteste, la capitale du globe. Trois mille trains spéciaux y avaient amené des centaines de milliers de spectateurs qui, s'ils ne trouvaient pas de place dans les stades, pouvaient assister gratuitement à toutes les compétitions grâce à un procédé révolutionnaire nommé *télévision*. Sur les plus grandes places, le long des larges boulevards, des écrans géants avaient été installés, sur lesquels la foule pouvait admirer, un gobelet de bière à la main, l'équipe allemande en train de conquérir une à une les plus prestigieuses médailles. Par curiosité, Dandeville et moi allâmes un soir nous promener en ville pour goûter cette atmosphère d'euphorie. J'avais rapporté à Matthieu-Marie la nouvelle localisation du *palladium*, juste sous l'estrade officielle occupée par Hitler. Cela ne l'avait pas surpris. Je crois que, intuitivement, il percevait mieux que moi les intentions et les actes des Galjero.

— Il y a un psychanalyste en Suisse… un certain docteur Carl Gustav Jung. Il parle de l'*inconscient collectif*. C'est exactement ce que veulent capter les Galjero. L'âme de la foule de Berlin ! C'est elle qui prendra vie dans le *palladium* et c'est pourquoi la pierre doit être baignée par ses effluves le plus longtemps et le plus violemment possible… Les jeux sont une occasion unique pour cela !

— Mais ensuite, Matthieu-Marie ? Après la fête ?

— Je ne sais pas, avoua Vigon-Pérignac. Ce que j'avais craint après la visite à Caetano ne s'est pas produit. La pierre a été baptisée sur ta peur et tes émotions. Pas sur ton sang ni sur celui d'autres victimes. Peut-être nous sommes-nous trompés. Peut-être les gravures du *Pretiosa Margarita Novella* sont-elles des rébus que nous avons eu le tort de lire sans disposer de suffisamment de références. Tout se déroulera peut-être sans drame…

Tandis que nous passions sur le Kudamm, une table se libéra à la terrasse d'un café. Nous prîmes place pour regarder la foule, fillettes en sandalettes de cuir, jeunes gandins à la mode portant pantalons de golf et coiffure gominée, femmes aux jupes plissées, bras en équerre, où s'accrochait un parapluie en cas d'orage… Nous deux, en uniforme noir de la SS, étions presque les seules silhouettes militaires au sein de ce monde paisible dont on pouvait croire qu'il n'appartenait qu'aux civils. Je tendis la main pour ramasser sur une table un exemplaire oublié de l'*Olympia Zeitung*, la gazette des jeux éditée en trois langues où l'on donnait le résultat des épreuves. Une photographie occupait toute la première page. C'était celle de l'Américain Jesse Owens, un Noir qui, au grand dam des nazis, venait de remporter sa quatrième médaille d'or en athlétisme.

— Allons nous laver l'esprit à la pension Dorian, proposa le Français, que les victoires d'Owens écœuraient.

Mais je déclinai l'offre. Je n'avais plus envie que de Fausta, et la pensée de toute autre chair me laissait froid… J'abandonnai donc Dandeville sur le seuil de la maison des plaisirs et je rentrai chez moi, triste, enviant chaque couple d'amoureux que je croisais.

*

Le 17 août, Berlin se vida d'un coup. La veille encore, les rues de la capitale bourdonnaient de vie, d'appels, de musiques et de cris. Tout s'était tari après une dernière nuit de fête et de libations, qui avait clôturé la période carnavalesque des jeux. Les étrangers partis, l'Allemagne était rendue à elle-même. En l'absence de témoins pour le dénoncer à la face du monde, on revissa les plaques d'interdiction aux Juifs, on repeignit en jaune les bancs publics des parcs… L'amitié qui était née entre le Noir Jesse Owens et son concurrent aryen, Luz Long, n'avait été qu'une parenthèse vite effacée.

Je n'avais eu aucune nouvelle des Galjero depuis la cérémonie au stade Olympique. Quant au *palladium*, je n'avais pas la moindre idée du sort qui lui était promis maintenant que la foule berlinoise s'était dissipée et la fièvre populaire retombée…

Galjero réapparut cependant bien vite à l'Ahnenerbe. Le 20 août au matin, il me fit prévenir que la dernière cérémonie d'activation de la pierre était prévue le soir même, dans la crypte dissimulée dans les prisons du Wewelsberg. Ma présence était requise.

Nous partîmes ensemble dans son propre véhicule avec chauffeur, une heure à peine avant la tombée de la nuit. Nous fonçâmes à plein régime à travers les forêts et la campagne que couvrait l'ombre du soir…

D'un violet à chaque instant plus profond, le ciel se zébrait des éclairs d'un orage de chaleur. Moi, je me remémorais le voyage que j'avais fait enfant, conduit par Knut Hamsun et Nils Gärensen, mon grand-père, jusqu'aux rives blanches de l'île aux runes. Aujourd'hui encore, on me guidait vers une pierre sacrée. Étais-je donc destiné à répéter ce périple vers l'inconnu ? Y en aurait-il d'autres avant le dernier pèlerinage, l'ultime passage qui menait par-delà les frontières de la mort ? À travers la vitre de la voiture, je vis deux corbeaux voler à notre hauteur pendant un long moment. Noir et brillant, leur plumage luisait comme de l'argent sous la lumière de la pleine lune qui s'élevait, énorme, au-dessus des arbres… Dans la fulgurance d'un éclair, je vis soudain les oiseaux changer de couleur, et du noir le plus dense passer en une fraction de seconde au blanc le plus aveuglant ! Un bref instant, ils me parurent voler si près de moi que je pus voir mon reflet dans leurs yeux, seuls éclats de chair restés sombres dans leurs corps phosphorescents. Puis un autre éclair les chassa loin de nous, et ils se perdirent dans l'ombre épaisse d'une chênaie que nous longions.

La silhouette du Wewelsberg apparut sur la colline, me faisant songer au château du comte vampire filmé par Murnau… Stupidement, j'en eus un frisson. À cet instant, un chrétien convaincu aurait passé la main sur son crucifix ; moi, je frottai de ma paume le renflement que faisait dans ma poche le sachet de poudre d'arsenic que m'avait confié Caetano le Vénitien. Ici, au sein de ce décor effrayant, gothique, j'en étais arrivé à me convaincre que je m'étais trompé sur l'exacte nature de ce présent. Peut-être, après tout, n'était-ce pas un moyen de conjurer quelque malédiction, mais un poison destiné à mettre fin à mes tourments si d'aventure mes compromissions avec les Galjero tournaient au tragique. Mais Caetano ne savait rien d'Amarok, ce *therapon* qui me prévenait indifféremment de tout trépas accidentel comme de toute tentative de meurtre. Quoi qu'il arrivât maintenant, j'étais condamné à vivre pleinement et en parfaite conscience les événements des heures à venir.

Nous atteignîmes enfin le sentier d'accès à la forteresse et le chauffeur arrêta le moteur dans la cour d'honneur. En trois mois, le chantier destiné à remettre à neuf la citadelle avait bien avancé. Avec ses abords maintenant pavés, ses murs principaux remontés et son toit intégralement refait, le Wewelsberg en avait presque terminé avec les travaux de gros œuvre.

— Descendons dans la crypte ! ordonna Dalibor en me plaçant une torche électrique dans la main.

À nouveau, nous passâmes par les geôles pour atteindre la porte blindée menant à la salle secrète. Les trois statues des gardiens du seuil étaient toujours là, un peu plus poussiéreuses et voilées de toiles d'araignée que la première fois où je les avais vues.

— Sommes-nous seuls ? demandai-je à Galjero en constatant que la seule lumière qui brillait dans les caves était celle de nos lampes.

— Non. Laüme est déjà arrivée…

Passant le lourd portail d'acier trempé, nous pénétrâmes enfin dans la nef obscure où nous attendait la femme Galjero. Un feu crépitant dans des vasques donnait un peu de lumière. Dalibor s'approcha à grands pas de son épouse. Malgré le froid qui régnait, celle-ci était nue, recroquevillée sur la pierre du *palladium*. Elle me fit songer à une mère animale couvant un embryon. Ses yeux étaient clos et elle respirait aussi doucement qu'une dormeuse en plein sommeil. Dalibor passa sa main sur son front, ce qui la tira immédiatement de sa somnolence. Elle se leva de la pierre sans même me jeter un regard, puis, silencieusement, elle s'activa à quelques préparatifs mystérieux tandis que Dalibor se défaisait à son tour de ses vêtements. Moi, je m'étais penché sur le marbre noir pour observer les entailles qui y avaient été faites. La pierre était maintenant couverte de runes qui formaient des mots inconnus. Certes, je pouvais déchiffrer lettre à lettre ce qui était gravé, mais les phrases n'avaient aucun sens pour moi. Une croix gammée dominait l'ensemble de la composition. Il était parfois assez difficile de distinguer les inscriptions sur la pierre car une croûte de matière inconnue s'était formée inégalement dans les sillons des runes. Variant l'angle d'inclinaison de ma torche, je vis que cette substance sombre, un peu granuleuse, se fendillait et éclatait assez facilement sous la poussée de l'ongle, formant une poussière d'un rouge profond. Du sang ! Ma raison me hurla de m'éloigner au plus vite de cette pierre maléfique, mais mon instinct me força à examiner plus avant ce talisman qui rayonnait d'un mystère noir, terrible, infâme… Mes doigts, courant sur la tranche de la plaque, découvrirent un orifice creusé dans la masse. Dalibor, je m'en souvenais, avait mentionné des métaux, des huiles et diverses autres substances servant à condenser les énergies subtiles à l'intérieur du *palladium*. Si je prenais modèle sur mon propre *therapon*, cette ouverture devait constituer le conduit par lequel tous ces composants étaient introduits dans le corps même de la pierre. Des voix babillantes résonnèrent soudain sous les voûtes. Me redressant, j'aperçus Ostara Keller conduisant à nous trois enfants qui se donnaient la main.

— Ah ! Voici nos petits protégés ! se réjouit Dalibor en finissant de lacer une ample toge noire semblable à celle dont Laüme, maintenant plus décente, avait fait son costume.

Quel âge ces gamins pouvaient-ils avoir ? Huit ou dix ans, tout au plus. Ils n'étaient pas allemands mais, à voir les traits sombres de leur visage, je les aurais dits hindous… Les trois garçonnets portaient une sorte d'uniforme de collégien composé d'une veste bleu marine, d'un pantalon clair très chic, d'une chemise blanche et d'une cravate, comme de vrais petits hommes.

— Qu'est-ce que ces gosses viennent faire ici, Galjero ? lançai-je hargneusement.

Au lieu de me répondre, Dalibor m'envoya son poing en pleine mâchoire. Assommé par ce coup qui aurait sans doute tué net un homme plus fragile que moi, je ne me sentis même pas m'écrouler par terre…

J'étais adossé à un mur quand je repris mes sens. Dalibor et Laüme tançaient Keller qui, apparemment, insistait pour rester dans la crypte alors que les Roumains lui demandaient de regagner la surface au plus vite. Je voulus faire bouger les muscles de mes bras mais mes poignets étaient entravés. À ma hanche, pourtant, pendait mon Lüger, qu'on n'avait même pas pris la peine de me retirer. Et je sentais toujours le paquet d'arsenic dans ma poche… Si jamais ce poison devait avoir quelque utilité, je comprenais maintenant que c'était comme « Lion Vert », comme dissolvant des matières subtiles en germe dans le *palladium*. Quant aux enfants, pas de doute, ils étaient destinés au sacrifice, ainsi que le montraient les gravures que Lacinius avait dessinées pour le *Pretiosa Margarita Novella*... Moi, je devais être l'adulte destiné à périr avec eux !

Keller céda enfin aux injonctions des Roumains et quitta la salle secrète du Wewelsberg. Dalibor s'empara alors d'un des gosses. Attaché et bâillonné, le petit ne pouvait ni hurler ni se débattre. Le Roumain l'étendit et le maintint sur la pierre, où il se mit à gigoter comme un ver au bout d'un hameçon. Laüme, s'approchant par-derrière l'enfant, brandit un antique poinçon d'acier et perça de deux coups brefs la gorge et le cœur de la petite victime. Tétanisés, les deux autres gamins avaient cessé de remuer. Tremblant, l'un se pelotonnait contre le mur pour ne pas voir. L'autre, plus fort, cherchait des yeux partout autour de lui un moyen de s'échapper. Son regard rencontra le mien et je lus dans ses prunelles qu'il me suppliait de lui venir en aide. Bandant tous mes muscles, je me redressai aussi vite que je le pus et, la tête rentrée dans les épaules, fonçai droit sur Galjero pour le propulser contre le mur tout proche. Une broche de métal rouillé pointait là, entre deux moellons. J'espérais avoir assez de chance pour empaler Dalibor dessus.

L'impact entre nos deux corps fut terrible. Mon impression fut que je venais de heurter non de la chair vivante, mais une colonne de béton. Malgré la résistance que sa masse opposait, Dalibor fut projeté en arrière, exactement là où se trouvait le dard de fer, mais, lorsque le dos du Roumain heurta la pointe, je vis nettement celle-ci exploser en une poussière de rouille inoffensive. Rétablissant son équilibre, Galjero se redressa plus vite que ne l'aurait fait un artiste de cirque. Moi, j'étais lourdement retombé à terre, près des gosses qui suivaient la scène avec un regain d'espoir. Mais Dalibor était un adversaire de taille. Me saisissant comme un sac, il me fit tournoyer sur ses épaules et me jeta à nouveau furieusement sur le sol. Une douleur fulgurante me traversa l'épaule gauche, et je sentis que la tête de mon humérus venait de se déboîter sous la violence du choc. Hurlant de douleur et de rage, je voulus revenir à la charge mais un coup de botte me cueillit en pleine tempe. J'étais trop étourdi pour continuer à me battre. Le regard embrumé, j'étais pourtant encore assez conscient pour voir Laüme accomplir un horrible travail sur le cadavre du premier gosse. Méticuleusement, avec l'habileté d'un boucher, elle dépeçait le garçonnet comme on découpe une vulgaire volaille, extirpant le moindre viscère pour le frotter sur la pierre du *palladium*. Jusqu'à la cervelle, extraite de la boîte crânienne après que celle-ci eut été fendue telle une coquille d'œuf contre l'angle vif de la pierre… Quand l'abominable travail d'équarrissage fut terminé, les os et le sac vide qu'était maintenant la dépouille furent jetés par les Roumains dans la bouche d'un des conduits d'oubliettes. Résonnant sans fin dans l'immense salle, j'entendis le cliquetis affreux des os glissant le long de la rampe de pierre et le bruit mou, caoutchouteux, du pitoyable paquet de chair qui roulait lui aussi jusqu'au fond du gouffre… Puis, plus rien qu'un silence de tombe. L'odeur de sang qui saturait l'air était écœurante.

Au spectacle du démembrement de leur camarade, les garçons avaient vomi et l'un d'eux s'était même évanoui. Dalibor se saisit du gosse inconscient et le plaça à son tour sur l'autel du sacrifice. J'essayai de nouveau de me relever mais Dalibor vint enfoncer son talon dans mon épaule, à l'endroit exact où je souffrais le plus. J'eus l'impression qu'on me coupait à vif les tendons et les muscles. Paralysé, je ne pus empêcher Laüme de tuer le deuxième petit hindou. Tandis que sa femme dépeçait le second corps, Dalibor se pencha vers moi.

— Avez-vous deviné le grand secret, Gärensen ? Avez-vous fait vôtre la réalité que bien peu sont destinés à comprendre ?

Je voulus ignorer ce fou mais, agrippant mes cheveux pour me forcer à le regarder, le Roumain approcha son visage tout près du mien :

— La vie humaine n'est pas la valeur suprême, Gärensen ! Elle n'est pas la valeur suprême parce que les hommes n'ont pas d'âme ! Aucun d'entre eux ! Sauf s'ils se la forgent à force de volonté ou si on leur en fait don !

La douleur qui me transperçait m'empêchait de saisir le sens de ces propos. Y avait-il vraiment une signification à tout cela, d'ailleurs ? N'était-ce pas plutôt le pur délire d'un dément pris dans les rets de ses fantasmes criminels ? Je feignis de perdre connaissance. Dalibor s'éloigna, ce qui me permit de me concentrer pour réfléchir à un plan d'action… M'opposer physiquement aux Roumains était irréaliste. Je l'avais déjà tenté et j'avais lamentablement échoué. Alors, comment sauver le dernier gosse ? Comment sauver ma propre peau ? L'ultime recours était de jeter le « Lion Vert » dans les entrailles du *palladium*. Cela, peut-être, tuerait la chose immonde qui s'y développait et que les Galjero s'employaient à abreuver de matières organiques… Me contorsionnant comme je pus au prix de douleurs terribles, je parvins à faire glisser par terre le sachet confié par Caetano. Laüme en était à briser le crâne quand je délaçai de mes dents la bourse de tissu… Extatique, Dalibor admirait l'œuvre de son épouse. D'évidence, il n'était que l'assistant, le disciple qui facilite le travail du maître mais ne procède pas lui-même aux opérations délicates. La femme au ventre lisse, elle, accroupie sur la pierre, achevait de frotter la pulpe du cadavre sur les runes gravées. Son regard était celui d'une bête, d'une folle qui prenait plaisir à pétrir les matières secrètes, interdites, qui mûrissent au plus profond des ténèbres du corps. Dégoulinante de sang, de moelle, d'humeurs grasses, sa chasuble noire s'était entrouverte et, par les fentes du tissu, je pouvais voir sa chair blanche souillée de mille perles de liquides humains…

L'arsenic enfin dans ma paume, il me fallait encore imaginer le moyen de transvaser de la poudre dans la pierre. Comment m'y prendre avec mon épaule déboîtée et mes poignets liés ? Soudain, je sus que je faisais fausse route ! Ce n'était pas avec mes mains que je devais agir, mais avec ma bouche ! Il fallait cracher la poudre dans l'orifice ! Oui, l'arsenic était à l'évidence un poison rapide, mais mon *therapon* m'avait déjà sauvé de l'ingestion d'un toxique mortel, autrefois, à Nollendorfplatz… De toutes mes forces, je priai pour qu'Amarok joue son rôle. Comme je me penchais vers le sachet, cependant, Dalibor se retourna soudain et fit quelques pas vers moi… Aussi vite que je le pus, je me roulai sur le paquet pour le dissimuler sous mon ventre.

— Regardez, Gärensen ! hurla le Roumain. Regardez comme Laüme est belle dans son nouvel habit rouge…

Assis sur ses talons à deux pas de moi, Galjero m'empêchait d'agir. Tous mes espoirs s'évanouirent quand je vis son épouse jeter les misérables restes du second gamin dans les oubliettes et, avec la force d'une tigresse, saisir le troisième pour le sacrifier à son tour... J'eus beau hurler, supplier à en perdre le souffle, elle tua et dépeça le petit sans l'ombre d'une hésitation ni d'un regret. En quelques minutes le squelette du gamin fut mis à nu et ses organes répandus sur le *palladium*.

— Bientôt votre tour, mon garçon, cracha Dalibor. Consolez-vous en vous disant que vous participez de manière exceptionnelle à l'édification d'un empire destiné à durer mille ans...

Le Roumain se leva et se dirigea vers un recoin obscur de la pièce tandis que Laüme rassemblait les fragments du gosse et les faisait tomber dans sa chasuble qu'elle avait relevée en panier devant elle. Comme, à son tour, elle me tournait le dos pour verser son chargement dans la fosse, je sus que c'était ma dernière chance. Roulant sur moi-même de façon à plonger les lèvres dans la poudre empoisonnée, je m'emplis les joues de cette matière sèche, à l'affreux goût de limaille, qui, seule désormais, pouvait encore me sauver la vie... Puis je me tordis pour repousser dans les ténèbres, au plus loin de moi, le sac de toile maintenant à moitié vide. Une seconde plus tard, Dalibor revenait vers moi, tenant un objet dans sa main.

— Je suppose que vous vous raccrochez au don que je vous ai fait autrefois, à Venise... n'est-ce pas, Thörun ?

Et, tandis que je roulais des yeux énormes pour mieux voir ce que brandissait Galjero, le Roumain dévoila la statuette de mon *therapon*.

— Souvenez-vous, Gärensen. Je vous avais promis de veiller personnellement à ce que votre familier ne se retourne pas contre vous. Je tiens parole !

Armant son bras pour projeter la statuette contre le mur, il hurla :

— Amarok ! Amarok ! Je prononce ton nom de mort ! Ton nom de mort est Komara ! Par ce nom disperse-toi ! Par Komara, ton nom de mort, retourne au néant d'où tu es né par ma seule volonté ! Ma volonté est maintenant celle de ta mort !

Percutant la paroi de pierre, le *therapon* explosa en une myriade de débris qui fusèrent à dix mètres à la ronde pendant que tombait en pluie le liquide huileux contenu dans son ventre.

Avec une rapidité et une aisance qui me déconcertèrent, les deux assassins fondirent sur moi et me portèrent jusqu'à la pierre du sacrifice. Moi, la bouche pleine d'arsenic et sans aucune aide pour m'en préserver, je me sentais déjà comme mort. Un ultime instinct de survie me fit pourtant me débattre, malgré mon épaule démise, malgré ma respiration que je retenais toujours pour ne pas avaler le poison, malgré les restes gluants des gosses dans lesquels je pataugeais… Laüme voulut monter sur moi pour bloquer mes mouvements, et Dalibor s'efforça de me maintenir bien droit sur l'autel mais, d'un coup de reins, je parvins à faire basculer la Roumaine. Libéré de son poids, je me retournai, le ventre contre la pierre pour placer ma bouche face au goulot de cette outre noire qu'était le *palladium*. Tel un poisson suceur de vase, je cherchai à appliquer mes lèvres contre l'orifice. Enfin, je sentis l'ouverture et, dans un dernier effort, je parvins à y baver plutôt qu'à cracher tout le poison que contenaient mes joues.

Sitôt qu'il les toucha, le « Lion Vert » attaqua les huiles saintes du monolithe. Ce fut d'abord comme un grésillement de charbons ardents, puis j'entendis nettement des pleurs d'enfants, des gémissements d'âmes damnées qui appelaient à l'aide. Et les voix, j'en avais la certitude, venaient du plus profond du *palladium*. Ivre de rage, Dalibor me poussa violemment à terre et fourra sa main dans ma bouche pour chercher ce que je venais de propulser. Respirant ses doigts, affolé, tremblant, il hurla à Laüme des phrases dans une langue inconnue de moi, et je vis la femme devenir soudain aussi blanche qu'une falaise de craie. Tous deux se précipitèrent vers le fond de la pièce, fouillèrent hâtivement des sacs tandis que les plaintes et les gémissements montant de la pierre se faisaient plus aigus, plus forts et plus déchirants. Revenue près du *palladium*, Laüme nettoya comme elle put le restant d'arsenic qui brillait encore sur les parois du goulot et jeta à l'intérieur une poignée de substances. À lui seul, Dalibor bascula ensuite l'autel à la verticale et, à la flamme d'un briquet, fit fondre un épais bâton de cire pour obturer l'ouverture. Laüme grelottait, marchait de long en large, se tordait les mains comme une petite fille angoissée… Moi, malgré la souffrance qui me vrillait le corps, je savais que je venais enfin de gagner une partie !

Mais je me réjouissais trop vite. Comme Dalibor achevait son opération, les appels commencèrent à décliner puis ils disparurent tout à fait. Laüme s'agenouilla, posa un instant son oreille contre le marbre et un sourire illumina son visage. Les époux Galjero échangèrent encore quelques paroles dont je ne saisis pas le sens, et l'homme se tourna vers moi, son visage suant la haine à l'état brut.

— Gärensen ! hurla-t-il. Vous êtes inconscient de ce que vous venez de faire ! Votre mort aurait été la dernière ! Maintenant, il va falloir de nouveau verser du sang d'enfants pour apaiser l'esprit que vous avez corrompu. Fou que vous êtes !

S'avançant vers moi avec la rage d'un ogre, il me souleva de terre pour me précipiter, la tête en avant, dans le conduit béant des oubliettes…

Troisième tombeau des chimères

King David Hotel

Jérusalem, 22 juillet 1946.

Les mains croisées derrière le dos, le capitaine irlandais Morgan O'Reilly arpentait nerveusement la partie du King David Hotel réquisitionnée par l'état-major britannique. Depuis le tout début de la matinée, les rumeurs allaient bon train. De couloirs en bureaux, de la salle des cartes au minuscule cagibi occupé par le Chiffre, on se répétait que des affrontements avaient lieu en ce moment même dans les quartiers nord de la ville, précisément là où les Anglais ne se rendaient jamais.

« Des coups de feu à Mea Shearim ! » passait-on machinalement à son voisin tout en ignorant d'où venait l'information.

O'Reilly, lui, se moquait bien de savoir si ces bruits étaient avérés ou non. Tout ce qui retenait son attention, c'étaient ces types bizarres, ces ouvriers arabes qu'il avait remarqués un peu par hasard et dont le manège n'avait cessé de l'intriguer. Vêtus de bleus de travail pour les uns, de simples djellabas pour les autres, ils étaient une dizaine à faire rouler de gros et lourds bidons de tôle depuis le parvis de l'hôtel jusqu'aux caves qui s'étendaient en dessous du QG. Personne d'autre que le capitaine ne semblant se préoccuper de ces gens, O'Reilly cherchait à avertir un *Red Cap*, un policier militaire. Dans les étages, il n'en trouva aucun. Grognant de mécontentement, formulant dans le vide des reproches à l'encontre de ces fonctionnaires introuvables quand on a besoin d'eux, il sortit pour jeter un coup d'œil alentour. Avec sa main en visière pour se protéger du soleil, il était en train de balayer du regard les abords de l'hôtel lorsque ses yeux s'arrêtèrent sur le spectacle étonnant d'un bâtiment tout proche, dont les occupants ouvraient méthodiquement toutes les fenêtres. À cette heure de la journée, l'habitude n'était pas d'aérer, mais plutôt de se calfeutrer dans une semi-obscurité pour échapper à la chaleur.

— Qu'est-ce que ces pignoufs de *Froggies* sont donc en train de faire ? se demanda O'Reilly en se souvenant que le bâtiment abritait le consulat de France en Palestine.

— Un problème, *sir* ? demanda le sous-lieutenant Gordon qui, toujours anxieux d'anticiper les colères du capitaine, venait de rejoindre son supérieur.

— Nos *ennemis héréditaires* font du ménage ! répondit l'Irlandais en broyant dans sa grosse bouche les seuls mots de français qu'il aimait employer.

Comme Gordon cherchait vainement ce qu'il pourrait dire d'amusant sur le sujet, O'Reilly se retourna pour vérifier que le moteur qu'il venait d'entendre démarrer était bien celui du camion des ouvriers. Ces derniers, leur travail terminé, étaient remontés sur le plateau de leur vieux Panhard et s'accrochaient aux ridelles pour compenser la vitesse que prenait le véhicule. Dans un nuage de poussière et de graviers projetés, celui-ci passa en trombe devant un O'Reilly passablement énervé et un Gordon compensant son inaptitude à saisir la situation par un roboratif réajustement de sa culotte. O'Reilly vit alors une silhouette approcher. C'était un civil en costume blanc, un type élancé qui marchait vers eux à pas vifs en faisant de grands signes.

« Qu'est-ce que c'est encore que ce contribuable ? » pensa O'Reilly en se grattant la nuque.

« Il faut vraiment que je fasse reprendre ce pantalon ! » songea Gordon en serrant sa ceinture d'un cran supplémentaire.

Aucune de ces deux formulations ne passa jamais à la postérité. Un monstrueux souffle de feu s'éleva qui grilla sur place les deux soldats avant même que leurs corps n'éclatent sous l'impact de milliers de débris coupants que l'explosion du King David Hotel propulsa à cent yards à la ronde dans un tonnerre d'apocalypse…

*

Couché sur l'encolure de son cheval lancé au grand galop et cramponné à sa crinière, David Tewp entendit la détonation alors qu'il se trouvait à moins d'un demi-mile du quartier général anglais. Tirant de toutes ses forces sur la bride pour arrêter sa monture, il blessa jusqu'au sang la bouche de l'animal qui hennit et se cabra sous la douleur. Tewp se dressa sur ses étriers pour regarder au loin. Au pied du promontoire, il ne distinguait pas encore le King David, mais la colonne de fumée noire et de poussière qui montait au-dessus des arbres ne confirmait que trop la réalité du drame qui venait de se produire. Hurlant de rage, le colonel donna un furieux coup de talons pour faire repartir sa monture.

Il arriva sur les lieux parmi les tout premiers. Devant lui, l'énorme bâtiment avait été totalement amputé de son aile droite. Effondrés les uns sur les autres, des fragments d'étages apparaissaient encore. Des départs d'incendie se déclaraient çà et là, jusque dans les parties de l'hôtel n'ayant pas subi de plein fouet le choc de l'explosion. À l'exception notable du consulat de France, toutes les vitres et les verrières environnantes avaient été pulvérisées à l'intérieur d'un rayon de deux ou trois cents yards. Quelques silhouettes isolées commençaient à peine à se diriger vers l'épicentre du sinistre.

Tewp mit pied à terre et avança dans la poussière qui saturait l'air. Ce qui le frappa tout d'abord fut l'extraordinaire qualité du silence qui régnait maintenant sur le promontoire. Là où, d'ordinaire, on n'entendait que chants d'oiseaux, paroles humaines, bruissement du vent dans les feuillages, aucun bruit n'était perceptible. Avec ce soleil assombri par les débris en suspension, on aurait facilement pu croire que la nuit était tombée sur Jérusalem. Avec le silence et l'affaiblissement de la luminosité s'installa un froid d'éclipse. Dans ce paysage de chaos où pas un blessé ne hurlait, pas une victime n'appelait à l'aide, Tewp fut pris de frissons que rien ne put réprimer…

Il se mit à soulever au hasard des poutrelles calcinées, des panneaux de bois arrachés, des plaques de briques qui s'effritaient entre ses mains et tombaient en poudre comme du sucre. Derrière lui, d'autres vivants s'avançaient à la recherche d'improbables rescapés. À vingt ou trente yards de ce qui avait été l'entrée du quartier général, le colonel crut voir l'éclat d'une montre encerclant un poignet. Comme il se penchait, il distingua un morceau de chair brûlée sous les restes effilochés d'une chemisette militaire. Dans la région de l'épaule, il reconnut un demi-écusson brodé aux couleurs des fusiliers irlandais et les barrettes du grade de capitaine. Le cœur battant, il hurla qu'on lui vienne en aide pour soulever le pan de mur sous lequel gisait le corps du malheureux O'Reilly. Surgi de nulle part, un civil arabe vint lui prêter main-forte. À eux deux, ils levèrent le bloc de parpaings sans prendre garde à leurs mains, pourtant vite écorchées aux arêtes vives des pierres. Dégagé, le corps de Morgan était horrible à voir. Brûlé, crevassé de plaies sanguinolentes, le capitaine n'avait pourtant aucun membre arraché. Tewp s'agenouilla près de lui et tenta de savoir s'il était encore en vie. Dans la poitrine de l'Irlandais, faible mais distinct, le solide muscle cardiaque battait toujours ! Tewp bondit sur ses pieds pour aller chercher un médecin. Autour du cratère, la lumière revenait peu à peu mais une véritable panique commençait à naître. Il y eut un premier cri, puis un second, et un autre encore… Avec la vitesse d'un avion qui fonce vers le sol, le monde sortait de la torpeur qui l'avait saisi juste après le souffle de l'explosion. On se mit à courir. À appeler. Des plaintes, des hurlements montaient de partout. Des employés et des clients sortaient de la partie résidentielle de l'hôtel, les premiers pour venir en aide, les seconds pour s'enfuir. Tewp courut jusqu'au grand hall et saisit le téléphone de la réception mais il n'entendit qu'un grésillement dans le combiné. Jaillissant au-dehors, ne comprenant pas pourquoi les secours étaient si longs à arriver, il vit un type en blouse blanche sortir du consulat français, une infirmière sur ses talons. Bien qu'il ne parlât pas un mot de français, il obtint tout de même à ce que le médecin le suivît auprès d'O'Reilly. Pendant que le docteur faisait de son mieux pour panser les plaies de l'Irlandais, Tewp découvrit les dépouilles de deux hommes qu'il ne connaissait pas. L'un portait un uniforme de sous-lieutenant des fusiliers royaux irlandais, l'autre un léger costume clair... Enfin, la première ambulance arriva et Tewp, agitant les bras, la réquisitionna aussitôt. Les types, des militaires du service de santé, étaient aussi pâles que des fantômes.

— Des embuscades ! balbutia l'un d'eux en dégageant un brancard de son support. Il y a des embuscades sur toutes les routes qui conduisent au King David !

Tremblant, il désigna une longue série d'impacts de balles qui mouchetaient le corps du véhicule.

— Ils tirent sur les ambulances ! Des types en uniforme britannique ! Je vous jure que c'est vrai, mon colonel !

— Je vous crois, mon vieux, répondit Tewp d'un ton fataliste. Mais il faut faire votre boulot. Un de nos gars doit être évacué immédiatement. Prenez-le ! Je monte avec vous !

— Impossible de faire le chemin en sens inverse, mon colonel. C'est déjà un miracle que nous soyons passés.

Tewp dégaina son Webley récupéré chez le rabbin Chaddaï et le brandit sous le nez du brancardier.

— Soit une cartouche anglaise, à coup sûr et en lâche, soit une balle de l'Irgoun possible, mais en héros ! Choisissez vite, mon petit !

Blême, le visage de l'infirmier devint presque translucide. Mou comme une poupée de chiffon et bégayant des mots sans suite, il se laissa prendre par le col sans résister. Avec l'aide de Tewp, il plaça O'Reilly sur le brancard et installa le blessé dans la camionnette aux flancs peints d'une croix rouge. Bien sanglé, le capitaine gémissait faiblement, mais la volonté de vivre ne l'avait pas quitté, Tewp en était certain. Le colonel intima l'ordre au secouriste de prendre le volant, monta à côté de lui et vérifia que le barillet de son arme était correctement chargé de ses six cartouches.

— Comment vous appelez-vous, mon garçon ? demanda-t-il au jeune type qui tremblait de tous ses membres.

— Byng… Byng… Byngton, mon colonel. *Private* Damien Luculus Byngton.

— Eh bien, Damien Luculus Byngton, faites-moi éclater ce moteur s'il le faut, mais forcez le passage jusqu'au premier hôpital !

Appuyant de tout son poids sur l'accélérateur, Byngton lança son engin sur la route qui descendait vers la vieille ville. Les deux Britanniques roulèrent à tombeau ouvert jusqu'au bas de la pente, ne frôlant sur cinq cents yards qu'un seul véhicule d'urgence qui montait, toute sirène hurlante, vers le King David.

— Je vous préviens, ça va bientôt canarder sec, mon colonel, hurla Byngton comme ils approchaient un croisement.

— Un souvenir de la situation ? interrogea Tewp.

Byngton fit un gros effort de concentration, que souligna le soudain gonflement de ses veines temporales.

— Sur votre gauche, à cent yards environ, une mitrailleuse lourde avec deux servants derrière un rempart de bidons ! De ce point, en tir croisé, vingt yards à droite, un fossé avec trois ou quatre Enfield. Au milieu du carrefour, une carcasse de camion sanitaire déjà explosé.

— Suspicion de mines ?

— Non, mon colonel. Mais peut-être des clous sur la route.

— Byngton ?

— Oui, mon colonel ?

— Foncez !

À la manivelle, Tewp baissa la vitre de sa portière. La nouvelle d'une mitrailleuse en batterie de son côté le préoccupait. Il se savait assez compétent avec une arme, mais utiliser son Webley en gaucher constituait un énorme handicap dans le duel qui s'annonçait avec les gens de l'Irgoun. Choisissant la solution la plus radicale, il résolut de glisser à demi son corps à l'extérieur de la camionnette de manière à libérer l'ensemble de son buste et à pouvoir tirer malgré tout en droitier. Ses munitions étaient trop rares pour être gaspillées au hasard. Le voyant faire, Byngton vociféra une mise en garde qu'il ne comprit pas, puis il sentit que les doigts de l'ambulancier saisissaient sa ceinture, non pour le ramener sur son siège, mais pour l'arrimer et lui garantir un minimum de stabilité.

Conduisant d'une seule main, Byngton amorça enfin à pleine vitesse le virage qui devait déboucher sur le lieu de l'embuscade. Les pneus crissèrent sur l'asphalte tandis que l'ambulance, emportée par son élan, penchait sur le côté. Tewp vit le bitume se rapprocher dangereusement de lui et crut une fraction de seconde que le camion allait se renverser, mais Byngton joua merveilleusement avec les lois de l'équilibre. D'un coup de volant plus chanceux qu'expert, il rétablit la situation, et le véhicule traversa bien droit sur ses quatre roues le carrefour d'où, déjà, partaient des coups de feu. Plissant les yeux, Tewp tenta de percer du regard le rideau de fumée qui enveloppait la structure noircie d'une ambulance éclatée en plein milieu du passage. Deux balles groupées sifflèrent près de lui et s'écrasèrent dans la portière, à trois pouces de sa taille. Un autre projectile étoila le pare-brise sur la droite de Bryngton qui, malgré les éclats de verre, ne relâcha ni sa pression sur la pédale d'accélération ni sa poigne sur la ceinture du colonel.

Les yeux enfiévrés, les mâchoires crispées, l'infirmier s'était pris au jeu de l'héroïsme sous l'impulsion de l'agent du MI6. Enfin révélé à lui-même, Damien Luculus fut traversé d'une intuition à la fois grandiose et stupide, qui le fit éclater de rire. Tractant de toutes ses forces le colonel, il parvint à le ramener dans la cabine. Tandis que Tewp hurlait sa rage en tentant vainement de reprendre position sous les balles qui sifflaient et la fumée qui noyait toute la scène, Byngton opta, non pour la tactique de la fuite, mais pour celle de la charge ! Au prix d'une embardée spectaculaire, il braqua le volant et dirigea le véhicule droit sur les bidons qui servaient de merlons à la mitrailleuse. Dans un bruit de tonnerre, il percuta les tonneaux et écrasa les corps ennemis. Mais le choc se révéla fatal à la mécanique du camion léger : essieu rompu, moteur éclaté, l'ambulance finit sa course dans un muret tandis que, déjà, claquaient de façon caractéristique les fusils Enfield entrant en action. Sonné, les tempes et le front couverts de sang, le volant presque encastré dans sa poitrine, Damien Luculus semblait incapable de tout mouvement.

Protégé par la position de l'œuf qu'il avait instinctivement prise lorsqu'il avait compris ce qui allait se passer, Tewp ne souffrait d'aucune blessure, d'aucune contusion. Rageusement, il donna deux ou trois vigoureux coups de pied pour ouvrir la portière, puis il se laissa tomber lourdement à terre. Une balle s'enfonça dans la tôle à deux pouces au-dessus de sa tête. Une autre ricocha à un demi-pied de son épaule. Le colonel s'aplatit dans la poussière et rampa pour aller s'abriter derrière un bidon tordu. Il savait qu'avec son arme de poing il ne pouvait s'opposer efficacement au groupe de tireurs embusqués. Bénéficiant de la sécurité d'une position bien préparée, ceux-ci jouissaient en outre d'un léger surplomb et, surtout, d'un soleil qui leur était entièrement favorable. La seule chose à faire était de récupérer la mitrailleuse Bren, dont Tewp voyait la crosse dépasser sous l'ambulance, à dix pieds de lui à peine. Se jetant sous le ponton du véhicule, il tendit la main pour agripper l'arme lourde. Deux ou trois cartouches miaulèrent. L'une d'elles creva un pneu, faisant s'abaisser d'un coup le camion et manquant de coincer l'Anglais dessous. Fébrile, en sueur, mais toujours tâtonnant, Tewp sentit le bois de l'arme sous sa paume.

Comme il faisait glisser la Bren vers lui, un nouveau tir dans les pneus acheva d'abaisser la carlingue sur un côté, interdisant tout retour en arrière. L'officier se glissait vers l'autre côté quand les tireurs intensifièrent leurs salves pour toucher au plus vite les deux roues restantes. Tewp comprit leur intention juste avant qu'un troisième pneumatique ne fût atteint. Il essaya bien de se dégager, mais une nouvelle grêle de balles se mit à pleuvoir, et la dernière gomme fut à son tour percée. Avec un craquement sinistre de ressorts rompus, l'ambulance s'aplatit, ne laissant à Tewp qu'un peu d'espace pour respirer mais bloquant son corps sous le camion. Se vouant lui-même aux gémonies pour avoir commis la folie de se précipiter sans réfléchir dans ce piège, l'Anglais replia néanmoins son bras pour amener la Bren à lui. En rage, il découvrit que le canon de la mitrailleuse avait été tordu lors du choc avec l'ambulance, rendant l'arme totalement inutilisable.

De nouveaux coups de feu résonnèrent dans le corps de l'auto, juste avant qu'une forte odeur ne se répande. Les combattants de l'Irgoun venaient d'atteindre leur nouvelle cible : le réservoir d'essence ! Déjà, le carburant ruisselait le long de l'épave, prêt à s'enflammer à la première cartouche... Prisonnier sous le véhicule, Tewp se savait maintenant condamné. D'une seconde à l'autre, il allait mourir de la plus atroce des manières, brûlé vif dans l'incendie qui allait ronger la camionnette avant de la pulvériser. Pourtant, au lieu de nouveaux impacts de balles de fusils Enfield, c'est le crépitement d'une autre mitrailleuse qu'il entendit soudain résonner à distance. Une longue rafale précéda l'explosion de deux obus de petit calibre... Sous l'amas de tôle qui le coinçait, le colonel ne pouvait rien voir de l'affrontement qui se déroulait mais, quand l'écho des détonations se fut dissipé, il reconnut nettement le ronronnement d'un moteur d'automitrailleuse Staghound. Le véhicule ami s'approcha lentement du centre du carrefour, où il stationna, le temps d'imprimer une rotation complète à sa tourelle. Il y eut ensuite le bruit d'une écoutille qu'on rabat, et Tewp comprit que le chef d'engin passait enfin la tête au-dehors. Hurlant, il alerta l'équipage. En quelques minutes de travail intensif, les soldats disposèrent des crics et le dégagèrent de sous la carcasse. Griffé, tuméfié, la bouche remplie de sable et le dos noir de cambouis, Tewp était pourtant indemne. Damien Luculus Byngton, lui, n'avait pas eu cette chance. La cage thoracique enfoncée, il était mort bien avant qu'on le sortît de la cabine. Le colonel ouvrit les portes arrière de l'ambulance. O'Reilly non plus n'avait pas survécu à l'affrontement. Une balle perdue avait traversé la carlingue et ouvert son front en deux. Infiniment triste, Tewp ferma les paupières du capitaine irlandais, avant de demander à utiliser la radio de bord du Staghound…

*

On dit souvent que la chance constitue une part essentielle du talent. Tout au long de leur histoire, les services de renseignements britanniques n'ont assurément jamais manqué de ces deux composantes. Dans l'attentat qui décapita l'état-major de l'armée anglaise en Palestine, aucun agent de la Firme ne fut porté disparu. Le MI6 perdit bien quelques informateurs, mais tous ses membres patentés, miraculeusement dispersés aux quatre coins de la vieille ville au moment du drame, purent se consacrer sans délai à retrouver les commanditaires d'un acte criminel qui venait de provoquer la mort d'une centaine de personnes. Bien que sa présence à Jérusalem ne fût pas cautionnée par un ordre de mission conforme aux attentes de l'administration militaire, le colonel Tewp se porta spontanément au-devant des autorités de son corps. Considérant la gravité de la situation, remonter la piste de Ruben Hezner venait soudain de passer au second plan de ses préoccupations…

Surpris de voir se présenter à lui un colonel surgi de nulle part, le commandant Jerome eut tout d'abord quelque peine à accorder sa confiance à cet homme dont la veste déchirée, le menton tailladé et le nez si étrange lui inspiraient peu de sympathie. Vérifiés, validés, confirmés puis reconfirmés par les bureaux de

Londres, l'identité et le grade de David Norman Tewp ne furent enfin plus mis en doute. Traité avec la courtoisie due à son rang, le colonel put livrer son témoignage sur l'opération que l'Irgoun venait de lancer sur Jérusalem.

— À Mea Shearim, c'est après moi et moi seulement que les terroristes en avaient. Ils ont mis les moyens : une quinzaine d'hommes et même un vieux Crusader pour faire bon poids !

— Vous avez détruit ce blindé et vous êtes passé à travers cette armada sans aucune aide, mon colonel ? s'étonna Jerome.

— Sous l'empire de la nécessité, des ressources insoupçonnées surgissent, répondit Tewp, qui sentait bien que les rares fois où le commandant Jerome avait appuyé sur la détente, c'était pour crever des ballons à la fête foraine.

— Admettons, lâcha l'autre. Mais que faites-vous donc à Jérusalem de si mystérieux pour que notre bureau n'ait pas été informé de votre présence ?

— La nature exacte de ma mission ne vous concerne en rien. Il s'avère seulement que celle-ci m'a conduit à croiser la route d'un truand en étroite connexion avec l'Irgoun. C'est par cet homme que transitent en partie les fonds et les armes des terroristes.

— Intéressant, admit Jerome. Vous avez des preuves ?

Tewp soupira. Comment faire entendre à ce type borné que les informations sur lesquelles il s'appuyait étaient les aveux qu'un rabbin kabbaliste était parvenu à tirer d'un sicaire sous hypnose ? ! Avant même d'essayer de raconter la scène, il renonça.

— Pas de preuve tangible. Rien que des déclarations…

— Cela constitue sans aucun doute un remarquable début, mon colonel, lâcha Jerome sans rire, mais il est nécessaire que nous en sachions plus pour traiter convenablement vos dires. Comprenez bien la situation : nous faisons face à une organisation armée assez puissante pour planifier et mettre en œuvre la destruction de notre état-major, mais aussi suffisamment retorse pour couper pendant plusieurs heures toutes les routes menant au King David… Ces gens qui tirent sur des ambulances, qui assassinent des civils innocents et exécutent des militaires après une parodie de procès, nous ne pouvons pas les combattre sur de simples rumeurs ! Il nous faut du concret !

Tewp comprit qu'il n'y avait pas d'aide immédiate à attendre de la part des officiels. Certes, il savait que l'implication de Saporta finirait par être établie. Mais combien de temps cela prendrait-il ? Six mois ? Un an ? Plus, peut-être… Trop longtemps pour que le mafieux soit un jour capturé par des Britanniques sur le point d'être jetés hors de Palestine, comme ils l'étaient en Inde… Tewp ravala son envie de s'en prendre à Jerome ; cela n'aurait servi à rien. Le pauvre commandant était entravé autant par les règlements que par la situation politique absurde qui semblait marquer cette région comme une malédiction. Le colonel prit congé, demandant seulement à ce qu'une voiture le dépose à l'entrée du quartier des Cent Portes.

Dans la voiture que Jerome lui avait allouée à regret, il constata que la ville, de nouveau, était en état de siège. Au prix de féroces combats, toutes les poches d'embuscade que l'Irgoun avait dressées avaient été nettoyées les unes après les autres, mais l'on craignait par-dessus tout de nouveaux attentats, de nouvelles bombes... Des Tommies inquiets, nerveux, patrouillaient, le doigt sur la détente. À chaque carrefour, dans chaque rue, partout, on ne voyait plus que l'uniforme des Brits. Tewp entra à pied à Mea Shearim. Il était encore inquiet pour Isaac Chaddaï et pour la famille de Ziméon Sternberg. Il espérait de tout son cœur que les derniers éléments du commando envoyé pour le supprimer ne s'étaient pas vengés sur eux de la mort de leurs camarades. Entrant dans la maison du rabbin, Tewp trouva celui-ci tranquillement assis dans la pièce tapissée de livres qui lui servait de bureau. Son chapeau noir enfoncé sur sa tête, Isaac ouvrit des yeux ravis lorsque la silhouette de l'Anglais se dessina dans le cadre de la porte.

— L'Éternel soit remercié ! Vous êtes en vie ! Je me suis fait du souci pour vous, vous savez !

Touché par la sollicitude du rabbin, Tewp sourit. Malgré la fatigue, malgré les blessures, malgré le chagrin d'avoir vu mourir tant de compatriotes et la rage d'avoir traversé tant de furieuses batailles, il se sentait réconforté par l'attention et l'amitié sincères que lui vouait le vieux bonhomme.

— Les Sternberg ? interrogea-t-il.

— Ils vont bien. Tous. Les enfants, la mère, le père et même le chat !

Tewp s'adossa au mur et se laissa glisser pour s'asseoir sur ses talons.

— Qu'allez-vous faire, maintenant ? lui demanda Chaddaï.

Que faire ? Oui, c'était la bonne, la seule question à se poser. De toute évidence, retrouver Hezner n'était plus concevable. Malgré tous ses efforts, Tewp venait d'échouer dans cette mission. Après l'attentat du King David Hotel et les affrontements d'envergure avec les sicaires, la guerre civile était déclarée, et qui pouvait savoir quel paroxysme ce conflit allait atteindre ? Traquer un homme dans ces conditions était tout simplement impossible. Restait Saporta, à qui le colonel avait bien l'intention de faire payer la mort d'O'Reilly. Mais, là encore, quel chemin prendre pour déloger le truand de sa tanière ? Sans Nathan Katz, et plus encore sans le capitaine des fusiliers irlandais, cela paraissait irréalisable.

— Que faisons-nous avec Samuel, fils de Schlomo et d'Hannah ? s'enquit alors le rabbin.

Tewp fronça les sourcils en signe d'incompréhension.

— Le gamin de l'Irgoun que j'ai ligoté dans mon oratoire ! Il est toujours là, figurez-vous !

Avec le souvenir de ce type, l'espoir revint au colonel. Sautant sur ses pieds, il entra dans la salle de prière et découvrit Samuel, dûment bâillonné et mieux ficelé qu'un gigot.

— J'ai fait enlever le corps de celui que vous avez abattu dans la bibliothèque, mais j'ai jugé plus prudent de garder celui-ci un petit moment au frais… Il peut encore servir ! gloussa malicieusement Chaddaï derrière l'épaule de l'officier. Moi, je me sentirais bien en jambes pour lui prescrire une séance d'interrogatoire kabbalistique ! Pas vous, Tewp ?

Pour le roi ! Et pour nous !

Hampton accepta. Warwick aussi. Callaghan hésita puis finit par céder. Marty ronchonna un peu mais approuva tout de même puisque Barney en était. Rudge refusa tout net. Peu importait : il était de Manchester et son avis ne comptait pas. Travis, Colington, Brewers et Bonnie trouvèrent l'idée sacrément épatante. Tewp se frotta les mains. Lui compris, il venait en quelques minutes de constituer un groupe de combat de dix hommes décidés à se tailler coûte que coûte un chemin jusqu'à Zino Saporta !

Les types que le colonel avait dénichés n'étaient pas n'importe lesquels. Tous issus de la compagnie O'Reilly du 1er bataillon royal des fusiliers irlandais, c'étaient avant tout des têtes brûlées, des baroudeurs qui n'hésitaient pas à prendre leurs distances avec le règlement militaire dès qu'ils y trouvaient leur compte. Tewp l'avait compris depuis longtemps à de fréquentes allusions du défunt capitaine, et c'est pour cela qu'il avait été certain de trouver chez ces anciens dockers du port de Dublin, ces truands de Belfast passés aux armées, ces surineurs des rives du Shannon dissimulés sous l'uniforme, toute la compétence et l'enthousiasme requis pour l'opération qu'il prévoyait. Dans les veines de ces gens ne coulait que du sang guerrier. Rois celtes, conquérants saxons, pirates danois, tous ces barbares s'étaient combattus et mélangés pendant des siècles pour donner cette race improbable, sauvage et pauvre, magnifique et pouilleuse, incroyablement inadaptée à son temps : la racaille de la verte Erin… Eux, au moins, marchaient au goût du risque et à la vengeance – des sentiments simples, éternels, faciles à enflammer… Les preuves ne les intéressaient pas. Si un colonel – fût-il anglais, protestant même – se présentait à eux, leur parlait et leur demandait de faire justice pour l'un des leurs, alors, pas de discussion, ils y allaient ! Et tant mieux s'ils pouvaient grappiller en prime des tableaux de maître, des sculptures de prix et des bijoux précieux…

— Attention ! Ce ne sera pas simple, les avertit néanmoins Tewp en s'assurant que la porte de la chambrée où il les avait réunis était bien fermée. Le repaire du type en question est construit en hauteur, sur les rives de la mer Morte. C'est une vieille infrastructure de mines de cuivre abandonnée. Tout cela au sommet d'une falaise aride, avec une seule route d'accès très facile à contrôler. Le piton domine complètement les alentours, qui sont plats et nus comme la main. Il faudra franchir à découvert deux cents à trois cents yards. Même de nuit, c'est un risque énorme. Et puis, il nous faut des armes lourdes. On devrait trouver une dizaine de types face à nous, bien armés, bien entraînés et, surtout, méfiants.

— Sans vouloir vous offenser, mon colonel, vous êtes certain de vos renseignements ? demanda le dénommé Bonnie, un gars petit et râblé aux avant-bras couverts de tatouages.

Non, Tewp n'était pas sûr de ses renseignements. Certes, la mesmérisation pratiquée par Isaac Chaddaï sur le prisonnier Samuel avait déjà fait ses preuves. Il n'en restait pas moins que, à part localiser le repaire de Saporta, l'Anglais n'avait pas réussi à tirer du sicaire autre chose qu'une description imprécise des lieux et des forces en présence. Sans une sacrée dose de mauvaise foi, tout cela ne pouvait guère être qualifié de renseignements fiables !

— Je suis certain de ce que j'affirme, caporal, n'en doutez pas, mentit Tewp d'un ton particulièrement convaincant.

— Dans ce cas, nous nous occupons de toute la logistique ! lança le grand Warwick.

Il avait beau n'être qu'un *private*, c'était de toute évidence celui qui possédait le plus d'ascendant sur les autres. Dans cette opération de mercenaires, la hiérarchie des grades officiels était jetée aux orties. Seules valaient la force de caractère et la capacité d'entraîner les autres.

— Rendez-vous ici, à vingt-deux heures, mon colonel, continua Warwick. Arrivée sur place estimée à minuit et demi. Début de l'opération à une heure. Fin des combats trente minutes plus tard, maximum. À l'aube, tout le monde sera revenu dans son lit pour entendre sonner le clairon et se présenter la tête haute au rassemblement.

*

Tewp s'agita longtemps cette nuit-là dans son lit du King David Hotel. Soufflées par l'explosion, les vitres de ses fenêtres n'avaient pas encore été remplacées et la chaleur infernale qui régnait en ville s'était propagée dans la pièce. Décidément, les nuits palestiniennes ressemblaient à celles de Calcutta, songea Tewp. Pour lui, un homme du Nord qui avait passé toute sa jeunesse dans les brumes de la côte puis sous les pluies londoniennes, il avait été long de s'adapter à un tel changement. Maintenant, pourtant, il était devenu un vrai colonial : sa peau bronzée n'avait quasiment pas pâli lors des mois passés à chasser Chandra Bose et son armée des Tigres dans les neiges d'Europe de l'Est. Et il pouvait marcher des heures ou combattre aux instants les plus chauds de la journée. Quand il était absent, le soleil lui manquait. Et Tewp n'aimait rien tant que le parfum des hibiscus ou des amandiers qui ne s'épanouissaient que dans les pays chauds.

Son ventilateur tournant à pleine vitesse, ce n'était pourtant pas la touffeur qui empêchait l'Anglais de dormir. Il ne pouvait trouver le sommeil tout simplement parce qu'il éprouvait un sentiment qu'il n'avait pas ressenti depuis des semaines, des mois, des années peut-être… Tewp était joyeux ! Oh ! certes, des fantômes tentaient bien de troubler cette joie intime, ce bonheur secret. Mais tout puissants qu'ils étaient, aucun des spectres n'avait ce soir assez de force pour éteindre le sourire sur les lèvres de l'Anglais. Tewp, ce soir, n'avait pas voilé d'un drap le miroir de salle de bains. Il n'avait pas tiré de sa boîte de nacre l'aiguille qui lui servait à s'injecter de l'opium. Il avait pu contempler son visage sans ciller, sans éprouver de honte, sans être noyé de chagrin… Sculptée par l'artisan Ziméon Sternberg, la prothèse qui dissimulait maintenant la béance de son nez tranché était si délicate, si merveilleusement ouvragée qu'il était quasi impossible de la distinguer de sa chair. Aussi crue fût-elle, la lumière électrique jouait sur la subtile imbrication de corail et de nacre en restituant toutes les nuances de la carnation, les moindres variations de sa pigmentation... À quelle distance fallait-il s'approcher de l'homme pour s'apercevoir du subterfuge ? Quelques pouces, à peine. Il fallait côtoyer Tewp à le toucher pour se rendre compte qu'un tiers ou presque de son visage n'était pas composé de tissu vivant. L'art de Ziméon n'était pas seul à l'origine de ce miracle. C'étaient les connaissances mystiques de Chaddaï qui avaient en quelque sorte animé la matière inerte de la prothèse, les glyphes kabbalistiques qu'il avait gravés, les prières qu'il avait susurrées, les onguents saints qu'il avait frottés... Oui, tout cela avait rendu un visage à Tewp. Et ce visage était aussi la marque d'un destin nouveau. Voilà pourquoi, seul mais heureux, l'Anglais riait dans la nuit...

*

— Nous avons deux fusils Piat antichar de dix charges chacun pour l'équipe choc, annonça fièrement Warwick. Malheureusement, une seule Bren et ses huit chargeurs pour l'équipe feu. Mais tous les autres ont des Sten et des grenades... Il y en a pour vous aussi, naturellement... Et puis nous comptons quatre rouleaux de corde avec grappin et trois paires de jumelles !

Tewp passait en revue les armes impeccablement étalées sur des tréteaux. Fort opportunément, le chef armurier du bataillon était l'oncle par alliance du débiteur d'un des membres de la bande de Warwick. Un coup de téléphone, passé en PCV dans un estaminet de Londonderry, avait suffi pour qu'en retour ledit oncle fût instamment prié de mettre à la disposition de ses compatriotes, camarades et coreligionnaires, autant d'engins de mort qu'il le pourrait.

— Et les véhicules ? demanda Tewp, prenant en main un des pistolets mitrailleurs et glissant trois grenades dans sa ceinture.

— Un Bedford et une voiture civile. Les deux sont révisés et leur réservoir est plein.

Le colonel fit un signe de satisfaction.

— Messieurs ! Pour nos morts ! Pour le roi ! déclama-t-il assez pompeusement en guise de toast, tout en levant la bouteille de whisky Jameson qu'on venait de lui tendre, sans y avoir trempé les lèvres.

— Et pour nous ! ajouta Warwick après avoir lampé bien plus que sa dose d'eau-de-vie.

Le flacon passa de main en main, puis, la gorgée rituelle avalée, tout le monde embarqua en silence. Pour donner le change aux barrages, le colonel monta dans la voiture et choisit Callaghan pour chauffeur. Bien qu'il s'attachât à le dissimuler, Tewp était conscient que la panoplie dont son groupe disposait était sommaire. Trop sommaire, même, pour s'aventurer en terrain inconnu. Peut-être y avait-il des mines qui protégeaient les abords de la maison de Saporta – comment savoir, avec un tel retors ? À coup sûr, il y aurait des chiens dressés à donner l'alerte à la moindre odeur suspecte. Il aurait fallu un fusil à longue portée avec une bonne optique pour se débarrasser des sentinelles. Et puis, la topographie inquiétait le colonel par-dessus tout. Il avait passé tout son après-midi à scruter, sur une carte d'état-major obtenue grâce à un gros bakchich, la moindre courbe de niveau, la plus petite indication de relief. Le constat était âpre : le promontoire qu'il fallait attaquer était un nouveau Massada, une forteresse isolée dans un paysage lunaire où pas un arbre, pas une plante ne se dresserait pour que les hommes puissent se dissimuler aux regards. Non, décidément, cette aventure n'était pas raisonnable. Mais quel lien a donc la raison avec l'instinct de combat qui échoit en partage à certains hommes ? Aucun ! Les mines ? On les contournerait. Les chiens ? On les tromperait. Les sentinelles ? On s'en approcherait sans bruit pour les égorger ou les étrangler… Monté au côté de Callaghan dans la voiture, Tewp, malgré la totale improvisation de l'opération, était déterminé à aller jusqu'au bout. L'amertume qu'il éprouvait après avoir échoué à retrouver Ruben Hezner l'exigeait, comme en compensation.

Passant sans encombre les chicanes que l'armée britannique avait établies tout autour de Jérusalem, les deux véhicules foncèrent droit vers l'est, droit sur la mer Morte. En quelques miles seulement, le paysage changea du tout au tout. Des collines douces et boisées de la vallée, on passa à un plateau aride, au sol craquelé, où les villages se faisaient de plus en plus rares… Puis ce fut la traversée d'une lande blanche, poussiéreuse, d'une irréelle et poignante beauté. Enfin le paysage s'inclina brutalement, annonçant la grande descente vers le fond du rift où la mer Morte scintillait de ses millions de tonnes de cristaux de sel en suspension… Tous feux éteints, l'automobile et le Bedford s'engagèrent sur une corniche longeant la rive. Après un dernier mile hors de toute piste, le colonel donna le signal d'arrêt. Pendant le parcours, Tewp et les Irlandais avaient passé leur visage et leurs mains au bouchon brûlé afin de les noircir et de se rendre méconnaissables.

— Vous devriez vous mettre encore du noir sur le nez, mon colonel, suggéra le rouquin Callaghan en voyant que l'Anglais avait négligé d'assombrir cette partie de son visage.

Par une coquetterie dont il était conscient mais qu'il avait la faiblesse de se pardonner, Tewp répugnait à barbouiller la prothèse sculptée par Ziméon. Il préféra nouer un morceau d'étoffe brune autour de sa tête. Cela lui donnait un air de mauvais garçon dans un western qui l'amusa une seconde, quand il aperçut son reflet dans le rétroviseur.

Un peu trop lumineux, le ciel jouait ce soir-là contre les Britanniques. Si les nuages étaient nombreux, ils se déchiraient souvent, laissant filtrer la lumière d'une lune croissante, toute proche d'être pleine. Par une nuit noire, approcher discrètement l'éminence où le vieux complexe minier finissait de rouiller aurait déjà relevé de l'exploit, mais avec ces grandes taches lumineuses qui balayaient le paysage tels des projecteurs de music-hall, cela paraissait tout bonnement impossible ! Tewp ajusta ses jumelles et tenta de localiser le site de la mine désaffectée. À deux miles environ sur sa gauche, il trouva ce qu'il cherchait : là, sur les trente ou quarante derniers yards d'un épais piton aux pentes tranchées à vif, s'étageaient plusieurs bâtiments d'importance diverse. Aucune lumière n'était visible, aucune présence humaine non plus. Tewp se mit à transpirer intensément en songeant que, peut-être, l'information donnée par Samuel n'était qu'un leurre.

— Impossible de grimper par le côté ou par l'arrière, jugea Warwick qui détaillait lui aussi à la jumelle la disposition des lieux. Il faut prendre par-devant…

— Pas sans avoir jeté un coup d'œil plus près. On envoie d'abord un éclaireur. Callaghan, vous êtes volontaire ! ordonna le colonel.

Ne conservant que sa dague, le rouquin s'allégea de sa Sten et de ses grenades, puis il partit en courant explorer les abords du complexe. Il s'approcherait, autant qu'il le pourrait, de l'ancienne route quasi effacée qui menait autrefois aux mines, et remonterait ce chemin pour se glisser jusqu'aux abords des bâtiments.

Callaghan s'absenta longtemps. En attendant son retour, le colonel rassembla les autres hommes et les étourdit d'un petit laïus assez grotesque dont lui-même ne tira aucune fierté. Sa maladresse lui rappela pourtant avec un certain amusement ses bourdes de débutant lorsque, le plus sincèrement du monde, il tentait de passer pour un jeune homme plein d'assurance aux yeux du capitaine Gillespie et des adjudants Mog et Edmonds. Cette bulle de nostalgie bengalie se dilata puis disparut tout à fait dès qu'on entendit Callaghan revenir. Essoufflé, ce dernier traça du doigt un grossier schéma dans la poussière pour rendre compte de ce qu'il avait vu.

— On ne peut pas les apercevoir d'ici à la jumelle, mais il doit y avoir environ dix ou douze Yids' qui rôdent comme des gardiens autour de l'entrée des mines. Très possible qu'ils protègent un gros bonnet !

— Ou un gros magot ! lança Barney.

— Les deux vont souvent de pair, approuva Tewp avant de demander des précisions sur la topographie.

— Il y a trois baraquements assez suspects. Je pense que ce sont des sortes de cantonnements. En fait, toute la place ressemble davantage à un camp d'entraînement de l'Irgoun qu'à la propriété de gangster que vous nous avez décrite, mon colonel ! Sauf votre respect.

— Des chiens ? demanda Tewp sans relever le reproche.

— Pas vu ! Pas entendu ! répondit Callaghan.

— À vue de nez, combien d'hommes y a-t-il dans le complexe ? interrogea Warwick.

— À en juger par les installations, quarante. Cinquante, peut-être. Sûrement très bien armés.

Warwick se racla la gorge et recommanda de pratiquer une percée directe et massive par la route principale. S'il était assez doué pour fédérer les âmes naïves, ce *private* n'avait pas longuement potassé sa stratégie. Simple caporal subitement promu sergent-chef après avoir fortuitement capturé un général italien en Libye cinq ans plus tôt, il avait passé le reste de la guerre à perdre un à un ses galons pour indiscipline, incompétence, insubordination et autres broutilles apparentées. S'appliquant à descendre l'échelle hiérarchique plutôt qu'à la monter, il était retombé, non sans en tirer une certaine fierté, au grade zéro de la carrière aux armées.

Tewp soupira. L'attaque frontale lui semblait une mauvaise tactique à adopter, mais lui non plus ne voyait pas quelle autre manœuvre préconiser. Comme il venait de donner son accord de principe du bout des lèvres, Brewers déclara forfait :

— Si c'est comme ça, ce sera sans moi ! dit-il en lâchant sa Sten dans la poussière. Je croyais qu'ils ne devaient être – au pire – qu'une quinzaine face à nous. On en a déjà dix au-dehors, plus je ne sais combien dans les cabanons. Sans compter tous ceux que Callaghan n'a pas repérés. Pas question de monter à dix contre trente ou cinquante gus bien retranchés !

Warwick fit mine de s'emporter contre le capitulard, mais la mollesse de sa colère ne trompa personne. Lui non plus n'était pas chaud pour prendre d'assaut une garnison entière avec une équipe aussi réduite.

— Pareil pour moi, renchérit Barney. Je jette l'éponge. Le morceau est trop gros ! On reviendra une autre fois ! Pas vrai, les gars ?

Un à un, les Irlandais marmonnèrent quelques phrases maladroites pour justifier leur abandon. Tewp, furieux, arracha le tissu autour de son visage et les fusilla du regard ! Il aurait voulu hurler, les gifler et les menacer de la cour martiale ! Mais que pouvait-il faire, au fond ? Rien ! Douloureusement, au pire moment, il venait de se heurter aux limites de la fiabilité des troupes mercenaires… Un instant, il songea à leur promettre de l'argent. Mais le seul compte bancaire assez fourni dans lequel puiser était celui de lord et lady Bentham. Le respect qu'il éprouvait pour ce couple lui interdisait de le grever d'une somme coquette pour régler une affaire qui s'apparentait maintenant davantage à une guerre privée entre lui et Saporta qu'à un épisode crucial de sa chasse aux Galjero.

— Vous venez, mon colonel ? demanda Warwick comme les brigands de la verte Erin, piteux, remontaient dans le Bedford.

— Pas question, Warwick ! Laissez-moi la voiture. Je reste !

Les bras croisés sur la poitrine, David Tewp laissa repartir le camion sur le chemin pierreux. Dans son for intérieur, il espérait que les Irlandais, rongés par le remords, feraient demi-tour pour se rallier à lui, prenant à cœur de racheter par un combat furieux la faiblesse à laquelle ils venaient de succomber. Le colonel attendit ainsi dix, vingt minutes. En vain. Autour de lui, ce n'étaient que le silence de la nuit, la plus totale solitude et, dans son dos, en contrebas, la mer Morte aussi brillante qu'une immense et désespérante flaque de plomb…

Dans le coffre de la voiture, Tewp trouva la bouteille de whisky qui avait servi aux libations du début de la soirée. Avec le fond de liquide qui restait, il nettoya le noir de suie qui lui souillait le visage puis il but à même le goulot les ultimes gouttes d'alcool, avant de s'installer au volant. Phares allumés et fredonnant une mélodie hindoue entraînante que le caporal Habid Swamy lui avait apprise, il s'engagea à grande vitesse sur la route cahoteuse qui menait droit à la mine désaffectée…

Troisième Livre de Thörun Gärensen

Les noces secrètes

C'était une simple bractéate d'or, une médaille viking frappée sur une seule face d'un symbole ancien, quelques grammes de métal jaune qui brillaient au soleil, sur l'herbe de la plaine. Je la ramassai et reconnus, gravé en relief léger, le dessin de Mjölnir, le marteau enchanté que manie le dieu Thor, ma divinité tutélaire. Heureux d'avoir trouvé cette marque de bonne fortune, je glissai la rondelle sous ma ceinture et commençai l'ascension d'un tertre tout moiré de fleurs mauves qui ondulaient sous la brise. Je n'avais ni faim ni soif. Tout ce qui m'importait était de savoir d'où venaient les ululements sourds, plaintifs, que je n'avais cessé d'entendre depuis le début du jour et qui semblaient s'éloigner de moi au fur et à mesure que je voulais les atteindre.

Au sommet du tumulus, je vis une sombre forêt qui commençait juste après la rive glaiseuse d'un torrent. Les cris se perdaient maintenant dans la masse de ces arbres. Une libellule rouge se posa un instant sur ma main, puis repartit voleter au-dessus des eaux vives. Moi, m'enfonçant dans le courant jusqu'à la taille, je passai aussi cette frontière… L'eau était si froide que mes entrailles en furent secouées et que mon sexe se racornit dans mes braies. Glissant dans la vase, je sortis de l'eau en empoignant une grosse motte d'herbe qui me servit de prise. Ruisselant, tremblant, je trottai jusqu'à la lisière du grand bois… Une femme était là, assise sous les chênes, une vieille au corps mince enveloppé d'une houppelande sombre.

— Je suis Kloge, me dit-elle d'une voix chevrotante. Tu me connais, mais je ne t'ai pas appris mon nom lorsque nous nous sommes vus pour la première fois !

Kloge ! Oui, je me souvenais d'elle ! Un jour – mais quand ? – elle avait rassemblé mes membres éparpillés, puis, pendant un mois, un an, un éon entier peut-être, elle en avait recousu les fragments… Mais son ouvrage avait été celui d'une folle. À gros points, elle avait encastré mon visage sur mon ventre et attaché mes mains aux moignons de mes jambes.

— Tête à l'envers ! Tête de linotte ! Tête à claques ! C'est le chemin pour devenir *trollaukin*. Dans la forêt, il n'y a pas de sentier. Il faut s'y perdre pour s'y retrouver.

Quel caquetage imbécile ! Je voulus la battre pour la faire taire et la punir de m'avoir autrefois si mal rapiécé, mais Kloge, bougeant aussi vite qu'une mouche et dotée de la force de dix guerriers, me jeta sur les feuilles mortes. Aussitôt accroupie sur moi, elle ouvrit ma chemise et, d'un bec de corbeau tiré de sa manche, traça des runes sanglantes sur ma poitrine !

— Protection, petit homme ! Je te donne protection ! piailla-t-elle tandis que je sentais la relique immonde taillader ma chair comme l'aurait fait la pointe d'une épée.

— Ta peau est joli parchemin ! Avant de disparaître, Kloge t'accorde un baiser !

Plus ridée qu'une pomme de vingt saisons, l'ancêtre plaqua son visage sur le mien, passant de sa langue froide le barrage de mes lèvres. Le contact de sa bouche contre la mienne fut atroce. J'eus l'impression d'embrasser une boule de graisse grouillante d'asticots. Quand ce fut fini, Kloge avait disparu, mais le ciel s'était assombri…

Me relevant, je vis que j'étais entré au plus noir de la forêt. Les cris, les plaintes, les soupirs que j'avais suivis depuis la plaine étaient maintenant tout proches. Hésitant, j'écartai un taillis, passai un roncier et pénétrai dans une minuscule clairière circulaire dont le centre était occupé par une vieille souche tordue, noire et creuse, d'où sortaient les appels… Le cœur battant, je m'approchai mais le sol, soudain, s'ouvrit comme une trappe pour m'avaler tout entier. Hurlant, je glissai sous terre dans un puits noir à l'affreuse odeur de boucherie et tombai dans une mare de boue, un bassin d'eau infecte qui occupait le fond d'une minuscule caverne sans lumière ni issue. Comment voyais-je dans cette obscurité totale ? Je n'en savais rien. Était-ce à cause des runes que Kloge avait gravées sur mon torse ? Était-ce parce que j'étais soudain devenu un *trollaukin* – comme elle l'avait prédit –, un homme dont les capacités naturelles sont décuplées par les épreuves ? Peut-être. Mais cela me serait-il d'un grand secours pour sortir de ce cul-de-basse-fosse, ou n'était-ce pas plutôt un ultime raffinement dans l'horreur ? Une dernière faveur qu'on me faisait pour que je voie de mes yeux que ma prison était hermétique, que je n'avais aucun moyen de regagner la surface ? Les cris qui m'avaient attiré jusqu'ici – ceux des mystérieuses sirènes aux chants non de volupté, mais d'angoisse – s'étaient éteints. Dans ce trou immonde, j'étais seul, abandonné de tous, certain d'être à jamais rayé du livre des vivants…

Anéanti, je m'effondrai contre la paroi suintante. Brisé de fatigue, le corps douloureux et transi de froid, je sombrai dans un songe affreux. J'étais un homme qu'on voulait sacrifier sur une pierre noire ! Un homme dont on voulait verser le sang sur des runes gravées... Mais le couteau ne plongeait pas dans mon cœur. Au lieu de cela, on me jetait dans un gouffre aux parois jonchées de restes d'enfants !... Je restais prisonnier des heures, des jours peut-être, alternant évanouissements et frénétiques tentatives pour remonter à la lumière. Mes ongles, je les cassais à griffer les parois de pierre. Mes dents, je les ébréchais à creuser le sol tel un sanglier. Mes poings, je les ouvrais jusqu'à l'os à force de taper contre les murs... Puis, comme je n'espérais plus rien, un rai de lumière perça soudain les ténèbres.

*

Pendant près d'une heure peut-être, mes yeux, trop longtemps baignés d'obscurité, ne supportèrent pas la moindre clarté. Affaibli par le jeûne et la folle angoisse que j'avais éprouvée dans les tréfonds de la forteresse de Paderborn, je n'avais pu tout de suite distinguer les traits de celui qui m'avait sauvé.

En bas, transi, pataugeant dans une fange souillée de restes de cadavres, je n'avais pu rompre les liens savants qui m'attachaient encore les poignets. Incapable d'atteindre le Lüger qui pendait à ma hanche, je n'avais même pas pu m'en servir pour mettre un terme à mes souffrances. Condamné à mourir de froid et de faim, j'avais fini par sombrer dans des délires aussi terrifiants qu'absurdes...

Et puis, vie et songe, tout s'était soudain mêlé !

Comme je rêvais qu'un pinceau de lumière descendait vers moi, mes yeux furent aveuglés par une torche électrique de forte puissance. Brûlant mes pupilles comme un soleil, ce flot de clarté m'aveugla et je n'eus plus que les sons pour comprendre ce qui se passait… J'entendis qu'on venait à moi. J'essayai de parler mais ma gorge était si sèche que pas un murmure ne passait mes lèvres. On me passa une corde autour de la taille et, à l'aide d'un palan, je crois, on me remonta dans la salle où se trouvait le *palladium* des Galjero… On m'humecta la bouche et l'on glissa un peu de sucre sur ma langue. On me passa un flacon d'ammoniaque sous les narines, ce qui me réveilla tout à fait. Lentement, les yeux tolérèrent à nouveau la lumière et je vis, sous le feu d'un énorme projecteur à gaz qui illuminait maintenant toute la nef, le visage dur et beau d'Ostara Keller penché sur moi ! Je voulus parler mais j'étais encore trop faible pour articuler le moindre mot. Tâtant mon corps pour m'ausculter rapidement, Keller découvrit que mon épaule était déboîtée. Avec la sûreté de geste d'un médecin, elle rétablit d'un coup sec l'os dans son articulation. La douleur me fit monter les larmes aux yeux, mais, en quelques minutes, la souffrance lancinante qui ne m'avait plus quitté depuis ma lutte avec Galjero se résorba, et je fus capable de prendre appui sur Keller pour me traîner hors de la crypte, hors du château.

Au-dehors, c'était la nuit. L'air était froid mais me semblait si pur après tout ce temps passé dans le puits qu'un vertige m'étourdit. Je chancelai. Un instant, je dus m'appuyer contre un mur… Des fontes de sa motocyclette, Keller tira une ample capote fourrée que j'enfilai à grand-peine avant de prendre place derrière elle sur l'engin. Ajustant sa combinaison de cuir et posant de grosses lunettes sur ses yeux clairs, elle libéra les gaz et démarra. Nous traversâmes les bois noirs à grande vitesse. Et tandis que la chaleur de la machine passait lentement dans mon corps comme celle d'une bête vivante que l'on pousse au galop, je songeais aux folles chevauchées de Metzengerstein dans le conte de Poe…

Serrant la taille de la jeune fille, j'étais trop épuisé pour chercher à percer les raisons qui avaient poussé celle-ci à me secourir. Fendant, telle une lame, les nappes de brouillard qui stagnaient sur la lande, nous roulâmes jusqu'à Berlin, traversant villages endormis, plaines silencieuses et vallons sauvages, sans jamais nous arrêter. À l'aube, alors qu'un soleil rouge montait à l'horizon, nous atteignîmes la grande *Autobahn* qui menait en ville. Faisant jouer son poignet ganté sur la manette, Ostara Keller poussa son moteur à fond pour profiter du ruban gris, si droit et si large qu'il pouvait servir de piste d'atterrissage de secours aux avions de chasse de Göring… Dans les faubourgs, nous croisâmes les manœuvres qui partaient au travail, musette à l'épaule, gamelle à la main. Les grands bus verts à impériale, copiés sur les modèles anglais, amenaient secrétaires et employés jusqu'aux tours sévères de la toute-puissante société Borsig ou les bureaux des banques et des sociétés d'assurance du centre de la capitale… Keller s'engagea dans les rues étroites et mal pavées d'un quartier ouvrier qui me parut assez pauvre, insalubre, presque. Sur une placette carrée bordée de maisons en brique, elle ralentit devant un portail de bois, qu'elle poussa doucement de la roue. Nous pénétrâmes dans une cour silencieuse, au pavage ancien craquelé par d'énormes touffes de mauvaise herbe. Là, elle coupa enfin le contact de sa belle cylindrée à l'acier aussi noir que l'uniforme des *Schutzstaffel*…

— Nous montons au premier étage, me dit-elle en désignant du doigt une grande baie aux vitres sales au-dessus d'un vieil entrepôt désaffecté.

Par un escalier aux marches irrégulières, nous gagnâmes le palier, puis, sortant un trousseau de clés de sa poche, Keller m'ouvrit la porte de son logis. L'endroit était assez clair, malgré la crasse qui couvrait les vitres. C'était une sorte d'atelier d'artiste, évidemment pas un appartement bourgeois. La hauteur de plafond était impressionnante et l'on voyait la superstructure de métal de la toiture courir au-dessus de nos têtes. Dominant un divan rouge, épinglés au hasard sur le mur écaillé, s'étalaient des clichés grand format pris par la photographe de *Der Angriff*. D'un coup d'œil, je reconnus des portraits de Hitler, Goebbels, Hess, Heydrich même… Et aussi de très belles vues de sportifs lors des récents jeux… Mais tout ça ne m'intéressait guère. Épuisé, je m'effondrai sur le premier fauteuil à ma portée sans même en demander la permission. Keller fit du café et me montra la salle de bains où elle voulut que je prenne une douche. Lavé, un peu réchauffé par l'eau brûlante que j'avais laissé couler longtemps sur mon corps écorché, je m'étais enveloppé dans une grande serviette avant de la rejoindre. Sur la table, je trouvai des vêtements d'homme propres et repassés…

— Enfilez ça, me dit-elle avec cette pointe d'accent yankee qui caractérisait son allemand. Je crois qu'ils sont à votre taille…

Non, le costume civil n'était pas vraiment à mes mesures mais au moins il était sec et pas maculé de sang, comme mon uniforme. Avidement, je vidai l'assiette et bus le verre de vin que la fille m'avait préparés.

— Dans deux heures, je quitte l'Allemagne pour les Indes, me dit-elle enfin. C'est à vous que je dois ce voyage.

— Pourquoi m'avez-vous sorti des oubliettes du Wewelsberg, Keller ? Nous ne nous sommes jamais beaucoup appréciés, tous les deux…

Elle sourit doucement en jouant avec une boucle de ses cheveux blonds.

— C'est vrai, je ne vous aime pas. Mais je vous reconnais des qualités d'exception. Comme moi, vous avez survécu à ce que nous ont fait traverser les Galjero, par exemple…

— C'est la seule raison pour laquelle vous m'avez tiré du puits ?

Keller fit la moue. Cueillant une boîte de petits cigares sur le marbre de la cheminée, elle alluma un mince havane en plongeant une des brindilles de sa réserve de bois dans les braises qui couvaient encore dans l'âtre.

— Non. Si j'étais seule juge, je vous exécuterais immédiatement comme traître à notre cause. Je suis revenue vous chercher car c'est Laüme qui m'en a priée. Je lui dois trop pour ne pas lui obéir. Dalibor n'en sait rien. Pour l'instant, c'est un secret entre nous trois !

La révélation me surprit trop pour me convaincre vraiment. Mon opinion était plutôt qu'Ostara mentait… Cette fille songeait déjà sûrement à jouer sa propre carte contre ses nouveaux maîtres. Pour une raison que je ne saisissais pas, je sentais qu'elle me réservait quelque rôle dans ses desseins. Car, je le devinais, Keller avait trouvé une nouvelle cause à laquelle se dévouer, une cause plus grandiose encore que celle du national-socialisme : sa propre cause ! À ma droite, si proche qu'en tendant la main je pouvais en saisir des volumes, une bibliothèque croulait sous des traités d'astrologie, de mystique, d'anthropologie, d'alchimie... Des éphémérides solaires et lunaires étaient ouvertes sur les pages de l'année 1936, et des cercles zodiacaux étaient griffonnés sur des feuilles volantes... Pendant un moment assez long pour que Keller consumât entièrement son cigare, nous restâmes sans parler.

— Vous étiez au courant pour les enfants ? demandai-je enfin.

Keller s'adossa au manteau de la cheminée. Sans me regarder en face, elle admit qu'elle savait.

— Et vous n'avez rien fait pour arrêter les Galjero ?

— Pour l'heure, personne ne peut vraiment les arrêter. Pas plus vous qu'aucun des gens de l'Ahnenerbe. Nul n'a encore assez de pouvoir pour cela, acheva-t-elle à voix basse, comme pour elle-même.

— Où sont les Roumains, maintenant ?

— Tous deux se sont envolés de l'aéroport de Tempelhof hier matin pour le Bengale. Le *palladium* est entreposé dans la soute de leur avion. C'est en Inde qu'ils vont tenter de conjurer le poison que vous avez injecté dans la pierre... Moi, je pars les y aider...

— Il y aura d'autres sacrifices ? demandai-je.

— Oui. Mais ce n'est en rien votre affaire. La charge du talisman est devenue instable, erratique. Les Galjero vont tenter de la stabiliser en la gorgeant de sang. S'il est trop tard pour cela, ils procéderont à sa neutralisation. Mais ce sera long. Et coûtera également très cher en vies humaines...

— Pourquoi leur prêtez-vous votre concours, Keller ?

— Parce que j'ai soif d'apprendre. Et que je n'ai de goût que pour les absolus…

*

Je laissai Ostara Keller partir pour le Bengale. Que pouvais-je faire d'autre ? La tuer ? Je me doutais bien que les Galjero lui avaient fabriqué un *therapon*, à elle aussi. Contrairement à la mienne, sa statuette protectrice devait être active et avoir atteint depuis longtemps le summum de son efficacité !

Keller – j'avais relu son dossier dès que j'avais réintégré Pücklerstrasse – s'était révélée une élève exceptionnelle à la *Junkerschule* où les agents féminins déjà intégrés au SD subissaient un entraînement complémentaire presque aussi dur que celui de leurs camarades masculins. La voix tremblant encore à l'évocation de ce souvenir, un de ses instructeurs m'avait même confié que la fille, larguée un jour à quatre cents mètres d'altitude, voyant son parachute se mettre en torche, n'avait pas ouvert son ventral. Tombée dans une pinède à la vitesse d'un météore, elle en était miraculeusement ressortie fraîche et rose, quelques bourgeons à peine accrochés à ses cheveux… Interrogé de même, un autre m'avait appris qu'Ostara avait été sévèrement punie pour avoir, à deux reprises, dégoupillé une grenade et lâché la cuillère tout en gardant la bombe à la main. À chaque fois, inexplicablement, l'amorce n'avait pas fonctionné !

Le soir même où cette pasionaria quitta Berlin pour Calcutta, je repris contact avec Matthieu-Marie. Fou d'inquiétude à mon sujet, il s'apprêtait à partir dans l'heure pour le Wewelsberg. Je lui relatai à gros traits les derniers événements, puis, au cours des jours suivants, nous passâmes tout notre temps à tenter de savoir ce qui se passait en Inde. Par un des correspondants bengalis du SD Ausland, j'appris que les Galjero occupaient maintenant leur résidence de Shapûr Street, dans le quartier colonial de la capitale provinciale. D'après la description qu'on m'en fit, c'était une immense propriété qui comportait, dans la partie la plus sauvage d'un vaste parc, une tour en retrait sur une île, au milieu d'un étang… Keller aussi était arrivée, sous couvert d'une série d'entretiens avec des personnalités hindoues qu'elle entendait publier. Sa présence avait été tolérée par les Britanniques.

Pendant un peu plus de dix jours, il fut impossible d'apprendre quoi que ce fût. À chaque instant, j'étais sur le point d'avertir anonymement les autorités anglaises de la présence sur leur sol d'un couple d'assassins d'enfants et d'une espionne du SD. Mais comment convaincre ces gens de la réalité de ce que j'avais vécu dans les tréfonds de la forteresse de Paderborn ? Comment les gens du MI6 ou du Foreign Office pourraient-ils prendre au sérieux une telle histoire ? Je plaignais sincèrement le pauvre type qui tomberait sur le traitement d'une telle affaire !

— Ce n'est plus vraiment de notre ressort, Thörun ! m'assura Dandeville. Et puis, je crois que quelque chose d'autre se trame. Erick Küneck, le chef de notre bureau à New Delhi, a disparu. Des bruits de couloir chez Heydrich prétendent que ce fait est en rapport avec la visite aux Indes du roi Edouard VIII. Tout cela fait un sacré mélange dont il vaudrait mieux se tenir à l'écart.

Intuitivement, je savais que le Français avait raison mais je ne pouvais m'empêcher, chaque nuit, d'être hanté dans mes rêves par les visages des trois gamins hindous dont je n'avais pu éviter la mort.

— D'où sortaient ces gosses, bon Dieu ? avais-je demandé à Dandeville.

— Ça, je le sais ! Les Galjero financent des programmes éducatifs un peu partout à travers le monde. Ils sélectionnent des gosses dans les colonies et les envoient en Allemagne ou en Roumanie sous prétexte de leur assurer une bonne éducation dans des centres privés. Il y en a un à Berlin…

À l'adresse de cet établissement, nous trouvâmes évidemment porte close. Une enquête menée avec le concours de la Gestapo nous apprit que tous les pensionnaires avaient été envoyés à Belgrade le jour même où les Galjero s'étaient envolés de Tempelhof. Nous eûmes beau solliciter tous nos indicateurs sur place, la trace des hindous semblait se perdre définitivement quelque part dans les Carpates.

Le mois de septembre 1936 se passa sans que je reçoive de nouvelles des Galjero ou de Keller. Küneck n'avait pas reparu aux Indes, et les messages de nos agents au Bengale faisaient état d'une nébuleuse affaire d'attentat manqué sur la personne du roi Edouard VIII et de sa future épouse, Mme Wallis Simpson, après que le couple eut précisément séjourné dans la villa Galjero. De ces rapports contradictoires et si embrouillés que je n'y comprenais rien, je ne retins que le nom bizarre d'un lieutenant du MI6 grâce auquel l'opération semblait avoir échoué : un nommé David Tewp.

— Tu y comprends quelque chose, Matthieu-Marie ?

Le Français paraissait déceler mieux que moi les tenants et aboutissants de l'imbroglio hindou.

— L'Allemagne tout entière doit une fière chandelle à ce Tewp ! En sauvant son roi, cet idiot a déjoué un complot visant à provoquer un conflit immédiat entre nous et les Anglais. C'est tant mieux, parce que l'état de nos forces ne nous permettrait pas de soutenir un tel choc ! Nous avons déjà bien du mal à envoyer un corps expéditionnaire en Espagne !

L'Espagne ! C'était la grande question de géopolitique européenne à cette époque. À côté de la guerre civile qui avait débuté là-bas, le pétard mouillé de l'attentat contre la vie du petit roi des Anglais et de sa maîtresse américaine semblait relever de l'anecdote.

— Après l'Italie et la Teutonie, l'Ibérie va bientôt passer au fascisme ! Quand ce sera fait, nous ne craindrons plus une guerre avec les Britanniques ! se réjouit Dandeville.

— À cause de Gibraltar ? demandai-je.

— Exactement ! Prendre l'Espagne, c'est contrôler Gibraltar. Et Gibraltar, c'est la Méditerranée tout entière.

— Le canal de Suez et la route maritime vers le pétrole du Moyen-Orient !

— La British Petroleum peut déjà numéroter ses abattis !

Mais tout ne fut pas aussi simple que Dandeville l'espérait : non seulement les républicains espagnols s'accrochèrent farouchement au terrain, mais le général Franco, chef du mouvement nationaliste, se révéla extraordinairement peu réceptif à l'idée d'une collaboration avec l'Allemagne. Il acceptait des avions et le matériel que nous lui faisions parvenir, mais renâclait à l'idée d'une alliance en bonne et due forme.

— S'il ne nous laisse pas le passage jusqu'au rocher anglais, ce saligaud-là va nous faire perdre la prochaine guerre à lui tout seul ! s'emportait le Français comme nous faisions de la prospective.

— Peut-être n'y aura-t-il pas de guerre, après tout… Peut-être cela n'est-il pas nécessaire, répliquai-je.

Vigon-Pérignac me regarda alors comme si j'avais prononcé le pire des blasphèmes.

— Bien sûr qu'il faut une guerre ! L'Europe nouvelle ne se fera pas par les urnes, Thörun !

— Crois-tu vraiment que les gens ont besoin de cette Europe que tu décris pour être pleinement heureux, Matthieu-Marie ?

— Nous ne devons pas penser à nous battre pour donner le bonheur à nos peuples, Thörun, mais pour leur forger un destin !

*

Aussi terribles fussent-ils, les événements que j'avais vécus au cours de l'été 1936 finirent par perdre peu à peu de leur prégnance. Jour après jour, ils gagnèrent lentement les ombres de ma mémoire.

Les Galjero n'avaient pas reparu à Berlin. Leur vaste maison n'avait pas été vendue mais tous les domestiques avaient été remerciés et la bâtisse n'était plus entretenue que par un couple de gardiens, dont le salaire provenait d'une banque genevoise. D'Ostara Keller je n'avais aucune nouvelle. J'avais bien tenté d'interroger à son propos Reinhard Heydrich, mais je n'avais obtenu qu'une réponse évasive, bâclée, dont je n'avais pu déduire si le chef du SD connaissait personnellement le sort de la fille. Quant à la forteresse du Wewelsberg, ma première intervention sur le chantier fut de faire bétonner tous les accès aux anciennes prisons et à la crypte où l'activation du *palladium* avait eu lieu.

Quelques mois plus tard, aux côtés d'un Wolfram

Sievers radieux et d'un Heydrich goguenard, je fis moi-même les honneurs du lieu au *Reichsführer* Heinrich Himmler, que la sombre beauté de la citadelle rénovée transporta littéralement de bonheur.

— C'est un vieux rêve qui s'accomplit grâce à vous, Gärensen, me complimenta-t-il publiquement.

Et, pour me remercier de mon ouvrage, il me remit la reproduction d'une épée viking qu'il avait fait forger à mon intention par un maître.

Nous étions au début 37, et le temps semblait s'être arrêté. Je ne le savais pas encore, mais c'était la dernière année où je profitais à plein de ma vie de *Goldfaisan*. Non que j'aie retrouvé le chemin des bordels ou fréquenté chaque soir le Romanische Café, mais la vie à Berlin me semblait assez douce pour que je me pose trop de questions. L'esprit tout entier occupé à tramer des complots dont il refusait de me parler, Heydrich ne me convoquait plus souvent. Une ou deux fois par mois, nous continuions à chevaucher ensemble, mais nous n'échangions que des propos banals, sans vraie portée. D'évidence, je crois qu'il avait trouvé d'autres marionnettes avec lesquelles s'amuser. Moi, je me prenais à espérer qu'il allait bientôt se désintéresser de moi tout à fait et que je pourrais enfin me glisser hors de ses griffes. Chaque fois que j'en avais le prétexte, je m'absentais du bureau pour filer vers le sud rejoindre Fausta ! Fatigué des longs voyages en train, j'avais acheté une grosse automobile avec laquelle il m'arrivait de gagner Venise en moins de vingt heures... Bourré de Pervitine, je passais alors trois ou quatre jours d'amour fou avec celle que, au mois d'octobre 1937, j'épousai dans le plus grand secret à la *casa comunale* du district de San Marco. Le jour où, quittant pour la première fois celle qui était devenue ma femme, je dus retirer mon alliance pour rentrer à Berlin, j'avais la mine si sombre et le cœur si broyé de tristesse que je ne pus cacher à Dandeville la cause de mon chagrin.

— C'est une Levi, n'est-ce pas ? me demanda-t-il. Elle est de la caste des prêtres ?

Le Français avait percé jusqu'au secret du nom de Pheretti, anagramme parfait de la sephirot *Tipheret*, la Beauté selon la métaphysique des kabbalistes…

— Oui, admis-je. Son nom véritable est Fausta Levi… Par les temps qui courent, Pheretti est moins irritant aux oreilles des chemises noires.

— Bah ! Quoi qu'il en soit, Fausta Levi n'est plus aujourd'hui, puisque c'est Fausta Gärensen qu'il faut fêter !

Matthieu-Marie descendit une minute dans les salles d'archives pour y chercher la meilleure bouteille de champagne qu'il conservait, bien au frais, parmi les dossiers. Nous la sabrâmes avec l'épée offerte par Himmler.

— J'avais gardé ce précieux flacon pour le jour où les armées allemandes entreraient dans Paris ! déclara-t-il sans cynisme. Tant pis ! Tes noces morganatiques, ce n'est finalement pas si mal !

*

L'année 1938 fut celle où tout bascula vraiment… Au fil des mois, les vexations contre les Juifs se multiplièrent dans toute l'Allemagne. Comme ils jugeaient que ces derniers ne quittaient pas assez rapidement le territoire du Reich et que la politique d'émigration à grande échelle vers la Palestine était un échec, les nazis changèrent de tactique. Aux mesures de discrimination succéda l'organisation de la vraie peur… Fin 1938, tous les magasins tenus par des Israélites étaient systématiquement pillés et détruits. Les rafles devenaient monnaie courante et la Gestapo cherchait à arrêter tous les Juifs mâles de plus de seize ans… Comme toutes les autres villes du pays, Berlin, à partir de cette période, ne vécut plus que dans la peur. Fini l'insouciance des promenades sur les bords du lac Wannsee. Fini les chevauchées au Tiergarten sous le regard admiratif des enfants… Le paysage s'assombrissait.

1938, ce fut encore l'année de la conférence de Munich et de l'annexion des Sudètes. L'année de l'Anschluss, aussi. L'Ahnenerbe continuait à fonctionner mais ses travaux n'intéressaient plus guère le haut commandement. Le ministère de l'Agriculture nous avait retiré son appui financier après l'éviction de Walther Darré, et il fallut apprendre à vivre avec des moyens réduits. Certains projets d'expédition à l'étranger furent annulés.

— C'est le début de la fin ! me dit un jour tristement Sievers.

— Peut-être pas encore… Comme tous les organismes vivants, l'Ahnenerbe doit muter. C'est tout !

Effectivement, l'institut de Pücklerstrasse ne mourut pas, mais sa teinte se modifia. Venue des bureaux de Himmler, une directive nous enjoignit de recruter des médecins et des biologistes. On nous recommanda des profils. On nous imposa des noms. Je n'aimais pas ces nouveaux venus. Ils étaient arrogants, souvent incultes, malgré leurs diplômes. Le genre de types à considérer que l'homme n'est qu'un assemblage de pièces mécaniques que l'on peut démonter et remonter comme une horloge. J'en parlai à Heydrich…

— Cette histoire d'Ahnenerbe était une sottise de ma part, repartit le chef du SD. J'en conviens. J'ai songé à ce plan dans un moment de fièvre. Force est de constater que cela n'a pas réussi à discréditer Himmler… Mais je ne vous en veux pas, Gärensen. Ce n'est pas vous qui avez mal agi, c'est moi qui ai mal calculé mon coup ! Si vous le voulez, je vous propose de vous faire quitter Pücklerstrasse et de vous affecter directement au SD, avec moi. La grande partie va commencer ! La guerre contre les Alliés est pour bientôt…

Je demandai quelques jours de réflexion, puis, comme Matthieu-Marie Dandeville acceptait de se substituer à moi dans le rôle d'éminence grise de l'Ahnenerbe, j'acceptai finalement de rejoindre la direction des services secrets nazis… Heydrich s'occupait, à l'époque, de préparer une provocation destinée à nous fournir un bon prétexte pour envahir la Pologne. Je ne fus pas mis dans la confidence tout de suite, mais Reinhard finit tout de même par m'expliquer qu'il organisait une fausse attaque de soldats polonais contre un de nos postes frontières… J'ignorais la date à laquelle ce coup de poignard dans le dos devait être porté à nos voisins, mais cela me parut une affaire si grave et si imminente que j'en rentrai chez moi tremblant de colère. J'en étais sûr, provoquer la Pologne signifiait à coup sûr entraîner la France et l'Angleterre contre nous ! La plupart des nazis n'étaient pas de cet avis, pourtant. Beaucoup considéraient – et Hitler le premier – que les démocraties se coucheraient à nouveau, comme elles venaient de le faire à la suite de la crise des Sudètes. Longtemps, j'hésitai sur la conduite à tenir. Devais-je prévenir les services occidentaux ou bien espérer que l'Allemagne abandonnerait finalement le projet d'une invasion des plaines polonaises? Au bout du compte, je crus sincèrement au dénouement heureux de la crise. Déclencher les hostilités à l'Est signifiait provoquer un conflit non seulement avec les Alliés franco-britanniques, mais aussi avec l'URSS. Hitler ne pouvait lancer son pays dans une guerre sur deux fronts. L'erreur avait été commise vingt ans plus tôt, avec le résultat désastreux que l'on connaît…

En avril 1939, comme je m'étais ménagé quelques jours de liberté pour filer à Venise, Fausta marqua pour la première fois des signes de lassitude quant à notre situation… De son côté, elle s'était mise à chercher tous les moyens de me convaincre de quitter l'Allemagne et de m'enfuir avec elle aux États-Unis, à New York, là où il nous serait facile de tout recommencer… J'en avais envie, bien sûr, et il m'aurait été assez simple alors de franchir les frontières si je l'avais vraiment voulu. Quelque chose d'insidieux, d'indéfinissable, me retenait encore à Berlin. Je me donnais pour prétexte le chantage que Heydrich avait fait peser sur moi, mais cette menace n'était plus aussi pressante qu'elle l'avait été autrefois. Si jamais une guerre éclatait sur le continent, Reinhard aurait bien d'autres chats à fouetter que d'envoyer ses agents exercer des représailles sur ma famille à Oslo… Raisonnablement, ce danger me semblait écarté. Alors? Quelle était donc la vraie raison qui me liait encore aux loups de Berlin? «Tes hésitations sont le signe que ton destin ne t'a pas encore été dévoilé, Thörun, m'écrivit un jour ma femme. Si tel est ton choix, j'accepte de t'attendre encore…» Jamais je n'aurais dû lire cette lettre et, par-dessus tout, jamais je n'aurais dû me réjouir de la résignation de Fausta, car septembre arriva et, sans que Heydrich eût jugé bon de m'avertir, la machination contre la Pologne fut lancée. La machine infernale qui allait nous mener à notre perte était amorcée…

*

Au début, tout sembla se dérouler merveilleusement. Non seulement l'URSS n'était pas entrée en guerre contre nous, mais nous avions décapité l'armée française en trois semaines et l'Angleterre n'était qu'une île en sursis. Les États-Unis ne bougeaient pas, fidèles à la doctrine de leur ancien président Monroe qui leur conseillait sagement de ne jamais se mêler des affaires internes de l'Europe…

— C'est trop beau pour durer ! s'exclama Dandeville d'un air sombre. Les Américains ne peuvent pas sérieusement envisager de voir le Vieux Continent se constituer en une grande nation cohérente ! Leur intérêt historique est de nous diviser ! Avec des démocraties en constante bisbille, ils ont la partie facile. Mais avec un gouvernement de type impérial face à eux, ils n'auront d'autre choix que d'ouvrir les hostilités.

Je ne partageais pas ce pessimisme. Pour moi, il fallait porter tous nos efforts à réduire l'Angleterre. Une fois Churchill renversé, la famille royale britannique saurait bien se souvenir de l'origine germanique de son sang, et les Américains ne pourraient rien tenter contre une Europe décidée à leur faire front. Les grands ensembles géostratégiques se stabiliseraient et une ère de paix pourrait alors s'ouvrir pour nos vieux pays réconciliés.

— Doux rêves, Thörun ! m'objecta le Français. D'abord, il y aura la grande boucherie contre les Soviétiques… C'est un passage obligé. Ensuite, nous aurons droit aux conflits internes manipulés par les Américains, avant que ceux-ci ne tentent de nous envahir. Si nous prenons Londres, ce ne sera que le début de la vraie guerre…

— Si nous prenons Londres, nous pourrons au moins tranquillement conduire les Juifs en Palestine ! dis-je, me réjouissant presque de cette perspective.

Matthieu-Marie leva les yeux au ciel sans répondre. Ma naïveté, je crois, l'atterrait.

Nos troupes occupant une bonne partie de la France, Vigon-Pérignac insista pour m'emmener visiter Paris. Nous étions au début du mois d'octobre 1940, il faisait assez beau encore, et les soldats allemands semblaient les premiers surpris d'avoir pris la ville ennemie, quatre mois plus tôt, sans même tirer un coup de feu. Fidèle à ses intérêts premiers, Dandeville me traîna le long de la Seine pour fouiller dans les boîtes en fer des bouquinistes. Sous les yeux d'un vendeur éberlué de rencontrer un « Boche » qui parlait si bien sa langue, il dénicha un ouvrage rare sur l'histoire secrète de l'antique Lutèce. Nous nous amusâmes à suivre un moment le parcours que les chapitres décrivaient. Venant de la rive gauche et passant devant la cathédrale Notre-Dame, nous détaillâmes les sculptures du portail central. Suivant les indications du vieux volume, nous trouvâmes, sur le pilier trumeau, la représentation de l'art alchimique. La sculpture était celle d'une femme tenant deux livres à la main.

— Le volume ouvert représente la connaissance exotérique, lut Dandeville. Le savoir accessible à tous. Le livre fermé, c'est l'ésotérique. La science cachée, dangereuse. Celle uniquement accessible aux initiés…

La silhouette de pierre me rappela la figure que

j'avais par deux fois croisée au cours de mes délires dans la crypte du Wewelsberg, cette Kloge qui avait rassemblé mes membres éparpillés, comme l'Isis égyptienne…

— Selon l'auteur, poursuivit Matthieu-Marie, l'ensemble des sculptures ornant les voussures décrirait en fait l'opération alchimique.

— Tu y crois ? demandai-je au Français.

— Bien sûr ! me répondit-il avec un large sourire. La vie aurait-elle du goût si l'on ne croyait pas à l'impossible ?

En franchissant le fleuve, nous marchâmes tout droit vers l'Hôtel de Ville et nous nous enfonçâmes dans le vieux quartier populaire des Halles pour y voir la tour Saint-Jacques et la maison du faiseur d'or Nicolas Flamel. Obliquant ensuite vers le Palais-Royal, nous longeâmes la rue Montpensier. Sortant d'un bel immeuble, un petit monsieur gringalet aux allures coquettes arrêta le regard de Dandeville.

— C'est Jean Cocteau ! me souffla-t-il, comme le type disparaissait à l'angle de la rue.

Au cinématographe, sur le Kudamm, je me souvenais d'avoir vu *Le Sang d'un poète*, un film que Cocteau avait tourné quelques années auparavant. Je n'avais pas aimé certaines scènes. L'agonie d'un enfant, notamment, y était montrée avec brutalité et complaisance.

— Tu m'as rédigé une note sur ce bonhomme, je crois…

— Exact, répondit Matthieu-Marie. Des informateurs le soupçonnent d'appartenir à la société secrète du Prieuré de Sion…

— Un groupe dangereux ? m'inquiétai-je.

Sans répondre, Dandeville éclata d'un grand rire et m'entraîna plus loin…

J'avais mal aux pieds à force de marcher. Alors que nous aurions pu continuer à suivre des heures durant le sillon des mystères de Paris, nous fîmes du Louvre notre dernière étape. Tapant de la botte dans la Cour carrée, Vigon-Pérignac s'énerva contre cette construction horizontale qui ne cherchait plus les verticalités orgueilleuses des châteaux anciens, mais se contentait d'une horizontalité appropriée à la mollesse des courtisans... Là, ce n'étaient plus les énigmes alchimiques qui attendaient d'être déchiffrées, mais de vulgaires médaillons représentant à tout-va équerres, compas et pyramides de la franc-maçonnerie...

— Les pavillons de Flore et de Marsan qui forment les deux grandes branches du palais étaient autrefois dédiés au combat de ces deux sectes lunaire et solaire, les Engastromythes et les Engastrolâtres dont je t'ai déjà parlé, expliqua le Français. Dans cette opposition constante, le pays avait finalement trouvé un certain équilibre. Mais la République est arrivée qui les a tuées toutes les deux. Arrivés au pouvoir, les jacobins ont consciencieusement martelé et remplacé par leurs propres symboles la plupart des anciens cartouches hermétiques qui ornaient les façades. Les vieux bas-reliefs contenaient trop de vérités contraires à la nouvelle foi politique...

— Un ésotérisme en remplace toujours un autre, soupirai-je. Les secrets sont la nourriture la plus subtile mais la plus nécessaire à l'âme humaine...

*

Cela se produisit dans des circonstances improbables. J'avais laissé Dandeville à Paris profiter tout son soûl des maisons closes de la rue Chabanais et de la rue de Provence. Moi, j'étais rentré à Berlin. Comme je passais un soir devant le Remde's Sankt Pauli, un des bars les plus élégants de la capitale, une silhouette fine, casquée, vêtue d'une combinaison noire, fit démarrer sa motocyclette juste devant moi. Mon cœur s'arrêta de battre. Cette amazone qui démarrait en trombe, c'était Ostara Keller ! Je voulus la suivre mais je ne pus arrêter de taxi avant de la voir disparaître dans la circulation, loin au bout de l'avenue. Tout en sueur, je filai au SD et forçai le passage jusqu'au bureau de Heydrich. Interrogé, celui-ci fit l'étonné.

— Keller ? Elle a quitté nos services depuis longtemps ! Je le regrette d'ailleurs. Himmler a exigé qu'elle passe complètement sous sa coupe ! Pourquoi cette question ?

Le ton faussement détaché de Reinhard me glaça. Je savais que mon affolement venait de me faire commettre une énorme bourde en lui signalant l'intérêt que je portais à cette fille… Je m'en mordis les doigts car, ensuite, il fallut que je patiente de longues semaines avant que retombât la suspicion que j'avais fait naître. Rongeant mon frein et n'osant même pas demander au plus minable des informateurs d'enquêter discrètement à ma place, je ne pus me décharger de mes angoisses que lorsque je revis Dandeville.

— Calme-toi, mon vieux, tenta de me rassurer celui-ci. Si Keller est à Berlin, cela ne signifie pas que les Galjero soient également de retour… Depuis tout ce temps, quelqu'un de plus malin que nous a certainement fini par régler leur compte aux Roumains… Cet Anglais, ce David Tewp, peut-être…

Mais les paroles du Français ne me convainquirent pas. Insistant, je le priai de relancer l'enquête de son côté. Dandeville se racla la gorge, finit son verre de schnaps puis avoua :

— Inutile de lancer une investigation. Ostara est désormais affectée à une opération imaginée par Himmler lui-même… Opération *Lebensborn* ! « Fontaine de vie » ! Un projet auquel collaborent certains des nouveaux scientifiques de l'Ahnenerbe !

Mes yeux s'écarquillèrent. Anticipant sur ma colère, le Français poursuivit :

— Je sais que tu vas me reprocher de ne pas t'avoir prévenu dès que je l'ai su. Mais il y a deux bonnes raisons à cela…

— Lesquelles ?

— Tout d'abord, Lebensborn est une structure complexe, opaque, même… Je n'en connais qu'une toute petite partie. C'est un puzzle dont la vue d'ensemble est classée top secret. Ensuite – et c'est la meilleure raison de mon silence – j'ai voulu te protéger. Je savais que si tu apprenais que Keller se trouvait de nouveau à notre portée, tu voudrais replonger dans toute cette boue remuée par les Galjero… Ce ne peut être que très nocif pour toi !

La bouffée de colère qui m'avait saisi retomba. Je sentais le Français sincère et l'attention qu'il me portait me touchait. Ses craintes étaient cependant pleinement justifiées. Je voulais savoir, à n'importe quel prix, ce qu'il était advenu de Laüme, Dalibor et du *palladium* de Berlin…

La main de gloire

Congénitalement déréglée dans les aigus, la voix de Reinhard Heydrich résonnait désagréablement dans la grande salle de réunion du SD.

— Nous atteignons maintenant le *Kern*, comme dit notre Führer ! Le noyau de notre époque prométhéenne ! Messieurs, en cette veille du solstice d'été 1941, nos soldats sont massés sur la frontière et se préparent à percer l'URSS jusqu'au cœur ! D'ici à trois mois, nous serons à Moscou ! Et une nouvelle ère commencera ! *Notre* ère !

Comme tous les autres officiers présents autour de la table des cartes, je levai la coupe de champagne que les ordonnances venaient de nous apporter sur des plateaux d'argent. Se pouvait-il que, parmi tous ces gradés, aucun ne songeât comme moi que nous nous lancions dans l'aventure militaire la plus désastreuse qui fût ? Depuis deux ans, en dépit de tous nos efforts, nous n'étions pas parvenus à réduire l'Angleterre. Comment pouvait-on croire sérieusement qu'en ouvrant un front gigantesque à l'est, nous pourrions encore gagner la guerre ? Heydrich le pensait, pourtant…

— L'avenir appartient aux hommes qui rêvent, Gärensen ! Pas aux hommes qui gèrent selon les comptes médiocres de la raison !

J'étais alors seul avec lui dans son bureau. La petite fête qui avait suivi l'exposé détaillé des tâches que le SD aurait à accomplir en territoire soviétique venait de se terminer, et Reinhard lui-même s'apprêtait à partir pour le front.

— Savez-vous qui je vais y retrouver, Gärensen ? La nouvelle va vous faire plaisir ! Figurez-vous que la comète Ostara Keller revient s'accrocher dans notre orbite…

— Keller revient au SD ? tentai-je de relever le plus calmement du monde.

— Disons qu'elle transcende les genres et les organigrammes… Protection spéciale de Himmler… Je ne peux rien faire contre ça. Elle a passé les six derniers mois en Pologne. Maintenant, elle étend son territoire à l'URSS…

— Étendre son territoire ? Mais pour quoi faire ?

— Pour jouer à l'apprentie sorcière, paraît-il !

Comme je me raidissais, Heydrich partit d'un grand rire avant de soulever subitement un tout autre sujet, et rien ne put le décider à revenir sur le statut particulier dont jouissait Keller.

Pendant deux ou trois semaines, j'essayai par tous les moyens d'en savoir plus sur le programme Lebensborn, mais je me heurtais partout à un mur de silence. Parti lui aussi sur le terrain, Dandeville profitait de la percée de nos troupes pour organiser le pillage systématique des bibliothèques des grandes villes soviétiques qui tombaient entre nos mains. Il parlait un russe médiocre et se piquait pourtant de reconnaître la valeur des perles manuscrites qui se cachaient là-bas. Je ne savais au juste ce qu'il cherchait. J'étais triste de ne plus avoir un seul compagnon véritable à qui parler dans tout Berlin… Des mois passèrent ainsi, puis, au début de l'année 1942, Heydrich reçut l'attribution de *Gauleiter* – gouverneur – de Tchécoslovaquie. Il partit à Prague, me laissant au SD le soin de régler des affaires de peu d'envergure… Il y avait longtemps que je subissais une disgrâce non dite. J'étais, comme disent les Français, *au placard*, sans trop savoir pourquoi… Cela ne me gênait pas. Au contraire, même ; avec l'éloignement prolongé de Reinhard, je pouvais à ma guise filer à Venise…

À la mi-avril 1942, il régnait en Italie une chaleur déjà si étouffante que nous ne pouvions sortir qu'après que le soleil se fut couché. Pendant deux ou trois jours, Fausta et moi vécûmes en amoureux, nous amusant de nos dents noircies lorsque nous mangions des pâtes *al nero di seppia*, préparées à l'huile d'olive et à l'encre de seiche ; passant nos soirées à déguster les minuscules artichauts de San Erasmo sous la tonnelle de l'*altana*, le jardin aménagé sur le toit de la maison qu'elle avait achetée au Dorsoduro ; faisant l'amour dans son vaste lit tout le reste de la journée…

— La reine secrète de cette ville est Pénélope, me dit-elle la veille de mon départ. Depuis des siècles, les Vénitiennes sont habituées à attendre les hommes partis au loin chercher les épices et les soieries, découvrir des continents, explorer les océans… Comme la reine d'Ithaque, moi aussi je languis en t'attendant…

Il n'y avait pas de tristesse dans ce constat. Pas de trace d'amertume. Cela m'étonna presque.

— Thörun… J'ai une faveur à te demander. Veux-tu me l'accorder avant même que je t'en parle ?

— Oui.

— Alors viens…

Me prenant par la main comme si je n'avais été qu'un petit enfant, Fausta me conduisit dans une ruelle toute proche. Au bout d'un long passage qui la retranchait du reste se dressait une maison dont le crépi jaune s'écaillait sous l'usure des siècles. Dans la cour, trois chats alignés somnolaient dans une flaque de soleil. Nous montâmes au second étage par un escalier à la rambarde en fer forgé, puis Fausta, sans prendre la peine de frapper à la porte, pénétra dans un appartement. Je la suivis dans une pièce sombre au plafond haut, aux volets tirés pour se protéger de la chaleur. Un homme était assis sur un canapé couvert d'un drap clair. Je ne le connaissais pas.

— Thörun, dit doucement Fausta, je te présente Lewis Monti, un ami…

*

Schwarze Kapelle, l'orchestre noir ! C'était une expression que l'on prononçait de plus en plus fréquemment dans les hautes sphères du pouvoir. Elle désignait indifféremment tous les opposants allemands au régime national-socialiste. On en parlait comme d'un monstre, une pieuvre à laquelle il repoussait deux bras sitôt que l'on parvenait à en trancher un.

Lewis Monti n'était pas allemand. Il ne faisait pas partie de la *Schwarze Kapelle*. Il avait cependant un rôle précis à jouer dans la proche périphérie de cette nébuleuse.

— Je suis né et j'ai grandi en Sicile, mais je suis citoyen américain depuis plus de trente ans, m'expliqua-t-il. J'apporte mon soutien à ceux qui, en Europe, ont assez de bravoure pour s'opposer aux nazis. Quant à ceux qui n'ont pas encore trouvé cette force de caractère, je peux les aider à faire naître ce courage…

Instinctivement, je n'aimais pas cet homme corpulent, âgé d'une soixantaine d'années, au visage bouffi, pâteux, aux cheveux gris frisottant vilainement dans le cou. Sans ma femme à mon côté, je crois que j'aurais immédiatement dénoncé aux fascistes cet espion italo-américain qui me semblait incarner ce que je détestais naturellement chez les Alliés : une sorte de laisser-aller vulgaire mêlé de roublardise et de morgue...

— Vous prenez un énorme risque en me contactant, répondis-je sèchement à Monti dans le peu d'italien que j'avais fini par apprendre. Je suis un SS. Un proche de Heydrich. Un mot de moi et vous êtes arrêté, ici même, à Venise ! Un mot de plus et vous êtes fusillé !

Mes paroles ne parurent pas perturber Monti. Au contraire, il semblait plus détendu que jamais, sûr de son fait.

— Mon pays va bientôt donner sa pleine puissance dans la guerre qui l'oppose à votre M. Hitler. Quand les Américains ouvriront un front en Europe, vous me remercierez de vous avoir fait passer opportunément du bon côté. Réfléchissez à ma proposition. Vous n'avez plus beaucoup de temps... Mais moi, je crois que vous avez déjà choisi votre camp. Et depuis longtemps ! Pourquoi auriez-vous donc épousé Fausta Pheretti, si vous étiez un vrai nazi ? Vous devez nous aider à abattre ce régime, Gärensen ! C'est pourquoi vous êtes resté à Berlin si longtemps.

Évidemment, Lewis Monti avait raison. Par sa bouche se révélait enfin à moi la cause secrète qui, en dépit de tout bon sens, m'avait fait attendre en Allemagne. Ce fut comme un éclair qui me frappa. Je me mis à trembler, à rire sottement aussi. J'avais chaud. J'avais froid. Je voulais m'enfuir et je voulais rester. J'étais fier et misérable, victorieux et brisé... Pour la première fois depuis dix ans, il me semblait voir clairement la vérité, et c'était un ennemi qui me la montrait ! Fausta me prit dans ses bras. Doucement, elle me parla à son tour, me consolant, me berçant presque. Ses mots me calmèrent. Enfin, après avoir longuement passé ma nuque sous l'eau fraîche, je sentis que je revenais à moi.

— Comment vous aider ? demandai-je à Monti.

— En commettant un crime qui va vous faire gagner votre propre liberté. Nous voulons que vous nous aidiez à abattre Reinhard Heydrich.

L'énormité de cette requête faillit me pousser à revenir sur la résolution que je venais de prendre. Découragé, je soupirai :

— Tuer Heydrich est impossible ! Comme supprimer Hitler, ou Himmler. Je suis désolé, mais je ne peux pas vous expliquer pourquoi. Je vous demande de me croire, c'est tout.

Comment expliquer à ce gros type que tous les dignitaires nazis étaient protégés par des moyens qui défiaient l'imagination ? Tuer Heydrich ? J'avais autrefois essayé en galopant dans les allées du Tiergarten et je n'y étais pas parvenu. Tuer Hitler ? Combien d'attentats contre lui avaient déjà lamentablement échoué ? Combien d'inexplicables miracles avaient eu lieu pour sauver le Führer, à la dernière seconde, d'une mort certaine ? Tout cela ne pouvait pas s'expliquer rationnellement. Il fallait avoir connu les Galjero pour comprendre…

Monti planta ses yeux noirs dans les miens.

— Je vous crois, Gärensen. Je vous crois parce que je sais très précisément à quoi vous faites allusion. Et c'est bien pour cela que votre collaboration est vitale !

Incrédule, je regardai cette face ronde, un peu lunaire,

piquetée de deux ou trois méchantes verrues, sans être certain de saisir ce que l'homme voulait me dire.

— Vous seul êtes en mesure de détruire l'ange gardien qui protège Heydrich, reprit Monti dans un souffle. Je vous montrerai comment, si vous l'ignorez !

*

Malgré ses allures taurines, Lewis Monti était un homme habile et patient. Il sacrifia la soirée entière à me raconter les innombrables péripéties qui l'avaient mené des montagnes de Sicile à New York, de sa vie de campagnard méditerranéen à sa collaboration avec les services de renseignements américains...

— Au fond, vous et moi sommes très semblables, Gärensen, conclut-il. Le destin a voulu que nous nous forgions dans les drames et sous la contrainte. Et que nous arpentions des chemins dont peu d'hommes soupçonnent l'existence...

— Le destin, surtout, a voulu que nous croisions les Galjero !

Car Monti, lui aussi, connaissait Dalibor et Laüme. Comme la mienne, mais en des circonstances plus dramatiques encore, les Roumains avaient marqué sa vie au fer rouge !

— Je n'ai cessé de les traquer, Gärensen... Un jour, je le sais, je me dresserai à nouveau devant eux. Peut-être alors serez-vous à mes côtés ! Je le souhaite ardemment. Mais auparavant il faut terminer cette guerre au plus vite. Vous avez longuement fréquenté le couple quand il séjournait à Berlin. Vous avez même accompagné Dalibor à Venise... Vous devez savoir où se cache la statuette qui protège Heydrich. Peut-être même connaissez-vous le nom de mort de celle-ci ?

— Comment savez-vous tout cela sur moi, Monti ? demandai-je. Comment est-ce possible ?

Lewis plongea ses doigts dans son verre vide pour en ôter les glaçons à demi fondus et suça les petits cailloux de glace. Ma question semblait le surprendre.

— Les nazis ne sont pas les seuls à truffer d'espions les villes ennemies… Vous souvenez-vous de Merry Groves, une journaliste du *Chicago Tribune*, que vous avez rencontrée le soir où vous avez fait la connaissance des Galjero ? C'était à Karin Hall, n'est-ce pas ?

Oui, je me souvenais de Merry Groves. Après l'avoir vue chez le gros Hermann, je l'avais croisée deux ou trois autres fois, en ville, par hasard, croyais-je…

— Merry est une sorte d'espionne, elle aussi. Grâce à elle, nous avons beaucoup appris sur vous…

Serrant les dents, j'accusai le choc. Habitué à lire et à rédiger des fiches de renseignements sur les autres, j'avais beaucoup de mal à accepter le fait d'avoir été l'objet d'une investigation de la part des services secrets ennemis !

— Tuer Heydrich est l'une de mes idées fixes depuis très longtemps, Monti. J'ai essayé de le faire. J'en ai été incapable… Malheureusement, j'ignore où est gardé son *therapon*. J'ignore également où se trouvent les statuettes fabriquées pour Hitler et les autres…

— *Therapon* ? C'est ainsi que vous nommez les *anges* ? Je ne connaissais pas ce terme. C'est très poétique…

— Cela n'enlève rien au fait que je ne peux pas vous aider. Personne ne le peut.

Monti se redressa et alla s'appuyer contre la fenêtre. La nuit était tombée. Il poussa les persiennes pour laisser entrer un peu de fraîcheur et resta un instant silencieux, à profiter de la douceur revenue. Puis, se tournant vers moi, il murmura :

— Je sais qui garde les *anges*…

*

Matthieu-Marie Dandeville avait la peau tannée et le rire facile. Tout juste revenu du front de l'Est, il savourait les bonnes nouvelles qui pleuvaient depuis quelques semaines : Rommel atteignant l'Égypte ; les commandos italiens faisant couler la moitié de la Home Fleet britannique dans les ports de Malte, Gibraltar et Alexandrie ; la Wehrmacht victorieuse fonçant sur Stalingrad…

— J'ai entendu une histoire étrange en Russie, mon vieux Thörun. Figure-toi que, le 20 juin 41 très exactement, une équipe d'archéologues de l'Académie des sciences de Moscou qui fouillait dans la toundra a mis au jour rien moins que la tombe de Gengis Khan. Devine ce qui était écrit sur le tombeau !

— Je ne sais pas.

— « Que tous ceux qui découvrent cette sépulture sachent que leur pays subira une invasion s'ils osent profaner ce cercueil » ! Une journée plus tard, nos Panzer fondaient sur Moscou ! Incroyable, non ?

— J'admets que c'est assez déroutant, en effet. D'autres histoires de cet ordre ?

— Une soirée ne suffirait pas à les raconter… Mais toi ? Que deviens-tu ? Pourquoi n'es-tu pas parti avec Heydrich à Prague ?

D'une voix où je forçai la note de la tristesse, j'expliquai à Dandeville que le chef du SD m'avait exclu depuis longtemps de son cercle de confiance.

— Il a lancé plusieurs opérations colossales, je le sais. Mais j'ai été systématiquement écarté de tous ces préparatifs. Il y a eu la conférence de Wannsee, notamment, dont je n'ai rien su et dont je ne sais toujours rien… Et toi ? Toujours écarté de l'opération Lebensborn ? demandai-je d'un air détaché.

Dandeville ne fut pas dupe. Il me connaissait trop pour ne pas deviner où je voulais en venir…

— Ostara Keller est en Pologne, si c'est ce que tu veux savoir… Je peux même te dire où.

— Qu'y fait-elle ?

— Des études sur les populations, apparemment. Elle dirige un centre de recherches anthropologiques. Quatre médecins de chez nous ont été affectés à son service. Je n'en suis pas mécontent. Ces types étaient détestables.

Trouver une raison plausible de me rendre en Pologne se révéla extrêmement difficile. Le pays constituait une sorte de zone interdite, un vaste espace hermétique où nul ne savait ce qui se passait. Les SS y exerçaient l'autorité suprême. Si je n'avais pas porté moi-même l'uniforme noir, jamais je n'aurais pu en franchir les frontières. Sous le prétexte d'une affaire impliquant un de nos correspondants, je parvins tout de même à Cracovie le soir du 30 avril 1942. C'était un triste anniversaire pour moi : six ans plus tôt, jour pour jour, Dalibor Galjero m'avait fait pénétrer pour la première fois dans les cryptes du Wewelsberg. Je m'en souvenais comme si c'était hier… Quelques heures à peine me furent nécessaires pour régler le problème avec mon agent, puis, un peu avant l'aube du 1er mai, je fis prendre la route du sud à mon ordonnance…

Le centre Lebensborn que dirigeait Keller se trouvait dans un vieux manoir situé en pleine forêt, dans une zone de fondrières et d'étangs morts qu'aucun seigneur n'avait jamais pris la peine de faire assécher. La région n'était habitée que par quelques paysans pauvres, incultes, prématurément vieillis par les miasmes que dégageaient les marais… Sur une piste forestière défoncée, nous fûmes soudain arrêtés par un barrage d'une dizaine d'hommes en armes. Il y avait là quatre SS. Contre toute règle militaire, les autres étaient des supplétifs civils. Avec leurs vestes en peau de mouton, leurs cartouchières croisées sur la poitrine et leur bonnet de feutre orné de crânes de petits animaux, ces types avaient l'air plus patibulaires encore que les soldats. Sortant de la voiture, je m'avançai à la rencontre d'un sergent pour lui intimer l'ordre de déplacer les barrières de barbelés qui barraient la route.

— Je suis désolé, *Standartenführer*, mais les ordres sont stricts. Impossible d'atteindre le centre. Pas avant deux jours ! Ordre imprescriptible !

Je haussai le ton pour me faire obéir, sans résultat. Comme j'en étais presque à gifler le sous-officier, j'aperçus une lueur mauvaise s'allumer dans les yeux des paysans. Sans être aucunement impressionnés par mes galons, ils armèrent l'un après l'autre le fusil qu'ils portaient en bandoulière. Soudain, un premier coup de feu éclata dans la forêt. Un autre suivit, plus proche, et un troisième encore… Me dressant sur la pointe des pieds, je portai mon regard tout au fond de la route, là précisément où l'on m'interdisait de me rendre. À cent mètres au-delà du barrage environ, il me sembla voir un animal qui sortit d'un taillis pour bondir dans un autre, et une silhouette vaguement humaine traverser le chemin en courant. Les civils pointèrent nerveusement leur arme vers les bois, tandis que les SS me firent signe de m'éloigner au plus vite. Contraint au repli, je remontai dans la voiture et demandai au chauffeur de quitter la zone.

Dès que nous fûmes hors de vue du poste de contrôle, je fis arrêter le véhicule et m'avançai seul sur une cinquantaine de mètres. Ma progression fut arrêtée par une haute paroi de grillage serré. Il y avait une sorte de bourdonnement sourd tout autour de moi. Je crus d'abord à un nid de guêpes, puis je me rendis compte que le vrombissement provenait de la clôture. Je jetai une branche morte contre les mailles. Avec un bruit de ballon qui éclate, le morceau de bois craqua dans une gerbe d'étincelles et d'escarbilles qui fusèrent comme des feux de Bengale. Électrifiée à très haute tension, la barrière était infranchissable ! Je revins en courant vers la voiture et cherchai dans le coffre à outils un moyen de passer l'obstacle. La solution la plus simple aurait été de lancer l'automobile contre l'enceinte, mais celle-ci était trop enfoncée dans les bois pour être accessible au véhicule.

Ce fut mon chauffeur qui eut l'idée de génie de fixer la roue de secours sur une courte perche et de nous en servir comme d'un bélier. Le pneumatique constituant un isolant, cela ne pouvait manquer de réussir ! L'opération fut longue et vite épuisante mais, après une trentaine de coups de boutoir, nous parvînmes à ménager une trouée suffisamment large dans le grillage pour que je m'y glisse sans danger. Le chauffeur eut beau insister pour m'accompagner, je lui ordonnai de retourner m'attendre au village le plus proche. Protégé des ronces par ma capote de cuir, j'empoignai mon Lüger et me mis à marcher dans la direction du manoir. Aucun sentier n'était tracé dans les buissons, et les arbres poussaient serrés ; pour les contourner, je devais patauger jusqu'aux genoux dans des mares remplies de vase malodorante. Le milieu de l'après-midi était à peine dépassé, mais la lumière me semblait décliner bien plus rapidement qu'à l'ordinaire. Transpirant, levant des kilos de boue collés sous la semelle de mes bottes, j'avançai sur cinq ou six cents mètres sans me faire repérer, puis un nouveau coup de feu résonna sous les frondaisons. Loin sur ma droite, une nichée de corbeaux s'envola en croassant. De là où je me trouvais, je ne pouvais voir que des feuillages et des ramures.

Une éminence toute proche, pourtant, semblait pouvoir m'offrir un meilleur point d'observation. Je commençais tout juste à gravir la pente lorsque mes yeux furent aimantés par une tache claire un peu plus loin sur le sol. Mon rythme cardiaque s'accélérant, je m'approchai à grand-peine pour m'agenouiller auprès d'un gamin immobile, allongé sur le ventre. À part un linge lui ceignant les reins, il était nu. C'était un gosse d'une douzaine d'années environ, bien fait, bien nourri, aux cheveux blonds maculés de sang. La mort ne lui avait pas été donnée par balle, elle était venue d'une entaille large et profonde à la tempe, ressemblant à la blessure provoquée par le lourd fer d'une hache. Comme j'examinais le gamin, j'entendis un frôlement derrière moi. Je n'eus pas le temps de me retourner, un poids énorme s'abattit sur moi et me renversa à terre. C'était un chien de combat, si massif et si furieux qu'il faillit me déchirer la gorge dès le premier assaut ! Ensemble, nous roulâmes dans les feuilles, par-dessus le petit cadavre qui craqua comme une branche sous notre poids. Sans que j'en aie conscience, mon index pressa deux fois la détente de mon automatique, tuant net l'animal. Avec une grimace de dégoût, je repoussai sa carcasse et me relevai le plus vite possible. Je voulais poursuivre vers le sommet de la butte quand un martèlement dans les taillis m'arrêta de nouveau. Faisant volte-face, je vis surgir un cavalier casqué monté sur un gigantesque frison noir qui fonçait sur moi au grand galop. Une lame de sabre brillait dans son poing. Je visai au jugé. Une fois. Deux fois. Sans résultat. Je voulus ajuster mon tir mais déjà le cheval et son maître étaient sur moi. Je n'eus que le temps de me baisser pour parer un premier coup. Glissant sous la monture, je cherchai à passer sur sa gauche pour déstabiliser le cavalier et affaiblir son bras armé, mais, rapide et précise comme une flèche d'archer, la pointe de sa lame alla claquer sur le canon de mon Lüger. Mon pistolet sauta de ma main et vola dans les fourrés. Sans ressources face à l'homme dont le visage demeurait invisible sous une grille d'escrimeur, j'allais être décapité par un des coups qu'il me décochait à la vitesse d'une machine quand, roulant au sol, mes mains se refermèrent sur une poignée de cailloux, et je lançai les pierres à toute volée dans les yeux du cheval. L'animal se cabra sous la surprise et fit basculer son maître dans la poussière… Un instant étourdi par sa chute, l'homme éprouvait des difficultés à se relever. Je voulus courir sur lui pour lui arracher son arme, mais le sabre était lié à son poignet par une dragonne et je perdis sottement mon temps à essayer de dénouer l'attache. Ce répit laissa à mon adversaire le temps de retrouver ses esprits et de m'étendre par terre d'un vigoureux coup de poing. Se relevant plus vite que moi, l'homme ôta son masque… Je reconnus le visage de l'*Hauptmann* Ghert Wussau-Pranghofer, le commandant de la *Junkerschule* de Bad Tölz où j'avais fait mon apprentissage de SS, onze années plus tôt. Le temps semblait n'avoir pas prise sur lui. Malgré son âge, il paraissait toujours aussi fort qu'un ours, aussi rapide et adroit qu'un singe. Je savais que le sabre de cavalerie était son arme favorite. Contre un tel adversaire, je n'avais aucune chance.

— Je vous reconnais, haletai-je en retrouvant la station debout. Wussau-Pranghofer ! Nous sommes SS tous les deux. C'est vous qui m'avez formé ! Pourquoi nous affronter ?

Mais l'*Hauptmann* ne perdit pas son temps en palabres avec moi. Il se fendit sur-le-champ pour me porter un coup fatal au ventre. De taille et d'estoc il frappa, faisant siffler sa lame. Mon bras fut pris dans un de ses moulinets et le fil du sabre traversa les épaisseurs de cuir et de tissu pour entailler ma peau. La douleur fut si aiguë que la rage me gagna. Au lieu de reculer pour esquiver quelque nouveau coup, je me jetai en avant, de tout mon poids. Plus petit que moi et beaucoup moins lourd, mon ancien instructeur fut emporté par ma charge, tel un fétu soulevé par une tornade. Je parvins à le plaquer contre un tronc d'arbre et, sachant que je jouais maintenant ma dernière carte, je pressai mes pouces au fond de ses orbites. La souffrance que je lui infligeais paralysa littéralement le vieil officier, qui ne put rien faire que de pousser un cri d'agonie tandis que mes ongles perçaient le globe de ses yeux bleus. En quelques soubresauts, il rejoignit le royaume des *Einherjars*, ces guerriers d'élite du dieu Odhinn, dont il était si admiratif… Laissant glisser sa dépouille le long de l'écorce, je courus rattraper le cheval qui s'était éloigné un peu. Dans ses fontes, je trouvai une carte détaillée du domaine, ainsi qu'une longue-vue d'assez fort grossissement. Enfin, après avoir sommairement pansé mon bras, je battis les fourrés jusqu'à retrouver mon Lüger près d'une flaque d'eau. Me hâtant, je mis le pied à l'étrier et, sans même un regard en arrière pour l'*Hauptmann*, je gravis la colline avec ma monture. De là-haut, je tirai la lunette et observai le paysage à perte de vue.

Prenant mes repères et m'aidant de la carte, j'estimai que je me trouvais à trois kilomètres environ du vieux manoir où j'espérais trouver Keller. Diverses annotations colorées émaillaient le plan : des ronds, des croix, des hachures disposés çà et là sans qu'aucune référence vienne indiquer à quoi tout cela se rapportait. Suivant un moment la ligne de crête, je trouvai un sentier qui semblait mener à un carrefour marqué d'un cercle jaune sur la carte. Prudemment, je fis prendre le pas à ma bête et arrivai aux abords du croisement sans rien remarquer d'anormal. J'avançais sur un petit terre-plein en friche lorsque mon cheval se mit à renâcler et à souffler. Il devinait au milieu des herbes un danger que je ne percevais pas ! Sautant à terre et scrutant la zone, je finis par découvrir, soigneusement camouflées sous des feuilles mortes, les mâchoires béantes d'un piège à loup. Si celui-ci correspondait au cercle que je voyais sur le plan, alors c'était la quasi-totalité du terrain autour du manoir qui était protégée de la sorte ! À l'aide d'une branche morte, je désamorçai le dispositif qui se referma en claquant sèchement.

Dépassant le carrefour, j'évitai soigneusement toutes les zones marquées d'un signe. Quelques minutes plus tard, je remontais le cours d'un ruisseau. Un vent glacial se leva en bourrasques et la bruine se mit à tomber, fondant toutes les couleurs dans une mélasse indistincte, un brouillard qui rendait ma progression plus incertaine et plus dangereuse à chaque pas. Je remontai sur la berge, passai entre des saules et longeai une vieille cabane abandonnée, à l'intérieur de laquelle j'entendis des bruits de lutte. Arme au poing, je fis à pied le tour de la masure et pénétrai dans une pièce sans lumière, au sol de terre battue.

Dans un recoin, deux gosses presque nus étaient enlacés, luttant à mort. Assez grand, très musclé, l'un avait pris l'avantage. D'une lourde pierre qu'il maniait comme un marteau, il achevait de fracasser le crâne de son adversaire, un gamin plus petit et plus jeune qui tentait en vain de résister en serrant ses mains autour du cou de son bourreau. Tirant le plus grand par sa tignasse drue, je le projetai violemment contre un mur, ce qui l'assomma à demi. Étonnamment vigoureux et résistant, il revint pourtant sur moi et m'attaqua par-derrière alors que je venais à peine de me pencher sur sa victime. Le coup qu'il me donna sur le crâne m'assomma et faillit me faire perdre conscience. Incapable de réagir, je m'écroulai tandis qu'il se jetait sur moi pour s'emparer de mon Lüger. Le gamin me visa, pressa la détente et resta interdit car aucun coup ne partit. Comprenant que le pistolet n'était pas armé, il essaya de faire monter la cartouche dans le canon mais, usant le peu de forces qui me restait, je m'élançai sur lui, enserrai ses chevilles et parvins à le faire tomber. Je dus abattre trois ou quatre fois mon poing sur son visage pour qu'il plongeât enfin dans l'inconscience.

Crachant le sang qui m'était venu dans la bouche, je m'approchai du plus jeune ; malheureusement, il n'y avait plus rien à faire pour lui. Il ne respirait déjà plus. Je liai les mains de l'autre avec ma ceinture, puis, l'esprit encore confus, je m'adossai un long moment contre le mur de planches. La pluie tombait toujours et c'était le seul bruit du dehors que je pouvais entendre. Pluie glissant sur les feuillages. Pluie martelant le toit de cette cabane perdue au milieu d'une forêt transformée en terrain de chasse…

Je crois que je serais resté dans cet état d'hébétude jusqu'à la nuit si le gamin gladiateur n'avait fini par bouger et par se réveiller tout à fait. Je tentai de l'interroger mais, d'évidence, il ne me comprenait pas. Prenant pitié de ce pauvre gosse que l'on forçait à combattre comme un animal, je lui déliai les mains et jetai mon manteau de cuir sur son corps frissonnant avant de lui montrer sur la carte d'état-major l'endroit par lequel il pouvait traverser le grillage électrifié. J'espérais qu'il pourrait trouver sa voie hors du terrain dévolu à l'épreuve cruelle qu'on lui faisait passer. Car, je n'en doutais pas, c'était une sorte de *Tierkampf* nouvelle manière qui se déroulait dans les bois autour du manoir : le couronnement d'une sélection autrement plus dure que celle que j'avais dû subir moi-même à Bad Tölz. D'après ce que je comprenais de la situation, des enfants étaient lâchés dans la forêt, où ils étaient pistés et abattus sitôt que débusqués. Seuls ceux qui parvenaient à échapper aux traqueurs étaient autorisés à survivre. Jusqu'à quand et pour quoi au juste, je l'ignorais…

Me remettant en selle, je piquai les flancs de mon cheval pour continuer ma route vers le manoir. Je chevauchai ainsi vingt ou trente minutes. À l'orée d'une clairière, après avoir franchi un profond bras d'eau où je me mouillai jusqu'aux cuisses, je vis, au sommet d'un mamelon, le toit d'un mirador surplombant la cime des arbres. Observant la plate-forme à la longue-vue, je constatai avec soulagement que l'observatoire n'était pas occupé. Du haut de la tourelle, j'avais un point de vue idéal sur un vallon en contrebas. Au cœur de celui-ci, un petit château aux murs de brique rose et au toit d'ardoise était entouré d'une nouvelle enceinte. De nombreuses dépendances – d'anciennes écuries et des granges, sans doute – étaient disposées tout autour du bâtiment principal. Malgré les nuages de plus en plus sombres dans le ciel, malgré la lumière qui évoquait déjà celle du crépuscule, je voyais assez distinctement ce qui se passait dans la cour du manoir car de grands projecteurs y avaient été installés. Vomissant une épaisse lumière blanche, les phares éclairaient parfaitement un groupe d'une vingtaine de personnages en manteau et bottes d'équitation. Protégés de la pluie par un auvent, des chevaux piaffaient et s'énervaient au bout de leurs longes. Se détachant des autres par sa plus petite taille et sa silhouette mince, Ostara Keller, une cravache à la main, tournait en rond tout en regardant fréquemment sa montre. Par la grande allée, deux hommes arrivèrent au petit trot. Courant à leurs côtés, deux molosses battaient de la queue en signe de contentement et s'amusaient à mordiller tour à tour un sac de toile noire que le premier cavalier portait devant lui, en travers de sa selle. C'est seulement lorsque l'objet fut jeté négligemment à terre que j'en saisis la nature. Cette chose molle, ce boudin informe, c'était le corps du gamin que j'avais combattu dans la cabane ! Rattrapé, il avait été pris et abattu comme du gibier.

L'arrivée de ces deux chasseurs déclencha des palabres à n'en plus finir. Ce n'était pas le corps du petit qui faisait l'objet de leur stupéfaction, mais bien ma capote, dans laquelle il était toujours enveloppé ! Enfin, après qu'on eut beaucoup gesticulé autour du cadavre, Keller prit le vêtement et le présenta aux chiens pour qu'ils en remontent la piste. Je vis les bêtes japper, renifler la capote, humer l'air et piquer droit dans ma direction. Menés par Keller, dix ou douze chasseurs d'enfants se mirent aussitôt en selle. Piquant leurs montures, ils s'élancèrent au grand galop sur la trace des chiens…

C'était pour moi un danger extraordinaire et une opportunité fabuleuse ! Si je parvenais à déjouer la traque, il me serait peut-être possible de pénétrer dans le manoir. Sortant la carte de ma poche, je dressai en moins d'une minute un plan qui me permettrait peut-être de gagner sur tous les tableaux. Sans leurs chiens, les traqueurs étaient aveugles. Éliminer ceux-ci devait donc constituer ma priorité absolue. Dévalant l'échelle du mirador, je repris les rênes de mon frison et le conduisis exactement là où s'étendait une large zone piégée, le long d'une bande de terre séparant deux étangs. Et j'attendis, confiant dans la conjugaison de célérité et de témérité qui amènerait les chiens à moi le plus vite possible. Poussant la précaution jusqu'à me mettre dans le vent, je vis apparaître les deux cerbères, tous crocs dehors, paquets de muscles taillés pour la course et l'attaque. Le premier fut cueilli en pleine course par un piège à loup aux mâchoires si coupantes et au ressort si puissant que sa patte en fut tranchée net. Le second eut plus de chance. Dans sa course erratique, il parvint à éviter tous les obstacles. Les deux balles que je lui expédiai lui firent éclater le museau alors qu'il n'était plus qu'à dix mètres.

Débarrassé des limiers, je fis faire volte-face à mon cheval et m'enfonçai au plus noir de la forêt. Je savais que les chasseurs ne s'étaient pas aventurés sur le terrain piégé. À une allure soutenue, j'entrai dans la propriété et laissai ma monture attachée à un arbre à deux cents mètres environ du château… Aidé par la nuit, maintenant, je me faufilai sans peine jusqu'à un muret qui délimitait la cour du bâtiment. Des gardes se tenaient là, qui patrouillaient sans conviction, se demandant pourquoi la chasse n'était pas encore terminée alors que l'ombre gagnait. Dissimulé dans le renfoncement d'une vieille porte dégondée, je les observai le temps de saisir la fréquence à laquelle ils passaient. Quand je fus certain d'avoir compris le rythme de leur surveillance, je me glissai d'angle mort en angle mort jusqu'à pénétrer dans le manoir par la porte d'un immense cellier où étaient rangées des centaines – des milliers peut-être – de bouteilles de vin.

Momentanément à l'abri, je savais que l'heure était venue pour moi d'utiliser l'objet très particulier que m'avait confié Lewis Monti à Venise… Cet objet, je l'avais gardé sur moi depuis que j'avais quitté Berlin pour la Pologne. Pas un instant il n'avait quitté la lourde boîte d'acier renforcé que j'avais fixée au creux de mes reins par quatre larges bandes de papier collant. Soulevant ma chemise, j'arrachai l'adhésif et saisis le coffret.

À l'intérieur, plus précieux peut-être que le secret de la codeuse Enigma, se trouvait le seul instrument capable de localiser les *therapoi* conservés par Keller. Cet instrument n'était pas mécanique. Il ne se composait ni de fer ni de cuivre. Aucun courant électrique ne l'animait. Conjuguant la science interdite de la plus vulgaire nécromancie à celle de la plus haute magie cérémonielle, c'était en apparence une simple main momifiée. Autrefois coupée sur le cadavre d'un pendu, elle avait été préparée selon des recettes remontant à la nuit des temps, que ne connaissent plus que les plus vieux d'entre les plus vieux habitants de certaines régions perdues d'Europe… Monti la tenait d'une ancêtre et l'avait lui-même souvent utilisée au cours de sa vie aventureuse. Jamais elle n'avait failli à sa tâche. Car cette main, pour desséchée et craquelée qu'elle fût, avait un pouvoir. C'était une *main de gloire*, un talisman consacré à la découverte des objets cachés… Certes, je n'avais pas voulu croire au pouvoir de cette répugnante relique, et il avait fallu que Monti, à deux ou trois reprises, retrouvât ma propre montre que j'avais dissimulée, dans la maison de Fausta d'abord, puis derrière une statue d'une ruelle du Dorsoduro, pour que je sois convaincu de l'efficacité du procédé.

Comme me l'avait appris Lewis, mais le cœur battant à tout rompre, je posai la paume morte sur mon poignet gauche et laissai la sorcellerie opérer. Tout d'abord, rien ne se passa, puis je sentis nettement que la peau tannée, d'un jaune cireux, était secouée de légers tremblements qui me faisaient l'effet d'un mille-pattes ou d'une chenille rampant sur ma chair. Tout à coup, les doigts longs se resserrèrent autour de mon bras et une première traction me fit faire un bond en avant. C'était l'impression la plus désagréable qu'on pût imaginer : être entraîné par un « individu » dont on sentait la force, mais dont on ne voyait que cette main parcheminée, crevassée comme un sol de latérite…

La pression sur mon bras se faisait plus forte à chaque instant, signe que les renseignements de Monti étaient justes et que le *therapon* protégeant Heydrich se trouvait effectivement quelque part dans cette demeure, dans ce manoir de Pologne dont Keller avait fait son repaire. Moi, ma hantise était d'être entraîné trop fort, trop loin, trop vite par la puissance du charme, sans que je puisse maîtriser correctement ma progression dans ce château truffé d'ennemis... Tirant sur mon bras comme je l'aurais fait sur la laisse d'un chien fou, je parvins à maîtriser l'ardeur de la main de gloire.

Je me trouvais au pied de l'escalier menant au rez-de-chaussée. Pas un moment je n'avais eu la folie d'espérer que Keller ait pu dissimuler les *anges* dans un cellier que personne ne gardait. Doucement, sans faire grincer les degrés de bois, je gravis les marches jusqu'à la porte. Le décor, la tension du moment m'évoquaient un vague souvenir ; comme je tournais le loquet et découvrais avec soulagement qu'il n'était pas fermé, je me revis soudain, onze années plus tôt, monter l'escalier de la cave dans laquelle Thyssen Matschl m'avait jeté, après la mort de Geli Raubal... Ce souvenir était ancien, mais j'en tremblai un instant des pieds à la tête ! Enfin, je regagnai assez d'empire sur moi-même pour pousser la porte du cellier et m'aventurer à l'intérieur du bâtiment. La main de gloire me tirant vers le haut, je cherchais un autre escalier menant aux étages depuis le hall quand j'entendis des pas résonner. Je voulus me cacher dans une pièce, mais les deux portes dont je tournai frénétiquement la poignée étaient fermées ! Un soldat s'avança du bout du couloir. Instinctivement, je plaçai mon bras gauche dans mon dos et résistai de toutes mes forces aux sollicitations de la main de gloire. Marchant aussi droit que je le pouvais, je croisai le garde, dont le regard fut attiré par mes bottes crottées et mon pantalon tout souillé de boue plus que par mon visage. Une sueur froide me coulant dans le dos, je compris que l'uniforme et les galons SS que je portais jouaient ici à mon avantage. S'il était impossible de tromper Keller et les officiers supérieurs qui, tous, devaient bien se connaître, les gardes étaient faciles à abuser. Longeant le couloir jusqu'à son extrémité, je débouchai sur une petite salle ronde d'où une volée de marches partait vers les étages.

Une fois au premier niveau, la main de gloire me tirait toujours. Je montai encore un étage et m'enfonçai dans un corridor obscur et désert. Elle voulut me faire obliquer à droite au bout d'un autre couloir en forme de T. Parvenu à ce point, je fus pris d'un malaise qui m'arrêta net. Mon estomac se retourna et ma gorge s'emplit d'une bile âcre. L'étourdissement me fit tomber à genoux, tandis que la relique du pendu secouait mon bras de plus en plus fort… Je n'étais pas surpris de ce qui m'arrivait. Non seulement j'avais le souvenir des statuettes gardiennes que les Galjero avaient posées, au Wewelsberg, devant l'escalier menant à la crypte contenant le *palladium*, mais Lewis Monti lui aussi m'avait mis en garde contre ce type de protection :

— Vous devrez certainement vous confronter à des protecteurs subtils. Ils fonctionnent selon le même principe que les *anges*. Ce sont des amulettes condensant et matérialisant la volonté du praticien. Les statues de garde sont parmi les plus simples à concevoir. Même si Ostara Keller n'a pas encore atteint un très haut niveau de magie opérative, elle peut avoir déjà activé de tels fétiches. Malheureusement, il serait trop long de vous préparer à vous en protéger efficacement. Vous devrez user de votre seule volonté pour combattre les effets de ces amulettes. Savoir qu'ils existent est la seule arme véritable qui puisse vous fortifier. Pour le reste : attendez-vous à ce qu'elles usent de tous les stratagèmes pour vous décourager et vous faire battre en retraite !

Vomissements, vertiges… Fermant les yeux, je luttai contre la migraine qui écrasait mon crâne et me forçai à avancer. Chaque mètre que je parcourais maintenant était plus pénible. Tout me disait de renoncer : mon corps, qui faiblissait à chaque respiration, mon esprit, envahi par une panique indescriptible. Me mordant les lèvres, gémissant presque comme un moribond, je progressai encore de quelques mètres, puis, suffoquant, je dus renoncer. Une fois revenu au croisement du couloir, la nausée et le malaise se dissipèrent en quelques secondes. Mes poumons s'emplirent d'oxygène. Malgré ce répit, je savais que je n'aurais pas la force de tenter de nouveau de passer la protection. Il me fallait d'abord désamorcer le gardien. Où était-il ? C'était la seule question qui me préoccupait. Le fétiche pouvait être dissimulé dans une boiserie, une corniche, sous une latte du plancher, voire emmuré entre deux cloisons… Comment savoir ? Utiliser la main de gloire pour le découvrir était impossible, puisque Lewis avait sanctifié celle-ci dans le seul but de découvrir les *anges gardiens* protégeant les hauts dignitaires nazis. Et puis je ne savais rien de la procédure rituelle pour modifier la demande faite à la relique nécromantique.

Je me mis à chercher avidement, tout autour de moi, un détail dans la décoration qui pût servir de support à ce gardien. En vain, je scrutai sur les murs un médaillon, ou un simple relief dont la forme pût évoquer la fonction attribuée au gardien subtil. Comme je m'avançais et que reprenaient les vertiges, je remarquai que les motifs du tapis changeaient à l'endroit même où les symptômes de malaise et de peur surgissaient. De floraux et banals, les dessins devenaient subitement géométriques et abstraits. Sans aucun sens artistique, des lignes brisées écharpaient sans raison des volutes, des angles improbables se juxtaposaient à des orbes aux couleurs incertaines… Prenant un peu de hauteur en grimpant sur une chaise adossée au mur, je constatai que ces dessins étranges évoquaient fortement ceux que les kabbalistes utilisent dans la préparation de leurs sceaux et de leurs pentacles angéliques. À coup sûr, ce tapis *était* le gardien ! Aspirant une longue gorgée d'air, je m'agenouillai afin de rouler l'étoffe et de la pousser sur le côté, mais mes mains se mirent à me brûler si fort que je dus m'arrêter.

Désespérant de trouver une solution, j'envisageais de lancer mon briquet allumé sur le tapis quand je songeai, tout simplement, à couvrir le motif d'un voile. Détachant de lourds rideaux de velours qui obturaient la fenêtre, je les jetai sur le motif avec le geste d'un pêcheur qui étale son filet sur les eaux et je me mis à courir pour franchir cette frontière. D'une manière aussi brève que fulgurante, j'eus la sensation d'avoir sauté dans un brasier, un nuage de feu qui m'aurait soudain enveloppé mais duquel je serais sorti bel et bien vivant ! Car maintenant j'étais parvenu à l'extrémité du couloir, exactement là où la main de gloire voulait me mener…

À l'aide du passe-partout que j'avais subtilisé quelques jours plus tôt dans l'entrepôt du SD, la serrure de la porte fut facile à crocheter. Prudemment, je pénétrai dans ce qui devait être les appartements privés de Keller. Je remarquai à peine un grand lit surmonté d'un baldaquin, un immense bureau couvert de dossiers et de feuilles volantes, une bibliothèque vitrée débordant de volumes anciens… Tout cela dans le style à la Potsdam que les Français nomment quant à eux Louis XV. La main momifiée me tira vers un gros coffre en acier. Ce fut là, juste devant cette armoire blindée, que cessa toute pression sur mon bras. Le modèle en était très perfectionné. Son système d'ouverture était composé d'un trio de molettes crantées de vingt-quatre chiffres. Ce qui impliquait des milliers de combinaisons possibles, qu'il était évidemment impossible d'essayer une à une. Trop épais pour être percé, trop massif pour être déplacé... je n'avais d'autre solution que d'ouvrir ce meuble par mes propres moyens, ici et maintenant !

Détendant mes muscles, je fis le vide en moi et posai mon oreille contre la plaque en acier. Lentement, je fis tourner la première molette tout en cherchant à percevoir une modification de sonorité lorsque le rouage correspondant au chiffre exact serait sollicité. Malheureusement, les couches de métal se révélèrent trop épaisses pour que je puisse entendre jouer les entrailles du mécanisme de fermeture. De rage, je donnai un coup de poing dans le coffre. Ce fut peut-être cette colère qui décida la main de gloire à achever son travail. S'agitant dans son reliquaire où je l'avais rangée, elle se mit à tressauter comme un animal vivant. Tout vibrant d'espoir, je la replaçai sur mon poignet et me laissai guider par les impulsions précises qu'elle me donnait. La première molette se bloqua sur le chiffre 23. La deuxième sur le 9. La troisième sur le 14. Il y eut un bruit de ressort huilé qui s'enclenche, et la porte du coffre s'ouvrit tout en douceur ! À l'intérieur, rangées sur deux étagères telle une armée de petits soldats, dormaient douze statuettes comparables à celle de mon ancien Amarok... La main de gloire m'en fit saisir une précisément mais, même sans son aide, j'aurais reconnu l'*ange gardien* de Heydrich. En terre cuite, la sculpture reproduisait en effet grossièrement les traits du chef du SD et de la Gestapo. Son visage était assez bien rendu mais son corps n'était pas celui d'un homme. Créature hybride entre l'humain et le fauve, la silhouette était celle d'un loup-garou armé d'une lance et d'un bouclier.

Du double fond de la boîte qui me servait à transporter la main momifiée, je voulus extraire une longue aiguille et trois ampoules d'arsenic destinées à détruire les charges protectrices contenues dans les *therapoi*. Mais, comme je soulevais le petit compartiment qui protégeait les capsules de verre, les battements de mon cœur se suspendirent. Deux flacons avaient été brisés au cours de mes combats ! Les mâchoires crispées, je refusai d'abandonner la partie malgré ce coup du sort. Je venais de remplir la seringue lorsque j'entendis du bruit à l'extérieur. Jetant un rapide coup d'œil par la fenêtre, je vis que la troupe qui s'était lancée à mes trousses revenait au château. Déjà, Keller descendait de cheval et se dirigeait vers le bâtiment. Follement, je saisis le *therapon* de Heydrich, enfonçai l'aiguille dans le bouchon de cire qui le fermait et injectai la moitié de la dose d'arsenic à l'idole. Aussitôt, la surface de celle-ci se mit à chauffer et des craquelures apparurent à sa base.

Replaçant l'objet exactement là où je l'avais pris, je voulus jouer le tout pour le tout et détruire aussi le protecteur subtil de Hitler. Représentant un chevalier terrassant un dragon, son *therapon* était facilement reconnaissable car le heaume du guerrier étant relevé, on distinguait nettement la petite moustache et la mèche si caractéristiques du maître de l'Allemagne. Sans hésitation, je vidai le reste du « Lion Vert » à l'intérieur de la statuette, que je rangeai ensuite dans le coffre. Refermant l'armoire blindée, je ramassai vivement mes affaires, sortis de la chambre de Keller et passai sur le tapis gardien sans en ressentir d'effet. Voué à la tâche de garder l'entrée du couloir, il ne réagissait nullement aux déplacements en sens inverse ! Effaçant toute trace de mon passage, je rangeai le rideau dans un coffre et cherchai un moyen de redescendre sans me faire repérer. De là où je me trouvais, je pouvais entendre des voix résonner aux étages inférieurs. La solution la plus simple était encore de sauter par la fenêtre ! J'avisai une lucarne qui surplombait un recoin d'ombre. Sauter du deuxième étage était risqué mais, considérant ma bonne condition physique, j'avais une chance raisonnable de réussir. Sans hésiter, je me suspendis donc au rebord et me laissai tomber sur le gravier. Chutant brutalement, je crus un instant que j'allais me rompre les os. Je m'en tirai finalement avec une bonne meurtrissure sur les fesses.

La pluie tombait maintenant à verse et avait chassé les sentinelles sous les préaux et sous les porches. Courant dans les flaques, je gagnai le couvert des arbres aussi vite que je le pus et retrouvai ma monture là où j'avais noué sa bride à une branche basse. Filant à toute allure, je remontai dans la forêt où, malgré mes efforts, je me perdis assez vite. La profondeur de l'obscurité m'empêchait de voir les obstacles qui se dressaient sur ma route ; mon visage était battu par les ramures et, à tout instant, mon cheval pouvait s'enliser dans les marais ou être pris dans un piège à loup. Continuer ainsi, à l'aveuglette, n'était pas raisonnable. Bien qu'il fût encore assez tôt dans la soirée, huit ou neuf heures peut-être, il fallait me résoudre à attendre le jour. Tirant sur les rênes, je mis pied à terre et m'adossai au tronc d'un grand chêne qui m'accordait quelque abri.

Trempé, tremblant de froid, j'attendis ainsi patiemment que le jour se levât. Ce fut, je crois, une des nuits les plus longues et les plus pénibles de ma vie. Enfin, comme le ciel commençait à rosir malgré les énormes nuages, je remontai en selle. Retrouvant la clôture électrifiée après une heure de chevauchée prudente dans les marécages, je suivis ce fil d'Ariane jusqu'à l'endroit où mon chauffeur et moi avions pratiqué une percée… Celle-ci, malheureusement, était trop étroite pour laisser passer ma monture. De nouveau contraint de marcher, je mis encore plusieurs heures à retrouver le village où m'attendait mon chauffeur. Quand j'arrivai, je faisais pitié à voir : les vêtements déchirés, trempés, la blessure au bras, les joues creusées par l'émotion et les yeux brillants de fatigue, tout cela me faisait ressembler davantage à un clochard qu'à un fier officier des *Schutzstaffel* ! Mais peu m'importait, puisque je venais de réussir ce que je croyais impossible : désamorcer en catimini toutes les protections surnaturelles dressées par les Galjero autour de Reinhard Heydrich et Adolf Hitler !

Ursa Minor

À la fin mai 1942, trois semaines après mon retour de Pologne, sept partisans sautèrent d'un avion britannique pour préparer un attentat sur la personne du *Gauleiter* de Tchécoslovaquie. Après avoir organisé un régime de terreur qui lui avait valu le surnom de « Boucher de Prague », Reinhard Heydrich en était venu à appliquer des mesures très populaires de protection sociale et de planification économique efficace, si bien que, traumatisés tout d'abord par la prise en main brutale de leur pays par les SS, les Tchèques, peu à peu, s'étaient mis à considérer Heydrich comme leur protecteur authentique. Ce retournement, à coup sûr, se trouvait à l'opposé des intérêts des Alliés, dont l'un des principaux objectifs était de s'assurer une grande assise de sympathie dans chacun des pays occupés. Le 27 mai, alors que le chef du SD roulait en direction de l'aéroport dans sa Mercedes décapotée, le commando surgit au coin d'une rue et mitrailla la voiture… Blessé mais hurlant à son chauffeur de s'arrêter pour combattre, Heydrich bondit hors du véhicule et, pistolet au poing, répliqua à ses agresseurs. Une grenade, enfin, eut raison de lui… Thorax, rate, poumons éclatés, il agonisa durant huit jours, au terme desquels ce fut toute la Tchécoslovaquie qui eut à subir les représailles de l'armée SS qui venait de perdre son plus prestigieux commandant. À Berlin, Reinhard eut droit à des funérailles nationales, comme le Reich n'en avait jamais vu – « babyloniennes », hasarda même un commentateur. En grand uniforme, j'assistai bien sûr moi aussi à cet événement. À mes côtés, Lina Mathilde von Osten, l'épouse du défunt, se tenait très droite, très digne. La mort de son mari l'affectait profondément, je le savais, mais elle n'en voulait surtout rien montrer. Pour ma part, j'étais tout pétri de sentiments étranges, contradictoires. J'aurais dû me réjouir de la disparition de celui qui, un soir d'octobre 1931, m'avait capturé et tenu depuis lors dans ses rets. J'étais libre maintenant de quitter l'Allemagne à la première occasion et de m'enfuir avec Fausta loin de l'Europe. Et pourtant, j'étais troublé et peiné, presque. Un grand vide s'était fait en moi depuis la mort de Heydrich, comme si j'avais perdu une secrète raison de vivre.

— « Que sera donc Rome sans ses ennemis ? » disait-on au Capitole quand Carthage fut rasée.

La voix de Matthieu-Marie Dandeville n'était ni triste ni gaie. Nous venions de porter en terre Reinhard Heydrich et nous étions ensuite enfermés dans le bureau qu'occupait toujours le Français dans les locaux de Pücklerstrasse. Il me regardait d'un air si bizarre que je craignais qu'il eût deviné le rôle que j'avais joué dans l'attentat contre celui qui, en dix ans à peine et certainement mieux que Himmler lui-même, avait fait de la SS un véritable État à l'intérieur de l'État.

— « Rome sans ses ennemis » ? Que veux-tu dire ?

— Belle illustration du *polemos*. C'est la vieille théorie des présocratiques, tu sais bien ! On vit parce que l'on s'oppose à quelque chose ou à quelqu'un. C'est cette lutte qui nous définit. Toi, depuis le début, tu t'opposais à Heydrich. Maintenant que son cercueil est refermé, plus aucun adversaire ne te barre le chemin. Ma question est donc pertinente : que vas-tu devenir, mon vieux Thörun ?

Sans répondre, je me contentai de vider mon verre et d'allumer un cigare, laissant flotter sur mes lèvres un sourire d'irrésolution… Je ne feignais pas ! Quelques semaines mélancoliques suivirent, effectivement, ce moment de deuil. Il fallait que je change de vie, c'était certain. Mais l'impulsion me manquait encore. Entre juin et août, je voulus à trois reprises partir pour Venise. À chaque fois, ce fut Fausta qui me pria expressément de reporter mon voyage. Monti était en mission en Sicile, et il lui était difficile de se déplacer dans la péninsule où des troupes allemandes avaient été envoyées en masse. Revoir Monti n'était évidemment pas la raison première pour laquelle je voulais retourner en Italie. Chaque jour davantage, je craignais pour la sécurité de ma femme. Si, jusqu'à présent, Mussolini avait résisté aux demandes pressantes du Führer concernant les rafles de Juifs présents sur son territoire, la situation pouvait se renverser à tout moment. Affaibli par la médiocre performance de ses troupes sur les théâtres d'opérations nord-africain et grec, le Duce allait nécessairement accepter les exigences les plus folles des nazis…

Le 20 août, les Canadiens furent envoyés à la boucherie par Churchill sur les plages de Dieppe. La tentative de débarquement échoua lamentablement. Ce fut à cette période, je crois, en cette fin d'été 1942, que le peuple allemand – et les Berlinois plus encore – a le mieux cru qu'une victoire était possible. La capitale n'était encore soumise qu'à des bombardements erratiques et de peu d'ampleur. Dans les boutiques, on trouvait de tout à des prix dérisoires. Personne ne manquait de rien et le petit peuple, même, comme en compensation des jeunes gens qu'il envoyait mourir au front, pouvait facilement se procurer du beurre danois, des olives grecques, des conserves hollandaises, de l'alcool scandinave, du jambon des Ardennes... Minimisant la défaite de Rommel en Afrique et exploitant en revanche le caractère inexpugnable de la *forteresse Europe*, Goebbels, le chef de la propagande, faisait distribuer gratuitement du pain et de la farine à la gare centrale, où des trains remplis à ras bord de céréales arrivaient d'Ukraine. En ville, c'est à peine si on remarqua que personne, depuis longtemps, ne s'asseyait plus sur les bancs peints en jaune...

Enfin, début septembre, Fausta me fit savoir que Monti serait bientôt à Venise. Inventant un prétexte, je quittai l'état-major de Heinrich Muller, le remplaçant de Reinhard à la tête du SD, et filai à nouveau vers la lagune. J'avais espéré pouvoir demeurer au moins une journée seul avec Fausta, mais Lewis Monti m'attendait déjà.

— Maintenant que Heydrich est mort, Hitler est la prochaine cible de la *Schwarze Kapelle*. Vous allez rencontrer leur homme à Berlin. Mais attention, Thörun ! Surtout, ne mentionnez pas le fait que vous avez infecté l'*ange gardien* du chancelier ! Cela doit rester un secret absolu entre nous... Personne ne doit savoir que de telles opérations constituent le cœur de la guerre secrète. On vous prendrait pour un fou.

— Pourquoi avez-vous encore besoin de moi làbas ? Je ne puis plus y être d'aucune utilité.

— La guerre n'est pas encore finie, Gärensen. Loin

de là. Éliminer Hitler ne suffira peut-être pas. Il faudra de toute façon un gouvernement fort pour lui succéder. Les Soviétiques, sinon, s'engouffreront dans le vide laissé par les nazis et l'Europe entière passera d'une dictature noire à une dictature rouge… Pour les démocraties, tout le travail serait à refaire.

— Vous voulez que je prenne les rênes du pays après l'assassinat de Hitler ! ?

Monti éclata de rire.

— Non, Gärensen ! Nous n'allons pas vous demander tant. D'autres sont beaucoup mieux armés que vous pour cette tâche. Mais vous pouvez les aider, en revanche, ce qui leur sera extrêmement précieux. Vous êtes notre plus haut relais au SD. Votre position peut encore nous être nécessaire pour collecter des renseignements qui nous permettront à la fois de renverser le nazisme et de protéger l'Allemagne contre une victoire totale du bolchevisme.

La perspective de retourner à Berlin ne me plaisait pas. Si j'avais attendu aussi longtemps avant de rencontrer de nouveau Monti, c'était uniquement dans l'espoir que celui-ci me livrât le moyen de fuir à jamais le continent en compagnie de Fausta.

— C'est ce que vous m'aviez promis, Lewis ! J'ai échangé la destruction des *therapoi* contre votre aide. J'ai rempli ma part du contrat. Vous ne pouvez pas me demander de continuer !

Mais Fausta partageait l'avis de l'Américain.

— Cette guerre n'est pas un conflit comme un autre, me dit-elle d'une voix brisée. En Europe de l'Est, les réseaux de résistance transmettent aux Alliés des témoignages concordants. Un cauchemar est en train de se réaliser. Là-bas, dans des camps, les nazis exterminent des centaines de milliers d'opposants.

Des prisonniers politiques mais aussi des Tziganes, des Juifs… Et pas seulement les hommes… Les familles entières…

Incrédule devant ce qui m'était révélé, ma première réaction fut de rejeter ce que Fausta m'apprenait.

— Dès que j'ai été en âge de comprendre, je me suis opposée aux Chemises noires, Thörun. En secret, pendant des années avant la guerre, j'ai tissé des liens, conservé des contacts… Comme si j'avais toujours su ce qui se préparait en Europe. Si je suis restée aussi longtemps en Italie, c'est parce que j'ai toujours pensé qu'il fallait s'approcher du monstre pour lui porter le coup fatal. Aujourd'hui, si tu m'aimes, c'est ce que je te demande de faire…

Le voyage qui me ramena en Prusse fut long, froid et triste. Heydrich disparu, j'avais cru avoir enfin gagné le droit d'être libre, et voilà que c'était mon épouse elle-même qui me priait de retourner me jeter dans la gueule du loup !

Le second dimanche après mon retour, je trouvai un mot glissé sous la porte d'entrée de mon appartement. Sur deux lignes, une écriture que je ne connaissais pas me donnait rendez-vous le jour même dans une allée cavalière du Tiergarten. À cinq heures, je chevauchais donc Sleipnir au petit trot quand je fus rejoint par un homme montant une jolie jument noire aux muscles déliés… Je me souvenais parfaitement d'avoir galopé autrefois au côté de l'amiral Canaris, le chef des services secrets de l'armée régulière. Le revoir ainsi ne me surprenait pas. Sans jamais en avoir obtenu la preuve, Heydrich l'avait soupçonné de nourrir des contacts étroits avec les Alliés.

— On me dit que vous ne trouvez plus l'habit noir à votre goût, *Herr* Gärensen. Est-ce vrai ?

— C'est vrai, amiral… Mais vous en donner l'assurance formelle se révélera, je le crains, assez compliqué. Vous êtes en droit de penser que le SD vous tend un piège grossier.

— Ne vous inquiétez pas ! Je possède déjà la preuve de votre loyauté, mon ami… Les Alliés m'ont mis au courant pour votre épouse. Félicitations !

*

— Le problème est que nous luttons sur deux fronts, vous comprenez ?

Arpentant de long en large son vaste bureau du Tirpitz, comme on surnommait le bâtiment de l'Abwehr, l'amiral Canaris m'expliquait sa vision géopolitique de la situation.

— Par là, je ne fais pas référence à notre ligne de combat actuelle contre les Soviétiques et à celle qui, tôt ou tard, s'ouvrira contre les Anglo-Saxons. Non ! Il ne s'agit pas de cela. Nous autres, Allemands de la *Schwarze Kapelle*, avons à combattre à la fois les nazis et l'ensemble des Alliés…

— Les Occidentaux nous appuient, pourtant, objectai-je.

— Attention à ne pas tout mélanger, Gärensen. Les Alliés ont décidé de demander notre reddition sans conditions. Or, nous, après avoir éliminé Hitler, nous voulons obtenir une paix séparée avec les Anglais et les Américains. Signer un traité avec les Soviétiques est hors de question ! La chute du nazisme ne doit pas, ne *peut* pas, signifier la chute de l'Allemagne. Êtes-vous d'accord avec moi ?

La perspective exposée par Canaris me semblait suffisamment raisonnable pour gagner mon ralliement. Ce qui importait à cet homme comme à moi était de mettre un terme à la parenthèse nationale-socialiste. Une fois que l'on se serait débarrassé du chancelier et de ses principaux lieutenants, un gouvernement serait instauré, dont la première tâche consisterait à mettre fin au conflit avec l'Angleterre et l'Amérique, sans toutefois concéder la restitution de territoires aux puissances vaincues. La France, la Belgique, la Hollande devraient demeurer des dépendances allemandes, même si des régimes infiniment plus souples que ceux actuellement en place devaient y être installés.

— Et qui sera le nouveau chancelier ? demandai-je à Canaris.

— Deux ou trois solutions sont envisageables. Je crois qu'un accord sera assez facilement trouvé sur la personne de Rommel. Si cela ne s'avère pas possible, von Kluge, lui, sera parfait…

Von Kluge ! Je l'ignorais alors mais, à l'instant même où Canaris évoquait ce nom, très loin de là, à l'est, le vieux *Feldmarschall* tentait d'assassiner Hitler. De son quartier général de Smolensk, le vieux lion était parvenu à faire en sorte que le Führer se déplaçât jusqu'à lui et, tandis qu'il l'informait personnellement de la mauvaise situation dans laquelle se trouvait l'armée du front russe, des agents de l'Abwehr vissaient une bombe dans la soute de l'appareil qui devait ramener *Oncle Wolf* à Berlin…

Ce que l'Histoire retint comme un coup du sort, je le décryptai pour ma part comme l'échec de la tentative de destruction du *therapon* de Hitler, au manoir de Keller. Pris dans des turbulences, l'avion chercha en effet refuge en altitude. Gelé par le froid, l'acide contenu dans l'explosif se pétrifia et empêcha l'engin de fonctionner. Une nouvelle fois, grâce à ce qui ressemblait bien à un miracle, le chef du NSDAP avait échappé à la mort ! Lorsque j'appris ce qui s'était passé, j'insistai auprès de Canaris pour qu'il suspendît sur-le-champ toute autre tentative d'assassinat. J'étais certain non seulement qu'elle serait vouée à l'échec, mais qu'elle conduirait à un durcissement de la chasse aux opposants. Évidemment, je ne lui livrai pas les raisons profondes qui me poussaient à formuler avec autant d'insistance une telle demande. Dans ma fièvre et mon envie de convaincre, je dus pourtant lâcher quelques allusions assez fâcheuses. L'amiral me regarda d'un air étrange, comme si j'étais fou. Ne sachant que faire de mes conseils, il me remercia poliment et me tint dorénavant à l'écart des activités de la *Schwarze Kapelle*.

— Ce n'est pas si important que cela en a l'air, dit Monti pour me consoler. Les Allemands antinazis ne gagneront pas la guerre à eux seuls. S'ils rêvent d'un pouvoir de *Junker* après la mort de Hitler, ils seront cruellement déçus. Ce n'est pas ainsi que les choses se passeront !

— Que voulez-vous dire, Lewis ? Que les Alliés ont renoncé à soutenir la résistance allemande ?

— Non, Thörun. Au contraire. Mais ni Washington ni Londres ne veulent répéter la même erreur qu'en 1918. Cette fois, nous entrerons dans Berlin et installerons un régime démocratique solide, qui ne pourra plus accoucher d'un nouveau dictateur. Pour l'heure, laisser l'Allemagne aux Allemands est un risque bien trop élevé !

Nous étions alors au printemps 43, soit presque quatre ans après le début de la guerre. Depuis leurs bases des côtes d'Afrique, les Américains venaient de poser le pied en Sicile. Aidés par une résistance locale encadrée par les vieilles familles mafieuses, les Boys luttaient âprement contre les troupes de l'Axe, lesquelles savaient pertinemment que perdre l'île signifiait ouvrir toute grande la route de l'Italie.

— Que voulez-vous que je fasse, Monti ? Que je retourne finir le travail sur les *anges* de Keller ? Je ne comprends même pas pourquoi le « Lion Vert » a opéré sur la statuette de Heydrich alors qu'il n'est pas parvenu à dissoudre le condensateur de celle de Hitler.

— La magie n'a rien d'une science exacte, Thörun. Et puis – c'est ma conviction intime –, je pense que Laüme Galjero a réalisé plusieurs génies protecteurs pour Hitler. L'enjeu est trop important. Vous avez sûrement détruit celui que vous avez découvert. Plus sûrement encore, il y en a d'autres qui attendent d'être désamorcés !

— Cela signifie-t-il que vous me renvoyez à la chasse aux *anges* ?

— Cela signifie avant tout que cette guerre ne peut s'achever tant que le chancelier Hitler est en vie. S'il est protégé, il faut percer ses défenses une bonne fois pour toutes !

*

J'avais eu bien du mal à me décider mais c'était à l'évidence la meilleure chose à faire. Monti se trouvant encore à Venise, je résolus de le conduire au palais Caetano. Depuis que le comte avait révélé son inimitié à l'égard des Galjero, j'avais cherché à le revoir presque à chacun de mes séjours en Italie ; malheureusement, j'avais toujours trouvé porte close au Canareggio.

— Monsieur le comte est en déplacement à Este, m'avait-on dit une première fois.

— Monsieur le comte regrette, mais il vous fait savoir qu'il n'est pas visible, avait-on prétexté ensuite.

— Monsieur le comte est en villégiature dans les îles de l'Adriatique, avait-on prétendu plus tard.

Je n'avais pas insisté mais, cette fois, l'enjeu était trop important pour que je ne tente pas de forcer le passage jusqu'au vieux Vénitien. S'il acceptait de nous aider, ce dernier pouvait se révéler un allié extrêmement précieux. Curieusement, Lewis Monti me parut assez mal à l'aise quand je lui parlai de Caetano. Cependant, il ne repoussa pas ma suggestion et accepta de m'accompagner. La voie la plus rapide était celle des canaux. Nous prîmes un bateau-taxi qui vint nous chercher à la porte d'eau de la maison de Fausta, puis nous naviguâmes une vingtaine de minutes jusqu'au plus proche ponton desservant la demeure du patricien. D'ordinaire volubile, Lewis Monti ne prononça pas un mot de tout le trajet.

Nous trouvâmes la porte du domaine voilée d'une tenture noire selon la coutume en Italie pour signifier le deuil. Le haut vantail de l'entrée principale était ouvert, et nous pénétrâmes dans le palais après avoir appelé sans que personne vînt nous répondre. Tous les meubles étaient recouverts de draps blancs. Les toiles avaient été décrochées des murs et reposaient au sol, attendant d'être rangées dans d'étroites caisses de bois qui encombraient les couloirs. Je lançai un long regard gêné à Monti pour lui exprimer ma surprise et montai à l'étage d'où il me semblait avoir entendu des bruits. Là, dans une vaste pièce quasiment nue, trois ou quatre manœuvres tentaient de déplacer un piano à queue sous les ordres d'un petit homme chauve en gilet rayé jaune et noir. En costume de ville, un autre personnage pointait avec sérieux une liste d'inventaire. Ce fut lui, maître Maurizio Culcipione, notaire, qui m'apprit le décès récent du comte Caetano. Sans héritier, sans légataire, le palais et les biens du malheureux étaient destinés aux enchères.

— Enfin, soupira l'avoué, s'il est encore possible de mettre bon ordre à une succession telle que celle-ci, quand l'État vacille et qu'il ne reste presque plus aucun officier d'administration pour demeurer fidèle à sa fonction !

Avec le débarquement allié en Sicile, en effet, la péninsule tout entière semblait prise de folie. Tremblant, vieilli, apeuré dans son palais de Rome, Mussolini voyait les rênes du pouvoir lui filer des mains sans qu'il pût rien faire. À tout instant un coup d'État pouvait se produire. Quelques-uns le redoutaient. Beaucoup l'espéraient.

— De quoi est mort le comte ? demandai-je à Culcipione.

Ma question sembla causer une indicible gêne au notaire.

— Il est mort… brûlé…, lâcha-t-il enfin après avoir retiré ses lorgnons d'argent pour en essuyer les verres avec la pointe de sa cravate.

— Brûlé ?

Le notaire m'assura ne pas pouvoir m'en dire plus. Il ne savait pas grand-chose des circonstances entourant la disparition de Vittorio Caetano, c'était d'ailleurs un sujet qui ne l'intéressait pas. Sa fonction se résumait à inventorier les possessions du comte, et il ne fallait pas lui en demander plus, à moins d'être un éventuel acquéreur…

— Avez-vous déjà établi un recensement de la bibliothèque ? demandai-je à ce propos.

Retrouvant le sourire, Culcipione plongea la main dans sa serviette de cuir et me tendit une brassée de feuilles typographiées entourées d'un élastique.

— Même avec l'aide de deux clercs, cela m'a pris six jours pleins ! Six mille huit cent treize volumes en tout. Répertoriés et classés ! Si quelque chose en particulier retient votre attention, nous pouvons peut-être trouver un arrangement, plutôt que de vous faire attendre la date des enchères officielles !

Du doigt, je pointai les lignes consacrées à la *Virga aurea*, du frère Hepburn, et à la *Pretiosa Margarita Novella*, de Petrus Bonus.

— Ces deux ouvrages-là m'intéressent. Je vous en offre cinq cents Reichsmarks immédiatement et en liquide.

— Le chiffre me convient, annonça le notaire en me serrant la main. Mais je veux des dollars américains !

Monti paya pour moi et je pus glisser sous mon bras les deux volumes qu'avait consultés Dalibor Galjero tout au long de son séjour vénitien en 1935.

Le jour même où je revins à Berlin, je vis Matthieu-Marie. La nouvelle de la mort de Caetano ne l'attrista pas, mais la perspective d'acquérir intégralement la bibliothèque du vieil ésotériste l'excita comme jamais.

— Calme-toi, lui dis-je. L'Ahnenerbe n'a certainement plus les moyens de dégager des crédits pour un tel achat.

— Mais je ne compte pas payer ! Je vais faire réquisitionner l'ensemble par nos agents sur place. C'est l'anarchie là-bas. Mussolini est sur le point d'être renversé. Si cela se produit, nous devrons envoyer des troupes pour défendre la péninsule contre les Alliés, qui y débarqueront dès qu'ils en auront fini avec la Sicile. Je crois que c'est le moment ou jamais de piller les trésors de la Sérénissime avec aussi peu de scrupules qu'elle en a éprouvé elle-même à saccager Byzance !

Les propos de Dandeville me donnèrent la chair de poule. Ses visées de barbare m'indignaient, certes, mais ce n'était pas tant cela qui provoquait mon angoisse que la pensée des Allemands occupant par régiments entiers l'Italie. Jusqu'ici, j'avais su Fausta presque en sécurité à Venise. Les fascistes ne faisaient pas la chasse aux Juifs et la famille Pheretti était suffisamment respectée dans toute la province pour jouir d'excellents appuis en cas de besoin. Mais si les nazis envahissaient la Vénétie, les choses changeraient du tout au tout en quelques jours à peine. Fausta m'avait parlé la première de cette concentration systématique dans des camps des Juifs d'Europe de l'Est, de Belgique, de France, de Hollande… Les renseignements que j'avais moi-même obtenus par la suite l'avaient confirmé. Je ne voulais à aucun prix que ma femme tombât entre les mains des fanatiques. Je lui écrivis une lettre pleine de fièvre la conjurant de quitter la péninsule par tous les moyens. Depuis Venise, la Suisse n'était pas inaccessible. C'était là que je voulais qu'elle se réfugie et patiente jusqu'à la fin de la guerre. Les lignes que je reçus en réponse m'assurèrent qu'elle préparait activement cette fuite, maintenant que le Duce était tombé et que les Allemands envisageaient d'occuper militairement le territoire de leur ancien allié.

Un peu rassuré sur le sort de ma femme, je pus me consacrer pleinement à retrouver la trace d'Ostara

Keller. La dernière fois que je l'avais vue, c'était en Pologne, dans le centre Lebensborn qu'elle dirigeait. Après mon intrusion dans le manoir et l'ouverture de son coffre, j'avais pris grand soin non seulement de me faire le plus discret possible dans les bureaux du SD, à Berlin, mais surtout de ne pas chercher à savoir ce qu'elle était devenue. Pour énoncer les choses sans détour, j'avais passé les treize mois séparant la mort de Reinhard Heydrich du débarquement allié en Sicile à tenter de me faire oublier ! Certes, j'avais revu Monti à Venise. J'avais également noué quelques contacts avec l'amiral Canaris. Je m'étais surtout ingénié à reporter constamment la perspective d'une nouvelle action contre les nazis et contre Keller. Je n'étais même plus certain de désirer encore savoir ce qu'il était advenu des Galjero. Malheureusement, en juillet 1943, cette position de repli n'était plus tenable. La guerre durait depuis trop longtemps et avait déjà fait trop de morts. Si j'avais le moyen d'arrêter tout cela en permettant la disparition d'Adolf Hitler, il était de mon devoir de tout tenter pour mener à bien cet ultime défi.

*

Il avait bien fallu que je cède et que je reprenne la route du Wewelsberg. Voulue et organisée par Himmler en personne, une réunion des plus hauts cadres SS devait rassembler quelque trois cents officiers de haut rang pour je ne sais quelle cérémonie imaginée par le *Reichsführer*. Pendant deux jours entiers, ce ne furent que palabres stratégiques sur la situation militaire. D'après les rumeurs que j'avais pu capter dans les bureaux du SD, Oncle Heinrich caressait désormais l'ambition de se faire bombarder chef de corps d'armée. Contrôler la SS depuis son bureau aux murs couverts de marbre ne lui suffisait plus. L'ancien fermier de Waltrudering se rêvait en Napoléon, en César, en Alexandre conquérant à lui seul les plaines infinies de l'Est hostile…

— Les Américains ont bien eu leur Far West pour s'étendre et prospérer. Pourquoi les Allemands n'auraient-ils pas droit à leur Far East ? Les bolcheviks sont pour nous ce que les Indiens ont été pour les pionniers du Nouveau Monde… Voilà tout !

Heureux comme un gosse à l'énoncé de cette comparaison, Himmler gonfla d'air ses petites joues puis, après un rire bref et hoquetant, il nous assomma pendant des heures avec l'exposé de plans aussi grossiers qu'irréalistes. Muller eut beau essayer de lui faire comprendre qu'à elle seule la SS ne pouvait pas soumettre et conserver l'Europe entière, le *Reichsführer* s'était persuadé que l'armée régulière n'était qu'une milice d'incapables dont les chefs – tous des traîtres – allaient bientôt finir sous la hache du bourreau de Moabit, la grande prison de la capitale… L'évocation du sort qui attendait les membres du réseau *Schwarze Kapelle* me fit froid dans le dos. Je savais que, si Canaris était un jour démasqué, il donnerait mon nom comme celui de dizaines d'officiers secrètement opposés au régime de Hitler… Si je ne voulais pas qu'une telle chose se produisît, il fallait maintenant agir sans délai. Dans un salon fumoir de la forteresse, je retrouvai Dandeville et engageai la conversation sur la bibliothèque Caetano.

— Je suis parvenu à m'en emparer intégralement ! me dit le Français. Grâce à toi, les archives de l'Ahnenerbe sont plus riches de quelques éditions rarissimes. Je passe littéralement mes nuits à compulser les volumes de ce vieux Caetano… Je crois même avoir fait des découvertes intéressantes.

— De quoi parles-tu ? Du secret de longévité du comte ? Ça ne l'a pas empêché de trépasser comme n'importe quel roturier, à ce qu'il me semble…

Matthieu-Marie fit la moue et tira la dernière bouffée de son havane.

— Secret de longévité ? Non… Mais tu te rappelles l'anecdote qu'il nous avait rapportée sur Galjero ? Le gamin au sang bouilli…

— Tu sais comment réaliser pareille monstruosité ?

— Peut-être… Je n'en suis pas encore certain, mais c'est possible, oui…

— Tu ne comptes pas essayer, n'est-ce pas ?

— Non. Mais le principe du procédé m'intéresse.

— Peut-être serait-il plus simple d'interroger directement Galjero, suggérai-je alors en guise de boutade.

Dandeville me lança un regard noir qui me cloua sur place. Apparemment, le couple Galjero n'était pas son sujet de conversation favori. Il m'avoua néanmoins avoir récemment rencontré à Paris un couple qui semblait bien connaître les Roumains.

— Tu sais où se trouvent actuellement Dalibor et Laüme ? demandai-je carrément.

— Non, je l'ignore. Je n'ai pas posé la question à ces gens… Tout ce qui me rappelle expressément les Galjero m'est désagréable. En revanche, je peux te présenter à ce couple d'amis si tu promets de les interroger quand je serai trop loin pour entendre la réponse qu'ils te feront !

L'occasion était trop belle. Retrouver la trace des Galjero signifiait remonter à la source de la fabrication des *therapoi*. Mieux que Keller, eux seuls savaient si plusieurs statuettes avaient été fabriquées pour protéger Hitler.

— Comment se nomment tes correspondants ?

— Morand. Hélène et Paul Morand…

*

Il me semblait que Paris n'avait pas beaucoup changé depuis ma première visite remontant à l'automne 1940. Les rues étaient pleines de vélos-taxis et les femmes portaient des semelles de bois et non de cuir, mais l'humeur générale me sembla plus joyeuse qu'à Berlin. Dandeville, bien sûr, m'avait accompagné. Il jetait sur ses compatriotes un regard encore plus caustique qu'à l'ordinaire. Attablé dans la salle d'un bistrot du quartier Saint-Germain – le Flore, je crois –, il me désignait tel ou tel en délivrant des propos désobligeants avec l'impunité que peut donner le maniement d'une langue étrangère dans le seul pays au monde où l'on se fait fierté de parler exclusivement l'idiome national.

— Tu vois celui-là ? me disait-il en montrant un grand type parlant fort, la cinquantaine, un ridicule chapeau de paille comiquement vissé sur la tête. C'est un chanteur célèbre. Se donner en spectacle pour les Allemands ne le gêne pas. Demain, il boira avec les Américains ou même avec les Russes, s'ils arrivent jusqu'ici… Pareil pour cet écrivain à l'œil torve qui se chauffe près du poêle en suçant son mégot jaunâtre, et même chose pour cet autre chanteur, là, à l'air un peu illuminé, qui est juif, d'ailleurs ! Ce que tout le monde sait, même la Gestapo qui prend garde à ne surtout pas le cueillir… Tous ces braves gens, quoi qu'il arrive, ont d'ores et déjà gagné la guerre. Et sans monter un seul jour au front ! C'est à eux que l'avenir appartient !

Soudain, Dandeville bondit de sa chaise et tonna en français :

— Je lève mon verre aux lâches et aux opportunistes ! Déshonneur et misère du genre humain, ce sont malgré tout eux qui survivront lorsque les courageux des deux bords se seront entre-tués !

De force, je raccompagnai un Dandeville furieusement éméché à l'hôtel Crillon, où nous avions pris nos quartiers.

Le lendemain matin, dégrisé, rasé et parfaitement sanglé dans son uniforme noir, Dandeville de Vigon-Pérignac m'emmena rendre visite aux Morand. Ceux-ci occupaient un immense appartement dans une avenue tranquille située près de la tour Eiffel. Huit domestiques assuraient le quotidien de ce couple sans enfant.

— Je te préviens, ce sont d'authentiques vestiges du passé. Elle est grecque mais, en premières noces, elle a épousé le prince roumain Soutzo. Elle a dix ans de plus que lui, qui vient justement de rentrer en France après avoir occupé le poste d'ambassadeur à Bucarest…

La visite aux Morand me laissa un souvenir des plus curieux. Je devinais chez eux, indiscutablement, comme des rappels du couple Galjero. Non que ces gens se soient jamais piqués de magie ou aient même dégagé un charisme comparable à celui de Dalibor et Laüme. Il y avait cependant un point commun, une connexion secrète entre eux et ceux qu'ils avaient croisés dans les Carpates. Morand était assez petit, et son visage rond pour un Occidental prenait parfois d'étranges allures asiatiques. Cela lui donnait un air mystérieux d'empereur chinois qui devait plaire aux dames. La princesse Soutzo, pour sa part, m'apparut comme une Minerve ayant avalé sa chouette. Raide, pincée, elle ne manquait pas plus de classe que de beauté, mais semblait aussi froide qu'une lune d'hiver. L'entretien fut bref et, tandis qu'effectivement j'interrogeais l'ambassadeur de Vichy sur les Galjero, Matthieu-Marie s'éloigna dans le grand salon au bras d'Hélène Chrissoveloni-Soutzo-Morand. Malgré la bonne volonté dont il fit preuve, le haut fonctionnaire ne put rien m'apprendre d'exploitable. Certes, il avait rencontré plusieurs fois Dalibor et Laüme à Bucarest au cours de l'année écoulée, mais ils avaient quitté la ville pour une destination inconnue bien avant que lui-même ne fût rappelé à Paris. Par les petites allusions qu'il glissa, je crus comprendre que Laüme l'avait fait diablement tourner en bourrique avant de se refuser irrévocablement à lui…

— Mme Galjero est sans aucun doute l'une des plus jolies femmes du moment. Et j'ai beaucoup voyagé, je sais de quoi je parle. Je ne me souviens pas d'avoir jamais rencontré son égale… Une absolue beauté… Et un charme, un mystère !… Cette femme, assurément, est un sphinx. Ou mieux : une Hécate ! En retour, je dirai que c'est une épouvantable *emmerderesse*, si vous me permettez l'expression !

Je revins de ce rendez-vous suffisamment dépité pour refuser de demeurer quelques jours de plus à Paris, malgré l'insistance de Dandeville.

— Berlin est invivable, Thörun. Les Alliés bombardent constamment. C'est plus tranquille ici ! Très peu de résistants. Tous plus inefficaces les uns que les autres, d'ailleurs. On trouve beaucoup de collaborateurs, en revanche. Et quantité de jolies filles… Des robes et du parfum Chanel pour pas cher, aussi. Pense à ta femme !

Mais je préférai rentrer en Prusse. Certes, la capitale était devenue dangereuse et l'on ne passait plus une nuit sans devoir se calfeutrer une heure ou deux dans les abris. On m'apprit que, pendant mon séjour en France, l'hôtel Kempiski avait été réduit en cendres. Des locataires, bloqués sous les décombres en flammes mais pouvant encore momentanément joindre l'extérieur par téléphone, avaient supplié qu'on tire au canon sur les gravats pour abréger leur martyre. Circulant comme un automate dans ce paysage de ruines, je ne pouvais m'empêcher de penser au *palladium* de Berlin, que j'avais détruit. Si les Galjero avaient mené leur projet à bien, cela aurait-il vraiment signifié pour la ville une protection absolue ? Combien de vies épargnées, alors ? Combien de morts conjurées ? Sous les sirènes qui se remettaient à hurler pour prévenir d'un raid, je rentrai chez moi avec, pour la première fois peut-être depuis des années, la volonté nette de me soûler jusqu'à l'inconscience. Malgré les Lancaster anglais qui lâchaient leurs bombes au nord de mon quartier, j'enfonçai la clé dans la serrure et poussai la porte de mon appartement. À l'intérieur, les vitres vibraient comme si un régiment de chars d'assaut défilait dans la rue. Je voulus ouvrir les fenêtres pour amortir les secousses et ne pas risquer de voir mes carreaux voler en éclats mais, comme j'entrais dans la pièce qui me servait de bureau, mon cœur s'arrêta de battre : assis en face de moi, plus tranquille qu'un rabbin en prière, se tenait le docteur Ruben Hezner !

*

Le calme était revenu sur Berlin. À peine inquiétée par les rares chasseurs Focke Wulfe que possédait encore Göring pour protéger la capitale, l'escadrille des bombardiers anglais s'en était depuis longtemps retournée au-dessus de la Manche. Moi, face à Hezner, je ne savais plus que penser. La dernière fois que j'avais vu le docteur, c'était quelques heures à peine avant que ne se déclenche l'épisode du *palladium*… avant que je ne sois précipité dans les oubliettes du Wewelsberg. Alors qu'il collaborait avec l'Ahnenerbe et que je cherchais à percer la nature exacte des rapports qu'il avait entretenus avec Dalibor Galjero, il avait disparu du jour au lendemain. Malgré les recherches que Dandeville et moi avions lancées, malgré, même, la Gestapo un instant lancée à ses trousses, il était demeuré introuvable, évanoui à jamais, me semblait-il, dans cette Europe qui entrait en convulsions.

— La capitale allemande est un labyrinthe, *Herr* Gärensen, en dépit de l'architecte Speer qui en a modifié l'ancienne topographie. En dépit des raids des Alliés qui font ressembler ses quartiers à des champs retournés. Il est encore possible de s'y cacher et d'y vivre, même, en clandestin. Je l'ai fait moi-même pendant des mois, des années même…

Car Ruben Hezner, contrairement à ce que j'avais longtemps cru, n'avait jamais quitté l'Allemagne. Plutôt que de fuir la tanière du loup, il y avait fait son nid, jouant la carte incertaine de la proximité avec ceux-là mêmes qui avaient décrété le martyre de son peuple…

— Contrairement à beaucoup de mes semblables, j'ai lu et, surtout, j'ai pris au sérieux *Mein Kampf*. Beaucoup disaient alors que ce n'était là que discours bravaches et creux d'un patriote exalté. Tous, ou presque, pensaient que la fièvre que Hitler faisait monter chez les Allemands était un accès passager. Moi, je savais que les choses ne feraient qu'empirer… Comme vous, Gärensen, je connais les mythes. Mieux encore que la philosophie, et bien plus pertinemment que ne pourra jamais le faire l'analyse économique ou platement historique, ils disent les vrais désirs des hommes… L'humanité est un problème sans solution, Gärensen. C'est pourquoi le pire sera toujours certain.

— Mais pourquoi être resté, Hezner ? Et pourquoi être ici, aujourd'hui, face à moi ?

— Je suis resté parce que les Juifs doivent apprendre à n'avoir confiance en personne. Je l'ai appris, pour ma part, il y a bien longtemps… C'est une leçon qui m'a coûté extrêmement cher. J'en suis presque mort, je crois… Si je suis resté, Gärensen, c'est en somme pour exercer le même métier que vous. Espionner. Relever des noms, des faits, des dates… Connaître les réseaux qui, dans quelques mois, dans un an peut-être, seront utilisés par ceux qui se proclament encore les maîtres de l'Europe…

Un espion ! Hezner était donc lui aussi un espion ? Mais à la solde de qui ? Américains ? Soviétiques ? Anglais ? Ma question le fit rire.

— Je suis au service de mon peuple. Et mon peuple ne possède pas de nationalité. Pas encore, du moins. Je travaille pour un État qui n'existe pour l'heure que dans les rêves de millions d'hommes. Ne souriez pas, Thörun Gärensen ! Ne souriez pas, car vous savez autant que moi la force des rêves…

Le ton était prophétique, assuré, impressionnant. Hezner avait changé. Ce n'était plus le petit homme discret, affable, courtois qui se coulait comme une ombre dans les couloirs de l'Ahnenerbe et s'effaçait pour laisser passer les agents SS en uniforme, le dominant de deux têtes. Amaigri, affûté plutôt, il ressemblait maintenant davantage à un chef de guerre qu'à l'intellectuel chétif et discret que j'avais connu.

— De même qu'il existe des réseaux d'entraide aux rares Juifs demeurant dans la capitale, il existe des filières qui se montent pour évacuer les dignitaires nazis lorsque les Russes envahiront les faubourgs de la ville. J'en ai identifié un, mais il est mineur et ne concerne que les gens des administrations et de l'armée régulière. Je sais pourtant qu'il en existe au moins un autre, spécifique à la SS. Celui-là m'intéresse au plus haut point. Je vous propose mon aide contre la vôtre, Gärensen. Aidez-moi à collecter des renseignements sur ce second réseau, et je vous aiderai dans la quête qui est la vôtre.

Hezner n'était évidemment pas venu à moi par hasard. Tout cela, depuis longtemps, avait été prémédité. Là où j'avais échoué, là où la police de Heydrich et de Himmler avait été impuissante, une femme, depuis sa maison plantée au bord d'un canal vénitien, était parvenue à retrouver et à contacter Ruben Hezner.

— C'est bien à votre femme que vous devez de me voir ici même, Gärensen. Je n'ai jamais été présenté à Fausta Pheretti, mais le nom de sa famille m'est familier depuis longtemps.

— Pourquoi ne m'a-t-elle rien dit sur vous ?

— J'ai cru comprendre qu'elle avait pleine conscience de votre nature fantasque et parfois… immature. Il me paraît évident qu'elle souhaitait vous protéger des ennemis qui vous entourent, sans même que vous le sachiez.

Vous semblez évoluer comme un acteur dans un décor de carton-pâte, Gärensen. Votre vie est menacée, pourtant. Partout, on vous observe… La Gestapo est plus que jamais à la recherche des membres de la *Schwarze Kapelle*. Si, par malheur, votre nom est seulement susurré par l'un d'eux lors d'une séance de torture, ni votre grade ni votre appartenance à la SS ne vous protégeront !

Je savais que Hezner disait vrai. J'avais depuis trop longtemps pris l'habitude de marcher sur un fil pour être encore sensible au danger et capable de le jauger.

— Fausta, murmurai-je. Je ne lui ai presque pas parlé de vous… Comment a-t-elle su ?

— Votre épouse est une jeune femme pleine de ressources. Comme moi, bien avant le début de la guerre, elle avait pressenti ce qui allait se passer. Elle n'est pas restée inactive, contrairement à tant d'autres… Fausta Pheretti est une des enfants lointaines de la *Petite Ourse*.

— La *Petite Ourse* ?

Ce nom me fit sourire, comme il amusait Hezner lui-même.

— *Petite Ourse, Ursa Minor*, le nom de code pour désigner les caches, les contacts et les circuits financiers permettant à un millier de Juifs de vivre clandestinement à Berlin aujourd'hui encore… *Ursa Minor*, qui est aussi le nom de la constellation abritant l'étoile Polaire, le symbole de cette Thulé hyperboréenne que vous vénérez tant… Belle ironie du sort, n'est-ce pas ?

*

Le marché que me proposait Hezner était simple. En contrepartie de renseignements sur les réseaux d'évasion mis en place au profit des dignitaires SS, le docteur devait m'aider à localiser les Galjero.

— J'ai beaucoup appris sur ces gens. Terriblement appris ! L'homme, Dalibor, m'a confié presque l'intégralité de son histoire. C'est un récit fou ! Incroyable ! Plus dément qu'une épopée !

— Mais pourquoi vous en a-t-il fait confidence ? demandai-je, une pointe de jalousie dans la voix.

— Pourquoi à moi plutôt qu'à vous, voulez-vous dire ? Eh bien, je crois qu'il a vu en moi la seule personne capable de provoquer chez son épouse une authentique crise de catalepsie.

Hezner prit son temps pour me raconter l'anecdote. Cela s'était déroulé quelques jours à peine après que Dalibor Galjero eut demandé à rencontrer Hezner. Reçu dans l'hôtel particulier des Roumains, le docteur avait été conduit, dans la plus grande discrétion, dans une antichambre où un œilleton avait été percé dans le mur. Le Roumain avait demandé à son hôte de fixer son regard sur la personne se trouvant de l'autre côté de la cloison. Ignorant qu'on l'observait ainsi, Laüme était là, en tailleur sombre, à aligner des cartes sur un vaste bureau d'ébène. Hezner avait pensé qu'elle s'amusait à faire une simple réussite. Il n'avait pas compris pourquoi Dalibor insistait pour qu'il la détaillât, jusqu'au moment où la femme Galjero avait commencé à s'agiter. De troublée, elle était vite devenue nerveuse, s'agitant sans raison sur son fauteuil, se levant ensuite, portant la main à son front, poussant des petits cris de chatte puis cherchant de l'air, happant l'oxygène par sa bouche grande ouverte… Juste avant de s'effondrer par terre et de battre des membres à la manière d'une épileptique, Laüme avait poussé un cri dont Hezner assurait qu'il n'avait rien d'humain.

— Et Dalibor ? Quelle a été sa réaction quand sa compagne s'est trouvée mal ?

— Il l'a regardée longuement, sans rien faire. Sans se précipiter pour l'aider. Puis il m'a raccompagné jusqu'au porche, l'air le plus détaché et le plus serein du monde. Je crois qu'il était heureux…

Ce que cela signifiait, Hezner n'en avait tout d'abord rien su. Au cours des rencontres ultérieures qui s'étaient succédé, Dalibor avait peu à peu levé le voile sur la réalité du couple.

— Qui sont vraiment ces gens, Hezner ? Vous le savez, n'est-ce pas ?

— Je l'ai deviné. Lentement, tout d'abord, puis tout s'est accéléré avec la confession de Galjero, bien sûr. Mais c'est vous qui m'avez fourni la pièce manquante le jour où vous m'avez appris que Laüme était anomphale.

— C'est ce qu'on nomme un vampire, n'est-ce pas ? C'est pour cela que vous avez laissé l'indice du ticket de cinéma parmi vos notes ?

— Un instant, c'est vrai, j'ai cru que cette femme était un vampire. De nombreux détails correspondaient à ce que le savoir populaire rapporte de cette engeance. Je me suis trompé, cependant. Laüme est pire que cela… Son mystère joue sur une octave infiniment supérieure à ce qui est nécessaire, en magie rouge, pour initier une chaîne vampirique classique… Laüme est une force ancienne à laquelle il est impossible de s'attaquer. Je ne me risquerai jamais à l'affronter.

Le discours de Hezner n'était pas logique, ce qui

me perturbait au plus haut point. En premier lieu, il me faisait le récit d'une scène au cours de laquelle son regard avait suffi à provoquer l'évanouissement de Laüme Galjero. En parallèle, il assurait ne jamais vouloir se mesurer à elle… Tout cela était si incohérent que je pris des distances avec ses propos. Sensitif, il le remarqua aussitôt et tenta de corriger la mauvaise impression que ses paroles venaient de faire naître en moi.

— Gärensen, me dit-il avec une chaleur nouvelle dans la voix, si vous suivez mes instructions, je suis persuadé que nous pouvons découvrir toutes les caches des statuettes fabriquées par les Galjero. Mais il nous faudra pour cela impérativement gagner le concours subtil de votre ami, Matthieu-Marie Dandeville…

*

Accoudé au zinc du Moka Efti, Matthieu-Marie passait la pointe de sa langue au fond de sa tasse. Au matin de ce septième jour du mois de juin 1944, il appréciait jusqu'à la dernière goutte son café acide.

— C'est le dernier endroit en ville où l'on peut boire autre chose que de l'ersatz, tu sais ?

J'appréciai à sa juste valeur l'ironie du propos. Avoir encore le cran d'appeler « ville » l'immonde tas de ruines qu'était devenu Berlin à cette époque relevait d'un esprit authentiquement confit d'humour noir. Depuis plusieurs semaines, je manipulais en douceur le Français pour l'amener à se glisser dans les listes des réseaux d'exfiltration qui se préparaient en hauts lieux. La nouvelle que nous avions reçue la veille d'un débarquement anglo-américain en Normandie précipitait notablement les choses, car lui et moi savions que la partie sur le front ouest était d'ores et déjà perdue.

— Ils sont arrivés hier matin et ils sont toujours là, annonça Vigon-Pérignac avec un mauvais sourire. Rommel avait promis de les rejeter à la mer dans les douze heures. Il a échoué. Le mur de l'Atlantique est rompu. Dans six mois à peine, ils auront franchi la ligne Siegfried. Au printemps prochain, la guerre sera finie. L'Europe aura définitivement perdu sa chance. Prochain round, peut-être au XXIIe siècle. Mais ce sera encore pire que maintenant.

— Nous ne serons plus là pour le voir, soupirai-je en allumant la dernière Abdullah fripée d'un vieux paquet acheté au bar de l'Adlon. Nous serons pendus bien avant…

— Pas certain, mon vieux Thörun. Si nous ne périssons pas sous les bombes avant la fin, nous avons peut-être, toi et moi, une chance de nous en sortir…

Haussant les sourcils pour singer la surprise, d'un hochement du menton j'encourageai Dandeville à parler.

— Écoute, j'ai trouvé le moyen de nous sortir d'Allemagne dès que le besoin s'en fera vraiment sentir. Ça t'intéresse ?

Hypocrite jusqu'au bout, je rappelai au Français son petit éclat, au Flore, lorsqu'il avait cru bon de lancer sa tirade sur les lâches qui seuls resteraient en vie après la fin des hostilités. Agacé par cette remarque, il faillit se fermer.

— Si cette guerre se jouait selon les règles ordinaires, je serais demeuré à Berlin jusqu'au bout. Mais là, c'est une lutte à mort entre deux visions du monde qui s'est engagée depuis 39. Ce n'est pas tant un conflit territorial ou même politique qu'un combat racial, voire religieux ! Nos ennemis veulent notre peau, comme nous avons voulu la leur. Nous ne leur avons pas fait de cadeaux. Ils ne nous en feront pas. Inutile de rester ici si nous pouvons continuer un jour la partie ailleurs.

— Tu préconises le décrochage stratégique ?

Un peu honteux, le Français baissa la tête :

— Oui. Et nous ne serons pas les seuls. Des milliers vont partir… Presque tous les hauts gradés SS. Himmler le premier. Notre réseau s'appelle l'Aragne…

— Et où conduit donc le fil de la belle araignée ?

— En Amérique du Sud… Je t'expliquerai…

Tandis que les Anglo-Saxons, à l'ouest, et l'Armée rouge, à l'est, écrasaient une à une nos armées épuisées, impuissantes à résister à de telles pressions, Matthieu-Marie Dandeville m'introduisit dans le réseau Aragne. À la manière allemande, tout y était remarquablement organisé. En quelques semaines à peine, j'obtins trois nouveaux passeports de nationalités différentes. Suisse, j'étais Francis Hubert, négociant en spiritueux résidant à Berne. Tchèque, je devenais Matthias Czar, professeur d'humanités à Prague. Islandais, j'endossais la personnalité de Harald Sturlusson, modeste employé d'une compagnie de fret maritime. Tous ces papiers paraissaient aussi authentiques que s'ils avaient été délivrés par les consulats étrangers.

— Nous allons transférer ton argent dans une banque de Genève. En plus de tes propres réserves, le réseau offre une prime de vingt-cinq mille marks à tous les bénéficiaires. Les deux tiers de la somme seront placés sur le compte protégé. La partie restante te sera versée en or ou en pierres précieuses.

— Comment se déroulera l'évacuation ?

— De la manière la plus sûre : par sous-marin au départ de la Baltique. Évidemment, tout cela a un prix… Spécialement pour toi !

Je ne saisissais pas ce que voulait dire au juste Dandeville.

— Le prix à payer pour ta survie de l'autre côté de l'Atlantique, mon vieux Thörun, c'est évidemment que tu pars seul… Je veux dire : sans ta femme.

Afin de bien ferrer mon poisson, je mimai la résignation. Haussant les épaules, je forçai le trait en lâchant une phrase d'indifférence concernant Fausta.

— Ne t'inquiète pas. Juive, elle sera forcément une des reines du monde nouveau que les petits gars d'Amérique ou de Russie lui construiront avec leur sang d'innocents qui n'auront jamais les mains pleines. Et toi, oublie-la. Songe plutôt à la chance que tu as de recommencer une vie de célibataire en Argentine ou au Chili !

*

Toutes les informations que je recueillais sur Aragne étaient scrupuleusement notées sur des carnets que, avec mille précautions, je remettais régulièrement à Hezner. En échange de noms, de dates, d'adresses et de renseignements divers, il me livrait en retour les fruits de ses déductions quant à la localisation du couple Galjero. Quelque chose m'irritait cependant profondément dans sa manière de traiter le problème. Malgré l'intérêt évident qu'il avait lui aussi à voir disparaître Hitler au plus vite, j'avais l'impression qu'il divulguait ses conclusions avec une inexplicable parcimonie. Depuis qu'il avait connu Dalibor et croisé Laüme, il n'avait pas vraiment cessé de songer à eux, Dandeville et moi avions trouvé suffisamment de notes le confirmant dans le bureau du docteur à l'Ahnenerbe. Et pourtant, j'avais le sentiment troublant que Hezner jouait la carte de la lenteur. J'avais beau passer des heures à réfléchir à ce problème, ce double jeu me semblait résolument rebelle à toute explication. Je finis par m'en ouvrir à Ruben. Pour la première fois, il me parut sincèrement désarçonné. Lui, qui avait montré assez d'aplomb pour côtoyer au quotidien et pendant des mois des centaines de SS, était soudain devenu pâle, bégayant. Cependant, il se reprit vite.

— Localiser deux personnes telles que les Roumains dans un monde en guerre n'est pas chose aisée. Surtout quand, comme moi, on procède uniquement par recoupements et par souvenirs… Je vous remercie à cette occasion de m'avoir rendu toutes les notes que j'avais prises à l'époque sur eux. Je crois que si vous avez la grande sagesse de manifester encore un tout petit peu de patience, nous toucherons bientôt au but !

Ce discours rassurant, mielleux, ne me convainquit pas. Hezner connaissait plus que sa part de vérité sur les Galjero, et ses recherches auraient dû depuis longtemps porter de vrais fruits. Malgré cela, il m'abreuvait de bribes d'informations et se contentait de me répéter ce que je savais déjà. J'en arrivai donc à la conclusion qu'il se jouait de moi. Du terreau de cette pensée éclôt une fleur vénéneuse qui m'injecta son poison et me noya de chagrin. S'il était vrai que Hezner me faisait lanterner, peut-être Fausta n'était-elle elle aussi qu'une manipulatrice, une ennemie qui, depuis le jour de notre rencontre, s'était servie de moi. Plus je réfléchissais, plus les apparences semblaient confirmer cette atroce hypothèse… Tel un hypocondriaque qui se persuade de la réalité de sa maladie, je ressassais la possibilité de la trahison de Fausta. Quand, au rendez-vous suivant avec Hezner, je le menaçai de cesser mon rôle d'informateur s'il ne me révélait pas sur-le-champ toute la vérité sur les Galjero, il laissa passer ma colère en silence puis, quand je me radoucis un peu, il me promit de me confier le dossier intégral de ses recherches lors de notre prochaine rencontre.

Fulminant, je me résolus à lui accorder ce dernier délai mais, trois jours avant de revoir Hezner, et sans que Canaris ait cru bon de m'en informer, la *Schwarze Kapelle* passa à nouveau à l'action contre Hitler. Comme les précédents, l'attentat du 20 juillet 1944 échoua. Un nouveau « miracle » sauva la vie du Führer. Tout, pourtant, avait été préparé avec un soin extrême par des officiers du grand état-major. La charge explosive, placée dans une serviette au pied de la table de conférence, avait été légèrement déplacée par l'orateur du moment pour mieux circuler autour des plans et des maquettes qu'il présentait. Le chancelier avait été légèrement touché, mais il était en vie.

Les informations contradictoires ayant circulé au matin de l'attentat avaient cependant poussé les conjurés à se démasquer. Le complot étendait ses ramifications partout : il impliquait des ministres en exercice, des généraux de l'armée régulière, des hauts fonctionnaires des grands corps de l'État… Tous les conjurés, ou presque, furent arrêtés, questionnés, torturés et exécutés d'atroce façon. Leurs familles – femmes, enfants, pères, mères, frères et sœurs – furent également emprisonnées et bien souvent assassinées sans jugement. Compromis, Rommel n'eut d'autre choix que le suicide. Arrêté, l'amiral Canaris lui-même n'échappa pas à la purge. La SS fut le bras armé de la vengeance nazie. Galvanisé par le nouveau miracle qui l'avait sauvé, convaincu d'être l'élu de la Providence, Hitler s'enfonça définitivement dans la paranoïa et la mégalomanie. Himmler, quant à lui, prit les rênes de tous les services dont les responsables s'étaient avancés aux côtés de von Stauffenberg, l'instigateur de l'attentat. Les pouvoirs de la Gestapo furent encore renforcés. Pendant quelques semaines, Berlin vécut sous un régime de terreur comparable à celui qu'avait connu Paris aux heures les plus noires de la Révolution.

Dans ces conditions, que Hezner ne se présentât pas au rendez-vous convenu ne me surprit pas. Les fils et les filles de la *Petite Ourse* devaient redoubler de prudence. Seul dans la ruelle isolée qui abritait d'ordinaire nos conciliabules, je l'attendis pourtant toute la nuit, espérant encore qu'il me confierait son fameux dossier. Au-dessus de moi, dans le ciel clair, passaient les avions de la RAF aux soutes remplies de bombes au phosphore. Pas un seul chasseur à croix noire ne décolla pour les abattre. Pour ma part, assis sur une borne en pierre, je ne songeais qu'à ma femme. À chaque instant, le doute me rongeait davantage sur le rôle que je tenais véritablement dans sa vie. Me revint en mémoire le jour où, alors que j'avais réussi à me débarrasser de Heydrich, elle avait insisté pour que je reste en Allemagne. Ce n'était pas l'attitude d'une femme amoureuse. Nous aurions pu nous échapper de cette Europe à feu et à sang, mais elle avait choisi pour moi la voie de la trahison et du double jeu… Lorsque, à l'aube, je rentrai chez moi, mon premier geste fut de ranger mon alliance dans une boîte en carton ; avec les quelques photos que je possédais de Fausta et sa mèche de cheveux enveloppée dans son mouchoir brodé, l'anneau d'or alla rejoindre les ténèbres d'un débarras…

L'île San Michele

Jour après jour les mauvaises nouvelles tombaient. Pas plus que nous n'avions su repousser les Anglo-Américains à la mer, nous n'avions su nous accrocher aux territoires conquis. Partout, à l'est comme à l'ouest, les armées allemandes refluaient.

Au SD, notre travail s'était réduit au minimum. Non seulement Muller, le successeur de Heydrich, se révélait un administrateur dénué d'initiative, mais la plupart de nos espions à l'étranger avaient été démasqués ou avaient spontanément abandonné la partie depuis belle lurette. Moi, je ne voyais plus d'avenir : Fausta m'avait trahi, j'en étais maintenant certain, et l'Allemagne tout entière semblait sur le point d'être envahie, réduite en esclavage et traînée au ban des nations. Que faire, alors ? Me rendre aux Alliés, au risque de passer des années en prison, voire d'être condamné au peloton d'exécution ? Continuer la lutte les armes à la main jusqu'à mourir sous une bombe anglaise ou une balle soviétique ? Ou bien m'enfuir avec ce réseau Aragne, dont j'avais follement livré les clés à Ruben Hezner ? Vers quelque horizon que je me tourne, tout n'était que feu et cendres, désespoir et mort assurée.

Un soir de décembre 1944, j'étais revenu à Pücklerstrasse, cherchant dans le bavardage de Dandeville un antidote temporaire à la mélancolie qui ne me quittait plus. Lui, ignorant évidemment mes indiscrétions, ne comprenait pas pourquoi je paraissais si sombre.

— Ne t'inquiète pas ! Les deux premiers sous-marins sont partis la semaine dernière pour l'Amérique du Sud. Douze familles y ont pris place. Dans quelques jours, femmes et enfants seront tranquillement installés à Lima ou à Santiago. D'autres les y rejoindront vite. Et puis, ce sera notre tour… le tour des hommes… La seule chose à faire, en attendant, est de ne pas jouer les bravaches et de descendre aux abris chaque fois qu'une alerte est donnée. Survivre, mon vieux Thörun ! Il faut simplement survivre !

Je haussais les épaules en proférant une réplique désabusée quand mon regard glissa sur le cendrier de métal rouge posé près de moi. Un mince rebut de cigare y était écrasé. Cela n'aurait guère attiré mon attention si la minceur du fût et la couleur de la bague n'avaient aussitôt fait surgir de ma mémoire une image fort ancienne. Une fraction de seconde, mon esprit me projeta des années en arrière, par ce matin d'août 1936 où, pâle et frissonnant, j'avais été tiré des oubliettes du Wewelsberg par Ostara Keller… Sur le manteau de sa cheminée, je m'en souvenais aussi nettement que si cela s'était produit la veille, elle avait saisi un petit havane qu'elle avait allumé aux braises d'un feu mourant. Ce cigare, j'en étais sûr, portait la même bague que celui qui se trouvait dans la coupelle chez Dandeville. Mon sang se figea dans mes veines et je ne pus retenir un grognement de surprise. Très détaché, Matthieu-Marie ne parut pas relever mon trouble et continua, sur le registre de la plaisanterie, à commenter les revers qu'accumulaient nos armées sur tous les fronts. La situation en France l'amusait tout particulièrement.

— À Paris, les Morand sont traînés dans la boue et les pauvres filles qui ont eu le malheur de s'amouracher d'un Boche sont tondues en place publique. Du jour au lendemain, tous les Français sont soudain devenus gaullistes et résistants, comme ils étaient autrefois pétainistes et collaborateurs... Tu verras qu'ils en viendront à se persuader d'avoir gagné la guerre au même titre que les Anglais ou les Russes...

Mais ce que Dandeville me livrait sur la bassesse naturelle de ses compatriotes me laissait de marbre. La seule chose qui m'intéressait était ce bout de tabac qui bouleversait tout ce que je croyais savoir de Vigon-Pérignac.

Quittant Pücklerstrasse, je passai une nuit blanche à tenter d'assembler les indices que le hasard m'avait fait glaner au cours de ces derniers mois. Dupé par Fausta, Monti et Hezner, je découvrais maintenant que Dandeville semblait avoir partie liée avec Ostara Keller. Cela, après tout, était logique. Depuis toujours, je savais Matthieu-Marie passionné par l'ésotérisme et la magie. Bien plus que moi, il était attiré par les « pouvoirs » que la pratique des arts interdits peut conférer. Plus romantique, plus cynique que moi, il possédait le type même de personnalité à être attirée sans retour par d'obscurs rêves de puissance. Qu'il ait renoué avec Ostara Keller, son double en bien des points, était dans l'ordre des choses... Alors que cette hypothèse de collusion aurait dû achever de me décourager, elle me raviva au contraire. Par Dandeville, j'avais enfin une chance de retrouver Keller et, peut-être, de détruire les *therapoi* dont elle avait la garde. Je le sentais, le grand jeu entrait dans sa dernière phase.

Un élément nouveau, cependant, changeait la donne du tout au tout. Plus personne ne se penchait sur mon épaule pour me souffler quoi faire. Heydrich était mort, Fausta, Monti et Hezner avaient disparu... Désormais, et pour la première fois depuis que j'étais arrivé en Allemagne quinze années plus tôt, je me sentais totalement maître de mon destin et n'avais plus de comptes à rendre qu'à moi-même !

*

Cela ne prit pas longtemps. Une dizaine de jours à peine après que j'eus soupçonné Dandeville d'être en rapport avec Keller, j'obtins la preuve que j'attendais. D'un service obscur et inutile du SD j'avais sorti un ancien du groupe Heydrich afin qu'il m'assistât. Le géant Thyssen Matschl avait été ravi, je crois, de pouvoir à nouveau travailler avec moi. Gravement blessé lors d'une mission en Grèce, il avait perdu la main gauche et portait une prothèse en aluminium mais, malgré ses cinquante ans révolus et son handicap, il demeurait d'une force et d'une résistance redoutables. Je l'avais chargé de surveiller, dans la plus grande discrétion, les abords de la résidence de Dandeville et de me prévenir s'il voyait rôder une grande fille blonde à motocyclette. Peu après un raid visant la gare centrale, Matschl était apparu dans mon bureau pour m'apprendre qu'effectivement une femme correspondant à ma description avait quitté le matin même en moto la demeure de Dandeville.

— Vous auriez dû la voir ! siffla-t-il, presque admiratif. Malgré le verglas, elle manie son engin mieux qu'un agent de liaison à Stalingrad !

Berlin, en effet, était sous la neige. L'hiver 44 était

exceptionnellement froid et le charbon manquait. Les seuls foyers de chaleur étaient les incendies qu'allumaient au hasard les bombes des Alliés. Fort de la confirmation que venait de m'apporter Matschl, je me rendis chez Dandeville en plein jour… Crochetant sa serrure, j'entrai dans son appartement et en fouillai méthodiquement toutes les pièces. Dans son bureau, je découvris abondance de notes concernant la magie opérative. Comme chez Keller des années auparavant, je retrouvai les mêmes éphémérides astrologiques, les mêmes feuilles griffonnées de roues zodiacales. Sur une commode, posée sur un coussin de velours, une fine baguette d'ambre reposait telle une relique. Sur les rayonnages, je reconnus quelques-uns des ouvrages du fonds Caetano que le Français avait détournés à son profit des réserves de l'Ahnenerbe. Puis, sur une desserte, je vis étalée une carte de la Roumanie. Un rond avait été dessiné en rouge au large du delta du Danube. À l'intérieur de ce cercle, le fin tracé d'une île était visible…

— L'île des Serpents, Leuké, dis-je pour moi-même en lisant le nom de la bande de terre isolée au milieu des flots de la mer Noire.

Leuké, la couleur blanche, en grec… Grain de lumière surgissant au sein d'un océan portant un nom de ténèbres… Pourquoi Dandeville s'intéressait-il à cet endroit ? C'est dans un carnet relié de cuir grenat que je l'appris. Vigon-Pérignac y avait rassemblé toutes les notes relatives à cet endroit. Parmi bien d'autres citations du même ordre, je lus d'abord :

> *La principale source d'information antique sur l'Hyperborée se trouve chez Hécatée d'Abdère, cité par Diodore de Sicile : « Vis-à-vis de la contrée des Celtes, dans*

l'Océan, il y a une île nommée Leuké. Latone, mère d'Apollon, y naquit et, à cause de cela, Apollon y est vénéré plus que les autres dieux. Parce que les Hyperboréens de l'île Blanche célèbrent ce dieu chaque jour, on dit que ces hommes sont les prêtres d'Apollon. De cette île, on peut voir la Lune, peu éloignée. Les souverains sont les Boréades, descendants de Borée. Non loin de là étaient les monts Riphéens.

Je lus également un extrait du mémoire qu'un dénommé Kölher avait déposé à l'académie de Saint-Pétersbourg en 1823 et qui décrivait en détail les ruines d'un des temples d'Apollon autrefois érigés dans l'île des Serpents :

Le temple a été construit avec de très grandes pierres calcaires de couleur blanche, rudement taillées et placées les unes sur les autres sans mortier. Le temple d'Apollon de l'île de Leuké est d'une antiquité très reculée et d'un genre que l'on comprend sous la dénomination d'architecture cyclopéenne. On est frappé par la grandeur de cet édifice… Dans l'Antiquité, il était richement orné d'or et de marbre blanc…

Par une citation tirée du *De administrando Imperio*, du Byzantin Constantin Porphyrogénète, j'appris encore qu'en face de l'île de Leuké se trouvait autrefois le port de Sulina, nom dont la forme première était Selena – cette Lune que Diodore de Sicile disait visible depuis Leuké… Tremblant, je fouillai encore les papiers empilés en bataille sur les chaises, les consoles, et même sur le sol du bureau. D'instinct, je sentis que j'étais tout près de tirer les bonnes conclusions de l'amas d'informations que je venais de découvrir, mais mon esprit était trop surexcité pour faire autre chose que brasser, sans ordre, sans logique, tous ces éléments que je devais raccrocher aux bribes de conversations anciennes qui me revenaient par éclairs… Quelle était donc, déjà, la théorie que nous avions tirée autrefois des notes de Ruben Hezner ? Que les monts Riphéens formaient, dans les Carpates, le véritable emplacement de la chute des Anges rebelles ?… Que la Roumanie, l'antique Dacie, était le lieu où les connaissances interdites avaient été révélées aux hommes ?… Et qu'en était-il d'Apollon ? Qu'avait-il de commun avec les Anges déchus, les Lucifer, les porteurs de lumière ? Mais Apollon n'était-il pas lui-même la lumière ? Se pouvait-il que son temple, dans l'île de Leuké, soit la source diabolique du pouvoir des Galjero ? À la pensée d'avoir peut-être trouvé la pièce manquante de l'énigme qui me taraudait depuis si longtemps, je sentis comme un vertige. Le sang me monta au visage et je dus m'asseoir pour récupérer un instant. Prenant de profondes inspirations, les tempes battantes, le cœur affolé, je fouillai encore dans les archives de Dandeville, sans prendre garde à respecter un quelconque ordre de classement, à ranger les piles de dossiers ou à aligner les ouvrages…

Au bout d'une heure de recherche sans avoir rien exhumé d'intéressant, je trouvai cependant une note rédigée d'une autre main que celle de Matthieu-Marie. Elle présentait toutes les apparences d'une écriture féminine, fine et nerveuse. C'était une liste, une simple liste d'une vingtaine de noms à consonance polonaise, russe, serbe ou tchèque, étagés sous cinq ou six toponymes éparpillés sur tout le territoire du Reich des années 1942-1943. Un nom arrêta sur-le-champ mon regard :

c'était celui du village près de Cracovie où j'avais empoisonné le *therapon* de Heydrich après avoir traversé le marais ayant servi de décor à la chasse aux enfants menée par Keller, Wussau-Pranghofer et leur clique.

Un bruit métallique m'arracha brutalement à mes réflexions. Faisant volte-face, je vis que Matthieu-Marie Dandeville me tenait en joue…

*

L'obscurité était maintenant quasi totale dans l'appartement du Français, mais ce dernier n'y avait allumé aucune lumière. Nous étions assis l'un en face de l'autre à distance respectable, et son Lüger était toujours pointé sur moi alors qu'il m'avait désarmé depuis longtemps. Le chien levé de l'automatique indiquait qu'une légère pression sur la détente suffirait à percuter la balle montée dans la culasse. J'ignorais ce que voulait Dandeville, et il ne semblait pas vraiment le savoir non plus… Nos échanges avaient été rares depuis qu'il m'avait surpris à fouiller son bureau. Nous étions comme deux boxeurs qui s'estiment avant d'entamer la lutte, mais savions-nous seulement pourquoi nous étions soudain devenus ennemis ?

— Tu es un faible, Thörun ! lança Matthieu-Marie. Tu ressembles peut-être à un marbre d'Arno Brecker, mais tu n'es qu'un sentimental. L'avenir n'appartient pas aux sentimentaux…

Je refusai de le suivre sur ce terrain. La polémique philosophique, voire politique, ne m'intéressait pas. Tout ce qui m'importait était de savoir si les noms inscrits sur la liste de Keller étaient bien ceux de gamins triés dans les centres Lebensborn. Dandeville ne finassa pas.

— Évidemment. Tu as deviné… Les gosses ont été choisis sous couvert de la sélection opérée par les services de Himmler. Keller a détourné les meilleurs éléments, les plus intelligents, les plus forts aussi. Ceux qui ont montré assez de ressources physiques et morales pour échapper à des chasseurs lancés à leurs trousses… C'est la loi du sang. C'est le *mystère* du sang ! Mais tu as vu cela de près, à ce que l'on m'a rapporté. Ostara t'en a beaucoup voulu… Tu peux t'estimer chanceux de m'avoir pour ami : j'ai eu toutes les peines du monde à la convaincre de ne pas exercer de trop fortes représailles contre toi…

Le petit sourire pervers qui étira à ces mots la bouche de Dandeville me glaça.

— Il y a donc tout de même des représailles ?… À quoi dois-je m'attendre ?

Dandeville fit voleter sa main devant lui en signe d'agacement.

— Rien qui te concerne au premier chef. Juste un petit plaisir qu'Ostara et moi nous offrons… Tu veux vraiment savoir lequel ?

La gorge serrée, j'acquiesçai. De la poche poitrine de sa veste, Matthieu-Marie tira alors un morceau d'étoffe qu'il jeta devant moi. Tremblante, ma main se referma sur le mouchoir brodé de Fausta.

— La matière corporelle qu'il contenait est dûment utilisée, sois-en certain ! Tu sais combien il est simple d'éteindre le souffle vital de quelqu'un dont on possède une relique quelconque…

Je voulus bondir sur le Français et l'étrangler mais, anticipant le bond que j'allais faire, il braqua son arme à hauteur de mon front.

— Ta petite Fausta Levi n'est pas encore morte… Elle agonise. Et cela durera aussi longtemps que nous le souhaiterons. Nous avons jugé cela plus amusant que de la faire arrêter pour l'envoyer dans un camp d'extermination…

Le terme me pétrifia. Un camp d'extermination ? Je savais qu'on parquait les Juifs dans des prisons et des chantiers pénitentiaires, mais jamais l'évocation d'une telle abomination ne m'était parvenue.

— C'est un secret de polichinelle pour les SS, mon vieux… Si tu n'as pas été mis dans la confidence, c'est que personne parmi nous n'a jamais eu confiance en toi… Même du temps de Heydrich.

Les sarcasmes de Dandeville ne portaient pas. La gorge nouée, les mains moites, je tournai et retournai mes pensées à la recherche d'une issue. Bête fauve prise au piège, j'aurais pu me ronger la patte, me mutiler pour m'enfuir, mais ici, comment faire pour m'échapper ?

— Que comptes-tu faire de moi ? demandai-je à Vigon-Pérignac. M'éliminer maintenant ?

Il sourit.

— Peut-être vais-je te surprendre mais je n'ai aucune envie de te tuer. À quoi cela servirait-il ? Si un passage vers l'Amérique du Sud est toujours dans tes projets, c'est une chose qui peut encore s'arranger. Évidemment, nous n'emprunterons pas le réseau Aragne car je sais que tu en as sottement livré les secrets. Peu importe, puisque ce n'était qu'un paravent qui protégeait d'autres filières…

— Et les enfants recensés sur la liste de Keller ? Ils sont destinés à être sacrifiés sur l'île des Serpents, n'est-ce pas ? Pour activer quelle pierre de protection, cette fois ?

— Leur sang servira, oui… Il sera répandu là-bas… Cela stoppera peut-être la catastrophe en cours…

Keller le croit. Moi, je pense que nos ennemis sont trop forts et que cette tentative est vaine. Voilà pourquoi je n'ai pas jugé bon de l'accompagner.

Au-dehors, tout près, une sirène lança un long hurlement. Comme chaque soir, de nouvelles forteresses volantes survolaient Berlin pour y larguer leur chargement de mort.

— Si tu n'avais pas détruit le *palladium*, Thörun, la ville aurait été protégée et la guerre peut-être gagnée depuis longtemps… Sur tes épaules pèse la faute d'avoir causé bien plus de morts que tu ne le penses…

Mais les reproches du Français ne me touchaient plus. Nous pouvions entendre les gens courir aux abris dans la rue. Dans la maison même, les locataires se précipitaient pour descendre à la cave. Au loin, l'artillerie antiaérienne se mettait en action. Par la fenêtre, on voyait les pinceaux des projecteurs zébrer le ciel pour tenter d'accrocher le reflet métallique d'une carlingue ennemie.

— Je crois que les Américains viennent pour nous, ce soir, annonça Dandeville en tendant l'oreille pour estimer l'objectif des appareils alliés.

Un instant, moi aussi, je me pris au jeu et tentai de deviner où allaient s'écraser les bombes. Nous entendîmes les lourds quadrimoteurs passer juste au-dessus de nous, à peine inquiétés par une Flak poussive qui martelait quelques répliques trop mal assurées pour inquiéter sérieusement la formation adverse. Un premier sifflement déchira l'air, aussitôt suivi d'une énorme détonation qui fit vibrer toute la structure de la maison. Malgré l'absence de cible stratégique à proximité, le quartier visé était bel et bien le nôtre !

— Nous devons descendre dans les bunkers, hurlai-je, tandis que d'autres explosions retentissaient et que le ciel passait en un instant du noir le plus dense au rouge le plus vif.

Dandeville abaissa son arme et, se levant, me fit signe de le suivre. Quittant son appartement, nous descendîmes l'escalier menant au garage collectif qui s'étendait sous l'immeuble. Il n'y avait que trois étages à dévaler pour gagner les caves, mais nous n'eûmes pas le temps de parvenir au rez-de-chaussée qu'une secousse ébranla tout l'édifice. Comme si nous avions soudain embarqué sur un vaisseau ballotté par la tempête, le sol se déroba sous nos pieds et nous chutâmes de quelques mètres dans un indescriptible entremêlement de pierres, de plaques de béton et de poutres en fer. L'immeuble de Dandeville venait d'être éventré… Les yeux aveuglés par la poussière, la nuque bourdonnante, j'étais pourtant indemne. Étourdi par le choc et par le volume sonore de l'explosion, je me dégageai des gravats et me redressai.

Dandeville n'avait pas eu ma chance. Le corps coincé sous une poutrelle, il gémissait et se tordait d'affreuse façon. Du sang plein la bouche, les yeux exorbités par la peur et la douleur, il essaya de parler mais ne put émettre qu'un son faible, inarticulé. Enjambant les décombres, je m'approchai et me penchai sur lui. Il avait les jambes pincées par une colonne d'acier et le torse à demi enseveli sous d'énormes moellons. L'aurais-je voulu que je n'aurais rien pu faire pour lui. Il me regarda d'un air suppliant mais toute pitié avait déserté mon cœur. Lentement, sans en éprouver aucun remords, je me détournai de cet homme qui m'avait trahi, le laissant mourir là, dans ce bâtiment en ruine que gagnait l'incendie… Dans la rue, je m'éloignai le plus vite possible au milieu des brasiers qui partout s'élevaient des maisons détruites.

Tout autour de moi, les bombes labouraient en grappes le quartier. L'air était si brûlant que tout oxygène était consumé et il me fallut tirer sur mes dernières réserves d'énergie et de volonté pour rejoindre une zone que le feu n'avait pas encore dévorée. Partout, des gens appelaient au secours, criaient et mendiaient de l'aide. Je vis des vieillards, les vêtements fumants, errer tels des somnambules parmi les décombres. Ils s'embrasaient comme des torches en quelques secondes, brindilles humaines consumées à la vitesse d'un feu de Bengale. Dans le tracé approximatif de ce qui avait été une rue, mon pied heurta un tas compact. Hagard, ivre de peur, je compris que c'était un cadavre – homme ou femme, je n'aurais su le dire – que la chaleur avait réduit jusqu'à n'être plus qu'un grotesque charbon de la taille d'un chien. Après vingt ou trente minutes d'horreur comme je n'en avais vécu qu'au fond de la crypte du Wewelsberg, la vague des bombardiers s'éloigna enfin…

Épuisé, je gagnai les bords d'un canal où je pus tremper mes mains et mon visage dans l'eau fraîche. Derrière moi, les sirènes sonnaient la fin de l'alerte. Mon uniforme était brûlé et pendait en lambeaux. Mes cheveux, roussis, cassaient sous mes doigts… Longtemps je restai immobile au bord de l'eau, à laisser mon regard se noyer dans le reflet de la lune. Dandeville était mort. Le bombardement m'avait épargné la tâche d'abattre moi-même cet homme avec lequel j'avais tant partagé et qui avait pourtant comploté la mort de Fausta…

Fausta ! Mon cœur fit un bond. Où était-elle à présent ? Et comment lui venir en aide ? Mes muscles me faisaient mal et courir était une véritable torture mais je me dépêchai de regagner mon appartement pour vérifier si sa mèche de cheveux m'avait été volée. Dans le carton où je les avais rangées, je ne la trouvai pas plus que les photos d'elle et l'alliance en or qu'elle m'avait données à Venise. Il n'était plus temps de chercher comment ces diables de Keller et Dandeville s'étaient procuré ces objets sans que je m'en aperçoive. À la hâte, je rassemblai quelques affaires et me préparai à partir pour l'Italie à bord de ma Bugatti personnelle.

Le voyage fut long et dangereux. Je ne traversai pas une ville, pas un village sans voir les nôtres se retrancher et préparer des fortifications en vue des assauts à venir. Des gosses de douze ans creusaient des fossés antichar dans la terre dure et des vieillards empilaient des sacs de sable… Des barrages étaient dressés partout et, sans mon uniforme et mon grade, jamais je n'aurais pu atteindre le nord de la péninsule italienne, en état de siège mais nous appartenant encore. Venise était comme morte. Le froid intense et la neige qui tombait sur la lagune depuis plusieurs jours faisaient de la cité une ville fantôme. Les canaux les plus étroits étaient gelés mais aucun enfant ne s'amusait à y patiner. Les *campi* étaient déserts et les marchés n'étaient plus ravitaillés. Le Florian et le Quadri avaient tous deux posé leurs volets de bois sur leur devanture. Par miracle, je trouvai un vieux vaporetto qui assurait encore quelques liaisons sur le Grand Canal. Les minuscules glaçons charriés par les eaux venaient heurter la coque, produisant un bruit de clochettes sinistre qui acheva de me serrer le cœur. Je descendis à la halte du Dorsoduro et courus dans la neige jusqu'à la maison de Fausta. Les volets n'en étaient pas tirés. Une lumière brillait à l'étage. Comme un dément, je ne cessai de frapper à la porte jusqu'à ce qu'une vieille vienne m'ouvrir. Châle noir sur les épaules, visage griffé de rides, ses iris étaient si clairs qu'ils semblaient se confondre avec le blanc de ses yeux. Sans m'arrêter aux imprécations qu'elle me lançait, je la bousculai, gravis les marches jusqu'à la chambre de ma femme.

Étendue sur son lit, Fausta offrait un spectacle horrible. Sa peau s'était marbrée de taches vert sombre et suintant. C'était une sorte de moisissure qui la recouvrait, une pellicule à l'aspect fongique qui s'effritait sous les doigts et laissait le derme à vif, purulent… Ses mains étaient dépourvues d'ongles et sa chevelure, autrefois si belle, tombait par plaques. Une dégoûtante odeur de chair en décomposition saturait l'air. Fausta vivait encore, pourtant, et elle me reconnut quand elle ouvrit les yeux. Incapable de parler, elle m'adressa un mince sourire qui me déchira le cœur. En pleurs, luttant contre la nausée qui me montait aux lèvres, je n'osai la serrer dans mes bras tant je comprenais que la moindre étreinte relancerait les ignobles douleurs qui lui étaient infligées. Hurlant, gémissant, impuissant à la sauver, je portai la main à mon arme dans l'intention de nous tuer tous les deux, elle pour abréger son martyre, moi pour me punir de toutes ces années d'inconséquence, d'égoïsme et d'aveuglement… Comme ma paume se refermait déjà sur la crosse de mon automatique, une main ferme arrêta mon geste.

— N'y songez pas, Gärensen. Vous tuer donnerait raison à nos ennemis.

*

Lewis Monti me conduisit dans une pièce attenante à la chambre de Fausta. Depuis trois jours il était là, au chevet de ma femme, tentant tout ce qu'il pouvait pour la sauver mais sans parvenir à repousser le charme de mort qui lui avait été lancé.

— Mes connaissances sont trop réduites, Gärensen. Je ne suis pas guérisseur. Et je ne connais ici personne d'assez puissant pour conjurer le sort qui envenime le corps de votre épouse.

— Il n'y a donc plus rien à faire ? demandai-je en me prenant la tête dans les mains.

— Si vous êtes faible et que vous avez placé votre foi en Dieu, il faut prier. Si votre âme est forte, il faut combattre.

La réplique m'arracha un rire mauvais. Combattre ? Mais de quelle manière ? Je savais que Keller était en route pour l'île des Serpents avec une vingtaine de gamins destinés à être sacrifiés dans les ruines d'un temple d'Apollon-Lucifer. Comment espérer lui barrer la route alors que le territoire qu'elle voulait atteindre se situait en pleine ligne de front ?

— Que cherche-t-elle à faire, là-bas ? me demanda Monti.

Je lui avouai mon impuissance à répondre précisément. Brièvement, je lui narrai comment j'avais découvert la collusion de Keller avec mon ancien adjoint et comment j'avais trouvé chez celui-ci des cartes et des listes de noms ne laissant aucun doute quant à la destination finale de Keller.

— C'est notre seul lien vers les Galjero, insista Monti. Il faut la retrouver, Thörun, et vous êtes le seul à pouvoir y parvenir ! Un sort aussi puissant ne peut être que défait par celui qui l'a noué. Capturez Keller et vous pourrez sauver Fausta ! C'est la seule solution !

Je ne le savais que trop bien : Lewis Monti me mentait. Retrouver Ostara signifiait traverser trois pays en guerre avant de m'enfoncer derrière les lignes ennemies… Si je n'y laissais pas ma peau, cela me prendrait des semaines, un mois entier peut-être… Fausta était épuisée et ne pourrait survivre aussi longtemps. Désespérant de mon impuissance, brisé par la fatigue et l'émotion, je m'effondrai sur le canapé et fermai un instant les paupières. Dans l'obscurité, je sentis mon esprit s'ouvrir soudain comme l'aurait fait une trappe dans le sol… Mes mains battirent l'air et j'éprouvai la sensation physique de tomber dans un gouffre glacial ! Incapable d'ouvrir les yeux, je vis pourtant un visage sans âge percer les ténèbres pour me regarder. C'était Kloge, la vieille harpie qui se moquait de moi !

— La vie n'a pas d'importance car elle n'est qu'un simple caprice du hasard, grimaça-t-elle. Les ténèbres et la mort sont l'ordre véritable du monde tandis que l'existence humaine est chaos misérable. Comme un feu dans la nuit, l'homme flambe et puis s'éteint…

*

Durant trois jours, le cœur de Fausta continua de battre avant de faiblir et de s'arrêter. Sur son lit qui n'était plus qu'une mare de sang, sa chair s'était couverte d'un voile duveteux de pourriture qui l'avait rongée et dévorée pire que la pire des lèpres. Pas plus que les médecins que nous avions fait venir auprès d'elle, pas plus que les prêtres dont nous avions demandé le secours, Monti et moi n'avions pu la sauver. Seul, refusant l'aide de quiconque, je préparai son linceul et couchai son corps en bière. Par la porte d'eau de la maison, Monti et moi hissâmes le cercueil sur le bateau tendu de noir qui nous mena jusqu'à l'île San Michele, la grande île-cimetière où reposent les morts de Venise. Le ciel était bas, chargé de neige. Il faisait un froid pénétrant. Silencieux, Lewis et moi portâmes Fausta Pheretti en terre dans le carré israélite. Il n'y eut aucune oraison, aucune prière prononcée par un saint homme. Tous les rabbins de la Sérénissime étaient terrés dans des caches, craignant de sortir et d'être arrêtés par les patrouilles allemandes qui contrôlaient la ville. Monti égrena les quelques mots sacrés qu'il connaissait. Les dents serrées, je ne pus rien dire. Le chagrin d'avoir brisé nos deux existences m'étouffait et me laissait un goût de cendre dans la bouche. Avec celle de Fausta, ma vie s'était comme arrêtée…

— Qu'allez-vous faire, maintenant ? me demanda Monti comme nous voguions vers la ville.

— Tuer Keller, je crois. Ou me faire tuer en la traquant. Sauver les enfants qu'elle compte sacrifier… C'est la seule manière pour moi de me racheter.

Lewis ne chercha pas à me détromper. Il savait que j'avais raison et que l'unique façon de me laver de mes faiblesses passées était de retrouver Ostara. Je fis mes adieux à l'Américain dès que je posai le pied sur l'embarcadère. Il ne pouvait pas m'accompagner. Là où j'allais, personne ne le pouvait.

Totentanz

Panique ! En remontant de Venise jusqu'aux rives du Danube, je ne rencontrai que des armées de l'Axe en proie à la panique. La grande contre-attaque menée sur le front ouest, dans le secteur des Ardennes, venait d'échouer faute de carburant pour ravitailler les chars. Ici, à l'est, il n'était même plus question depuis longtemps d'organiser la résistance. Partout, la poussée soviétique brisait nos lignes et fragmentait nos troupes en unités réduites, manquant de tout, faciles à anéantir… Trop occupée à chasser les déserteurs et à maintenir l'ordre dans les troupes encore formées, la police militaire n'accordait que peu d'importance au fait que je ne possède pas d'ordre de mission en bonne et due forme. Mes galons et la couleur de mon manteau suffisaient amplement comme laissez-passer. Tout juste me prévenait-on parfois que voyager sans chauffeur ni escorte me désignait comme une proie facile pour les partisans qui surgissaient de n'importe quel bois, n'importe quel village pour harceler les Allemands.

De détours en crochets, je ne progressais pas en ligne droite. Très dangereuse en raison d'une virulente offensive menée par l'armée de Tito, la traversée de la Yougoslavie me conduisit, de façon chaotique, de Ljubljana à l'orée de la plaine de Pannonie. De là, il me fut impossible de faire route plein est. Je dus remonter vers le nord, où des *Feldgendarmen*, cartes d'état-major à l'appui, m'avaient assuré que je pourrais plus aisément profiter d'une trouée vers l'orient. En Hongrie, perdu dans une forêt de pins sur les rives du lac Balaton, je débouchai par hasard sur une vaste clairière, que l'on avait aménagée en terrain d'aviation de fortune. Frappés aux couleurs hongroises, cinq avions de combat étaient alignés, sous le couvert d'arbres dont on avait soigneusement élagué les branches basses. Une grande isba – ou une maison de bûcheron – était la seule construction visible aux alentours. De la fumée s'échappait de la cheminée. Il allait bientôt faire nuit et le réservoir de ma voiture se trouvait presque à sec. Continuer dans ces conditions me condamnait à coup sûr à la panne sèche en rase campagne. Mieux valait faire halte ici. Un homme en courte veste fourrée fumait la pipe sous l'auvent de la cabane. Il s'avança vers moi tandis que je passais à l'épaule le havresac qui contenait toutes mes affaires. L'air était clair, et le froid, si vif qu'il fût, ne mordait pas. Le type, un jeune gars brun aux cheveux bouclés, à l'air hilare et décontracté, me lança une phrase dans un sabir dont je ne saisis rien.

— Ah, tu es un Tudesque ! me répondit-il dans un allemand fort bien intoné lorsqu'il comprit que je ne parlais pas un mot de hongrois. Bienvenue, mon ami. Bienvenue au groupe de chasse du capitaine Attila Sajgo !

Derniers éléments d'une escadrille décimée lors des combats contre les puissants Yack soviétiques, les six pilotes et les neuf mécanos survivants du groupe de chasse Sajgo avaient trouvé refuge dans cette clairière après que leur terrain d'aviation d'origine eut été totalement détruit par une attaque de bombardiers.

— Nous n'avons plus que quelques appareils de combat mais nous nous battons bien. Même à un contre dix, nous avons abattu six Ivans ce matin, et n'avons perdu qu'un des nôtres.

Attila, vingt-six ans, était le plus âgé du groupe. Dans la cabane, je fus présenté aux autres qui m'accueillirent tous avec chaleur et sans curiosité. Généreusement, ils partagèrent avec moi les provisions de viande séchée et de légumes en conserve qu'ils s'étaient constituées.

— Nous avons aussi du chocolat et du tabac à profusion, un peu de schnaps. Et même du vrai café !

Pour la première fois depuis des jours, je mangeai un repas chaud et copieux. Attablé avec ces jeunes types joyeux et bruyants que ne semblait pas terrifier la perspective de la défaite toute proche, j'en arrivai à envier leur insouciance.

— Peu importe si nous mourons demain ! hurla Attila à la fin du dîner. Mieux vaut crever aux commandes d'un zinc que vivre en esclave sous la botte des Yankees ou des Rouges. Nous avons perdu la guerre, toi et moi, Tudesque. Essayons au moins de ne pas rater notre mort.

Si le groupe du capitaine était riche de victuailles, son principal souci, en revanche, était le ravitaillement des avions en essence, en munitions et en pièces détachées.

— Nos mécaniciens font des miracles pour réparer chaque fois que nous rentrons, mais les cartouches que nous tirons ne se remplacent pas en faisant du bricolage. Et le carburant brûle vite…

— Impossible de remplir mon réservoir, alors ?

— Difficile. Mais il y a une solution amusante à ton problème. Si tu n'es pas effrayé !

Le tutoiement nous était venu naturellement. Ni mes épaulettes de *Standartenführer* ni mes passementeries SS n'impressionnaient Attila. Je ne m'offusquai pas de cette marque de familiarité qui me semblait de règle entre soldats d'un même camp ayant perdu toute perspective d'avenir libre.

— Quelle solution me proposes-tu ?

— Demain, à l'aube, nous partons en mission plein est. Nous te déposons à trois cents kilomètres d'ici, en plein territoire roumain, à hauteur des Portes de Fer... Toi, tu fais en deux heures plus de chemin qu'en cinq ou six jours. En échange, nous récupérons toutes les pièces mécaniques de ta guimbarde pour réparer nos coucous. Marché conclu ?

Je topai dans la main d'un Attila ravi, qui ne perdit pas une seconde pour lancer un ordre à ses mécanos. Enfilant veste et gants, les neuf gars se précipitèrent aussitôt dehors. Scie à métaux et clé anglaise en main, ils désossèrent en moins d'une heure ma grosse Bugatti pour en recycler les tôles en plaques de blindage et adapter les éléments de son moteur à ceux des appareils de chasse.

— Excellente transaction, jugea Attila, qui regardait son équipe œuvrer tout en sifflant et chantant. Voilà qui remonte le moral de tout le monde ! Au fait, tu as déjà sauté en parachute ?

*

Le Zerstörer, gros chasseur bombardier biplace Messerschmitt 110 d'Attila Sajgo, n'était pas une simple machine de guerre. Avant toute chose, c'était une œuvre d'art. Le capitaine en personne avait peint une sorte de fresque qui courait le long du fuselage. Infernales sarabandes de squelettes qui dansaient, s'embrassaient, s'étreignaient ou se combattaient, les images étaient impressionnantes de vérité et trahissaient le style d'un véritable professionnel de l'illustration.

— *Totentanz*. La danse macabre ! C'est ainsi que je surnomme mon zinc, dit Attila comme je découvrais, médusé, l'étonnante beauté de la peinture. Dans le civil, j'étais professeur de dessin à l'École des beaux-arts de Budapest. Allez, viens ! Il est temps de décoller.

La nuit n'était pas terminée ; réverbérée par la neige, la mince lueur de l'aube permettait néanmoins de préparer la mission. Les mécanos avaient travaillé jusque-là dans le froid pour remettre en état deux des chasseurs Gustav qui, sans les rebuts de ma Bugatti, auraient été définitivement paralysés.

— C'est fête, aujourd'hui ! Nous partons au grand complet, m'expliqua Attila, qui me fit un clin d'œil encourageant tout en m'aidant à boucler mon harnais de parachute.

— À quelle altitude me largueras-tu ? demandai-je d'une voix légèrement tremblante.

— Entre cinq cents et quatre cents mètres ; toucher le sol te prendra à peine plus d'une minute. Quand je te le dirai, tu détacheras ta ceinture et feras glisser la canopée. Moi, je me retournerai. Tu tomberas sans même t'en rendre compte. Dès que tu seras éjecté, tu tireras sur la poignée qui pendouille sur ton cœur et la corolle s'ouvrira…

— Et ensuite ?

— Ton aventure continuera sans moi et la mienne sans toi, mon petit camarade !

Sous la verrière du cockpit s'alignaient des silhouettes peintes. Je dénombrai huit ombres chinoises de blindés et vingt et une d'avions : c'était le compte des victoires qu'Attila avait remportées.

— Seulement celles qui sont dûment homologuées ! précisa-t-il. Les véritables chiffres sont de douze chars et de trente-neuf Yack en quatre mois. Les Soviétiques sont tellement nombreux qu'on peut se faire en quelques semaines un tableau de chasse impressionnant. C'est l'unique avantage que nous avons face aux Ivans !

Mal assuré, je grimpai dans l'habitacle, m'assis juste derrière Attila mais dos à lui. Installé au poste de mitrailleur, le double canon d'une mitrailleuse lourde pointant devant moi, je devais assurer la défense en cas d'attaque à revers. Attila lança les deux moteurs, puis sa voix résonna dans les écouteurs de mon casque :

— On pousse la balade très loin. Ne t'attends pas à ce que cela se passe en douceur. Ce n'est pas parce que tu es notre invité que nous éviterons la bagarre !

Les rampants firent sauter les cales de *Totentanz* et l'appareil se présenta à l'extrémité de la piste d'envol. Pas de tour de contrôle, dans cette clairière. Pas de manche à air pour indiquer la direction et la force du vent. Tout se faisait au jugé et au petit bonheur. Je sentis la carlingue vibrer de plus en plus fort tandis qu'Attila mettait les gaz à fond pour décoller sur la distance la plus brève possible. Le terrain était extraordinairement court, et il fallait que tous ces types soient de fameux inconscients pour effectuer leurs décollages sur une bande neigeuse aussi peu praticable. En moins de deux cents mètres, le 110 s'arracha du sol et s'envola, si cabré qu'il rasa la cime des sapins. Suivant leur chef d'escadrille, les quatre Gustav s'élancèrent à leur tour dans le ciel laiteux.

Le visage couvert par un masque à oxygène qui dégageait une répugnante odeur de sueur rancie, je vis s'étaler sous moi la surface plane et brillante du lac Balaton, véritable petite mer intérieure de Hongrie. Cap au nord-est, Attila nous fit grimper jusqu'à trois mille mètres. Nous diriger vers l'orient, vers la frontière roumaine, ne pouvait s'effectuer en ligne droite ; il fallait veiller à progresser en crabe pour n'être pas aveuglés par la lumière du soleil, ce qui aurait donné un avantage décisif à nos ennemis, déjà généreusement servis par le nombre et la qualité de leurs appareils. En altitude, quelques minces cirrus étaient les seules nébulosités où l'on pouvait espérer trouver refuge en cas de rencontre avec une formation supérieure à la nôtre.

En vol serré, les cinq Hongrois échangeaient plaisanterie sur plaisanterie. De mon côté, si j'essayais de comprendre quelque chose à leur étrange patois, mon attention était surtout absorbée par la contemplation du paysage grandiose que je découvrais. Des larmes me coulaient sur les joues car le froid intense qui régnait dans la cabine, malgré le chauffage poussé à fond, me piquait cruellement les yeux. Les vingt ou trente premières minutes de vol nous amenèrent jusqu'à une voie de chemin de fer qu'Attila se mit à suivre.

— C'est la ligne qui relie Budapest à Bucarest, hurla-t-il à mon intention dans son micro. La meilleure façon de ne pas se perdre !

Au-dessus d'un décor de forêt enneigée, nous continuâmes ainsi jusqu'à atteindre une plaine dégagée parsemée de hameaux qui semblaient sans vie… Il y eut un échange sec de phrases en hongrois, puis le Messerschmitt piqua brusquement du nez sans que je comprenne ce qui se passait.

— Blindés ennemis droit devant, avertit Sajgo. Accroche-toi, camarade ! Je ne peux pas rater l'occasion !

Criant ses ordres à ses équipiers, Attila bascula son appareil et engagea le feu contre les troupes soviétiques qui se déplaçaient en colonne. S'approchant du sol pour effectuer un passage en rase-mottes, le capitaine prit l'ennemi en enfilade. Les yeux tournés vers la queue de l'avion, je ne voyais que le résultat de ses tirs. Affolés, pris par surprise, les Ivans sautaient à bas de leurs véhicules pour se disperser et s'éloigner de leurs engins. Seuls deux ou trois mitrailleurs isolés semblaient vouloir répliquer aux oiseaux ennemis qui fondaient sur eux. Nous passâmes dans un premier panache de fumée projeté par la destruction d'une chenillette. Juste au-dessous de moi, je perçus le claquement sec du mécanisme de largage de bombe. Une énorme boule de feu embrasa un char russe et Attila poussa un cri de triomphe suraigu qui me perça les tympans. Le Hongrois incurva sa lancée pour reprendre de l'altitude. Derrière nous, en formation de fer de lance, les Gustav fauchaient les soldats qui s'égaillaient dans la neige…

Haut dans le ciel, nous nous regroupâmes et poursuivîmes notre voyage vers l'est. Un des gars sifflait l'air de *Lili Marlene*. Attila me prévint quand il estima que nous quittions la Hongrie pour survoler la Roumanie.

— Je te larguerai dans les environs de Brasov, en Transylvanie. Nous ne pouvons pas t'emmener plus loin sans atteindre notre point de non-retour…

Je répondis que je me tenais prêt. Soudain, il me sembla apercevoir des points noirs fondant sur nous à grande vitesse. Je n'avais pas l'habitude de l'observation aérienne et ne pouvais deviner s'il s'agissait d'ennemis ou d'amis…

— Même s'ils sont derrière nous, ce sont certainement des Ivans, jugea Attila. Accroche-toi !

Mon cœur s'accélérant, j'engageai la première cartouche dans mon arme et me préparai à viser. Le capitaine tira à fond sur le manche et nous fit presque faire une chandelle pour gagner le maximum d'altitude. Les sens désorientés par cette brusque montée, je perdis un instant toute notion de haut et de bas, ne sachant plus à quelle distance se trouvaient le sol et les nuages. Durant une poignée de secondes, le monde me sembla avoir perdu tout repère. Enfin, mon cerveau parvint à recomposer l'image de la réalité autour de moi, et je vis qu'une dizaine d'aéroplanes aux ailes frappées de l'étoile rouge volaient sur nos traces. Attila et ses hommes échangèrent quelques mots juste avant que les Gustav, deux par deux, n'entament une boucle serrée qui les fit disparaître de ma vue. La voix du capitaine résonna de nouveau dans mon casque :

— Nous jouons les appâts. Il va falloir tenir jusqu'à ce que mes gars reviennent derrière les Yack. J'espère que tu es bon tireur !

Dans le cockpit étroit, je me sentis tout à coup enterré vivant dans un cercueil d'acier. L'idée me vint de faire glisser la verrière et de sauter pour éviter le combat, mais cette misérable lâcheté ne dura qu'une seconde. Crispant les mains sur les poignées de la mitrailleuse, j'ajustai la mire sur le premier ennemi et lâchai une courte rafale afin d'estimer la portée de mon arme.

— Pas tout de suite ! me cria Attila. Attends encore une minute qu'ils entrent dans notre champ !

Tous les muscles de mon corps se contractèrent. Me forçant à l'attente, les secondes s'étirèrent en une éternité. Les ailerons de freinage de *Totentanz* s'ouvrirent et Sajgo baissa le régime des moteurs pour que nos adversaires puissent nous rejoindre plus vite. Je vis des points brillants s'allumer sur les ailes de l'un d'eux et une première volée de balles ondula vers nous sans nous toucher. Pressant une nouvelle fois la détente, je répliquai à la diable, mais n'eus pas plus de chance que le Rouge. Puis, alors que je venais enfin de l'ajuster en plein milieu de mon viseur, Attila entama une brusque série de plongées et de roulis qui me fit manquer mon coup. Ballotté en tous sens, incapable de tenir un ennemi plus d'une seconde dans le cercle métallique de ma mire, je décidai de ne pas lâcher de bordée au hasard. Maniables et puissants, les Yack bondissaient à notre suite mais, malgré les longs tirs qu'ils nous assenaient, ils ne parvenaient pas à nous moucher. Le Hongrois était un pilote remarquable. De la masse de son Zerstörer, il parvenait à tirer des prouesses d'acrobatie. Remettant les gaz, il entama une boucle savante qui nous plaça par je ne sais quel miracle dans la queue d'un Rouge. Attila l'abattit en moins de dix coups.

Tandis qu'il reprenait de l'altitude pour éviter les éclats de l'épave, j'eus la vision de deux appareils s'accrochant à la traînée de condensation que laissait *Totentanz*. Plaquant ma poitrine contre la crosse de ma mitrailleuse pour tenir celle-ci dans l'axe, j'ouvris le feu pendant vingt bonnes secondes sans relâcher une seule fois la pression. À trois cents mètres derrière nous, des gerbes d'étincelles fusèrent dans les pales du plus proche de nos adversaires. Touché de face, son moteur éclata en vomissant une fumée noire. Le Yack tomba comme une pierre, aussitôt remplacé par un autre qui fit crépiter ses armes avec le même acharnement que le mien. Une volée de grêle d'acier claqua sur notre fuselage. Risquant une périlleuse figure de voltige, Attila coupa brusquement ses moteurs.

Le 110 glissa jusqu'à son point d'inertie, s'arrêta en pleine course et bascula soudain pour entamer une infernale série de vrilles. Le cœur chaviré, j'eus pourtant encore assez d'esprit pour lever le canon de ma mitrailleuse vers le ventre du Yack qui passa en ronflant juste au-dessus de nous. La rafale spiralée que je lui décochai perça son réservoir, qui explosa en le coupant en deux. Docile, *Totentanz* relança ses turbines à la première sollicitation de son maître. D'une habile et ferme torsion du manche, le capitaine rétablit la balance de son appareil et retourna batailler aux côtés des Gustav, qui venaient à leur tour d'entrer dans la danse. Le combat était maintenant une succession de duels où tourbillonnaient les huit Ivans restants contre les cinq Hongrois. Au beau milieu de ces trajectoires ponctuées d'explosion, de tirs de balles traçantes et de panaches de fumée noire, je n'osais plus appuyer sur ma détente de peur d'atteindre un des nôtres. Abattus par nos gars, deux Rouges partirent encore au tapis avant qu'un troisième ne se replace dans notre queue et ne nous matraque vilainement. Un éclat de notre aile droite partit en lambeaux sans que cela semble altérer la maniabilité et l'équilibre de *Totentanz*. Répliquant, je crevai la verrière du Russe. Une flaque rouge gicla aussitôt sur le dôme transparent, comme si on y avait projeté un pot de peinture vermillon. Le corps en sueur, les oreilles bourdonnantes, tous mes muscles tendus comme des câbles, je cherchais un nouvel ennemi à engager mais les seules silhouettes d'avions que je parvenais à distinguer portaient toutes la cocarde tricolore vert, blanc et rouge de l'antique Pannonie… En quelques minutes d'un furieux affrontement, le groupe de chasse Sajgo avait augmenté son palmarès de façon spectaculaire sans subir lui-même aucune perte !

— Tu nous portes chance, Tudesque ! claironna Attila. Carton plein pour nous ce matin ! Tu es certain que tu ne veux pas rester ? Tu mériterais presque d'être hongrois, tu sais !

— Impossible, mon vieux. Je dois retrouver une femme, en bas.

— Une femme ? s'amusa mon pilote. Si c'est ainsi, je te pardonne de vouloir nous quitter si vite !

J'aurais aimé répliquer par une plaisanterie légère mais ma gorge se noua à l'évocation d'Ostara Keller. La brutalité, la tension du combat aérien, si éprouvant qu'il ait été, m'avaient un bref instant délivré de l'ombre qui m'étreignait depuis la mort de Fausta…

Nous ne croisâmes pas de nouvelle formation ennemie. Nous poursuivîmes notre vol au-dessus d'un paysage de plus en plus accidenté, puis Attila me demanda de me préparer.

— Je cherche une zone dégagée où te larguer. Mais ce sera à la grâce de Dieu, mon ami… J'espère que tu ne tomberas pas en pleine zone tenue par les Rouges !

Résigné, je débouclai ma ceinture et fis glisser la canopée au-dessus de ma tête. Sajgo vira en une boucle serrée pour me montrer un vallon déboisé. Au second passage, il retourna brutalement *Totentanz*, après un dernier et chaleureux adieu. Ne pouvant réprimer un cri, je glissai de mon siège pour basculer dans le vide. Mes yeux captèrent l'image folle des squelettes peints sur la carlingue qui s'enfuyaient déjà, loin au-dessus de moi, puis il fallut que mon cerveau se concentre sur le seul geste qui me restait à faire : tirer la poignée de mon parachute. À la vitesse où je chutais, l'air était devenu presque consistant et giflait mon corps avec une force que je n'avais pas soupçonnée. Je dus fournir un véritable effort de volonté pour agripper ma main à la tringle d'ouverture de la voile. Un grand bruit de tissu déployé claqua au-dessus de ma tête et je fus brutalement freiné dans ma course. Me laissant tomber, je compris avec soulagement que j'allais atterrir dans un pré couvert de neige. Retenant ma respiration au moment du choc, je m'écroulai sans grâce ni souplesse dans trente centimètres d'une neige aussi molle que douce. Le souffle coupé par le harnais qui me sciait les côtes et le ventre, je me relevai tant bien que mal, pendant que, passant tour à tour très bas au-dessus de ma tête pour un ultime salut, les cinq appareils hongrois battaient des ailes en signe d'amitié. Aussi longtemps que je le pus, je les regardai reprendre de l'altitude et mettre le cap plein ouest pour retrouver leur base et continuer leur guerre…

*

Accompagner les Hongrois m'avait certes fait gagner près de trois cents kilomètres, mais j'avais aussi perdu tout moyen de locomotion personnel. L'embouchure du Danube était encore loin, et j'ignorais exactement où je me trouvais, et même si la région était aux mains des nôtres ou déjà occupée par les troupes de Staline. Pendant deux ou trois heures, je marchai donc dans la neige sans rencontrer personne, sans apercevoir le moindre tracé de route. Vers midi, j'atteignis une petite ville qui me parut assez prospère. Dans les faubourgs, j'eus la chance de croiser un groupe de soldats allemands qui se chauffaient les mains au-dessus d'un brasero. Sur le givre d'une fenêtre, leur sous-officier me traça une carte grossière de la région et voulut bien me donner un pistolet-mitrailleur, moi qui ne possédais que mon Lüger et ma dague de combat. Me remettant en route, je longeai tout l'après-midi une route supposée me mener à un gros bourg où je comptais passer la nuit, parmi une compagnie de grenadiers qui s'y était retranchée. Passant de crêtes en vallons, j'avançais mal, glacé par un vent coupant, m'enfonçant parfois jusqu'aux genoux dans une neige fraîche et molle. Autour de moi, c'était une forêt dense, noire, bruissante de grognements d'animaux qui ne semblaient pas craindre l'homme.

Une heure avant la tombée de l'obscurité, alors que j'atteignais le sommet d'une longue côte, j'entendis hurler des loups. Hâtant le pas malgré ma fatigue, j'entrai dans le bourg alors qu'il faisait presque nuit. Derrière les volets des premières maisons, aucune lumière ne brillait. Pas un bruit. Avançant prudemment entre les baraques, je vis une première silhouette étendue par terre, devant le seuil d'une cabane en rondins. Armant mon PM, les pupilles dilatées à force de percer les ténèbres, je m'approchai du cadavre. C'était un des nôtres, tombé sur le dos, égorgé par une lame qui était entrée juste sous l'oreille. Un coup de professionnel. Économe. Précis. Efficace. Pas l'ordinaire travail de boucherie que peut provoquer la fébrilité d'un amateur ou celle d'un combattant paniqué. Le pauvre type était déjà raidi par le gel. Sa mort devait remonter au milieu de la journée…

Non loin de lui, je découvris un autre soldat. Puis un autre, encore, à un jet de pierre de distance. Comme le premier, ils avaient succombé à un coup à la gorge. J'entrai au hasard dans une maison, où je trouvai tous les habitants, des civils, écroulés sur le sol. Une fille jeune, bien faite de corps et assez jolie de visage, comptait parmi eux. Elle n'avait pas été déshabillée. Tuée net par une trouée en plein cœur, elle avait été exécutée sans qu'on la violente. Rapidement, je fis le tour du hameau et ne découvris que des morts. Tous étaient *Panzergrenadiers* ou civils roumains. Pas de partisans, aucun signe de soldats russes… Détail plus troublant encore, les armes des Allemands n'avaient pas été volées. Leurs poches regorgeaient de munitions et ils n'avaient pas été dépouillés de leurs biens – montre, portefeuille, paquet de cigarettes même. Renonçant à percer ce mystère, recru de fatigue, je dénichai une maison que ne polluait la présence d'aucun cadavre. Trop épuisé pour éprouver quelque scrupule à dormir dans ce village fantôme, je m'allongeai sans retirer mes bottes sur un lit couvert d'un moelleux édredon de plumes. L'index posé sur la détente de mon arme, j'y passai une nuit sans rêves ni cauchemars.

Au matin, je découvris une Kübelwagen, sous un préau, une petite voiture tout terrain grossièrement camouflée à la peinture blanche. La clé de contact pendait sur le tableau de bord et le réservoir était plein. Installé au volant, je repris mon chemin vers l'est, à travers une Transylvanie toujours plus sauvage et lugubre. J'avançais lentement sur ces mauvaises routes de montagne qui traversaient les Carpates, ces antiques monts Riphéens où Dandeville et Hezner croyaient que l'ange rebelle Lucifer et sa cour étaient tombés jadis… Pour ma part, j'ignorais si ces lieux étaient voués au culte du Diable, mais les précipices que je frôlais, les gorges sombres dans lesquelles je me faufilais, les immenses forêts silencieuses dans lesquelles je m'enfonçais n'étaient pas taillés à la mesure des hommes… En deux jours de solitude absolue, je franchis enfin la région des cols et des passes pour retrouver un paysage civilisé, modelé par des générations innombrables de paysans opiniâtres.

De gros nuages de neige se bousculaient dans le ciel noir quand je coupai le moteur sur la place centrale d'un village sans église, dont les maisons basses ressemblaient davantage à des fermes qu'à des habitations de commerçants ou de notables. Deux camions portant la croix noire stationnaient près d'une auge à l'eau gelée. Dans ce qui paraissait être l'unique auberge de l'endroit – une vaste salle obscure aux poutres et aux murs rendus graisseux par la fumée –, je palabrai longuement avec un *Hauptmann* d'infanterie, qui tenta par tous les moyens de me dissuader de poursuivre mon périple.

— Il n'y a plus de front. Toutes les armées sont mêlées. Les éclaireurs russes réguliers poussent des pointes très profondes sur nos arrières, et les partisans nous harcèlent de toutes parts. Tantôt nos unités se replient en désordre, tantôt elles persistent à s'accrocher sur des terrains qui ne leur sont même pas favorables. Les ordres de l'état-major ne sont plus respectés. C'est le chaos total ! Une seule chose est certaine : plus vous vous dirigez vers l'est, plus le risque de mourir est grand…

Négligeant la fatigue et la faim qui me rongeaient, je voulus repartir sur-le-champ mais l'officier, un grand Poméranien aux yeux globuleux, insista pour que je prenne au moins quelques heures de repos.

— Mangez et dormez pendant que vous avez un toit au-dessus de la tête. Et puis, on dirait que vous ne savez même pas quel jour nous sommes !

Jetant un coup d'œil à ma montre, je constatai que le chiffre 31 s'inscrivait dans l'emplacement du cadran réservé à la date. Sans craindre une seconde mon uniforme SS, le type me souffla :

— 31 décembre 1944 ! C'est la Saint-Sylvestre, ce soir. Demain, nous entrons dans la dernière année de la guerre. La dernière année d'Adolf Hitler ! Enfin !

*

Ravitaillé en carburant et en rations militaires par l'*Hauptmann*, je quittai le village à l'aube du 1er janvier. Le rétroviseur de la Kübelwagen me renvoyait l'image d'un homme hâve, aux yeux fiévreux, au visage voilé par une barbe blonde que je n'avais pas pris le temps de raser depuis des jours. Les mains crispées sur le volant, je remontai pendant des heures une longue colonne de réfugiés où se côtoyaient civils en fuite et soldats en déroute. À la tombée de la nuit, je dus faire halte au milieu d'une plaine déserte, balayée par des vents hurlants. Recroquevillé sur mon siège, j'avais l'impression d'avoir été de nouveau jeté au fond des oubliettes du Wewelsberg, tant le froid, l'obscurité et la peur m'étreignaient… Durant trois ou quatre journées encore, je parvins à progresser, ne rencontrant par miracle aucun partisan, aucun Ivan sur ma route. Le monde me semblait vide et je me repérais sur le soleil pour m'orienter. Dérivant au hasard des chemins, perdu, épuisé, je ne tenais plus que par l'extrême tension qui agitait mon esprit grâce aux pastilles de Pervitine que je croquais régulièrement pour me tenir éveillé.

Alors que je roulais sur la pente descendante d'une colline boisée, les roues cessèrent soudain de mordre la route et le véhicule dérapa dans un fossé. Meurtri par le choc mais sauf de toute vraie blessure, je tentai l'impossible pour le récupérer. En vain. Me résolvant à continuer à pied, je piétinai dans un désert de neige, puis, au bout d'une ou deux heures de ce régime, mes forces m'abandonnèrent d'un coup. Pantin désarticulé, je m'effondrai par terre, croyant y mourir. Tandis que je sentais déjà mes membres se raidir, un bruit sourd fit vibrer l'air autour de moi et j'aperçus tout à coup le plus étrange visage que j'aie jamais vu. Bredouillant un allemand mal assuré, un type à la face aussi brune qu'une plaque de chocolat se mit à me parler, mais je ne compris rien à ses paroles. Un autre s'approcha, la bouille tout aussi ronde et moustachue que l'autre. Sur la manche de leur uniforme d'hiver, ils portaient un écusson représentant un tigre bondissant. À eux deux, ils me soulevèrent et je vis qu'ils s'étaient extraits d'une formation militaire assez nombreuse comprenant divers véhicules et des blindés légers. Étourdi, incapable de bouger, je me laissai porter jusqu'à un camion à l'intérieur duquel on m'étendit et où l'on s'employa à me réchauffer. Je voulus protester, dire qu'il me fallait repartir au plus vite, mais j'étais trop faible pour parler. Un voile noir m'enveloppa et je perdis toute conscience.

Ce fut un chant qui me réveilla. Un chant qui montait au milieu d'une série d'explosions et de rafales de coups de feu. Sursautant, je me redressai à demi. Dans l'endroit où je me trouvais, en pleine pénombre, un blessé gisait à mes côtés, pansé aux deux jambes. Comme ceux qui m'avaient sauvé, c'était un soldat hindou.

— Bouge pas, camarade ! me dit-il. Victoire ou défaite, amis ou ennemis, sois certain qu'on viendra nous chercher.

Mais je ne voulais pas attendre que les événements décident de mon sort. Faible encore et pourtant suffisamment reposé pour combattre, je rassemblai en hâte mes affaires et me glissai hors du camion pour découvrir une scène de bataille acharnée. L'unité disparate qui m'avait recueilli s'était retranchée sur une éminence enneigée qu'encerclaient des Russes. Plutôt que d'attendre et de subir l'assaut des Ivans, les nôtres entamaient une charge furieuse afin de briser l'anneau des troupes ennemies. Mais voilà que bravant toutes les règles de la stratégie militaire, contre tout bon sens, cette tactique désespérée semblait porter ses fruits ! De là où je me trouvais, je pouvais parfaitement voir les tirs de nos maigres pièces d'artillerie semer la panique chez les Rouges qui refluaient en désordre à la seule vue de notre infanterie galvanisée, dévalant la pente en chantant et en tirant de toutes ses bouches à feu. Lüger au poing, je courus moi aussi dans la neige pour participer à la percée. En quelques minutes, je me retrouvai en bas, à avancer parmi d'incroyables *Panzergrenadiers* hindous qui portaient l'uniforme allemand. À cent mètres de moi, un géant russe se battait seul, grimpé sur une chenillette renversée dans la neige, un pistolet-mitrailleur dans chaque main. Il hurlait je ne sais quelles insanités et venait de faucher trois des nôtres lorsque je m'approchai assez pour lui loger deux balles en plein visage. Touché au front, il s'effondra en retroussant les lèvres sur un horrible dentier de cuivre.

La chute du colosse sembla sonner la retraite des Ivans. Pendant quelques minutes encore, il y eut des échanges de coups de feu puis la plaine se vida de tout ennemi… Dispersés dans les bois, nos adversaires ne pourraient se regrouper efficacement avant deux ou trois heures. Essoufflé, hagard, je mis moi-même de longues minutes à regagner le point d'où j'étais parti. Sous les ordres d'un jeune officier, les survivants du convoi se préparaient déjà à décrocher avant que les Soviétiques ne se reprennent et ne lancent une contre-attaque. Quand il me vit, l'*Hauptmann* cessa un instant de presser ses hommes pour s'intéresser à moi. Une balle avait éraflé sa joue mais il ne semblait pas prêter la moindre attention à sa blessure.

— Je suis Linden. Vous êtes le SS que les hindous ont retrouvé évanoui sur le bord de la route il y a deux jours, n'est-ce pas ?

En quelques phrases, j'expliquai comment, au contraire de leur groupe, il me fallait gagner l'embouchure du Danube plutôt que les arrières du front. Ouvrant de grands yeux, Linden semblait littéralement affligé d'entendre un tel discours.

— Qu'est-ce que les SS cachent donc dans ce coin-là ? fit-il pour tout commentaire lorsque j'eus terminé mon récit.

La phrase me surprit. Que signifiait-elle ? L'*Hauptmann* Linden avait-il déjà croisé quelqu'un en route pour le delta du fleuve ?

— Oui. Un SS, tout comme vous, mais une fille. Pas commode. Et qui traînait une nichée de loupiots… Elle aussi, nous l'avons ramassée au bord du chemin…

Ma gorge se serra et mes mains se mirent à trembler. Keller ! Il ne pouvait s'agir que de Keller !

— Où est-elle ? demandai-je en m'efforçant de calmer les frémissements nerveux dont mon corps était secoué. Toujours avec vous ?

Les épaules de Linden se tassèrent. Évitant de me regarder en face, il m'avoua le plus incroyable des retournements de situation. Il y avait une heure à peine, surgi de nulle part, un officier britannique avait voulu parlementer.

— Britannique ? Vous dites bien britannique ?

— Je vous assure, *Herr Standartenführer*. Anglais jusqu'au bout des ongles !

Prétendant vouloir assurer l'évacuation sanitaire des gosses et de la fille SS, ce colonel avait convaincu Linden de la justesse de sa cause… En assommant lui-même Ostara Keller, l'*Hauptmann* avait livré un officier SS à l'ennemi.

— Je suis conscient que c'est là un acte de haute trahison, *Herr Standartenführer*. Mais je ne pensais pas que les Russes allaient se débander aussi facilement. Confier cette femme à un Anglais me semblait préférable à la condamner à passer de main en main si par malheur elle était capturée par les Rouges. Je reconnais que j'ai agi impulsivement. J'en accepte toutes les conséquences.

Linden me tendit son arme comme s'il se constituait prisonnier. Évidemment, ce type avait commis un crime d'une gravité exceptionnelle au regard de la loi militaire, mais cela m'importait peu. Tout ce qui comptait pour moi était qu'un miracle m'ait remis sur la trace d'Ostara Keller et des gosses qu'elle comptait sacrifier dans l'île des Serpents. Linden ne comprit même pas pourquoi je riais.

— Étant donné les circonstances, j'estime que vous avez agi avec raison, dis-je en tentant de reprendre mon sérieux. Vous êtes un excellent soldat. Vos hommes ont besoin de vous ! Le seul ordre que je vous donne est de me céder un véhicule et de m'indiquer la direction prise par ce mystérieux Anglais… Vous ne connaissez pas son nom, par hasard ?

— Tewp, ai-je cru comprendre. Colonel David Tewp…

*

Progresser sur les traces de Tewp et Keller ne fut pas chose aisée. Très en retard sur eux, je ne connaissais qu'approximativement la direction qu'ils avaient prise. En plus d'un side-car chenillé au réservoir rempli à ras bord, Linden m'avait fait don d'une boussole, d'une paire de jumelles et d'une carte de la région sur laquelle il avait approximativement tracé ce qu'il savait des positions ennemies. À ma grande stupéfaction, je constatai que j'avais beaucoup dérivé par rapport à mon objectif premier. Porté fort loin au nord de l'embouchure du Danube, je ne m'expliquai pas comment j'avais pu croiser de nouveau la route de Keller. Une nouvelle fois, j'y vis la preuve éclatante qu'un destin supérieur menait ma vie…

Contournant grossièrement la zone de forêt où j'estimais que les Russes allaient chercher à refaire leur unité, je m'enfonçai plein est, sans un regard en arrière pour la colonne de Linden qui repartait à l'opposé. Rapide, maniable et pourvue d'un large train de chenilles qui mordaient la neige, ma motocyclette était parfaitement adaptée au terrain, même si elle laissait mon corps à découvert, sans protection contre le froid. Certes, j'avais accumulé des épaisseurs de cuir et de tissu, et même, suivant le conseil d'un hindou, placé les feuillets d'un vieux magazine *Signal* entre ma peau et ma chemise pour me caparaçonner contre la morsure du gel, mais tout cela constituait une maigre protection. Plus que tout, ce fut, je crois, la volonté seule qui me fit tenir bon sur mon engin. Keller ne se trouvait plus qu'à quelques kilomètres de moi et je m'étais persuadé que la capturer n'était plus qu'une question d'heures…

En haut d'une pente raide, le bois s'arrêtait brusquement pour laisser place à une vallée quasi nue où le regard portait loin. Je n'eus pas besoin de me servir de mon instrument d'optique pour repérer, à cinq ou six kilomètres de là, un point noir isolé fonçant dans la neige en direction de l'est. Serrant toutes les courroies de ma combinaison de pilote, j'enfonçai la pédale des gaz et obliquai légèrement pour me glisser dans le sillage de ma cible. Le soleil était bas sur l'horizon lorsque je fus enfin certain que, lentement mais sans aucun doute possible, je gagnais du terrain sur le colonel britannique.

La conduite de la moto exigeait de rudes efforts physiques, de même qu'elle absorbait toutes mes pensées, et c'est à peine si je pouvais m'interroger sur les raisons qui avaient poussé cet Anglais à s'intéresser à Ostara… David Tewp ! Curieusement, ce nom ne m'était pas étranger. Mais qui l'avait prononcé devant moi ? Soudain, tout me revint en mémoire. Dandeville m'avait parlé d'un lieutenant Tewp des années auparavant, à une époque où, inondés de rapports contradictoires, nous tentions de démêler ce qui s'était passé à Calcutta après que Keller et les Galjero s'y furent rendus pour désamorcer la charge instable du *palladium* de Berlin. Ce patronyme avait été souvent cité alors. Confronté aux Roumains dans des circonstances mal définies, le type semblait avoir lui aussi un vieux compte à régler avec Ostara ! La perspective de trouver en lui un allié plus qu'un adversaire me soulagea d'un grand poids. La fille était redoutable et sans scrupules. Elle bénéficiait d'un *therapon* rompu à protéger sa vie depuis des années. Mettre Keller hors d'état de nuire ne serait donc pas chose aisée, et la possibilité d'un secours était en tous points rassurante.

La nuit tomba alors que j'avais regagné la moitié de mon retard. La lune monta dans un ciel clair. Pleine, énorme et brillante, elle me dispensa d'allumer mon phare et d'être ainsi repéré. L'Anglais, lui, n'avait pas craint d'ouvrir ses feux, ce qui me permettait de le suivre sans risquer de le perdre. Il entra dans une nouvelle étendue de forêt et je filai à sa suite, debout sur mon engin, les muscles aussi durs que du bois. Une heure, peut-être deux, la mécanique ronronna ainsi entre mes cuisses. Soudain, au terme d'une longue ligne droite entre les arbres noirs, je m'aperçus que les traces laissées par le véhicule obliquaient brusquement à droite. Freinant rudement et m'arrêtant tout à fait, je vis que le véhicule était rangé au fond d'une allée, devant une sorte de château de conte de fées, tout glacé de givre. Le frappant en plein, les rayons lunaires faisaient scintiller l'édifice tel un énorme diamant bleu… Ma montre marquait presque quatre heures et demie du matin. Derrière moi, tout près dans la forêt, une meute de loups se mit à hurler. Enfonçant ma moto-chenilles dans les fourrés rendus cassants par le gel, je passai mon pistolet-mitrailleur en bandoulière et avançais vers le domaine perdu lorsqu'un cri aigu résonna dans la nuit. Me tassant derrière le fût d'un grand arbre, j'attendis longuement, hésitant à intervenir.

Comme l'aube commençait à poindre, je vis Keller sortir en courant par la porte principale de la bâtisse. Un sac passé sur l'épaule, elle se précipita dans la neige jusqu'au plus proche couvert. Bondissant sur ses talons, je la suivis à travers bois jusqu'à la lisière nord de la forêt profonde. Me retournant et jetant un rapide coup d'œil dans mes jumelles en direction du château, je vis que, à trois ou quatre cents mètres de là, près du camion de l'Anglais, un type observait les bois à l'œil nu. Je voulus l'appeler, lui faire signe, mais la distance était trop grande et le temps pressait. Se levant juste au-dessus de l'horizon, le soleil m'aveugla quelques secondes. À l'instinct, sans réfléchir, je dégainai ma dague et la plantai dans le tronc d'un bouleau où le métal pourrait longtemps accrocher la lumière…

Espérant que Tewp comprendrait la signification de ce geste, je repartis sans plus attendre à la poursuite d'Ostara Keller… La fille était forte et agile, aussi résistante qu'un homme, voire davantage. Plus souple que moi, peut-être plus régulier dans sa course et si discret que j'avais parfois du mal à ne pas perdre sa trace, l'agent du SD Ausland faillit plus d'une fois m'égarer. Une heure avant midi, enfin, je retrouvai ses marques au bord d'un immense lac gelé, qu'il me fallut franchir. Ce fut ensuite une longue taïga dont j'entamai la traversée juste après avoir constaté à la jumelle qu'un homme – David Tewp, certainement – me suivait de loin. Rassemblant mon souffle, je repartis en courant et ne m'accordai pas de pause avant de pénétrer, au crépuscule, dans une nouvelle forêt… Là, comme l'ombre s'épaississait et que la neige recommençait à tomber, je perdis tout à fait la trace de mon gibier…

Une heure durant, deux, peut-être, je tournai en rond, me perdis, retrouvai mes propres traces puis découvris celles de Tewp… L'Anglais m'avait dépassé ! Les yeux rivés au sol pour ne pas perdre cette piste inespérée, j'arrivai enfin au bord d'une clairière où deux silhouettes se battaient en silence. Grognant comme un ours, je pris mon PM par le canon et m'approchai des combattants roulant à terre. Des gerbes de sang éclaboussaient déjà la neige. Keller, un couteau à la main, avait terrassé son adversaire et s'apprêtait à lui porter le coup fatal. Arrivant derrière elle à pleine vitesse, j'abattis la crosse de mon arme sur sa tempe. Fauchée, assommée, la fille bascula sans un cri. Près d'elle, le pauvre type qu'elle avait presque tué n'avait plus qu'une tache rouge à la place du visage. Vite, je liai les mains et les chevilles d'Ostara avant de porter secours à l'Anglais. Tirant de mon sac un nécessaire médical, je soignai ses blessures comme je le pus, parvenant très difficilement à stopper l'hémorragie causée par la perte de son nez. Confectionnant ensuite un travois avec des branches de sapins, j'installai Tewp sur ce brancard de fortune que je fis traîner tout au long du voyage de retour par Ostara elle-même. Dans ses affaires, au milieu d'un fatras de sorcière, j'avais trouvé un seul et unique *therapon*.

— Ce génie gardien est le vôtre ? demandai-je à la fille comme nous entamions notre périple vers le manoir abandonné.

— C'est le mien, avait-elle sobrement approuvé.

Menaçant de détruire la statuette à la première incartade, j'obtins de la fille une obéissance résignée. Au rythme d'une bonne marche, Keller tirant le corps inerte de Tewp, il nous fallut presque trente heures pour rebrousser chemin. Au cours de ce trajet, j'eus plus d'une fois la tentation de tirer sur son *therapon* ou de verser dans la statuette l'arsenic d'un petit container de poudre que je portais sur moi depuis mon départ de Berlin. Tuer Ostara aurait alors été facile. Quelque chose, pourtant, me retenait d'agir ainsi. Ce n'était pas une façon d'honorer la mémoire de Fausta. Il fallait que Keller soit jugée dans les règles et selon la justice des hommes, non selon celle édictée par un seul d'entre eux… Je ne savais pas, au juste, pourquoi les Anglais la recherchaient aussi, mais la confier aux vainqueurs de cette guerre me paraissait somme toute la meilleure des solutions. Ma résolution prise, je l'informai de ce qui l'attendait. Sans même paraître m'écouter, elle serra sa prise sur les branches du travois et accéléra le pas…

— Où sont cachés les *therapoi* des dignitaires nazis ? demandai-je enfin. Et où se trouvent aujourd'hui Dalibor et Laüme Galjero ?

Le rire d'Ostara résonna longtemps sous la voûte du sentier forestier où nous marchions alors.

— Gärensen, dit-elle enfin, vous pensez sérieusement que les gardiens de Hitler et de Himmler sont encore actifs ?

La phrase me saisit tant que je m'arrêtai.

— Depuis la mort de Reinhard Heydrich, le Führer et les autres ont refusé de pratiquer un seul des rites qui dynamisaient les statuettes. Les énergies s'en sont taries depuis longtemps, épuisées par les tentatives d'attentat qui ont eu lieu depuis toutes ces années… Je ne vous mens pas, Gärensen : dès que le chancelier ou le *Reichsführer* voudront se suicider, l'ange gardien fabriqué par les Galjero n'aura plus assez de pouvoir pour lutter contre le poison ou gripper le mécanisme du revolver…

Abasourdi par cette révélation, j'eus un peu de mal à reprendre le voyage… J'interrogeai encore Keller sur les buts de son pèlerinage manqué jusqu'à l'île des Serpents, sans obtenir aucune réponse. Elle refusa également de me parler des Galjero.

— Le monde tel que nous l'avons connu est moribond, Gärensen. Déjà mort, à dire vrai. Moi aussi, je vais disparaître, mais cela ne m'effraie pas. Je préfère mon sort au vôtre. Vivre dans l'univers de grisaille qui s'annonce sera difficile pour les gens comme nous. Un jour, dans dix, vingt ans peut-être, vous réfléchirez à votre jeunesse et vous comprendrez l'immensité du gâchis que vos inconséquences ont provoqué. À cause de vous les forts ont tout perdu, Gärensen… Oui… tout perdu…

Je voulus répondre mais à quoi bon ? Nous n'étions plus qu'à un vallon du palais déserté et je n'avais même plus la force de penser. Dans le sac de Keller qui ballottait dans mon dos, je crus sentir le *therapon* frémir tel un chaton cherchant à s'échapper de la toile de jute dans laquelle on s'apprête à le noyer. Cette vibration m'écœura autant qu'elle me ravit.

Une fois arrivé, j'abandonnai le colonel Tewp à un grand type au visage cabossé qui voyageait avec lui. Derrière lui, la dizaine de gamins sélectionnés dans les centres Lebensborn regardaient Keller avec une haine si froide et si pure qu'elle en était effrayante… Lentement, j'ouvris le havresac d'Ostara et en sortis le *therapon*. C'était une statuette de forme immonde, grossièrement sculptée en forme de fœtus. J'y reconnus la façon de Dalibor Galjero. D'un geste sec, je la jetai sur les marches de pierre où elle se brisa avec la fragilité d'une pièce de porcelaine. Ostara poussa un cri. Je saupoudrai les huiles répandues de poussière d'arsenic. Il y eut une soudaine et brève dilatation de l'air, comme une bulle qui crève à la surface de l'eau, et puis tout ne fut plus que silence…

Sans un mot, je tournai les talons pour quitter l'endroit. L'esprit vide, le corps lent, je marchai lentement sur une centaine de mètres jusqu'à la lisière des bois avant qu'un étrange vertige ne me saisisse tout entier. Une incommensurable fatigue s'abattit sur mes épaules, coupant les muscles de mes jambes avec la sûreté d'une lame. Les yeux chavirés, je tombai dans la neige, le dos appuyé à un tronc. Je restai là une heure, sans sentir le froid, épuisé et cependant incapable de fermer les yeux pour m'endormir. Face à moi, comme dans une gravure de Bilibine, le château allongeait sa silhouette blanche, irréelle, sous le soleil glacé. Tout demeura pétrifié ainsi, gel et pierre, cristal et neige, jusqu'à ce que soudain une boule de feu éclate à l'intérieur du manoir, faisant exploser les vitres d'une fenêtre ! Un cri abominable déchira l'air et un premier panache de fumée grise monta dans le ciel… Mon cœur s'emballa et se remit à faire courir dans mes veines un peu de sang chaud, dégourdissant mes muscles, réactivant mes pensées. Me redressant, je vis les gamins sortir en courant sur le parvis. Deux silhouettes adultes les accompagnaient. Encombrée d'un énorme sac à dos, l'une d'elles se retourna pour pointer le canon d'une arme sur la façade du bâtiment. Un long trait de feu jaillit du lance-flammes et caressa les murs avec une lenteur de cauchemar. La toiture s'embrasa la première. Puis, une à une, les vitres volèrent en éclats sous l'effet de la chaleur qui dévastait les entrailles du château blanc. En quelques minutes à peine, le palais entier s'effondra sur lui-même, ne laissant qu'une immonde fournaise, un hideux volcan rouge et noir tout ronflant de cendres et de vapeurs…

David Tewp, l'homme qui voyageait avec lui et la petite troupe des gosses observaient maintenant à bonne distance la bâtisse qui se consumait. Keller n'était pas avec eux. Sans bouger, j'attendis que l'Anglais et sa troupe embarquent enfin dans leur véhicule et s'éloignent. Quant à moi, même si j'avais depuis longtemps compris ce qui s'était passé, il me fallait retrouver trace du corps d'Ostara pour me convaincre de la mort de la sorcière. Longtemps, au mépris de la chaleur étouffante qui régnait encore sur les lieux du sinistre, je fouillai les décombres calcinés. Enfin, dans ce qui restait d'une longue pièce d'apparat, je distinguai une masse humaine noircie, incroyablement rapetissée. Là, agenouillé auprès de ce qui restait du cadavre d'Ostara Keller, j'en broyai rageusement la plus infime parcelle entre mes doigts…

Quatrième tombeau des chimères

Le vent de la mer Morte

Zino Saporta n'en croyait pas ses yeux. Non seulement David Tewp était bel et bien vivant, mais il avait retrouvé un visage. S'avançant, Saporta détailla le visage de l'Anglais, que la lumière crue d'une ampoule nue éclairait sans indulgence. L'extraordinaire prothèse qu'arborait le colonel était si fine, si délicate et recouvrait si parfaitement ses cicatrices que le mafieux ne pouvait en détacher son regard. Ses pensées, pourtant, auraient dû se tourner vers la question de son futur immédiat, autrement plus importante que la plastique de l'espion britannique. Réveillé en pleine nuit par Samson Kabbache en personne, un des chefs secrets de l'Irgoun, Saporta avait tout juste eu le temps d'enfiler un peignoir de soie prune par-dessus son pyjama assorti. Les deux hommes s'étaient ensuite rendus dans le bâtiment administratif de la mine de cuivre désaffectée où se cachaient cinquante des plus virulents activistes de la cause sioniste. Broyant un cigare entre ses dents, le truand s'était alors aperçu que Samson, un grand bonhomme chauve qui avait perdu un œil en combattant autrefois les Français maréchalistes du général Dentz, s'obstinait à rester muet face à ses questions. Son cœur avait bondi lorsqu'il avait compris qui était l'homme qui se tenait tranquillement assis sur une chaise, les bras croisés, apparemment détendu, souriant presque aux sept ou huit membres de l'Irgoun qui l'entouraient, l'air préoccupé comme jamais.

— Vous avez capturé ce sale bonhomme ? lança Saporta soudain redevenu joyeux. Où l'avez-vous cueilli ?

— Nous n'avons pas eu de mal, répondit Kabbache. Cet homme est venu à nous. De lui-même. Seul. Nous avons vérifié.

— Alors, c'est qu'il est fou ! cracha Zino. Tuez-le !

Mais pas plus Samson que les autres n'avaient réagi. Comme gênés, hésitants, les sicaires avaient seulement échangé de longs regards silencieux dont Zino n'avait pu savoir ce qu'ils signifiaient. Soudain mal à l'aise lui aussi, il se mit à sourire sottement.

— Eh bien ? Que se passe-t-il ?

— Le colonel anglais que vous voyez là demande que nous vous confiions à lui, répondit Kabbache le plus sérieusement du monde.

La phrase était à ce point inattendue que Saporta éclata de rire.

— Me confier à lui ? Très drôle. Tu crois être courageux, Tewp, mais ta témérité est pure folie, mon garçon.

— Je n'agis jamais à la légère, Saporta. Et je négocie avec des arguments de poids…, lâcha laconiquement l'Anglais.

Zino savait que l'agent du MI6 bluffait, cela ne l'empêcha pas de transpirer abondamment.

— Le Brit' nous a mis en main un marché dont nous acceptons les termes, Saporta, reprit Kabbache. Il te veut. Il possède les arguments qu'il faut. Nous te donnons…

Le teint de Zino vira au jaune et sa voix se mit à tonner férocement dans la pièce. Jamais, de sa vie, on n'avait osé lui parler sur ce ton ! Savait-on à qui on s'adressait ? Et puis, quels étaient les termes de cette prétendue transaction passée entre Tewp et les sicaires ?

— L'Anglais est en contact direct avec tes patrons, Saporta. Il connaît bien Bugsy Siegel et Mickey Cohen. Si nous ne cédons pas à ses exigences ou si nous le supprimons, il a fait en sorte qu'une lettre parvienne à leurs avocats. En voici le double…

Samson Kabbache déplia une feuille de papier pelure que lui avait confiée Tewp. Les mains légèrement tremblantes, Saporta saisit la page et, médusé, lut les quelques lignes que celle-ci contenait.

Du colonel David Norman Tewp, service de renseignements extérieurs britanniques, à messieurs B. Siegel et M. Cohen.

Messieurs,

Travaillant en étroite collaboration avec l'OSS américain de même qu'avec monsieur le sénateur Lewis Monti, mes récentes investigations m'ont conduit à réunir un faisceau de preuves relatives à l'étroite connexion établie entre quelques branches du crime organisé américain et certaines cellules activistes sionistes.

Le dossier complet de ces preuves sera immédiatement communiqué aux autorités compétentes britanniques et américaines de même qu'à l'ensemble de la presse internationale si la remise à mes bons soins de monsieur Zino Saporta, votre représentant en Palestine, n'est pas effectuée au plus vite et sans aucune condition.

— C'est grotesque ! éructa Saporta, sa lecture achevée. Ces menaces ne sont fondées sur rien ! Ce n'est que du vent ! Du vent !

— L'Anglais savait pourtant où nous trouver, lâcha Kabbache. Si c'était un militaire comme un autre, il aurait un régiment derrière lui et n'aurait pas risqué sa vie, seul, comme il le fait maintenant.

— Si nous perdons l'appui de Siegel et Cohen, nous ne pourrons plus acheter d'armes, renchérit un autre sicaire.

— Et si les contribuables américains sont mis au courant de nos liens avec la mafia, jamais l'opinion publique yankee ne soutiendra la création d'Eretz Israël, ajouta un autre.

— D'autant que le sénateur Monti s'arrangera pour provoquer une campagne de presse retentissante expliquant qu'un État juif en Palestine, c'est la guerre assurée dans tout le Moyen-Orient. Je ne crois pas que les Boys soient prêts à repartir au combat aussitôt après avoir vaincu l'Allemagne et le Japon juste pour assurer l'avenir de coloniaux financés par des gangsters, conclut Tewp, très sûr de lui.

Tous les regards se posèrent sur Saporta, comme s'il était la victime à sacrifier au nom de la raison d'État. Ainsi que quelques-uns autour de lui, Samson Kabbache, secrètement, n'était pas mécontent du prétexte qui lui était proposé de se débarrasser en douceur de l'encombrant Zino Saporta. Ce qui avait débuté comme une fructueuse collaboration quelques années auparavant s'était transformé en une obligation pénible à assumer. Au fil du temps, Saporta avait prélevé une dîme personnelle de plus en plus lourde sur les fonds en provenance d'outre-Atlantique… Tewp apportait une occasion inespérée de renouveler ce petit baron de la *famille* sans se salir les mains…

— Je suppose que ce n'est pas pour le livrer à la justice que vous tenez tant à vous assurer de Saporta ? demanda Kabbache au colonel.

— Pas à la justice ordinaire, répondit simplement l'officier.

— C'est bien ce que je pensais. Donc, pour moi, c'est d'accord… Nous vous laissons le type. En échange, vous et Monti désamorcez définitivement toutes les révélations dont vous nous menacez.

— L'affaire est entendue, souffla l'Anglais en se levant et en serrant la main du borgne.

Mais Zino Saporta n'entendait pas être si facilement livré à l'Anglais. De la poche de son peignoir, il tira un tout petit Beretta et le pointa sur Tewp. Le coup ne partit pas, cependant, car un jeune sicaire aux longs cils noirs frappa violemment le poignet du truand avec la badine de jonc qu'il tenait. Atteint sur le tranchant de l'os, Saporta hurla de douleur et laissa tomber son arme. Bâillonné et ligoté par les membres de l'Irgoun, le mafieux fut conduit jusqu'à la voiture de Tewp et contraint de se coucher dans le coffre, qu'on referma sur lui malgré les protestations virulentes qu'il ahanait. Le colonel récupéra le Webley qu'on lui avait confisqué lorsqu'il s'était présenté aux abords de la mine puis, sans hâte, repartit avec son chargement en soulevant derrière lui un nuage de poussière blanche.

Samson Kabbache déchira soigneusement la feuille de papier et rentra s'allonger sur son grabat pour y dormir quelques heures. Pas une seconde il ne voulut se demander si les menaces de Tewp étaient réelles ou si le colonel n'était qu'un excellent joueur de poker menteur, arrivé par le plus grand des hasards au bon moment…

*

Dans la lumière bleutée du petit matin, David Tewp s'était enfoncé de quelques miles dans le désert. Son véhicule arrêté à vingt yards du rivage de la mer Morte, il s'était adossé à l'habitacle de la voiture pour profiter du silence et regarder le spectacle du soleil levant au-dessus des falaises… Au petit jour, un vent frais s'était mis à souffler. Pur, rafraîchissant, il donnait à l'air une légèreté et une douceur de paradis. Le colonel étendit les bras, fit jouer ses muscles sous sa peau et se décida à extraire Saporta du coffre où il se tenait recroquevillé. Tirant le gros homme par le tissu soyeux de ses vêtements de nuit, l'Anglais le jeta à terre sur les cailloux tranchants. Une large tache d'urine souillant son pantalon, Zino cligna des paupières pour s'habituer à la lumière. Il s'aperçut alors que Tewp l'avait mis en joue. Du gras du pouce, le Britannique releva le chien de son arme. À quatre pattes, pitoyable, Zino bava, hoqueta mais ne dit rien ni ne quémanda grâce… Tewp l'abattit en pensant au petit Latîf et au capitaine Morgan O'Reilly. Mettre un terme à la vie du parrain ne l'apaisa pas ; cela l'écœura plutôt de lui-même. Il poussa du pied le cadavre de Saporta, qui dévala la pente jusqu'à la mer. Le gros corps mou entra dans l'eau mais ne coula pas. Portée par la densité du liquide saturé de sel, la carcasse resta là, immobile, comme épinglée sur les flots figés… Ce fut la dernière vision que le colonel garda du mafieux. Reprenant le volant, David Tewp mit à peine trois heures pour rejoindre les faubourgs de Jérusalem.

*

Une semaine plus tard, le colonel retrouvait Londres où l'accueillait le sénateur Lewis Monti. Dans la voiture qui les menait au Savoy, les deux hommes demeurèrent longtemps silencieux. Tewp n'aimait pas l'idée d'avoir échoué à retrouver Ruben Hezner. Il s'en voulait aussi grandement d'avoir mené une guerre privée contre Saporta. Confus, un peu honteux même, il n'osait presque pas affronter le regard de l'Américain.

— Je suis désolé…, finit-il par lâcher. Rien ne s'est passé comme prévu. Je crains d'avoir rompu le dernier fil qui nous reliait aux Galjero.

Monti grogna et haussa les épaules.

— Ne vous tourmentez pas, David, rien n'est encore perdu. Gärensen a proposé une solution de rechange… Après tout, la meilleure façon d'attirer le loup hors du bois, ce n'est pas tant de le traquer que de lui placer sous le museau exactement ce qu'il cherche. Aux yeux des chasseurs de nazis, Thörun est une proie de choix. Il est prêt à quitter la protection que je lui ai assurée jusqu'ici et à se faire fugitif.

Inspirant profondément et se calant bien au fond de la banquette de cuir, David Tewp fit signe qu'il avait parfaitement saisi les grandes lignes de ce qui allait maintenant advenir.

— Quand et où partons-nous ? demanda-t-il simplement.

— Amérique du Sud. Dans une semaine, répondit Monti.

Épilogue

Buenos Aires, octobre 1946.

Les paupières papillonnantes, le docteur Ruben Hezner ne parvenait plus à garder les yeux ouverts. Fatigué par le long voyage qui l'avait mené dans la cabine d'un cargo du port de Haïfa jusqu'en Argentine, il réajusta ses lunettes noires et cala son dos contre le mur du recoin où il s'était installé pour se reposer quelques minutes. Malgré les bruits de conversation qui l'entouraient, la musique un peu forte que l'orchestre de cordes et de percussions jouait près de la piste de danse, il parvint aisément à faire abstraction de cette agitation. Sans qu'il le veuille, pourtant, des images anciennes surgirent des limbes de sa mémoire… Ruben Hezner savait qu'il n'y avait rien à faire contre les fantômes qui, parfois, et sans jamais s'annoncer, revenaient le hanter. Aucun exorcisme. Aucun charme de protection. Résigné, il inspira profondément et laissa venir les souvenirs…

D'abord, ce fut un paysage de joncs et de brume, une île secrète à l'embouchure du Dniestr, au large d'Odessa. Ensuite ce fut lui, adolescent, courant dans les rues de la ville, cachant sous son uniforme d'étudiant de l'Académie des sciences un peu de poudre et des amorces volées dans les laboratoires de la faculté. Un nuage sombre voila la scène, puis le jeune homme qu'il était chuta dans un trou sans fond, une geôle étroite et puante de l'Okhrana, la police politique du tsar… Le corps tout entier du docteur Hezner se raidit tandis qu'il croyait encore sentir les coups pleuvant sur lui, les insultes, les crachats, les humiliations, et le fouet aux lanières plombées qui déchirait atrocement la peau de son dos… Il frissonna plus encore quand, saignant, brisé, ivre de douleur et d'épuisement, il s'entendit égrener un à un les noms des clandestins qui partageaient avec lui le secret de l'île Borodine… Ce furent ensuite les immenses barges d'abordage des cosaques qui traversaient le fleuve à l'odeur de vase… Et les chevaux galopant dans le sable, et les sabres qui se lèvent et tranchent les membres, les cous, fendent les crânes, piquent les cœurs… Ruben Hezner avait vu tout cela… Il avait dix-sept ans et avait noué un chiffon jaune autour de son bras afin que les soldats reconnaissent sa qualité de traître et ne le tuent pas…

— Docteur… docteur…

La voix de Tobie tira Hezner de ses visions. Penché à son oreille, la dernière recrue du groupe de chasseurs de nazis qu'il dirigeait murmura :

— Il est arrivé. Nous passons à l'action dans une minute ! Tout ira très vite.

Retirant ses verres sombres, Ruben aperçut une grande silhouette élancée qui s'attablait à l'autre bout de la salle.

— Ici, il se fait appeler Labrunie. Quel est le vrai nom de ce type, dites-vous ?

— Dandeville. Matthieu-Marie Dandeville, répondit distraitement Hezner pendant que, dans sa poche, ses doigts jouaient avec une très ancienne bague dont la pierre renfermait un Abraxas ayant longtemps orné la main d'une belle créature au ventre lisse.

NOTE DE L'AUTEUR

Mieux qu'un simple décor, l'histoire du milieu du XXe siècle fournit une ample matière narrative à l'épopée du *Siècle des chimères*. Dans *Les Loups de Berlin*, le réel et l'imaginaire composent cependant une mosaïque complexe qui exige quelques précisions.

Concernant les « Livres de Thörun Gärensen », l'ensemble des détails donnés sur la vie quotidienne en Allemagne au cours des années 1930 et 1940 est évidemment authentique.

Le personnage de Geli Raubal est historique. La nature exacte des rapports qu'elle entretenait avec son oncle, le futur chancelier Hitler, et les circonstances de sa mort n'ont jamais été élucidées.

La société de Thulé fut un groupe ésotérico-politique à forte teinture conservatrice et révolutionnaire influent dans les années 1920 cn Bavière. Vivier de personnalités troubles, d'aventuriers et d'intellectuels dévoyés, elle fut un vecteur d'expression privilégié pour le professeur de géopolitique Karl Haushofer. On retrouva le cadavre de ce dernier à la fin de la guerre sans qu'il soit possible de déterminer s'il avait été victime d'un assassinat ou avait choisi de se donner la mort après la défaite allemande. Il est avéré par de nombreuses sources qu'Adolf Hitler côtoya assidûment certains membres de la société de Thulé avant son accession au pouvoir.

Les relations étroites que le nazisme a entretenues avec certaines thématiques de la pensée ésotérique sont officiellement reconnues de nos jours. Depuis de nombreuses années, elles font l'objet d'études académiques et universitaires dans le monde entier. Il est, bien entendu, impossible de résumer le phénomène complexe du nazisme à sa seule composante magique et symbolique. Cependant, négliger l'influence qu'une certaine métaphysique prétendument initiatique a pu avoir sur quelques-uns des plus hauts dignitaires du national-socialisme serait à coup sûr nous condamner à ignorer l'instrumentalisation exclusive et extrêmement nocive que des groupes politiques ont pu faire de certains mythes.

Ainsi qu'il est précisé dans le roman, l'Ahnenerbe fut un institut officiel dépendant de l'administration SS. Ce service a d'autant plus attiré l'attention des commentateurs qu'une aura de mystère plane sur lui. Il subsiste aujourd'hui peu de documents authentiques sur ce centre pluridisciplinaire où se côtoyaient archéologues, mathématiciens, biologistes, anthropologues ou linguistes… Si certaines recherches menées au sein de l'Ahnenerbe semblent n'avoir jamais eu d'autres finalités que purement spéculatives, beaucoup ont en revanche servi à cautionner par leur vernis scientifique les crimes de la politique nazie. Au titre de la position de l'Ahnenerbe dans l'organigramme SS, ses collaborateurs ont été jugés en tant que criminels de guerre selon les statuts du tribunal de Nuremberg. Un des plus célèbres aventuriers ayant gravité autour de cet étrange institut demeure l'explorateur et alpiniste Heinrich Harrer qui, après l'ascension du massif himalayen du Nanga Parbat, est resté en Asie aux côtés des Tibétains jusqu'à l'invasion chinoise.

De mieux en mieux étudiés depuis les quinze dernières années, les rapports plus que troublants entre les services secrets nationaux-socialistes et les militants de la cause sioniste sont aujourd'hui reconnus par l'ensemble des historiens. Dans ce domaine, les chercheurs anglo-saxons et israéliens ont d'ores et déjà fourni une abondante somme d'études et de documents mettant en évidence l'appui que certains hauts responsables nazis ont cru devoir apporter, au milieu des années 1930, à la création d'un État sioniste en Palestine. L'Histoire, bien souvent, est le théâtre de monstrueux paradoxes. Le voyage qu'a effectué à Jérusalem le baron von Mildenstein, responsable du Bureau des affaires juives de la SS, mentionné au cours du roman, en est un étrange exemple. Eichmann, qui fut le collaborateur direct de Reinhard Heydrich et l'un des organisateurs de la conférence de Wannsee, au cours de laquelle fut approuvé et administrativement planifié en 1942 l'Holocauste, se rendit également en Palestine au milieu des années 1930. Pour surprenantes et dérangeantes qu'elles soient, ces tentatives momentanées de rapprochement entre quelques dignitaires nazis et certains sionistes sont elles aussi aujourd'hui historiquement attestées. Saisir la portée de ces échanges exige de se replacer dans la perspective d'une époque où, plusieurs années avant le début du second conflit mondial, il était impossible à quiconque de prévoir toute l'étendue de l'horreur à venir.

L'aristocrate vénitien Caetano est une figure de la pensée ésotérico-magique qui a fleuri en Italie durant les années 1930. Bien qu'ayant réellement existé et ayant rédigé des textes exégétiques d'une réelle importance sur la magie, Caetano n'a jamais pratiqué dans la réalité les opérations de rajeunissement que je dépeins. Celles-ci, en revanche, appartiennent bel et bien à une certaine tradition sorcière et sont encore effectuées par certains adeptes de nos jours.

Odessa, la ville de naissance du personnage romanesque Ruben Hezner, est capitale dans l'histoire du mouvement d'émancipation des Juifs d'Europe centrale et orientale ainsi que dans la formation de la très riche pensée politique et philosophique du judaïsme moderne. Cité dans le prologue, le poète Bialik demeure à ce titre l'une des figures les plus vives de la culture juive contemporaine.

En ce qui concerne les parties du roman se déroulant au Proche-Orient, l'attentat du King David Hotel est aujourd'hui encore une des pages les plus noires des affrontements ayant dressé les indépendantistes israéliens contre les troupes britanniques. La scène de l'embuscade de l'ambulance dans laquelle agonise le capitaine O'Reilly s'appuie sur des rapports de l'armée anglaise décrivant les nombreux accrochages qui ont effectivement eu lieu aux abords des hôpitaux militaires de la ville, immédiatement après l'explosion du quartier général de la Couronne. Si j'ai utilisé notamment ces épisodes historiques pour nourrir les événements que traverse David Tewp au Moyen-Orient, il est bien entendu que la naissance de l'État moderne d'Israël est un fait de politique et de diplomatie internationale, qui ne saurait se réduire à ce que les membres les plus convaincus du mouvement sioniste ont pu définir comme une « guerre de libération contre l'occupant britannique ».

REMERCIEMENTS

Pour l'aide qu'ils m'apportent et l'amitié qu'ils me témoignent, je ne peux repousser aux dernières pages du quatrième volume du *Siècle des chimères* le moment de remercier celles et ceux qui, tout autant que moi, sont les créateurs de ces romans.

Ma première pensée est destinée à Stephen Carrière, mon éditeur, doté d'une patience et d'un élan vital aussi exceptionnels que salvateurs. Lui seul pouvait me faire traverser la Khaibar Pass qui conduit du placide statut de lecteur à l'incertain sacerdoce de l'écriture… Qu'il en soit mille fois remercié par un bouillant « B.G.H.T. ! » clamé bien fort du haut des collines du Kafiristan.

Viennent ensuite Anne et Alain Carrière, pour bien plus que leur courtoisie : leur gentillesse.

Élisabeth et Sophie, mes deux principales lectrices et correctrices, occupent une place toute particulière dans mes pensées puisqu'elles sont les premières à souffrir de mes phrases souvent trop longues et de mes références parfois obscures. Qu'elles soient ici très chaleureusement remerciées pour leur long et méticuleux travail.

Merci encore au dessinateur Marc Taraskoff, qui a

su rendre si vivants les personnages illustrant les couvertures, et aussi à Yasmina, Julia et Anne-Sophie, qui font de chacune de mes visites au bureau un vrai moment de plaisir.

Table

Second tombeau des chimères

Second Livre de Thörun Gärensen

Troisième tombeau des chimères

Troisième Livre de Thörun Gärensen

Quatrième tombeau des chimères

Philippe Cavalier
Dans Le Livre de Poche

LE SIÈCLE DES CHIMÈRES

1. Les Ogres du Gange n° 37176

Calcutta, 1936. L'Inde coloniale de Kipling a déjà perdu de sa grandeur. Les nationalistes hindous pactisent avec les services secrets allemands pour chasser les Britanniques. Fraîchement débarqué de Londres, David Tewp, jeune officier du MI6, découvre un complot d'une ampleur terrifiante. Sur les traces d'une trop belle photographe autrichienne et d'un couple d'aristocrates roumains aux sympathies politiques ambiguës, Tewp plonge dans un univers de ténèbres auquel sa bonne éducation et son rationalisme ne l'avaient en rien préparé. Des brasiers funéraires de Calcutta aux palais d'une noblesse décadente, entre jeux d'espions, guerre civile, disparitions d'enfants et rites étranges, la traque des Ogres du Gange commence. Thriller érudit au rythme haletant, *Les Ogres du Gange* emprunte avec une même maîtrise au roman d'espionnage et à ce romantisme noir qui s'inscrit dans la grande tradition du fantastique européen.

3. Les Anges de Palerme Nouveauté

New York, 1909. Au fond d'une cellule du quartier des condamnés à mort croupit Luigi Monti, immigré sicilien devenu l'exécuteur des basses œuvres de la Mafia, organisation criminelle dont les autorités américaines ne savent encore presque rien. Arrêté alors qu'il s'attardait à lire les ouvrages occultes conservés dans la bibliothèque de sa dernière victime, Monti demeure un mystère pour ses geôliers. Nul ne connaît sa véritable histoire, et nul ne peut deviner ce que réserve l'avenir à cet homme hors du commun… Troisième personnage destiné à traquer Dalibor et Laüme Galjero, Luigi Monti est celui par qui les plus sombres mystères vont être percés à jour. Dans ce troisième volume du *Siècle des chimères*, Philippe Cavalier nous entraîne à un rythme effréné de la Sicile aux gratte-ciel de New York, et de Buenos Aires à Istanbul, en passant par les marais de Louisiane… L'alliance de Tewp, Gärensen et Monti pour châtier les Galjero saura-t-elle résister aux obstacles qui se dressent sur leur route ?

4. La Dame de Toscane À paraître

Après une décennie de traque acharnée, trois hommes que tout oppose, trois illuminés dévorés par le chagrin et la soif de justice, approchent enfin de leur proie. Qui est Laüme Galjero ? D'où tire-t-elle ses pouvoirs occultes ? Quand tous les mystères seront résolus, tous les secrets révélés, David Tewp, Luigi Monti et Thörun Gärensen trouveront-ils la force et les moyens de neutraliser l'une des plus grandes criminelles du siècle ? Quatrième et dernier tome du *Siècle des chimères*, *La Dame de Toscane* clôt l'épopée en une course folle à travers le monde, mais aussi à travers l'Histoire, culminant vers une fin apocalyptique complètement inattendue.

Du même auteur :

Les Ogres du Gange, t. 1 du *Siècle des chimères*, Éditions Anne Carrière, 2005.

Les Anges de Palerme, t. 3 du *Siècle des chimères.*

La Dame de Toscane, t. 4 du *Siècle des chimères.*

Composition réalisée par CHESTEROC Ltd

Achevé d'imprimer en janvier 2007 en France sur Presse Offset par

CPI
Brodard & Taupin

La Flèche (Sarthe).
N° d'imprimeur : 39720 – N° d'éditeur : 81656
Dépôt légal 1re publication : février 2007
LIBRAIRIE GÉNÉRALE FRANÇAISE – 31, rue de Fleurus – 75278 Paris cedex 06.

31/1623/3